Das Geheimnis des Winterhauses

Sarah Lark

Das Geheimnis des Winterhauses

Roman

Weltbild

Besuchen Sie uns im Internet:
www.weltbild.de

Genehmigte Lizenzausgabe für Weltbild GmbH & Co. KG,
Werner-von-Siemens-Straße 1, 86159 Augsburg

Dieses Werk wurde vermittelt durch die Literarische Agentur
Thomas Schlück GmbH, 30827 Garbsen.
Umschlaggestaltung: www.buerosued.de
Umschlagmotiv: www.buerosued.de
Satz: Datagroup int. SRL, Timisoara
Druck und Bindung: CPI Moravia Books s.r.o., Pohorelice
Printed in the EU
ISBN 978-3-95973-768-5

2021 2020 2019 2018
Die letzte Jahreszahl gibt die aktuelle Lizenzausgabe an.

Das Angenommene Kind

Kapitel 1

»Wie schlimm ist es? Und ... wie kommt das so plötzlich?«

Ellinor stürzte aufgewühlt über den Flur der Intensivstation auf den ersten Arzt zu, der ihr über den Weg lief. Der Mediziner, ein noch recht junger Mann mit müden Augen, blickte sie irritiert an.

»Um wen geht es denn?«, erkundigte er sich und warf dann einen Blick durch die Glasscheibe auf das Patientenbett, neben dem ein Dialysegerät stand. »Ach, Frau Henning ... das akute Nierenversagen ... Gehören Sie zur Familie?«

Er musterte sie fragend. Äußerlich war keine Familienähnlichkeit zu erkennen. Ellinor hatte einen sehr hellen Teint, dunkelblondes Haar und grüne Augen. Karla war eher ein dunkler Typ.

Ellinor nickte. »Sicher ... Ich meine, ja. Wir sind Cousinen zweiten Grades.« Sie nahm sich zusammen. »Bitte entschuldigen Sie, ich habe mich nicht mal vorgestellt. Aber ich ... Karlas Mutter rief uns an und sagte, sie läge im Krankenhaus, und da bin ich sofort hergekommen. Ich wusste nur nicht ... Intensivstation ... und dann ... Bitte sagen Sie mir, dass es nicht so schlimm ist, wie es aussieht!«

Als Ellinor an der Anmeldung im Foyer des Krankenhauses nach Karla Henning gefragt hatte, war sie auf die Intensivstation verwiesen worden. Dort hatte sie ihre in Tränen aufgelöste Tante im Gang vor den Krankenzimmern vorgefunden, offenbar unfähig zu begreifen, was mit ihrer Tochter geschah. Ellinor hatte sich an eine Schwester gewandt, die ihr vor dem Besuch bei ihrer Cousine in die Schutzkleidung geholfen hatte. Sie war sehr freundlich gewesen, hatte ihr aber keine näheren Auskünfte über Karlas Zustand geben können. Ellinor kämpfte jetzt noch gegen den Schock an, den sie empfunden hatte, als sie schließlich an das Bett getreten war. Sie hatte weniger all die

Schläuche angsteinflößend gefunden, die ihre Cousine mit diversen Geräten verbanden, als den Anblick ihres aufgedunsenen, gelblich blassen Gesichts, die Ödeme und ihr rasselndes Atmen. Karla schien kaum bei Bewusstsein gewesen zu sein, nur ein Flackern ihrer Augenlider hatte einen schwachen Beweis dafür geboten, dass sie Ellinor erkannte. Sie hatte nicht reagieren können, als Ellinor ihre Hand genommen und leicht gedrückt hatte.

Ellinor war entsetzt über diesen raschen Verfall. Am Tag zuvor am Telefon war ihr die Cousine noch fast normal erschienen, hatte lediglich über Müdigkeit und krampfartige Schmerzen im Unterbauch geklagt. »Womöglich wieder die Nieren«, hatte sie seufzend gesagt. Karla litt unter Bluthochdruck und hatte schon früher einmal Nierenbeschwerden gehabt. Ellinor hatte ihr das Versprechen abgenommen, gleich am nächsten Tag zum Arzt zu gehen. Und dann war die Sache wohl eskaliert.

»Nun beruhigen Sie sich doch erst mal«, bemerkte der Arzt. »Frau ...«

Ellinor fasste sich an die Stirn. »Sternberg, Ellinor Sternberg«, stellte sie sich endlich vor. »Bitte entschuldigen Sie. Ich bin einfach ... ich bin total durcheinander. Mein Mann hat ... er hat mir nicht gesagt, wie schlimm es ist ...«

Tatsächlich hatte Gernot es nicht einmal für nötig gehalten, Ellinor auf dem Handy anzurufen, nachdem er den Anruf ihrer Tante entgegengenommen hatte. Er hatte nur einen Zettel auf dem Küchentisch für sie zurückgelassen, bevor er in sein Atelier gefahren war. *Karla in Uniklinik. Du sollst dich mal kümmern.*

Ellinor war daraufhin sofort losgefahren, wobei sie zunächst gar nicht an Karlas gestriges Unwohlsein gedacht hatte, sondern eher an einen Unfall.

»Es ... es ist doch schlimm, oder?«, fragte sie jetzt leise.

Der junge Arzt sah sie mitfühlend an. »Es ist natürlich nicht schön«, sagte er freundlich. »Aber jetzt haben wir Frau Henning ja erst mal an die Dialyse angeschlossen, ihr Zustand sollte sich also bald bessern. Wie es dann allerdings langfristig aussieht ...«

Der Arzt rieb sich die Stirn. »Kommen Sie doch mit ins Büro«, forderte er Ellinor auf. »Wir müssen uns nicht hier auf dem Flur unterhalten.«

Ellinor folgte ihm zu einem Besprechungszimmer und kam sich dabei ziemlich dumm vor. Sie machte sicher nicht den besten Eindruck, dabei verstand sie sich eigentlich ganz gut darauf, mit Krisen umzugehen. Als wissenschaftliche Mitarbeiterin an der Universität managte sie diverse Verwaltungs- und Organisationsaufgaben, unterrichtete und betreute Projekte. Sie konnte gut mit Menschen umgehen und war durchaus multitaskingfähig. Nun allerdings verließ sie jede Gelassenheit. Karla war weit mehr für sie als eine Verwandte. Sie waren fast gleich alt, engste Freundinnen und standen sich nah wie Schwestern. Der Gedanke, Karla zu verlieren, war Ellinor unerträglich.

»Was hat sie denn nun genau?«, fragte Ellinor, als ihr der Arzt, der sich inzwischen als Dr. Bonhoff vorgestellt hatte, einen Stuhl anbot. Er selbst nahm an einem Schreibtisch Platz.

»Ihre Cousine leidet an einer akuten Nierenentzündung, einer Glomerulonephritis. Das bedeutet, dass die Nierenkörperchen es nicht mehr schaffen, die Abfallprodukte aus dem Blut zu filtern, was zu Vergiftungserscheinungen und zur Ödembildung führt. Es wird kein Harn mehr ausgeschieden. Bei Frau Henning nimmt die Erkrankung leider einen sehr schweren Verlauf, wir haben es zurzeit mit einem akuten Nierenversagen zu tun.« Der Arzt spielte mit einem Kugelschreiber.

»Aber das ... das ist reversibel?«, erkundigte sich Ellinor. »Sie wird wieder gesund?«

Dr. Bonhoff spielte mit einem Rezeptblock auf dem Schreibtisch. »Vorerst bleiben wir da optimistisch«, meinte er vorsichtig. »Glomerulonephritis ist häufig heilbar. Es gibt allerdings Fälle, in denen die Behandlung nicht anschlägt. Bei Ihrer Cousine sehen wir bislang keine Besserung, das muss allerdings noch nichts heißen. Wir versuchen es auf jeden Fall weiter.«

»Und wenn nicht? Wenn es nicht hilft?«, fragte Ellinor entsetzt. »Sie ... sie wird doch nicht sterben?«

Dr. Bonhoff schüttelte den Kopf. »Daran wollen wir zunächst nicht denken, es gibt noch sehr viele Dinge, die wir tun können«, erklärte er. »Wenn es zu chronischem Nierenversagen kommt, steht uns die regelmäßige Dialyse offen. Und eine Transplantation, wenn es gar nicht anders geht. Aber zunächst bleiben wir bei der begonnenen Behandlung. Frau Henning wird sich sicher bald besser fühlen.«

»Und woher kommt so was?«, fragte Gernot und hängte seinen Mantel an die Garderobe.

Er war gleichzeitig mit Ellinor nach Hause gekommen, aber im Gegensatz zu ihr war er zu Fuß unterwegs gewesen. Der typische Wiener Herbstregen hatte ihn völlig durchnässt, und er war dementsprechend schlecht gelaunt. Nichtsdestotrotz hatte ihm Ellinor schon im Treppenhaus aufgeregt von Karla erzählt, ohne wirklich großes Mitgefühl zu erwarten. Gernot und Karla mochten sich nicht besonders.

»Das wissen sie nicht.« Ellinor seufzte. »Es ist wohl eine Überreaktion des Immunsystems. Vielleicht durch eine Infektion ausgelöst ... oder durch den hohen Blutdruck ...«

»Ich hab immer gesagt, sie soll mehr Sport treiben«, bemerkte Gernot und nahm sich ein Bier aus dem Kühlschrank. »Sie ist ganz schön dick.«

Ellinor machte Anstalten, den von ihr am Morgen vorbereiteten Auflauf in den Ofen zu schieben. Gernot schüttelte jedoch den Kopf und wies sie aus der Küche. Ein paar Minuten später brachte er eine liebevoll arrangierte Platte mit Sandwiches, belegt mit Räucherlachs, verschiedenen Käsesorten und Mixed Pickles ins Wohnzimmer.

»Ich bin beim Feinkostgeschäft vorbeigekommen«, sagte er, als er ihren Blick sah. »Und ich konnte nicht widerstehen. Wir haben schließlich keine Gewichtsprobleme ...« Er lächelte und musterte Ellinors Figur wohlgefällig.

Ellinor erwiderte das Lächeln. Sie fühlte sich geschmeichelt, und natürlich war das Essen eine wunderbare Überraschung –

zumindest solange sie sich keine Gedanken darüber machte, was all die Leckereien gekostet hatten. Sie hätte mit dem Geld wahrscheinlich den Lebensmittelvorrat für eine ganze Woche bezahlen können. Nun ließ sie sich allerdings auch noch dazu verleiten, eine teure Flasche Wein zu öffnen. Etwas Gutes musste sie sich heute tun, seit dem Besuch im Krankenhaus fühlte sie sich wie gerädert.

»Karlas Bluthochdruck ist genetisch bedingt«, verteidigte sie dann ihre Cousine zum wiederholten Mal. Gernot wurde nicht müde, Zusammenhänge zwischen Karlas Erkrankung und ihrem Lebensstil ausfindig zu machen. »Sie raucht nicht, und sie ist nicht übergewichtig – nicht jeder kann so drahtig sein wie du ...« Gernot hatte bei der Verteilung der Gene Glück gehabt. Er war schlank und muskulös. Mit seinem dunklen, vollen Haar, dem markanten Gesicht und den mandelförmigen braunen Augen war er ein äußerst gut aussehender Mann. »Karla ernährt sich gesund«, fuhr Ellinor fort. »Und fast salzlos. Sie kann nichts für den hohen Blutdruck, Gernot, sie hat nun mal diese Veranlagung.«

»Und warum hast du keine Blutdruckprobleme?«, fragte er provokant. »Ihr seid doch schließlich nah verwandt. Nein, nein, damit kannst du mir nicht kommen. Irgendwas ist da. Irgendwas macht sie falsch ...«

Ellinor seufzte und gab auf. Sie würde Gernot nicht überzeugen können, er neigte dazu, starrsinnig an seinen Ansichten festzuhalten. Und in gewisser Weise war das ja gut so. Sie war stolz darauf, dass ihr Mann zu seinen Überzeugungen stand – auch wenn es ihm das Leben nicht immer leichter machte. Gernot war Künstler, Maler und Bildhauer, und es kam immer wieder vor, dass ihm Galerien und Agenten Vorschläge dazu unterbreiteten, wie er seine Werke gefälliger und damit besser verkäuflich gestalten könnte – indem er kleinere Leinwände benutzte zum Beispiel und nicht so düster malte. Dabei formulierten die meisten Kritiker sehr viel diplomatischer als Karla, die es nicht lassen konnte, sich über Gernots Kunst lustig zu machen.

»Wenn man sich so was an die Wand hängt, wird man depressiv«, hatte sie beim Besuch seiner letzten Ausstellung angemerkt. »Kein Wunder, dass das keiner kauft. Wer will denn ein Bild von trauertragenden Darmschlingen im Wohnzimmer? Zumal das Wohnzimmer mindestens Ballsaalgröße aufweisen müsste, um es aufzuhängen. Gernot malt für die Zielgruppe ›selbstmordgefährdete Schlossbesitzer‹. Und die ist ziemlich klein.«

Gernot ließ sich jedoch weder von Karlas bösartigen Schmähungen noch von der konstruktiven Kritik seiner Galeristen beeindrucken. Seine Zeit, davon war er überzeugt, würde kommen, und irgendwann würde seine Kunst sich durchsetzen. Solange hielt er an seinem Stil fest. Ich bin Künstler, kein Kunstgewerbetreibender, pflegte er abwertend zu bemerken, wenn ihn jemand danach fragte, ob er nicht ein Porträt von seinem Hund oder ein Bild von seinem Haus malen könne.

Ellinor bestärkte ihren Mann in der Ablehnung solcher Angebote, wenn auch mitunter etwas halbherzig. Natürlich war sie stolz, wenn Kritiker und Zeitungen nach einer Ausstellung lobende Worte für ihn fanden. Sie würde es dennoch begrüßen, wenn er etwas mehr zum Familieneinkommen beitrüge. Zurzeit lastete alles auf ihr, und es war ihr folglich fast unmöglich, Geld beiseitezulegen, um sich ihren dringendsten Wunsch vielleicht doch noch erfüllen zu können. Ellinor versuchte seit Jahren erfolglos, schwanger zu werden, und hoffte auf eine künstliche Befruchtung, bevor sie zu alt dafür war. Sie war siebenunddreißig, die Zeit wurde knapp. Bislang war es ihr allerdings nicht möglich gewesen, den zu leistenden finanziellen Eigenanteil aufzubringen, und sie konnte sich nur damit trösten, dass späte Schwangerschaften in ihrer Familie lagen. Auch bei ihrer Mutter war das so gewesen.

»Ich hab andere Probleme«, sagte sie jetzt. »Wahrscheinlich komme ich nach einem anderen Zweig der Familie. In diesem Fall ein Glück. Mein Blutdruck ist eher zu niedrig. Und jetzt schenk uns den Wein ein und erzähl mir von deinem Tag. Der kann eigentlich nur besser gewesen sein als meiner ...«

Gernot erzählte wie gewohnt eher wenig und nicht gerade etwas Aufmunterndes. Statt in seinem Atelier zu arbeiten, wie Ellinor angenommen hatte, hatte er sich an diesem Nachmittag mit seiner Agentin getroffen, um diverse geplante Ausstellungen und Projekte zu besprechen. Gernot hielt große Stücke auf Maja, die ihn betreute, seit er sich einige Monate zuvor von seinem langjährigen Agenten und Galeristen getrennt hatte. Mit Maja arbeitete er nun nach eigenen Angaben großartig zusammen. Ellinor sah das eher skeptisch, aber sie wagte nicht anzumerken, dass die junge Frau bislang noch keine einzige größere Ausstellung für ihn arrangiert hatte. Schließlich interpretierte Gernot jede kritische Äußerung als Ausdruck von Eifersucht. Er gab zu, eine Beziehung mit Maja gehabt zu haben, bevor er Ellinor vor fünf Jahren geheiratet hatte. Inzwischen, so behauptete er, sei das längst vorbei, sie seien nur noch Freunde und Geschäftspartner. Karla hatte da jedoch ihre Zweifel und pflegte sie Ellinor gegenüber wortreich zu äußern: Du brauchst doch nur zu beobachten, wie sie Gernot ansieht! Und dass sie sich nicht einkriegt darüber, wie toll diese komischen Bilder sind. Sie schmiert ihm permanent Honig ums Maul. Maja will was von deinem Mann, deshalb hat sie ihn in ihre Kartei aufgenommen. Es ist nur eine Frage der Zeit, bis er wieder anbeißt.

Ellinor verteidigte Gernot natürlich – sie glaubte an ihn, wollte an ihn glauben! Es konnte einfach nicht sein, dass Maja ihn nur deshalb vertrat, weil sie in ihn verliebt war. Die junge Frau hatte als Agentin Renommee, sie vertrat auch namhafte Künstler und würde ihren Ruf nicht für einen Klienten aufs Spiel setzen, von dessen Können sie nicht überzeugt war. Trotzdem blieben bei Ellinor Zweifel, und sie hatte den Verdacht, dass Gernot das wusste. Auf jeden Fall würde sie sich hüten, irgendetwas gegen Maja zu sagen. Gernot konnte sehr verletzend werden, wenn er glaubte, dass sie ihm nicht vertraute.

Am nächsten Tag lagen für Ellinor in der Uni nur Büroarbeiten an. Sie brauchte kein Seminar zu leiten und konnte sich folglich den Vormittag freinehmen, um zu Karla in die Klinik zu fahren.

Natürlich hoffte sie auf eine positive Entwicklung, aber Dr. Bonhoff, der schon wieder oder immer noch Dienst hatte und noch erschöpfter wirkte als am Tag zuvor, konnte keine Entwarnung geben. Ellinor traf ihn auf dem Flur vor der Intensivstation, und wieder gab er freundlich Auskunft.

»Nach der Dialyse sieht es natürlich etwas besser aus mit Ihrer Cousine«, erklärte er. »Die Nieren arbeiten allerdings immer noch nicht. Tatsächlich breitet sich die Entzündung trotz der Therapie aus. Wir suchen fieberhaft nach der Ursache und versuchen es inzwischen auch mit Antibiotika, falls ein Infekt vorliegt. Aber ich fürchte, wir haben es mit einer chronischen Nierenerkrankung zu tun …«

»Es wird also auf eine Dialysebehandlung hinauslaufen?«, fragte Ellinor. Sie war gefasster als am Tag zuvor. »Alle … alle paar Tage?«

Der Arzt nickte bedauernd. »Ja«, meinte er dann. »Das Problem ist allerdings, dass Frau Henning auch die Dialyse sehr schlecht verträgt. Schon bei dieser ersten Behandlung sind Komplikationen aufgetreten – unter anderem eine hypertensive Krise, ein plötzlicher Blutdruckanstieg. Wir haben das in den Griff bekommen, nur langfristig … Ihre Cousine muss auf jeden Fall besonders überwacht werden, auch zwischen den Behandlungen.«

»Und eine Transplantation?«, erkundigte sich Ellinor. »Käme die infrage?«

Dr. Bonhoff nickte. »Das wäre sicher das Beste. Allerdings wird es nicht einfach sein, einen Spender zu finden. Auf die Liste von Eurotransplant haben wir sie vorsichtshalber schon mal setzen lassen, aber sie hat eine seltene Blutgruppe, und es gibt noch andere Parameter … Es wird jedenfalls nicht leicht. Tut mir leid, dass ich Ihnen da wenig Hoffnung machen kann.«

Ellinor fuhr sich durchs Haar. »Gibt es nicht auch … Warten Sie … Wie nennt man das? Lebendspenden? Dass irgendein Freund oder Verwandter dem Kranken eine Niere abgibt? Ich meine … man hat doch zwei …«

Dr. Bonhoff rieb sich die Schläfe, eine für ihn offenbar charakteristische Geste. »Das wäre eine Möglichkeit«, räumte er ein. »Und tatsächlich wurde Frau Hennings Mutter auch schon getestet. Die Ergebnisse stehen noch aus.«

»Und wie sind die Chancen?«, fragte Ellinor.

Dr. Bonhoff hob die Schultern. »Das kann man nicht sagen. Allerdings finden sich in der näheren Verwandtschaft recht häufig passende Spender. Wenn Sie möchten, können Sie sich ebenfalls testen lassen. Allerdings sollten Sie das nicht leichtfertig entscheiden. Es gibt neben der Operation an sich viele Risiken. Müdigkeit, Thrombose, Herz-Kreislauf-Erkrankungen ... Und natürlich die Gefahr, eines Tages selbst an einer Nierenerkrankung zu leiden und dann nur noch über ein Organ zu verfügen. Sie sollten sich das auf jeden Fall gut überlegen.«

Ellinor nickte, obwohl ihr Entschluss eigentlich schon feststand. Natürlich würde sie eine ihrer Nieren spenden! Wenn es irgendeine Möglichkeit gab, Karla zu helfen, dann würde sie es tun.

Sie fasste neuen Mut, als sie sich von Dr. Bonhoff verabschiedete und für eine erneute Begegnung mit Karla wappnete. Der Arzt hatte sie vorgewarnt, was deren Zustand betraf. Ihre Cousine war von der Behandlung geschwächt und mochte den Besuch vielleicht sogar verschlafen.

Tatsächlich fand Ellinor sie in nicht viel besserem Zustand vor als am Tag zuvor. Karla schien sie kaum zu erkennen. Ellinor zog nichtsdestotrotz einen Stuhl an das Krankenbett und begann tapfer, ein bisschen von ihrer Arbeit zu erzählen und kleine Scherze zu machen.

»Mach dir keine Sorgen«, sagte sie schließlich mit einem Anflug von Galgenhumor. »Wir finden eine Lösung. Mit meinen Eierstöcken ist zwar nicht viel los, aber meine Nieren funktionieren ganz großartig!«

Kapitel 2

»Du bist verrückt!« Gernot schüttelte verständnislos den Kopf, nachdem er endlich begriffen hatte, was Ellinor ihm sagen wollte. Sie war mit ihrem Entschluss, Karla eine ihrer Nieren zu spenden, nicht einfach herausgeplatzt, sondern hatte sich genau überlegt, wie sie ihrem Mann ihr Anliegen verständlich machen konnte. Das änderte allerdings nichts an seiner ablehnenden Reaktion. »Du willst dich aufschneiden lassen, deine Gesundheit ruinieren, eine riesige Narbe in Kauf nehmen ...« Gernot unterstrich seine Rede mit theatralischen Gesten.

»Die Narbe ist ja wohl das geringste Problem!«, unterbrach ihn Ellinor. »Man wird sie kaum sehen. Und sonst ... Ich hab das nachgelesen, Gernot, es kommt eher selten zu Komplikationen. Die OP ist nicht sehr kompliziert. Und man kann gut mit nur einer Niere leben.«

»Klar. Deshalb hat die Natur auch dafür gesorgt, dass wir zwei haben!«, höhnte Gernot. »Das ist Irrsinn, Ellinor, das kannst du nicht machen.«

»Es könnte Karla das Leben retten!«, beharrte Ellinor. »Selbst wenn ich hinterher ein paar Beschwerden haben sollte, wäre es das wert!«

»Ein paar Beschwerden!« Gernot griff sich an die Stirn. »Wir reden nicht von Kopfschmerzen ab und zu, sondern von ganz massiven gesundheitlichen Beeinträchtigungen. Die du leichtfertig auf dich nehmen willst, nur um deiner Cousine ein paar Unannehmlichkeiten zu ersparen. Natürlich ist das kein Spaß, wenn man alle paar Tage zur Blutwäsche muss. Aber andere stecken das auch weg. Man kann mit der Dialyse leben, Ellinor. Das beweisen täglich Millionen Menschen auf der ganzen Welt.«

»Karla kann das offenbar nicht!«, wandte Ellinor ein.

Gernot verzog das Gesicht. »Deine geliebte Karla braucht ja

bei allem eine Extrawurst«, bemerkte er. »Da solltest du mal drüber nachdenken. Sie nutzt dich aus!«

Ellinor hätte beinahe gelacht, wenn die Situation nicht so ernst gewesen wäre. Genau der Vorwurf war es nämlich, den Karla gegen Gernot vorzubringen pflegte. Sie war überzeugt davon, dass er seine Frau ausnutzte. Schließlich lebte er in ihrer Wohnung von ihrem Geld. Aber das konnte Ellinor nun unmöglich zur Sprache bringen!

»Karla ist kaum bei Bewusstsein!«, erklärte sie empört. »Das Letzte, was man ihr vorwerfen kann, ist, irgendjemanden auszunutzen. Wahrscheinlich würde sie sogar versuchen, es mir auszureden. Bestimmt will sie gar nicht, dass ich ...«

»Dass du dich für sie aufopferst?«, fragte Gernot melodramatisch. »Da wäre ich mir nicht so sicher. Sich für jemanden zu opfern ist schließlich der ultimative Liebesbeweis, der ...«

»Liebesbeweis? Du spinnst!« Ellinor schüttelte den Kopf. »Du hörst dich an, als wärest du eifersüchtig. Aber ja, ich liebe Karla. Sie ist sozusagen ... mein zweites Ich, meine Schwester, meine Seelenverwandte. Wir sind zusammen aufgewachsen, wir haben immer alles gemeinsam gemacht. Bis ...«

Bis sie mit Gernot zusammengekommen war. Ellinor biss sich auf die Lippen. Ihre Beziehung mit Gernot hatte das Verhältnis zwischen ihr und Karla abkühlen lassen – ohne dass die gegenseitige Zuneigung darunter gelitten hatte. Ellinor nahm Karla nicht mal übel, dass sie Gernot so harsch kritisierte, aber sie trafen sich jetzt einfach seltener. Karlas Lebensgefährte Sven konnte Gernot ebenfalls nicht leiden. Abende zu viert, wie mit früheren Freunden der beiden Frauen, fielen also weg.

»Jedenfalls fahre ich jetzt noch mal in die Klinik«, beendete Ellinor schließlich die fruchtlose Diskussion. »Ich lasse mir Blut abnehmen. Wir können ja noch mal drüber reden, wenn ich weiß, ob ich als Spenderin infrage komme.«

Ellinor war immer noch ziemlich aufgebracht, als sie ihr Auto in Richtung Krankenhaus lenkte. Es fiel ihr schwer, sich nicht über Gernots Reaktion zu ärgern. Natürlich lehnte er Karla ab, und diese ließ ihn ihre Antipathie ebenfalls mehr als deutlich spüren. Man musste aber fairerweise einräumen, dass Gernot es Karla und Sven nicht gerade leicht gemacht hatte, ihn zu mögen. Schon beim ersten Treffen zu viert hatte er sich arrogant und ungeduldig gezeigt, hatte die freundlichen Fragen der anderen zu seiner Arbeit spöttisch und desinteressiert beantwortet und alle sonstigen Gesprächsthemen als spießig abgetan. Spießig war auch die Wahl des Restaurants, in dem man sich getroffen hatte, spießig war Karlas und Svens Auftreten. Ihre Berufe – Karla war Lehrerin und Sven Polizeibeamter – waren völlig unannehmbar.

Ellinor seufzte. Gernot war zweifellos manchmal brüsk, und sie war oft erschrocken, wie hartherzig er sein konnte. Andererseits war sie überzeugt davon, dass Verletzlichkeit hinter seinem Auftreten steckte. Seine Ablehnung ihrer Nierenspende zum Beispiel ... Gernot war auf seine Art sensibel und sehr auf ein perfektes Äußeres bedacht. Allein der Gedanke, ihren Körper durch eine Narbe verunstaltet zu sehen, musste ihn erschrecken. Es war nicht einfach, mit einem Künstler zusammen zu sein, Gernot hatte seine Launen, seine Empfindlichkeiten – aber gerade das machte ihn interessant. Der Sex mit ihm war intensiver, als Ellinor ihn je mit einem anderen empfunden hatte. Gernot war fantasievoll, aufregend, sie liebte seinen Körper, seine Geschmeidigkeit, die Liebkosungen seiner sehnigen Hände.

Ellinor lächelte, als sie daran dachte, wie er sie am Anfang ihrer Beziehung oft mit Finger- oder Lebensmittelfarben bemalt hatte, bevor sie sich liebten. Sein »Kunstwerk« hatte er sie damals genannt und sie ermutigt, es ihm gleichzutun. Er hatte über die »Kriegsbemalung« gelacht und dann angelegentlich mit ihr darüber diskutiert, ob die Liebe zwischen Mann und Frau der ultimative Ausdruck von Frieden war oder eher die intensivste Form des Geschlechterkrieges, in dem einer versuchte, den anderen zu dominieren.

Mit Gernot konnte man die spannendsten Gespräche führen. Am Anfang ihrer Beziehung hatte Ellinor geglaubt, sie würden gemeinsam ein endloses Abenteuer erleben. Inzwischen hatte sich das etwas abgenutzt, es herrschten Alltag und Routine. Trotzdem gab es immer noch Tage oder häufiger Nächte, in denen Gernot ihre Welt zu etwas ganz Besonderem machte. Als Karla und Ellinor sich einmal darüber unterhalten hatten, hatte ihre Cousine gesagt, dass Liebe für sie vor allem Wärme bedeute, Wärme und Geborgenheit, gespendet vom jeweils anderen – Zärtlichkeit auf einem flauschigen Teppich vor einem flackernden Kaminfeuer hatte sie damit assoziiert. Ellinor dagegen sah sich mit Gernot eher in einem Ring aus Flammen und Glut. Das Feuer konnte verhalten glühen, aber dann auch wieder auflodern, es konnte wärmen, doch ebenso verbrennen, es konnte Glück bedeuten oder Schmerz …

Als Ellinor im Krankenhaus ankam, hatte sie sich erfolgreich davon überzeugt, dass das Glück mit Gernot die Enttäuschungen bislang immer überwogen hatte. Und es würde noch sehr viel schöner werden, wenn sie endlich ein Kind hätten. Etwas unglücklich passierte sie ein Schild, das zur Entbindungsstation wies. Sie wünschte sich so sehr ein eigenes Baby, und sie war davon überzeugt, dass Gernot als Vater ausgeglichener werden würde. Gerade er, der immer so darauf aus war, der Welt seinen Stempel aufzudrücken, der sich wünschte, dass »etwas von ihm bliebe«, wie er es auszudrücken pflegte. Ein Kind wäre etwas so viel Größeres als ein paar düstere Pinselstriche auf einer riesigen Leinwand.

Seufzend klingelte Ellinor an der Intensivstation und fragte eine Schwester nach Dr. Bonhoff. Sie folgte ihr zum Arztzimmer und hörte gleich ihr bekannte Stimmen. Als sie durch die angelehnte Tür hineinspähte, erkannte sie nicht nur Dr. Bonhoff, sondern auch Karlas Mutter Marlene und ihre eigene Mutter.

»Es tut mir wirklich sehr, sehr leid«, sagte Dr. Bonhoff gerade. Ellinors Mutter reichte Marlene ein Taschentuch. »Die Werte passen überhaupt nicht zusammen, Sie kommen als Spenderin für Ihre Tochter absolut nicht infrage und Ihr Mann leider auch nicht.« Karlas Vater hatte sich am Abend zuvor ebenfalls testen lassen. »Aber nun weinen Sie doch nicht, es ist ja noch längst nicht alles verloren.« Marlene schluchzte unaufhaltsam. »Schauen Sie, es gibt ja noch Eurotransplant«, fuhr Dr. Bonhoff fort. »Es kann sich jederzeit ein Spender finden. Und vielleicht sind da andere Familienangehörige. Frau … äh … Sternberg will sich zum Beispiel testen lassen …«

Ellinor wollte die Erwähnung ihres Namens eben zum Anlass nehmen, einzutreten und ihre Absicht noch einmal zu bestätigen, als ihre Mutter dem Arzt ins Wort fiel.

»Wer? Ellinor? Meine Tochter will eine Niere spenden?«

Sie klang alarmiert, ganz anders, als Ellinor erwartet hätte. Ihre Mutter stand Karla sehr nah, sie hatte ihre Nichte gemeinsam mit Ellinor aufgezogen. Karlas Eltern, die einen Betrieb führten, hatten wenig Zeit für ihre Tochter gehabt.

»Bei Cousinen ist das durchaus möglich«, erläuterte Dr. Bonhoff. »Und Sie selbst als ihre Tante, Frau …«

»Ranzow, Gabriele Ranzow …«

»… Frau Ranzow, kommen natürlich auch infrage. Wenn Sie möchten, nehmen wir Ihnen gleich Blut ab.«

»Auf keinen Fall!« Gabrieles Stimme klang so schrill, als wollte sie sich bald überschlagen. »Also erst mal bin ich nicht direkt Karlas Tante. Ihre Mutter und ich sind auch nur Cousinen. Und dann … Also ich kann das nicht machen und meine Tochter ebenfalls nicht! Haben Sie … haben Sie sie überhaupt schon über die Gefahren eines solchen Eingriffs informiert? Über … über die Risiken …?«

Es klang eigentlich nicht so, als stünden Ellinors Mutter konkrete Risiken vor Augen. Eher schien sie krampfhaft nach Argumenten gegen eine Nierenspende ihrer Tochter zu suchen.

Ellinor entschloss sich einzugreifen. Sie betrat das Zimmer.

»Guten Tag, zusammen. Und Mama … Was ich tue oder lasse, musst du mir schon selbst überlassen!«, erklärte sie entschieden. »Tante Marlene, dein Test hat ergeben, dass du als Spenderin nicht geeignet bist? Genauso wenig wie Onkel Franz?«

Karlas Mutter nickte. Sie sah schrecklich blass aus, ihre Augen waren vom Weinen gerötet. »Ich hätte … ich hätte es so gern gemacht«, flüsterte sie. »Und Franz natürlich auch. Sogar Sven hat sich testen lassen ...«

Ellinor legte ihr die Hand auf die Schulter. »Das weiß ich doch«, sagte sie sanft. »Ich mache es auch gern. Ich lasse mir gleich Blut abnehmen. Dann sehen wir morgen, ob es geht.« Sie lächelte. »Ich bin da übrigens ganz optimistisch. Karla und ich waren schon immer ein Herz und eine Seele. Da können wir doch auch ein Herz und eine Niere werden.«

Dr. Bonhoff erwiderte das Lächeln. »Sie haben sich das wirklich genau überlegt?«, fragte er noch einmal.

Ellinor nickte. »Sicher, ich ...«

»Sicher ist da gar nichts«, unterbrach ihre Mutter, die sich inzwischen wohl von dem Schreck über Ellinors plötzliches Auftauchen erholt hatte. »Meine Tochter und ich werden über diese Sache noch einmal reden. Bitte entschuldigen Sie uns, Herr Doktor. Marlene ... ich lasse dich ungern allein, aber ich ... Wir trinken jetzt einen Kaffee zusammen, Elin, und dabei werde ich dir diese Geschichte ausreden ...« Entschlossen stand sie auf.

Ellinor blickte unsicher zwischen den Anwesenden hin und her. Ein solches Auftreten kannte sie nicht von ihrer Mutter. Sie war selten streng und nie dogmatisch gewesen und hatte eigentlich ein gutes Verhältnis zu ihr und zu Karla. Diese kategorische Ablehnung, zu helfen, selbst wenn damit ein kleines Risiko verbunden war, kam so völlig unerwartet ... Ellinor beschloss, sich die Argumente ihrer Mutter wenigstens anzuhören.

»Gehen Sie nur.« Dr. Bonhoff erhob sich ebenfalls. »Wir können Ihnen auch später noch Blut abnehmen. Sie sollen sich vor allem sicher sein. Auf keinen Fall wollen wir Sie zu irgendetwas überreden. Und Sie, Frau Henning, kommen jetzt erst mal mit zu Ihrer Tochter. Der geht es heute Nachmittag sehr viel besser. Sie hat sich ein bisschen von der Dialyse erholt und ist wieder voll ansprechbar. Sie können mit ihr reden ... Bestimmt freut sie sich über den Besuch.«

Während Marlene dem Arzt folgte, ging Ellinor mit ihrer Mutter in die Cafeteria des Krankenhauses. Sie versuchte, gleich das Gespräch auf die Spende zu bringen, aber Gabriele ging nicht darauf ein.

»Natürlich liegt mir Karla am Herzen«, sagte sie, als Ellinor irgendwann von Erklärungen zu Vorwürfen überging. »Und ich weiß, wie viel sie dir bedeutet. Dennoch ... Ein Organ spenden, dich aufschneiden lassen, dich ...«

Ellinor rührte entnervt in ihrem Kaffee, während Gabriele weiter lamentierte. Sie ging sogar so weit anzuführen, dass Ellinors Vater das sicher nicht billigen würde. Dabei waren Gabriele und Georg Ranzow seit Jahren geschieden und gewöhnlich wie Hund und Katze. Tatsächlich fühlte Ellinor sich bei dem Gespräch mit ihrer Mutter sehr an ihre Auseinandersetzung mit Gernot erinnert – nur dass Ellinor seine Einwände erwartet hatte, während Gabrieles Ablehnung sie enttäuschte. Schließlich beschloss sie, ihr das auch zu sagen.

»Wie kannst du nur derartig herzlos sein!«, griff sie ihre Mutter an. »Es ist fast, als wäre es dir egal, was aus Karla wird. Mama, wenn sie keine neue Niere bekommt, könnte sie sterben! Ich dachte ... also eigentlich hatte ich gedacht, du wärst die Erste, die mich ermutigt, ihr zu helfen. Aber du redest von Narkoserisiken und Narben und allem möglichen Zeug. Dabei weißt du gar nichts über Nierentransplantationen. Was du da alles erzählst ... du hast keine Ahnung. Oder hast du dich irgendwo kundig gemacht? Im Internet vielleicht?«

Die Frage war etwas hinterhältig. Tatsächlich war der Argumentation ihrer Mutter leicht zu entnehmen, dass ihr keinerlei medizinische Kenntnisse zugrunde lagen.

»Ich hab mehr Ahnung, als du denkst!«, gab diese zurück, wirkte aber plötzlich hilflos. »Ich ... ich ... ich hab jedenfalls meine Gründe ... Und es ... es ist auch gar nicht gut, der Natur so ins Handwerk zu pfuschen ...«

Ellinor schlug die Augen gen Himmel. Gabrieles Vorbehalte verblüfften sie immer mehr. »Was ist das denn jetzt für ein Argument?«, brauste sie auf. »Also wenn's danach geht, dürfte Karla auch nicht zur Dialyse, dann müssten wir der Natur einfach ihren Lauf lassen. Was ist bloß los mit dir, Mama? Du bist doch sonst nicht so ... so ...« Sie brach ab. Für sie war das Gespräch beendet. »Ich hab jetzt jedenfalls genug von der Diskutiererei. Ich gehe zu Dr. Bonhoff und sage ihm, dass ich mich entschieden habe. Dann wissen wir wenigstens, woran wir sind. Wenn ich als Spenderin infrage komme, können wir immer noch weiterstreiten.«

Gabrieles Gesicht nahm einen verzweifelten Ausdruck an. Sie strich sich eine Haarsträhne aus der Stirn und biss sich auf die Lippen. »Dann lass dich von mir aus testen!«, sagte sie. Es klang nicht mehr so aggressiv, eher resigniert. »Doch ich sag dir gleich, es wird nichts dabei herauskommen. Wahrscheinlich habt ihr nicht mal dieselbe Blutgruppe, von anderen Gemeinsamkeiten ganz zu schweigen ...«

Ellinor blickte ihre Mutter verwundert an. »Wieso bist du dir da so sicher?«, erkundigte sie sich. »Okay, wir sind nur Cousinen zweiten Grades. Aber das ist doch trotzdem ein relativ naher Verwandtschaftsgrad.«

Gabriele schüttelte den Kopf und ließ die Schultern sinken, als hätte sie einen Kampf verloren. »Nein, Elin«, sagte sie leise. »Tut mir leid, dass du es so erfahren musst. Wir hätten es dir und Karla früher sagen müssen, aber es hat einfach keiner mehr daran gedacht ... Es schien so völlig unwichtig zu sein. Tatsächlich sind wir, du und ich, mit Marlenes und Karlas Familie nicht blutsverwandt. Meine Mutter war ein angenommenes Kind.«

»Sie war was?« Ellinor runzelte die Stirn, völlig verwirrt über Gabrieles Geständnis. »Sie war adoptiert, wolltest du sagen?«

Gabriele schüttelte den Kopf. »Nein. Eher eine Art ... hm ... Pflegekind. Jedenfalls hatte sie einen anderen Nachnamen als ihre Geschwister. Ich bin darauf gestoßen, als ich irgendwann mal ihren Pass in die Hand bekam. Dana war keine geborene Parlov, sondern hieß ... warte mal, wie war das noch ... Vlašić ...«

»Klingt ebenfalls slawisch«, sagte Ellinor, schon um überhaupt irgendetwas zu sagen. Die Eröffnung ihrer Mutter machte sie beinahe sprachlos. »Und du meinst … dir hat es auch niemand erzählt? Warum denn nicht? Was gab es denn da zu verbergen?«

Gabriele zuckte mit den Schultern. »Es gab sicher nichts zu verbergen. Jedenfalls sollte man es nicht so ausdrücken. Das klingt schließlich, als hätte man ein großes Geheimnis daraus gemacht. Als ob sich jemand dafür schämte oder als ob irgendwas Dramatisches dahintersteckte. Dabei glaube ich, dass es einfach nur allen egal war. Du weißt doch noch, wie eng Oma Dana und ihre Schwestern zusammengehalten haben. Sie hat sich nie wie eine Fremde gefühlt in der Familie. Nur der andere Name störte, hat sie mir gesagt, nachdem ich es herausgefunden hatte. Du darfst mir glauben, ich war damals genauso schockiert über die Heimlichtuerei wie du jetzt. Oma und Opa Parlov haben noch gelebt. Dana meinte jedenfalls, sie hätte sich immer Parlov genannt, weil sie so gern genauso heißen wollte wie ihre ›Schwestern‹. In der Schule hat sie dafür manchmal Ärger bekommen. Als dann alle heirateten, relativierte es sich, weil jede einen anderen Nachnamen bekam und keiner mehr daran dachte, dass Dana irgendwann nicht ganz dazugehört hatte. Es ist ja auch nicht wirklich wichtig – wenn es nicht gerade um eine Nierentransplantation geht. Ich hätte es dir längst erzählen sollen, aber als du jetzt so plötzlich mit der Spende anfingst, hab ich kalte Füße gekriegt. Wenn die Blutprobe analysiert wird, kommt doch sicher heraus, dass ihr nicht verwandt seid, oder?« Sie sah Ellinor Verständnis heischend an. »Na ja, jetzt weißt du es. Und … wenn du dir jetzt trotzdem Blut abnehmen lassen willst, dann tue ich es natürlich auch. Ich würde Karla genauso gern helfen wie du. Glaub mir, ich … ich würde ihr sofort eine Niere spenden. Es ist nur sehr unwahrscheinlich, dass die Testergebnisse positiv sind.«

Auch wenn die Chancen schlecht standen, aufgeben würde Ellinor so schnell nicht. Sie war nur ziemlich verwirrt. Trotzdem wollte sie Karla unbedingt noch sehen und sich anschließend auf jeden Fall testen lassen.

Erneut machte sie sich auf den Weg zur Intensivstation – und traf dort einen unerwartet aufgeregten Dr. Bonhoff. Der Arzt hielt einen Ausdruck mit Blutwerten in der Hand und diskutierte ihn lebhaft mit einer Krankenschwester. Ellinor hörte Worte wie »Kreatininwert« und »glomeruläre Filtrationsrate«, ohne ihre Bedeutung zu verstehen, aber Dr. Bonhoff wandte sich ihr direkt zu, als er sie sah.

»Frau Sternberg, es gibt gute Nachrichten!«, erklärte er. »Ich hatte schon nicht mehr damit gerechnet, aber der Zustand Ihrer Cousine verbessert sich weiter. Wir vermuten, dass sie endlich auf die Medikamente anspricht, die wir ihr geben. Jedenfalls besteht Anlass zu vorsichtigem Optimismus. Vielleicht erholen sich die Nieren ... Wollten Sie jetzt zu mir, wegen des Bluttests?«

Ellinor nickte, informierte den Arzt jedoch auch über das Geständnis ihrer Mutter.

»Und weder Sie noch Ihre Cousine hatten die leiseste Ahnung?«, fragte der Arzt kopfschüttelnd. »Was für eine Geschichte! Da werden Sie ja einiges aufzuarbeiten haben in der nächsten Zeit, oder? Sie wollen der Sache doch bestimmt auf den Grund gehen.«

Ellinor nickte. Sie würde Karla nicht gleich mit der Angelegenheit konfrontieren, es war sicher nicht gut für sie, wenn sie sich aufregte. Aber wenn es ihr besser ging, würde sicher auch sie wissen wollen, was es mit ihrer Herkunft auf sich hatte. Wobei Karlas Abstammung natürlich nicht fraglich war, Marlene war unzweifelhaft eine Parlov. Dana dagegen, Ellinors Großmutter ...

Ellinor beschloss, den Spuren des angenommenen Kindes zu folgen.

Kapitel 3

Ellinor begann ihre Suche in Marlenes Elternhaus, das heute von Karlas einzigem Onkel und seiner Familie bewohnt wurde. Es war ein kleines Haus im Wiener Stadtteil Nussdorf, einem traditionellen Weinbaugebiet. Guran Parlov, den Ellinor bislang für ihren Urgroßvater gehalten hatte, hatte es 1915 für seine Familie gebaut, und er war ungeheuer stolz darauf gewesen. Ellinor wusste aus den Erzählungen ihrer Großmutter, dass er aus Dalmatien nach Wien gekommen war und in seiner Heimat unter sehr ärmlichen Umständen gelebt hatte. Niemals hätte er es für möglich gehalten, irgendwann zum Hausbesitzer aufzusteigen. Allerdings war er wohl ein sehr tüchtiger Arbeiter gewesen und hatte viel vom Weinbau verstanden. So hatte er in Wien schnell Arbeit auf einem namhaften Weingut gefunden und sich dort im Laufe weniger Jahre zum Vorarbeiter hochgedient.

Sowohl er als auch seine Frau Milja hatten jeden Schilling gespart, bis es tatsächlich zu einem Stück Land und einem kleinen Haus reichte. Es war Gurans und Miljas ganzer Stolz gewesen, und noch heute hielt die Familie es in Ehren. Ein Verkauf hatte nie zur Debatte gestanden. Friedrich Parlov betrieb in Nussdorf eine gut gehende Zahnarztpraxis und investierte ständig in den Erhalt des Parlov'schen Familiensitzes. Er hatte ein gutes Verhältnis zu seinen Schwestern, Vettern und Cousinen – Ellinor erinnerte sich an viele Sommertage, die sie im Laufe ihrer Kindheit in der ländlichen Umgebung des kleinen Hauses verbracht hatte.

Gundula, Friedrichs Frau, war gastfreundlich und herzlich. Sie lud Ellinor sofort zum Kaffee ein, als sie am darauffolgenden Wochenende anrief und nach Familienerinnerungen fragte. Der duftende Zitronenkuchen, den die lebhafte, etwas rundliche Frau mit den freundlichen blauen Augen bei Ellinors Eintreffen aus dem Ofen holte, weckte bei ihr gleich Erinnerungen an die Kindheit. Begeistert aß sie ein großes Stück, während sie Gundula von den Geheimnissen um ihre Großmutter Dana berichtete. Sie stieß auf größte Verwunderung. Auch Gundula hatte Gabriele und Ellinor stets für Blutsverwandte ihres Mannes gehalten. Jetzt wollte sie allerdings erst einmal alles über Karlas Zustand hören.

»Wir hätten uns natürlich auch wegen einer Nierenspende testen lassen«, erklärte sie. »Jedenfalls Friedrich und die Kinder, ich käme ja ebenso wenig infrage wie du.«

Ellinor war mehr als erleichtert, versichern zu können, dass dies wahrscheinlich nicht mehr nötig war. Karla erholte sich weiterhin gut – ansonsten hätte Ellinor auch kaum die Energie aufgebracht, jetzt schon mit der Suche nach ihren Wurzeln zu beginnen. Karla lag inzwischen nicht mehr auf der Intensivstation, und Ellinor hatte ihr von Gabrieles Enthüllungen erzählt. Erwartungsgemäß traf das auf größtes Interesse, Karla wartete voller Spannung auf die ersten Ergebnisse von Ellinors Nachforschungen.

»Wenn es noch irgendwelche Unterlagen gibt, dann sicher auf dem Speicher in Onkel Friedrichs Haus«, hatte sie eifrig erklärt. »Ich wünschte, ich könnte dir suchen helfen. Wer weiß, was du noch rausfindest über Oma Dana. Vielleicht ist sie ja ein Adelsspross, eine verfolgte und bei den Parlovs versteckte Prinzessin …« Karla hatte schon immer eine lebhafte Fantasie gehabt.

Ellinor hatte über die Spekulationen nur lachen können. »Wohl eher ein uneheliches Kind oder ein Findelkind«, hatte sie realistischere Überlegungen angestellt. »Wahrscheinlich aus der näheren Verwandtschaft. Sonst gäbe es ja keinen Grund für eine ohnehin schon große und bitterarme Familie, sich mit einem weiteren Esser zu belasten.«

»Dann sind wir unter Umständen doch verwandt!«, hatte Karla gesagt. »Du musst das unbedingt rausfinden. Hoffentlich hat Tante Gundula nicht schon alle Unterlagen der Urgroßeltern weggeschmissen. Ich meine Geburtsurkunden und so was.«

Gundula schüttelte entschieden den Kopf, als Ellinor diese Sorge äußerte.

»Also weggeworfen haben wir gar nichts«, versicherte sie. »Die Papiere der Parlovs sind noch da, auch Fotos. Das sind schließlich Zeitdokumente. Friedrich hat immer überlegt, das Zeug mal zu sichten und eventuell dem Stadtarchiv zu spenden. Jedenfalls liegt alles in einer Truhe, bestimmt etwas muffig, aber unversehrt. Das Ding steht auf dem Speicher. Wir können die Unterlagen runterholen.«

Gundula fand einen Karton, und tatsächlich wusste sie genau, wo in dem Durcheinander aus alten Möbeln, Kinderspielzeug und ausrangierten Kleidern die Truhe zu finden war. Ellinor klappte den schweren Deckel auf und förderte als Erstes ein Fotoalbum zutage, dann Zeugnisse und Dokumente. Das Erste, was ihr in die Hände fiel, gehörte zu Guran Parlov selbst, eine Geburtsurkunde. Das Papier war vergilbt und brüchig und wohl von einem Priester ausgestellt worden statt wie in späteren Zeiten von einem Standesbeamten.

»Pijavićino«, las sie langsam den Namen des Ortes, an dem der Ahnherr der Familie das Licht der Welt erblickt hatte. »Hast du eine Ahnung, wo das liegt?«

Zu ihrer Überraschung nickte Gundula. »Hab ich. Ich war sogar schon da. Friedrich hat es nämlich auch ein bisschen mit der Suche nach seinen Wurzeln, deshalb haben wir mal in Dalmatien Urlaub gemacht. Er wusste von seiner Mutter, dass die Familie von der Halbinsel Pelješac stammt. Die gehörte zu Zeiten von Großvater Guran noch zur K.-u.-k.-Monarchie, also zu Österreich. Heute ist ein Teil davon kroatisch, ein anderer gehört zu Montenegro. Wir waren in Kroatien und haben das Dorf besucht, aus dem Guran und Milja kamen. Es liegt im Inland und ist bekannt durch den Weinbau. Guran hat sicher von Kindheit an in den Weinbergen gearbeitet. Kein Wunder, dass er so viel darüber wusste.«

»Kam es denn häufig vor, dass die Leute von dort abwanderten?«, fragte Ellinor.

Gundula zuckte die Schultern. »Keine Ahnung. So tief gegraben hat Friedrich nicht. Wir sprechen ja auch kein Wort Kroatisch. Wir sind einfach mal hingefahren, haben es uns angesehen, ein paar Flaschen Wein gekauft, und das war's dann. Kroatien ist sehr schön, wir hatten ein hübsches Hotel an der Küste.«

Ellinor legte die Geburtsurkunde in den Karton und weitere Papiere, die ihr interessant erschienen, obwohl sie ihre Bedeutung noch nicht genau zuordnen konnte. Das Land hatte also damals zu Österreich gehört, dennoch waren nur wenige der Schriftstücke auf Deutsch abgefasst. Neben diversen amtlichen Urkunden und Schreiben fand sie Briefe. Einem davon schenkte Ellinor sofort besondere Aufmerksamkeit. Er war auf dickem und noch sehr gut erhaltenem Papier mit einem aufwendig gestalteten Briefkopf verfasst. Weinreben und -berge umrahmten einen Schriftzug, den man nicht entziffern konnte. Die Schmuckelemente legten allerdings nahe, dass es sich um den Namen eines Weinguts oder eines Winzers handelte. Zu Ellinors Überraschung war der Brief selbst in deutscher Sprache abgefasst.

»Das ist ein Empfehlungsschreiben!«, sagte sie erstaunt, nachdem sie die Grußfloskeln überflogen hatte und zum eigentlichen Inhalt des Briefes kam. »Offenbar von einem Winzer. Der Verfasser legt dem Empfänger einen hervorragenden Arbeiter ans Herz. *Er zeichnet sich sowohl durch Fleiß als auch durch Umsicht und Kenntnisreichtum aus und ist bei der Arbeit im Weinberg ebenso wie beim Keltern des Weines von größtem Nutzen. Guran Parlov ist willig und verständig, gehorsam und treu. Er ist ehrlich und lebt in christlicher Ehe mit Milja, die bei der Hausarbeit und als Kinderfrau brauchbar ist sowie eine Ausbildung als Dienerin genossen hat.*«

Gundula nahm Ellinor interessiert das Schriftstück aus der Hand. »Eine Art Zeugnis«, konstatierte sie. »Für Großvater Guran und seine Frau. Ist ja interessant. Die Parlovs haben ihr Dorf anscheinend mit dem Segen ihres Arbeitgebers verlassen. Dabei hätte ich gedacht, dass Landarbeiter in diesen Zeiten fast noch wie Leibeigene gesehen wurden. Ich hab immer angenommen, dass man bei Nacht und Nebel verschwinden musste, wenn man sich irgendwo anders ein besseres Leben erhoffte.«

Ellinor nickte. »Ich auch. Zumal sich der Brief nicht liest, als wäre der Winzer froh gewesen, Guran loszuwerden. Im Gegenteil, er scheint ihn sehr geschätzt zu haben. Guran hat sich dann ja auch in Österreich bewährt. Warum trennt man sich von einem so guten Arbeiter?«

»Vielleicht hat der Österreicher den Mann aus Dalmatien um eine Empfehlung gebeten?«, fragte sich Gundula. »Obwohl ... also logisch wäre das nicht, es gab hier garantiert ebenso gut ausgebildete Arbeitskräfte, die nicht erst Deutsch lernen mussten.«

»Und dann hätte der Verfasser auch Bezug auf die Anfrage genommen«, fügte Ellinor hinzu. »Stattdessen spricht er von einem Anliegen, das er an den Adressaten richtet. Er bittet den Wiener Winzer Alfred Erlmeier, Guran eine Anstellung auf seinem Weingut zu geben.«

Gundula sah weitere Papiere durch. »Was der dann tatsächlich getan hat«, stellte sie fest. »Guran hat sein ganzes Leben bei Erlmeier gearbeitet, zu beidseitiger größter Zufriedenheit. Was beweist, dass der dalmatinische Winzer nicht übertrieben hat in seinem Schreiben. Er hat ihn nicht weggelobt. Wie hieß der überhaupt?«

»Maksim Vlašić«, entzifferte derweil Ellinor. »Und Vlašić ... Tante Gundula, das war der Name, den Mama genannt hat! Oma Danas Mädchenname! Das kann kein Zufall sein!«

Gundula schüttelte den Kopf und griff gespannt nach dem Brief. »Nein«, sagte sie. »Da lag mit ziemlicher Sicherheit ein Handel vor: Guran und Milja haben Maksim Vlašić sein uneheliches Kind abgenommen, dafür hat der ihnen eine bessere Anstellung in Österreich verschafft. Fragt sich nur noch, ob die Auswanderung Gurans oder Vlašić' Idee war.«

»In diesem Fall hätte das Kind nur nicht Vlašić geheißen«, gab Ellinor zu bedenken. »Es hätte den Nachnamen der Mutter gehabt. Lass uns einfach noch mal weitersuchen. Bisher vermuten wir lediglich, dass der Umzug der Parlovs nach Wien mit Dana zu tun hatte. Wer ihre Eltern waren, geht aus dem Brief nicht hervor und auch nicht, was sie mit den Parlovs verband. Die Theorie mit dem ›Handel‹ ist schließlich ziemlich weit hergeholt. Wer kommt denn auf so eine Idee?«

»Vor hundert Jahren war man mit Kindern nicht zimperlich«, bemerkte Gundula. »Wer unerwünscht war, wurde ohne große Überlegung irgendwohin in Pflege gegeben. Aus den Augen, aus dem Sinn. Da wurde nicht groß geprüft, wie es den Kleinen in der Pflegefamilie ging.« Gundula war Sozialarbeiterin und kannte sich in der Geschichte der Betreuung von Sozialwaisen gut aus.

»Aber die Parlovs haben sich liebevoll um Dana gekümmert«, wandte Ellinor ein. »Sie haben sie aufgezogen wie ihre eigene Tochter. Sicher, sie waren gutherzig, aber vielleicht lag ihnen auch etwas an dem Kind, auf das wir bisher noch nicht gestoßen sind.«

»Hier sind noch mehr Geburtsurkunden«, stellte Gundula fest und angelte weitere Papiere aus der Truhe. »Die der beiden leiblichen Töchter der Parlovs, Evica und Gavrila ...«

»Und da ist Danas!« Aufgeregt griff Ellinor nach dem dritten Dokument. »Auf Deutsch. Und nicht von einem Pfarrer ausgestellt, glaube ich, da steht *Standesamt Zadar.*«

»Zadar war damals die Hauptstadt Dalmatiens«, wusste Gundula. »Und?«

»Die Mutter war eine Liliana Vlašić. Und sie hat das Kind nicht auf Pelješac zur Welt gebracht, wo sie unzweifelhaft jeder kannte, sondern in der Hauptstadt. Und dann wurde es vermutlich gleich an die Parlovs weitergegeben. Komisch, dass es nicht auf ihren Namen registriert wurde ... Aber das wollten sie vielleicht nicht.«

»Das konnten sie nicht«, meinte Gundula nach genauerem Studium der Urkunden. »Evica und Dana waren praktisch gleichaltrig. Evica kam nur zwei Monate vor Dana auf die Welt. Milja konnte nicht mit Dana schwanger gewesen sein.«

»Liliana war dann sicher die Tochter oder die Schwester von diesem Maksim«, überlegte Ellinor. »Und ihr Kind kam 1905 unehelich zur Welt, Angaben zum Vater gibt es nicht.«

»Eine kleine Tragödie am Ende der Welt, die jemand elegant aus selbiger geschafft hat«, fasste Gundula zusammen. »Was Liliana wohl dabei empfunden hat? Na ja, das werden wir nie erfahren.« Sie zuckte mit den Schultern. »Wollen wir mal wieder runtergehen? Hier wird es mir langsam kalt. Und mit den Papieren sind wir ja durch.«

Ellinor nickte. Allerdings mochte sie nicht so schnell aufgeben. Ihre Neugier war inzwischen nicht nur als Lilianas Urenkelin, sondern auch als Historikerin geweckt. Sie wollte wissen, was damals in Dalmatien geschehen war.

Fast etwas ungeduldig trank sie einen weiteren Kaffee mit Gundula und entschuldigte sich dann, nachdem diese ihr erlaubt hatte, die Schriftstücke mitzunehmen. Sie kannte einen jungen Austauschstudenten aus Kroatien, der ihr helfen würde, die fremdsprachigen Texte zu übersetzen. Auf die drängendsten Fragen, die ihr im Kopf herumgeisterten, würden die Urkunden aber sicher keine Antwort geben.

Ellinor fuhr zurück in die Wiener Innenstadt und ertappte sich dabei, dass sie nicht gleich ihre Wohnung ansteuerte, sondern das Krankenhaus. Sie wollte die neuen Erkenntnisse mit Karla teilen. Ihre Cousine genoss immer noch den Luxus eines Einzelzimmers. Das zweite Bett im Raum war zurzeit nicht belegt.

»Du siehst so viel besser aus!«, erklärte Ellinor zur Begrüßung und meinte es ehrlich.

Karla hatte sich weiter erholt, die Schwestern schienen ihr beim Duschen und Haarewaschen geholfen zu haben. Sie trug ein hübsches Nachthemd. Ihre langen dunklen Locken waren ordentlich gekämmt und ihr Gesicht endlich wieder abgeschwollen. Zwar war sie immer noch blass und hatte bestimmt abgenommen, aber es ging erkennbar aufwärts.

»Ich hatte auch Herrenbesuch.« Karla lächelte und wies auf einen riesigen Blumenstrauß. »Sven hatte sich gleich testen lassen, als er von der möglichen Transplantation erfuhr. Und war ganz unglücklich, dass seine Werte nicht mit meinen übereinstimmten.

Dafür möchte er nun ganz bald heiraten. Was er sich davon für meine Nierenfunktion verspricht, weiß ich nicht, aber mein Herz hat der Antrag jedenfalls zum schnelleren Schlagen gebracht.« Ellinor lachte und gratulierte. Karla und Sven hatten eine Heirat immer vor sich hergeschoben, doch nun schien es ernst zu werden. »Und du? Hast du was rausgefunden?« Karla blickte interessiert auf den Stapel Papiere, den Ellinor jetzt aus ihrer Tasche holte und auf den Nachttisch legte.

Ellinor nickte und berichtete von ihrer Spurensuche. »Die Familie Vlašić hat Dana ganz elegant entsorgt, indem sie den Parlovs das Kind in Pflege gab und sie nach Österreich weglobte«, endete sie schließlich. »Fragt sich nur, was aus Liliana wurde. Was wird sie dazu gesagt haben? Ob sie irgendein Mitspracherecht hatte, was die Pflegefamilie anging? Und wer kann der Vater gewesen sein?«

»Ich hoffe mal, nicht Urgroßvater Guran«, bemerkte Karla. »Ich meine ... das wäre doch naheliegend ...«

Ellinor schüttelte entschieden den Kopf. »Nein. Vielleicht aus heutiger Sicht. Aber 1905 in Dalmatien? Wenn da ein Arbeiter die Tochter oder Nichte des Arbeitgebers entehrt hätte, da wäre Blut geflossen! Wahrscheinlich hätte Vlašić Urgroßvater Guran umgebracht und seine Familie mit Schimpf und Schande aus dem Dorf gejagt. Stattdessen hat er ihn in eine bessere Stelle empfohlen. Und Urgroßmutter Milja hat Dana wie eine eigene Tochter geliebt. Das wäre auch kaum der Fall gewesen bei der Frucht eines Ehebruchs.«

Karla ging bereits anderen Überlegungen nach. »Du meinst wirklich, Lilianas Vater oder Bruder oder was dieser Maksim für sie war, könnte den Erzeuger ihres Kindes getötet haben?«, fragte sie schaudernd.

Ellinor zuckte mit den Schultern. »Das wäre nicht unmöglich«, sagte sie. »Auf dem Balkan soll Blutrache bis heute verbreitet sein. Wer weiß, vielleicht gehörte der Mann ja einem verfeindeten Clan an oder was weiß ich. Jedenfalls werde ich versuchen, es herauszufinden. Sobald ich mich freimachen kann, fliege ich nach Dubrovnik.«

Gernot Sternberg war nicht begeistert von den Reiseplänen seiner Frau. »Obwohl es mir natürlich lieber ist, dass du nach Kroatien fliegst, als dass du dir eine Niere herausschneiden lässt«, kommentierte er spöttisch. »Bei den seltsamen Anwandlungen, die dich zurzeit umtreiben, muss man für kleine Dinge dankbar sein.«

»Das sind keine Anwandlungen!«, verteidigte sich Ellinor. »Das ist meine Familiengeschichte. Es interessiert mich einfach, wo ich herkomme, ich möchte wissen, was damals in Dalmatien geschehen ist.«

»Und das wird sich dir dort wie durch Zauberhand erschließen?«, fragte Gernot. »Sobald du dieses Kaff betrittst? Du kannst kein Wort Kroatisch, Elin. Du weißt überhaupt nicht, wo du anfangen sollst.«

»Natürlich weiß ich, wo ich anfangen muss!«, ereiferte sich Ellinor. »Ich bin Historikerin, falls du das vergessen haben solltest. Quellenstudium ist mir absolut nicht fremd. Ich werde Stadtarchive aufsuchen, falls es so was gibt, Kirchen ... Damals wurden Todesfälle, Geburten, Eheschließungen und so weiter in Kirchenbüchern verzeichnet, man wird da sehr oft fündig. Zumal diese Vlašićes sicher eine wichtige Rolle im Dorf gespielt haben. Ein großes Weingut ...«

»Aber alles auf Kroatisch«, wiederholte Gernot.

Ellinor holte tief Luft. Die nächste Enthüllung machte sie ungern, sie kannte Gernots Neigung zur Eifersucht. »Ich werde Milan Potoćnik mitnehmen. Milan ist ein Austauschstudent aus Dubrovnik, der nicht nur Kroatisch spricht, sondern auch Serbisch. Er versteht sogar die Dialekte der Gegend. Milan hat früher schon die Geschichte Dalmatiens erforscht. Die Sprache ist also kein Hindernis.«

»Du fliegst mit einem Mann?« Gernot fuhr auf.

Ellinor verdrehte die Augen. »Milan ist zehn Jahre jünger als ich. Mindestens. Er ist ein netter Kerl, aber das ist auch schon alles. Gernot, du kannst nicht ernsthaft eifersüchtig auf die Studenten sein, die bei mir ein und aus gehen. Jeden Tag suchen mich irgendwelche jungen Männer in meinem Büro auf, oder sie sitzen in meinen Seminaren. Wenn ich da mit einem was anfangen wollte, bräuchte ich wirklich nicht mit ihm nach Kroatien zu fliegen!«

»Aber dem guten Milan bezahlst du den Flug, oder?«, fragte Gernot. »Und plötzlich ist es egal, was es kostet. Wollten wir nicht sparen, Elin? Für ... für das Baby ...« Er schien seinen Zorn plötzlich zu vergessen, und auch Ellinors Ärger verrauchte, als er sie an sich zog.

»Es ist ein Billigflug«, beschwichtigte sie ihn. »Und ja, natürlich tut mir die Geldausgabe weh. Aber ich will es einfach wissen. Ich muss diese Geschichte kennen – und ich möchte sie unserem Kind eines Tages erzählen. Es sind seine Wurzeln, Gernot. Also bitte, mach's mir nicht so schwer.«

Ellinor stand auf und schmiegte sich an ihren Mann. Er musste verstehen, wie sie sich fühlte! Und dann legte Gernot tatsächlich die Arme um sie, und der Abend verlief unerwartet harmonisch. Erneut entzückte er sie durch ein erregendes Liebesspiel, und sie berauschte sich an der Möglichkeit, dass ihr heiß ersehntes Baby vielleicht gerade in dieser Nacht gezeugt werden könnte. Es war einer ihrer fruchtbaren Tage, und sie hatte schon befürchtet, dass Gernot sich über ihre Reise ärgern und die kostbare Maybe-Baby-Nacht ungenutzt verstreichen lassen würde. Als er sie nun so zärtlich liebte, sah sie das als weiteren Beweis dafür an, dass er sich das Kind ebenso sehr wünschte wie sie. Ellinor atmete auf und ergab sich ganz dem Glück ihrer Liebe.

Kapitel 4

In Dubrovnik strahlte die Sonne vom Himmel, obwohl es in Österreich um diese Jahreszeit längst empfindlich kalt war. Ellinor empfand fast Urlaubsstimmung, als sie aus dem Flieger stieg, und Milan, ihr Übersetzer, strahlte vor Freude über die unerwartete Gelegenheit zu einem Kurztrip in sein Heimatland. Auf dem Flug hatte sich der dunkelhaarige junge Mann als angenehmer Begleiter erwiesen. Er hatte lebhaft über sein Studium, seine Familie und seine Zukunftspläne geplaudert. Ellinor bewunderte seinen unangefochtenen Optimismus und seine Abenteuerlust. Er plante weitere Auslandsaufenthalte, vielleicht gemeinsam mit seiner österreichischen Freundin. In Dubrovnik machte er sich beim Abholen des Leihwagens nützlich und bot sich bereitwillig an, das Auto auch zu fahren. Ellinor konnte die Aussicht genießen.

»Wir können gleich nach Pelješac aufbrechen«, schlug er vor. »Nach Pijavićino ist es nur etwa eine Stunde Fahrt. Ob es da allerdings Hotels gibt, weiß ich nicht. Am besten, wir machen es wie Ihr Onkel und suchen uns ein Hotel an der Küste.« Ellinor hatte ihm auf dem Flug von Friedrichs und Gundulas Reise erzählt. Nun nickte sie zu seinen Vorschlägen und erfreute sich am Anblick des Meeres, das bald zu sehen war. Ein großer Teil der Strecke führte an der Küste entlang. Ellinor genoss die Aussicht auf felsige Abgründe, unter denen das Meer tobte, und Buchten mit ruhiger See, tiefblauem Wasser und weißen Stränden. Die Landschaft war mediterran, kein großer Unterschied zu anderen Urlaubsländern wie Spanien oder Italien. Viele Regionen wirkten ausgedörrt, in der letzten Zeit hatte es wohl nicht oft geregnet. Die Ortschaften an der Küste lebten hauptsächlich vom Tourismus, doch schließlich durchfuhren sie auch Weinbaugebiete. Pelješac war gebirgig und wirkte grüner als die Gegend um Dubrovnik.

»Pelješac hat eine lange und sehr wechselvolle Geschichte«, erklärte Milan, als sie über die einzige große Straße der Halbinsel nach Westen fuhren. »Sie war schon lange vor Christus besiedelt, später kam sie unter römische Herrschaft und gehörte zum Byzantinischen Reich. Im 9. Jahrhundert wanderten slawische Stämme ein. Pelješac gehörte zu Bosnien und später zu Dubrovnik, einem wichtigen Mittelmeerhafen, ähnlich wie Venedig und Florenz. Der Handel florierte … Na ja, das Ganze endete mit dem Einfall Napoleons. Nach dem Ersten Weltkrieg fiel Pelješac dann mit ganz Kroatien an Jugoslawien, und die neuere Geschichte kennen Sie ja. Kroatien erklärte sich 1991 zum unabhängigen Staat.«

Ellinor nickte. »Das Land war also einmal reich?«, fragte sie.

Milan nickte. »Ja, aber das ist lange her. Und die reichen Handelsherren werden sich auf die Städte beschränkt haben. Dort sprach man Italienisch, orientierte sich an den anderen Stadtstaaten im Mittelmeerraum und war sehr kosmopolitisch. Auf dem Land sah es sicher anders aus. Orte wie Pijavićino haben sich wahrscheinlich seit dem 9. Jahrhundert nicht großartig verändert. Und reich? Ein paar große Weinbauern waren zweifellos vermögend. Der Durchschnitt der Bevölkerung darbte. Deshalb wanderte man ja auch aus. Nach Amerika und nach Neuseeland! Ich hab mal ein bisschen was gelesen über diese *Gumdigger* – das ist echt ein faszinierendes Thema. Und noch so gar nicht ausgeschöpft. Könnte man fast drüber promovieren oder so … Wenn die Recherchereisen nicht so kostspielig wären.« Milan lachte spitzbübisch, seine nussbraunen Augen blitzten.

»Sie können sich ja bei einer Uni in Neuseeland bewerben«, schlug Ellinor vor, und Milan sah aus, als zöge er das in Erwägung.

Jetzt fuhren sie erst einmal nach Dingač Borak, einem winzigen idyllischen Küstenort. Zurzeit, lange nach der Hauptsaison, fand sich dort schnell eine preiswerte Pension mit einem atemberaubenden Blick über das Meer. Ellinor fühlte sich erneut wie im Urlaub, als sie den Tag bei einem Glas Rotwein ausklingen ließen.

Milan erzählte, dass Dingav-Reben hier schon seit der Antike gezüchtet wurden.

»Die baut man wahrscheinlich auch in Pijavićino an«, erklärte er.

Ellinor genoss den schweren Wein, der kräftig im Geschmack war. Sie konnte ihn ohne Bedenken genießen – der letzte Versuch, auf natürliche Weise ein Kind zu zeugen, war misslungen wie so viele andere zuvor. Ihre Regel hatte zwei Tage zuvor eingesetzt, und wie immer war sie am Boden zerstört gewesen. Lediglich die Aussicht auf die Reise hatte ihre Stimmung ein wenig gehoben. Die Spurensuche würde sie auf andere Gedanken bringen, und verpassen würde sie nichts – bis zu ihrem nächsten Eisprung war sie längst wieder zu Hause.

Jetzt sandte sie schnell ein paar E-Mails nach Österreich, bevor ihr der Wein zu Kopf stieg. Karla bekam ein Foto von der Terrasse der Pension, Gernot nur liebe Grüße und die Nachricht, dass sie gut angekommen war. Weintrinken mit Milan hätte er zweifellos missbilligt. Ellinor lächelte in sich hinein über die Eifersucht ihres Mannes.

Milan chattete derweil mit seiner Freundin in Wien und seiner Familie in einer Kleinstadt bei Dubrovnik. Er würde etwas länger in Kroatien bleiben als Ellinor und seine Eltern besuchen.

Die beiden trennten sich früh an diesem Abend. Sie planten, am nächsten Morgen gleich um neun nach Pijavićino aufzubrechen.

»Der Pfarrer wird ja zeitig auf sein«, meinte Milan. Auch er war der Ansicht, dass man in dem Dörfchen eher alte Kirchenbücher finden würde als ein modernes Stadtarchiv. »Er hält sicher jeden Morgen eine Frühmesse.«

Ellinor zuckte mit den Schultern. Weder sie noch Gernot waren gläubig. Allerdings hatte sie einiges über das mittelalterliche Klosterleben gelesen und von Stundengebeten gehört. Wenn das heute noch galt, musste der Geistliche die halbe Nacht auf den Beinen sein.

»Wir versuchen es«, erklärte sie und wünschte ihrem jungen Übersetzer eine gute Nacht.

Sie selbst stand schließlich noch eine Weile am Fenster ihres gemütlichen Zimmers und schaute hinaus übers Meer, das im Licht des Vollmonds unwirklich schimmerte. Es war wunderschön romantisch, die Welt war wie verzaubert. Ellinor hätte sich gewünscht, Gernot jetzt bei sich zu haben, sich an ihn schmiegen zu können und mit ihm zu verschmelzen wie das Mondlicht mit den Wellen.

Die melancholische Stimmung ließ sie an Liliana Vlašić denken. Hatte auch sie in einer warmen Nacht aus ihrem Fenster gesehen und an ihren Liebsten gedacht? Der sie verlassen oder den sie verloren hatte? War sie gefangen gewesen, verzweifelt? Sie hatte ein Kind empfangen, hatte das gehabt, was Ellinor selbst sich so sehnlichst wünschte. Aber für Liliana war es ein Fluch gewesen, und letztlich hatte sie das Kind weggeben müssen.

Ellinor rieb sich die Augen. Es brachte nichts, Spekulationen anzustellen. Vielleicht würde sie ja am kommenden Tag mehr über das Schicksal ihrer geheimnisvollen Urgroßeltern erfahren. Am Morgen schien erneut die Sonne, und obwohl sie etwas fröstelten, frühstückten Ellinor und Milan auf der Terrasse, bevor sie sich auf den etwa zwanzig Kilometer weiten Weg nach Pijavićino machten. Eigentlich lagen die beiden Orte sehr viel näher beieinander, allerdings befand sich ein Gebirgsmassiv zwischen der Küste und dem Tal, in dem das Winzerdorf lag. Ellinor fragte sich, ob es Fußwege gab, die ihre Vorfahren vor hundert Jahren gegangen sein könnten, um von ihrem Dorf aus schnell ans Meer zu kommen.

»Das Tal heißt Pelješka Župa«, erläuterte Milan, als die ersten Felder und Weinberge in Sicht kamen. »Es ist als sehr fruchtbar bekannt. Die meisten Bauern hier waren arm, dennoch gab es reiche Gutsherren. Die Kirche ist das Überbleibsel von einem Sommerhaus. Es gibt einen Turm, den im 17. Jahrhundert ein Adliger hat errichten lassen. Das war dann schon alles an touristischen Attraktionen.« Er lächelte.

Ellinor hob die Schultern. »Wir sind ja nicht im Urlaub«, erklärte sie, obwohl beim Frühstück mit Meerblick schon Ferienstimmung aufgekommen war. Pijavićino erweckte weniger romantische Träume. Das Dorf lag zwar recht hübsch zwischen Weinbergen und Äckern, doch die Häuser waren niedrig und eher klein, erbaut aus Naturstein. Einige wenige waren liebevoll renoviert, wahrscheinlich wurden sie von Städtern aus Dubrovnik als Ferienhäuser genutzt. Aber die meisten Urlauber bevorzugten doch die Küste, Pijavićino war ein eher verschlafener Ort. Die meisten Bewohner waren sicher immer noch im Weinbau tätig und zurzeit auf den Feldern. Die Straßen waren wie ausgestorben, nur gelegentlich sah man ältere Leute vor den Häusern sitzen und miteinander plaudern.

Die Kirche, Sveta Katarina, lag auf einer Anhöhe. Sie wirkte von außen sehr schlicht, ein reiner Zweckbau aus grauem Stein. Es gab nicht mal ein angrenzendes Pfarrhaus. Ellinor umrundete das Bauwerk, auf der Suche nach einem Friedhof. Der schien allerdings woanders zu sein. Sie erinnerte sich daran, dass Milan gesagt hatte, die Kirche habe ursprünglich zu einem Sommerhaus gehört – war also eher eine Art Hauskapelle gewesen.

»Can me somehow help you?« Eine freundliche Stimme riss Ellinor aus ihrer Versunkenheit. Der junge Mann in Priestersoutane, der eben aus dem Kirchentor trat, sprach zwar ein ziemlich schlechtes Englisch, wirkte aber sehr zugewandt. *»You like guide to church? Visit church? Old, famous!«* Der Priester strahlte sie an und legte so viel Begeisterung in seine Einladung, als hätte er eine Führung durch den Petersdom zu bieten.

Milan, der eben die Aussicht vom Hügel auf das Dorf fotografiert hatte, gesellte sich nun zu ihnen. *»Dober dan«,* sagte er.

Guten Tag … Das war auch schon alles, was Ellinor in der Landessprache verstand. Offenbar nahm ihr Begleiter das Angebot einer Führung durch die Kirche gern an und brachte auch gleich sein Anliegen vor. Ellinor hörte den Namen Vlašić.

Der Priester nickte aufmunternd und reichte ihnen zur Begrüßung die Hand. *»Me Father Vladimirl«,* erklärte er stolz. *»This my church!«*

Pijavićino schien Vater Vladimirs erste Pfarrstelle zu sein, er wirkte noch sehr jung. Der eher kleine, drahtige Mann hatte ein längliches Gesicht und entwaffnend blaue Augen. Offensichtlich war er begeistert von seinem Gotteshaus, wenngleich Ellinor respektlos dachte, dass er mit dieser Gemeinde am Ende der Welt wohl nicht den allerbegehrtesten Job ergattert hatte.

»Vater Vladimir zeigt uns jetzt die Kirche und geht dann gern die Kirchenbücher mit uns durch«, übersetzte Milan, als der Priester wieder in seine Muttersprache wechselte. »Es gibt noch einige Aufzeichnungen, die Vlašićes sind ihm tatsächlich ein Begriff. Heute lebt niemand mehr von der Sippe – zumindest nicht hier. Der letzte Erbe hat das Weingut in den Achtzigerjahren des letzten Jahrhunderts verkauft und ist weggezogen. Früher war die Familie jedoch sehr einflussreich, bestimmt finden sich Informationen in den Büchern.«

Vater Vladimir öffnete das Tor zur Kirche, in der es kühl und ziemlich dunkel war. Kerzen spendeten ein wenig Licht. Einige sehr liebevoll angebrachte Strahler erhellten die alten Gemälde und rückten ein vergoldetes Kruzifix in das Zentrum der Aufmerksamkeit. Der Priester machte auf ein Bildnis der heiligen Katarina aufmerksam, der Altar stammte angeblich aus dem 16. Jahrhundert. Ellinor und Milan nickten höflich.

»*Nice old church*«, bemerkte Ellinor schließlich, was den jungen Priester strahlen ließ. »*Very authentic, typical for this region.*«

Sie glaubte nicht, dass Vater Vladimir ihre letzten Worte verstand, die die Sveta Katarina als landestypische alte Kirche würdigten, aber er fühlte sich offenbar gelobt und führte seine Gäste nun bereitwillig in die Sakristei, wo er die Kirchenbücher aufbewahrte. Milan übersetzte ihr Gespräch.

»Wir können uns nach draußen setzen«, lud der Priester sie ein. »Da haben wir mehr Licht, und wärmer ist es auch. Nehmen Sie einfach Platz auf der Bank, und ich bringe die Bücher. 1905 sagten Sie?«

Milan nickte. »1905 wurde das Kind geboren«, präzisierte er. »Wir sollten uns vielleicht die Bücher ab 1904 ansehen oder gleich ab 1900.«

»Und früher«, fügte Ellinor hinzu. »Es geht ja um die ganze Familiengeschichte der Vlašićes.«

Vater Vladimir lächelte. »Dann müssten wir wahrscheinlich im 16. Jahrhundert anfangen«, meinte er. »Die Vlašićes waren hier schon vor einer Ewigkeit ansässig. Eine Institution. Das Weingut war auf der ganzen Halbinsel bekannt, auch in Zadar und Dubrovnik …«

Ellinor lächelte. »So weit zurück müssen wir nicht gehen. Ich denke, das 20. Jahrhundert genügt …«

Wie Vater Vladimir gesagt hatte, fanden sich an einer Längsseite der Kirche eine schlichte Holzbank und ein Tisch. Der Platz bot einen weiten Blick über das Dorf, Ellinor konnte sich gut vorstellen, dass der Priester seine Schäfchen an diesem schönen Platz zu vertraulichen Gesprächen empfing. In der Natur, im Schatten eines ausladenden Johannisbrotbaums, sprach es sich bestimmt besser als im Beichtstuhl der düsteren Kirche. Der junge Mann brachte Gläser sowie Karaffen mit Wasser und Rotwein heraus.

»Das ist Wein aus Pijavićino«, erklärte er Milan, der übersetzte. »Den müssen Sie probieren, sonst sind Sie nicht wirklich bei uns gewesen …« Er füllte die Gläser, ohne nachzufragen.

»Salut!«

»Erfreulich, dass wir wenigstens gut gefrühstückt haben«, meinte Ellinor und nahm vorsichtig einen Schluck, als Vater Vladimir sie erwartungsvoll ansah.

»*Good?*«, fragte er.

»*Very good!*«, bestätigte Ellinor. Der Wein schmeckte ihr wirklich. Er war fruchtig, vollmundig, aber ziemlich stark. »Wir müssen unbedingt ein paar Flaschen davon mitnehmen.«

Milan dolmetschte, und ganz offensichtlich erfreut, die örtliche Konjunktur belebt zu haben, verschwand Vater Vladimir erneut in seiner Kirche und kam mit einem dicken Folianten zurück. Seine Vorgänger mussten darin jahrhundertelang die Geburten, Eheschließungen und Tode ihrer Schäfchen verzeichnet haben.

Mit Milans Übersetzungshilfe konnte Ellinor dem anschließenden Gespräch gut folgen.

»Wonach soll ich denn jetzt genau suchen?«, fragte der Priester, nahm seinerseits einen Schluck Wein, den er mit Wasser verdünnt hatte, und schlug das Buch auf.

»Also erst mal nach der Familie Vlašić«, antwortete Ellinor. »Wer gehörte um die Jahrhundertwende dazu? Und das Wichtigste: Wer war Liliana?«

Es erwies sich als relativ leicht, diese Daten zu ermitteln. Den Aufzeichnungen zu Geburten und Todesfällen zufolge hatten zur Familie in der Zeit, die Ellinor interessierte, Maksim Vlašić, seine Frau Vesna und die Söhne Bran und Zvonko gehört. Liliana, das einzige Mädchen, war die Jüngste. Sie war 1888 geboren, musste 1905 also siebzehn Jahre alt gewesen sein. Danas Geburt war nicht verzeichnet, aber damit hatte Ellinor auch nicht gerechnet. Liliana war zur Entbindung nach Zadar, der Hauptstadt der Halbinsel, gebracht worden, möglicherweise gegen ihren Willen. Ihre uneheliche Schwangerschaft musste ihren Eltern außerordentlich peinlich gewesen sein.

Lückenlos waren dagegen die Aufzeichnungen zur Familie Parlov. Guran und Milja waren im Dorf geboren, und Milja hatte Anfang November 1905, knapp zwei Monate vor Danas Geburt, ihre zweite Tochter Evica zur Welt gebracht. Die kleine Gavrila war 1903 geboren worden, elf Monate nach Gurans und Miljas Hochzeit.

»Gab es ansonsten irgendetwas Besonderes in diesen Jahren?«, fragte Ellinor schließlich mit trockenem Mund. »Also … Anfang 1905 bis Ende 1906 zum Beispiel? Irgendwelche außergewöhnlichen Todesfälle?«

»Morde meinen Sie?«, fragte Vater Vladimir unerwartet. »Blutrache durch die Vlašićes, nachdem irgendein Junge aus dem Dorf das Mädchen Liliana geschwängert hatte?« Er schien sofort zu wissen, was Ellinor meinte, und vertiefte sich erneut in die Bücher. Dann schüttelte er den Kopf. »Nein. In dem Zeitraum sind fünf Leute gestorben, drei Greise und zwei Frauen im Kindbett. Junge Männer sind nicht zu Schaden gekommen – was natürlich nicht heißt, dass es nicht anderswo geschehen ist. Oder dass der junge Mann einfach verschwunden ist. Lebendig oder ... tot. Es ist hier verhältnismäßig leicht, eine Leiche verschwinden zu lassen. Die Berge ... das ist heute noch Wildnis.«

»Gibt es denn keine Aufzeichnungen zu Leuten, die abgewandert sind?«, erkundigte sich Milan.

Der Priester schüttelte den Kopf. »Nein. Aber damals sind viele Männer gegangen. Nach Amerika ... Neuseeland ... die große Welt lockte. Was hatte man für Perspektiven als Bauernjunge ohne Geld und Land?«

»Neuseeland?«, fragte Ellinor interessiert. Das war nun das zweite Mal, dass sie den Namen des Inselstaates im Zusammenhang mit jungen Menschen aus Dalmatien hörte.

»Neuseeland war ganz beliebt«, bestätigte der Priester. »Da gab's irgendeinen Berufszweig ... Was war das noch? Man sammelte Harze oder so was, und das ging dann in die Linoleumproduktion ... Ich weiß nicht, ob die jungen Männer dabei reich wurden, aber sie waren zumindest freier als hier, schrieben begeistert nach Hause, so sie schreiben konnten, und dann zogen andere nach.«

»Und da gab's keine ... ich weiß nicht ... vielleicht Abschiedsgottesdienste?«, fragte Ellinor.

Vater Vladimir lachte. »Ich denke, die meisten werden bei Nacht und Nebel verschwunden sein, ohne ihren Gutsherrn von der Absicht zu unterrichten, woanders ihr Glück zu suchen. Das waren doch halbe Leibeigene. Die eigenen Eltern werden auch nicht begeistert davon gewesen sein, dass die jungen Leute wegzogen, statt sich im Alter um sie zu kümmern. Gefeiert wurde ihre Abreise sicher nicht, da können Ihnen meine Kirchenbücher leider nicht weiterhelfen. Allerdings ... ganz ehrlich, dies ist eine Gegend, in der nicht allzu viel passiert. Deshalb wird jeder Skandal ausgewalzt. Wenn es nun also Gerede über die junge Liliana und einen jungen Mann gegeben hätte, wenn sich das mit dem Kind auch nur im Entferntesten herumgesprochen hätte, dann würde da heute noch drüber getratscht. Ich glaube nicht, dass die Familie das Risiko eingegangen wäre, den Ehrverlust des

Mädchens zu rächen und die ganze Angelegenheit damit womöglich publik zu machen. Zumal es ihnen ja wohl hervorragend gelungen ist, die Geschichte geheim zu halten.«

»Sie meinen also, der junge Mann könnte verschwunden sein?«, fragte Ellinor.

Vater Vladimir zuckte mit den Schultern. »Wenn er seine fünf Sinne einigermaßen beieinander gehabt hat, wird er geflohen sein. Die Vlašićes konnten vielleicht zähneknirschend darauf verzichten, ihn zu verfolgen, aber hier im Dorf hätten sie ihn nicht mehr geduldet.«

»Und wenn er Liliana geheiratet hätte?«, fragte Milan. »War das damals nicht ... hm ... die übliche Praxis?«

Ellinor schüttelte den Kopf. »Nur wenn das Paar einigermaßen zusammenpasste«, klärte sie ihn auf. »Wenn der junge Mann zum Beispiel ein Landarbeiter war, dagegen Liliana eine reiche Erbin ... keine Chance. Die beiden hätten allenfalls zusammen nach Neuseeland gehen können.« Sie lächelte. Zwei junge Leute aus diesem verwunschenen Dorf hatten an eine solche Flucht vermutlich nicht einmal gedacht.

Vater Vladimir blätterte weiter in seinem Buch. »Ich schaue jetzt mal nach, was aus den Vlašić-Kindern geworden ist«, erklärte er. »Hier ... Bran, der Älteste, hat 1904 geheiratet. Und schauen Sie, das ist interessant!« Eifrig drehte er das Buch so, dass Milan und Ellinor hineinsehen konnten. »Eine weitere Eheschließung, 1906: Liliana Vlašić und Tomislav Kelava!«

Ellinor vergaß fast zu atmen. Aufgeregt verglich sie die Daten. Mai 1906, ein Dreivierteljahr nach Danas Geburt ....

»Wer war Tomislav Kelava?«, fragte sie. »Ein junger Mann aus dem Dorf?«

Vater Vladimir verneinte. »Ein Winzer aus Donja Banda«, erklärte er. »Seine Familie besaß ein ganz großes Weingut. Es existiert bis heute.«

Milan und Ellinor sahen einander an. »Also eine passende Partie«, bemerkte Ellinor. »Ob der Mann von Lilianas ›Fehltritt‹ gewusst hat?«

»Ist das Gut immer noch im Besitz dieser Familie?«, fragte Milan.

Der Priester nickte. »Das nehme ich an«, meinte er. »Fahren Sie doch einfach mal hin. Die machen Führungen und Weinverkostungen. Sie können an einer teilnehmen und ganz zwanglos mit den Leuten ins Gespräch kommen.«

Milan hatte sein Handy schon gezückt, nach dem Hof gesucht und eine aufwendig gestaltete Website gefunden.

»Die nächste Verkostung ist heute Nachmittag um fünf«, stellte er fest. »Ich werde uns anmelden.«

Kapitel 5

Das Gut der Kelavas lag etwa zehn Kilometer von Pijavićino entfernt in der Nähe der Küste – gegenüber der Insel Korćula. Das Dorf Donja Banda wirkte viel idyllischer als Pijavićino, sicher kamen hier erheblich häufiger Touristen vorbei. Die Weinprobe am Nachmittag war auch verhältnismäßig gut besucht. Auf dem schattigen großen Parkplatz vor dem Gut standen mehrere Autos. Das Herrenhaus wirkte imponierend. Es war aus Kalkstein gebaut wie die Kirche von Pijavićino und sehr gepflegt. In der Gartenanlage sah Ellinor Skulpturen, die Blumenrabatten waren mit Ziergittern umzäunt. Rundbögen ließen die Fassade ansprechend aussehen, Pflanzen rankten an den Wänden des Innenhofs hoch. Das ganze Anwesen atmete Reichtum. Milan und Ellinor sahen sich staunend um. Unter ihrem Stand hatte Liliana Vlašić sicher nicht geheiratet.

Die Gäste versammelten sich zunächst im Hof, wo später der Weinverkauf stattfinden sollte. Dann wurden sie von einer jungen Frau in landestypischer Tracht begrüßt und freundlich ins Innere des Hauses gebeten.

»Mein Name ist Ilva. Mr. Kelava, der Eigner des Hofes, wird gleich kommen«, erklärte sie in annehmbarem Englisch. »Das Gut ist seit fast zweihundert Jahren in Familienbesitz.«

Tatsächlich fand sich ein Stammbaum der Kelavas an einer Wand des Kellerraumes, in dem die Verkostung stattfand. Ellinor vertiefte sich sofort in die in geschwungener Schrift geschriebenen Eintragungen und wurde umgehend fündig.

»Liliana Kelava und Tomislav Kelava! Die Großeltern des heutigen Besitzers!«, sagte sie zu Milan.

Neben Nikola Kelava, dem Vater des heutigen Betreibers Miká, hatten Liliana und Tomislav noch zwei weitere Söhne gehabt, keine Tochter. Es gab keinen Ersatz für das kleine Mädchen, das

Liliana verloren hatte. Obwohl die junge Frau letztlich reich mit Nachwuchs gesegnet gewesen war, empfand Ellinor Mitleid. Sie nahm an, dass Liliana ihre Tochter nie hatte vergessen können.

Bevor Milan den Stammbaum kommentieren konnte, öffnete sich die Tür, und der Winzer Miká Kelava trat ein. Ellinor musterte ihn neugierig. In gewisser Weise war dieser schwere, rotgesichtige Mann, sie schätzte ihn auf an die siebzig, mit dem fülligen Haar und den buschigen Augenbrauen ihr Großonkel. Sie suchte nach Familienähnlichkeiten, fand jedoch keine. Lediglich die braunen Augen hatte der Winzer mit ihrer Mutter gemeinsam, aber das konnte auch Zufall sein.

Der Besitzer des Weinguts begrüßte die Gäste mit breitem Lächeln und nicht nur in seiner Landessprache, sondern auch auf Englisch und auf Deutsch. Hier war man an Touristen gewöhnt. Insgesamt hatten sich etwa fünfzehn Personen zur Weinprobe eingefunden. Nachdem Kelava sich und seine Familie kurz vorgestellt hatte, wobei er nochmals betonte, dass sie das Weingut seit über zweihundert Jahren betrieb, erklärte er kurz und recht launig die verschiedenen Stadien der Weinherstellung und die dazu verwendeten Maschinen.

»Fürs Keltern, also fürs Auspressen der Trauben, verwenden wir heute eine horizontale Tankpresse. Früher ...«, er wies auf ein Schwarz-Weiß-Foto an der Wand, das vergnügte junge Leute zeigte, die bis zu den Fußgelenken in Maische standen und sie auspressten, indem sie darauf herumstapften, »... machte man das noch ›per Fuß‹. Beide Methoden dienen der schonenden Pressung, die Kerne der Trauben sollten nicht zerdrückt werden, weil sonst Bitterstoffe freigesetzt werden ...«

Ellinor lauschte den weiteren Ausführungen über Schwefelung und Gärung des Weines nur mit halbem Ohr. Interessanter für sie war das Auftreten des Winzers. Miká Kelava unterstrich seinen Vortrag sehr selbstbewusst mit ausladender Körpersprache. Er war ein mitreißender Redner und ganz offensichtlich begeistert von seinem Thema. Schließlich führte er seine Gäste durch den Weinkeller, vorbei an Hunderten von Holzfässern, in denen verschiedene Weine reiften. Eifrig dozierte er über Holzarten, Fassgrößen und Weinbau und füllte jetzt schon ab und zu ein Schlückchen ab, um ausgesuchte Besucher probieren zu lassen.

Ellinor und Milan hielten sich im Hintergrund. Dies war eine Verkaufsveranstaltung, der Winzer sollte seine Kunden ansprechen. Nach der Tour durch das Weingut versammelten sich alle wieder im Innenhof, und jetzt servierte Ilva Proben verschiedener Weiß- und Rotweine. Kelava erklärte die Weine, sprach darüber, zu welchem Anlass man sie servierte und zu welchen Speisen sie passten. Schließlich wurden Bestellformulare ausgeteilt – man konnte seine Einkäufe mitnehmen oder sie sich nach Hause liefern lassen. Letzteres war eine gute Idee. Viele der Gäste waren Flugreisende und mussten auf das Gewicht ihrer Einkäufe achten.

»Sie können später gern nachbestellen!«, erklärte Ilva.

Ellinor kreuzte auf ihrem Bestellzettel einige Weine an. Sie waren zweifellos recht gut, aber um sie richtig zu genießen, war sie zu aufgeregt. Es war zu spannend, hier zu sein, in dem Haus, in dem ihre Urgroßmutter Liliana gelebt hatte. Hatte sie darin auch geliebt? Oder nur getrauert? Sie brannte darauf herauszufinden, was nach Danas Geburt aus Liliana geworden war.

Als Miká Kelava seine Besucher verabschiedete, schob sie sich zu ihm vor.

»Herr Kelava ... hätten Sie ... hätten Sie vielleicht noch etwas Zeit?«

Kelava wandte sich ihr mit einem höflichen, allerdings auch ein wenig ungeduldigen Lächeln zu. Er hatte offenbar noch anderes zu tun.

»Ja«, sagte er nichtsdestotrotz. »Haben Sie noch Fragen? Also wenn es um die Bestellung geht, dann wenden Sie sich am besten an Ilva ...«

Ellinor schüttelte den Kopf. »Nein. Es ... es ist komplizierter. Es geht ... Na ja, ich bin ein bisschen auf Spurensuche ... Ich habe vor Kurzem erfahren, dass es bei uns so etwas wie ein Familiengeheimnis gibt.« Sie lachte verlegen. »Wie es aussieht, sind wir beide verwandt. Ich bin … ich bin die Urenkelin Ihrer Großmutter Liliana. Sozusagen Ihre Großcousine …«

Miká Kelavas Blick verfinsterte sich. Eben hatte er noch so offen und freundlich gewirkt. »Was reden Sie da für einen Unsinn?«, fuhr er Ellinor rüde an. »Ich habe keine Vettern, zumindest nicht im Ausland. Die Familiengeschichte der Kelavas ist lückenlos belegt. Und wenn ich ›lückenlos‹ sage, dann meine ich es auch! Da gibt es keine Geheimnisse!«

»Vonseiten der Kelavas sicher nicht«, beschwichtigte Ellinor den Winzer. »Verzeihen Sie, ich … ich wollte niemanden beleidigen. Aber es ist sicher, dass Liliana Vlašić vor ihrer Hochzeit mit Ihrem Großvater ein Kind geboren hat. Dana, eine Tochter. Sie wuchs in Österreich bei einer Pflegefamilie auf, und sie war meine Großmutter. Nun wollte ich …«

»Nun wollten Sie in der Geschichte meiner Familie herumschnüffeln?«, blaffte Kelava. »Meine Großmutter in Verruf bringen? Oder meinen Sie, dass es hier etwas für Sie zu erben gibt? Da muss ich Sie enttäuschen. Was auch immer damals gewesen ist, mein Großvater hat sich abgesichert …«

Ellinor horchte auf. Mit ihrer Eröffnung mochte sie den anscheinend etwas cholerischen Mann verärgert haben, aber etwas Neues erzählte sie ihm nicht. Lilianas Fehltritt war offensichtlich bekannt.

»Herr Kelava, so beruhigen Sie sich doch!«, versuchte sie es weiter. »Ich will nicht schnüffeln, und ich will um Himmels willen nichts erben. Es geht mir nur darum … Liliana etwas näher kennenzulernen. Etwas von ihr zu erfahren. Verstehen Sie doch! Für mich ist das alles neu und aufregend. Ich … es ist eine Suche nach meinen Wurzeln.«

Kelava schnaubte. »Sie finden es aufregend, dass Ihre Großmutter als Bastard geboren wurde?«, fragte der Winzer höhnisch. »Sind Sie auch noch stolz auf Ihre fragwürdige Abstammung?«

Ellinor biss sich auf die Lippen. »Herr Kelava, meine Großmutter Dana war ein guter, warmherziger Mensch. Ich kann mit Recht stolz auf sie sein, und …«

»Wer oder was Sie sind, junge Frau, interessiert mich nicht«, fiel Kelava ihr erneut ins Wort. »Auf meinem Weingut werden Sie Ihre Wurzeln nicht finden. Lilianas Vorleben hat mein Großvater getilgt mit Stumpf und Stiel. Sie war eine Kelava, nichts anderes zählt. Also gehen Sie in Ihr Heimatland zurück, oder suchen Sie in Gottes Namen nach dem Hallodri, der meine Großmutter damals verführt hat und sitzen ließ ...« Kelava verhielt mitten im Satz.

»Danas Vater hat Liliana sitzen lassen?«, fragte Ellinor. Das war immerhin eine neue Information. Endlich erfuhr sie etwas über ihren Urgroßvater.

Miká Kelava zuckte mit den Schultern. »Weiß ich nicht«, behauptete er. »Und ist mir auch egal. Da er verschwunden ist, liegt die Annahme ja wohl nahe, oder? Und jetzt hab ich zu tun. Ich hoffe, Sie erzählen die Sache nicht herum. Anderenfalls werde ich Sie nämlich gerichtlich belangen. Dieses Kind, das Liliana damals geboren haben soll, hat offiziell nicht existiert! Und das wird auch so bleiben!« Damit wandte er sich grußlos ab.

Ellinor war fassungslos. Sie hatte sich alle möglichen Szenarien ausgemalt. Eine solche Reaktion war ganz sicher nicht dabei gewesen. Was für ein furchtbarer Mensch! Sie verzichtete darauf, den Winzer auf die zweifellos existente Geburtsurkunde hinzuweisen. Warum sollte sie sich streiten? Sie hatte kein Interesse an dieser »Verwandtschaft«, und was ein eventuelles Erbe anging, hatte Miká natürlich recht. Dana und ihre Nachkommen hatten mit den Kelavas nichts zu tun. Es war nur schade, dass ihre Suche hier enden musste. Selbst wenn die Kelavas mehr über ihren verschwundenen Urgroßvater wussten, wenn es vielleicht Aufzeichnungen von Liliana oder andere Erinnerungen gab – sie würde ganz sicher keinen Zugang dazu erhalten. Unglücklich wandte auch sie sich zum Gehen.

Milan folgte ihr. »Der war ja alles andere als aufgeschlossen«, bemerkte er, als sich die Türen des Weinguts hinter ihnen schlossen. »So ein unangenehmer Kerl!«

Ellinor nickte. Sie konnte nur für Liliana hoffen, dass Mikás Vorfahr nicht ebenso aufbrausend und unleidlich gewesen war.

»Ja, schade …«, gab sie gerade ihrer Enttäuschung Ausdruck, als sie hinter sich eine Frauenstimme hörte.

»Hallo! Warten Sie, bitte … Frau … Frau …« Ellinor drehte sich um. Überrascht sah sie Ilva, die ihnen zum Parkplatz folgte. »Ich … tut mir leid, dass ich … ich nicht lauschen, aber ich gehört, Sie reden mit Mr. Miká …«

»Schon gut.« Ellinor machte eine beschwichtigende Handbewegung. »Sternberg ist mein Name. Es war nichts Geheimes, über das ich mit ihm gesprochen habe. Wenn er keine Zuhörer gewollt hat, hätte er nicht so herumbrüllen müssen …«

»Was meinen Sie?« Das überforderte nun doch Ilvas Deutschkenntnisse.

Milan lächelte der jungen Frau zu. »Wir können Kroatisch reden«, erklärte er. Ilva nickte erleichtert.

»Gut!«, sagte sie, immer noch auf Deutsch. »Weil … ich kann erzählen. Sie wollen wissen von Liliana … und ich kann erzählen.«

Ellinor schaute sie verwundert an. Sie schätzte die junge Frau auf höchstens fünfundzwanzig. Ilva hatte Liliana sicher nicht gekannt.

»Nur … besser nicht hier …«

Die junge Frau wies nervös in Richtung Haus. Offenbar wollte sie nicht mit den ungebetenen Besuchern gesehen werden. Milan und Ellinor verstanden.

»Wo immer Sie möchten«, sagte Ellinor. »Schlagen Sie einfach einen Treffpunkt vor, und wir sind da.«

Eine Stunde später trafen sie Ilva Ivanić in einer Taverne etwas außerhalb der Ortschaft. Man saß sehr schön auf Holzbänken an rustikal gedeckten Tischen. Alte Bäume spendeten Schatten, und wieder konnte man das Meer sehen. Schon während sie auf Ilva warteten, bestellte Milan Wein.

»Den brauchen Sie jetzt«, erklärte er Ellinor. »Und zwar nicht nur in homöopathischen Dosen.«

Ellinor lächelte. Tatsächlich hatte die Begegnung mit Miká Kelava sie aufgewühlt. Mit einer so massiven Ablehnung hatte sie nicht gerechnet. Trotzdem hielt sie sich beim Wein zurück.

Schließlich wollte sie hellwach sein, wenn Ilva mit ihrem Wissen herausrückte.

Die junge Frau kam pünktlich zur verabredeten Zeit. Sie machte jetzt einen aufgeschlosseneren Eindruck und sah weniger besorgt aus. Ilva hatte den langen Rock, das bestickte Jäckchen und die bunte Schürze der Tracht gegen Jeans und Sweatshirt ausgetauscht und das streng unter dem traditionellen Kopfschmuck aufgesteckte Haar gelöst.

»Tut mir leid«, begann sie nun. »Mr. Kelava ... er ist sonst nicht so ...« Die Entschuldigung klang nicht sehr aufrichtig. Ellinor nahm an, dass Miká Kelava auch seinen Angestellten gegenüber hitzköpfig war. »Vielleicht kam das einfach zu überraschend für ihn, das mit Ihrer Verwandtschaft. Und die Sache mit Liliana gehört ja nicht zu den ruhmreichsten Kapiteln seiner Familiengeschichte.« Sie sprach jetzt Kroatisch, Milan übersetzte simultan.

»Woher wissen Sie denn so viel darüber?«, erkundigte sich Ellinor. »Ich meine ... das ist doch sicher nichts, worüber man mit Angestellten offen spricht. Zumal es ja lange her ist. Ich hätte eher gedacht, die Kelavas würden ein Geheimnis darum machen. So klang es jedenfalls bei Miká.«

Ilva nickte. »Das ist richtig«, erklärte sie. »Eigentlich weiß niemand etwas über Liliana – also über das, was vor ihrer Heirat geschah. Ich dürfte auch nicht darüber sprechen. Sollte es eigentlich gar nicht wissen. Aber meine Großmutter hat es mir erzählt. Sie hat es nicht rumerzählt, das dürfen Sie nicht denken. Dafür hätte sie Ärger bekommen. Mit irgendjemandem musste sie jedoch darüber reden, es hat sie wohl sehr belastet. Und so kennen meine Mutter und ich die Geschichte.«

»Ihre Großmutter hat Liliana gekannt?«, fasste Ellinor zusammen.

Ilva nickte. »Sehr gut sogar. Sie hat sie vor ihrem Tod gepflegt. Mehrere Jahre lang. Man kann sagen, dass sie Freundinnen waren. Obwohl meine *baka* natürlich viel jünger ist, als Gospoća Liliana es war. Sie muss ... sie muss Liliana an eine andere erinnert haben, die sie in jüngeren Jahren gekannt hatte. Meine

Großmutter heißt Dajana, wissen Sie, aber Liliana hat sie immer Milja genannt ...«

Ellinor nickte. »Milja Parlov«, murmelte sie. »So hieß die Frau, die Lilianas Kind großgezogen hat.«

Ilva nahm einen Schluck Wein aus dem Glas, das Milan gleich für sie gefüllt hatte. »Ja«, sagte sie. »Milja ... hatte Lilianas Kind. Sie und ihr Mann. Lilianas Vater hat die beiden weggeschickt. Weit weg, Liliana sollte das Kind nie wiedersehen. Aber ...« Ilva wandte sich Ellinor zu. »Aber Sie dürfen nicht glauben, dass Ihre Urgroßmutter ihr Kindchen vergessen hatte! Im Gegenteil, sie hat immer wieder von der Kleinen gesprochen. Und von ihrem Vater. Frano. Frano war ihre ganz große Liebe. Sie hat es nie verwunden, dass er einfach so verschwand ...«

»Er verschwand?«, fragte Ellinor aufgeregt. »Also nahm sie an, ihm sei irgendetwas zugestoßen?«

Ilva schüttelte den Kopf. »Das glaube ich nicht. Ich glaube, er ... er wollte gehen. Nur ohne sie. Sie hat das nie verwunden ... Aber warum sprechen Sie nicht einfach mit meiner Großmutter selbst? Ich denke, sie wird nichts dagegen haben, wenn Sie die Geschichte erfahren. Liliana hätte es sicher gewollt.«

»Lebt Dajana denn noch?« Ellinor hatte das kaum zu hoffen gewagt.

Ilva nickte eifrig. »O ja, sie ist zweiundachtzig, aber noch gut dabei. Sie erinnert sich an alles. Wenn Sie wollen, rufe ich sie an. Dann können wir ein Treffen ausmachen. Aber besser für morgen, heute ist es schon zu spät.«

Ellinor stimmte zu und hatte kurze Zeit später eine Verabredung mit Dajana Marić. Zufrieden leerte sie ihr Weinglas. Jetzt endlich konnte sie sich entspannen. Bald würde sie alles über Liliana erfahren.

Dajana empfing ihre Gäste in dem aufgeräumten, allerdings mit Plüsch und Nippes vollgestellten Wohnzimmer ihrer Tochter. Sie wohnte mit Ilvas Eltern in einem gepflegten Natursteinhaus am Rande von Donja Banda.

»Allein zu leben wurde mir nun doch zu beschwerlich«, erklärte sie, obwohl sie eigentlich keinen pflegebedürftigen Eindruck machte. »Und meine Tochter hatte das Zimmer frei, nachdem Ilva ausgezogen war. Ein bisschen komisch fühlt sich das schon für mich an, aber ich mache mich nützlich, wo es möglich ist!«

Die rüstige alte Dame setzte gleich Tee auf und servierte Selbstgebackenes. »Das wird Ihnen schmecken!«, behauptete sie. »Jedenfalls wenn Sie nach Liliana kommen. Liliana hat diesen Honigkuchen geliebt!«

Dajana und Ellinor musterten sich gegenseitig interessiert. Ellinor suchte nach Ähnlichkeiten mit Milja Parlov, wie Liliana sie gesehen haben musste, Dajana wohl nach Familienähnlichkeiten mit Liliana. Ellinor wurde nicht fündig. Milja war wesentlich kräftiger gewesen, das wusste Ellinor von Fotos und von Erzählungen ihrer Mutter. Ilvas Großmutter war eine kleine, drahtige Frau mit einem faltendurchzogenen Gesicht und tief in den Höhlen liegenden, fast schwarzen Augen, die wach und lebhaft in die Welt blickten wie die einer viel Jüngeren. Sie trug ein schwarzes Kleid, dunkle Strümpfe und flache Schuhe. Ihre Bewegungen waren lebhaft für ihr Alter. Milja war behäbiger gewesen. Lilianas Erinnerungen mussten ihr einen Streich gespielt haben, wenn sie wirklich Ähnlichkeiten zu Milja gesehen hatte.

Dajana lächelte breit. »Sie sehen Liliana ähnlich!«, konstatierte sie. »Obwohl sie natürlich viel älter war, als ich sie kennenlernte. Da ging sie schon auf die achtzig zu, war fast so alt wie ich jetzt. Aber sie war nicht so rüstig. Sie war ... sie war traurig. Und Trauer lässt einen Menschen schneller alt werden. Lassen Sie nicht zu, dass irgendjemand Sie so traurig macht, Kindchen ...« Sie schenkte Ellinor ein liebevolles Lächeln. »Trotzdem ... dieses schmale Gesicht, der Haaransatz ... Wenn man's weiß, sieht man, dass Sie mit Liliana verwandt sind. Während ihre Söhne ja so gar nichts von ihr hatten. Ebenso wenig wie die Enkelkinder. Der hat sich durchschlagend vererbt, der alte Kelava ... Aber setzen Sie sich doch!«

Kurze Zeit später saßen Ellinor und Milan auf einem viel zu weichen Sofa und hörten sich an, was die alte Dame zu erzählen hatte. Dajana ließ sich Zeit. Sie plauderte über ihre eigene Vergangenheit, ihre Kindheit im Dorf, und wie sie es sich erkämpft hatte, in der Stadt eine Ausbildung zur Krankenschwester machen zu dürfen. Als sie zu Besuch zurück nach Donja Banda gekommen war, war ihr die Liebe dazwischengekommen. Sie hatte geheiratet und sich um die Stelle einer Pflegerin beworben – die Kelavas hatten jemanden gesucht, der sich um Liliana kümmerte.

»So hinfällig war sie damals noch gar nicht«, erinnerte sich die alte Frau. »In den ersten Jahren hatte ich mehr das Gefühl, eine Gesellschafterin für sie zu sein als eine Krankenschwester. Sie hatte ja niemanden in dem Haus, mit dem sie reden konnte. Ein reiner Männerhaushalt. Ihr Mann, drei Söhne ... ihre Schwiegermutter war längst gestorben. Liliana war einsam. So einsam ... und so traurig ...« Dajana sah Ellinor an. »Lassen Sie niemals zu, dass jemand Sie so traurig macht, Kindchen!«, wiederholte sie. Dann verlor sich ihr Blick in der Vergangenheit.

Liliana
Dalmatien, 1904–1905

DAS FEST

»Haben die sich denn auch vorher schön die Füße gewaschen?«

Liliana hatte diese Frage gestellt, als sie mit fünf Jahren zum ersten Mal dem traditionellen Kelterfest nach der Traubenlese beigewohnt hatte. Fasziniert hatte das Kind dabei zugesehen, wie die jungen Arbeiter und Arbeiterinnen ihre Schuhe und Strümpfe auszogen, sich gegenseitig in die Trommel halfen, die kniehoch mit den in den letzten Tagen verlesenen und zur Maische zerdrückten Trauben gefüllt war, und dann begannen, mit den Füßen zu stampfen, ja sogar zu tanzen. Die Trauben wurden so auf schonende Weise ausgepresst, der Saft rann durch Schlitze in der Trommel in ein Auffangbecken und wurde später zum Wein vergoren.

Für die jungen Leute war das Keltern stets ein großer Spaß, ein Fest nach den harten Tagen der Weinlese, die hier, im gebirgigen, kargen und heißen Dalmatien schwere Arbeit bedeutete. Die Weinberge lagen fast alle weit außerhalb der Dörfer, schon der Weg dorthin war beschwerlich. Schließlich musste die Ernte auf Esel geladen und über die steilen Wege zum Gut gebracht werden. Alle waren erleichtert, wenn das geschafft war. Es gab Anlass zum Feiern, und so verband man das Auspressen der Trauben mit einem Umtrunk und einem Festessen. Fleisch, Kartoffeln und Gemüse garten bereits in der *peka,* einem gusseisernen Gefäß mit glockenförmigem Deckel, das in die heiße Asche eines Feuers gestellt wurde.

Je mehr Wein die jungen Arbeiter tranken, desto übermütiger stampften sie in der Maische. Die Männer wirbelten die Frauen tanzend durch das Traubenmus. Es wurde gesungen und gejubelt.

An jenem längst vergangenen Tag hatten alle über die bedachtsam gestellte Frage des kleinen Mädchens gelacht, Maksim Vlašić war jedoch ernst geblieben und hatte seiner Tochter zugenickt. »Das hoffe ich doch sehr, dass die jungen Leute sich alle die Füße waschen, bevor sie in den Bottich steigen«, hatte er erklärt und auf den Brunnen in der Mitte des Hofes gewiesen. »Aber du hast recht, Lili, wenn keiner darauf aufpasst, könnte es jemand vergessen, und dann ... Iiih, den Wein möchte sicher keiner trinken, den einer mit seinen Schweißfüßen ausgepresst hat.« Die Arbeiter waren erneut in Gelächter ausgebrochen. Zwar pflegten sie ihre Füße meist abzuspülen, bevor sie in die Maische stiegen, aber das bisschen Staub und Schweiß, das beim Keltern in die Trommel geriet, spielte ihrer Meinung nach keine Rolle. Wenn der Saft erst zu Alkohol vergoren war, waren alle Keime abgetötet. Maksim Vlašić hatte jedoch weiterhin so getan, als nähme er die Bedenken der kleinen Liliana ausgesprochen ernst. »Weißt du was, Lili«, hatte er gesagt und den Arbeitern verschwörerisch zugeblinzelt, »das ist jetzt deine Aufgabe. Du setzt dich neben den Brunnen und achtest darauf, dass keiner mit schmutzigen Füßen in den Bottich steigt!«

Alle hatten sich köstlich amüsiert, als das kleine Mädchen daraufhin ins Haus gelaufen war, um Seife und Handtücher zu holen. Beflissen hatte Liliana ihren Platz neben dem Brunnen eingenommen und darauf geachtet, dass jeder junge Mann und jedes Mädchen sich gründlich reinigte. Damit die Arbeiter sich über die Bevormundung durch das Kind nicht ärgerten, hatte Maksim Vlašić direkt neben ihr ein Weinfass aufstellen lassen, aus dem Liliana die Leute nach dem Füßewaschen schon mit einem Trunk versorgen konnte. Sie hatte das sehr ordentlich erledigt und im nächsten Jahr ihren Platz am Brunnen ganz selbstverständlich wieder eingenommen.

In diesem Jahr war es eine sechzehnjährige Liliana, die am Brunnen Seife, Handtücher und einen guten Schluck Wein für die Kelterer bereithielt. Natürlich hatte sie sich hübsch gemacht zum Fest. Sie trug Tracht – Bluse und Rock aus hellem Leinen, eine reich bestickte, bunte Weste und eine dazu passende wollene Schürze. Der traditionelle Kopfputz zierte ihr kastanienbraunes, zu Zöpfen geflochtenes und aufgestecktes Haar wie ein Krönchen.

Aber nicht nur die Kleidung unterschied Liliana von den jungen Arbeiterfrauen, die zum Tanz in der Maische natürlich nicht in ihren Sonntagskleidern, sondern in den ältesten, verschlissensten Röcken erschienen waren. Liliana wäre auch sonst aufgefallen. Zu ungewöhnlich für die Gegend waren ihre helle, kaum von der Sonne gebräunte Haut, ihr schmales, herzförmiges Gesicht und vor allem ihre dunkelblauen Augen. Die Grübchen in ihrem Kinn und ihren Wangen schienen ein ständiges Lächeln auf ihr Gesicht zu bannen, die langen Wimpern gaben ihm einen Ausdruck von Erstaunen, als entdeckte Liliana Wunder auf dieser Welt, die allen anderen Betrachtern verschlossen blieben.

An diesem Oktobertag richtete sie diesen verzaubernden Blick nun auf die Füße von Frano Zima. Kräftige, sehnige Füße mit hohem Spann und langen Zehen, braun gebrannt und schwielig – ihr Besitzer schien gewöhnlich barfuß zu gehen. Frano trocknete seine Füße eben ab, nachdem er sich gewaschen hatte – und so fiel Lilianas Blick auch auf seine Hände, große, starke Hände, gewöhnt an die harte Arbeit im Weinberg, doch gepflegt …

»Genüge ich den Ansprüchen?« Der junge Mann bemerkte ihre Aufmerksamkeit und sah sie nun seinerseits an. Seine Stimme klang ein wenig spöttisch, nichts von der Befangenheit, mit der die Arbeiter der Tochter des Gutsbesitzers sonst zu begegnen pflegten. Er hielt die Augen auch nicht gesenkt, sondern blitzte sein Gegenüber übermütig an. Liliana war in dem Moment verloren, als sie in Franos leuchtend grüne Augen blickte. Sie hatte solche Augen noch nie gesehen. Augen in der Farbe der Weinberge im Frühling, eine Farbe, die ein Versprechen war, die Erwartungen weckte und die Liliana unvermittelt froh stimmte. Sie lächelte. Sie wollte es nicht. Sie hatte gelernt, dass sie Männer, erst recht solche, die unter ihrem Stand waren, auf keinen Fall ermutigen sollte. Doch es passierte einfach. Ihre Mundwinkel gehorchten ihr nicht mehr, sie hoben sich, und irgendetwas in ihr schien plötzlich übermütig und leicht zu werden. Frano strich sich das krause schwarze Haar aus dem Gesicht. »Sauber genug?«, fragte er noch einmal.

Liliana zwinkerte, schon um wieder zu sich zu kommen. »Ja«, sagte sie schließlich und hätte sich selbst dafür ohrfeigen können, dass ihr keine klügere Bemerkung einfiel. »Sehr ... sauber.«

»Krieg ich dann einen Becher Wein?«, erkundigte Frano sich herausfordernd und wies auf das Fass, als müsste man der Winzertochter in Sachen Wein noch etwas erklären.

Liliana beeilte sich, ein Glas abzuzapfen. Der junge Mann nahm einen Schluck und schien sich dann abwenden zu wollen, um endlich in den Bottich zu steigen.

»Schmeckt ... schmeckt es?«, fragte sie. Wieder eine dumme Frage. Wie sollte er das verneinen, da es sich doch um den Wein ihres Vaters handelte? Aber sie wollte einfach nicht, dass ihr Wortwechsel schon endete, sie wollte, dass er bei ihr blieb.

Frano grinste. »Es könnte noch besser schmecken, würdest du mit mir trinken«, sagte er dann. »Oder darfst du nicht? Hat dein Vater dir verboten, mit dem einfachen Volk zu trinken?«

Liliana errötete. »Nein ... doch ... also eigentlich hat mir keiner irgendwas verboten ...«

Ein Verbot war niemals nötig gewesen. Liliana war ein wohlerzogenes Mädchen, das wusste, was sich schickte. Niemals hatte sie auch nur daran gedacht, mit den anderen jungen Leuten zu trinken oder gar mit ihnen in der Maische herumzustapfen. Später, wenn ihr Vater das eigentliche Fest eröffnete, würde sie natürlich das Glas mit ihm und den Gästen erheben und auf die Ernte anstoßen. Aber hier ... Es gab auch nur einen Becher, aus dem alle tranken ...

Frano hielt ihn ihr jetzt hin. »Dann trink mit mir!«, forderte er sie auf.

Liliana füllte den Becher erneut und nahm einen Schluck. Der Mann beobachtete sie. Er lächelte, als ein Tropfen an ihren Lippen hängen blieb, den sie rasch ableckte.

»Schmeckt es?«, fragte er provokant. Liliana nickte. »Gut!«, erklärte er. »Und wenn du jetzt schon mit mir getrunken hast, kannst du auch mit mir tanzen.«

»Tanzen?« Sehr viel später würde es Tanz auf dem Platz geben, doch vorher mussten die Trauben zerstampft werden, es gab Essen ...

»Komm mit«, sagte Frano. Und bevor Liliana sich's versah, hatte er sie um die Hüfte gefasst, hochgehoben und machte Anstalten, sie zu den anderen jungen Leuten in die Trommel mit der Maische zu heben. Im letzten Moment hielt er jedoch inne. »Halt, nein, du hast dir die Füße noch nicht gewaschen!«

Die anderen Arbeiter wurden jetzt auf die beiden aufmerksam, lachten und riefen Liliana aufmunternde Worte zu. Sie schienen alle schon ein wenig angetrunken zu sein und ließen es an Respekt gegenüber der Tochter des Gutsbesitzers missen. Liliana hätte beleidigt und verärgert sein sollen. Aber tatsächlich empfand sie die Neckereien der jungen Leute als belebend. Erst jetzt wurde ihr klar, wie sehr sie die jungen Frauen stets beneidet hatte, die begeistert und ohne jede Hemmung in der Maische umhertanzten. Es war ein harmloses Vergnügen. Noch keiner der Männer war betrunken genug, um ihnen zu nahe zu treten. Selbst Milja Parlov, Lilianas früheres Kindermädchen und heutige Dienerin, machte jedes Jahr mit. Sie drehte sich schon vergnügt stampfend neben Guran, ihrem Mann, im Kreis.

Liliana beschloss, es einfach zu wagen, errötete allerdings erneut, als sie Schuhe und Strümpfe auszog, und erst recht, als der junge Mann dann vor ihr kniete und ihre Füße mit einem feuchten Handtuch abrieb.

»Du hast schöne Füße!«, erklärte er lächelnd.

Liliana verlor sich erneut in seinen grünen Augen. »Du ... du auch«, sagte sie und überließ sich dann wieder seinen starken Armen, die sie in den Bottich hoben, lachte verlegen, als sie in der Maische stand ... und spürte plötzlich Miljas Hände, die ihre umfassten.

Die junge Frau schien besorgt und musterte ihre Herrin mit forschendem Blick. »Alles in Ordnung?«, fragte sie.

Liliana nickte. »Ich ... ich wollte das schon längst mal machen«, behauptete sie und begann, rhythmisch auf die Beeren einzutreten, genau wie die anderen es machten. Zuerst hielt sie noch Miljas Hände, doch dann griff Frano nach ihnen.

»Du wolltest mit mir tanzen!«, erinnerte er sie.

Liliana, die sich ein wenig gefasst hatte, hob zweifelnd die Brauen. »Ich weiß nicht, ob ich mit einem Mann tanzen darf, der mir noch nicht vorgestellt wurde«, sagte sie und senkte neckisch den Blick.

Der Mann grinste. »Das lässt sich ja leicht nachholen«, erwiderte er. »Mein Name ist Frano, Frano Zima.«

»*Zima* wie ›Winter‹?«, fragte Liliana. Es war das kroatische Wort für die kalte Jahreszeit.

Frano nickte. »Doch alles andere als kalt«, bemerkte er. »Im Gegenteil, heute scheint ein Feuer in mir entzündet. Durch ein Mädchen mit flammendem Haar ...«

Er strich Liliana eine Strähne ihres rötlich braunen Haares, die sich beim Stampfen der Maische aus der strengen Frisur gelöst hatte, aus dem Gesicht.

Liliana spürte Wärme in sich auflodern. »Ich ... ich bin Liliana«, sagte sie, als ob er das nicht wüsste. Die Familie des Winzers war schließlich im ganzen Dorf bekannt.

Frano nickte. »Liliana, die Lilie. Man hätte dir keinen schöneren Namen geben können.«

Seine Worte klangen aufrichtig, fast andächtig. Einen Herzschlag lang standen sie einander einfach gegenüber und nahmen den Anblick des jeweils anderen in sich auf. Frano war ein attraktiver junger Mann, ein Ausdruck von Selbstsicherheit und Mut stand ihm im Gesicht geschrieben. Liliana hatte das Gefühl, einem Menschen gegenüberzustehen, der sich vor nichts fürchtete. Und plötzlich verlor auch sie alle Ängste – davor, was ihr Vater zu ihrem Ausflug in den Kelterbottich und zu ihrem Tanz mit diesem Tagelöhner sagen würde. Sie vergaß, dass ihre Mutter schimpfen würde, weil sie ihr Kleid verdorben hatte. Sie vergaß ihre Stellung und ihre Bestimmung. Sie war seit einigen Wochen verlobt, und ihr künftiger Gatte würde wahrscheinlich ebenfalls nicht begeistert davon sein, dass sie hier mit den Arbeitern herumspaßte. Mit all dem würde sie sich am kommenden Tag wieder befassen, und sie würde die Konsequenzen tragen. Heute war das Einzige, was zählte, der Mann, der jetzt wieder ihre Hände nahm und sie tanzend herumwirbelte – zu einem Lied, das nur sie beide hörten, zu einem Rhythmus, den ihr Blut vorgab, zu einer Melodie, die sie für ewig verband.

DAS VERSPRECHEN

»Kennst du ihn? Wer ist er?«

Liliana konnte kaum abwarten, bis Milja die Tür ihres Zimmers hinter sich geschlossen hatte, bevor sie die junge Dienerin mit Fragen bestürmte. Sie lächelte erwartungsvoll, obwohl sie eigentlich bedrückt hätte sein müssen.

Es war der Morgen nach dem Fest, und ihre Mutter hatte sie eben noch einmal für ihr Verhalten am Vortag gerügt. Nachdrücklich war sie auf die Zurückhaltung hingewiesen worden, die ihr gesellschaftlich hoher Rang ihr abforderte. Es gehöre sich nicht für eine Vlašić, mit den Bauernjungen und -mädchen Maische zu stampfen. Und ein bisschen angetrunken habe sie auch gewirkt, als der Vater sie in der Trommel entdeckt und streng dazu aufgefordert habe, herauszukommen und sich umzuziehen.

Vesna Vlašić hatte ihrer Tochter vorgehalten, wie unschicklich das war und wie sehr es ihrem Ruf schaden konnte. Nachdem Liliana sich gewaschen und in sauberer Tracht wieder zum Fest gesellt hatte, war zwar nicht mehr über ihre Verfehlung geredet worden, aber natürlich hatten ihre Eltern und Brüder ein Auge auf sie gehabt. Liliana hatte nicht gewagt, den jungen Mann mit den betörenden grünen Augen noch einmal in der Menge zu suchen. Sie war mit züchtig gesenktem Blick bei ihrer Familie geblieben und hatte dem Wein nur noch schluckweise zugesprochen. Am Morgen war die Sache dann gründlich zur Sprache gekommen. Der Vater hatte Liliana getadelt, die Mutter hatte an ihr Gewissen und ihre gute Erziehung appelliert.

»Gut, dass von den Kelavas wenigstens keiner da war«, hatte die Mutter ihren Vortrag schließlich abgeschlossen. Die Kelavas besaßen ein Weingut in Donja Banda, und Liliana war mit dem ältesten Sohn der Familie verlobt. »Wir hätten uns ja zu Tode für dich geschämt. Jetzt bleibst du zwei Tage auf deinem Zimmer und gehst in dich. Weiß der Himmel, was dich geritten hat, so über die Stränge zu schlagen. Aber das war ja sowieso das letzte Mal, dass du dich an den Brunnen setzt und den jungen Männern beim Füßewaschen zuschaust. Nächstes Jahr wirst du brav bei uns bleiben oder gleich bei deinem Mann.« Die Vlašićes dachten darüber nach, Lilianas Hochzeit mit dem Erntefest zu verbinden.

Liliana hatte artig genickt. Mit den Gedanken war sie allerdings längst woanders gewesen. Und jetzt, in ihrem Zimmer, hatte sie endlich Gelegenheit, Milja nach Frano zu fragen, der ihr nicht aus dem Kopf ging.

Die junge Magd fuhr gelassen fort, Wäsche in Lilianas Schrank einzuordnen.

»Wen meinst du?«, fragte sie. »Den Kerl, der dich in die Maischetrommel gelockt hat?«

Liliana verzog das Gesicht. »Nein, den Kobold, der mich heute Morgen in die Nase gekniffen hat«, spottete sie. »Komm, Milja, lass dich nicht bitten. Du musst ihn kennen. Er heißt Frano. Frano Zima.«

»Dann weißt du doch, wer er ist«, gab Milja zurück. Es war ihr offenbar nicht recht, mit Liliana über ihre Bekanntschaft vom vergangenen Abend zu sprechen. Erneut wandte sie sich ab und legte die gefalteten Blusen und Röcke in ihre Fächer.

»Lass das jetzt mal, Milja!« Liliana nahm die Freundin bei der Schulter und zwang sie, ihr ins Gesicht zu sehen. »Die Wäsche kann warten. Aber Frano ...«

»Der kann ja wohl erst recht warten«, meinte Milja und ließ sich sichtlich widerwillig auf einen Stuhl drücken.

»Ach, komm schon ...«

Milja war nur ein paar Jahre älter als Liliana, man hatte sie mit dreizehn zum Dienstmädchen der damals zehnjährigen Winzertochter ernannt, und die beiden waren weit mehr Freundinnen gewesen als Herrin und Bedienstete. Sie hatten miteinander herumgealbert, gekichert, sich Klatsch erzählt und mitunter sogar übermütig in den Weinbergen fangen gespielt. Dann hatte Milja sich verliebt, und der junge Arbeiter Guran Parlov erwiderte ihre Gefühle. Er hatte sie umworben und schließlich geheiratet, nachdem Lilianas Vater der jungen Frau erlaubt hatte, auch als Ehefrau weiter im Gutshaus tätig zu sein. Selbstverständlich war das nicht, die Dienstboten wohnten meist im Haus und hatten ihren Herren Tag und Nacht zur Verfügung zu stehen. Maksim Vlašić ließ Milja jedoch ziehen, nachdem Liliana ihm versichert hatte, das sei für sie kein Problem. Die junge Frau war ihrem Guran in das winzige Haus aus Naturstein gefolgt, das sich die Familie Parlov teilte. Sie lebte dort gemeinsam mit der verwitweten Mutter und einer Schwester ihres Mannes, die dann aber auch heiratete. Das war gut so, denn der Raum war knapp, und Milja war sehr bald schwanger geworden. Gurans Mutter kümmerte sich um die kleine Gavrila, während Milja im Gutshaus Dienst tat. Sicher würden es in absehbarer Zeit mehr Kinder sein, Milja wünschte sich eine große Familie. Liliana bedauerte, dass die Freundin für Spiele und Geplauder keine Zeit mehr hatte. Milja verrichtete ihre Arbeit und verabschiedete sich dann, sobald es möglich war, um sich um ihre Familie zu kümmern.

»Was willst du denn wissen?«, fragte sie jetzt ungeduldig.

Liliana ließ sich auf ihr Bett fallen. »Alles!«, erklärte sie aufgeregt. »Wo kommt er her? Was macht er? Ist er …?« Sie verstummte, bevor ihr die Frage, ob Frano bereits einem Mädchen im Dorf versprochen war, herausrutschte.

»Er arbeitet für deinen Vater«, antwortete Milja. »Als Tagelöhner.« Über ihr breites Gesicht zog ein Schatten der Missbilligung. »Dabei könnte er seinem eigenen Vater zur Hand gehen. Bogdan Zima betreibt die Tischlerwerkstatt im Dorf. Er hat Frano und seinen Patensohn Jaro angelernt. Aber er ist wohl sehr streng, es heißt, er habe die Jungen grün und blau geschlagen, wenn sie's ihm nicht recht machten. Frano hat sich das nicht gefallen lassen. Als er ausgelernt hatte, ist er weg, und nun verdingt er sich bei deinem Vater im Weinberg.«

»Du sagst das, als wär's eine Schande«, tadelte Liliana. Sie hatte das Gefühl, Frano Zima verteidigen zu müssen.

»Es ist keine Schande, aber es ernährt keine Familie«, gab Milja zurück. »Den meisten hier bleibt natürlich nichts anderes übrig, es gibt ja sonst kaum Arbeit. Frano dagegen würde die Werkstatt erben. Sein Vater hat ein gutes Auskommen, verglichen mit uns zum Beispiel sind die Zimas reich.«

»Trotzdem verständlich, dass Frano sich nicht schlagen lassen will!«, hielt Liliana dagegen.

Milja verdrehte die Augen. »Gibt's einen Lehrherrn, der nicht schlägt?«, fragte sie. »Im Weinberg bekommen die jungen Männer auch mal eins hinter die Ohren, wenn sie nicht richtig arbeiten. Und Frano ist ein ... ein Träumer. Er hat Rosinen im Kopf, sagt Guran. Redet viel, aber schafft nichts weg. Man muss auf ihn aufpassen, sagt Guran.« Miljas Mann war einer der Vorarbeiter in Vlašić' Weinberg. Von Frano Zima hielt er wohl nicht viel.

»Er ... er scheint doch ganz nett zu sein«, meinte Liliana. »Und lebensfroh ...«

Milja nickte. »Das ist er zweifellos. Ein netter, lustiger Leichtfuß. Du denkst nicht ernsthaft daran, ihn wiederzusehen?« Besorgt sah sie die Freundin an.

Liliana zuckte mit den Schultern. »Ich werde wohl kaum Gelegenheit dazu haben«, meinte sie mit Bedauern. »Zumindest in den nächsten zwei Tagen.«

»Du solltest ihn auch später nicht wiedersehen«, sagte Milja streng. »Denk daran, dass du verlobt bist. Es ist nicht schicklich, sich mit anderen jungen Männern zu treffen, wenn man jemandem versprochen ist. Erst recht nicht mit solchen ...«

Frano wartete keine zwei Tage. Er hatte anscheinend herausgefunden, dass Liliana Hausarrest hatte. Zudem wusste er, dass sie des Nachts allein in ihrem Zimmer schlief und es kein hellhöriges Dienstmädchen gab, das nebenan auf Befehle seiner Herrin wartete.

Ein ausladender Johannisbrotbaum, der vor ihrem Fenster stand, kam ihm da sehr gelegen. Nicht nah genug, um hinüberklettern zu können, aber doch nah genug, um sich zu sehen und zu reden. Liliana erschrak zu Tode, als sie eine Bewegung in den Zweigen wahrnahm, während sie Anstalten machte, vor dem Zubettgehen ihr Fenster zu schließen. Sie dachte zunächst an ein großes Tier, doch dann sah sie den grinsenden jungen Mann auf einem dicken Ast sitzen.

»Ich dachte, ich komme mal vorbei und schaue, wie es der Gefangenen geht«, bemerkte er. »Tut mir leid, dass du meinetwegen bestraft wurdest.«

Liliana fragte sich, woher Frano das wusste, überließ sich dann jedoch gleich wieder dem warmen, glücklichen Gefühl, das sein Anblick in ihr auslöste.

»Sprich leiser. Du bekommst gewaltigen Ärger, wenn man dich hier erwischt«, gab sie nichtsdestotrotz zu bedenken.

Frano zuckte mit den Schultern. »Wer soll mich denn erwischen?«, fragte er. »Schlafen deine Eltern nicht nach vorne raus?«

Das stimmte, nur Lilianas Fenster und die ihrer Brüder lagen zum Garten hin. Und zwischen Lilianas Zimmer und denen ihrer Brüder lagen noch zwei ungenutzte Räume. Frano musste sich gründlich kundig gemacht haben, bevor er das Wagnis eingegangen war, sie hier aufzusuchen.

»Und wenn doch ...«, führte er jetzt aus. »Dann war's mir das wert. Ich würd' noch ganz andere Dinge tun, um das Mädchen, das den Winter in mir besiegt, wiederzusehen.«

Liliana lächelte schüchtern. »Muss wirklich etwas in dir besiegt werden?«, fragte sie.

Frano nickte gewichtig. »O ja. Da ist Eis, das schmelzen muss, rund um mein Herz. Bevor ein Mädchen daran rühren kann. Bevor ich's verschenken kann, denn welche Frau möchte schon einen Eisblock? Und nun sag du mir, meine schöne Lilie, war's dir auch was wert, das Tanzen in den Trauben? Oder bereust du's?«

Liliana schüttelte den Kopf. »Nein, ich ... ich könnte das nie bereuen! Das war ... das war so schön ... ich hab mich so frei gefühlt ...«

»Da siehst du es. Du besiegst mich, ich befreie dich. Wir sind gut füreinander. Weißt du, dass ich letzte Nacht von dir geträumt habe?«

»Richtig geträumt?«, erkundigte sich Liliana. »Im … im Schlaf? Oder nur …«, sie erinnerte sich an Miljas Bemerkung, »… als du eigentlich arbeiten solltest?«

Frano lachte. »Sowohl als auch. Du beherrschst meine Tage und meine Nächte. Ich meine, Lilienduft zu atmen, wenn ich zum Brunnen gehe. Ich meine, dein Haar im Wind wehen zu sehen, wenn ein Feuer brennt. Ich sehne mich nach deinem Lächeln … Ich möchte dich immer lächeln sehen, Liliana, mein Leben lang, ich kann mich nicht sattsehen an dir. Und ich möchte dich berühren. Geht es dir nicht auch so? Möchtest du nicht … bei mir sein?«

»Wie soll denn das gehen?«, fragte Liliana. »Ich kann hier nicht weg, du weißt selbst, ich habe Hausarrest. Und dann … Ich bin verlobt, Frano. Ich bin versprochen …«

Frano runzelte die Stirn. Eigentlich konnte das keine Überraschung für ihn sein. Die Verlobung der Winzertochter war im Frühjahr groß gefeiert worden.

»Bist du denn auch verliebt?«, erkundigte er sich dann. »Denn wenn du das nicht bist, dann zählt kein Verlöbnis und kein Versprechen. Die Liebe steht über allem, meine Schöne, und sie braucht keine Worte, sie braucht keine Gelöbnisse. Sie ist Bestimmung, sie ist Schicksal, sie ist da oder eben nicht. Sag, Liliana, bist du verliebt? Verliebt in Tomislav Kelava?«

Liliana biss sich auf die Lippen. So genau hatte sie darüber nie nachgedacht. Eigentlich hatte es von jeher festgestanden, dass sie den ältesten Kelava-Sohn eines Tages heiraten sollte. Ihr Vater besaß einen Weinberg bei Donja Banda, irgendwann durch Erbschaft erworben und für die Familie äußerst ungünstig gelegen. Er grenzte allerdings an den Besitz der Kelavas und war damit die ideale Mitgift für Liliana. Die Kelavas waren reich, angesehen, die Verbindung passte. Und abstoßend hatte Liliana ihren künftigen Gatten auch nicht gefunden. Tomislav war ein dunkler Typ, groß, von schwerem Körperbau. Ein stattlicher Bursche mit vollem schwarzem Haar und braunen, scharfen Augen. Er war bodenständig, ganz sicher kein Träumer, und niemals hätte er so schöne Worte finden können wie Frano. Das nahm Liliana zumindest an. Wissen konnte sie es nicht, denn tatsächlich hatte sie noch nie mehr als ein paar Worte mit ihrem Zukünftigen gewechselt. Dabei war es dann meist um das Wetter gegangen, darüber, wie der Wein stand, wie der letzte Jahrgang sich entwickelte. Zur Verlobung hatte Tomislav ihr ein hübsches Schmuckstück geschenkt. Aber ob er das selbst ausgesucht hatte, ob seine Mutter es ausgewählt oder ob man einen Juwelier damit beauftragt hatte, ein Stück von angemessenem Wert anzufertigen, wusste sie nicht.

»Ich glaube nicht, dass ich verliebt bin«, sagte Liliana schließlich betrübt, obwohl es bestimmt nicht richtig war, das zuzugeben.

Frano schenkte ihr ein verschwörerisches Lächeln. »Du wüsstest es, wenn es so wäre«, erklärte er. »Genau wie du weißt, ob du mich wiedersehen willst. Willst du, Liliana?«

Liliana rieb sich die Stirn. »Ich ... ich weiß nicht, wie das gehen soll«, wiederholte sie am Ende.

»Sag erst, ob du es willst, Liliana!«, forderte Frano. »Ich möchte wissen, ob du so fühlst wie ich. Ob es dich zu mir drängt, wie ich mich von dir angezogen fühle. Willst du, Liliana? Willst du mich wiedersehen?«

Liliana wollte den Kopf schütteln, wollte einwenden, dass es ganz egal war, was sie fühlte. Es konnte nicht so einfach sein, wie Frano es darstellte. Sie war verlobt, und Versprechen durften nicht gebrochen werden. Wenn sie die Kelavas brüskierte, würde das Konsequenzen haben. Es würde die Freundschaft zwischen ihren Familien zerstören, vielleicht sogar Anlass zu einer Fehde geben. Und doch hatte etwas in ihr bereits entschieden. Ja, sie wollte Frano wiedersehen. Sie wollte dieses Gefühl erneut auskosten, das sie erfasst hatte, als er ihre Hand genommen und mit ihr getanzt hatte. Sie wollte bei ihm sein.

»Ich will«, sagte Liliana in dem Wissen, damit ihr Schicksal zu bestimmen. »Ich weiß nur nicht, wie ich das anstellen soll. Wenn uns jemand zusammen sieht ... Auf einem Fest kann man schon mal übermütig sein, aber wenn wir uns treffen, wenn wir einen

Treffpunkt ausmachen und … und jemand kommt dahinter …« Frano würde seine Arbeit verlieren und sie das Vertrauen ihrer Eltern.

»Niemand wird uns sehen«, erklärte Frano sorglos. »Jedenfalls nicht, wenn wir es halbwegs geschickt anstellen. Pass auf, wir arbeiten zurzeit im Weinberg oberhalb der Kirche. Du weißt, wo das ist?«

Liliana nickte fast etwas beleidigt. Sie wurde zwar nicht zur Arbeit in den Weinbergen herangezogen, aber natürlich kannte sie die Ländereien ihres Vaters.

»Milja geht fast jeden Tag hinauf«, bemerkte sie.

Der Weinberg oberhalb der Kirche war leicht zu erreichen, und Milja, die von ihrem Guran kaum lassen konnte, stahl sich jeden Mittag von ihrer Arbeit fort, um ihn zu besuchen. Angeblich, um ihrem Liebsten einen Imbiss bringen zu müssen. Niemand verbot ihr das.

»Genau!«, lobte Frano. »Und wenn du aus deinem Zimmer wieder rausdarfst, wirst du dich ihr einfach anschließen.«

»Aber dann muss ich ihr doch erzählen …«

Liliana war bei dem Gedanken, Milja einzuweihen, hin- und hergerissen. Die Freundin würde sie sicher nicht verraten, aber gutheißen würde sie solch ein Abenteuer auch nicht. Zumal Guran Frano nicht besonders schätzte.

Frano winkte ab. »Musst du nicht, meine Schöne. Du bleibst einfach in der Kirche. Sag, du willst beten. Deine Sünden bereuen oder so was …«

»Das glaubt sie mir nie!«

Liliana musste sich ein Lächeln verkneifen. Davon abgesehen war es nämlich ein guter Plan. Der Priester von Sveta Katarina, Vater Josip, war uralt, halb blind und schwerhörig, dazu außerordentlich gutgläubig. Wenn sie sich zumindest kurz in der Kirche sehen ließ, würde er das jederzeit bezeugen. Milja dagegen …

»Ist doch ganz egal, ob sie es glaubt«, tat Frano unbeschwert kund. »Deine Freundin ist auch kein Unschuldslamm. Wenn die raufkommt, um ihren Guran zu treffen, dann verschwinden die zwei gleich irgendwo im Weinberg, und man hört es kichern. Das kannst du ihr sagen, falls sie droht, dich zu verpetzen.«

»Das würde sie nie tun!«, sagte Liliana im Brustton der Überzeugung.

»Dann brauchst du dich auch nicht zu sorgen.« Frano lächelte ihr auf seine unwiderstehliche Art zu. »Sorg dich nicht so viel, meine Lilie. Überlass dich einfach dem Leben! Sei mutig, sei glücklich! Alles andere überlässt du mir.«

Liliana versuchte, die Zweifel aus ihren Gedanken zu verscheuchen. Die Aussicht, alle Bedenken und Ängste abzuwerfen, sich treiben zu lassen – vielleicht in die Arme dieses faszinierenden jungen Mannes, der sich vor nichts und niemandem auf der Welt zu fürchten schien –, war überwältigend.

»Und dann?«, fragte sie. »Also nach der Kirche? Wo ... wo wirst du hinkommen?«

»Du folgst dem Weg zum Weinberg bis zum Kreuzweg. Du weißt schon, diese Wegkreuzung, wo's zum Weinberg geht oder ins Dorf oder in die Berge. Wo die Statue der Muttergottes steht.« Frano untermalte seine Wegbeschreibung mit ausladenden Handbewegungen, obwohl er rittlings auf einer Astgabel saß. Es schien nichts zu geben, das ihn aus dem Gleichgewicht bringen konnte. Liliana nickte wieder. Die Maiprozession führte über diesen Weg, sie hatte die kleine Statue oft mit Blumen umkränzt. Es war ein komisches Gefühl, dass die Jungfrau nun Zeugin ihrer Heimlichkeiten werden sollte. »Du nimmst den Weg in die Berge«, erklärte Frano weiter, »und siehst dann bald rechts vor den Hügeln eine alte Weidehütte. Ich weiß nicht, ob die Schäfer sie noch nutzen, gesehen habe ich da noch nie jemanden. Dort warte ich.«

»Aber woher weißt du, wann ich kommen kann?«, fragte Liliana unsicher. »Du kannst doch nicht den ganzen Tag von der Arbeit wegbleiben.«

Frano verzog das Gesicht, als wäre dies nun wirklich seine geringste Sorge. »Ich komme um die Mittagszeit«, erklärte er und grinste verschwörerisch. »Dann fällt's Guran nicht auf, der ist dann schließlich auch beschäftigt.«

Natürlich, Milja ging ja immer um dieselbe Zeit, sogar ihre Mutter wusste und gestattete das. Liliana würde dagegen eine Ausrede brauchen, wenn sie über Mittag das Haus verließ. Ihr Vater und ihre Brüder waren zum Glück oft den ganzen Tag in den Weinbergen und nahmen sich eine Vesper mit, genau wie die Arbeiter. Die Hauptmahlzeit im Hause Vlašić wurde am Abend serviert.

»Ich versuch's«, versprach Liliana mit klopfendem Herzen.

Sie wünschte sich sehnlichst, wenigstens kurz Franos Hand berühren zu können. Wenn sie seine Wärme spüren könnte, würde sie sich sicherer fühlen. Liliana dachte erneut an das berauschende Gefühl des Tanzes in der Maische. Und dann sah sie sein Gesicht im Mondlicht, seinen verträumten Ausdruck, die strahlenden Augen, die eine ganz andere, schönere und mutigere Liliana zu sehen schienen. Plötzlich war es so, als wirbelte Frano sie wieder herum. Sein Blick genügte, um sie schwindeln zu lassen vor Spannung und Freude und Sehnsucht.

»Ich erwarte dich«, sagte er.

»Mit mir und Guran ist das etwas ganz anderes, und das weißt du auch!« Milja reagierte ungewöhnlich heftig, als Liliana ihr die heimlichen Treffen mit deren Mann im Weinberg vorhielt. Natürlich hatte sie Lilianas Absichten sofort erahnt. Ihre Freundin hatte nie übertriebene Frömmigkeit gezeigt. Der plötzliche Wunsch, allein in Sveta Katarina zu beten, war verdächtig. Milja hatte Liliana also auf den Kopf zugesagt, dass Frano dahintersteckte, und sie schien fest entschlossen, sie nicht bei ihrem heimlichen Vorhaben zu unterstützen. »Guran und ich sind verheiratet«, führte sie jetzt aus. »Wir dürfen allein miteinander sein. Vielleicht nicht mittags im Weinberg, ich sollte ihn nicht von der Arbeit abhalten. Aber das ist eine kleine, lässliche Sünde. Du dagegen ... Himmel, Liliana, eine Liebelei mit einem Tagelöhner ... Das ist völlig unmöglich! Aus dir und Frano kann nie etwas werden. Also warum fängst du so etwas Verrücktes überhaupt erst an?«

»Wir haben keine Liebelei«, wehrte sich Liliana. »Wir ... er ... ich will nur ein bisschen mit ihm reden. Er ... er sagt so ... so wunderliche Dinge. Wenn er spricht, scheint die Welt eine andere Farbe anzunehmen.«

Milja lächelte. »Lass mich raten«, spöttelte sie liebevoll, »Rosarot? Lili, du musst dagegen ankämpfen!«, erklärte sie dann ernst. »Gegen diese ... diese blinde Verliebtheit. Das kann zu nichts Gutem führen!«

»Ich bin nicht verliebt!«, behauptete Liliana, und noch weniger empfand sie sich als blind. Im Gegenteil, sie meinte alles klarer zu sehen, seit sie Frano kannte. All ihre Sinne schienen geschärft, sie war aufgeregt, glücklich, es war fast ein Gefühl des Schwebens.

»Und ob du das bist!« Milja klang ernstlich beunruhigt. »Bitte, Lili, sei vorsichtig! Wenn nicht um deiner selbst willen, dann für Frano. Und sei froh, dass dein Vater ein gutmütiger Mann ist. Er hätte auf dem Fest schon ganz anders reagieren können, als er dich mit dem Zima-Jungen tanzen sah. Schließlich hat er dich den Kelavas versprochen. Aber wenn er euch irgendwo allein erwischt, womöglich gar in inniger Umarmung, dann ist Frano seines Lebens nicht mehr sicher! Erst recht nicht, wenn Tomislav Kelava davon erfährt. Du bist seine Verlobte, du gehörst ihm. Es verletzt seine Ehre, wenn ein Tagelöhner dich ihm wegnehmen will. Und da wird er nicht lange fackeln!«

»Ich gehöre nur mir allein!« Liliana fuhr auf. Was hatte Frano noch gesagt? »Tomislav hätte nur ein Recht auf mich, wenn ich ihn liebte! Das Wort meines Vaters gilt nichts. Er kann nicht über mich bestimmen, wie ... wie man über eine Eselin verfügt, die man dem Hengst seines Nachbarn zuführt.«

Milja sog scharf die Luft ein. Ihr Gesicht drückte Missbilligung aus, Erschrecken ... und Mitleid.

»Liliana, hat Frano dir das eingeredet?«, fragte sie eindringlich und vergeblich auf eine Antwort wartend. »Dann ist ja alles noch viel schlimmer, als ich dachte. Du musst vernünftig sein, bitte! Denk nach! Sei nicht ungerecht! Dein Vater hat nicht über dich verfügt. Du hast eingewilligt, Tomislav Kelavas Frau zu werden. Du hast es versprochen. Das kannst du nicht zurücknehmen! Jedenfalls nicht so leicht. Wenn du die Verlobung lösen willst, musst du mit deinen Eltern sprechen. Es würde vielleicht Mittel und Wege geben ... du könntest eine Zeit lang in ein Kloster ...«

Liliana lachte, ein Lachen, das Milja das Herz zu zerreißen schien. Sie hörte selbst, dass es nicht glockenhell und unbeschwert klang wie sonst, sondern spöttisch. »Beten soll ich nicht, aber in ein Kloster?«, höhnte sie. »Milja, mach dich nicht lächerlich. Bis jetzt spricht niemand von Auflösung der Verlobung. Ich ... ich will mir nur noch sicherer werden. Und Frano hilft mir dabei. Er ... er spricht mit mir wie mit einer Erwachsenen, nicht wie mit einem Kind, dem man Hausarrest gibt, weil es ungehorsam war. Er hat seinen ganz besonderen Blick auf das Leben, auf die Liebe ...«

»Und er denkt dabei einzig und allein an sein eigenes Wohl!«, behauptete Milja.

Liliana schüttelte den Kopf und richtete sich selbstbewusst auf. »Milja, du solltest dich reden hören. Du widersprichst dir selbst. Eben noch hast du behauptet, es sei gegen Franos Interessen, sich mit mir zu treffen. Du hast gesagt, er riskiere sein Leben für mich. Beweist das nicht, dass er an mich denkt?«

Milja seufzte. »Für mich beweist das eher seinen Leichtsinn«, sagte sie resigniert. »Aber ich sehe ein, dass ich dich nicht umstimmen kann. Wenn du es unbedingt willst, kannst du mich morgen bis zur Kirche begleiten, wenn ich zum Weinberg gehe, um Guran zu sehen. Ich billige dein Vorhaben zwar nicht, aber sonst gehst du mir noch allein, und dann ist das Risiko ungleich größer. Wer immer dich sähe, würde Mutmaßungen darüber anstellen, wohin es dich wohl treibt. Du musst vorsichtig sein, Liliana. Du musst mir versprechen, dass du nichts Unüberlegtes tust, nichts, was nicht rückgängig zu machen ist, nichts, das man nicht leugnen und verschweigen kann.« Sie biss sich auf die Lippen. »Nichts, das dich bloßstellt in der Hochzeitsnacht«, wurde sie am Schluss deutlicher.

Liliana schüttelte den Kopf. »Was du immer gleich denkst!«, warf sie Milja vor. »Ich will nur reden, weiter nichts. Ich will nur ein bisschen … bei ihm sein.«

Liliana vergaß diesen Vorsatz in dem Moment, in dem sie Frano wiedersah. Nachdem sie den Kreuzweg passiert und sich mit leicht schlechtem Gewissen vor dem Bildnis der Jungfrau bekreuzigt hatte, folgte sie dem Weg in die Berge für ein paar Hundert Meter, bevor sie den Schuppen in den Hügeln liegen sah. Frano trat sofort aus dem Schatten, als er sie kommen hörte, und zog sie ohne Zögern in seine Arme.

»Du glaubst nicht, wie glücklich du mich machst!«, flüsterte er, bevor er sie küsste. Liliana glaubte ihm, auch sie wurde von Glücksgefühlen überwältigt. Es war so selbstverständlich, sich an Frano zu schmiegen, und es war das Normalste der Welt, ihn zu küssen.

Sie verbrachten eine verzauberte halbe Stunde damit, Hand in Hand durch die Berge zu wandern, sich anzusehen, sich zu küssen und sich immer wieder zu versichern, wie tief und wie einzigartig die Gefühle waren, die sie füreinander hegten. Schließlich trennten sie sich widerwillig – Frano musste zurück in den Weinberg, und Liliana hatte noch ihre Gebete zu verrichten. Doch natürlich wollten sie sich wiedersehen! Die kleine, zarte Pflanze ihrer Liebe musste gehegt und gepflegt werden, es gab so viel zu erleben und zu entdecken.

Zweifel an ihrem Wünschen und Wollen hegte Liliana nicht mehr, an die Risiken dachte sie erst wieder, als sie allein war und der Kirche zustrebte. Am Altar der heiligen Katarina flehte sie um den Segen für ihre Liebe – wobei sie völlig vergaß, dass sie sich hier an eine Frau wandte, die sich niemals hatte vermählen wollen. Katarina von Siena war ihre Jungfräulichkeit heilig gewesen, die einzige Liebe, die sie hätte gelten lassen, war die zu Gottes Sohn.

Dalmatien lag im Süden Europas. Die Winter waren nicht sehr hart, aber dennoch wurde es in den Monaten nach dem Erntefest kälter, und es war nicht einfach für Frano und Liliana, sichere, geheime Treffpunkte zu finden. Milja beruhigte das in gewisser Weise. Sie hoffte, dass das unwirtliche Wetter ihre Herrin davon abhalten würde, sich Frano gänzlich hinzugeben. Die beiden trafen sich in der Regel unter freiem Himmel, lediglich der Weideschuppen bot einen halbwegs geeigneten Unterschlupf. Aber Milja hielt Liliana für zu empfindlich und verwöhnt, um sich auf altem Stroh und stinkendem Schafdung lieben zu lassen. Ihre Kleider und Umhänge, die Milja nach Lilianas Rückkehr stets peinlich prüfte, wirkten bisher sauber. Lilianas Beteuerungen, ihr Verhältnis zu Frano beschränke sich auf gemeinsame Spaziergänge, glaubte sie dennoch nicht. Sie entdeckte Spuren von leidenschaftlichen Küssen an Lilianas Hals und Dekolleté, wenn sie ihr beim Umkleiden half, und sie sah den Ausdruck in ihren Augen. Ihre Hoffnung, Lilianas Verliebtheit könnte nur ein Strohfeuer sein, das rasch wieder erlosch, hatte sich längst zerschlagen. Liliana war Frano Zimas Charme vollkommen verfallen, und Milja fürchtete das kommende Frühjahr. Wenn die Sonne erst wieder schien und sich ein einladender Grasteppich über die Hügel legte, mochte die junge Frau die letzten Bedenken in den Wind schlagen.

In Miljas eigenem Leben war dagegen alles in bester Ordnung. Sie war glücklich mit Guran und ihrer kleinen Tochter, und auch, wenn es ihr Leben vielleicht noch beschwerlicher machen und sie sich mit Gurans kargem Lohn noch mehr würden einschränken müssen. Sie freute sich, als im Februar ihre Regel erneut ausblieb. Wie es aussah, würde sie gegen Ende des Jahres ihr zweites Kind zur Welt bringen. Milja summte Wiegenlieder vor sich hin, während sie ihre Arbeit tat, und versuchte, ihre bösen Ahnungen zu unterdrücken, wenn sie Liliana Liebeslieder singen hörte. Die beiden jungen Frauen nähten in diesem Winter eifrig an Lilianas Aussteuer – die Tradition verlangte, dass die Braut selbst die Wäsche mit Borten und Stickereien verzierte, vor allem ihr Hochzeitskleid. Liliana widmete sich dieser Aufgabe mit großer Freude, was Milja nicht wenig überraschte. Ihre Herrin fieberte der Hochzeit mit Tomislav Kelava ja nicht gerade entgegen. Milja argwöhnte, dass sie sich beim Nähen und Sticken dem Traum hingab, mit Frano zum Altar zu schreiten. Das Leuchten in ihren Augen, wenn sie ihr Hochzeitskleid anprobierte und sich damit vor dem Spiegel drehte, ließ das jedenfalls vermuten.

Milja überlegte, ob sie Liliana darauf ansprechen sollte, doch dann ließ sie es. Die Freundin würde früh genug unsanft auf dem Boden der Tatsachen landen.

Tatsächlich traf es Liliana wie ein Schlag, als ihr Vater ihr im März eröffnete, dass ihre Hochzeit mit Tomislav jetzt auf einen Tag im Oktober festgelegt sei. Bis dahin, so meinte er, müsse die Lese auf beiden Weingütern abgeschlossen sein. Es sei Zeit zum Feiern, und man könne Erntefest und Hochzeitsfeier miteinander verbinden. Lilianas Versuch, sich mit der noch nicht fertiggestellten Aussteuer herauszureden, wehrte er lachend ab.

»Du hast ja noch sieben Monate Zeit, Lili. Den ganzen Sommer. Da solltest du doch wohl ein paar Leibchen bestickt haben und ein paar Kleider genäht. Wenn es gar nicht anders geht, stellen wir dir noch eine Näherin zur Seite. Was ist denn nur mit dir, Kind? Bekommst du Angst? Das musst du nicht. Tomislav ist ein ehrenwerter Mann, und die Kelavas werden dich aufnehmen wie eine Tochter.«

Liliana schwieg – auch als ihre Mutter sie ein paar Tage später zu sich rief und ihr, errötend und mehr in Andeutungen als in klaren Worten, auseinandersetzte, was eine Frau im Ehebett ungefähr erwartete. Ihr Vater habe sie darum gebeten, erklärte die Mutter, er meine, Liliana fürchte sich vor der Hochzeitsnacht.

Tatsächlich war die junge Frau keineswegs so unwissend wie andere höhere Töchter. Sie war auf dem Land groß geworden, sie wusste, wie Fohlen und Lämmer gezeugt wurden, und sie hatte auch Mägde und Knechte schon miteinander poussieren sehen. Nicht zuletzt traf sie sich inzwischen seit Monaten mit Frano Zima, und auch, wenn sie es noch nicht zum Äußersten hatte kommen lassen, wusste sie doch, was Erregung war. Sie hatte durchaus eine Vorstellung davon, wie sich dies bei der Vereinigung bis zur Ekstase steigern ließe. Frano war in der letzten Zeit immer drängender geworden, doch bisher hielt sich Liliana an das Milja gegebene Versprechen: Sie würde nichts Unüberlegtes tun, nichts, was nicht rückgängig zu machen wäre. Ihre Jungfräulichkeit musste bis zur Hochzeit gewahrt bleiben.

»Wenn ich doch nur dich heiraten könnte statt Tomislav«, gab Liliana eines Tages ihren Träumen Ausdruck.

Es war der erste wirklich richtig warme Tag im April, sie lag mit Frano auf einer der Weiden unterhalb des Schafschuppens. Die Luft duftete nach Heu und Frühlingsblumen, das Gras stand schon hoch. Es bot ein sicheres Versteck, die Liebenden konnten unbesorgt die Welt um sich her vergessen.

»Das kannst du doch!«, sagte Frano gelassen. Er hatte eben ein paar Grashalme gepflückt und streichelte damit über Lilianas entblößten Hals und ihr Dekolleté bis zum Ansatz ihrer Brüste. Die festeren Halme ließen sich unter ihre Bluse schieben, Liliana stöhnte vor Lust, als sie ihre Brustwarzen kitzelten. Frano nahm das zum Anlass, ihre Bluse etwas hinunterzuschieben. »Es ist ganz einfach.« Er richtete sich auf, ließ sich vor ihr auf die Knie nieder und deklarierte die Trauformel: »Ich, Frano, nehme dich, Liliana, zu meinem angetrauten Weibe. Ich will dich lieben und ehren ...«

»So gilt es nicht«, behauptete Liliana. »Es muss schon in der Kirche sein, vor Gott und der Welt ...«

Frano spielte lächelnd mit einer ihrer Haarlocken. »Ist das hier nicht die Welt?«, fragte er. »Und sieht uns Gott nicht überall? Schau, wir haben sogar Trauzeugen.« Er wies auf die Heuschrecken und Ameisen im Gras. »Die Kirche ist nicht Bedingung, Liliana. Und auch nicht der Ring ... Wenngleich ich dir gern einen schenke ...« Frano zwirbelte die Grashalme, mit denen er sie eben noch gestreichelt hatte, zu einem grünen Strang zusammen, formte daraus einen Ring und schob ihn über Lilianas Finger.

Sie lächelte. »Muss er nicht aus Gold oder Silber sein?«, fragte sie. »Als Zeichen für die Ewigkeit?«

Frano winkte ab. »Das Gras wächst hier seit Jahrhunderten«, wandte er ein. »Es erneuert sich. Wie unsere Liebe sich immer wieder erneuern würde, wenn ich ... wenn wir ...« Er streifte ihre Bluse noch weiter hinunter und küsste ihre Brüste. Dann ließ er die Hand zum Saum ihres Rocks wandern.

»Willst du dich mir nicht schenken, meine Schöne? Willst du nicht die Ehe mit mir vollziehen?«

Liliana kämpfte mit dem Wunsch, sich Frano hinzugeben. »Das ist keine Ehe«, flüsterte sie. »Ehe ist ... Ehe hat Zukunft. Aber wir haben keine. Ich muss Tomislav heiraten, und du ...«

»Du willst doch lieber mich heiraten!«, gab Frano zu bedenken. »Du hast es selbst gesagt. Und ... und was die Zukunft angeht … Ich hab mir da was überlegt, Lili. Wir könnten zusammen sein. Nur nicht hier. Es gibt da ein Land, Lili … weit weg auf der anderen Seite der Welt. Sie nennen es Neuseeland. Und da kann man sein Glück machen.«

Liliana runzelte die Stirn. »So wie in Amerika? Gold suchen? Dabei wird keiner reich, Frano …«

Frano schüttelte den Kopf. »Nicht wie in Amerika«, erklärte er. »Und kein Gold. Eher … hm … Harz oder Gummi. Das liegt da so rum. Unter irgendwelchen Bäumen. Man sammelt es auf, verkauft es … In England und Amerika sollen sie ganz verrückt danach sein. Jedenfalls sind aus Donja Banda schon drei junge Männer nach Neuseeland gegangen und zwei aus Dingač Borak. Einer von denen ist ein Freund von Jaro, dem Patensohn meines Vaters. Und er kann schreiben! Jaro hat einen Brief von ihm bekommen.«

Jaro lernte das Tischlerhandwerk in der Werkstatt von Franos Vater. Liliana kannte ihn vom Sehen. Sie nahm ihn meist nur sonntags in der Kirche wahr, wenn sie heimlich zu Frano und seiner Familie hinüberspähte. Jaro war Frano ein bisschen ähnlich, aber sein Gesicht war weniger markant, seine Augen waren braun. Liliana fand ihn eher langweilig, und was Frano von ihm erzählte, bestätigte diesen Eindruck. Jaro war freundlich und anpassungsfähig. Über die Stränge schlug er nie.

»Jaro kann lesen?«, fragte Liliana verwundert. Nur die wenigsten Kinder der Bauern und Handwerker lernten Lesen und Schreiben, obwohl Vater Josip, der alte Priester, im Winter Unterricht abhielt.

Frano nickte. »Jaro versteht sich auf alles, was brav und langweilig ist«, erwiderte er. »Aber in diesem Fall ist es nützlich. Er hat uns den Brief vorgelesen. Dario geht es bestens in Neuseeland. Er verdient gut, ist frei. Ein schönes Land soll es sein. Wir könnten auch dorthin gehen und unser Glück machen.«

Liliana empfand einen Anflug von Hoffnung. »Wir wären sicher überall glücklich«, sagte sie. »Wenn wir nur zusammen sein könnten. Aber mein Vater würde es mir nie erlauben …«

Frano lächelte. »Wir müssten ihn ja nicht fragen«, meinte er. »Wir verschwinden einfach. Wir gehen nach Dubrovnik, nehmen ein Schiff und schon sind wir weg.«

Liliana schüttelte den Kopf. »Das wäre Sünde, Frano. Wenn ich mit dir fortginge, wenn wir zusammen leben würden, ohne verheiratet zu sein.«

Frano seufzte. »Liebste, das hatten wir doch gerade schon: Heirate mich hier und jetzt, vor Gott und der Welt. Verbinde dich mit mir. Wenn wir erst einmal eins sind, dann ... dann bestehen wir gegen alle. Gegen die ganze Welt. Du musst es nur wollen, Lili.« Er sah sie an. »Willst du es? Willst du es so, wie ich es will?«

»Es geht nicht ums Wollen ... Mein Vater ... mein ... Verlobter ...«, stammelte sie.

Frano schüttelte den Kopf. »Es geht *nur* ums Wollen, Lili. Um dich und mich, nicht um deinen Vater und deinen Verlobten. Es geht um die Liebe. Liebe vermag alles, Liebe wagt alles ... Habe ich dich jemals enttäuscht, Lili? Habe ich dir jemals Hoffnungen gemacht, die ich dann nicht erfüllen konnte?«

Liliana biss sich auf die Lippen. Natürlich hatte Frano sie niemals enttäuscht. Alles, was er ihr versprochen hatte, war eingetroffen, er hatte sie glücklicher gemacht, als sie es jemals für möglich gehalten hätte. Allerdings hatte er dazu bislang nicht mehr tun müssen, als sichere Treffpunkte für sie beide zu finden und sie mit Zärtlichkeiten zu verwöhnen. Und nun sollte es plötzlich um Schiffspassagen gehen, eine Flucht bei Nacht und Nebel, eine heimliche Heirat ...

»Gilt das denn?«, fragte sie ängstlich. »Wenn nur du und ich die Trauformel sprechen? Hier? Ohne Vater Josip? Ohne ... ohne Segen?«

Frano schaute in den Himmel. Die Sonne stand schon hoch, Vater Josip würde bald die Abendmesse halten.

»Wir holen uns unseren Segen!«, sagte er kurz entschlossen. »Geh zurück zur Sveta Katarina, ich komme nach. Zur Abendmesse. Wir sprechen die Trauformel, bevor Vater Josip die Gemeinde entlässt. Dann sind wir gesegnet. Dann gilt es.«

Liliana rieb sich die Stirn. »Sicher?«, fragte sie.

Frano nickte. »Wir müssen nur schnell machen. Sonst wird es heute nichts mehr.« Er stand auf und reichte Liliana die Hand, um ihr hochzuhelfen. »Du willst es doch.«

Liliana wollte es. Sie wollte glauben, dass es einen Ausweg gab. Und sie war immer noch wie berauscht von Franos Zärtlichkeiten, von der Hoffnung, die er in sie gepflanzt hatte.

Neuseeland ... Sie sang das Wort vor sich hin, während sie zur Kirche hinunterlief.

Vater Josip nickte ihr zu, als sie ihren gewohnten Platz vor der Statue der heiligen Katarina in einer Nische der Kirche einnahm. Dann wandte er sich dem Altar zu. Liliana ließ derweil den Blick über die anwesenden Gemeindemitglieder schweifen. Es waren nicht viele, genau genommen zwei. Die alte Sima, halb blind und taub wie der Pfarrer, und Jelica, eine Witwe, deren Mann erst kürzlich verstorben war und die nun Trost in der Kirche suchte. Auch sie war nicht mehr jung. Weder Jelica, Sima noch Vater Josip bemerkten Frano, der sich zu Liliana schlich, als die Messe bereits begonnen hatte. Die beiden »Brautleute« wagten es sogar, sich nebeneinander hinzuknien, die Gebetsbank vor dem Katarinenbild war weder vom Altar noch von den Plätzen der Frauen aus einzusehen.

Liliana fand ihre Trauung sehr feierlich. Sie sprach die Gebete mit und fühlte sich bestätigt, als Vater Josip in seiner Predigt die Worte des heiligen Paulus zitierte: *Hättet ihr aber die Liebe nicht* ... Nach dem Abschlusslied drückte Frano Lilianas Hand, und sie flüsterten die Trauformel. »Hiermit erklären wir uns zu Mann und Frau.« Frano sah die heilige Katarina dabei an, als wäre sie seine Zeugin, und Liliana drehte mit klopfendem Herzen den Ring an ihrem Finger.

Und dann empfingen sie Hand in Hand den traditionellen Segen. »Es segne euch der allmächtige Gott, der Vater, der Sohn und der Heilige Geist«, sagte Vater Josip feierlich.

»Amen!«, murmelte Liliana glücklich, während Frano schon hinausschlich.

Dann aber, sie war schon fast aus der Tür, erschrak sie fürchterlich. Vater Josip hielt sie auf, bevor sie die Kirche verlassen konnte.

»Du bist so oft hier in der letzten Zeit«, stellte der alte Priester fest. »Bedrückt dich etwas, Kind?«

Liliana errötete, schüttelte jedoch entschlossen den Kopf. »Nein, Vater«, sagte sie ehrlich. »Ich bin ganz glücklich.«

Der Priester lächelte. »Das freut mich zu hören, Liliana. Du wirst nun bald den Bund der Ehe schließen, nicht wahr?«

Liliana biss sich auf die Lippen. Hatte er doch etwas mitbekommen?

»Ja«, murmelte sie. »Ich ... ich fühle mich meinem Mann jetzt schon verbunden, ich ...«

Vater Josip nickte. »Das ist sehr schön, Kind. Und nicht immer selbstverständlich. Es ist ja nicht jedes Mädchen glücklich mit der Wahl seiner Eltern. Du kannst da wahrlich Gott danken. Vielleicht ist es ja das, was dich herführt.«

»Ich ... ich muss jetzt gehen ...« Liliana hatte nur noch den Wunsch zu fliehen.

Der Priester nickte erneut. »Sicher. So lass mich dich vorher noch einmal segnen, Kind, und nimm den Segen Gottes auch für den Mann an, dem du versprochen bist.«

Lilianas Herz raste, als sie vor Vater Josip niederkniete und seine Hand auf ihrem Haupt spürte. Das musste ein Zeichen Gottes sein. Ihre Verbindung mit Frano galt.

Die junge Frau rannte, als sie die Kirche schließlich verlassen konnte. Auf der Weide beim Schafschuppen flog sie völlig außer Atem in Franos Arme.

»Mein angetrauter Mann!«, sagte sie.

»Mein angetrautes Weib!«, erwiderte er.

Er nahm Liliana in die Arme, trug sie zu ihrem Lager auf der Wiese und kleidete sie zärtlich aus. Frano streichelte sie und sagte ihr immer wieder, wie schön sie sei. Und dann liebte er sie im Licht der untergehenden Sonne, drang vorsichtig und sanft in sie ein und wurde eins mit ihr, während der Ring aus Grashalmen in der Abendsonne welkte.

GROSSE PLÄNE

In der nächsten Zeit ging es oft um Neuseeland, wenn Liliana und Frano sich trafen. Frano fragte Jaro nach Einzelheiten aus dem Leben seines Freundes, und Liliana schlug in den Büchern ihres Vaters nach, um mehr über das Land zu erfahren, das aus einer Süd- und einer Nordinsel bestand. Ein Buch beschrieb die Entdeckung der Inseln durch Captain Cook. Frano fand mehr über den Beruf des »Gumdigger« heraus.

»Gamdigga spricht sich das richtig, sie reden Englisch in Neuseeland«, berichtete er. »Das heißt so viel wie ›Gummigräber‹. Das Gummi stammt von uralten Bäumen, Kauris, die irgendwann in grauer Vorzeit umgefallen und im Schlamm verrottet sind. Oder gerade nicht verrottet, sie haben sich darin erstaunlich gut gehalten.«

»Wie im Moor«, wusste Liliana. Sie hatte mit wohligem Schauern englische Kriminalromane gelesen, in denen Moorleichen nach Jahren gut erhalten aufgefunden wurden.

»Jedenfalls zapft oder kratzt man es von den Bäumen, manchmal muss man am Fuß der Bäume danach graben. Es wird in England zur Linoleumherstellung gebraucht. Linoleum ist eine Art Bodenbelag«, führte Frano aus. »Wie Fliesen ...«

In Dalmatien verlegte man meist Terrakottafliesen, allerdings nur in besseren Häusern. Die schlichten Hütten der Arbeiter hatten Holzböden. Liliana nickte. Bislang hatte sie von Linoleum nie gehört, aber es war ihr eigentlich egal, wozu man das Harz brauchte. »Und viele von den Gumdiggern kommen aus Dalmatien. Warum, weiß ich nicht. Wahrscheinlich hat es einer entdeckt, und dann hat es sich rumgesprochen, dass da auf einfache Weise Geld zu machen ist«, fuhr Frano fort. »Es fahren Schiffe von Dubrovnik aus, das soll ganz gut organisiert sein ...«

Frano verriet nicht, dass diese Schiffe gewöhnlich nur junge Männer mitnahmen in das geheimnisvolle Land und dass kaum Familienväter auswanderten, um als Gumdigger tätig zu werden. Wenn die Reise anstand, würde er schon eine Lösung für sich und Liliana finden. Vorerst lauschte er auf Lilianas Berichte über die beiden Inseln, auf denen es fruchtbares Land gab – sogar Weinbau sollte in Neuseeland betrieben werden – und seltsame Tiere, die erfreulicherweise nicht gefährlich waren.

»Die Einheimischen, Maori nennt man die, sind mir dagegen nicht geheuer«, erklärte Liliana. »Die haben Captain Cook angegriffen, als der auf die Inseln kam.«

Frano winkte ab. »Also, Dario schreibt, die wären ganz harmlos. Die Mädchen allerdings sehr ... hm ... die sind wohl sehr freizügig ...«

Tatsächlich hatte Jaros Freund davon geschwärmt, wie leicht es die einheimischen Mädchen den Männern machten, wenn sie in der Nähe eines Maori-Stammes arbeiteten. Im letzten Jahrhundert hatte es mit den Einheimischen zwar ein paar Probleme gegeben, aber inzwischen waren die Inseln befriedet.

»Das ist ein Paradies, Lili«, meinte Frano hoffnungsvoll. »Und es wartet nur auf dich und mich.«

Liliana wartete auf etwas ganz anderes. Schon im vergangenen Monat hatte ihre Regel ausgesetzt. Sie hatte sich dabei nicht viel gedacht. Ihre Blutung kam oft etwas unregelmäßig. Jetzt fiel sie aber schon zum zweiten Mal ganz aus, und Liliana fühlte sich auch sonst komisch. Ihre Brüste spannten, sie schwankte zwischen Fröhlichkeit und unerklärlich schlechter Stimmung, und morgens musste sie sich häufig übergeben. Sie dachte an eine Magenverstimmung – bis Milja nervös wurde.

»Ist sonst noch irgendwas, Liliana? Wann ... wann hast du eigentlich das letzte Mal geblutet?« Milja schaute besorgt in Lilianas blasses Gesicht.

Liliana zuckte mit den Schultern. »Weiß ich nicht genau. Es schwankt schon wieder so ...«

Milja erblasste ihrerseits. »Liliana, es … schwankt oder setzt es aus? Das ist wichtig, erinnere dich!«

Liliana biss sich auf die Lippen. »Ich glaube, es hat ausgesetzt«, meinte sie. »Glaubst du, ich muss deshalb zum Arzt? Das wäre mir peinlich. Vielleicht kannst du mir einen Tee machen, der …«

Milja seufzte. »Wenn es das ist, was ich denke, dann könnte dir höchstens die alte Ilana einen Tee machen, der das in Ordnung bringt.« Ilana war die Hebamme und galt zudem als Dorfhexe. »Das wird sie allerdings nicht tun, denn wenn sie erwischt würde, könnte man sie dafür hängen.«

»Hängen?«, fragte Liliana entsetzt. »Wegen eines Tees gegen … gegen Bauchweh?«

»Du hast kein Bauchweh«, sagte Milja. »Wenn du welches hättest, wäre mir viel wohler, denn dann käme sicher deine Regel. Es tut mir leid, so, wie es aussieht … so wie es aussieht, erwartest du ein Kind.«

Liliana starrte sie verwirrt an. »Ein … ein Kind? Aber ich … Das kann doch nicht …« Sie biss sich auf die Lippen. Beinahe wäre ihr »Ich bin doch nicht verheiratet« herausgerutscht.

»Das kann sehr gut sein«, sagte Milja unerbittlich. »Es sei denn, Frano Zima geht tatsächlich nur mit dir spazieren. Aber das, verzeih mir, das hab ich dir nie geglaubt.«

Liliana errötete. »Was wird denn jetzt?«, fragte sie verwirrt.

Milja seufzte erneut. »Du wirst es deinen Eltern sagen müssen«, bestimmte sie. »Es sei denn … Na ja, wir können es versuchen bei Ilana. Du hast sicher etwas Geld … Wenn du eines deiner Schmuckstücke versetzt … also, für Ilana wäre das ein Vermögen. Vielleicht macht sie es dir ja weg.«

»Weg?« Verständnislos sah Liliana ihre Freundin an.

»Na ja, von selbst wird es nicht verschwinden …« Milja schüttelte den Kopf. »Liliana, du kannst kein Kind bekommen! Das wäre eine Katastrophe! Deine Eltern, die Kelavas … Du kannst doch keinen Bastard zur Welt bringen! Gerade du, eine Vlašić! Ich mag gar nicht daran denken, was dein Vater sagen wird! Womöglich …« Milja biss sich auf die Lippen, bevor sie weitersprach.

»Es gibt Familien in Dalmatien, die eine derartige Beschmutzung der Familienehre mit dem Tod des Mädchens ahnden würden. Das traue ich deinem Vater allerdings nicht zu.«

Liliana begann langsam, die Nachricht zu verarbeiten. Zuerst war sie erschrocken, ja entsetzt gewesen, aber jetzt, wenn sie näher darüber nachdachte ... Dieses Kind eröffnete ihr ganz neue Möglichkeiten! Die Schwangerschaft stellte ihre Eltern vor vollendete Tatsachen. Sie würden Frano als Schwiegersohn akzeptieren müssen.

»Es wird kein Bastard«, fuhr sie auf. »Und es ist nicht so, wie du denkst. Frano und ich ... wir sind verheiratet! Vor Gott und vor der Welt.«

Milja sah sie fragend an. »Ihr seid was? Ihr habt tatsächlich einen Priester gefunden, der euch getraut hat? Wo um Himmels willen? Wie habt ihr das hinbekommen? Ich meine ... du warst nie länger als ein paar Stunden weg. Da könnt ihr nicht mal den nächsten Ort erreicht haben, geschweige denn Zadar oder Dubrovnik.«

Milja wusste natürlich, dass sich in keinem der Bergdörfer auf Pelješac ein Priester fand, der ein wildfremdes junges Paar traute. Er hätte Geburtsurkunden, Pässe oder irgendwelche anderen Papiere sehen wollen und direkt Bescheid gewusst, dass da etwas nicht mit rechten Dingen zuging.

Liliana klärte sie auf. »Vater Josip hat uns seinen Segen gegeben«, begann sie verschwörerisch lächelnd. »Allerdings ohne es zu wissen ...« Eifrig berichtete sie der ungläubig lauschenden Milja von ihrer »Eheschließung«. »Eingetragen ist es natürlich noch nirgendwo«, schränkte sie schließlich ein. »Wir dachten, wir heiraten einfach noch einmal offiziell in Neuseeland.«

»Wo?«, fragte Milja.

Liliana ging nicht auf sie ein. »Mein Vater wird sicher schimpfen, wenn er das alles erfährt, doch da nun ein Kind kommt ... Ach, Milja, eigentlich bin ich fast froh darüber. Das mit Neuseeland ... ein bisschen Angst hab ich schon, von hier wegzugehen. Wenn wir hierbleiben könnten ...«

Milja massierte sich die Schläfen. »Liliana, du hast vollkommen den Verstand verloren«, sagte sie leise. »Neuseeland, schön und gut ... Aber diese Sache mit der heimlichen Hochzeit ... Himmel, das kannst du doch nicht im Ernst meinen! Dein Vater wird einen Frano Zima nie und nimmer als deinen Gatten akzeptieren. Und wie kannst du glauben, dass jemand diesen erschlichenen Segen in der Kirche anerkennt?«

»Gott erkennt ihn an«, trotzte Liliana.

»Dann bitte ihn lieber mal um seinen Beistand«, riet Milja. »Vielleicht schickt er ja den Engel mit dem Flammenschwert, um dich und deinen Frano zu beschützen, wenn du es deinen Eltern sagst, Liliana. Oder dein Vater findet eine Lösung.«

»Frano wird eine finden«, erwiderte Liliana voller Zuversicht. »Bitte lass mich zuerst mit ihm reden, bevor wir meine Eltern einweihen ...«

Sie dachte an Neuseeland. Wenn das Kind sie wirklich in Gefahr brachte, war es nötig, früher zu gehen als geplant. Bisher hatten sie die Entscheidung darüber, wann sie Dalmatien verlassen wollten, vor sich hergeschoben. Natürlich musste es vor der geplanten Hochzeit mit Tomislav Kelava passieren, doch Frano hatte noch nicht annähernd genug Geld zusammengespart, um die Überfahrt bezahlen zu können.

Milja hob die Schultern. »Wenn du meinst«, sagte sie ohne größere Hoffnung. »Ein paar Tage kannst du noch warten. Bis man es richtig sieht, wird sicher noch etwas Zeit vergehen. Ich würde es allerdings nicht allzu lange aufschieben. Falls dir Ilana doch helfen würde oder wenn dein Vater eine andere Engelmacherin findet, dann zählt jeder Tag.«

Frano lauschte Lilianas Eröffnung mit ungläubigem Gesichtsausdruck. Wie fast jeden Tag trafen sie sich auf den Weiden beim Schafschuppen.

»Ist das denn sicher, Lili?«, fragte er. »Kannst du dich nicht irren?«

Liliana verzog das Gesicht. »Eine Hebamme hab ich nicht

hinzugezogen«, gestand sie. »Wie auch? Aber alle Anzeichen sprechen dafür. Milja hat schon ein Kind. Sie ... sie weiß, wie das ist.«

Frano biss sich auf die Lippen. »Dein Vater wird mich umbringen«, sagte er dann.

Liliana fuhr auf. »Ist das alles, was dir dazu einfällt? Was ist mit unserer Hochzeit? Milja sagt, das gilt nicht, aber du ... du hast gesagt ...«

Frano nahm sie in den Arm. »Meine Schöne ... natürlich gilt das. Für dich und mich. Wir wissen, dass wir zusammengehören. Aber dein Vater ... na ja ... es ist ... es ist ja nicht so, als stünde die Eheschließung in den Kirchenbüchern ...«

»Dann sollten wir zu Vater Josip gehen und ihm die ganze Sache beichten«, überlegte Liliana laut.

Auf diesen Einfall war sie in der vergangenen Nacht schon gekommen, sie hatte vor Sorge und Angst keinen Schlaf gefunden. Tatsächlich war der alte Priester der Einzige, der ihnen helfen konnte. Wenn er seinen Segen beurkundete ... Er hatte es immer gut mit Liliana gemeint.

»Bloß nicht!« Frano wirkte erschrocken. »Der geht sofort zu deinem Vater! Lass es vorerst niemanden wissen, Liliana, zuallerletzt den alten Pfaffen! Wir ... Also ich ... ich überlege mir was, Lili. Das Beste ist, wir verschwinden von hier, bevor irgendjemand Wind davon bekommt. Wir gehen nach Neuseeland. Ich treibe das Geld irgendwie auf ...« Er ergriff ihre Hände. »Bestimmt, Lili, versprochen ...«

Liliana nickte, befreite ihre Hände und nestelte einen Beutel aus ihrer Rocktasche. »Wegen des Geldes ...«, sagte sie. »Also hier ... hier ist mein Schmuck. Du kannst ihn versetzen, vielleicht reicht es für die Passage.«

Frano schenkte ihr einen sanften, dankbaren Blick aus seinen wunderschönen Augen. »Lili, Liebste, das kann ich nicht annehmen.«

Liliana schüttelte den Kopf. »Natürlich kannst du! Es ist ja für uns. Und für das Kind. Ich fürchte nur, die Sachen sind nicht sehr viel wert. Lediglich die Kette ...« Das Verlobungsgeschenk der Kelavas war zweifellos wertvoll. Die anderen kleinen Schmuckstücke würden nicht viel einbringen.

»Ich hol so viel raus wie möglich!«, versprach Frano. »Aber jetzt muss ich los ...« Er wandte sich um.

»Bekomme ich keinen Kuss, Frano?«, fragte Liliana leise. »Und ... und wann treffen wir uns wieder?«

Frano küsste sie flüchtig. »Übermorgen«, sagte er dann. »Oder ... oder besser erst am Wochenende. Bis dahin weiß ich mehr.«

»Am Wochenende? Die Woche hat doch gerade erst angefangen«, sagte Liliana.

»Ich brauche ein bisschen Zeit. Und bis dahin ... bis dahin kein Wort, Lili. Zu niemandem, verstehst du? Schlimm genug, dass deine Milja es weiß. Nicht dass sie Guran noch was verrät. Wenn jemand erfährt, dass ich dich geschwängert habe, bin ich meines Lebens nicht mehr sicher!«

Milja ließ sich nur ungern darauf ein, bis zum Wochenende zu warten, bevor sie Lilianas Eltern in Kenntnis setzten.

»Lili, du zögerst es nur heraus. Was ganz in Franos Sinne ist. Der stirbt doch jetzt vor Angst, dass du ihn als Vater nennst ...«

Milja hatte sich inzwischen eine sehr gute Geschichte ausgedacht, um die Schwangerschaft zu erklären, ohne Frano in Gefahr zu bringen. Liliana sollte erzählen, dass sie im April nach dem Kirchgang überfallen worden sei. Damals war fahrendes Volk in der Gegend gewesen. Einer der Gauner könnte Liliana gezwungen haben, ihm zu Willen zu sein, und sie hätte sich aus Angst und Schamgefühl niemandem anvertraut. Wenn sie bei der Geschichte blieb, konnte man ihr im Grunde nichts vorwerfen, und herauskommen würde die Wahrheit nie. Die Zigeuner waren schließlich längst auf und davon.

»Frano hat keine Angst. Frano hat nie Angst!«, behauptete Liliana. »Er ... er ... er wird mit mir fortgehen. Er wird mich heiraten. Bitte, Milja, warten wir bis Samstag. Bis dahin hat er einen Plan.«

Sie hatte Milja inzwischen mehr von Neuseeland und ihren Auswanderungsplänen erzählt, und tatsächlich kannten auch Milja und Guran ein paar junge Burschen, die sich in das geheimnisvolle Land aufgemacht hatten, um sich dort als Gumdigger zu verdingen. Von Dubrovnik aus sollte das gar nicht so schwierig sein, es gab wohl Anwerber, die den Männern die Reise vorfinanzierten. Viel Geld benötigte man also nicht, um das Abenteuer zu wagen. Liliana war ganz euphorisch. Im Grunde mussten sie nur irgendwie nach Dubrovnik kommen und dort ein Schiff finden. Dann konnte es losgehen.

Milja sah ihre Freundin mitleidig an. »Ich wünschte, ich wäre auch so zuversichtlich«, murmelte sie. »Aber gut, warten wir bis zum Wochenende. Vielleicht geschieht ja noch ein Wunder ...«

Frano erwartete Liliana Samstag zur selben Zeit wie immer an ihrem Treffpunkt. Wieder küsste er sie nur flüchtig, bevor er ihr von seinen Plänen berichtete.

»Es geht ein Schiff, allerdings erst in einer Woche«, erklärte er. »Und wir müssen zuerst über die Berge, nach Dingač Borak. Von da aus geht's mit einem Boot nach Dubrovnik. Die Reise müssen wir bezahlen, aber dafür reicht der Schmuck, keine Sorge. Die Passage nach Neuseeland ...«

»... bezahlt die Gesellschaft, die dich anheuert«, sagte Liliana stolz. »Das weiß ich schon, ich habe mich erkundigt.«

»Du hast was?« Frano griff nach ihren Oberarmen und hielt sie erschrocken fest. »Lili, du hast es doch keinem gesagt?«

Liliana wand sich aus seinem Griff. »Lass los«, forderte sie. »Du tust mir weh. Und nein, ich hab's natürlich keinem gesagt. Ich hab's nur ... gehört ...«

Frano lockerte den Griff. »Du darfst es niemandem verraten!«, ermahnte er sie erneut. »Aber da du's nun schon weißt – ja, die Reise nach Neuseeland bekomme ich bezahlt. Jaro kommt übrigens mit.«

»Jaro?«, fragte Liliana verwirrt. »Dein Freund? Wollte der nicht die Werkstatt deines Vaters übernehmen?«

Frano schüttelte den Kopf. »Mein Vater überlässt sie ihm nicht. Das hab ich Jaro schon immer gesagt, er wollte das bloß nicht glauben. Und jetzt ist mein jüngerer Bruder alt genug, mit der Lehre zu beginnen, er schlägt gut ein. Was kümmert meinen Vater da noch Jaro? Er hofft auf einen Erben vom eigenen Blut.«

Liliana seufzte. »Na gut, wenn das Geld von dem Schmuck reicht, dann kann Jaro gern mit uns nach Dubrovnik kommen. Oder hat er gar eigenes Geld? Er sollte doch was verdient haben bei deinem Vater.«

Frano zuckte mit den Schultern. »Mach dir mal keine Sorgen um Jaro«, meinte er. »Mach dir am besten überhaupt keine Sorgen, meine Schöne. Halte dich nur bereit für den Aufbruch. In der Nacht zu Donnerstag wird es so weit sein. Du musst dich aus dem Haus stehlen. Warte im Garten unter dem Johannisbrotbaum. Ich werde dich dort abholen. Irgendwann um Mitternacht.«

Liliana spielte mit einem der Zöpfe, zu denen sie ihr rotbraunes Haar geflochten hatte. »Was ... was soll ich denn mitnehmen?«, fragte sie unsicher. »Ich meine ... Wie ist das Wetter in Neuseeland? Brauche ich Wintersachen? Ich ...«

»Nimm einfach mit, was du magst, Liebste!«, beschied Frano sie. »Nicht zu viel, ein Bündel oder eine Tasche. Ich kaufe dir Kleider, wenn wir dort zu Geld kommen. Wunderschöne Kleider für mein wunderschönes Mädchen ...«

Liliana schmiegte sich noch einmal an ihn. Vielleicht, so fuhr es ihr durch den Kopf, sind wir heute zum letzten Mal für lange Zeit allein. Bei der Flucht über die Berge würde Jaro dabei sein, und dann auf dem Schiff ... Sie hatte zumindest von den Schiffen nach Amerika gehört, dass sie ziemlich überfüllt waren.

»Küss mich!«, flüsterte sie. »Ich ... ich hab ein bisschen Angst, die ... die musst du wegküssen.«

Frano lachte. Seine Augen blitzten übermütig, als er Liliana noch einmal herumwirbelte wie an ihrem ersten Tag.

»Du bist ein solches Geschenk, meine schöne Lilie!«, sagte er und küsste sie. Liliana verlor sich in seiner Umarmung. »Sei tapfer!«

Liliana nickte. »Ich erwarte dich.«

DIE NACHT

Liliana überlegte lange, bevor sie für die Reise packte. Sehr viel passte nicht in die kleine Tasche, die sie mitnehmen wollte, eigentlich kaum mehr als Unterwäsche und ein Kleid zum Wechseln. Ihren warmen Mantel würde sie überziehen, auch wenn sie bei der Wanderung über die Berge bestimmt darin ins Schwitzen kam. Unschlüssig stand sie am Mittwochabend vor ihrem Schrank. Ihr Verstand sagte ihr, dass sie am besten ein einfaches, strapazierfähiges Kleid wählen sollte, ein nicht zu weit ausgeschnittenes, nicht zu enges mit langen Ärmeln, das sie während der Schwangerschaft so lange wie möglich würde tragen können. Doch ihr Blick blieb immer wieder auf dem fein bestickten Hochzeitskleid hängen. Sie hatte so viel Arbeit hineingesteckt und so viele Träume. Immer wieder hatte sie sich Franos Blick vorgestellt, wenn er sie das erste Mal darin sah, wenn sie darin neben ihm vor den Traualtar trat. Das Kleid war bunt und hatte weite Ärmel, sodass man etwas darunter tragen konnte, wenn es kühler war. Die Schürze mit den Fransen würde die Schwangerschaft sicher lange verbergen. Sie würde einfach die Säume in der Taille auflassen.

Liliana kämpfte mit sich, Vernunft gegen Träume, und letztlich siegte ihr Hang zur Romantik. Sie faltete das Brautkleid zusammen und legte es in die Tasche. Jetzt musste sie nur noch den Mantel anziehen und ihr Haar unter einem dunklen Tuch verbergen – sie wollte mit der Nacht verschmelzen, wenn sie in den Garten schlich. Von Milja hatte sie sich bereits am frühen Abend verabschiedet. Milja ahnte, welche Pläne sie hegte, doch weisungsgemäß hatte sie der Freundin nicht verraten, wann genau es losgehen sollte. Aufgeregt lauschte sie auf die Geräusche im Haus, die ihr verrieten, wann ihre Brüder sich zurückzogen. Die Vlašić-Erben arbeiteten hart im Weinberg. Gegen Mitternacht würden sie sicher schlafen.

Tatsächlich regte sich nichts und niemand im Haus, als sich Liliana schließlich in den Garten schlich und sich in den Schatten des Baumes drückte. Jetzt hieß es warten. Ungeduldig sah sie in den Himmel. Es war sternklar, allerdings keine Vollmondnacht wie damals, als Frano sie zum ersten Mal besucht hatte. Sie erinnerte sich noch genau an das Gespräch, das sie damals geführt hatten ... *Du besiegst mich, ich befreie dich* ... Nun sollten sich seine Worte endgültig bewahrheiten. Es war so, wie er gesagt hatte – nichts zählte außer ihrer Liebe.

Etwas wehmütig dachte sie an ihre Eltern. Sie hätte eine andere Lösung als die Flucht vorgezogen, eigentlich war sie gern in Pijavičino, und sie liebte ihre Eltern und Brüder. Wenn sie nur nicht so engstirnig wären, wenn Tradition ihnen nicht über die Liebe ginge ... Liliana seufzte. Sie sah eine Sternschnuppe und wünschte sich, dass Frano endlich käme. Dann dachte sie an ihr Kind. Sie würde es Katarina nennen, wenn es ein Mädchen war. Nach der Kirche, in der seine Eltern den Bund fürs Leben geschlossen hatten. Sie fragte sich, ob es den Namen wohl auch im fernen Neuseeland gab oder ob er auf Englisch vielleicht ganz anders klang. Englisch würden sie möglichst bald lernen müssen ...

Liliana schwankte zwischen Angst und Vorfreude, doch wenn sie an Frano dachte, überwog Letztere. Seine Furchtlosigkeit steckte an, mit ihm konnte ihr nichts geschehen.

Wenn er nur endlich käme ...

Liliana beobachtete, wie der Mond über den Himmel zog. Die Nacht schritt voran, Frano musste sich beeilen, wenn sie noch ein ordentliches Stück Richtung Meer wandern wollten, bevor es hell wurde. Was dachte er sich nur? Sobald es Tag wurde, würde man ihr Verschwinden entdecken, und ihr Vater würde nach ihnen suchen lassen. Zweifellos würde er Milja verhören, und womöglich würde die junge Frau dem Druck nicht standhalten. Frano und Liliana mussten also schnell weit weg sein, um dem Einfluss des reichen Winzers zu entgehen.

Lilianas Unsicherheit wuchs. Hatte sie Frano falsch verstanden? Womöglich wartete er irgendwo anders genauso ungeduldig auf sie, wie sie hier auf ihn. Am Weideschuppen hinter dem Kreuzweg zum Beispiel. Wäre das nicht ein weitaus besserer Treffpunkt gewesen als der Garten? Auch dort stand ein Johannisbrotbaum. Vielleicht hatte Frano ja den gemeint, vielleicht hatte er sich nur versprochen! Oder Liliana hatte in der Aufregung nicht richtig zugehört. Liliana beschloss, nicht länger ihre Zeit zu verschwenden. Sie würde zum Schafschuppen gehen, sicher war Frano dort.

Entschlossen raffte sie Kleid und Mantel und kletterte über den niedrigen Zaun, der den Garten der Vlašićes begrenzte. Dann eilte sie über die dunklen Wege in Richtung Kirche. Sie brauchte kein Licht, sie war so oft hier entlanggegangen – voller Vorfreude auf die Treffen mit Frano. Liliana versuchte, diese Freude auch in dieser Nacht in sich zu erwecken, doch wenn sie ehrlich war, empfand sie nur Angst.

Inzwischen graute bereits der Morgen, und sie lief schneller und schneller. Sie schwitzte unter dem Mantel, und die Tasche wurde ihr schwer, doch sie wollte sobald wie möglich den Schuppen erreichen. Nicht dass Frano und Jaro meinten, sie käme nicht. Es durfte nicht sein, dass sie ohne sie aufbrachen!

»Frano?« Liliana erwartete jeden Moment, Franos schlanke Gestalt aus dem Schatten des Stalls auftauchen zu sehen, als sie die Weiden endlich erreichte. Außer Atem rief sie schließlich auch den Namen seines Freundes. »Jaro?« Keine Antwort. Liliana eilte auf den Stall zu. Die Männer hätten sie eigentlich schon sehen müssen. »Frano?« Nichts rührte sich.

Lilianas letzte Hoffnung schwand, als sie den Schuppen betrat. Er war leer. Unendliche Erschöpfung machte sich in ihr breit. Bis eben hatte die Erwartung sie getragen, aber jetzt ... Liliana schleppte sich hinaus und ließ sich unter dem Johannisbrotbaum zu Boden sinken. Sie konnte nicht mehr denken, keine Pläne mehr schmieden. Dabei wäre es so wichtig, rasch und unauffällig zurück zum Haus der Eltern zu kommen. Vielleicht hatte sie sich ja mit dem Tag vertan, und Frano hatte die Nacht auf Freitag gemeint. Oder ihm war etwas dazwischengekommen ...

Liliana versuchte, zu Atem zu kommen, während die Sonne über den Bergen aufging. Sie kämpfte ihre Enttäuschung nieder und schöpfte neue Hoffnung. Frano konnte sie nicht einfach versetzt haben! Womöglich hatte er sie im Garten gesucht, nachdem sie gegangen war. Sie hätte nicht in Panik geraten dürfen, sie hätte ihm vertrauen müssen ... Aber mit diesem Missverständnis war ja nicht alles verloren. Sicher würde er heute irgendwie mit ihr Kontakt aufnehmen, und sie würden die Flucht verschieben.

Im ersten Licht des Tages schleppte Liliana sich zurück zum Kreuzweg und beugte das Knie vor der Gottesmutter. Sie schaffte es jedoch nicht, ein Gebet zu sprechen. Wenn sie ehrlich sein sollte, so fühlte sie sich nach dieser Nacht von Gott und der Welt verlassen ...

Nur nicht von Frano! Bitte nicht von Frano! Sie gehörten zusammen, er würde sie doch niemals verlassen, oder? Er wäre niemals ohne sie gegangen ...

»Wir gehören doch zusammen«, murmelte sie. »Wir sind doch eins ...«

Liliana war am Ende ihrer Kraft, als sie die Kirche erreichte. Sie wollte rasch vorbeigehen, eigentlich musste es noch zu früh für die Morgenmesse sein. Doch dann lief sie, ermattet und unaufmerksam, wie sie war, direkt in Vater Josip hinein, der eben vom Pfarrhaus im Dorf hinauf zu seiner Kirche stapfte.

»Liliana!« Der Priester brauchte etwas Zeit, bevor er sie erkannte. »Was machst du denn hier um diese Stunde? Kind, du schaust aus, als wärest du gestern gar nicht zu Bett gegangen.«

Liliana hörte die freundliche Stimme des alten Mannes und spürte alle Dämme in sich brechen. Sie schluchzte auf. »Vater ...«, flüsterte sie, »... Vater Josip, ich habe nicht sündigen wollen. Wir haben es uns vor Gott gelobt, dass wir eins sind. Sie haben uns gesegnet, Sie haben mich gesegnet. Das kann nicht falsch gewesen sein. Mein ... mein Kind ist doch kein Bastard ...«

VERLASSEN

Liliana erinnerte sich später nur noch dunkel an die nächsten Stunden, in denen sie Vater Josip zitternd und weinend die ganze Geschichte erzählt hatte. Der Priester hatte jemanden zu den Vlašićes geschickt, die Liliana natürlich bereits vermisst hatten.

Maksim Vlašić erfuhr von der Schwangerschaft seiner Tochter schließlich durch Vater Josip. Liliana schluchzte und wimmerte, während der Priester mit ihm sprach. Milja, die Lilianas Vater zur Kirche begleitet hatte, kümmerte sich um sie.

»Damit wäre die Sache mit Ilana natürlich erledigt«, sagte sie, zog Liliana an sich und hielt sie im Arm. Beruhigend streichelte sie ihr Haar. »Nun, da der Pfarrer es weiß, ist nicht mehr daran zu denken, das Kind einfach wegzumachen.«

»Vielleicht bestätigt er ja, dass er uns gesegnet hat«, murmelte Liliana.

Milja schüttelte den Kopf. »Er wird nicht leugnen, dich gesegnet zu haben, Liliana, aber er hat dich nicht getraut. Sieh der Wahrheit ins Auge. Du bist nicht verheiratet. Du bekommst ein Kind, und Frano ist weg. Zumindest hoffe ich das für ihn, denn jetzt kannst du natürlich nicht mehr erzählen, dass dir ein Fremder Gewalt angetan hat. Und was dein Vater mit Frano macht, wenn er ihn erwischt ...«

»Was heißt, er ist weg?«, fragte Liliana verwirrt.

Milja hob die Schultern. »Er ist gestern und vorgestern nicht zur Arbeit erschienen, sagt Guran. Das kam wohl immer mal vor, deshalb haben die anderen sich nicht sofort etwas dabei gedacht. Aber jetzt, da er dich versetzt hat ...«

»Und ... Jaro?«, flüsterte Liliana.

»Von Jaro weiß ich nichts«, meinte Milja. »Falls er allerdings mit euch nach Neuseeland wollte, dann wette ich, er ist auch weg. Liliana, die zwei haben sich aus dem Staub gemacht. Und dich hat dein feiner Frano absichtlich hingehalten. Er konnte sich ja denken, dass alles rauskommt, wenn er dich versetzt.«

»Vielleicht ist ihm irgendetwas passiert«, mutmaßte Liliana.

Milja schüttelte den Kopf. »Dem ist gar nichts passiert, Lili. Der ist auf dem Weg nach Neuseeland! Ich wünschte, ich könnte dir irgendwas anderes sagen, dich irgendwie trösten. Aber es ist, wie es ist. Du bist allein. Allein mit dem Kind.«

Maksim Vlašić sprach kein Wort mit seiner Tochter. Nach seiner Unterredung mit dem Priester wies er Liliana nur mit einer Handbewegung an, aufzustehen und sich auf den Wagen zu setzen, mit dem er gekommen war. Die junge Frau folgte der Anweisung zitternd.

»Bring sie auf ihr Zimmer. Sie soll beten und in sich gehen und warten, bis wir über die Sache entschieden haben«, wandte er sich an Milja, als das Pferd auf dem Hof des Weinguts zum Stehen kam.

»Wie ... entschieden?«, fragte Liliana. Ihre Stimme klang tonlos.

Ihr Vater warf ihr einen eisigen Blick zu. »Du wirst warten«, sagte er. »Sag den Leuten, sie sei krank«, wies er Milja an. »Von der Sache darf um Himmels willen nichts nach außen dringen.«

»Was ... was will er denn entscheiden?«, fragte Liliana mutlos, als sie Milja die Treppe zu ihrem Zimmer hinauf folgte. »Ich ...«

»Ich weiß das auch nicht«, antwortete Milja ungeduldig. »Aber du siehst doch ein, dass irgendwas mit dir geschehen muss. Du kannst kaum hierbleiben und jeden Monat dicker werden. Sie müssen dich entweder gleich verheiraten oder ... Ach, ich hab keine Ahnung. Mir ist inzwischen schon ganz schlecht. Diese ganze Angelegenheit ... Es wäre besser gewesen, wir hätten es so gemacht, wie ich es vorgeschlagen hatte.«

Liliana ließ sich kraftlos auf ihr Bett fallen, als sie das Zimmer erreichten. Milja richtete ihr ein Bad und brachte ihr dann ein leichtes Frühstück herauf.

»Deine Eltern und deine Brüder beraten in der Bibliothek«, verriet sie der Freundin. »Sie wollen nicht gestört werden. Natürlich reden sie in der Küche darüber, die glauben, dass es um eine Krankheit geht. Ein Arzt ist übrigens schon bestellt. Er kommt aus Zadar.«

»Er wird herausfinden, ob ich wirklich ein Baby erwarte«, flüsterte Liliana.

Milja nickte. »Natürlich. Ich denke, deinen Eltern geht es um Bestätigung. Vielleicht haben wir uns ja geirrt. Und Ärzte haben wohl so was wie eine Pflicht zum Schweigen. Der Doktor sollte es niemandem verraten.«

Liliana schämte sich zu Tode, als Dr. Bušić am Nachmittag erschien und sie gründlich untersuchte. Der ältere Herr verhielt sich sehr zuvorkommend und freundlich. Liliana meinte sogar Mitleid in seinen dunklen Augen zu sehen, als er Miljas Diagnose schließlich bestätigte.

»Sie sind zweifellos schwanger, junge Frau«, erklärte er Liliana. »In den nächsten Monaten sollten Sie sich schonen, gut essen ... Keine Aufregungen!« Mit den letzten Worten wandte er sich an Lilianas Mutter, die der Untersuchung natürlich beigewohnt hatte. Vesna Vlašić presste unglücklich die Lippen aufeinander.

»Es gibt nichts, was Sie ... da tun könnten?«, fragte sie den Arzt mit dem Mut der Verzweiflung.

Der schüttelte lächelnd den Kopf. »Nein, Gospođa Vlašić. Ihre Tochter ist nicht krank, sie ist jung und gesund, sie wird das Kind ohne Schwierigkeiten zur Welt bringen. Medizinisch sehe ich keinen Handlungsbedarf. Was den gesellschaftlichen Aspekt angeht ... da kann ich Ihnen nicht weiterhelfen.«

Nachdem der Arzt gegangen war, begann ein erneutes Warten für Liliana. Es vergingen zwei Tage, bevor sich wieder jemand anderes um sie kümmerte als die treue Milja. In der Familie Vlašić ging es jedoch sehr betriebsam zu. Lilianas Vater sowie ihre Brüder hatten sich in unterschiedliche Richtungen auf den

Weg gemacht, um Besorgungen zu erledigen. Die jungen Männer ritten die schnellsten Pferde. Worum genau es ging, wusste niemand vom Gesinde. Natürlich wurde viel geredet, doch bislang, so versicherte Milja Liliana, war nicht von einer Schwangerschaft die Rede und auch nicht von Frano Zima.

»Jaro ist übrigens auch weg«, berichtete sie dann. »Nach Neuseeland, sagt Franos Bruder. Jaro hat wohl kein Geheimnis aus seinen Plänen gemacht.«

Liliana rieb sich die brennenden Augen. Sie hatte in den letzten Tagen so viel geweint wie nie zuvor in ihrem Leben. Jetzt schien sie keine Tränen mehr zu haben. »Aber irgendwas muss passiert sein«, beharrte sie. »Frano hätte mich nicht allein zurückgelassen, er …«

Milja hob die Schultern. »Du kannst glauben, was du willst«, sagte sie resigniert, »du musst dich nur mit einer Sache abfinden: Ob du Frano verfluchst oder heiligsprichst – er kommt nicht wieder. Du musst jetzt stark sein, Liliana. Deine Eltern schmieden einen Plan für dich. Und ich glaube nicht, dass er dir gefallen wird.«

Am Abend des dritten Tages betraten Maksim und Vesna Vlašić das Zimmer ihrer Tochter. Liliana fragte sich, warum man sie nicht hinuntergebeten hatte. Wenn sie früher ungehorsam gewesen war, hatten ihre Eltern sie stets in die Bibliothek bestellt, um ihr das Urteil mitzuteilen.

»Wir haben eine Entscheidung getroffen«, erklärte Lilianas Mutter, ohne sich mit einer Begrüßung aufzuhalten oder gar einer Frage nach Lilianas Befinden. Liliana sah sie angstvoll an. Ihre Mutter war immer strenger gewesen als ihr Vater, es verhieß nichts Gutes, dass sie das Wort führte. »Dein Vater, Liliana, wird dich morgen nach Zadar bringen. Offiziell in ein Krankenhaus. Wir sagen, Dr. Bušić habe ein Lungenleiden bei dir festgestellt. Tatsächlich wirst du in ein Nonnenkloster außerhalb der Stadt gebracht werden. Die Barmherzigen Schwestern sind dafür bekannt, sich gelegentlich Fällen wie des deinen anzunehmen …«

Lilianas Augen weiteten sich. »Ich kann doch nicht ins Kloster gehen«, flüsterte sie. »Ich will keine Nonne werden ...«

»Davon redet ja auch niemand«, warf ihr Vater ein.

Vesna Vlašić warf ihrem Mann einen bösen Blick zu. »Davon redet zurzeit noch niemand«, korrigierte sie ihn. »In einigen Monaten könnte es durchaus zur Sprache kommen. Aber das wird von diversen Verhandlungen abhängen, die dein Vater in der nächsten Zeit führen wird, Liliana. Vorerst wirst du in der Abgeschiedenheit des Klosters deinen Bastard zur Welt bringen.« Ihre Stimme drückte Abscheu aus.

»Es ist kein Bastard!« Liliana wusste nicht, wie sie den Mut aufbrachte, dermaßen aufzubegehren, doch sie empfand plötzlich das dringende Bedürfnis, für ihr Kind zu kämpfen.

»Was ist es denn sonst?«, höhnte Vesna Vlašić. »Aber bitte, du kannst es nennen, wie du willst. Auf jeden Fall wirst du es austragen. Wenn du es los bist, sehen wir weiter.«

»Was bedeutet das?«, fragte Liliana. »Was ... was soll denn aus dem Kind werden, wenn ich es geboren habe?«

Ihre Mutter zuckte mit den Schultern. »Es verbleibt bei den Schwestern«, erklärte sie. »Sie führen ein Waisenhaus, und sie lassen sich die Lügen vergolden. Dein Bastard wäre eines der Kinder, die man in der Gosse gefunden hat. Aber bitte, sie tun sicher ein gutes Werk, die Kinder werden ernährt und christlich erzogen. Uns geht das dann nichts mehr an. Wenn du dich nach der Entbindung erholt hast, Liliana, kannst du zurückkommen. Irgendetwas wird sich für dich finden. Einen Eintritt ins Kloster erwägen wir jedenfalls nur als allerletzten Ausweg.«

»Irgendetwas heißt ... ein Ehemann?«, fragte Liliana.

»So Gott will«, beschied Vesna sie fromm.

»Aber dieses Kinderheim ...« Liliana erschrak, als Milja sich einmischte. »Das können Sie nicht machen! Solche Heime ... sie sind schrecklich. Die Kinder müssen arbeiten, sie werden geschlagen, sie ... also ... das hab ich gehört ...« Hilflos hob sie die Hände.

»Sie werden sicher nicht verwöhnt wie kleine Prinzen«, höhnte Vesna. »Mein Mann hat sich das Heim angesehen. Es ist sauber, die Kinder sind brav, es geht ihnen gut. Mehr kann so ein mutterloser Wurm nicht erwarten.«

»Mein Kind hat eine Mutter!«, fuhr Liliana auf. »Ich könnte es behalten!«

Maksim Vlašić schüttelte den Kopf. »Ausgeschlossen«, sagte er. »Du hast die Ehre der Familie schon genügend beschmutzt. Es wird mich große Anstrengungen und sehr viel Geld kosten, um das halbwegs auszubügeln. Und es geht überhaupt nur, wenn dieses Kind verschwindet.«

»Das wird es aber nicht!«, erregte sich Liliana. »Es ist mein Kind. Und ... und einen Vater hat es auch ...«

Maksim Vlašić verzog das Gesicht. »Sein Vater«, sagte er kalt, »ist auf und davon. Dein Bruder Bran ist ihm zur Küste gefolgt, um die Ehre der Familie wiederherzustellen. Aber der Kerl ist entwischt. Es kann allenfalls sein, dass ihn Zvonko noch kriegt, der ist nach Dubrovnik. Jedenfalls ist Frano Zima verschwunden oder tot ...«

Liliana schluchzte auf.

»Du siehst ihn nie wieder, und du wirst auch das Kind nicht zu Gesicht bekommen. Die Nonnen haben da Erfahrung. Sie meinen, es sei besser für die Mütter, wenn sie ihre Bastarde gar nicht erst im Arm hielten. Dann gäbe es weniger Geschrei.« Vesna Vlašić ließ keinen Zweifel daran, dass sie die Ansicht der Schwestern teilte.

»Gibt es nicht irgendeine Familie, die das Kind nehmen würde?«, meldete sich erneut Milja. »Ich ... ich zum Beispiel ...« Entschlossen trat sie Vesna entgegen.

»Dein Mann würde sich bedanken!«, höhnte Lilianas Mutter.

Maksim Vlašić dagegen horchte interessiert auf. »Wie könnte denn das gehen, Milja?«, erkundigte er sich. »Würdest du sagen, es sei das deine, wenn Guran mitspielte?«

Lilianas Mutter lachte spöttisch.

»Das würde ich gern, Herr«, sagte Milja. »Doch ich erwarte selbst ein Kind, und es wird ungefähr zwei Monate vor Lilianas Baby zur Welt kommen. Niemand würde glauben, dass ich sie beide ausgetragen habe. Ich könnte allerdings behaupten, es sei das Kind meiner Cousine aus Dubrovnik. Wir haben dort Verwandtschaft. Ich könnte sagen, dass meine Cousine bei der Geburt gestorben sei und ihr Mann schon vorher durch einen Unfall oder so. Das Kind sei somit Waise.«

Vesna Vlašić schürzte die Lippen. »Dein Einfallsreichtum ist jedenfalls bewundernswert«, bemerkte sie. »Trotzdem geht es nicht. Das Kind bleibt ja kein Säugling. Es könnte Liliana ähnlich sehen, wenn es heranwächst. Oder ein Ebenbild des Gauners werden, der es gezeugt hat.«

Milja biss sich auf die Lippen. Dem konnte sie nichts entgegenhalten.

»Es geht kein Weg daran vorbei«, beharrte Lilianas Mutter. »Das Kind muss weg.«

Ihr Vater überlegte. Er schien Miljas Vorschlag zumindest in Erwägung zu ziehen. Wahrscheinlich hatte ihn der Besuch des Waisenhauses doch nicht so überzeugt, wie seine Frau es darstellte.

»Wenn Guran sich wirklich darauf einließe«, sagte er langsam. »Dann gäbe es vielleicht eine Möglichkeit ... Ich könnte einen Brief an einen Bekannten schicken, einen Winzer in Österreich. Ich würde ihm Guran Parlov als Arbeiter im Weinberg wärmstens empfehlen sowie dich, Milja, als Magd. Ihr könntet mit euren Kindern und dem angenommenen Kind nach Nussdorf übersiedeln.«

Liliana weinte sich ein weiteres Mal in den Schlaf. Ihre Eltern hatten jede Diskussion über ihre Verschickung ins Kloster abgelehnt, die Sache war beschlossen. Lediglich für das Kind gab es noch Hoffnung. Liliana betete darum, dass es in Miljas liebende Obhut kommen und nicht zu einem tristen Leben im Waisenhaus verdammt würde.

Immerhin musste sie nicht lange auf eine Entscheidung warten.

Milja sprach mit ihrem Mann, und Guran Parlov hörte seiner Frau nachdenklich zu. Er begriff sofort, dass sich ihm die Chance seines Lebens bot. Dalmatien war ein armes Land, Österreich ein reiches. Pijavičino lag am Ende der Welt, Nussdorf bei Wien, nahe der Hauptstadt. Mit hoher Wahrscheinlichkeit würde er dort besser verdienen, vielleicht ein eigenes Haus haben können, mehr Platz für seine Familie. Er hatte schon mal darüber nachgedacht, das Land zu verlassen und sich zumindest ein paar Jahre in Übersee durchzuschlagen, um ein bisschen Geld zu verdienen, und nun bot ihm sein eigener Dienstherr die Möglichkeit zu einer Veränderung. Er würde sich nicht heimlich wegschleichen müssen, sondern mit einem Empfehlungsschreiben und sicher auch etwas Geld für die Übergangszeit auf den Weg geschickt werden.

»Wir wären verrückt, wenn wir das nicht täten!«, meinte Guran, während Milja noch ein bisschen mit dem Gedanken haderte, ihre Familie, die Dorfgemeinschaft und nicht zuletzt Liliana verlassen zu müssen. »Deine Liliana verlierst du sowieso«, gab er seiner Frau zu bedenken. »Die lassen sie nicht hier, die wird irgendwohin verheiratet, so weit weg wie möglich. Sie tut mir ja leid, aber sie hat sich das selbst zuzuschreiben. Und nun geh und sag ihr, dass wir uns zumindest um dieses unselige Kind kümmern. Ich hoffe, es kommt nicht nach seinem Vater und macht nur Ärger …«

Das Nonnenkloster bei Zadar war die Hölle für Liliana. Die Barmherzigen Schwestern brachten sie in einer spärlich möblierten Klosterzelle unter, die sie nur zum Gottesdienst sowie für einen täglichen Spaziergang im Kreuzgang verlassen durfte. Bei Letzterem galt ein Schweigegebot, die Nonnen ergingen sich in stillen Gebeten. Liliana und zwei andere junge Frauen, die keine Klostertracht trugen, wurden sorgfältig voneinander abgeschirmt. Jedes Zusammentreffen zwischen den Leidensgenossinnen wurde unterbunden. Liliana erfuhr nicht einmal ihre Namen. Die einzigen Menschen, mit denen sie Kontakt hatte, waren die Nonnen, die ihr das Essen brachten. Ausgehungert nach Gesprächen und zu Tode gelangweilt bestürmte Liliana sie am Anfang mit Fragen, doch sie antworteten nur einsilbig oder gar nicht. Auf ihre Bitte um Lektüre erhielt sie die Bibel. Briefe zu schreiben war ihr erlaubt, aber ihren Eltern hatte Liliana nichts zu sagen, und Milja konnte nicht lesen. Letztlich verbrachte sie ihre Tage mit Grübeln, ließ immer wieder jedes Treffen mit Frano, jedes Gespräch, jede Zärtlichkeit Revue passieren und zermarterte sich das Gehirn auf der Suche nach guten Gründen dafür, dass er sie allein zurückgelassen hatte.

Vielleicht hatte er ja nur nach Neuseeland vorausgehen wollen und plante, sie bald zu holen. Und er hatte es ihr nicht gesagt, um sie nicht zu enttäuschen. An guten Tagen malte sie sich das Wiedersehen in leuchtenden Farben aus. Dabei entschuldigte er seinen Verrat wortreich, sie holten das Kind aus Miljas Obhut und nahmen es dann mit nach Neuseeland.

An schlechten Tagen steigerte Liliana sich dagegen in die Vorstellung hinein, ihr Bruder Zvonko hätte Frano und Jaro doch noch in Dubrovnik erwischt und die Ehre seiner Familie an Frano gerächt. Dann würde sie ihn wirklich nie wiedersehen.

Fast jede Nacht weinte sie sich in den Schlaf.

Zwei Monate vor ihrer vorausgesagten Niederkunft – sie war dick und unbeweglich und passte in keines ihrer Kleider mehr – erhielt Liliana die Nachricht, Milja habe eine weitere Tochter zur Welt gebracht. Ihre Mutter teilte ihr das ohne jede Emotion mit. Mutter und Kind, so schrieb sie, seien gesund. Liliana wusste allerdings, dass Milja enttäuscht war. Guran hatte so sehr auf einen Jungen gehofft. Ob er sich freuen oder eher böse darüber sein würde, wenn Liliana jetzt einen Sohn zur Welt brächte? Würde er das angenommene Kind zuerst lieben, aber zurücksetzen, wenn ihm doch noch ein eigener Sohn geboren würde? Liliana dachte an Franos Vater und seinen Freund Jaro. Ob für sie selbst vielleicht alles anders gekommen wäre, hätte sich der zutiefst enttäuschte Jaro nicht entschlossen, Frano nach Neuseeland zu begleiten?

Hätte Frano dann doch sie, Liliana, mitgenommen? Sie versuchte, nicht zu verbittert darüber zu sein, dass ihr Geliebter höchstwahrscheinlich auch Jaros Schiffspassage mit dem Geld aus dem Verkauf ihres Schmuckes finanziert hatte.

Liliana verbrachte ein einsames, freudloses Weihnachtsfest in ihrer Zelle und in der eiskalten Kirche mit stundenlangen Gebeten während der Gottesdienste und Andachten zu Christi Geburt. Die Zeit bis zur Geburt ihres eigenen Kindes schien kein Ende nehmen zu wollen. Dann jedoch, an einem dunklen Tag, dem vorletzten des Jahres, setzten endlich die Wehen ein. Liliana krümmte sich vor Schmerzen, während die Hebamme, eine griesgrämige ältere Nonne, mitleidlos erklärte, es werde noch Stunden dauern, bis das Kind zur Welt käme.

»Du kannst getrost noch einmal die Messe besuchen und um Vergebung deiner Sünden beten«, beschied sie Liliana, die schon wieder weinte.

»Muss es denn so wehtun?«, fragte sie verzweifelt. »Kann man gar nichts dagegen tun?«

»Dagegen schützt nur ein tugendhaftes Leben«, erklärte die Schwester. »Ansonsten büßt jede Frau für Evas Sünde – und eine wie du ... Ja, wundert es dich wirklich, wenn du doppelt büßt?«

Liliana fand eigentlich, sie habe durch den Klosteraufenthalt schon genug Buße für ihre Sünden getan, doch nun wurde es noch schlimmer. Sie stand die Messe irgendwie durch, rollte sich dann jedoch wimmernd auf ihrer Pritsche zusammen und schrie schließlich verzweifelt nach ihrer Mutter und nach Milja. Milja hätte ihr beigestanden, und sicher hätte auch die alte Ilana Mittel gekannt, die Qualen zu lindern. Die Nonnen taten dagegen nichts für Liliana. Natürlich überwachten sie die Geburt und gaben ihr Wasser, wenn sie darum bat. Ansonsten boten sie ihr nur an, mit ihr zu beten. Weisungsgemäß bat Liliana um den Beistand der Mutter Maria, hatte jedoch nicht das Gefühl, als umgäbe sie an diesem Ort irgendetwas Göttliches. Sie versank in einer Hölle von Blut und Schweiß, Schmerzen und Tränen, bis sie endlich, mit einem letzten verzweifelten Schrei, das Kind aus sich herauspresste. Sie richtete sich auf, um es zu sehen, aber eine der Nonnen drückte sie zurück auf ihr Lager. Eine andere nahm das blutverschmierte zappelnde kleine Wesen auf und hüllte es in ein Tuch.

»Es ist ein Mädchen«, sagte sie kurz, bevor sie mit dem Säugling den Raum verließ.

Liliana hatte eben das Gefühl gehabt zu zerreißen, doch jetzt empfand sie einen fast noch schlimmeren Schmerz. »Gebt es mir, bitte, ich will es sehen!«

Die Hebamme schüttelte den Kopf. »Es sind Leute da, die darauf warten«, bemerkte sie, während sich Liliana erneut unter einer Wehe zusammenkrümmte. Verängstigt fragte sie sich, ob sie die Tortur womöglich noch einmal für ein Zwillingskind durchmachen müsste, aber die Hebamme sagte etwas von »Nachgeburt«. Liliana schluchzte, bis sie endlich auch die ausgestoßen hatte. Als der Schmerz nachließ, fiel sie erschöpft in den Schlaf.

Beim Erwachen saß ihre Mutter an ihrem Bett. Ihre Miene war ernst, aber sie hielt Lilianas Hand.

»Milja ...« Liliana wusste, dass sie ihre Mutter wenigstens hätte begrüßen müssen, doch sie dachte nur an ihre Freundin ... und an ihr Kind. »Hat sie ... ist sie ...? Warum ist sie nicht hier?«

Vesna Vlašić verzog den Mund. »Der Besuch ist nur Familienangehörigen gestattet«, sagte sie hölzern. »Milja ist allerdings mit mir gemeinsam hergekommen, und sie hat das Kind an sich genommen. Ich soll dir sagen, es geht ihm gut.«

»Ihr ...«, flüsterte Liliana. »Es ist ein Mädchen. Katarina. Ich will sie Katarina nennen ...«

»Auf keinen Fall!« Liliana erschrak über den Ausbruch ihrer Mutter. »Auf keinen Fall benennst du deinen Bastard nach der Schutzheiligen unseres Ortes. Nach der Schmach, die du uns bei Vater Josip bereitet hast. Nach der Entweihung unserer Kirche durch die verrückten Schwüre, die du deinem Galan dort geleistet hast! Wochenlang habe ich nicht geschlafen vor Scham!« Vesna blitzte ihre Tochter an.

»Wie soll sie denn sonst heißen?«, fragte Liliana müde. Sie hatte keine Kraft mehr zu kämpfen. »Sie ... sie muss doch einen Namen bekommen.«

»Die Parlovs werden ihr schon einen geben«, antwortete Vesna ungehalten. »Und nun vergiss diese Geschichte. Wir müssen daran denken, wie es mit dir weitergehen soll. Die Nonnen sagen, es sei eine leichte Geburt gewesen. Ich kann dich morgen bereits mit nach Hause nehmen.«

»Eine ... leichte Geburt?« Liliana fragte sich, wie es möglich sein sollte, eine noch schwerere zu überleben. Sie widersprach jedoch nicht, die Aussicht, den Albtraum Kloster endlich hinter sich zu lassen, löste eine Welle der Erleichterung in ihr aus.

»Natürlich wirst du dich noch schonen müssen, doch das wird niemanden wundern, schließlich kommst du ja offiziell direkt aus dem Hospital. Es ist auch sonst kein Problem«, sprach Vesna weiter. »Du hast noch ein paar Monate, um dich zu erholen.«

»Und dann?«, fragte Liliana verängstigt. »Was ist in ein paar Monaten?«

»Dann wirst du heiraten«, erklärte Vesna. Sie seufzte erleichtert auf. »Tomislav Kelava, wie vorgesehen. Er wird dich nehmen, obwohl er weiß, was vorgefallen ist. Dein Vater hat wahre Wunder der Überredungskunst vollbracht. Natürlich verlangen die Kelavas nun weit mehr an Mitgift als den einen Weinberg. Es wird uns ein Vermögen kosten, aber das ist es uns wert. Die Ehre der Familie wird wiederhergestellt. Sowohl wir als auch die Kelavas werden Stillschweigen bewahren über deinen Sündenfall. Du kannst Gott danken, Liliana. Du kannst Gott von Herzen danken!«

Kapitel 6

»Und sie hat tatsächlich nie wieder etwas von ihrer Tochter gehört?«, fragte Ellinor entsetzt, als Dajana ihre Erzählung beendet hatte. »Sie hat nicht einmal ihren Namen erfahren?«

Dajana schüttelte den Kopf, einen Ausdruck von Trauer und Mitgefühl in ihrem faltigen Gesicht.

»Nein«, sagte sie. »Das Kind war wie vom Erdboden verschwunden. Ich habe mich natürlich oft gefragt, ob Milja ihr wirklich nie geschrieben hat. Gut, sie selbst konnte nicht schreiben, aber es hätte sich jemand gefunden, der es für sie getan hätte. Und das Kind ... In Österreich hat es sicher die Schule besucht.«

»Es hieß Dana«, verriet ihr Ellinor. »Dana war meine Großmutter, und natürlich konnte sie lesen und schreiben. Sie wusste allerdings nichts von Liliana. Ich denke mir, die Vlašićes haben die Parlovs zum Schweigen verpflichtet, und sie haben sich daran gehalten.«

»Vielleicht wurden die Briefe auch abgefangen«, merkte Milan an. »So, wie man Liliana behandelt hat ... Ihre Eltern haben ja wohl vor nichts zurückgeschreckt. Wie ... wie erging es Liliana denn mit Tomislav Kelava?«

Dajana zuckte mit den Schultern. »Ich weiß es nicht. Als ich die Stelle übernahm, war er schon tot. Liliana hat ihn um viele Jahre überlebt. Immerhin hatten sie drei Kinder, ganz so schlimm kann es also nicht gewesen sein. Man kann das natürlich nicht wissen, er könnte sie gezwungen haben, ihm zu Willen zu sein. Doch ich glaube nicht, dass das nötig war. Ich glaube, dass Liliana sich ihm einfach fügte. Sie fügte sich allem. Ich habe nie ein böses Wort, nie ein Wort des Widerspruchs von ihr gehört. Allerdings wirkte sie manchmal so abwesend, als wäre sie gar nicht da. Als wäre etwas in ihr vor langer Zeit gestorben.«

»Sie hat das Kind nie vergessen«, sagte Ellinor traurig.

»Sie hat vor allem Frano Zima nie vergessen«, berichtigte Dajana bitter. »Das Kind … natürlich trauerte sie darum, doch sie erwähnte es selten. Auch später nicht, als sie sich langsam in ihren Erinnerungen verlor und mich immer öfter mit Milja Parlov verwechselte. Von Frano Zima dagegen sprach sie immer und immer wieder. Sie konnte nicht glauben, dass er sie wirklich hilflos ihrem Schicksal überlassen hatte. Sie hielt an dem Gedanken fest, er habe zurückkommen und sie holen wollen. Es sei nur irgendetwas dazwischengekommen. Sie beschuldigte ihren Vater und ihre Brüder, Frano doch noch in Dubrovnik abgefangen und umgebracht zu haben. Dabei hatte ihr der Vater auf dem Sterbebett versichert, niemand aus der Familie habe Frano nach dessen Flucht je wiedergesehen. Das ließ sich sogar beweisen. Das Schiff nach Neuseeland war am Tag, bevor er sich mit Liliana verabredet hatte, ausgelaufen. Frano hat sie tatsächlich versetzt. Aber sie … sie wollte das einfach nicht wahrhaben. Zeit ihres Lebens hat sie darüber nachgegrübelt, was Frano zugestoßen sein könnte …«

»Ausgeschlossen ist das ja nicht …« Ellinor meinte, ihren Ahnherrn wenigstens ein bisschen verteidigen zu müssen. »So eine Reise war schließlich nicht ungefährlich. Und die Gumdigger müssen ganz schön wilde Kerle gewesen sein. Vielleicht ist ihm wirklich etwas passiert.«

Dajana gab eine Art Schnauben von sich. »Oder er hat dort in Frieden und Freuden gelebt, bis ihn der Tod von einer ganz anderen Frau geschieden hat. Wir werden es nie erfahren. Ich weiß nur, dass Liliana um ihn getrauert hat. Es gab keinen Tag in ihrem Leben, an dem sie nicht von ihm träumte. Selbst ihre letzten Worte und Gedanken galten ihm.«

Ellinor versuchte, sich eine solche Leidenschaft und eine solche Verzweiflung vorzustellen.

»Was hat sie gesagt?«, fragte sie leise.

»›Ich hab dich besiegt, du hast mich gerettet. Ich erwarte dich …‹«, zitierte Dajana gedankenverloren. »Ich hatte größte Schwierigkeiten, das ihren Söhnen zu erklären, ohne sie in die ganze Geschichte einzuweihen. Für die wäre ja eine Welt zusammengebrochen.«

Ellinor runzelte die Stirn. So überrascht hätten die Kelava-Söhne eigentlich nicht gewesen sein dürfen. Aus Miká Kelavas Reaktion war jedenfalls zu schließen, dass die Brüder Lilianas Vorgeschichte gekannt hatten. Sie fragte sich, wie sie mit dem Gedanken an eine fern von ihnen aufwachsende Halbschwester zurechtgekommen waren. Und mit dem Wissen um die »sündige« Vergangenheit ihrer Mutter. Hatten sie einen Groll gegen Liliana gehegt? Hatte Tomislav Kelava sie darin bestärkt? War das seine Rache dafür gewesen, dass Liliana den anderen Mann in ihrem Leben nie wirklich vergessen hatte?

»Ich kann nur für sie hoffen, dass sie jetzt mit ihrem Frano vereint ist«, endete Dajana schließlich ihren Bericht. »Wo auch immer sie jetzt ist. Und dass er … dass er vielleicht doch der Mann war, den sie immer in ihm hat sehen wollen. Sie war eine gute Frau, Gott hab sie selig. Sie hatte das nicht verdient. Keine Frau hat es verdient, dass ein Mann sie so traurig macht.«

Auf Ellinors Wunsch fuhr Milan noch einmal mit ihr nach Pijavićino, nachdem sie sich bei Dajana bedankt und sich herzlich von der alten Frau verabschiedet hatten. Jetzt, da sie Lilianas Geschichte kannte, verspürte Ellinor das dringende Bedürfnis, die Orte aufzusuchen, an denen ihre Urgroßmutter gelebt und die ihr etwas bedeutet hatten.

Das Weingut der Vlašićes bestand allerdings nicht mehr. Der letzte Erbe hatte es in den Fünfzigerjahren verkauft und war nach Dubrovnik gezogen. Die Weinberge wurden von einem Winzer aus der Umgebung bearbeitet, das Haus war zu einem Hostel umgebaut worden. Die Betreiber, ein junges Ehepaar, erlaubten Ellinor gern, es sich anzusehen. Die einfache Herberge für Rucksackurlauber oder Saisonkräfte im Weinbau hatte jedoch nichts mehr mit dem Herrenhaus zu tun, das sich Ellinor nach Dajanas Erzählung vorgestellt hatte. Der Johannisbrotbaum stand zwar noch im Garten, und sie fanden auch das Zimmer, das einmal Liliana bewohnt haben musste, doch ihren Geist atmete es nicht mehr. Ellinor teilte Milan ihr Bedauern mit.

»Sie glauben doch nicht wirklich an Geister?«, neckte Milan Ellinor, als sie ihn anschließend bat, im Dorf auf sie zu warten, während sie sich auf die Suche nach dem Kreuzweg und dem Schafschuppen machte.

Ellinor lächelte. »Nicht direkt«, erwiderte sie. »Aber ich finde, dass man Geschichte besser ... hm ... erspürt, wenn man versucht, Orte oder Ereignisse aus der Sicht eines Menschen zu sehen, der damals gelebt hat. Zumal, wenn es die eigene Geschichte ist – oder die der eigenen Familie.«

Milan wartete also im Hof des Hostels, und Ellinor machte sich auf den Weg. Sie folgte Lilianas Spuren zunächst zur Kirche, die sie ja schon kannte, und wanderte dann zu der Kreuzung weiter, an der zu ihrer Überraschung noch immer ein Marienaltar stand. Die Statuette darin war verwittert – sehr wahrscheinlich war es dieselbe, vor der sich Liliana damals beklommen bekreuzigt hatte. Ellinor nahm den Weg in die Berge, der unerwartet steil war. Schon nach wenigen Minuten sah sie einen verfallenen Schuppen im Feld. Ein ausladender Johannisbrotbaum stand daneben. Ellinor erschauerte. Genau so musste sich der Anblick vor Liliana aufgetan haben, nur dass jetzt natürlich kein gut aussehender junger Mann mit betörend grünen Augen auf sie wartete.

Langsam wandte Ellinor sich vom Weg ab und ging zu dem Schuppen. Vor hundert Jahren mochte er dem Liebespaar noch Schutz geboten haben, inzwischen war das Dach zur Hälfte eingebrochen, die Wände waren verwittert. Er strahlte kein Leben mehr aus, und er weckte in Ellinor keine Empfindungen. Anders war es mit dem gewaltigen alten Baum, der in jener lang vergangenen Nacht Zeuge von Lilianas Verzweiflung geworden war. Er lebte, seine Rinde fühlte sich rau und warm an, als Ellinor ihre Stirn daranlegte wie einstmals Liliana. Und plötzlich fühlte sie sich ihrer Urgroßmutter ganz nah, meinte, ihren Schmerz, ihre Zweifel, ihre Angst zu teilen – und die Fragen, die sie ihr Leben lang beschäftigt hatten. Warum war Frano gegangen? Was war ihm zugestoßen? Hatte er sie geliebt? Hatte er zurückkommen wollen? Sie glaubte, die Stimme Lilianas zu hören, ihre letzten Worte: *Ich erwarte dich …*

Ellinor lehnte sich an den Stamm des alten Baumes und ließ sich durch Zeit und Raum treiben.

»Du musst nicht mehr warten«, flüsterte sie dem Geist ihrer Urgroßmutter zu. »Ich werde ihn für dich finden.«

Das Wunschkind

Kapitel 1

»Du willst nach Neuseeland?« Gernot reagierte überrascht, aber längst nicht so ablehnend, wie Ellinor erwartet hatte. Sie hatte ihm eben ihr Ansinnen vorgetragen, nun auch noch in Bezug auf ihren Urgroßvater auf Spurensuche gehen zu wollen. »Ich denke, alle Urlaubsreisen seien bis auf Weiteres gestrichen ... Wegen ... Familienplanung ...« Er lächelte schief.

Ellinor spielte nervös mit den Prospekten, die sie auf dem Weg von der Arbeit spontan in einem Reisebüro erbeten hatte. »Es soll ja keine Luxusreise werden«, meinte sie. »Und es geht schließlich um meine Familie. Natürlich ist es teuer. Trotzdem ... ich hab irgendwie das Gefühl, ich müsste es tun.«

»Vielleicht ...«, Gernot lächelte geheimnisvoll, »... vielleicht kann ich ja was zu den Kosten der Reise beitragen. Es könnte sogar sein, dass wir schon bald viel Geld auf dem Konto haben.«

Ellinor sah ihren Mann fragend an. »Willst du eine Bank überfallen?«, erkundigte sie sich.

Gernot lachte überlegen. »Nein, ich könnte mitkommen und den Neuseeländern ganz legal ans Vermögen«, erklärte er dann. »Neuseeland hat renommierte Museen und Galerien und einen kleinen, aber feinen Kreis von sehr reichen Kunstsammlern. Das hat Maja mir schon mal erzählt. Das Land liegt zwar am Ende der Welt, aber hinterwäldlerisch ist es nicht.«

»Du willst da ausstellen!« Ellinor sah ihren Mann ungläubig an. »Das wäre natürlich großartig, ist aber ja wohl ziemlich unrealistisch. Du bräuchtest richtig gute Kontakte. Hat Maja die denn?«

»Jede Menge!« Gernot war plötzlich Feuer und Flamme. »Sie sagt mir immer wieder, dass ich dringend mal eine Ausstellung im Ausland machen müsse, um internationales Ansehen zu gewinnen. Und sie kennt einen Galeristen in Auckland, einen früheren Kommilitonen, von dem hat sie mir schon öfter erzählt ...«

Ellinor runzelte die Stirn. Sie war natürlich begeistert von der Idee, konnte ihre Skepsis dennoch nur schwer verbergen. »In Auckland? Ich meine ... es wäre natürlich toll, das mit der Suche nach Frano zu verbinden. Wir könnten zumindest deine Reisekosten von der Steuer absetzen. Aber bei Ausland, da denke ich doch erst mal an Frankreich oder Spanien oder Italien ...«

»Oder vielleicht nur Belgien oder die Niederlande?«, spottete Gernot und verzog missbilligend den Mund. »Das ist typisch für dich, Elin. Du hast es einfach nicht mit dem *Think big!* Immer musst du erst mal mit kleinen Schritten anfangen, nur nicht zu große Sachen planen, nur nicht zu weit fahren ... Maja denkt in anderen Dimensionen. Wenn sie ›weltweit‹ sagt, dann meint sie ›weltweit‹ und nicht ›um die Ecke‹.«

Ellinor verkniff sich die Erwiderung, dass man dann vielleicht gleich an New York und das Museum of Modern Art denken sollte. »Ich bin ja auch keine Kunstexpertin«, gab sie klein bei. »Also, erzähl: Du glaubst, Maja würde ihre Fühler für dich in Richtung Auckland ausstrecken?«

Gernot nickte. »Bestimmt ...«, erwiderte er. »Wann würdest du denn fliegen wollen?«

»In den Semesterferien.« Für Ellinor war das klar. Schließlich hätte es einen weiteren Verdienstausfall bedeutet, sich für die Reise freistellen zu lassen. »Also im Februar.«

Gernot zuckte mit den Schultern. »Keine Ahnung, ob das möglich ist. Ist ja superkurzfristig. Und in Neuseeland ist im Februar Sommer, keine gute Zeit für Kunstausstellungen. Ich ruf Maja gleich mal an. Hast du schon konkrete Pläne?« Er zeigte auf die Prospekte.

Ellinor lächelte. Sie hätte nie zu hoffen gewagt, dass es so einfach werden würde, ihrem Mann die Reise schmackhaft zu machen. »Ich hab mich erst mal allgemein nach Flügen und Reiseorganisation erkundigt«, erklärte sie. »Das Beste ist wohl, man fliegt nach Auckland oder nach Christchurch und leiht sich dann dort ein Auto oder ein Wohnmobil. Letzteres ist die preiswerteste Lösung. Was meine genauen Ziele angeht ... Ich denke, da hänge ich mich erst mal am Wochenende ins Internet. Mal gucken, was ich herausbekomme über die Gumdigger und natürlich besonders über Frano Zima ...«

»Du meinst, der könnte es da zu ausreichender Bekanntheit gebracht haben, um im Internet verewigt zu sein?«, fragte Gernot spöttisch.

Ellinor zuckte mit den Schultern. »Versuch macht klug«, bemerkte sie. »Möglich ist alles. Vielleicht hat ja irgendjemand die Passagierlisten der Einwandererschiffe online gestellt. Und was den Namen Zima angeht ... Der ist in Neuseeland sicher recht selten. Falls Frano oder Jaro also Nachkommen haben, könnte ich sie finden. Ich schaue einfach mal in den sozialen Medien. Völlig ohne Plan nach Neuseeland zu reisen bringt sicher nichts. Es muss schon Anhaltspunkte geben, denen man nachgehen kann.«

Ellinor begab sich gleich nach dem Abendessen an ihren Computer, Gernot telefonierte mit Maja. Seine Agentin war begeistert von seinen Reiseplänen und versprach, sich sofort mit dem befreundeten Galeristen in Verbindung zu setzen. Die Zeitverschiebung zwischen Österreich und Neuseeland betrug zwölf Stunden. Da ging jetzt gerade die Sonne auf, und die Geschäfte und Galerien wurden geöffnet.

Ellinor hoffte, dass Maja nicht auf den Gedanken käme, Gernot auf der Reise zu begleiten. Sie beruhigte sich allerdings mit der Überlegung, dass Agenten sich solche Reisen mit einem ihrer Klienten nur dann leisteten, wenn dieser schon eine gewisse Bekanntheit erreicht hatte. Davon war Gernot weit entfernt. Maja würde ihn sicher mit Ellinor allein fliegen lassen, selbst wenn ...

Ellinor vergaß den Gedanken an Gernots früheres Verhältnis zu seiner Agentin schnell, als sie »Neuseeland« in die Suchmaschine tippte. *Ein Inselstaat im Südpazifik*, las sie, *ehemalige britische Kolonie, allerdings längst unabhängig. Faszinierende Tier- und Pflanzenwelt* ... Je mehr Ellinor erfuhr, desto aufregender fand sie die Idee, dieses Land am anderen Ende der Welt gemeinsam mit

Gernot zu erforschen. Schließlich gab sie herzklopfend »Frano Zima« ein, erzielte mit der Wortkombination aber wie erwartet keinen Treffer. Für den Nachnamen »Zima« allein zeigte die Suchmaschine gleich etliche Einträge. Die ersten bezogen sich auf eine Rebecca Zima und ihre Accounts bei Facebook, Twitter und Instagram. Ellinor loggte sich bei Facebook ein und fand sich sofort vor einer Bildergalerie. Die meisten Fotos zeigten Vögel: flauschige Kiwi-Küken.

Tumi – geschlüpft am 2.11. lautete eine der Bildunterschriften. *Und ich durfte dabei sein! Das war ein unglaubliches Gefühl zu hören, wie es in dem Ei rumorte, und dann den ersten Sprung in der Schale zu sehen, als der kleine Schnabel von innen dagegenhämmerte ...*

Rebecca Zima beschrieb voller Begeisterung die »Geburt« eines Kiwi-Kükens und seine Pflege, an der sie offenbar beteiligt war. Ellinor fand schnell heraus, dass die junge Frau in einer Organisation namens Kiwi Encounter in Rotorua tätig war, die sich dem Schutz der Wappentiere Neuseelands verschrieben hatte. Sehr schnell entdeckte sie auch Fotos von Rebecca. Wie ihr euphorischer Schreibstil schon vermuten ließ, war sie noch jung, Ellinor schätzte sie auf Anfang zwanzig. Sie war hübsch, hatte krauses schwarzes Haar, ein volles Gesicht mit lebhaften blauen Augen unter dichten Brauen. Auf den Selfies, die sie bei der Arbeit Wange an Wange mit putzigen Kiwi-Küken zeigten, sah man sie in einem weißen Kittel. In ihrer Freizeit kaschierte sie ihre üppige Figur mit weiten, farbenfrohen Kleidern, dazu trug sie Kreolen und Maori-Glücksbringer aus Jade. Rebecca schien den Ethnolook zu mögen. Ellinor fand, dass sie sehr sympathisch wirkte. Eine Familienähnlichkeit mit sich selbst oder ihrer Mutter konnte sie allerdings nicht feststellen.

Nun war die Verwandtschaft, falls sie denn bestand, natürlich recht weitläufig. Auch für Rebecca musste Frano der Urgroßvater, wenn nicht gar der Ururgroßvater sein. Für Ellinor war die junge Frau auf jeden Fall eine erste Spur. Sie überlegte, sie gleich über Facebook anzuschreiben und nach Frano zu fragen. In Anbetracht von Miká Kelavas Reaktion auf ihre Fragen nach Liliana entschied sie sich dann jedoch anders. Es war sicher besser, Rebecca persönlich aufzusuchen.

Ellinor setzte die Kiwi-Aufzuchtstation ganz oben auf ihre Liste, nachdem sie das Unternehmen gegoogelt hatte. Der Rainbow Springs Nature Park bot Begegnungen mit verschiedenen, für Neuseeland typischen Tieren an und lag in einer touristisch interessanten Region Neuseelands. Der Ort Rotorua war für seine heißen Quellen berühmt, mehrere Maori-Stämme boten Einblicke in ihre Kultur. Rebecca Zima schien dort allerdings nicht heimisch zu sein. Laut ihrer Facebook-Seite leistete sie lediglich ein Jahrespraktikum im Park ab, danach plante sie ein Biologiestudium. Das Praktikum endete am 15. Februar, was Ellinor alarmierte, da Rebecca keine Angaben über ihren eigentlichen Wohnort machte. Sie beschloss, als Erstes nach Rotorua zu fahren, sie wollte nicht riskieren, Rebecca nicht mehr anzutreffen.

Nachdem sie sich das notiert hatte, wandte Ellinor sich weiteren Interneteinträgen zu, auf denen der Name »Zima« zu finden war. Sie bezogen sich durchweg auf ein Unternehmen namens Kauri Paradise in Te Kao, Northland, ganz im Norden Neuseelands. Als Inhaber zeichnete ein David Zima verantwortlich. Ellinor fand Fotos von teils recht schönen, teils unglaublich kitschigen Möbeln und Skulpturen. Der Kauri, ein sensibler Baumriese, den es nur in Neuseelands Regenwäldern gab, war seit über hundert Jahren streng geschützt. Weder durften Kauris gefällt noch durfte ihr Holz verarbeitet werden. Die Exponate von Kauri Paradise waren deshalb durchweg aus dem Holz von Kauri-Bäumen gezimmert, die in prähistorischer Zeit umgestürzt und von der Natur in beispielloser Weise konserviert worden waren. Noch immer fanden sich Fragmente von Kauri-Bäumen und -Wurzeln in neuseeländischen Sumpfgebieten, die von speziellen Unternehmen geborgen, gereinigt und verarbeitet wurden. Zu ihnen gehörte die dem Kauri Paradise angeschlossene Möbelfabrikation. Natürlich war das Holz sehr teuer, allerdings sehr schön – rötlich braun bis goldfarben mit feiner Maserung.

Mehr Informationen zu David Zima enthielt die Seite nicht, der Firmeninhaber war weder auf Facebook noch in anderen sozialen Netzwerken aktiv. Ellinor fand ihn trotzdem außerordentlich interessant. Schließlich war es bei Franos und Jaros Auswanderung ebenfalls um Kauri-Bäume gegangen, wenn auch eher um ihr Harz. Sie beschloss, ihre Suche zu erweitern, und googelte »Gumdigger«.

Als Gernot später zu ihr stieß und von Majas vielversprechender Kontaktaufnahme zu dem Galeristen in Auckland erzählte, hatte sie sich bereits umfassend kundig gemacht.

»Kauri-Harz war bis in die Zwanzigerjahre des letzten Jahrhunderts ein wichtiger Exportartikel Neuseelands«, berichtete sie ihrem mäßig interessierten Mann. »Optisch ähnelt es dem Bernstein, aber es ist viel jünger – nur ein paar Tausend Jahre alt, nicht ein paar Millionen.« Sie lächelte. »Und im 19. Jahrhundert war es heiß begehrt zur Herstellung von Firnis. Angeblich mischt es sich leichter als andere Harze mit Leinöl. Jedenfalls wurde es in großen Mengen nach London, aber auch nach Amerika exportiert.«

»Und man schürfte danach?«, fragte Gernot nach einem Blick auf den Computerbildschirm, der immer noch Bilder und Texte zum Thema zeigte. »Also das Wort *digger* verbinde ich eigentlich eher mit Gold.«

Ellinor nickte. »Das stimmt, vieles im Vokabular rund um die Gumdigger erinnert an den Goldrausch. Man sprach zum Beispiel von *gumfields*, also von Harzfeldern, und nannte die Fundstücke *nuggets.* Das mag daran gelegen haben, dass viele Gumdigger ursprünglich als Goldsucher ins Land kamen und sich erst auf das Harz verlegten, als es mit dem Reichwerden auf den Goldfeldern nicht klappte. Später wurden die Leute direkt dafür angeworben. Speziell in Dalmatien.«

»Warum gerade da?«, erkundigte sich Gernot.

Ellinor zuckte mit den Schultern. »Keine Ahnung. Vielleicht hatten irgendwelche Händler oder Aufkäufer dalmatinische Wurzeln?

Wie auch immer, jedenfalls gab es extrem viele Männer aus Dalmatien unter den Wanderarbeitern, die nach Kauri-Gum gruben. Das Zeug lag in der Erde, Rückstände von fossilen Kauri-Wäldern. Ursprünglich war es leicht zu finden, aber später musste man metertief danach graben. Das ist ebenfalls vergleichbar mit dem Goldrausch. Den Ersten auf den Goldfeldern fielen die *nuggets* nur so in die Hände, später wurde es Arbeit. Zweifellos harte Arbeit ...«

Gernot zog die Brauen hoch. »Und ich wette, man wurde nicht reich damit ...«

Ellinor schüttelte den Kopf. »Nein. Das war wohl von Anfang an so. So wertvoll wie Gold war Kauri-Gum nie. Reich wurden allenfalls die Exporteure, Aufkäufer und Zwischenhändler. Aber einige der Männer aus Dalmatien schufen sich später eine andere Existenz. Als Fischer, in der Gastronomie oder im Weinbau. Zurück zu den Wurzeln sozusagen. Vielleicht hat sich ja auch Frano irgendwann umorientiert. Er war eigentlich Tischler, ebenso sein Freund. Es kann also sein, dass die zwei sich schließlich auf das Holz verlegten statt auf das Harz.«

»Und ihre Nachkommen führen das Geschäft jetzt weiter?«, fragte Gernot. »Dann hättest du es ja einfach mit der Ahnenforschung. Es bleibt also dabei? Wir fliegen nach Neuseeland?«

Ellinor nickte. Sie glaubte fest, dass es eine Verbindung zwischen David und Rebecca Zima und Frano oder doch wenigstens Jaro gab, und sie brannte darauf, der Sache auf den Grund zu gehen. Kauri Paradise in Te Kao kam ebenfalls auf ihre Liste, außerdem Dargaville, ein Ort, der im 19. Jahrhundert die Hochburg der Gumdigger gewesen war. Es gab dort immer noch ein Kauri-Museum, und man konnte lebende Kauri-Bäume in den Wäldern bestaunen.

Ellinor konnte sich in den nächsten Tagen über Majas Umtriebigkeit nur wundern. Aus ihrer Sicht wurde die junge Agentin ihrem guten Ruf jetzt erstmals gerecht. Selbst Karla, der es wieder richtig gut ging, musste ihr zugestehen, dass sie hervorragende Kontakte hatte. Mit wenigen Telefonaten hatte Maja eine Verkaufsausstellung organisiert – zwar nicht bei ihrem ehemaligen Kommilitonen, aber in einer Galerie in Auckland, deren Betreiber, Winston Calverton, äußerst engagiert zu sein schien. Er war noch relativ jung und auf der Suche nach unbekannteren Künstlern, die er in seinen Räumen zeigen und unter Umständen groß rausbringen konnte. Wegen der Zeitknappheit verzichtete er darauf, nach Deutschland zu kommen und die Bilder persönlich zu begutachten. Er ging damit ein großes Risiko ein, was Maja ihm hoch anrechnete. Auch Ellinor war sehr angetan von dem Galeristen. Sie hatte ihn ein paarmal am Telefon, um die Versendung der Bilder und ihre Versicherung zu organisieren. Gernot war mit der Auswahl der zu zeigenden Werke zur Genüge beschäftigt. Die organisatorischen Aufgaben überließ er seiner Frau.

Leider kam es bald zu Konflikten. Sowohl Calverton als auch Ellinor plädierten dafür, nicht die großformatigsten Bilder nach Neuseeland zu senden, der Galerist aus verkaufstechnischen, Ellinor aus versicherungstechnischen und somit finanziellen Gründen. Der Preis für einen risikofreien Transport von Leinwänden war himmelschreiend hoch. Calverton übernahm nur die Hälfte der Kosten, und das auch erst, nachdem Ellinor ihren ganzen Charme in die Verhandlungen eingebracht hatte.

Zum Glück gab es wenigstens keine Sprachbarrieren. Ellinor hatte während ihres Studiums zwei Auslandssemester in Dublin verbracht und sprach fließend Englisch. Auch Gernot hatte keine Probleme mit der Sprache, er war nach dem Abitur durch die USA getrampt und ein paar Monate lang in einer Künstlerkolonie bei San Francisco gestrandet. Mit Calverton ließ er sich allerdings auf keinerlei Diskussionen ein, sondern beharrte darauf, das gesamte Spektrum seiner künstlerischen Entwicklung zu zeigen. Als Ellinor den Kostenvoranschlag für den Versand in der Hand hielt, ertappte sie sich bei der Überlegung, dass es wesentlich preiswerter gewesen wäre, das Ganze einfach als Urlaubsreise zu planen. Gernot dagegen war guten Mutes und überzeugt davon, dass er die Kosten leicht wieder hereinbringen würde.

Ellinor machte sich bald an die Buchung des Fluges, eines Hotels in Auckland sowie die Anmietung eines Wohnmobils für vier Wochen. Calverton hatte sie gewarnt – der Februar war in Neuseeland Hauptreisezeit, man buchte also besser so früh wie möglich. Obwohl es bis Reiseantritt nur noch gut zwei Monate waren, fand sie eine halbwegs erschwingliche Flugverbindung mit Zwischenstopp in Dubai. Gernot hätte dort gern ein oder zwei Nächte verbracht, es sollte interessante Kunstausstellungen geben, aber die Zeit wurde knapp.

»Wir sind erst am 9. Februar in Auckland«, erklärte Ellinor. »Die Vernissage ist für den 15. geplant. Vorher muss ich unbedingt nach Rotorua, um Rebecca zu treffen. Es bleiben dir also nur wenige Tage vor Ort, um bei den letzten Vorbereitungen für die Ausstellung dabei zu sein.«

»Und das will ich unbedingt. Ich lasse mir bei der Präsentation nicht gern reinreden!«, erklärte Gernot. »Davon hängt ein großer Teil des Ausstellungserfolgs ab. Ich hab das Gefühl, Calverton würde das mit seinem Team am liebsten allein machen. Ich hätte mich fast mit ihm angelegt bei unserem letzten Telefonat.«

»Er will dich bestimmt nur beraten«, beschwichtigte Ellinor. Sie hielt den Galeristen für sehr kompetent. »Calverton hat viele Jahre in Galerien auf der ganzen Welt gearbeitet. Er sollte wissen, wie er die Bilder präsentiert, dass sie sich möglichst gut verkaufen.«

Gernot verzog das Gesicht. »Verkauf, Elin, ist nicht alles! Es geht hier um meinen ersten internationalen Auftritt, um mein Renommee als Künstler. Es geht darum, wie man mich sieht, wie ich mich darstelle. Und wie ich mich darstelle, bestimme ich, nicht irgendein Galerist.«

Ellinor seufzte und hoffte, dass Gernots und Calvertons Vorstellungen nicht allzu sehr auseinanderdrifteten. Sie selbst war inzwischen fertig mit ihren Vorbereitungen. Alles war akribisch geplant. Sie würden nach dem Flug in ihr Hotel in Auckland fahren und das Wohnmobil am Tag nach der Ankunft abholen. Damit waren sie dann unabhängig und konnten nach Rotorua aufbrechen, sobald Gernots Arbeit es zuließ. Die Fahrtzeit betrug etwa drei Stunden. Wenn es gar nicht anders ging, konnten sie am selben Tag zurück nach Auckland fahren. Das würde allerdings bedeuten, dass sie außer der Kiwi-Aufzuchtstation nichts von Rotorua sähen, was Ellinor enttäuschend fand. Sie freute sich auf die Reise, und nicht nur auf die Suche nach Frano, auch darauf, das Land zu entdecken und neue Eindrücke zu sammeln.

Sie hatte immer davon geträumt, zusammen mit Gernot zu reisen, besondere Erlebnisse mit ihm zu teilen. Bisher war das viel zu selten möglich gewesen – für aufwendige Individualreisen fehlte das Geld, und an Pauschalreisen zu konventionellen Zielen hatte Gernot kein Interesse. Sie hatten deshalb nur mal die eine oder andere gemeinsame Städtereise gemacht. Zum Ausspannen flog Ellinor mit Karla nach Mallorca. Aber jetzt würde es nach Neuseeland gehen – Ellinor und Gernot erwartete das ultimative gemeinsame Abenteuer!

Ellinor konnte die Semesterferien kaum erwarten.

Kapitel 2

Aller Vorfreude zum Trotz stand Ellinors und Gernots Reise unter einem schlechten Stern. Der Spediteur, der die Bilder transportieren sollte, machte Schwierigkeiten, kam erst zu spät und stellte sich dann quer wegen des Formates zweier Leinwände. Schließlich wurde es noch teurer als geplant, aber die Werke waren wenigstens auf dem Weg. Zu allem Übel hatte Ellinors und Gernots Flieger Verspätung, und sie bangten um ihren Anschlussflug. So waren sie schon bei der Ankunft in Dubai nicht nur erschöpft, sondern obendrein gestresst. Ellinor, die im Flugzeug nicht gut schlafen konnte, empfand den anschließenden Nachtflug nach Auckland dann als besondere Strapaze. Gernot schien dagegen ganz fit zu sein, er hätte das Wohnmobil am liebsten gleich abgeholt.

»Morgen verlieren wir nur Zeit, wenn wir wieder hierher rausfahren müssen«, gab er zu bedenken. Der Wohnmobilverleih lag in der Nähe des Flughafens, ihr Hotel dagegen in der Innenstadt.

Ellinor konnte ihren Mann nur mühsam davon abbringen, wenigstens bei der Firma vorbeizufahren und zu fragen, ob die Übernahme heute schon möglich wäre. Sie hatte nicht die geringste Lust, sich jetzt noch in die Nutzung eines Campers einweisen zu lassen und das Ding anschließend durch den Linksverkehr zu ihrem Hotel zu lotsen. Ellinor hatte sich zwar Karten von Neuseeland auf ihr Handy geladen, um es auch ohne Internetverbindung als Navi nutzen zu können, aber um diese Funktion jetzt auszuprobieren, fühlte sie sich viel zu erschöpft. Sie wusste auch, dass Gernot noch nie einen so großen Wagen gefahren hatte.

Diesem Argument gab er schließlich nach, und sie nahmen ein Taxi in die Stadt. Auckland zeigte sich ihnen von einer sonnigen Seite, das Meer und die teils recht futuristischen Hochhäuser und

Brücken wetteiferten miteinander um die beeindruckten Blicke der Besucher.

Der Taxifahrer ließ sie vor ihrem Hotel im Schatten des Skytower raus. Zum Glück fand sich bereits ein freies Zimmer – Ellinor wusste nicht, was sie gemacht hätte, wenn sie wirklich erst um drei Uhr hätten einchecken können, wie es üblich war. Knapp zwei Stunden nach der Ankunft in Neuseeland ließ Ellinor sich gähnend auf ihr Hotelbett fallen.

»Gib mir ein paar Stunden Ruhe«, murmelte sie. »Dann bin ich wieder aufnahmefähig.«

Winston Calverton hatte sie und Gernot am Abend zum Essen in ein gutes Restaurant eingeladen. Ellinor plante, die Zeit bis dahin einem Schönheitsschlaf zu widmen.

Am Abend ging es ihr besser, und sie konnte das Essen mit den Calvertons genießen. Winston und seine sympathische Frau Carol empfingen ihre Gäste im Fünfsternehotel des Skytower. Ellinor genoss das ausgezeichnete Essen, den erstklassigen neuseeländischen Wein und konnte sich an dem fantastischen Ausblick vom Turm über das nächtliche Auckland nicht sattsehen. Winston und Carol erwiesen sich als angenehme Gesprächspartner, die sich sehr für Ellinors Spurensuche interessierten. Sie befragten Gernot ausführlich über seinen künstlerischen Werdegang und seine persönliche Inspiration.

»Wir haben die Bilder schon ausgepackt, keines ist beschädigt oder beschmutzt«, sagte Winston und bestellte noch eine Flasche neuseeländischen Sauvignon Blanc.

»Und? Gefallen sie Ihnen?«, rutschte es Ellinor heraus.

Sie biss sich auf die Lippen, als sie sah, wie Gernot daraufhin die Lippen verzog. Gefallen, so pflegte er ihr zu predigen, sei kein Kriterium für die Qualität moderner Kunst. Seine Werke sollten nicht gefällig sein, sondern eher aufrütteln, vielleicht sogar schockieren.

»Ich bin sehr beeindruckt«, erklärte dann auch Winston, ohne damit ein Urteil zu fällen. »Von der … hm … Wie soll ich sagen … kompromisslosen Wucht Ihrer Kunst.«

Gernot nickte geschmeichelt. »Genau darum geht es mir«, behauptete er. »Den Betrachter packen, in … in gewisser Weise durchschütteln! Ist Kunst nicht immer Erregung?«

»Sie sollte uns zumindest berühren«, wandte Carol mit einem Lächeln ein. »Ob ich gleich geschüttelt werden muss … also ich habe es ehrlich gesagt lieber ruhiger. Möchten Sie noch einen Nachtisch, Ellinor? Oder nur schlafen gehen nach der langen Reise?«

Ellinor versicherte ihr, sich am Nachmittag ausgiebig erholt zu haben, und nutzte die Gelegenheit zum Themenwechsel. Sie fragte nach den Sehenswürdigkeiten von Auckland.

»Ich werde ja sicher ein wenig Zeit haben, mich hier umzusehen, bevor wir nach Rotorua fahren. Wie ich Gernot kenne, lässt er Sie beim Hängen seiner Bilder nicht aus den Augen.«

Es sollte scherzhaft klingen, aber Ellinor machte sich Sorgen. Bis jetzt mochte Winston von Gernots Kompromisslosigkeit noch beeindruckt sein, aber wenn er die »Wucht« erst am eigenen Leibe spürte, konnte das anders aussehen.

Am nächsten Morgen erwachte Ellinor ausgeruht, Gernot war voller Tatendrang. Er hatte sich mit den Calvertons in der Galerie verabredet, Ellinor beschloss, ihn zu begleiten und dann zu einem Stadtbummel aufzubrechen.

»Und vergiss nicht, dass wir um vier unseren Camper abholen müssen«, erinnerte sie ihren Mann. »Wir sollten uns um drei im Hotel treffen und dann ein Taxi nehmen.«

Nach einem guten Frühstück machten sie sich zur Galerie auf. Gernot nahm seine Bilder in Augenschein und überprüfte sie noch einmal auf Transportschäden. Carol führte Ellinor herum. Die Ausstellungsräume waren hell, die Wände weiß gestrichen, das Ausleuchten der Bilder würde kein Problem sein. Gerade wurde die Fotoausstellung eines neuseeländischen Künstlers mit Maori-Wurzeln abgebaut. Fast jedes der Werke war verkauft worden. Winston schien gut ins Geschäft einzusteigen.

Schließlich verließ Ellinor die Galerie und spazierte zum Hafen hinunter. Sie liebte das Meer, und die City of Sails, wie Auckland wegen seiner vielen Jachthäfen genannt wurde, versprach interessante Ausblicke. Auckland war eine sehr schöne, moderne Stadt, die sich an diesem Morgen in hellem Sonnenlicht präsentierte. Ellinor freute sich daran, ein Sommerkleid tragen zu können, während in Österreich tiefster Winter herrschte. Sie war äußerst gut gelaunt, als sie um drei zurück ins Hotel kam, wo ihr Taxi schon wartete. Gernot war nicht so pünktlich – und erst recht nicht so guter Laune, als er eine Viertelstunde später endlich eintraf.

»Diese Räume sind ein einziges Desaster!«, wetterte er. »Die Bilder kommen überhaupt nicht zur Geltung, jedenfalls nicht mit der Beleuchtung. Das Licht ist viel zu hell ... Die weißen Wände reflektieren ...«

»Weiße Wände sind neutral«, versuchte Ellinor ihn zu beruhigen. »Wenn die Galeriewände farbig gestrichen wären, würde das die Wirkung deiner Bilder beeinflussen.«

»Farbig wäre natürlich noch fataler!«, erregte sich Gernot. »Du hast aber auch überhaupt keinen Kunstverstand! Kunst ... Kunst, das schreit gerade nach nichtfarbig. Sobald die Netzhaut Lichtwellen rezipiert, die nicht von dem Kunstwerk selbst ausgehen, wird die Wirkung zunichtegemacht ...«

»Dann ginge ja nur Schwarz«, meinte Ellinor. Gernot hatte ihr schon häufig Vorträge über die Absorption von Licht durch die Schwärze in seinen Bildern gehalten.

»Vielleicht noch Grau«, überlegte Gernot. »Das hab ich denen jetzt gesagt. Grau wäre als Hintergrund akzeptabel, wenn man die Fenster abdunkelt und gezielt mit künstlichem Licht arbeitet, um die Nuancen der Bilder hervorzuheben. Und was sagt mir der Typ dazu, dieser Winston? Seine Kunden würden sicher gern genau sehen, was sie kaufen, nicht nur ein paar Lichtpunkte zwischen schwarzen Raben auf dunklem Grund!«

Ellinor versuchte, gelassen zu bleiben, obwohl sie sich sorgte. Wenn sich ein Galerist wie Winston zu derart klaren Worten hinreißen ließ, musste Gernot ihn verärgert haben.

»Vielleicht hat Winston ja mehr Ahnung als wir ...«, beschwichtigte sie ihren Mann. Sie bezog sich absichtlich mit ein, um sich mit Gernot zu solidarisieren, aber der wechselte das Thema.

»Dieser Camper, den du da bestellt hast, hat der wenigstens ein anständiges Bett? Oder muss man das jeden Tag auf- und zuklappen?«

Ellinor verdrehte die Augen. »Komm schon, ich hab dir das Ding im Internet gezeigt. Und ja, man muss es jeden Abend aufbauen, tagsüber dient es als Sitzgarnitur. Wobei es auch einen Klapptisch und Stühle gibt. Sollte das Wetter also so bleiben, können wir das Bett einfach aufgebaut lassen und draußen essen oder abends einen Wein trinken.«

Gernot schien an diesem Tag gewillt, sich über so ziemlich alles aufzuregen, und der Camper bot ihm dann einen willkommenen Grund dafür. Tatsächlich war das Fahrzeug kaum größer als ein VW-Bus und schon ziemlich verwohnt. Das Bett war schmal und die Matratze dünn. Die Einrichtung war jedoch zweckmäßig, eine freundliche junge Frau zeigte ihnen, wie Gas- und Wasserversorgung in der winzigen Küche funktionierten und wie man die Sitzgarnitur zum Bett umbaute. Gernot ließ sich nicht aufhalten, sämtliche Mängel aufzuzählen, was Ellinor ausgesprochen peinlich war. Die Angestellte der Verleihfirma nahm es zum Glück mit Humor und bemühte sich, Gernots Wünsche so weit wie möglich zu erfüllen.

»Ich würde Ihnen ja ein anderes Fahrzeug anbieten, dagegen spricht allerdings, dass wir für den ganzen Februar ausgebucht sind«, erklärte sie. »Tut mir leid. Wenn Sie den Wagen partout nicht wollen, ist das auch in Ordnung. Wir haben den in fünf Minuten anderweitig vermietet.«

»Natürlich nehmen wir ihn.« Ellinor warf Gernot einen warnenden Blick zu, bedankte sich für die Einführung und nahm den Schlüssel rasch an sich. Die Papiere hatte sie im Büro der Autovermietung schon unterschrieben. »Willst du fahren, oder soll ich?«, fragte sie.

Gernot protestierte nicht, als sie sich ans Steuer setzte. In ihrer Zeit in Irland hatte sie sich an den Linksverkehr gewöhnt, und obwohl das lange her war, hoffte sie, besser mit dem Stadtverkehr in Auckland klarzukommen als er.

Schließlich saßen sie vor einem Bier und einer Pizza in einem kleinen Restaurant in der Nähe des Hotels, und Gernot entspannte sich sogar so weit, dass er mit Ellinor herumalberte. Später, im Hotelzimmer, hatten sie ausgelassenen Sex.

»Wir müssen das große Bett nutzen, solange wir es haben, der Camper ist so geräumig wie ein Sarg!«

Ellinor lachte über Gernots Scherze und beschloss wie schon so oft, sich nicht mehr so viele Sorgen um seine bisweilen brüske Art zu machen. Natürlich fieberte er der Vernissage entgegen und war aufgeregt. Die Calvertons waren im Umgang mit überspannten Künstlern jedoch unzweifelhaft geübt und nahmen ihm seine Kritik nicht übel.

Ellinor schmiegte sich in Gernots Arme und war glücklich, als er sie an sich zog, bevor sie beide erschöpft einschliefen.

Kapitel 3

Ellinor entschloss sich am nächsten Morgen zu einer Museumstour. Das Auckland War Memorial Museum bot ein breites Spektrum an Ausstellungsstücken zur Geschichte des Landes und zur Kultur der Maori. Ellinor schlenderte interessiert durch die Hallen und besuchte die Parkanlagen und Gewächshäuser, die betörend schöne Blumen, exotische Pflanzen und Bäume zeigten. Erst am späten Nachmittag schaute sie in der Galerie vorbei. Der Galerist, der beim gemeinsamen Essen herzlich und aufgeschlossen gewirkt hatte, zeigte nur noch eisige Höflichkeit. Immerhin schien er nachgegeben zu haben – die Wände der Ausstellungsräume würden grau gestrichen. Ellinor platzte mitten in die Diskussion.

»In Verbindung mit Ihren Bildern werden die Räume allerdings den Eindruck einer düsteren Höhle erwecken«, sagte Winston.

Gernot nickte unbeeindruckt. »Der Betrachter wird sich in eine andere Welt versetzt fühlen«, sagte er. »Die Werke werden alle Sinne ansprechen, Gefühle wecken ... Anstöße geben.«

Winston Calverton verkniff sich eine weitere Erwiderung. Er wollte zweifellos zu einem Ende kommen.

»Wie sieht es denn dann morgen mit unserer Fahrt nach Rotorua aus?«, fragte Ellinor gespielt fröhlich und auf jeden Fall hoffnungsvoll.

Gernot lehnte kategorisch ab, während Winston über den Vorschlag erleichtert wirkte. Er versicherte ihr, er könne am nächsten Tag ohne Weiteres auf die Anwesenheit des Künstlers verzichten. »Und übermorgen auch. Es reicht, Gernot, wenn Sie am Ende das Hängen der Bilder beaufsichtigen.«

Gernot wollte am nächsten Tag jedoch auf jeden Fall noch anwesend sein. Ellinor biss sich auf die Lippen. Der 15. Februar rückte näher, und wer wusste, ob Rebecca Zima ihr Praktikum nicht schon ein paar Tage früher beendete ... Wahrscheinlich würde sie danach über Facebook herausfinden können, wo Rebecca steckte, aber sie konnte mit ihrer Familie sonstwo wohnen, womöglich auf der Südinsel! Das würde Ellinors Planungen sehr erschweren.

»Also gut«, ergab sie sich. »Übermorgen müssen wir aber wirklich los, sonst wird es zu knapp.« Sie wandte sich Hilfe suchend an Winston. »Meinen Sie, das ginge?«

Der Galerist nickte. »Die Maler sind für ganz früh bestellt. Wenn Gernot morgen um zehn Uhr hier ist, bekommt er schon mal einen Eindruck, und wir können die ersten Installationen gemeinsam machen. Mit dem Rest werden wir ohne ihn fertig. Ist das okay, Gernot?«

Gernot wirkte nicht begeistert von dem Plan, stimmte ihm dann aber zu.

»Das ist ein ganz schönes Risiko«, bemerkte er Ellinor gegenüber, als sie gemeinsam zurück ins Hotel gingen. »Wer weiß, was die anstellen, wenn ich ihnen den Rücken kehre.«

»Winston denkt eben auch an den Absatz«, wagte sie erneut zu vermitteln. »Er will ja Geld verdienen mit seiner Galerie, und du ... wir ... ja letztlich genauso. Also muss er die Bilder so präsentieren, dass die Leute kaufen.«

Gernot verzog das Gesicht. »Kunst und Kommerz! Es ist immer wieder dasselbe. Sie verlangen, dass der Künstler sich prostituiert. Wenn ich Kompromisse mache, kann ich gleich kleine süße Kätzchen porträtieren. Meine Kunst soll die Menschen aufrütteln und mitreißen.«

Ellinor nickte, blieb jedoch skeptisch. Wenn Gernot erst richtig bekannt war, konnte er zweifellos experimentieren. Dass er das gleich bei seiner ersten Präsentation in der hiesigen Kunstwelt wagen sollte, stellte sie mehr als infrage.

Sie verbrachte den nächsten Tag mit einer Stadtrundfahrt, besuchte ein weiteres Museum, ging ein bisschen shoppen und bummelte gegen Abend mit bangen Gefühlen erneut zur Galerie, um sich die ersten Arrangements von Gernots Bildern anzusehen. Zu ihrer Erleichterung wirkte ihr Mann recht zufrieden. Winston Calverton bezeichnete die Präsentation als beeindruckend, und Ellinor konnte ihm da nur zustimmen. Der Besucher betrat einen dunklen Raum, die grau gestrichenen Wände schienen auf ihn zuzukommen, und die mit Punktstrahlern ausgeleuchteten Bilder zogen ihn hinein in ihre düstere Welt. Das weckte zweifellos Gefühle, nur nicht positiver Art.

»Es ist ... grandios«, murmelte Ellinor. »Aber auch ... bedrückend.«

Gernot zuckte mit den Schultern. »Es ist Kunst«, sagte er sarkastisch.

Immerhin war er bereit, Winston Calverton und seine Leute in den nächsten beiden Tagen mit der Ausstellung allein zu lassen und mit Ellinor nach Rotorua zu fahren. Der Galerist und seine Angestellten verabschiedeten ihn, erkennbar bemüht, ihre Erleichterung darüber nicht zu zeigen.

Am nächsten Morgen steuerte Ellinor das Wohnmobil aus der Großstadt raus in Richtung Süden. Sie war guter Laune, als sie losfuhren, doch das gab sich bald, als sie mit dem Camper auf die Autobahn kamen. Die Fahreigenschaften des Wohnmobils ließen sehr zu wünschen übrig. Ellinor hatte bei jeder Windböe das Gefühl, das Fahrzeug würde von der Straße geweht, und als die Straßen später kurvig wurden, rumpelte es obendrein im »Wohnraum«. Ellinor befürchtete ständig, die Schubladen oder Schränke würden aufspringen und der Inhalt in den Fahrerraum fliegen.

»Das Ding ist absolut unzumutbar!«, regte Gernot sich auf. »Damit können wir unmöglich drei Wochen lang im Land herumkurven. Wenn wir morgen nach Auckland zurückkehren, werde ich denen was erzählen!«

»Du hast doch gehört, dass wir es nicht umtauschen können«, meinte Ellinor resigniert.

Sie versuchte, sich an das Auto zu gewöhnen. Wieder einmal brauchte sie Geduld. Es dauerte viel länger als die vom GPS-System angegebenen drei Stunden, um Rotorua zu erreichen. Trotzdem genoss sie die Fahrt. Sie führte hauptsächlich durch landwirtschaftlich genutztes Gebiet, gelegentlich durch kleine Städte. Letztere erinnerten ein wenig an den Mittleren Westen der USA, allerdings wirkten die Windschutzhecken zwischen den Feldern eher exotisch. Befremdlich erschienen ihr auch die Waldstücke, durch die sie gelegentlich kamen.

»Ist das Regenwald?«, fragte Gernot. »Wachsen hier diese Kauris?«

Ellinor hatte gelesen, dass Neuseeland über ein sehr spezielles Ökosystem verfügte. »Nein, ich glaube, hier in der Gegend gibt es keine Kauris. Oder jedenfalls keine großen, die hat man mehr im Südwesten. Der größte heute noch lebende ist über fünfzig Meter hoch.«

»Beeindruckend«, bemerkte Gernot, doch er wirkte gleichgültig. Die Natur interessierte ihn nur begrenzt.

Gegen Mittag erreichten sie endlich Rotorua, eine für neuseeländische Verhältnisse ziemlich große Stadt. Schon Ende des 19. Jahrhunderts, so lasen sie in Ellinors Reiseführer, hatte man hier Gäste aus aller Welt empfangen. Die Stadt war berühmt für ihre schwefelhaltigen Heilquellen, die Umgebung hatte ursprünglich mit den Pink and White Terraces, einer sehr speziellen Steinformation, über eine besondere Touristenattraktion verfügt. Die Terrassen, gefeiert als achtes Weltwunder, waren dann jedoch einem Vulkanausbruch zum Opfer gefallen und im Lake Rotomahana versunken. Heute war Rotorua vor allem ein Zentrum der Maori-Kultur. Man konnte ein Maori-Dorf besuchen, Tanz- und Musikdarbietungen beiwohnen und ein traditionelles *hangi,* im Erdofen gegartes Essen, genießen.

Ellinor und Gernot verpflegten sich nur in einem Schnellrestaurant. Zum Besuch der Touristen-Highlights würden sie auf diesem Kurztrip keine Zeit haben – lediglich der Rainbow Springs Nature Park stand auf dem Programm. Ellinor fuhr ihn direkt an und freute sich über den großen Parkplatz.

»Das ist ja so was wie ein Freizeitpark«, bemerkte Gernot missbilligend. Neben einem Tierpark bot Rainbow Springs Wildwasserfahrten und ähnliche Familienvergnügungen. »Disneyland auf Neuseeländisch.«

»Was die Kiwis betrifft, arbeiten sie mit dem Umweltschutzministerium zusammen«, wusste Ellinor. »Unseriös kann der Park also nicht sein. Nun mach nicht so ein Gesicht. Kein Mensch zwingt dich auf eine Achterbahn!«

Tatsächlich hatte Kiwi Encounter seine eigenen Gebäude, und man konnte die Eintrittskarten unabhängig vom Freizeitpark lösen. Der Preis dafür war gesalzen, beinhaltete allerdings eine Führung, auf deren Beginn man im Andenkenladen warten konnte. Mit ein bisschen Herzklopfen fragte Ellinor gleich beim Lösen der Tickets nach Rebecca Zima.

»Klar, Becky ist noch hier«, antwortete die junge Frau an der Kasse. »Sie macht gleich die nächste Führung. Fängt in zehn Minuten an. So lange können Sie hier stöbern.« Sie wies auf das Angebot des Souvenirshops, das Gernot vor Entsetzen zurückschrecken ließ. Ellinor amüsierte sich über die Gemälde und anderen Erzeugnisse der örtlichen »Kunsthandwerker«. Sie fand Plüsch-Kiwis und dachte wehmütig an ihre komplizierte Familienplanung. Zu gern hätte sie solch ein Kuscheltier für ihr künftiges Kind gekauft, aber damit konnte sie Gernot nun wirklich nicht kommen.

Schließlich kam Rebecca Zima, und es fand sich eine Besuchergruppe von acht Leuten. Ellinor erkannte die junge Frau sofort. Rebecca trug ihren weißen Kittel über Jeans und T-Shirt. Ihr schwarzes Haar hatte sie im Nacken zusammengebunden. Es war erkennbar nicht leicht zu bändigen. Ein paar Strähnen hatten sich jetzt schon selbstständig gemacht und umspielten ihr gebräuntes Gesicht. Sie strahlte Optimismus und Lebensfreude aus. Vergnügt begrüßte sie ihre Gäste, stellte sich vor und begann dann ihren Vortrag zum Thema Kiwi. Die Besucher lernten, dass die Vögel nachtaktiv waren, monogam und reviertreu.

»Sie kommen nicht allzu weit herum«, bemerkte Rebecca, »denn fliegen können sie nicht. Sie bewegen sich auch nicht gerade elegant, eigentlich watscheln sie nur durch die Gegend. Manchmal fallen sie vornüber und benutzen ihren Schnabel als drittes Bein. Das sieht sehr komisch aus. Ihr Gefieder ist … man kann sagen, plüschig, es gleicht eher Haaren als Federn. Einen Schwanz haben Kiwis nicht, und sie sehen nicht gut – allerdings haben sie eine gute Nase, was bei Vögeln sonst eher selten ist. Auf jeden Fall sind sie nicht besonders lebenstüchtig. Diese Tiere konnten sich nur in Neuseeland entwickeln, wo sie lange keine natürlichen Feinde hatten. Erst als die Maori kamen und dann später die Engländer, wurden sie gejagt. Ihr Fleisch soll sehr schmackhaft sein, und sie sind nicht sonderlich schwer zu greifen. Tagsüber buddeln sie sich ein, und die Jäger gruben sie dann einfach aus. Das verkleinerte die Population natürlich rapide. Fast noch schlimmer war, dass die Menschen Raubtiere einschleppten.«

»Ich habe gehört, dass Kiwis seit 1921 unter Naturschutz stehen«, bemerkte einer der Gäste.

»Das stimmt. Eigentlich sollte sich der Bestand längst erholt haben«, fuhr Rebecca fort. »Aber die Opossums und Marder, die sich in unseren Wäldern leider fleißig vermehrt haben, machen ihnen das Leben schwer. Alle drei Kiwi-Arten sind inzwischen vom Aussterben bedroht. Tja, und da kommen wir ins Spiel!« Rebecca Zima führte die Besucher ins Kiwi-Haus, in dem Kiwi-Eier ausgebrütet und Küken aufgezogen wurden. »Kiwis sind nicht gerade vermehrungsfreudig«, erläuterte die junge Frau. »Ein Brutpaar hat nur alle paar Jahre mal ein einziges Küken, und von denen sterben 95 Prozent, bevor sie noch sechs Monate alt sind. Das liegt zum Teil daran, dass sie sehr selbstständig sind, sie verlassen das Nest schon nach etwa fünf Tagen, und die Eltern kümmern sich dann nicht mehr um sie. Die Kleinen tapsen allein herum, am Anfang auch tagsüber, und werden dann schnell zur Beute der Räuber. Wenn wir die Kiwis also retten wollen, müssen wir früh eingreifen.«

Rebecca berichtete, dass in Neuseeland inzwischen jeder Kiwi registriert und mit einem Peilsender ausgestattet sei. So konnte man herausfinden, wann einer von ihnen brütete.

Ellinor bestaunte die riesigen Eier im Brutkasten und dann zu ihrer Begeisterung zwei flauschige, kurz zuvor geschlüpfte Küken. Rebecca stellte die Tierchen vor, zeigte, wie man sie reinigte und fütterte, und erklärte, dass sie in der Aufzuchtstation während der ersten sechs Lebensmonate betreut wurden.

»Und wohin werden sie dann gebracht?«, fragte Ellinor.

»Auf Inseln, die frei von eingeschleppten Räubern sind!«, erklärte Rebecca und streichelte verzückt eines der Küken. »Da können sie in Sicherheit aufwachsen. Erst wenn sie groß sind, kommen sie zurück in ihre Herkunftsgebiete.«

»Wo sie dann umgehend gefressen werden, weil sie gar nicht erst gelernt haben, sich vor irgendwas zu verstecken«, flüsterte Gernot Ellinor zu. Er teilte ihre Begeisterung offenbar nicht. »Was das alles kostet! Das Geld könnte man wirklich sinnvoller einsetzen.«

Zweifellos dachte er an Kunstsammlungen, aber Ellinor ließ ihn nicht weiter zu Wort kommen, sondern folgte Rebecca zu den Gehegen ausgewachsener Kiwis. Sie waren verdunkelt und gaukelten den Tieren Nacht vor, sodass die Besucher sehen konnten, wie sie umherspazierten und mit ihren langen Schnäbeln in der Erde nach Insektenlarven stocherten.

Der Rundgang durch die Aufzuchtstation endete hier, und Rebecca entließ die Besucher, nicht ohne ihnen noch die anschließende Ausstellung zum Artenschutz und zur Lebensweise des Kiwis ans Herz zu legen. Außerdem das hauseigene »Adoptionsprogramm« für Küken, mittels dessen die Arbeit der Aufzuchtstation finanziell unterstützt werden konnte.

»Kiwis sind so interessante Tiere!«, sagte sie warmherzig. »Wir dürfen nicht zulassen, dass sie aussterben!«

Ellinor war ganz ihrer Meinung, ihre mögliche Verwandte war ihr während des Vortrags immer sympathischer geworden. Jetzt stellte sie sich zögernd in die Reihe der Leute, die der jungen Frau ein kleines Trinkgeld zusteckten, bevor sie hinausgingen.

Rebecca lächelte sie an, als sie schließlich vor ihr stand. »Haben Sie noch irgendwelche Fragen?«, erkundigte sie sich freundlich. »Ich kann Ihnen gern noch ein bisschen mehr erzählen.«

Ellinor wusste nicht so recht, wie sie anfangen sollte, fasste sich dann aber. »Ich würde schon gern mit Ihnen reden«, begann sie. »Nur geht es dabei nicht um Kiwis. Wir … Also, die Führung war sehr interessant, Sie leisten hier bewundernswerte Arbeit mit den Vögeln. Ich bin dennoch eigentlich Ihretwegen hergekommen. Ich habe Sie gegoogelt oder besser gesagt, Ihren Namen gegoogelt und Sie gefunden. Es … es könnte nämlich sein, dass wir miteinander verwandt sind. Sagt Ihnen der Name Frano Zima etwas?«

Rebecca hatte die Stirn gerunzelt, was bei ihr eher lustig als skeptisch aussah. Ganz offensichtlich war sie in keiner Weise negativ eingestellt. Im Gegenteil. Als Ellinor Frano erwähnte, lächelte sie breit.

»Klar sagt mir der was!« Sie strahlte. »Frano Zima war mein Urgroßvater. Meine Urgroßmutter hieß Clara.«

Ellinor erwiderte das Lächeln fasziniert. »Sie scheinen sich ja sehr gut auszukennen in Ihrer Familiengeschichte.«

Rebecca nickte. »Ein bisschen«, gab sie zu. »Wir haben ein Familienunternehmen, wissen Sie. Da hängt ein Stammbaum an der Wand.«

Ellinor fühlte sich an das Weingut der Kelavas erinnert. »Was denn für ein Unternehmen, wenn ich fragen darf?«, erkundigte sie sich, obwohl sie die Antwort schon ahnte.

Rebecca strahlte wieder. »So eine Mischung aus Tischlerei und Möbelladen und Museum und Cafeteria. Kauri-Kunst. Mein Dad vermarktet Kauri-Holz in jeder Form. Die Reiseunternehmen karren ihm busseweise Touristen auf den Hof.«

»Kauri Paradise ganz oben im Norden?«, fragte Ellinor. »David Zima?«

»Das ist mein Dad. Ja. Woher wissen Sie … Klar, sicher, das haben Sie auch gegoogelt. Ist ja spannend! Kommen Sie rein, wir können bei einer Tasse Kaffee reden. Hier ist es zu ungemütlich.«

Rebecca führte Ellinor und Gernot durch den Personaleingang ins Innere der Aufzuchtstation. Neben den Räumen, in denen die Vögel untergebracht waren, gab es Labore, Büros und Aufenthaltsräume. Rebecca ging ihren Gästen voraus in einen kleinen Pausenraum, spartanisch eingerichtet mit Stühlen und Tischen sowie einem Kaffeeautomaten. Sie zog Cappuccino für sich und Ellinor und schwarzen Kaffee für Gernot.

»Ist ja krass, dass ich noch irgendwo in Europa Verwandte habe«, meinte sie dann und setzte sich. »Hatte Frano irgendwelche Schwestern oder Brüder, die Kinder hatten, und ihr betreibt jetzt Ahnenforschung?« Sie ging sofort ungefragt zum Duzen über. Die junge Frau war wirklich unkompliziert.

Ellinor schüttelte den Kopf. Jetzt wurde es brenzlig. »Nein. Wie es aussieht, bin ich auch eine direkte Nachfahrin von Frano Zima«, bekannte sie. »Meine Großmutter stammte aus ... aus einer früheren Beziehung. Also bevor er deine Urgroßmutter kannte.«

»Er hatte schon Kinder, bevor er nach Neuseeland kam? Unglaublich!«, sagte Rebecca. »Da hat er Clara gar nichts von erzählt! Glaub ich zumindest.«

Ellinor war froh, dass Rebecca die Neuigkeiten so gelassen aufnahm. Jetzt berichtete sie der jungen Frau, wie sie von Frano erfahren hatte, Lilianas Geschichte gab sie nur in sehr groben Zügen wieder.

»Das muss aber viel früher gewesen sein«, meinte Rebecca schließlich. »Sehr viel früher als das mit Clara. Frano muss schon lange in Neuseeland gewesen sein, bevor er hoch in den Norden ging. Er sprach sehr gut Englisch. Das lernt man nicht in ein paar Monaten.«

Ellinor fragte sich, woher sie das wusste. »Meine Großmutter wurde Ende 1905 geboren«, verriet sie dann.

Rebecca nickte gedankenverloren. »Ja, wie ich schon sagte, viel früher«, wiederholte sie. »Frano ist 1918 nach Northland gekommen. Mein Großvater Francis kam 1920 zur Welt. Da war Frano schon weg.« Rebeccas Stimme klang bedauernd.

»Weg?«, brach es aus Ellinor heraus. »Er hat deine Urgroßmutter auch verlassen?«

»Immerhin hat er sie wohl vorher geheiratet«, warf Gernot ein.

»O ja«, meinte Rebecca und schenkte ihm ein trauriges Lächeln, ohne die Ironie in seiner Stimme zu bemerken. »Und sie waren sehr glücklich. Ich glaube nicht, dass er Clara einfach so hat sitzen lassen.«

»Woher weißt du das?«, fragte Ellinor, erneut verwundert. Schließlich sprach sie über eine Beziehung, die fast hundert Jahre zurücklag.

Rebecca lächelte. »Sie hat Tagebuch geführt«, verriet sie. »Absolut süß, als Teenie habe ich es immer wieder gelesen. Urgroßvater Frano muss ein toller Mann gewesen sein! Die beiden waren so verliebt!«

»Was ihn letztlich nicht hinderte, wieder mal spurlos zu verschwinden ...«, stichelte Gernot.

Ellinor stieß ihn unter dem Tisch an. Es war zweifellos kontraproduktiv, Rebecca zu ernüchtern. Die junge Frau spielte mit ihren Kräusellöckchen. Sie wirkte ganz betroffen von der alten Geschichte.

»Ja. Genau so war es«, bestätigte sie. »Er ist spurlos verschwunden. Das große Rätsel. Eine Tragödie. Niemand weiß, was passiert ist. Dabei hatte er sich so liebevoll verabschiedet. Clara war schwanger, er wollte sie nicht verlassen, aber er musste auf eine Geschäftsreise oder so was. Jedenfalls ist er in Richtung Süden gezogen. Und er kam nicht zurück.«

»Geschäftsreise?«, fragte Ellinor. »War er nicht Gumdigger?«

Rebecca runzelte die Stirn. »Gumdigger? Nein. Früher vielleicht mal, doch nicht mehr, als er nach Northland kam. Claras Vater hätte sie nie mit einem Gumdigger verheiratet! Na ja, er war sowieso nicht besonders glücklich darüber, dass sie sich in Frano verliebte. Frano war eine Art Händler. Er kam zu den Forresters, um ihnen Kleinmöbel und Schnitzereien aus Kauri-Holz zu verkaufen. Sie handelten schon damals mit Möbeln. Und er wusste, wo Kauri-Holz zu finden war: in den Sümpfen zwischen Auckland und nördlich der Bay of Plenty auf der Coromandel-Halbinsel. Das interessierte Claras Vater mehr als seine Waren. Es ist ja schon seit Langem verboten, Kauri-Bäume zu fällen. Praktisch alles, was an Möbeln oder anderen Gegenständen aus dem Holz verkauft wurde und wird, stammt aus prähistorischen Beständen. Ich weiß nicht, ob ihr da informiert seid. Vor ungefähr vierzigtausend Jahren gab es in Neuseeland ein gewaltiges Baumsterben. Tausende von Kauris sind umgestürzt, aber nicht verrottet. Die Natur konservierte sie. Wer sie heute ausgräbt, kann das Holz ganz normal verarbeiten. Es ist wunderschön und natürlich sehr wertvoll. Das war vor hundert Jahren auch schon so.«

»Frano hat also Kauri-Holz verkauft?«, fragte Ellinor nach.

Rebecca zuckte mit den Schultern. »Ich erinnere mich nicht genau«, gab sie zu. »Ich war mehr an der Liebesgeschichte interessiert.« Sie lächelte. »Aber letztlich kam es zu einer Art Partnerschaft zwischen ihm und James Forrester. Frano wusste, wo die Stämme zu finden waren, und Claras Vater hatte die Kapazitäten, sie auszugraben. Darum ging es bei dieser Reise. Um Fundorte ... Genehmigungen zur Grabung ... so was. Jedenfalls hatte Frano keinen Grund, nicht zurückzukommen. Warum hätte er Clara verlassen sollen? Es wäre nur gut gewesen, er hätte irgendjemandem erzählt, wo er wirklich hinwollte. Die Forresters dachten, er wäre nach Coromandel gezogen, aber irgendwo unterwegs hat er sich von seinen Begleitern getrennt, angeblich, weil er jemanden besuchen wollte. Er wollte nachkommen, doch er blieb verschwunden. Jede Spur verlief im Dunkel. Irgendetwas muss ihm zugestoßen sein.« Rebecca sprach im Brustton der Überzeugung.

»Und was kann da passiert sein?«, fragte Gernot.

Rebecca rieb sich die Stirn. »Vielleicht wollte jemand die Genehmigung für die Grabung auf seinem Grund nicht geben«, mutmaßte sie. »Oder Frano war nicht der Einzige, der von einem Fundort wusste und das Holz bergen wollte. Ich tippe mal darauf, dass dieses Gewerbe, dem er da nachging, nicht gerade von Gentlemen betrieben wurde. James Forrester tat jedenfalls alles, um ihn zu finden, schon um Clara zu beruhigen, aber auf der Halbinsel ist er nie aufgetaucht. Oder man hat ihn dort gleich nach der Ankunft verschwinden lassen. Vielleicht hat ihn jemand umgebracht. Es gab viele ehemalige Gumdigger, Männer, die auf verschiedenste Weise versucht haben, ihr Glück zu machen, und dabei immer wieder gescheitert sind … Vielleicht hatte er Feinde …«

»Vielleicht gab es andere Frauen«, überlegte Ellinor und dachte an Liliana. Auch ihre Urgroßmutter hatte nie daran glauben können, dass Frano sie aus freien Stücken verlassen hatte.

»Das glaube ich nicht«, beharrte Rebecca.

Ellinor nahm einen Schluck Kaffee. »Dieses Tagebuch …«, fragte sie dann. »Gibt es das noch?«

Rebecca nickte eifrig. »Klar. Ist doch ein Familienerbstück. Das hüten wir wie einen Augapfel.« Sie lachte. »Aber es ist natürlich in Te Kao, also in Northland, da wohnen meine Eltern.«

»Glaubst du, ich könnte es einmal lesen?«, fragte Ellinor.

»Sicher.« Rebecca überlegte keinen Augenblick. Sie hielt ihre Eltern wohl für ebenso aufgeschlossen, wie sie selbst es war. »Ihr könnt in Te Kao vorbeischauen … Das ist natürlich ganz am Ende der Nordinsel …«

Ellinor versicherte ihr, dass ihr dies nichts ausmache. Schließlich hatte sie einen Besuch im Kauri Paradise ohnehin auf ihrer Liste.

»Wir haben allerdings erst noch in Auckland zu tun«, sagte sie und berichtete Rebecca von Gernots Ausstellung. Dann fragte sie vorsichtig, ob Rebecca sie vielleicht bei ihren Eltern ankündigen könne.

»Ich bin dann schon zu Hause«, antwortete Rebecca zu Ellinors Erleichterung. »Mein Praktikum hier läuft am 15. aus, dann fahre ich nach Te Kao zurück. Wenn's also sowieso noch ein paar Tage dauert, bis ihr kommt, dann sehen wir uns in Northland.«

Kapitel 4

Es war entschieden zu spät, nach dem Treffen mit Rebecca noch nach Auckland zurückzufahren. Das fanden jedenfalls Ellinor und Rebecca – Gernot hätte die Anstrengung gern noch in Kauf genommen, um am kommenden Morgen ganz früh wieder in der Galerie nach dem Rechten zu sehen. Ellinor streikte jedoch, und Rebecca erklärte, sie könnten Rotorua unmöglich verlassen, ohne zumindest die wichtigsten touristischen Attraktionen bewundert zu haben. Mit einem Telefonanruf organisierte sie ihnen den Besuch einer Maori-Kultursshow mit *hangi* am Abend, und am Nachmittag entspannten sie sich im sogenannten Polynesian Spa, einem der ältesten und berühmtesten Geothermalbäder der Gegend. Genüsslich planschten sie im warmen Wasser mit Blick auf den Lake Rotorua und schlenderten anschließend gut gelaunt durch den Regenwald, um zu Beginn der Veranstaltung der Ankunft eines Maori-Kriegskanus beizuwohnen. Gernot küsste Ellinor im Schatten der Bäume, während der unheimliche Gesang der Krieger erklang. Nach dem Spektakel probierten sie die traditionellen Speisen. Schließlich erstand Gernot eine CD mit Maori-Liebesliedern und spielte sie später auf dem Laptop ab, während sie versuchten, sich auf dem schmalen Bett im Camper zu lieben.

»Ist doch sehr authentisch. Stell dir einfach vor, es wäre eine Eingeborenenhütte«, schlug Ellinor vor, als Gernot schon wieder über die Enge schimpfte.

Dabei hatte sie ein schlechtes Gewissen, wusste sie doch seit ihren Museumsbesuchen in Auckland, dass die Maori traditionell keineswegs in primitiven Hütten, sondern in sehr schönen, mit Schnitzereien verzierten Häusern gelebt hatten.

»In der Wildnis sollte eigentlich genug Platz für größere Hütten gewesen sein. Falls irgendein Stamm jemals so beengt gehaust hat, ist es ein Wunder, dass er nicht ausgestorben ist«, entgegnete Gernot. »Und dieser Matratze wäre ja wohl jedes Laublager vorzuziehen, selbst wenn ein paar Krabbeltiere drin säßen. Das kann hier übrigens auch sein. Oder hast du dieses Gefährt auf Flöhe durchsucht?«

Ellinor versuchte, die Sache von der komischen Seite zu nehmen, allerdings tat auch ihr nach der Nacht auf der unbequemen Matratze alles weh. Laub konnte ganz sicher keine Lösung sein, aber vielleicht eine Luftmatratze? Das Wetter spielte zum Glück weiter mit, sodass sie wenigstens das Frühstück – sie hatten im Laden des Campingplatzes rasch das Nötigste eingekauft – im Freien vor dem Camper einnehmen konnten.

»Und jetzt fahren wir noch zu diesen Thermalquellen!«, bestimmte Ellinor. »Keine Widerrede, Gernot, auf die zwei Stunden kommt es nicht an. Die Calvertons machen schon alles richtig, und morgen hast du noch den ganzen Tag, falls du doch was umhängen willst.«

Gernot verzog zwar ein bisschen das Gesicht, aber der Künstler in ihm konnte dem Farbenspiel der mit Thermalwasser gefüllten Krater von Wai-O-Tipu denn doch nicht widerstehen. Im angrenzenden Andenkenladen erstand Ellinor einen Anhänger aus Pounamu-Jade für Karla, dessen Form angeblich ewige Freundschaft symbolisierte. Gernot überraschte Ellinor mit einem ähnlichen, allerdings feiner gearbeiteten Schmuckstück. Die Farbe der Jade passte wunderbar zu ihren grünen Augen. Sie war gerührt, als sie erfuhr, wie geschickt ihr Mann sich am Abend zuvor während der Show davongestohlen hatte, um ihn direkt bei einem der Künstler dort zu erstehen.

»Das musstest du doch nicht«, murmelte sie.

Gernot zog sie an sich. »Er wollte zu dir«, erklärte er. »Er wurde speziell für dich gemacht.«

Ellinor umarmte ihn und hoffte, dass die Jade ihnen wirklich Glück bringen würde. Den Maori, so hatte sie in den Museen erfahren, war sie kostbarer als Gold.

Die Rückfahrt nach Auckland gestaltete sich stressig. Sie hatten starken Seitenwind, und Ellinor konnte nur sehr langsam fahren. An einen Besuch in der Galerie war an diesem Abend nicht mehr zu denken, aber zumindest Ellinor war das ganz recht. Der Tag war so schön gewesen. Sie wollte ihn sich auf keinen Fall dadurch verderben lassen, dass Gernot vielleicht doch wieder etwas zu beanstanden hatte. Sie schlenderten noch ein bisschen durch die Stadt, gingen gemütlich essen und ließen sich dann aufatmend in ihr Hotelbett fallen. Der Himmel gegenüber dem Camper! Gernot ließ die Maori-Liebeslieder noch einmal erklingen, und sie spielten die Liebesgeschichten nach, von denen auf dem Booklet der CD erzählt wurde. Ellinor fand den Tag vollkommen. Ausgeruht und glücklich sah sie der Vernissage am kommenden Abend entgegen.

Gernot konnte es am Morgen kaum abwarten, die fast vollständig aufgebaute Ausstellung in der Galerie in Augenschein zu nehmen. Ellinor fand, sie könnte die Präsentation auch erst abends auf sich wirken lassen, und schlief lieber aus. Erst als Gernot gegen Mittag noch nicht zurück war, befürchtete sie Probleme und schlenderte zur Galerie, wo sie Winston Calverton und ihren Mann in heller Aufregung fand.

»Das muss umgehängt werden und dieses da auch, und das mit dem Licht hier geht gar nicht!«, erregte sich Gernot.

Mehrere seiner Werke lehnten an einer Wand, statt daran zu hängen. Gernot hatte sie wohl wieder abnehmen lassen und war jetzt dabei, alles anders zu arrangieren. Winstons verschreckte junge Angestellte – der Galerist hatte außerhalb der Galerie zu tun gehabt und war erst gerade zurückgekommen – hatte sich nicht getraut zu widersprechen und in ihrer Hilflosigkeit verzweifelt ihren Chef angerufen.

»Gernot, das geht nicht!«, erklärte Winston verärgert. »Wir können die drei kleineren Bilder gerne noch umhängen, Sie haben sie ja ohnehin schon abgehängt. Und in Gottes Namen verändern Sie auch das mit dem Licht noch ein bisschen, obwohl ich befürchte, dass wir dann ein paar Blindenhunde für die Besucher bereitstellen müssen. Aber die größeren Bilder bleiben, wo sie sind, und die leuchten wir genau so aus, wie ich das bestimmt habe. Es lässt sie nämlich optimal wirken …«

»Sie wirken tatsächlich riesig«, meinte Ellinor nach einem kurzen Rundgang durch die Ausstellung. »Noch größer, als ich sie in Erinnerung hatte.«

Winston nickte. »Genau das ist beabsichtigt. Die Bilder sollen die Wand beherrschen, die Besucher völlig in diese Welt hineinziehen, die Ihr Mann gestaltet …«

»Wird sie denn jemand kaufen?«, fragte Ellinor besorgt. »Wenn sie … wenn sie so groß aussehen? Bekommen die Leute da nicht Angst?«

Winston lächelte, wenn auch nicht sehr glücklich. »Ellinor, diese Bilder wird sowieso niemand kaufen. Sie sehen ja nicht nur groß aus, sie sind groß. Wo sollen die Leute so was aufhängen? Aber Ihr Mann hat sie nun mal mitgebracht, und wir werden sie folglich nutzen, um die Kunstkäufer zu beeindrucken. So sehr, dass sie unbedingt einen Sternberg in ihrer Sammlung haben möchten. Keinen so großen natürlich, einen von den kleineren. Ich wünschte, Ihr Mann würde uns da etwas mehr vertrauen …«

Von Vertrauen war Gernot weit entfernt. Er verbrachte den Rest des Nachmittags damit, ein Bild nach dem anderen umzuhängen und an der Lichtinstallation herumzubasteln. Schließlich erschien er erst in letzter Minute im Hotel, um sich für die Vernissage umzuziehen. Ellinor war bereits so gut wie fertig. Sie sah in ihrem schwarzen Etuikleid mit einem Blazer, der einen Farbakzent setzte, sehr elegant aus. Der Jadeanhänger passte gut zu diesem Outfit, Ellinor trug ihn glücklich. Gernot hatte allerdings keinen Blick für sie. Er schwieg mit verkniffenem Gesichtsausdruck, ein Verhalten, das sie kannte und fürchtete. Ihr Mann war gekränkt und schmollte. Kein guter Ausgangspunkt für einen Abend, an dem er eigentlich glänzen sollte.

In der Galerie waren schon die ersten Besucher eingetroffen, als Ellinor und Gernot kamen. Es schienen gute Bekannte der

Calvertons zu sein, Winston führte sie persönlich herum und stellte ihnen Gernot gleich vor. Vor allem die Frau war interessiert an dem Künstler und seinen Werken. Ihr Mann, ein älterer, für den Anlass zumindest nach europäischen Maßstäben recht leger gekleideter Herr, musterte Ellinors lange Beine unter ihrem kurzen Rock mit sehr viel größerem Wohlgefallen. Im Gespräch erwies er sich als sehr sympathisch. Er trank ein Bier, Ellinor nippte an einem Wein. Sie versuchte zu erspüren, wie die Ausstellung auf die Besucher wirkte. Beeindruckend war die Veränderung der Galerieräume durch Gernots Kunst und ihre avantgardistische Präsentation zweifellos. Man hatte tatsächlich das Gefühl, eine Höhle zu betreten, in der sich mit den Bildern Fenster auftaten, die den Betrachter in seltsame Landschaften blicken ließen. Ellinor ertappte sich allerdings bei dem Gedanken, dass sie wenig Lust verspürte, in diese Welt hinauszutreten. Dem älteren Herrn neben ihr schien es ähnlich zu gehen.

»Ich verstehe ja nichts von diesen Dingen«, meinte er, nachdem er vor dem Rundgang ein bisschen mit ihr geplaudert und von seiner Farm bei Hamilton erzählt hatte. Es musste ein großer Betrieb sein. Jeb Redback, wie er sich vorstellte, sprach von über zehntausend Schafen. »Aber ich bin Farmer, wie gesagt, und wenn's nach mir ginge, würde ich ganz andere Bilder aufhängen. Es gibt so schöne alte Porträts von englischen Rennpferden. Die hätte ich viel lieber im Haus als all die moderne Kunst. Meine Frau sieht das leider anders. Sie kauft die Bilder auch als Geldanlage. Und da kann ich nur hoffen, dass sie einen guten Riecher hat. Wir haben in Aucklands Galerien schon ein Vermögen gelassen.« Ellinor stimmte das optimistisch. Die Redbacks mussten reich sein. Wenn es Gernot gelang, sie zu beeindrucken … Womöglich kauften sie sogar eines der größeren Gemälde. Jeb machte ihre Hoffnungen allerdings gleich zunichte. »Es muss mir aber auch ein bisschen gefallen, da haben wir eine Vereinbarung. Ich muss nicht wissen, was das alles darstellen soll, aber wenigstens die Farben muss ich schön finden.« Er sah nicht aus, als ob das bei Gernots Bildern der Fall wäre. Ellinor versuchte es mit dem ganzen Einsatz ihres Charmes. Sie lächelte dem älteren Herrn gewinnend zu.

»Na ja, mein Mann hält sich mit Farben zurück«, erklärte sie. »Aber wenn Sie mal versuchen, die Aussage der Bilder zu verstehen, die Gesamtkomposition auf sich wirken zu lassen ...«

Jeb Redback runzelte die Stirn. »Junge Frau, ich sehe hier keine Aussage«, erwiderte er und wies auf eins der kleineren Bilder, das weitgehend in Schwarz gehalten war. Nur wenige graue und weiße Spuren durchzogen die Dunkelheit. »Wenn ich das deuten soll, dann sehe ich da bestenfalls ein rußgeschwärztes Fenster, das jemand eher halbherzig versucht hat zu putzen. Solche Schlieren erzeugt unsere Putzfrau regelmäßig nach einem Sandsturm, und meine Frau kann sich da immer wieder drüber aufregen. Ich kann mir nicht vorstellen, dass sie sich für die Bilder Ihres Mannes begeistert.«

Ellinor hätte trotz ihrer Enttäuschung fast gelacht. Ganz ähnlich hatte sich Karla zu dem Bild geäußert, als Gernot es das erste Mal in einer Vernissage in Wien gezeigt hatte. Auch da hatte es niemand gekauft. Und Amber Redback, Jebs Gattin, fand spontan wohl ebenfalls kein Bild, das sie ansprach.

»Das ist bestimmt große Kunst!«, beschied sie Gernot, als sie nach dem Rundgang noch zusammenstanden, während Winston schon neue Gäste begrüßte. »Es ... es geht einem ans Gemüt. Aber in unserem Haus ...«

Gernot verzog das Gesicht. »Ich male nicht zur Verschönerung von Räumen«, sagte er knapp. »Wenn Ihr Gemüt meinen Werken nicht gewachsen ist, dann sammeln Sie doch besser Hummel-Figuren.«

Amber, eine elegante ältere Dame, schlank, modisch gekleidet und sehr gut frisiert und geschminkt, schaute ihn verwirrt an. Es verletzte sie sichtlich, dass man ihr zutraute, kitschige Porzellanfiguren mehr zu mögen als die Werke eines zeitgenössischen Künstlers. Ellinor entschuldigte sich für ihren Mann, als er sich jetzt anderen Gästen zuwandte.

»Er ist sehr empfindlich, was seine Kunst angeht«, erklärte sie. »Und sehr kompromisslos.«

Jeb, der nicht wusste, womit Gernot seine Frau beleidigt hatte, ihre Enttäuschung jedoch spürte, zog die Augenbrauen hoch. »Dann kann ich nur hoffen, dass wenigstens Sie einen einträglichen Job haben«, beschied er Ellinor. »Ich glaube, meine Frau möchte jetzt gehen. Eigentlich schade, es war nett, mit Ihnen zu plaudern.«

Winston Calverton registrierte den Abgang der Redbacks mit einem unglücklichen Gesichtsausdruck. Er war allerdings schon zu sehr ins Gespräch mit anderen Kunden vertieft, um sie aufzuhalten. Inzwischen hatten sich die Ausstellungsräume gefüllt. Der Galerist hatte nicht zu viel versprochen, was das Interesse der Aucklander an seinen Ausstellungsobjekten anging.

Auf Ellinor wirkten die Leute nicht wie das typische europäische Vernissage-Publikum, das weniger kam, um zu sehen, als um gesehen zu werden. Die meisten von Winstons Kunden waren leger gekleidet, schick, aber nicht in Abendroben. Ellinor fühlte sich in ihrem kleinen Schwarzen fast etwas overdressed. Sie sah auch nur wenige Frauen in Stilettos – ein junger Mann trug sogar Flipflops. In Neuseeland war das anscheinend die jedem Anlass angemessene Fußbekleidung. Die Menschen diskutierten lebhaft über die Bilder, sie schienen wirklich interessiert zu sein. Die improvisierte Bar war umlagert. Statt Prosecco und Sekt wurde hier Bier und Wein ausgeschenkt, alles erschien sehr viel lockerer als bei vergleichbaren Anlässen in Deutschland.

Ellinor hätte sich unter Winston Calvertons Kunden wohlgefühlt, wäre die Atmosphäre in den Ausstellungsräumen nur anders gewesen. Die Düsternis, die einige der Bilder fast bedrohlich wirken ließ, drückte auf die Stimmung. Obwohl die Kommentare der Betrachter größtenteils positiv waren – viele Menschen standen geradezu andächtig vor den gewaltigen Werken –, zeigte bislang niemand Kaufinteresse.

Nachdem alle Gäste sich umgesehen hatten und mit Getränken versorgt waren, griff Winston Calverton zum Mikrofon, um die Ausstellung formell zu eröffnen. Er stellte Gernot mit netten Worten vor, erzählte ein bisschen von seinem künstlerischen

Werdegang und übergab ihm dann das Mikro, um ihm Gelegenheit zu geben, die Besucher der Vernissage persönlich zu begrüßen.

Ellinor hoffte, dass ihr Mann nun ein bisschen Charme entfaltete, zumal die Leute ihm sehr freundlich applaudierten. Doch seine Laune war im Laufe des Abends nicht besser, sondern eher schlechter geworden. Er rang sich keine verbindlichen Worte ab, stattdessen schien ihm fast daran gelegen, seine Zuhörer zu brüskieren.

»Ich höre hier immer wieder Diskussionen darüber, ob dieses oder jenes meiner Bilder in diesen oder jenen Raum passt. Doch damit, meine Damen und Herren, beleidigen Sie die Kunst. Kunst muss nicht gefallen, sie ist da, um zu bewegen, um anzustoßen, anzuecken, um Wahrheiten auszudrücken, auch unangenehme Wahrheiten.«

»Sehen Sie sich als Überbringer unangenehmer Botschaften?«, unterbrach ihn einer der Anwesenden. Er hatte eine Kamera bei sich, war also wahrscheinlich ein Pressevertreter.

»Ich bin ein Botschafter der Wahrheit«, behauptete Gernot. »Ich zeige die Welt, wie sie ist, ohne Rücksicht darauf, ob es mir oder Ihnen gefällt.«

Ellinor nahm sich ein Glas Wasser. Nach Wein stand ihr der Sinn nicht mehr, erst recht nicht, nachdem sie in Winston Calvertons versteinertes Gesicht sah. Der Galerist lauschte mit zusammengepressten Lippen Gernots Kundenschelte. Ellinor hatte nur noch den Wunsch, sich bald verabschieden zu können.

Sehr lang wurde der Abend dann auch nicht. Natürlich sorgten Gernots Bemerkungen für Gesprächsstoff unter den Gästen, doch sie schienen sich an einem anderen Ort austauschen zu wollen. Die meisten tranken noch ein oder zwei Gläser Wein oder Bier und schlenderten ein weiteres Mal durch die Ausstellung, bevor sie sich verabschiedeten. Zu Verkaufsverhandlungen war es nicht gekommen, nicht mal eine Vorabreservierung gab es von jemandem, der noch einmal über einen Kauf nachdenken wollte.

»Das war ja wohl nichts«, meinte denn auch Gernot, als sich die Räume gegen zehn endgültig geleert hatten. »Aber ich hab ja gleich gesagt, dass ...«

Winston Calverton gebot ihm mit einer Handbewegung Schweigen. »Lassen Sie uns einfach morgen noch mal darüber reden, Gernot«, sagte er begütigend. »Wir sind heute Abend alle müde und gestresst. Gehen Sie ins Hotel oder etwas essen, morgen sehen wir weiter.«

Ellinor dankte dem Himmel, dass der Galerist sich nicht hatte provozieren lassen. Sie war hungrig und kämpfte mit bohrenden Kopfschmerzen. Am liebsten wäre sie erneut in die Pizzeria gegangen, die sie am ersten Abend entdeckt hatten. Aber Gernot hatte keinen Hunger, er lief nur schweigend in Richtung Hotel. Ellinor bestellte schließlich ein Sandwich beim Zimmerservice. Ihr schwante, dass ihr Aufenthalt in Neuseeland sehr viel teurer werden würde als geplant.

Kapitel 5

»Also aus unserer Sicht würde ich es nicht gleich einen Reinfall nennen«, bemerkte Winston Calverton. Der Galerist wirkte am nächsten Morgen sehr viel gelassener, als Ellinor befürchtet hatte. Tatsächlich machte er sogar einen recht zufriedenen Eindruck und ließ Gernots Verärgerung darüber, dass bislang kein einziges Bild einen Käufer gefunden hatte, stoisch an sich ablaufen. »Die Ausstellung ist geschäftlich sicher kein Erfolg, aber was das Image angeht ... Also, eine bessere PR hätten wir uns gar nicht wünschen können.«

Winston hielt Ellinor und Gernot den *Auckland Herald* hin. Der umfangreiche Kulturteil brachte eine Besprechung der Ausstellung – der Journalist musste sich geradezu überschlagen haben, um seinen Beitrag über Nacht noch unterzubringen.

Mut zur Unverkäuflichkeit – Die Calverton-Galerie stellt Kunst vor Kommerz, las Ellinor. Ungläubig überflog sie den Text, dessen Autor sich zurückhaltend über Gernots Werk äußerte, den Künstler selbst und vor allem den Galeristen aber ausdrücklich dafür lobte, dass bei dieser Ausstellung nicht der Verkauf der Bilder, sondern ihre Aussage und Wirkung im Vordergrund stand: Winston *Calverton stellt dem eigenwilligen, kompromisslosen Künstler Gernot Sternberg seine Ausstellungsräume zur Verfügung, um selbst großformatige, »sperrige« Kunst avantgardistisch zu präsentieren. Kunst, so Sternberg, müsse nicht gefallen, sondern den Betrachter und seine Weltsicht verändern. Ob Sternberg dies mit seinen etwas düsteren Werken gelingt, sei dahingestellt, Calverton setzt hier auf jeden Fall Maßstäbe.* Ein Galerist, *so äußerte er sich,* ist mehr als ein Kunsthändler. Seine Aufgabe besteht vor allem darin, Künstlern ein Forum zu schaffen. *Das ist Calverton mit dieser sehenswerten Ausstellung ganz sicher gelungen.*

»Das haben Sie gesagt?«, fragte Ellinor.

Calverton grinste. »Schadensbegrenzung«, erklärte er. »Aber dass der Mann es gleich so auswalzen würde, hätte ich nicht gedacht. Wir sind jedenfalls zufrieden. Die PR ist das investierte Geld allemal wert, zumal ja weitere Medien nachkommen werden. Meine Frau sagt, das Fernsehen habe auch schon angerufen. Sie bekommen also reichlich Publicity, Gernot. Nicht auszuschließen, dass sich da doch noch der ein oder andere Käufer findet.«

»Dieser Artikel ... Glauben Sie wirklich, dass der Werbung ist?« Gernot schien eher verärgert als zufrieden.

Winston hob die Brauen. »Sie haben selbst gesagt, Sie wollten der Welt nicht gefallen, Sie wollten nur Aufmerksamkeit. Die bekommen Sie jetzt.« Er wandte sich ab. Für ihn war das Gespräch beendet.

Gernot schien, was selten vorkam, sprachlos. Er wetterte erst wieder los, als der Galerist den Raum verlassen hatte. Er ließ kein gutes Haar an der Ausstellung, die sicher erfolgreicher gewesen wäre, hätte man die Bilder ganz nach seinen Wünschen arrangiert, und schimpfte auf den Journalisten. Ellinor bekam schon wieder Kopfschmerzen. Sie wusste, dass es nur eine Frage der Zeit war, bevor auch sie zur Zielscheibe von Gernots Zorn werden würde. Schließlich war er nur ihretwegen mit nach Rotorua gefahren. Wäre er dageblieben, hätte er mehr Einfluss nehmen können.

Ellinor drängte darauf, die Galerie zu verlassen. Der Plan sah vor, im Hotel auszuchecken und in Richtung Norden weiterzureisen. Das brachte Gernot wieder auf den Camper, und jetzt war er wütend genug, um die Angelegenheit mit der Verleihfirma klären zu wollen.

Ellinor fehlte die Energie, sich auf weitere Streitereien einzulassen. Der Reinfall mit der Ausstellung machte ihr zu schaffen, und irgendwie hatte sie auch das Gefühl, dass ihr Organismus mit der Zeitumstellung nicht klarkam. Normalerweise hatte sie nicht so häufig Kopfschmerzen.

»Wenn du wirklich meinst, du müsstest da noch einmal auf

den Putz hauen, mach's allein«, sagte sie resigniert. »Ich leg mich im Hotel noch mal hin.«

Tatsächlich fiel sie in einen bleiernen Schlaf, sobald sie sich ausgestreckt hatte, und wurde erst wieder wach, als Gernot, triumphierend mit einem Satz Autoschlüssel winkend, zurück ins Zimmer kam.

»Haben sie den Camper tatsächlich umgetauscht?«, fragte Ellinor ungläubig.

»Klar haben sie!«, erklärte Gernot. »Was dachtest du denn? Allerdings ... ein Camper war nicht mehr zu bekommen. Wir haben jetzt einen Opel-Kombi.«

»Was?« Ellinor fuhr alarmiert auf. »Wir haben keinen Camper? Und wo, bitte, sollen wir schlafen?«

Gernot hob die Schultern. »Das Hotel ist schon erfunden, Süße. Und das Motel. Wir können uns ja billige Unterkünfte suchen. Auf Campingplätzen kann man oft kleine Hütten mieten. Und überhaupt ... Es ist ein Kombi. So bequem wie in diesem Camper schlafen wir da allemal. Wir legen einfach eine Luftmatratze auf die umgelegten Rücksitze.«

Ellinor seufzte. Sie hatte bei der Kalkulation dieser Reise Selbstverpflegung eingeschlossen. Das würde schwierig werden, wenn es nun keine Kochgelegenheit gab. »Das macht alles viel teurer, Gernot«, gab sie zu bedenken.

Ihr Mann hielt ihr daraufhin die geringeren Kosten für die Miete des Normalautos gegenüber dem Camper vor. »Wir sparen das schon ein, Süße, keine Sorge!«, meinte er optimistisch. Anscheinend hatte er sich in der Autovermietung ausgiebig ausgetobt. Die Mitarbeiter dort taten Ellinor leid. »Und jetzt machen wir uns ans Kofferpacken. Wenn wir nicht bis zwölf Uhr auschecken, müssen wir nachbezahlen.«

Gernot lud das Gepäck in den Leihwagen, während Ellinor die Hotelrechnung beglich. Eigentlich hätten die Calvertons die Hälfte davon übernehmen sollen, aber Ellinor hatte nicht gewagt, das anzusprechen. Sie steckte die Quittung trotzdem ein, Gernot würde sicher keine Hemmungen haben, sie dem Galeristen zu schicken. Als sie das Papier zusammenfaltete, fiel ihr Blick auf das Datum. 16. Februar … War da nicht etwas gewesen? Sie zermarterte sich den immer noch etwas schmerzenden Kopf, dann fiel es ihr ein. Ihre Regel! Gestern wäre sie fällig gewesen, aber bislang regte sich nichts. Stattdessen Müdigkeit, ein Brummschädel und … Heißhunger. Und war ihr am Morgen nicht auch ein bisschen übel gewesen?

In Ellinor keimte Hoffnung auf. Wenn sie nun schwanger war? Wenn es auch ohne künstliche Befruchtung endlich geklappt hatte? Dann müssten sie nicht mehr sparen, sondern könnten die Reise von ganzem Herzen genießen!

Ein kleiner Neuseeländer, dachte Ellinor in sich hineinlächelnd, obwohl das Kind, wenn es denn existierte, natürlich noch in Österreich gezeugt worden war. Sie streichelte vorsichtig über ihren Bauch. Fühlte er sich härter an als sonst? Erfüllt von Glücksgefühlen lief sie zum Auto.

»Willst du mal fahren?«, fragte sie Gernot.

Sollte sie wirklich schwanger sein, wäre es sicher sinnvoll, sich zu schonen. Gernot warf ihr einen verwirrten Blick zu. Zweifellos sah er ihr an, dass sie plötzlich in einer besonderen Stimmung war.

»Ist irgendwas?«, fragte er denn auch, als sie die Navigationsversuche ihres Handys zum dritten Mal falsch deutete und ihn beinahe verkehrt herum in eine Einbahnstraße gelotst hätte.

Ellinor überlegte, ob sie ihren Mann gleich einweihen sollte, beschloss dann jedoch, zumindest noch ein oder zwei Tage zu warten. »Nicht wirklich«, antwortete sie. »Ich bin nur froh, aus Auckland rauszukommen. Die Reise fängt jetzt eigentlich erst richtig an. Heute beginnt das Abenteuer!«

Womöglich ein noch viel größeres als nur ein Trip durch Neuseeland! Ellinor hätte bersten können vor Spannung.

Eigentlich hätte man Rebeccas Heimatort von Auckland aus leicht an einem Nachmittag erreichen können – zumal sie mit dem Opel sehr viel schneller vorankamen als mit dem Camper –, doch Gernot schlug einen Abstecher in die Bay of Plenty vor. Ellinors gute Laune schien auf ihn abzufärben, er hatte in den Tourismusmodus umgeschaltet. Ihr war der kleine Ausflug sehr recht, wenn er sie auch zunächst in eine ganz andere Richtung führte als zu den Zimas. Sie freute sich, endlich etwas mehr von Neuseeland zu sehen zu bekommen als die hektische Hauptstadt.

Nach knapp drei Stunden Fahrt erreichten sie das Surferparadies Mount Maunganui und standen verzaubert vor der Schönheit der weißen Strände und grünen Hügel. Tatsächlich fand sich ein Campingplatz, der auch Hütten vermietete, sodass dieser Urlaubstag keinen größeren Einschnitt in ihr Budget forderte. Sie wanderten Hand in Hand am Strand entlang, planschten lachend in den Wellen, beobachteten Wind- und Kitesurfer. Ellinor überließ sich Tagträumen, als sie Eltern mit ihren Kindern am Strand spielen sah. Im nächsten Urlaub am Meer würden sie vielleicht auch schon Sandburgen bauen und mit bunten Förmchen »Kuchen backen«.

Das Bett in der Hütte war ganz zufriedenstellend. Ellinor schlief in Gernots Armen ein und fühlte sich ausgeruht und entspannt, als sie früh am kommenden Morgen erwachte. Vor allem aber zeigten sich nach wie vor keine Blutspuren in ihrer Wäsche. Ihre Regel war jetzt den dritten Tag überfällig! Sie war aufgeregt und glücklich, als sie weiter nach Norden fuhren.

»Wir sollten uns die Bay of Islands auch noch ansehen, bevor wir ganz nach Norden gondeln«, schlug Gernot vor. »Nach Te Kao kommen wir früh genug.«

Ellinor widersprach nicht, zumal sie im Reiseführer gelesen hatte, dass Paihia und Russell, die zwei wichtigsten Orte in der Bay of Islands, von den meisten Touristen als Ausgangsbasis für Touren in den äußersten Norden der Nordinsel dienten. Dort oben schien es kaum Hotels oder Campingplätze zu geben.

Sie packten ihre Siebensachen zusammen, und sechs Stunden später erreichten sie Paihia, wo sich ein preiswertes Motel fand. Ellinor und Gernot aßen Fish and Chips im Hafen, und obwohl

Gernot sich nichts daraus machte, bestand Ellinor darauf, eine Delfinbeobachtungstour zu unternehmen. Sie war hingerissen von den Tümmlern, die das Ausflugsschiff umspielten, und als sie am Abend in einem sehr guten indischen Restaurant aßen und aufs Meer hinaussahen, hatte sie das Debakel mit der Galerie in Auckland fast vergessen. Gernot ging es anscheinend ähnlich. Er machte Anstalten, einen Wein zu bestellen, und zog die Augenbrauen hoch, als Ellinor ablehnte.

»Du willst keinen Wein?«, fragte er. »Geht's dir nicht gut?«

Ellinor schüttelte den Kopf. Nun würde sie es ihm doch schon sagen müssen. »Nein, eher ... eher das Gegenteil!«, sagte sie geheimnisvoll. »Es sieht so aus, als ... als würde es endlich was mit unserem Baby ...«

Gernot sah sie mit großen Augen an. »Du meinst ... du bist schwanger?« Er klang ungläubig.

Ellinor hob die Schultern. »Es könnte sein ...«, erwiderte sie und erzählte von ihrer ausgebliebenen Regel.

Gernot runzelte allerdings nur die Stirn, statt sich mit ihr zu freuen. »Drei Tage, Elin? Das heißt doch noch gar nichts!«

Ellinor blitzte ihn an. »Ich hab ...«, setzte sie an, »... ich ... also ich ... ich hab ganz stark das Gefühl ...«

Gernot bemühte sich um ein Lächeln. »Dann hoffen wir mal, dass du recht hast«, spöttelte er. »Aber nicht, dass du todtraurig bist, falls du dich irrst.«

»Ich irre mich nicht. Dieses Mal ganz bestimmt nicht!«, sagte Ellinor trotzig, doch die Stimmung war ihr für diesen Abend verdorben.

Natürlich wusste sie selbst, wie irrational es war, sich jetzt schon der Vorfreude hinzugeben. Gernot hätte dennoch etwas mehr Begeisterung zeigen können.

Ellinor und Gernot erreichten am nächsten Tag Te Kao, den Wohnort der Zimas, hielten dort aber nicht gleich an, sondern machten einen weiteren Ausflug. Ihr Ziel war Cape Reinga an der Nordspitze Neuseelands. Den Maori war das Kap, an dem seit 1941 ein Leuchtturm stand, heilig. Sie glaubten, dass sich die Seelen der Verstorbenen von hier aus auf den Weg zum sagenumwobenen Hawaiki machten, dem Land, von dem aus die Maori einst nach Neuseeland gekommen waren.

»Die sind nämlich zugewandert, genau wie die Europäer«, entnahm Ellinor dem Reiseführer. »Nur siebenhundert Jahre früher. Deshalb haben sie sich besser mit der europäischen Invasion abgefunden als andere indigene Völker. Sie haben die Zuwanderer ganz gastlich aufgenommen. Zu Konflikten kam es erst später, als die Vorstellungen darüber, wem welches Land gehörte, auseinanderdrifteten ...«

»So kann man das auch nennen, es war Landraub«, bemerkte Gernot. »Beschönige es nicht, die Weißen haben sich an den Maori genauso bereichert wie an allen anderen Völkern in den Kolonien.«

Ellinor widersprach ihm nicht, schon um die harmonische Stimmung zwischen ihnen nicht zu trüben. Ihre Regel hatte immer noch nicht eingesetzt, ihre Hoffnung stieg mit jedem Tag. Ellinor war selig gewesen, als Gernot am Morgen eine Anspielung auf die werdende Mutter gemacht und sich wieder hinters Steuer gesetzt hatte. Und nach einer Stunde auf der kurvenreichen Straße musste sie sich tatsächlich übergeben. Natürlich hätte man dafür ebenso gut Gernots Fahrstil verantwortlich machen können, aber Ellinor wollte an erste Morgenübelkeit glauben und kam bestens gelaunt zurück aus dem Busch.

Es dauerte länger, von Paihia nach Cape Reinga zu fahren, als sie erwartet hatten. Die Straßen in Neuseeland – auch wenn sie als Nationalstraßen ausgewiesen waren und auf der Karte autobahnähnlich wirkten – waren mit denen in Europa nicht vergleichbar. Viele waren kurvenreich und schmal. Ellinor war immer noch schwummrig zumute, als sie das Kap, an dem der Pazifische Ozean und die Tasmansee aufeinandertrafen, endlich erreichten. Der Spaziergang vom Parkplatz zum Leuchtturm war dann sehr schön und bot einen atemberaubenden Ausblick auf das Meer. Es leuchtete azurblau bis jadegrün in der Sonne.

Ellinor bestand darauf, am Leuchtturm Fotos zu machen, obwohl Gernot das spießig fand. Er behauptete, Fotografie habe nur als Kunstform eine Berechtigung, ließ sich jedoch überreden.

»Wir haben so ein Glück mit dem Wetter. Und wir müssen dem Baby ja später Bilder zeigen können!«, führte Ellinor als Begründung an. »Die erste Reise, auf der es dabei ist, auch wenn es noch nichts davon mitbekommt.«

Ellinor schickte Karla am Abend die Fotos. Die verpatzte Ausstellungseröffnung verschwieg sie der Cousine. Sie berichtete ihr nur von den ersten Ergebnissen der Suche nach Frano Zima. Und schrieb freudig von der möglichen Schwangerschaft.

Leider fiel Karlas Antwort ähnlich verhalten aus wie Gernots erste Reaktion. *Freu dich nur nicht zu früh, Elin. Denk an die Luftveränderung, den Zeitunterschied ... Du weißt, wie sehr ich es dir wünsche, aber kannst du dir nicht einfach einen Test kaufen?*

Ellinor beschloss, in der nächsten Stadt eine Apotheke aufzusuchen.

Ellinor und Gernot machten sich auf die Suche nach einer Übernachtungsmöglichkeit. Leider bestätigten sich die Ergebnisse von Ellinors Internetrecherche am Vorabend – der Norden war lediglich auf Tagestouristen eingestellt.

»Die haben fast alle Camper und schlafen am Ninety Mile Beach«, erklärte die Betreiberin eines kleinen Lebensmittelladens mit angeschlossenem Café, bei der Ellinor fragte. »Waren Sie da schon? Zieht sich bis nach Kaitaia runter. Es gibt hier übrigens auch kaum Gastronomiebetriebe. Die meisten Touristen sind Selbstversorger.«

»Dann fahren wir jetzt doch schon nach Te Kao«, bestimmte Gernot. »Da dürften wir in einer guten halben Stunde sein. Wenn irgendjemand eine Übernachtungsmöglichkeit in der Gegend weiß, dann sicher die Zimas.«

Noch bevor Ellinor irgendetwas entgegnen konnte – sie hätte sich den Strand eigentlich gern angesehen, man konnte sogar mit dem Auto entlangbrettern –, war er losgefahren. Kurz darauf entdeckten sie am Wegrand ein Schild: KAURI PARADISE. Es war ihnen auf dem Hinweg gar nicht aufgefallen. Die Straße führte auf einen Parkplatz vor dem Unternehmen, auf dem etliche Busse standen. Ellinor erinnerte sich daran, was Rebecca erzählt hatte: Das Kauri Paradise stand auf der Tourliste verschiedener Busunternehmen, die ihre Gäste nach einem Besuch in Cape Reinga und zum Ninety Mile Beach hierherbrachten. Das Anwesen setzte sich aus mehreren, teils ausladenden Gebäuden zusammen. Gernot parkte vor dem größten.

AUSSTELLUNG – WILLKOMMEN IM KAURI-LAND! Das Schild war in drei Sprachen abgefasst und hing über einem mit Schnitzereien versehenen rotgoldfarben gestrichenen Torbogen, zweifellos gefertigt aus Kauri-Holz. Ellinor und Gernot betraten das Gebäude und fanden sich in einer Halle mit den unterschiedlichsten Exponaten wieder.

»Ist das schaurig«, entfuhr es Ellinor beim Anblick eines geschnitzten Reliefs, das Zwerge, Elfen oder andere Märchenfiguren zeigte.

Gernot blickte ungläubig auf ein anscheinend aus einer Wurzel geschnitztes rotgoldenes Fabeltier. »Der ›Künstler‹ sollte am nächsten Kauri-Baum gehängt werden«, flüsterte er Ellinor zu. »Wer stellt sich so was in die Wohnung?«

Das tat wahrscheinlich niemand – die meisten Ausstellungsstücke waren ähnlich überdimensioniert wie Gernots eigene Werke. Ellinor entdeckte eine geschnitzte Wendeltreppe, aus einem Stück gefertigt. Sie führte innerhalb eines Baumstammes nach oben und verschaffte dem Betrachter damit einen Eindruck von der gewaltigen Größe der Kauris. Die Besucher schossen eifrig Fotos.

Die nächste Ausstellungshalle bot eine Überraschung. Hier wurden Möbel gezeigt, die eher zu der Wohnungseinrichtung eines Hobbits oder Waldschrats gepasst hätten als zu der eines Mitteleuropäers, doch auch viele, die von modernen Designern gestaltet waren und die Ellinor sehr gefielen. Bewundernd strich sie über die fein geschwungene Lehne einer Sitzbank und freute sich an einem wuchtigen, sehr schlicht gearbeiteten Tisch, der allein durch die Maserung des edlen Holzes wirkte. Ellinor nahm an, dass eher Hotels oder große Firmen ihre Foyers mit den Möbeln ausstatteten als Privathaushalte ihre Wohnzimmer. Für den Durchschnittsbürger waren sie zu teuer. Die Preise, die an den Möbelstücken hingen, waren exorbitant hoch.

»Das Holz ist wirklich außergewöhnlich«, räumte sogar Gernot ein.

Es war nicht einfach, seinen Geschmack zu treffen. Er stand auf minimalistische Raumgestaltung und war immer auf der Suche nach ausgefallenen Designerstücken für ihre gemeinsame Wohnung. Lediglich ihr knapp bemessenes Budget setzte ihm Grenzen.

»Und es hat jahrtausendelang im Moor gelegen«, meinte Ellinor. »Guck mal, da drüben gibt's kleinere Sachen ...«

Die letzte der drei Ausstellungshallen war überfüllt mit Touristen – viele standen an einer der drei Kassen an, um die ausgewählten Mitbringsel zu bezahlen. Es gab die verschiedensten Dinge aus Kauri-Holz – vom schlichten Tablett oder Schneidebrett bis zu kleineren Reliefs. Die meisten Käufer entschieden sich für Schmuckkästchen oder Untersetzer mit Neuseelandmotiven.

»Grauenvoll«, urteilte Gernot, während sie durch einen kunstvoll gestalteten Torbogen ins nächste Gebäude schlenderten. Ein Schild wies es als Cafeteria aus.

Ellinor erkannte in einer kleinen, untersetzten Frau mit dunklen Kräusellöckchen, die hier Kaffee ausschenkt, eine ältere Ausgabe von Rebecca. Die Familienähnlichkeit war unverkennbar. Das musste ihre Mutter sein.

»Kann ich irgendwas für Sie tun?«, fragte die Frau freundlich.

Ellinor erwiderte ihr Lächeln. »Ja ... nein ... also ... Sie müssen Mrs. Zima sein. Wir haben in Rotorua Ihre Tochter kennengelernt.«

»Sie sind das?«, fragte Rebeccas Mutter freudig. »Die Verwandtschaft aus Europa? Meine Tochter war ganz aus dem Häuschen, und wir waren natürlich gespannt auf Sie. Dieser Frano Zima ... Er ist eine mysteriöse Figur in der Familiengeschichte. Keiner wusste so recht, woher er kam, und dann verschwand er so plötzlich unter seltsamen Umständen. Tja, jetzt scheint ja Licht ins Dunkel zu kommen. Haben Sie ein bisschen Zeit mitgebracht? Sie sollten sich unbedingt mit meinem Mann unterhalten! Bleiben Sie doch einfach hier, bis wir schließen. Irgendwo ist auch Becky.«

Ellinor freute sich sehr über den herzlichen Empfang, fand jedoch, dass sie das Übernachtungsproblem ansprechen sollte, bevor sie es sich zu gemütlich machten. »Wir würden sehr gern noch etwas bleiben«, erklärte sie. »Aber wir haben noch kein Hotel. Wissen Sie vielleicht eine Pension oder einen Campingplatz in der Nähe, der Hütten vermietet?«

Mrs. Zima – sie stellte sich gleich darauf als Meredith vor – schüttelte entschieden den Kopf. »Ihr braucht doch kein Hotel!« Auch sie bot Ellinor und Gernot ganz selbstverständlich das Du an. »Ihr schlaft natürlich bei uns! Nein, keine Widerrede, das ist gar kein Problem, wir haben ein großes Haus. Wäre ja noch schöner, wenn wir unsere Verwandtschaft auf die Straße schicken würden! Wenn wir hier fertig sind, zeige ich euch die Gästezimmer.«

Kapitel 6

Rebecca und ihre Mutter versorgten die Touristen mit Kaffee, Tee und Erfrischungsgetränken. Praktisch jeder bestellte etwas, die Bustouren waren unzweifelhaft lukrativ für die Zimas. Nach zwanzig Minuten war der Ansturm vorbei, der Tourguide drängte zum Aufbruch. Wahrscheinlich ging es noch an diesem Abend nach Russell oder Paihia zurück.

Und dann lernten Ellinor und Gernot David Zima kennen. Er war groß und kräftig, und zu Ellinors Begeisterung hatte er grüne Augen. Endlich ein Anflug von Familienähnlichkeit, obwohl sie sonst wenig mit dem dunkelhaarigen Mann gemeinsam hatte. David hatte ein ovales Gesicht, dichte Brauen und breite Lippen. Er wirkte genauso freundlich und aufgeschlossen wie die Frauen seiner Familie und zeigte sich beeindruckt von Ellinors Anstrengungen bei der Suche nach ihren Wurzeln.

»Gleich nach Neuseeland und auf die Jagd nach dem Uropa! Das nenn ich ambitioniert!«, rief er lachend mit dröhnender Stimme. »Allerdings ... wer weiß ... Wenn ich irgendwelche Anhaltspunkte gehabt hätte, hätte ich mich vielleicht auch auf die Spur des guten Frano gemacht. Aus Dalmatien kam er, oder?«

Ellinor bestätigte das und begann, von Liliana zu erzählen. Meredith unterbrach sie allerdings gleich und bat alle ins Wohnhaus.

»Da ist es netter als hier im Laden. Und heute kommt sowieso kein Bus mehr, da können wir auch abschließen.«

Kurze Zeit später saßen Ellinor und Gernot im Wohnzimmer der Zimas. Es war riesig und natürlich mit Möbeln aus Kauri-Holz ausgestattet. Ellinor fand es etwas zu vollgestellt, und Gernot drehte demonstrativ einem ähnlich schaurigen Relief wie dem in der Ausstellungshalle den Rücken zu. Er konnte sein Unbehagen wohl nicht mal vor ihren Gastgebern verbergen, denn Meredith bemerkte es gleich.

»Wir lassen die Dinger aus sentimentalen Gründen hier hängen«, erklärte sie. »Davids Vater Francis hat sie geschnitzt.«

»Das liegt in der Familie!«, fügte Rebecca eifrig hinzu. »Frano hat auch geschnitzt.«

»Ja?«, fragte Ellinor. Das war eine neue Information. Dajana hatte Franos künstlerische Ader nicht erwähnt.

»Deshalb kam er ursprünglich her«, berichtete David. »Um Figürchen aus Kauri-Holz zu verkaufen. Wir haben sogar noch eins, ein Pferdchen. Mein Vater hat als Kind damit gespielt, aber er musste ganz vorsichtig damit umgehen. Grandma Clara war es heilig.«

»Haben Sie ... hast du ... Clara Zima denn noch kennengelernt?«, fragte Ellinor und lehnte das Glas Wein ab, das Meredith ihr eben anbot.

David schüttelte den Kopf. »Nein. Sie ist ziemlich früh gestorben. An gebrochenem Herzen, hat mein Vater immer gesagt. Sie hat Frano ihr Leben lang nachgetrauert. Hat ja auch nie wieder geheiratet, obwohl sie noch so jung war, als er verschwand.«

»Wir haben seltsamerweise alle das Gefühl, dass wir sie gekannt hätten«, bemerkte Rebecca. »Also ich jedenfalls. Wegen des Tagebuchs. Sie hat total fesselnd geschrieben. Man meint, man wäre damals dabei gewesen. Du musst das unbedingt lesen. Das darf sie doch, Dad, oder?«

David Zima nickte. Er stand auf, ging zu einem Wandschrank und entnahm einer Schublade ein Büchlein. Claras Tagebuch war wunderhübsch gestaltet. Auf dem Einband prangten Jugendstilmotive, und die Schnittkanten waren mit Blattgold versehen. Ellinor nahm es in die Hand und schlug es vorsichtig auf, als David es ihr reichte. Fast andächtig warf sie einen Blick auf die erste Seite: *Clara Forrester. Mein Tagebuch.* Clara hatte mit Tinte in schöner, gut leserlicher Schrift geschrieben. Die Seiten erschienen Ellinor allerdings schon etwas brüchig.

David Zima erfüllte das mit Besorgnis. »Ich fahre morgen in den Ort und lasse es dir kopieren«, versprach er. »Dann brauchst du beim Lesen nicht so aufzupassen und hast dein eigenes Exemplar.«

Ellinor fand das eine sehr gute Idee, so würde auch Karla die Geschichte lesen können. Am liebsten hätte sie sich natürlich sofort in das Tagebuch vertieft, wahrscheinlich die Nacht durchgelesen. Jetzt wollten Rebecca, Meredith und David jedoch erst mal alles über Franos Leben in Dalmatien hören. So vorsichtig wie möglich, schließlich wollte sie die Gefühle von Claras Nachkommen nicht verletzen, berichtete Ellinor von Liliana. Betroffen lauschten die Zimas der Geschichte von Franos Verrat.

»Er muss fürchterliche Angst vor Lilianas Vater gehabt haben«, meinte schließlich Rebecca. »Aber ich verstehe trotzdem nicht, warum er sie nicht mitgenommen hat.«

»Wahrscheinlich eine Panikreaktion«, vermutete Meredith. »Er war ja noch sehr jung damals. Und nun war er plötzlich auf der Flucht und sollte obendrein für eine Familie verantwortlich sein ...«

»Mit Grandma Clara war es jedenfalls etwas völlig anderes«, schloss David. »Nie und nimmer hat er die verlassen. Das wirst du erfahren, wenn du das Tagebuch liest.«

Rebecca hatte vorgeschlagen, am nächsten Tag gemeinsam etwas zu unternehmen. Sie wollte mit Ellinor und Gernot zum Ninety Mile Beach.

»Wenn ihr Lust habt, können wir uns Maschinen leihen und mit dem Motorrad über den Strand fahren.«

Gernot fand die Idee nicht schlecht – Motorradfahren gehörte zu den wenigen Freizeitaktivitäten, die er nicht spießig fand. Ellinor dagegen lehnte nicht nur in Anbetracht ihrer möglichen Schwangerschaft ab. Sie konnte dem Zweiradfahren nur wenig abgewinnen. Lieber begleitete sie David Zima in die nächste Kleinstadt, Kaitaia, in der es einen Supermarkt, einen Landhandel und einen Eisenwarenladen gab, wo sie Claras Tagebuch kopieren konnten.

Vorsichtig legten sie Seite für Seite auf den Kopierer, um es ja nicht zu beschädigen. Das Gerät war zum Glück modern und lichtete die Einträge und kleinen Blümchen- oder Schmetterlingsskizzen, mit denen Clara ihre Erinnerungen verziert hatte, gestochen scharf ab.

»Wie alt war sie, als sie mit dem Schreiben anfing?«, erkundigte sich Ellinor bei David. Das Schriftbild wirkte auf sie noch sehr kindlich.

David hob unsicher die Schultern. »Siebzehn. Sie wurde um die Jahrhundertwende herum geboren, wenn ich mich recht erinnere. Und ja, besonders die ersten Eintragungen wirken unreif. Sie ist zweifellos sehr behütet aufgewachsen. Eine höhere Tochter auf dem Dorf.«

Genau wie Liliana – für Ellinor gab es da klare Parallelen. Sie brannte jetzt noch mehr darauf, das Büchlein zu lesen.

Als sie mit David ins Kauri Paradise zurückkam, war dort die Hölle los. Auf dem Hof parkten sechs Reisebusse, deren Passagiere eben in die Ausstellungsräume strömten.

Meredith öffnete gerade die erste Kasse, und obwohl Ellinor mindestens zwei Frauen zählte, die ihr halfen, wusste sie ganz offensichtlich nicht, wo ihr der Kopf stand.

»Rebecca kann ich nicht erreichen. Sie hat ihr Handy vielleicht gar nicht dabei. Ich hab sie gleich angerufen, als sich der Ansturm ankündigte.« Das schöne Wetter hatte wohl so viele Touristen angelockt, dass die Busunternehmen an diesem Tag die doppelte Anzahl von Fahrten nach Cape Reinga angeboten hatten. Die Zimas wurden immer erst kurz vorher darüber informiert. »Immerhin konnten sich Rika und Mandy schnell freimachen, und Pete und Suzie waren sowieso da ...«

Die vier waren Angestellte, wie Meredith erklärte.

»Ich hole noch zwei von den Jungs aus der Tischlerei«, versprach David und zückte sein Mobiltelefon, während er schon in Richtung der Ausstellungsräume eilte.

»Kann ich ... kann ich vielleicht auch helfen?«, fragte Ellinor.

Es erschien ihr nicht sehr höflich, sich jetzt mit dem Tagebuch zurückzuziehen. Zumal Rebecca nur fehlte, weil sie mit Gernot auf Sightseeingtour war.

Meredith schenkte ihr ein dankbares Lächeln. »Klar!«, sagte sie. »Wenn's dir nichts ausmacht. In der Cafeteria kannst du dich bestimmt nützlich machen. Geh einfach rüber und frag nach Mandy.«

Ellinor verbrachte den Nachmittag also mit Kellnern statt mit genüsslichem Schmökern und führte das unangenehme Ziehen, das sie gegen Abend im Rücken spürte, darauf zurück. Sie vergaß das allerdings schnell, als Rebecca und Gernot wiederkamen. Die beiden waren blendend gelaunt und sonnenverbrannt. Gernot, der schnell braun wurde, sah umwerfend aus. Er schien den Wind vom Motorradfahren noch in den Haaren zu haben und schwärmte von der einzigartigen Landschaft. Rebecca strahlte ebenfalls – obwohl sie sich bemühte, betroffen zu erscheinen, als ihre Mutter ihr Vorwürfe wegen ihres langen Ausbleibens machte.

»Ich hab das Handy nicht gehört«, behauptete sie.

Ellinor lauschte Gernots begeisterten Berichten, erfreut, dass er sich so gut mit Rebecca verstand, aber auch ungläubig, da die überschäumende Art ihrer neuen Cousine seinem Wesen eigentlich eher widersprach. Tatsächlich schienen die beiden tiefschürfende Gespräche über Kunst geführt zu haben.

»Rebecca sagt, sie könnte sich sogar vorstellen, Kunstgeschichte zu studieren«, meinte Gernot.

»Wollte sie nicht Biologie studieren?«, fragte Ellinor verwundert. Ihre junge Verwandte schien ihre Pläne schnell geändert zu haben.

»Sie meint, das sei ihr vielleicht ein bisschen zu verkopft«, antwortete Gernot. »Aber wie auch immer: Wir haben jedenfalls eine Lösung für diese leidige Angelegenheit mit der Ausstellung gefunden.«

»Ihr habt was?«, erkundigte sich Ellinor und hörte dann verblüfft, was Gernot und Rebecca ausgeheckt hatten.

»Winston wird meine Bilder ja doch nicht verkaufen«, erklärte Gernot. »Also warum sollen sie da in Auckland hängen, wo sie keiner sieht? Hier dagegen kommen jeden Tag Hunderte von Leuten durch. Rebecca meint, wir sollten die Leinwände herholen und in der Möbelausstellung aufhängen. Das Format ist kein Problem, die Räume sind ja überdimensional groß.«

Ellinor biss sich auf die Lippen. Die Idee hatte zweifellos etwas für sich. Unter den Besuchern war bestimmt der eine oder andere Kunstinteressent. Die Bilder würden in Kombination mit den wuchtigen Möbeln gut wirken, und wie sie am Tag zuvor schon gefolgert hatten, müssten Davids Kunden vorwiegend Hotels und Firmen mit repräsentativen Räumen sein. Die wiederum kauften auch Kunst! Andererseits ...

»Gernot, das kannst du nicht einfach so entscheiden«, gab Ellinor zu bedenken. »Du hast einen Vertrag unterschrieben. Die Ausstellung in Auckland soll noch drei Wochen lang dauern. Die Calvertons verlassen sich darauf.«

Gernot machte eine wegwerfende Handbewegung. »Und ich hab mich drauf verlassen, dass sie meine Bilder verkaufen«, meinte er trotzig. »Vom reinen Ausstellen haben wir nichts. Da hätten wir eine Leihgebühr ausmachen müssen. Nein, also wenn du mich fragst, ist dieser Vertrag hinfällig. Rebecca will noch mit ihrem Vater sprechen, und wenn der nichts dagegen hat, werden wir die Bilder morgen abholen.«

David Zima hatte nicht das Geringste gegen eine Kunstausstellung in seinen Räumen. Im Gegenteil, er fand, das werte sein Angebot auf. Ellinor bezweifelte zwar, dass er nach den Handyfotos, die Gernot ihm von seinen Werken zeigte, beurteilen konnte, ob die Motive der Bilder zum Stil seines Hauses passten, doch das war ihm wohl ziemlich egal. Auch Gernot war es plötzlich nicht mehr so wichtig, wie und wo genau seine Bilder präsentiert wurden. Ellinor fragte sich, was er noch eine Woche zuvor zu der Nachbarschaft mit Zwergenreliefs und Fabeltieren gesagt hätte. Stellte er auf einmal seine künstlerischen Vorstellungen gegenüber der Notwendigkeit, Geld zu verdienen, zurück? Vielleicht weil er Vater wurde? Ein warmes Gefühl wallte in Ellinor auf.

Gernot setzte sich gleich mit Winston Calverton in Verbindung. Wenn er sich etwas in den Kopf gesetzt hatte, ging er es mit Elan an. Das Telefongespräch mit dem Galeristen verlief allerdings unerfreulich. Ellinor hörte ihren Mann im Nebenzimmer laut werden. Er war äußerst schlecht gelaunt, als er sich danach wieder zu ihr gesellte. Erst als er später mit den Zimas durch die Möbelausstellung streifte und überlegte, wo man welches Bild platzieren konnte, beruhigte er sich.

»Du willst die Bilder also tatsächlich holen?«, fragte ihn Ellinor später, als sie im Bett lagen.

Sie hatte die Tagebuchlektüre auf den nächsten Tag verschoben. Nach der Arbeit in der Cafeteria und den enervierenden Diskussionen über die Auflösung der Ausstellung in Auckland war sie zu müde. Sie fühlte sich nicht wohl.

Gernot nickte. »Klar. Sind doch meine. Da kann der gar nichts machen. Rebecca und ich wollen morgen ganz früh los. Ist ja 'ne ordentliche Strecke nach Auckland. Rebecca sagt …«

»Und was sagt Maja?«, unterbrach ihn Ellinor. Er hatte ebenfalls mit seiner Agentin telefoniert.

Gernot verzog das Gesicht. »Maja hat Zeter und Mordio geschrien. Sie meint, die Ausstellung sei ein Erfolg, wenn auch kein finanzieller. Ich soll alles lassen, wie es ist, und gute Miene zum bösen Spiel machen. Aber das könnte denen so passen … Diese Calvertons haben mir von Anfang an nicht gefallen …«

Ellinor seufzte, als er gleich darauf das Licht löschte. Es lohnte sich nicht, weiterzudiskutieren. Wenn Gernot nicht einmal auf Maja hören wollte, würde sie selbst ihn schon gar nicht umstimmen können. Sie hatte auch keine Lust mehr dazu. Tatsächlich fühlte sie sich immer schlechter. Das leichte Ziehen im Rücken war Bauchkrämpfen gewichen, und obwohl Ellinor es sich nicht eingestehen mochte, so waren dies doch Schmerzen, die sie sehr gut kannte … Als sie in der Nacht erwachte und zur Toilette ging, fand sie ihre schlimmste Befürchtung bewahrheitet. Den Tränen nah kramte sie in ihrer

Kulturtasche nach einem Tampon. Luftveränderung und die Zeitumstellung ... kein Baby.

Ellinor überlegte, ob sie Gernot wecken sollte, entschied sich dann jedoch dagegen. Er konnte ihr schließlich auch nicht helfen. Enttäuscht weinte sie sich in den Schlaf.

Kapitel 7

Gernot stand sehr früh auf. Er reagierte liebevoll und einfühlsam auf Ellinors schlechte Nachrichten, nahm sie in die Arme und tröstete sie mit der Aussicht auf einen baldigen Versuch mit künstlicher Befruchtung.

»Es wird schon noch klappen«, meinte er. »Wenn wir jetzt doch ein paar Bilder verkaufen, haben wir auch das Geld.«

Gleich nach dem Frühstück machten er und Rebecca sich denn auch auf nach Auckland. Sie nahmen den firmeneigenen Möbelwagen. Wo sonst Kauri-Stämme Platz fanden, würden sich auch die großformatigen Bilder verladen lassen. Ellinor war entschlossen, sich dem Unternehmen nicht anzuschließen. Sie fühlte sich furchtbar. Meredith, die ihr gleich ansah, wie schlecht es ihr ging, verordnete Ruhe, Ibuprofen und eine Wärmflasche. Fürsorglich stellte sie Ellinor eine Gartenliege auf die Terrasse des alten Zima'schen Wohnhauses, von der aus man die Außenanlagen der Tischlerei überblicken konnte. Dort lagerten Kauri-Stämme und -Wurzeln, viele noch ungereinigt, und warteten auf ihre Verarbeitung. Ellinor fand den Ausblick zunächst eher trist, doch das sollte sich bei der Lektüre des Tagebuchs ändern. Im Garten befand sie sich nämlich genau im Zentrum des Geschehens, das Clara Forrester schilderte. Und dann erschien auch noch Meredith mit einer Tasse Kräutertee, einem gerahmten, allerdings bereits ziemlich vergilbten Foto und dem Pferdchen aus Kauri-Holz.

»Hier, um die Reise in die Vergangenheit noch plastischer zu machen«, sagte sie lächelnd. »Darf ich vorstellen: Frano und Clara Zima.«

Meredith gab ihr das Bild, und Ellinors Herz machte einen Sprung. Nun sah sie ihn vor sich, den Mann, dem sie um die halbe Welt nachgereist war. Ihren Urgroßvater, der für das ganze Durcheinander in ihrer Familie verantwortlich war. Und seine Frau.

Sie studierte das Hochzeitsfoto gründlich. Sowohl Braut als auch Bräutigam sahen ernst in die Kamera – damals pflegte man für den Fotografen noch nicht zu lächeln. Nichtsdestotrotz waren die beiden äußerst attraktiv. Clara war grazil, sehr jung, elfenhaft zart, mit langem, lockigem Haar, auf dem ein Blütenkranz mit einem Spitzenschleier festgesteckt war. Der Bräutigam war deutlich größer als sie, ein stattlicher Mann, der sich aufrecht hielt und sehr selbstbewusst wirkte. Sein Gesicht wurde zum Teil von einem Backenbart verdeckt, der ihm wirklich gut stand. Das volle Haar war kraus und dunkel.

»Er sah gut aus«, urteilte Ellinor.

Meredith nickte. »O ja. Kein Wunder, dass Clara sich sofort bis über beide Ohren in ihn verliebte. Obwohl er viel älter war als sie. Das fiel ihr allerdings gar nicht auf. Er ... na ja, er bestach durch eine Art jungenhaften Charme.« Sie lächelte.

Ellinor runzelte die Stirn. »Gibt es noch weitere Bilder?«, fragte sie interessiert.

Meredith verneinte. »Leider nicht. Man fotografierte damals ja nur zu offiziellen Anlässen, und Frano ist sehr bald nach der Hochzeit verschwunden. Viele Erinnerungen sind nicht geblieben. Allerdings ...« Sie hielt Ellinor das Pferdchen hin. »Besagte Holzfigur, handgeschnitzt von Frano Zima. Nehmen wir jedenfalls an. Eigentlich steht sie in einer Vitrine in Davids Arbeitszimmer. Sein Vater hat einen regelrechten Schrein dafür bauen lassen, und David hat nie etwas dran geändert.«

»Ich werde vorsichtig sein«, versprach Ellinor.

Das Holztier machte einen robusten Eindruck. Es war grob geschnitzt, eher die Arbeit eines Handwerkers als die eines Künstlers. Ob Frano sie für das Kind gefertigt hatte, das Clara erwartete? Sobald Meredith gegangen war, vertiefte sich Ellinor in die ersten Seiten des Tagebuchs.

Die Eintragungen begannen im Dezember 1917. Clara hatte das Tagebuch zu ihrem siebzehnten Geburtstag geschenkt bekommen und freute sich sehr darüber. Anschaulich berichtete sie von ihrem Alltag in Te Kao, damals eine noch kleinere Siedlung als heute. Clara erzählte von ihrer Hauslehrerin, die sich sehr dafür aussprach, ihre begabte Schülerin zum Abschluss ihrer Ausbildung für mindestens ein Jahr ins Mädchenpensionat nach Auckland zu schicken. Das junge Mädchen sah das mit gemischten Gefühlen. Einerseits lockte das Abenteuer, andererseits hing es an seiner Familie und an seinem Pferd Kaiwa. Die kleine Stute gehörte zur Rasse der Kaimanawa-Wildpferde, und Clara liebte sie sehr. Sie schwärmte von Ausritten am Strand und in den Wäldern. Ganz offensichtlich hatte sie in dieser äußersten Ecke Neuseelands sehr viel mehr Freiheiten genossen, als ihre in Städten lebenden Altersgenossinnen aus ähnlich gut situierten Familien. Claras Vater schien seine Tochter vergöttert zu haben. Wahrscheinlich erinnerte sie ihn an seine früh verstorbene Frau. Clara schrieb sehr freundlich über ihn, ließ gegenüber dem »lieben Tagebuch« jedoch keine Zweifel darüber, dass sie ihn jederzeit um den Finger wickeln konnte.

Neben Clara hatten die Forresters noch einen Sohn, Walter. Clara erwähnte ihn oft auf den ersten Seiten des Tagebuchs – sie machte sich große Sorgen um ihn. Walter hatte im Ersten Weltkrieg gekämpft und unter anderem die verheerende Schlacht um Gallipoli miterlebt. Er war dort verwundet worden und erst wenige Monate zuvor aus einem Hospital in Alexandria zurückgekehrt. Clara äußerte sich nicht genau zu Walters Verletzungen, aber Ellinor entnahm ihren Schilderungen, dass der junge Mann schwerstversehrt an Leib und Seele aus dem Krieg gekommen war. Clara schrieb verstört über seine Stimmungsschwankungen und war traurig darüber, dass er nicht mehr reiten wollte oder konnte. Sie hatte vor dem Krieg wohl ein sehr enges Verhältnis zu ihm gehabt. Er musste ein fröhlicher junger Mann und ein guter, verwegener Reiter gewesen sein. Clara erinnerte sich an gemeinsame Ritte und an lange Gespräche über Gott und die Welt. Seit seiner Rückkehr schwieg Walter meist und war oft sogar unfreundlich zu ihr, was sie sehr verletzte. Auch in der Tischlerei war er nicht mehr einsetzbar, was wiederum Claras Vater bekümmerte.

Walter hätte schließlich sein Nachfolger werden sollen. *Und jetzt sitzt er immer nur in seinem Zimmer rum und grübelt!*, beklagte sich Clara.

Die Zimas hatten Ellinor nicht zu viel versprochen. Das junge Mädchen schrieb anschaulich und lebhaft. Es war leicht, sich in seine Welt zu versetzen – trotz des Krieges und der Sorgen um den Bruder eine unbeschwerte und freundliche Welt. Neuseeland hatte vom Krieg wenig mitbekommen. Natürlich fieberte man mit dem Mutterland England, mit dem sich auch Clara identifizierte, und trauerte um die Gefallenen. Sehr viele Neuseeländer waren zum Glück nicht unter ihnen. Es hatte keine Wehrpflicht gegeben. Nur Freiwillige zogen in den Krieg. Im Land selbst war es zu keinerlei Kampfhandlungen gekommen, ebenso wenig im benachbarten Australien. Wäre ihr Bruder nicht zum Militär gegangen, hätte Clara den Weltkrieg kaum wahrgenommen.

Neben ihrem Vater und ihrem Bruder gab es noch eine Tante Lucy im Haus der Forresters, offenbar eine Verwandte, möglicherweise eine Großtante. Tante Lucy hatte Walter und Clara nach dem frühen Tod ihrer Mutter großgezogen und führte den Forresters den Haushalt. Sie wohnte dort allerdings nicht. Ellinor nahm an, dass damit Gerede über den Witwer und die unverheiratete Frau vorgebeugt worden war. Clara sprach sehr freundlich und liebevoll von ihrer Tante. Sie fühlte sich geborgen und geliebt in ihrer Familie. Ihrem Tagebuch berichtete sie von sonntäglichen Kirchgängen, Picknicks und Wohltätigkeitsveranstaltungen, machte sich über ihr mangelndes Talent für Handarbeiten lustig – *… die armen Soldaten an der Front, die meine selbst gestrickten Strümpfe tragen sollen …* – und schilderte mitunter kleine Unstimmigkeiten zwischen sich und ihrem Vater, die sich meist bald klärten.

Ellinor überflog mäßig interessiert Claras Eintragungen, bis der Frühling 1918 nahte und Frano Zima in das Leben des jungen Mädchens trat.

Claras Tagebuch
1918–1920

11. November 1918

Liebes, liebes Tagebuch!

Heute ist ein besonderer Tag – ach, was sage ich, heute ist der Tag der Tage! An diesem strahlenden, wunderschönen Frühlingstag sind zwei Dinge geschehen, durch die sich die Welt verändern wird!

Einmal ist der Krieg vorbei. Wir haben es heute Morgen im Radio gehört, es gibt einen Waffenstillstand, und Vater sagt, wir hätten gewonnen. Die Gesellen in der Werkstatt waren entsprechend fröhlich, einen musste Vater nach Hause schicken, weil er wohl schon morgens ein Glas zu viel auf den Sieg getrunken hatte. Vater war allerdings nicht so böse auf ihn, wie er es sonst ist, wenn die jungen Männer über die Stränge schlagen. Der Sieg ist selbst für ihn ein guter Grund zu feiern. Walter dagegen war wieder ganz ernst, ich hatte fast das Gefühl, er würde anfangen zu weinen, als die Nachricht kam. Er ist gleich nach dem Frühstück wieder auf sein Zimmer gegangen, um Trübsal zu blasen, statt mit mir zu reiten. Miss Clevers konnte heute nämlich nicht kommen – ich hatte frei. Ein Glückstag, ich sagte es ja schon.

Und dann ... die zweite Sache, liebes Tagebuch ... Ach, ich. weiß gar nicht, wie ich es sagen soll – du wirst mich auslachen, wenn ich schreibe, was ich fühle. Ich tue es aber trotzdem. Ich muss es aufschreiben, schon, damit ich niemals vergesse, was für ein Tag das war: Heute, liebes, liebes Tagebuch, habe ich den Mann getroffen, den ich einmal heiraten werde!

Ja, da steht es jetzt, und natürlich fragst du dich, wie das denn so plötzlich kommen konnte und woher ich es wissen kann. Ehrlich gesagt weiß ich das auch nicht. Ich weiß nur, dass ich mir sicher bin. So sicher, wie man nur sein kann. Doch lass mich von Anfang an erzählen.

Ich hatte frei, wie schon gesagt, und ich wollte den wunderschönen Frühlingstag für einen Ausritt nutzen. Also holte ich Kaiwa von der Koppel und band sie an der Terrasse an, um sie zu putzen. Gewöhnlich mache ich das zwar im Stall, doch heute war es so wunderbar warm. Kaiwas rotbraunes Fell glänzte in der Sonne, sie sah so hübsch aus unter dem blühenden Rata-Baum. Meine Stute und ich waren ganz allein. Ich wollte sie gerade satteln, als ich einen Wagen kommen hörte. Das wunderte mich. Mit Besuch war am Vormittag kaum zu rechnen, und Lieferanten fuhren gewöhnlich gleich in die Tischlerei. Doch jetzt trabte ein mageres kleines Pferd auf den Hof, das mir gleich leidtat, weil es einen ziemlich schweren Wagen ziehen musste. Eine Art Lieferwagen, ziemlich ungeschickt zusammengezimmert. Darauf lag eine Kauri-Wurzel, die möglicherweise recht wertvoll war.

Auf dem Bock saß ein junger Mann. Und als er mich ansah – es klingt sicher komisch, aber als er mich ansah, als ich in seine Augen blickte, die ... die grün waren wie der Wald im Frühling –, da wusste ich es einfach. Ich wusste, dass diese Begegnung etwas Besonderes war, dass sie mein Leben verändern würde. Und er, er wusste es auch. Ansonsten hätte er nämlich nie so lächeln können, so, so überrascht, als täte sich auch für ihn eine ganz neue Welt auf Für mich war es, als ginge ein Leuchten von ihm aus, eine Art Wärme ... Dieses Lächeln, es hat mich ganz in seinen Bann gezogen.

Ich weiß nicht, wie lange wir uns nur ansahen, bis er irgendwann vom Bock sprang. Er zog den Hut, einen ziemlich abgetragenen Südwester, und zeigte damit seine krausen schwarzen Haare, die ihm ein lustiges und jungenhaftes Aussehen gaben.

»Was für eine Überraschung!«, sagte er schließlich und ließ bewundernde Blicke über mein Gesicht und mein altes Reitkleid wandern, für das ich mich sofort schämte. »Da erwarte ich einen Hof voller altem Holz, und stattdessen lande ich im Paradies. Ein Mädchen mit einem Gesicht wie die Madonna, ein Pferd wie aus Gold gegossen, ein Baum, übersät mit Blüten ...«

»Im ... im Paradies hing der Baum aber voller Äpfel«, bemerkte ich.

Der junge Mann trat auf mich zu. »Wie viel schöner sind Blüten als Äpfel, besonders, wenn unter dem Baum keine Schlange droht!« Erneut umspielte ein Lächeln seine vollen Lippen. Seine Stimme war weich, die Aussprache allerdings etwas hart. Englisch war sicher nicht seine Muttersprache, obwohl er es sehr gut beherrschte.

»In ... in Neuseeland gibt's keine Schlangen«, sagte ich, wobei ich mir etwas dumm vorkam. Er brauchte sicher keine naturkundlichen Belehrungen.

»Ein weiterer Grund, das Land zu lieben«, meinte er. »Da es nur Schönheit hervorbringt, ohne Makel ...«

Er sprach über mein Land, doch seine Stimme und sein Blick ließen mich nicht daran zweifeln, dass er mich meinte, dass er mich bewunderte, mich ... würde lieben können? Ich versuchte, diese dummen Gedanken aus meinem Kopf zu verdrängen. Es wäre ja auch vermessen, Schönheit ohne Makel auf mich zu beziehen, obwohl Vater stets zu sagen pflegt, ich sei hübsch mit meinem langen schwarzen Haar und der hellen Haut. Wirklich ungewöhnlich an mir sind höchstens meine Augen. Sie sind ziemlich groß und haben die Farbe von Bernstein oder von Kauri-Harz. Damit hat mein Bruder mich früher aufgezogen, als er noch nicht so traurig war wie jetzt. Wie bei dem Schmuckstein oder bei Harz kann die Helligkeit etwas schwanken. Bei mir hängt das von der Stimmung ab. Wenn ich strahle, dann erscheint meine Iris hell, während sie tiefdunkel wirkt, wenn ich verträumt gucke. Dann sehe ich aus wie eine Südländerin – dabei kommen die Forresters ursprünglich aus England. Ein deutscher Arbeiter, den wir mal hatten, pflegte mich »Schneewittchen« zu nennen. Er hat mir dazu ein Märchen erzählt, von einem Mädchen, das schließlich einen Prinzen heiratet. Ist dies hier jetzt mein Prinz?

»Mein Name ist übrigens Frano Zima«, stellte er sich vor, wobei er sich verbeugte. »Und ich suche die Tischlerei und Holzhandlung Forrester.«

»James Forrester ist mein Vater«, sagte ich. »Ich bin Clara.«

Frano nickte mir zu. »Clara, die Reine! Was für ein schöner Name. Und wie gut er zu Ihnen passt! Sie sind etwas ganz Besonderes, Clara. Sie verzaubern einen Mann. Wissen Sie, dass ich mir im Moment nichts mehr wünsche, als hierzubleiben und bis in alle Ewigkeit mit Ihnen zu plaudern?«

Ich errötete. »Was ... was wollen Sie denn von meinem Vater?«, erkundigte ich mich.

Vielleicht war das ja aufdringlich, aber ich hoffte, dass er sich als Geschäftspartner entpuppte, dann würde Vater ihn vielleicht am Abend zum Essen einladen.

Frano hob die Schultern. »Geschäfte«, sagte er dann. »Ich hätte ein paar Kleinigkeiten zu verkaufen.« Er suchte unter dem Bock von seinem Wagen, vor dem das magere Pferd von einem Bein auf das andere trat, als täte ihm etwas weh. »Hier, eine Schnitzarbeit.« Er nahm ein Holzpferdchen aus einem Beutel und reichte es mir. »Lassen Sie es mich Ihnen schenken.«

Ich nahm das Figürchen an mich und sah es mir näher an. Es war sehr niedlich, sicher ein geeignetes Kinderspielzeug.

»Das ist Kauri-Holz, nicht?«, fragte ich.

Er nickte. »Ja. All die kleinen Sachen sind aus Kauri. Und dann hätte ich auch noch die Wurzel da zu verkaufen.« Er wies auf die Ladefläche des Wagens. »Die lief mir auf dem Weg so zu ... Da hab ich sie mitgebracht ... von der Coromandel-Halbinsel.«

»Sie lief Ihnen zu?«, fragte ich lachend. »Also das wird meinen Vater interessieren. Er ist immer auf der Suche nach Kauri-Holz. Man darf die Bäume ja nicht fällen, es müssen Stämme oder Wurzeln aus dem Sumpf sein. Und wenn Sie jetzt wissen, wo welche zu finden sind, die da selbst rauskrabbeln ...«

Frano grinste. »Ein wenig Hilfestellung brauchen sie schon«, bemerkte er. »Wo finde ich denn nun Ihren Vater? Das hier ist doch nicht die Tischlerei.«

Ich schüttelte den Kopf »Ich führe Sie hin«, sagte ich.

Obwohl ... Ich hätte ihm den Weg auch einfach zeigen können, die Werkstatt ist von unserer Terrasse aus ja zu sehen. Doch so konnte ich ein wenig länger mit ihm zusammen sein und sehen, wie es zwischen ihm und Vater lief.

Zuerst hatte ich leider das Gefühl, es liefe nicht so gut. Vater hat ganz misstrauisch geschaut, als er mich, Kaiwa am Zügel, neben dem jungen Mann kommen sah, der sein Pferd ebenfalls führte. Frano stellte sich dann aber sehr förmlich und höflich vor, was das Eis brach. Vater mag es, wenn junge Leute sich benehmen können. Leider gefielen ihm Franos Holzfiguren und Kleinmöbel nicht besonders.

»Für so was gibt es hier kaum Abnehmer«, meinte er und drehte eine grob geschnitzte Leiste mit Garderobenhaken zwischen den Fingern. »Meine Kunden wollen solide Möbel, sauber getischlert, keinen Tand. Wenn Sie so was verkaufen wollen, müssen Sie es in Auckland versuchen.«

Frano verzog unglücklich den Mund. »Schöne Möbel stellen Sie hier wirklich her«, lobte er dann nach einem Blick über die Werkstatt. »Und das sag ich nicht so dahin, Mr. Forrester. Ich hab selbst Tischler gelernt, damals in Dalmatien.«

Dalmatien – da kommt er also her, dachte ich. Ich wusste nicht genau, wo es liegt, aber inzwischen habe ich es nachgeschlagen. Dalmatien ist eine Region im Süden Europas, und sie ist ziemlich arm. Sicher hat Frano mit der Tischlerei nicht genug verdienen können und musste deshalb seine Heimat verlassen. Ob es ihm schwergefallen ist? Er tat mir gleich etwas leid.

Vater horchte auf »Im Ernst, junger Mann? Na ja, einen Blick für Holzqualität haben Sie. Diese Kleinmöbel und Figürchen sind ... na ja, über die handwerkliche Arbeit kann man geteilter Meinung sein, aber das Holz ist erstklassig. Und was haben Sie da sonst noch im Wagen?«

Vater linste auf die Kauri-Wurzel. Ganz sicher war sie ihm gleich aufgefallen.

»Ancient Kauri«, sagte Frano. »Aus der Gegend um Coromandel. Ich wollte es der Tischlerei anbieten, von der ich die anderen Sachen übernommen habe, doch dann dachte ich, ich versuch erst mal, ob ich die Dinge loswerde, die ich schon habe. Tja ... bis jetzt sieht das ja eher schlecht aus. Dabei habe ich gedacht ... Na ja, ich habe gedacht, wenn das nichts wird, mit dem Handel, werde ich es eben wieder als Gumdigger versuchen.« Er wirkte niedergeschlagen, ich konnte es kaum mit ansehen. Ich weiß nicht genau, wie das Leben der Gumdigger aussieht, aber Frano schien es nicht gefallen zu haben. »Hartes Brot, Sir«, fügte er unglücklich hinzu.

»Warum arbeiten Sie als Gumdigger, wenn Sie in Wahrheit Tischler sind?«, fragte Vater, und mein Herz flog ihm zu, als er Frano gleich darauf eine Arbeit anbot. »Ich kann hier immer Leute brauchen. Vorausgesetzt natürlich, dass sie wirklich was von der Sache verstehen. Ich sag Ihnen was, Mister ...« Vater tut sich immer ein bisschen schwer mit fremdländischen Namen, »Sie bleiben jetzt erst mal bis morgen hier und arbeiten zur Probe. Ich schau mir derweil die Wurzel genau an, die Sie da im Wagen haben. Wenn sie so gut ist, wie sie auf den ersten Blick aussieht, kaufe ich sie Ihnen ab. Ich gehe natürlich davon aus, dass sie ehrlich erworben ist ...«

Frano schenkte ihm ein einnehmendes Lächeln. »Ich hab sie nicht heimlich in die Tasche gesteckt«, scherzte er.

»Aber womöglich auf Regierungsland ausgegraben«, argwöhnte Vater. »Eine Lizenz werden Sie ja wohl nicht haben.«

Frano zuckte mit den Schultern. »Die kriegen nur britische Staatsbürger, Sir«, bemerkte er.

Vater nickte. »Ich weiß – und gerecht ist das nicht! Die armen Teufel, die sich als Gumdigger versuchen, haben's schwer genug. Da muss man nicht aus reiner Missgunst solche Gesetze machen. Schutz der einheimischen Arbeiter! Wenn ich das schon höre. Wer fleißig ist, der braucht sich vor Konkurrenz nicht zu fürchten.« Vater kam jetzt ins Poltern.

Frano hörte geduldig zu. »Also, was ist, junger Mann?«, fragte Vater schließlich. »Kommen wir ins Geschäft?«

Frano lächelte und hielt ihm die Hand hin. »Wenn ich den Ansprüchen genüge ...« Dabei zwinkerte er mir aus den Augenwinkeln zu. Jedenfalls meinte ich, dass er zwinkerte. Eigentlich kann er sich das nicht getraut haben, so direkt vor Vater. Trotzdem ... Ich bin sicher, er wusste, wie sehr ich mich für ihn freute.

»Soll ich das Pferd in den Statt bringen?«, bot ich mich an, nachdem Vater und Frano mit der Hilfe von zwei Gesellen die Kauri-Wurzel vom Wagen gehoben hatten. Sie sollte gereinigt und dann auf ihren Wert geprüft werden. Und Frano wollte Vater wohl gleich in der Werkstatt behalten.

Frano blickte mich erneut an, als hätte ich ihm das schönste Geschenk seines Lebens gemacht. »Das wäre wundervoll«, sagte er. »Die alte Luna hat seit Tagen kein ordentliches Futter mehr gehabt. Und ... also ich ... ich möchte nicht aufdringlich sein oder lästig. Aber findet sich für mich vielleicht auch ein Schlafplatz im Stall?«

Ich sah Vater fragend an. Das konnte ich ja nicht selbst entscheiden. Zum Glück nickte er. Und mein Herz machte einen kleinen Freudensprung, als er Frano dann auch noch zum Essen einlud.

»Sie haben unterwegs doch sicher nicht mehr gegessen als Ihr Pferd, oder?«, erkundigte er sich wohlwollend.

Vater ist zwar manchmal etwas grob, aber eigentlich hat er ein Herz aus Gold!

Ich brachte dann erst mal Franos Stute in den Stall, machte ihr ein ordentliches Strohbett und gab ihr eine große Portion Hafer und Heu. Am liebsten wäre ich anschließend noch mal in die Werkstatt gegangen, doch ich beherrschte mich. Wie sähe das denn aus, wenn ich da alle paar Minuten aufkreuzen würde? Also sattelte ich Kaiwa, die schon ganz verwundert wirkte wegen all dem Hin und Her, nachdem sie doch schon zum Reiten vorbereitet worden war, und holte den langen Ritt nach, den ich eigentlich schon vor einer Stunde hatte antreten wollen. Ich war erst am späten Nachmittag zurück, fühlte mich jedoch nicht müde, sondern voller Tatendrang. Als ich Tante Lucy in der Küche werkeln sah, bot ich an, beim Kochen zu helfen. Das tue ich gern, und Vater pflegt meine Kochkünste stets zu loben. Ich sei ein Naturtalent, behauptet er immer, was allerdings nicht ganz stimmt. Ich habe Tante Lucy nur schon sehr oft zugesehen, und ich lese gern Kochbücher.

Nun schlug ich Tante Lucy vor, zur Feier des Tages – zum Glück fiel mir rechtzeitig das mit dem Kriegsende ein, ich konnte ja nicht sagen, dass es mir hauptsächlich um unseren Gast beim Abendessen ging – etwas Besonderes zu zaubern. Tante Lucy hatte noch einen Lammrücken, der eigentlich für den nächsten Sonntag gedacht war, und ich suchte mein französisches Rezeptbuch heraus. »Lammrücken provenzalisch« erschien mir eine gute Idee, und gleich darauf schnippelte ich Gemüse und hackte Kräuter für die Soße und die Beilagen.

Vater machte große Augen, als dann pünktlich zur Essenszeit alles auf dem Tisch stand. Ich habe es sogar noch geschafft, mich umzuziehen und mir das Haar zu bürsten, das ich fürs Reiten zu einem Zopf geflochten hatte. Ein grünes Samtband, das zu meinem ebenfalls grünen Kleid passte, hielt es mir aus dem Gesicht, was meinen herzförmigen Haaransatz betont, den ich hübsch finde.

»Feiern wir ein Fest, Kind?«, fragte Vater verwundert.

Ich lächelte verschämt. »Na ja … den Frieden …«

»Wem der Anblick Ihrer wunderschönen Tochter vergönnt ist, Mr. Forrester, für den muss jeder Tag ein Fest sein.« Frano sprach zu Vater, doch die Worte galten mir.

Ja, wenn ich es hier aufschreibe, dann klingt es wie Schmeichelei. Mancher würde sogar »billige Schmeichelei« sagen. Franos Tonfall war allerdings absolut aufrichtig, in seinen Augen stand ehrliche Bewunderung. Ob ihm aufgefallen ist, dass ich extra seinetwegen das grüne Kleid gewählt habe? Mein Kleid und seine Augenfarbe passen genau zusammen.

»Der Frieden ist sicher ein Grund zur Freude«, hörten wir plötzlich Walters Stimme von der Tür. »Einen Grund zum Feiern sehe ich allerdings nicht. All die Menschen, die gestorben sind …«

Mein Bruder schleppte sich mühsam an seinen Krücken ins Zimmer, und ich fragte mich wie schon so oft, ob es wirklich noch seine Verletzung war, die ihm zu schaffen machte, oder ob er einfach das Gefühl hatte, das ganze Leid der Welt mit sich herumzutragen.

»Es ist also endlich. Frieden?«, fragte Frano überrascht.

Natürlich, er war unterwegs gewesen und hatte noch gar nichts davon gehört. Vater berichtete ihm vom Waffenstillstand. Wenn Walter in dieser niedergedrückten Stimmung ist, kommt meist Schweigen auf. Ich habe in den letzten Wochen oft das Gefühl gehabt, als verdüsterte sich das Licht in unserem Esszimmer, wenn er sich an den Tisch setzte. Er tut das nur auf den ausdrücklichen Wunsch Vaters hin. Wenn Vater nicht darauf besteht, bleibt Walter einfach oben und wartet darauf dass Tante Lucy oder ich ihm etwas zu essen hinaufbringen bringen.

Heute war jedoch alles anders, es gab genug Gesprächsstoff. Schließlich saß Frano mit am Tisch und war genauso guter Laune wie Vater. Seine Probearbeit schien zufriedenstellend verlaufen zu sein, was auch mich glücklich machte. Obendrein öffnete Vater eine gute Flasche Wein, um auf den Frieden anzustoßen. Gegen all das kam Walter nicht an mit seiner Trauer, und als Vater Frano später nach seiner Herkunft fragte, zeigte mein schweigsamer Bruder sogar etwas wie Interesse.

»Sie kommen aus Europa, Mr. Zima? Aus dem … Süden? Ich war in Europa …«

Ich weiß nicht, ob Frano schon von Walters unglückseligen Kriegserlebnissen gehört hatte, oder ob er nur riet, aber er fragte einfühlsam nach und schaffte es in der nächsten Stunde tatsächlich, Walter ein paar Worte zu entlocken. Zunächst war das traurig. Mein Bruder sprach über den Krieg. Er hat am Mittelmeer gekämpft, für ihn war jeder Strand blutgetränkt und die Luft erfüllt von Schüssen und den Schreien der Sterbenden. Der Süden Europas war in seinen Augen ein Albtraum von Schrecken und Schmerz.

Doch dann ergriff Frano das Wort und erzählte von Weinbergen und goldenen Stränden, von zirpenden Grillen und lauen Nächten. Er nahm uns mit zum Fischen im Meer und zur Ernte der Trauben, aus denen der herbe Wein Dalmatiens gekeltert wurde. Frano ist ein wunderbar mitreißender Erzähler! Ich konnte sein Heimatland genau vor mir sehen, das leuchtend blaue Meer, die Felsküste, die Arbeit im Weinberg unter glühender Sonne. Walter lauschte seinen wohlgesetzten Worten, und es war fast, als würde dabei etwas in ihm heilen. Es sah aus, als verschöbe sich das Bild ein wenig, das er von jenem Kontinent auf der anderen Seite der Erde hat.

»Nach der Lese, zum Ausklang des Sommers, pflegten wir ein Fest zu feiern«, sagte Frano schließlich. »Wir tanzten in den Trauben, wir lachten und tranken, wir sangen die alten Lieder …«

Ich hörte das Heimweh und die Sehnsucht in seiner Stimme. Ich empfand den Wunsch, ihn zu trösten – und in diesem Moment, liebes Tagebuch, beschloss ich, dass ich mit Frano Zima zusammen sein will. Ich werde ihn verstehen, ihn lieben und ihm die Heimat geben, die er verloren hat. Von jetzt an wird er bei mir zu Hause sein, und nichts und niemand soll ihn mehr traurig machen.

12. November 1918

Gestern, liebes Tagebuch, war ein aufregender Tag, doch heute, ich glaube, heute war der bisher schönste Tag meines Lebens!

Ich bin sonst ein Langschläfer, nur heute hielt es mich nicht im Bett. Nicht wenn die Möglichkeit bestand, Frano noch zu sehen, bevor die Tischlerei mit der Arbeit begann. Ich stand gleich mit den ersten Strahlen der Morgensonne auf, allerdings vertrödelte ich noch ein paar Minuten vor dem Kleiderschrank. Was sollte ich anziehen? Es sollte ein Kleid sein, in dem ich besonders hübsch aussah und das trotzdem wie ein Alltagskleid wirkte. Schließlich wählte ich ein mit Blumen bedrucktes Baumwollkleid mit breitem Gürtel und zog ein Korsett an, das meine schmale Taille betonte und meine Brüste, die leider ziemlich klein sind, besser zur Geltung kommen ließ. Mein Haar fasste ich im Nacken zu einem losen Knoten zusammen. Ich wollte älter aussehen als mit den mädchenhaften Zöpfen. Frano soll eine Frau in mir sehen. Wenn er erfährt, dass ich erst siebzehn bin, wird er sich vielleicht nicht für mich interessieren.

Als ich mir endlich einigermaßen gut gefiel, lief ich zunächst in die Küche, wo Tante Lucy schon herumwerkelte. Es roch wunderbar nach Rührei und frischem Kaffee und Waffeln. Die macht Tante Lucy nur, wenn sie ganz besonders guter Laune ist, oder wenn es etwas zu feiern gibt. Sie verriet mir auch gleich, was sie so glücklich machte: Ihre Schwester, meine andere Tante, hat Nachricht von ihrem Sohn, der in Frankreich gekämpft hat. Als Funker hat er wohl Beziehungen und konnte eine Depesche senden: Jonny ist am Leben und gesund, und nun, da der Krieg vorbei ist, wird er das ja auch bleiben.

Tante Lucy, die ihren Neffen, meinen Vetter, liebt wie einen Sohn, konnte sich kaum halten vor Seligkeit. Dennoch runzelte sie kurz die Stirn, als sie mein hübsches Kleid und die Frisur bemerkte. Ich wurde rot unter ihrem Blick. Tante Lucy kennt mich zu gut, sie sorgt seit Mutters Tod für mich und zieht mich wie eine eigene Tochter auf.

»Ich denke, du solltest dir eine Schürze umbinden, bevor du dem jungen Mann sein Frühstück in den Stall bringst«, sagte sie mit einem Lächeln. Ich errötete wieder. Tante Lucy tat, als bemerkte sie es nicht. »Der muss ja was essen, bevor er zur Arbeit geht«, sprach sie gelassen weiter. »Oder hab ich das nicht richtig verstanden, dass er hierbleibt, um für deinen Vater zu arbeiten?«

»Doch.« Ich nickte. »Aber ich denke ... ich denke, er wird sich eine andere Bleibe suchen. Er kann ja nicht in unserem Stall wohnen.«

Ich hoffte, dass das nicht bedauernd klang. Denn eigentlich gefällt es mir ja ganz gut, dass Frano in meiner Nähe übernachtet.

»Heute bringst du ihm jedenfalls erst mal ein ordentliches Frühstück«, erklärte Tante Lucy, füllte eine Blechkanne mit Kaffee und einen großen Teller mit Eiern, Bohnen und Toast sowie ihren wunderbaren Waffeln mit Sirup. »Und verdirb dir nicht das gute Kleid beim Pferdefüttern!«, mahnte sie noch, als ich das Tablett hinausbalancierte.

Ich sah Frano sofort, als ich aus dem Haus trat. Er stand am Brunnen vor dem Stall und wusch sich, indem er sich das eiskalte Wasser eimerweise über seinen Kopf und seinen nackten Oberkörper schüttete. Ich verzog mich sofort wieder in den Schatten des Hauses, um ihm dabei zuzusehen. Und ja, das klingt schon wieder entsetzlich albern, aber er ... er ist ein so schöner Mann, liebes Tagebuch! Seine Haut ist viel dunkler als meine, wie Bronze, und darunter zeichnen sich Muskeln ab wie ... wie bei den griechischen oder römischen Statuen, die in Europa in den Museen stehen. Ich habe bislang nur Bilder davon gesehen, meistens von ganz berühmten, wie dem David von Michelangelo. Und genau wie der sieht auch Frano aus mit seinen kräftigen Armen und seiner schlanken Figur und dem lockigen Haar. Er hatte kein Handtuch, er musste sich mit seinem Hemd abtrocknen – und dabei schaute er auf und erhaschte einen Blick auf mich.

Natürlich tat ich gleich sehr geschäftig. Das wäre ja entsetzlich peinlich gewesen, hätte er bemerkt, wie ich ihn beobachte! Schlimm genug, dass ich gleich wieder wie ein Honigkuchenpferd lächeln musste, als er mich ansah, und als da wieder dieses Leuchten in seinen waldgrünen Augen aufblitzte wie eine dieser neumodischen elektrischen Lampen, die aufleuchten, wenn man einen Schalter betätigt. Befangen näherte ich mich mit dem Frühstück und wünschte ihm einen guten Morgen.

»Der Morgen könnte nicht besser beginnen!«, fand Frano. »Ihr Anblick macht wirklich jeden Tag zu einem Fest.«

»Das wirkt nur so, weil die Sonne scheint«, sagte ich. Es sah wirklich wieder nach einem sehr schönen Tag aus. »Wie bei Ihnen zu Hause. Es muss komisch sein, wenn sie jeden Tag scheint.«

Frano schüttelte den Kopf »In Dalmatien scheint sie auch nicht jeden Tag«, meinte er dann. »Im Winter kann es sogar ziemlich kalt werden. Ist das ... ist das für mich?« Er wies auf das Frühstückstablett, das ich immer noch in den Händen hielt. »Oder für die Pferde?« Er lächelte schalkhaft.

Ich stellte das Tablett auf dem Brunnenrand ab. »Das ist natürlich für Sie«, erklärte ich. »Die Pferde gehe ich jetzt füttern.«

Ich machte Anstalten, mich zum Stall zu wenden, doch Frano griff nach meiner Hand. Ich erschrak, als er mich berührte, aber es fühlte sich wunderbar warm und richtig an.

»Bleiben Sie doch noch ein bisschen und leisten mir Gesellschaft«, bat er. »Die Pferde können warten.«

Kaiwa sah das natürlich anders. Sie wieherte schon anhaltend, nachdem sie meine Stimme gehört hatte. Doch an diesem Morgen folgte ich ihrem Ruf nicht so bereitwillig wie sonst. Ich ließ mich mit Frano auf dem Brunnenrand nieder und beobachtete ihn dabei, wie er herzhaft zugriff. Schnell hatte er Eier und Toast verputzt und teilte sich mit mir die Waffel, nachdem ich ihm gestand, dass dies mein Lieblingsgebäck sei. Am Ende hatten wir beide sirupverschmierte, klebrige Finger, und Frano zog einen weiteren Eimer mit Wasser aus dem Brunnen, mit dem wir uns waschen konnten.

»Im Dorf feiern sie heute den Frieden«, sagte er dann beiläufig. »Das sagen sie zumindest in der Tischlerei. Es soll Musik geben und Tanz. Hätten Sie ... hätten Sie vielleicht Lust, mit mir zu tanzen?«

Mein Herz schlug sofort höher. Ich habe Tanzstunden erhalten, aber noch nie wirklich mit einem Jungen getanzt. Walter zählt ja nicht. Und nun sollte Frano vielleicht der Erste sein, der seine Arme um mich legte und mit mir einen Walzer tanzte oder einen dieser wilden Tänze, die in der letzten

Zeit aus Amerika gekommen sind. Ich habe von Foxtrott und Charleston gelesen. Ob Frano das konnte? Und ich? Aber egal, es würde sowieso nichts werden ...

Ich schaute unglücklich zu Frano auf. »Ich kann nicht mit Ihnen zu dem Fest gehen«, sagte ich bedauernd. »Das würde mein Vater nicht erlauben. Es sei denn, Walter ginge mit, doch der hat ganz bestimmt keine Lust.«

Frano sah mich prüfend an. »Sie würden aber gern, mitkommen?«, fragte er.

Ich nickte. Obwohl ich mich eigentlich hätte zieren müssen. In Romanen zieren Mädchen sich immer, bevor sie einem Mann etwas zusagen.

»Sicher!«, erklärte ich. »Ich tanze gern.«

In Franos Augen blitzte erneut der Schalk auf. »Mit jedem Mann oder speziell mit mir?«, erkundigte er sich.

Ich errötete. »Das ... das sag ich nicht!«, brach es aus mir heraus.

Frano lachte. »Mal sehen, ob wir's heut' Abend herausfinden!«

Er brachte mir noch das Wasser für die Pferde in den Stall, dann musste er gehen. Ich richtete Heu und Hafer für Kaiwa und Luna. Die alte Luna machte einen glücklichen Eindruck. Sie hatte Stroh im Fell, sicher hat sie gut auf ihrem weichen Bett geschlafen. Ich beschloss, sie zu striegeln, bevor ich sie auf die Koppel brachte. Vorher musste ich jedoch zurück ins Haus, um selbst einen Happen zu frühstücken. Ich erwischte Vater gerade noch bei seinem letzten Kaffee. Er scherzte mit Tante Lucy, und zu meiner Verwunderung ging es auch bei den beiden um Tanz.

»Und ob du mir die Ehre geben wirst, Lucinda!«, sagte Vater gerade. Er nannte Tante Lucy bei ihrem vollen Namen, wie immer, wenn er sie neckte. »Wir werden tanzen und Champagner trinken. Wenn man dem Glauben schenkt, was die Jungen in der Tischlerei sagen, haben die ehrenwerten Damen vom Frauenverein vor, die Straßen mit Champagner zu fluten ...«

Tante Lucy kicherte wie ein junges Mädchen. Sie war heute Morgen wirklich gut gelaunt. »Wohl eher mit Bowle, James, die setzen die Damen schon an. Sonst sind alle zu schnell betrunken. Und Champagner wäre auch zu teuer. Im Pub soll es dann noch Freibier geben ... Nach dem Gottesdienst natürlich erst«, setzte sie fromm hinzu.

»Du willst wirklich zu dem Fest gehen, Vater?«, wunderte ich mich und nahm mir eine Waffel. »Und Walter ...?«

Vater hob die Schultern. »Wenn Walter den Frieden nicht feiern will, ist das seine Sache. Ich muss mich sehen lassen im Dorf. Es macht keinen guten Eindruck, sich auszuschließen. Außerdem tue ich's gern. Wir haben Gott für manches zu danken. Walter mag es nicht als Segen ansehen, dass er den Krieg überlebt hat. Ich jedoch bin froh darüber. Egal, wie sehr er sich verändert hat, wir haben ihn immerhin noch bei uns, er ist in Sicherheit ... Und Jonny kommt auch zurück.« Er nickte Tante Lucy zu. »Darauf können wir getrost ein Glas trinken oder zwei.« Er zwinkerte.

Ich war so aufgeregt, dass ich beinahe an meinen Nägeln gekaut hätte wie als kleines Kind. »Darf ich ... darf ich mit?«, fragte ich mit erstickter Stimme. Zum Glück merkte Vater gar nicht, wie wichtig mir die Frage war.

»Klar«, erwiderte er ganz selbstverständlich. »Warum nicht? Wir machen die Tischlerei ein bisschen früher zu, damit die Arbeiter mit in die Kirche können, wenngleich die wohl eher das Freibier lockt. Halt dich um fünf Uhr bereit, Clara, dann fahren wir los.«

Ich konnte mein Glück kaum fassen und verbrachte den halben Nachmittag damit, mich für ein Kleid zu entscheiden, das sowohl für den Gottesdienst als auch für den Tanz danach geeignet war. Natürlich hatte ich keine Ahnung, ob Vater mir wirklich erlauben würde zu tanzen, doch bis jetzt ging alles so überraschend gut, da wollte ich auf jeden Fall gerüstet sein.

Ich trug schließlich ein bernsteinfarbenes Wickelkleid aus changierendem Seidenstoff, das mir sehr gut stand. Dazu steckte ich ein passendes Hütchen keck auf meinem aufgesteckten Haarfest. Als ich mich so gekleidet vor dem Spiegel drehte, fand ich, dass ich sehr erwachsen und hübsch aussah.

Und dann erwartete mich bei der Abfahrt eine weitere Überraschung: Nicht nur Vater stand im Sonntagsstaat neben dem Lastwagen, der uns ins Dorf bringen würde, auch Frano Zima.

»Ihr Vater ist so nett, mich mitzunehmen«, sagte Frano. Er schien nicht zu wissen, dass er ins Dorf auch hätte laufen können wie einige der anderen Arbeiter aus unserer Tischlerei. Oder war er bewusst hiergeblieben, um mit mir zusammen fahren zu können? Auf jeden Fall lächelte er mir verschwörerisch zu, und ich erwiderte den Blick verstohlen. Frano sah sehr hübsch aus. Er war nicht allzu festlich gekleidet, doch ein sauberes weißes Hemd und eine Stoffhose schien er in seinem Beutel mitgebracht zu haben. Das Hemd hatte lange, weite Ärmel und stand ihm hervorragend. Leider war es etwas zerknittert. Schade, dass er nicht gefragt hat, ich hätte es gern für ihn gebügelt.

Walter erschien wie erwartet nicht, doch ehrlich gesagt vermisste ich ihn gar nicht. Im Gegenteil, seine ständige Missstimmung hätte uns nur die Laune verdorben.

Die Damen vom Frauenverband und wahrscheinlich der Kirchenkreis oder wer auch immer dieses Fest organisierte, hatten bewundernswerte Arbeit geleistet. Wir erkannten das Dorf kaum wieder, der Dorfplatz und die Straßen waren mit Blumen, Fähnchen und Flaggen geschmückt, und wir hörten Musik. Eine Band spielte »It's a long Way to Tipperary«, wechselte dann jedoch schnell zu Kirchenliedern – vor dem Gottesdienst sollte keine zu ausgelassene Stimmung aufkommen. Zum Glück ist unser Reverend kein Kind von Traurigkeit. Er erinnerte nur kurz an die Toten des Krieges, dann sprach er ein Dankgebet, und wir sangen fröhliche Gottesloblieder. Vater und die Arbeiter schmetterten sie lauthals mit, nur Frano hielt sich zurück. Ich fragte mich, ob er vielleicht zu einer anderen Kirche gehört als wir, und tatsächlich verriet er mir später, in Dalmatien seien alle römisch-katholisch. Da gibt es das gar nicht, dass einige Anglikaner sind und andere Methodisten. Sie gehen alle in die gleiche Kirche.

Sein Gesicht spiegelte Melancholie und Sehnsucht wider, als er von der Kirche in seinem Dorf erzählte, die einer Heiligen namens Katarina gewidmet ist. Ich habe bisher immer gedacht, nur die Iren seien römisch-katholisch. Aber gut, wenn Frano dieser Religion anhängt … Mir ist es im Grunde egal, in welche Kirche ich gehe. Die Gottesdienste der Katholiken sollen sehr feierlich sein … Ich ertappe mich dabei, an eine Trauung zu denken …

Nach dem Kirchgang gab es noch ein paar Ansprachen auf dem Marktplatz, bei denen sich alle nur langweilten, und dann öffnete endlich der Pub. Da das Wetter schön war, rollte der Wirt ein paar Bierfässer auf die Straße und schenkte gleich da aus. Für die Frauen gab es Bowle aus großen Schalen. Sie war süß und fruchtig, und ich trank mein erstes Glas vielleicht ein bisschen zu schnell. Der Wein stieg mir zu Kopf. Ich lachte und scherzte ganz unbefangen mit Frano, der neben mir Bier trank.

»In Dalmatien«, erzählte er, »trinkt man eigentlich gar kein Bier, und niemand käme auf die Idee, eine Bowle anzusetzen. Wir trinken dort nur Wein – ab mittags schon, manche sogar zum Frühstück.«

Über Wein zum Frühstück musste ich lachen, und dann begann die Musikkapelle wieder zu spielen, und die schmissigen Märsche und Volkslieder wollten mir gleich in die Beine fahren. Die ersten Paare drehten sich schon auf der Tanzfläche, die aus groben Brettern zusammengezimmert worden war, und ich hätte zu gern mitgemacht. Leider saßen wir fest bei Vater und den anderen Honoratioren des Ortes. Vater hatte Frano dem Reverend, dem Bürgermeister und dem Doktor als seinen neuen Angestellten vorgestellt, ihn dann allerdings nicht weiter beachtet, ebenso wenig mich. Trotzdem hätte er natürlich gemerkt, wenn wir uns davongestohlen hätten. Ich wusste nicht recht weiter, bis Frano plötzlich etwas völlig Verrücktes tat.

»Willst du tanzen?«, fragte er mich noch einmal, und als ich nickte, wandte er sich ganz arglos an Vater.

»Mr. Forrester, Sir, falls Miss Clara mir die Ehre erweisen würde, dürfte ich dann mit Ihrer Erlaubnis mit ihr tanzen?«

Vater sah ihn irritiert an. Er schien ein wenig Zeit zu brauchen, um die Frage auf sich wirken zu lassen. Frano stand derweil demütig wartend vor ihm und drehte seinen Hut in den Händen. Er sah einfach nur freundlich und harmlos aus.

Vater blickte von ihm zu mir. »Willst du?«, fragte er.

Ich nickte wieder, Franos beherzter Vorstoß hat mir die Sprache verschlagen.

»Na, dann macht mal«, meinte Vater, und Frano nahm mich einfach an die Hand wie ein Kind, das ein anderes zum Spielen holt.

»Komm, bevor er es sich anders überlegt«, flüsterte er mir zu, und wir gesellten uns zu den anderen Paaren, die zu der fröhlichen Musik herumwirbelten. Ich versuchte, mich an die Schritte aus dem Tanzunterricht zu erinnern, aber Frano scheint die gar nicht zu kennen. Er legte fest den Arm um mich, nahm meine Hand und führte mich wie selbstverständlich durch den Tanz. Es ging sehr viel wilder zu als bei den gesetzten Tänzen, die ich gelernt habe. Manchmal hob Frano mich einfach hoch und drehte sich mit mir im Kreis, bis ich außer Atem war. Dann ließ er mich wieder herunter, und wir sprangen und hopsten – dabei war ich mir seiner warmen Hand auf meinem

Rücken und seines festen Griffes die ganze Zeit über bewusst. Ich fühlte mich geführt und sicher und geborgen und berstend vor Glück, und das alles wurde noch intensiver, als die Band später ein langsameres Stück spielte und Frano mir beim Tanz in die Augen sah. »Willst du jetzt noch mit jemand anderem tanzen?«, fragte er.

Ich lächelte. Eigentlich wollte ich nie wieder mit jemand anderem tanzen, doch das konnte ich natürlich nicht zugeben. »Lass es uns noch ein oder zwei Tänze ausprobieren, bevor ich mich entscheide«, sagte ich kokett, und Frano lachte.

Es war ein langer, warmer Frühlingsabend, und ich trieb hindurch wie durch einen Traum. Auf der Straße waren inzwischen Essensstände aufgebaut worden, Händler hielten patriotische Erinnerungs- und Schmuckstücke feil. Frano kaufte mir ein Sandwich und eine Rosette in den Farben des Union Jack sowie eine Schärpe in den neuseeländischen Farben. Ich legte beides an, und die Leute lachten und klatschten mir zu, als ich damit zurück auf die Tanzfläche kam. Dort war inzwischen ein großes Gedränge, Frano hatte kaum noch Platz, mich herumzuwirbeln, und zog mich umso enger an sich. Die Band spielte populäre Lieder, und ich sang sie wie die meisten anderen Tänzer mit. Frano summte, er kannte die Texte ja nicht.

»Ich werde dir einmal Lieder aus meiner Heimat vorsingen«, sagte er mir leise ins Ohr. »Lieder vom Wein und von der Liebe ...«

Zwischendurch tranken wir Bowle und einmal sogar Champagner, nachdem wir uns wieder zu Vater und seinen Freunden gesellt hatten. Vater tanzte tatsächlich mit Tante Lucy, die ein bisschen beschwipst wirkte. Und ganz am Ende sangen wir alle »God save the King« und »Rule Britannia«, und die Männer salutierten, und alle waren gerührt und bewegt.

Auf dem Heimweg war ich müde und wagte es, mich an Frano zu lehnen. Vater merkte es nicht, der hatte genug damit zu tun, den Wagen nicht in den Straßengraben zu fahren. So ganz nüchtern war er schließlich nicht mehr.

Und dann passierte noch etwas ... Es war wirklich der Höhepunkt von allem, wenn ich es mir nicht nur eingebildet habe, weil ich es mir so sehr wünschte. Als wir auf den Hof fuhren und der Abend nun wirklich unwiderruflich zu Ende ging, da zog Frano Zima meine Hand an seine Lippen und küsste sie. Verstohlen, aber ganz ernsthaft. Danach half er mir galant aus dem Wagen.

Ich werde in dieser Nacht in mein Bett tanzen, aber vorher werfe ich noch einen letzten Blick aus dem Fenster zu den Ställen. Dorthin, wo Frano auch in dieser Nacht schläft.

13. November 1918

Ich bin heute etwas betrübt, liebes Tagebuch, weil Frano ausgezogen ist. Natürlich kann er nicht in unserem Stall wohnen bleiben, jetzt, da er die Anstellung bei Vater sicher hat. Es ist ein Glücksfall, dass George, einer unserer Tischlergesellen, gleich eine Schlafstelle für ihn wusste. Sein Vetter ist noch in Europa – es wird ja dauern, bis alle Truppen heimgeholt sind –, und so lange kann Frano sein Zimmer im Haus von Georges Tante haben. Sie wohnt in Te Kao, also kann Frano zu Fuß zur Arbeit kommen, und ich muss mich wenigstens nicht von Luna trennen. Die alte Stute ist mir jetzt schon ans Herz gewachsen, wenn auch nicht so sehr wie ihr Herr.

Ansonsten ist heute nicht viel passiert. Die Männer scheinen alle etwas verkatert zu sein nach dem Fest. Sogar Tante Lucy klagt über Kopfschmerzen, die sie allerdings nicht auf die Bowle zurückführt. Nur Frano ist so wach und so süß wie sonst. Ich habe ihm wieder Frühstück gebracht, und als er mir sagte, dass er auszieht, fragte er mich, ob ich ihn vermissen würde. Was sollte ich darauf antworten? Schließlich alberte ich nur ein bisschen herum und sagte so was wie »Hauptsache, Luna bleibt mir erhalten«. Gleich darauf tat mir das leid, denn Frano schaute daraufhin so unglücklich drein, als hätte ich ihm wehgetan.

»Ich hätte so gern, dass du mich vermisst«, sagte er. »Kann ich irgendetwas tun, um mich unentbehrlich zu machen?« Zum Glück lächelte er schon wieder, und ich neckte ihn, indem ich sagte, er könne mir ja wieder das Wasser in den Stall tragen. Das tat er dann, und auch heute Abend fand ich die Eimer gefüllt.

Kaiwa wieherte zur Begrüßung, und Luna gab ein freundliches Blubbern von sich. Trotzdem fühlte ich mich allein und unglücklich. Ohne Frano erschien mir der Stall kalt und leer.

14. November 1918

Heute Morgen kam ich vor dem Frühstück in den Stall, um die Pferde rasch zu füttern, und fand mich unversehens Frano gegenüber. Er hatte Kaiwa und Luna schon mit Heu versorgt und schwang eben die Mistgabel – getränkt hatte er die Tiere natürlich als Erstes. Ich war zunächst ganz befangen, weil ich überhaupt nicht mit ihm gerechnet hatte. Ich trug mein ältestes Stallkleid und hatte mein Haar nur nachlässig im Nacken zusammengebunden. Trotzdem strahlte Frano bei meinem Anblick, als wäre ihm eine Prinzessin erschienen.

»Du bist am schönsten im Morgenlicht«, begrüßte er mich, und ich wurde sofort rot und wusste nicht, was ich darauf antworten sollte.

»Was ... was machst du denn hier?«, fragte ich schließlich.

Frano schaute beleidigt drein. »Ich hab dir doch gesagt, ich trag dir das Wasser«, erklärte er. »Na ja, und weil ich ein bisschen eigensüchtig bin und durch deinen Anblick dafür belohnt werden wollte, bin ich noch geblieben und habe rasch gefüttert. Schlimm?«

Ich schüttelte den Kopf. »Nein. Nein, natürlich nicht, im Gegenteil. Ich ... ich freue mich ...«

Über Franos Gesicht zog sein unwiderstehliches Lächeln. »Du freust dich, mich zu sehen?«, fragte er.

Und ja, ich weiß, ein Mädchen sollte sich zieren, aber ich konnte nicht anders: Ich lächelte zurück und antwortete mit Ja.

Wir plauderten noch ein wenig über die Pferde und die Arbeit, dann musste er in die Tischlerei und ich zurück ins Haus, um nicht zu spät zum Frühstück zu kommen.

»Heute Abend trage ich dir wieder das Wasser«, sagte Frano, bevor wir uns trennten. »Wirst du dann hier sein?«

Ich nickte, und mein Herz war erfüllt von überschäumender Freude. Wir waren verabredet, wir würden uns am Abend wiedersehen. Und am nächsten Morgen ...

Er ist genauso gern mit mir zusammen, wie ich mit ihm zusammen bin!

15. November 1918

Frano hat heute wieder meine Hand gehalten. Zuerst ganz zufällig, ich stolperte über eine Schwelle im Stall, und er fing mich auf. Doch dann ließ er meine Hand einfach nicht mehr los. Damit will ich nicht sagen, dass er sie festhielt. Ich hätte mich jederzeit befreien können. Tatsächlich war sein Griff ganz sanft, ganz locker, beschützend, so wie man die Finger vielleicht um ein kleines Tier legt, einen Schmetterling, den man sorgsam aus dem Haus tragen will.

Frano führte mich zu einem Strohballen, auf den wir uns setzten, und dann nahm er meine Hand in seine beiden Hände, so, als wäre sie eine besondere Kostbarkeit, die er kaum wagte zu berühren. Was mich anging, so fühlte ich mich unfähig, mich zu rühren, während er meine Hand dann ganz vorsichtig streichelte ... Er hat schöne Hände, rau natürlich von der Arbeit, aber lange, schlanke Finger, die es verstehen zu liebkosen. Mir wurde ganz warm dabei, ich spürte ein Kribbeln, komischerweise am ganzen Körper und speziell ... speziell in den Bereichen des Körpers, von denen man nicht spricht.

Nein, das muss ich wieder ausstreichen, das kann man nicht schreiben, ohne sich zu schämen. Trotzdem war es schön, es machte mich glücklich, und mein Herz klopfte wild, als Frano meine Hand dann ganz langsam und vorsichtig an seine Lippen hob und küsste. Ein ganz flüchtiger Kuss war es, sehr leicht, wie fragend. Und fragend sah er mich dabei auch an.

»Erlaubst du mir das?«, fragte er. Seine Stimme klang heiser. »Ich will nichts tun, was du mir nicht erlaubst.«

Wieder war ich unsicher. Was sollte ich nur antworten auf seine seltsamen Fragen? Und wenn ich nun Ja sagte, erlaubte ich ihm damit auch, mich richtig zu küssen? Allein der Gedanke ließ mich erröten.

Frano sah es und ließ meine Hand los. »Du bist noch so jung«, sagte er leise. »Ich dachte, du wärst älter, aber die Jungen in der Werkstatt sagen, du bist erst siebzehn.«

»Fast achtzehn!«, stellte ich richtig. »Und ich ... ich weiß schon ganz gut, was ich will!«

Zuallerletzt will ich, dass die Gesellen und Lehrlinge in der Werkstatt über mich tratschen!

Frano lächelte, etwas wehmütig, wie ich fand. »Es ist nicht immer eine

Frage des Wollens«, sagte er dann. »Wollen wir lieben? Wollen wir geliebt werden? Geschieht es nicht einfach mit uns?«

Mein Herz schlug noch schneller. Liebe?, fuhr es mir durch den Kopf. Spricht er da tatsächlich von Liebe?

»Will ... will denn nicht jeder geliebt werden?«, stammelte ich.

Frano stand auf. »Das wird schon so sein«, meinte er und wandte sich zum Gehen. »Die Frage ist, ob du von mir geliebt werden willst.«

Er ließ mich sprachlos zurück. Während er zur Arbeit ging, blieb ich auf dem Strohballen sitzen. Seine Worte brannten sich in mein Gedächtnis ein – ich würde sie nie vergessen, auch wenn ich nicht verstand, was Frano wirklich meinte. War er unsicher? War er enttäuscht von der Liebe? Er ist älter als ich, vielleicht hat er schon einmal geliebt, und das Mädchen hat ihn verlassen oder sonst wie enttäuscht. Vorstellen kann ich mir das nicht. Wie kann man Frano Zimas Liebe nicht erwidern?

Am Abend erwartete ich ihn in meinem hübschesten Nachmittagskleid – ich hatte mich darin an Tante Lucy vorbeigeschlichen. Sie hätte mich sicher gerügt, wenn sie gemerkt hätte, dass ich es im Stall tragen würde. Und sie hätte geahnt, warum ich das tun wollte. Dabei bin ich bislang immer sehr vorsichtig gewesen. Eigentlich ist es ja nichts Verbotenes, aber ich will trotzdem nicht, dass jemand von meinen Treffen mit Frano erfährt.

Als er hereinkam, nahm ich all meinen Mut zusammen und griff meinerseits nach seiner Hand. Ich traute mich nicht, sie gleich zu küssen, doch ich führte sie an meine Wange und ließ ihn meine Wärme spüren. Überrascht ertasteten seine Finger die Rundung meiner Wange und meines Kinns. Dabei schaute er mich mit einem Blick an ... Also ich hätte nie gedacht, dass ich jemals ein Wort wie »entrückt« gebrauchen würde, aber Frano ... wenn Frano mich ansah, dann wirkte das wie auf den Bildern der alten Meister, die Miss Clevers mir im Kunstunterricht zeigt. Die Männer und Frauen darauf schauen verzückt in den Himmel, wo dann ja auch meistens ein Engel oder Gott oder die Mutter Maria zu sehen ist. Frano schaute mich an, und ich empfand Liebe und Demut vor so viel Bewunderung.

Seine Finger wanderten zu meinen Lippen, sie zeichneten ihre Konturen nach, und die Berührung ließ mich erschauern.

»Ich will«, sagte ich.

16. November 1918

Eigentlich hatte ich gedacht, dass Frano mich heute küssen würde – also richtig, auf den Mund. Eigentlich habe ich ihm ja so was wie einen Freifahrschein gegeben. Doch Frano ließ es langsam angehen. Er zog mich am Morgen im Stall wieder neben sich, nur dieses Mal legte er sanft den Arm um mich. Erneut nahm er meine Hand, streichelte und küsste sie. Dabei lehnte ich mich an ihn und genoss es, seinen kräftigen, warmen Körper durch das Hemd hindurch zu spüren. Ich hörte zu, wie er zärtliche Worte in der Sprache seines Landes flüsterte, es klang seltsam und wie beschwörend, beinahe, als wären es Zaubersprüche, die mich bannten. Bevor er mich losließ, drückte er einen leichten, zärtlichen Kuss in mein Haar. Als er ging, blieb ich mit klopfendem Herzen zurück.

Ich wünsche mir mehr ...

17. November 1918

Frano hat heute mit den Lippen meine Stirn berührt.

18. November 1918

Frano hat mich wieder gestreichelt ... Er ist so zärtlich, aber ich wünschte, er würde mich endlich richtig küssen.

19. November 1918

Es ist geschehen, liebes Tagebuch, es ist passiert. Mein erster richtiger Kuss!

Und es war so unvorstellbar romantisch, so wunderschön, ich kann es immer noch kaum glauben. Nein, Frano hat mich nicht im Stall geküsst, auf dem Strohballen zwischen den Boxen von Kaiwa und Luna. Er führte mich hinaus in die Natur, hinein in die Vollmondnacht ... Er muss darauf gewartet haben, er muss es geplant haben, er wollte, dass es unvergesslich für mich wird!

Aber ich werde von Anfang an berichten. Heute Morgen sagte Frano mir, dass er in der Nacht zuvor nicht habe schlafen können. Der Mond habe ihn gelockt, es war wohl, als hätte er seinen Ruf verspürt.

»Bist du denn ein Werwolf?«, neckte ich ihn. »Kann es sein, dass du dich bei Vollmond verwandelst und ich Angst vor dir haben muss?«

Frano lachte. »Du brauchtest niemals Angst vor mir zu haben, meine wunderschöne Clara. Selbst als Wolf würde ich dir nur zu Füßen liegen wollen und mich an dich schmiegen, damit du mein Fell zaust und streichelst wie das einer Katze. Aber natürlich verwandele ich mich nicht, ich spüre nur den Ruf der Schönheit einer Vollmondnacht. Der Mond scheint mir hier in Neuseeland noch lockender zu sein, noch strahlender als in meiner Heimat. Ich möchte tanzen in seinem Licht. Mir dir tanzen.«

Ich schmiegte mich an ihn. »Warum tun wir's dann nicht?«, fragte ich mutig. »Vater wird am Abend ins Dorf fahren – gelegentlich trifft er sich mit dem Reverend, dem Doktor, dem Lehrer und noch ein paar anderen im Pub. Und an Walter kann ich mich vorbeischleichen, der kriegt es mit Sicherheit gar nicht mit, wenn ich bei Nacht noch aus dem Haus gehe. Also könnten wir einen Spaziergang machen.«

Franos Augen leuchteten auf. »Du hättest keine Angst?«, fragte er. »Allein mit mir?«

Ich verdrehte die Augen. »Eben hast du noch gesagt, ich müsste mich nicht mal vor dir fürchten, wenn du dich in einen Wolf verwandeln würdest. Und jetzt soll ich Angst vor einem Spaziergang haben?«

Frano verzog das Gesicht. »Viele Mädchen halten einen Mann für gefährlicher als einen Wolf ...«

Als er das sagte, wurde mir bewusst, wie ungeheuerlich es war, was mir da bis eben ganz selbstverständlich erschienen war. Miss Clevers hätte die Hände überm Kopf zusammengeschlagen, wenn sie mich gehört hätte. Eigentlich hätte ich schon im Stall nicht wirklich mit Frano allein sein dürfen – ganz zu schweigen von Umarmungen und anderen Zärtlichkeiten. Wenn mich bei Nacht jemand mit Frano sieht, dachte ich, wird mich das kompromittieren. Die Leute werden darüber reden, denn ein anständiges Mädchen trifft sich nicht mit Männern zu Mondspaziergängen.

Trotzdem hatte ich kein schlechtes Gewissen. Ich fand, dass mit Frano alles anders war.

Ich hob die Schultern. »Du bist nicht irgendein Mann«, sagte ich fest.

Frano küsste erneut mein Haar. »Ich bin dein Mann«, flüsterte er.

Und dann habe ich mich bei Mondaufgang tatsächlich aus dem Haus geschlichen und mich mit Frano hinter der Werkstatt getroffen. Sie war verwaist, die Arbeiter waren längst gegangen, und auch sonst bestand kaum die Gefahr, dass jemand uns sehen würde. Wir haben keine direkten Nachbarn, unser Haus liegt etwas außerhalb von Te Kao. Nach Einbruch der Nacht ist selten jemand unterwegs. Frano und ich liefen also unbehelligt und aufgeregt, aber fast furchtlos Hand in Hand durch die Vollmondnacht. Es war wunderschön, der Mond tauchte die Landschaft in Silber, die Bäume warfen unwirkliche Schatten, nur das Gekreische der Nachtvögel durchbrach die Stille. Als wir ein Wäldchen durchquerten, sahen wir einen Kiwi, der nicht vor uns flüchtete, sondern mit ruhiger Gelassenheit seiner unbeholfenen Futtersuche nachging. Er stocherte mit seinem langen Schnabel im Erdreich herum in der Hoffnung, Würmer und Maden zu finden.

»Man müsste sie abrichten, um Kauri-Gum zu suchen«, scherzte Frano.

Ich lachte. »Kiwis sind ziemlich dumme Vögel«, sagte ich. »Abrichten lassen die sich nicht.«

Frano erzählte ein bisschen von seiner Arbeit als Gumdigger – er hat in einem ihrer Camps gelebt, nachdem er aus Dalmatien gekommen ist. Tatsächlich ist er in seiner Heimat bitterarm gewesen und hat sich die Überfahrt nur leisten können, weil eine Firma dafür bezahlt hat. Das Geld musste er dann erst mal mit der Suche nach Kauri-Gum verdienen. Ein hartes Brot, er tut mir noch im Nachhinein leid. Schließlich ließen wir das Wäldchen hinter uns und traten wieder hinaus unter freien Himmel in den Mondschein. Frano blieb stehen und drehte mich so, dass ich ihn ansehen musste.

»Ich dachte, du könntest nicht schöner sein als in der Morgensonne«, flüsterte Frano mir zu. »Doch das Kleid aus Silber steht dir noch besser als das Kleid aus Gold. Deine Haut leuchtet im Mondlicht, dein Haar verschmilzt mit der Nacht. Darf ich dich küssen, Clara?«

Ich nickte und hob ihm mein Gesicht entgegen. Wieder küsste er zunächst meine Stirn, dann jedoch auch meine Schläfen, meine Wangen, bis er meine Lippen erreichte. Ich öffnete sie, als ich die seinen spürte, und war aufgeregt und überrascht, als Franos Zunge langsam den Weg in meinen Mund fand. Im nächsten Augenblick überwältigte mich eine Flut von Gefühlen. Ich presste mich an ihn, während seine Zunge die meine mit kleinen, zärtlichen Bewegungen verwöhnte. Ich konnte nicht atmen, wollte nicht atmen, wollte nur aufgehen in seiner Umarmung. Ich hatte mich danach gesehnt, eins mit ihm zu sein, und jetzt war ich es. Irgendwann begann ich, den Kuss zu erwidern, seinen Mund mit meiner Zunge zu erforschen. Dabei wanderten Franos Hände über meinen Rücken, zogen mich ganz an sich, fast in sich hinein. Es war, als würden sein Körper und meiner sich verbinden. Das angenehme Kribbeln wurde zu einer Explosion von Gefühlen.

»Das ist es, was Mann und Frau miteinander tun?«, fragte ich schüchtern, nachdem wir uns endlich voneinander gelöst hatten und beseelt in enger Umarmung zurück nach Hause spazierten. »Also wenn ... wenn sie verheiratet sind?« Ich habe schon einmal etwas von »Vereinigung« gehört, und das war es schließlich, was ich empfunden hatte.

Ich war verwundert und sogar etwas gekränkt, dass Frano über meine Annahme lachte. »Nein, Clara, meine Süße, Reine«, erwiderte er. »Was zwischen Mann und Frau geschieht, kann noch sehr viel größer sein als dieser kleine Kuss. Wenn du das irgendwann willst, werde ich dich in Gefilde der Lust tragen, die dir bis jetzt nicht vorstellbar sind.«

Das Wort »Lust« kenne ich noch nicht, jedenfalls nicht im Zusammenhang mit der Liebe zwischen Mann und Frau. Aber mir dämmert, dass damit das gemeint ist, was ich heute so intensiv gespürt habe. Und ich will es immer wieder erleben! Ich will es nicht irgendwann haben, ich will es bald!

2. Dezember 1918 – mein Geburtstag

Heute, liebes Tagebuch, werde ich achtzehn Jahre alt. Das ist immer noch jung, aber Vater hat mir beim Frühstück scherzhaft verraten, ab diesem Alter dürfe man heiraten. Ich erschrak darüber und machte mir Gedanken, ob er doch etwas ahnte von der Liebe zwischen mir und Frano. Bisher halten wir sie geheim, nur die Pferde wissen von unseren Küssen und Zärtlichkeiten. Es ist allerdings möglich, dass Tante Lucy etwas vermutet. Sie sah mich forschend an, als ich mit Erröten auf Vaters Scherz reagierte.

»Man kann in Neuseeland sogar schon mit siebzehn heiraten«, stellte sie mit strenger Stimme richtig. »Doch bis zur Volljährigkeit braucht man die Erlaubnis der Eltern. Also komm jetzt nicht auf die Idee, mit deinem Liebsten durchzubrennen.«

Ich lachte gezwungen und machte mich daran, die Kerzen auf meinem Geburtstagskuchen auszupusten. Danach wandte sich das Gespräch anderen Themen zu, die ich erleichtert aufgriff – nur um später dabei erwischt zu werden, wie ich ein Stück Kuchen auf einen Teller legte, um es für Frano mit in den Stall zu nehmen. Ich suchte fieberhaft nach einer Ausrede, aber Tante Lucy winkte ab.

»Ich hab nichts dagegen, Kind, dass du den jungen Mann fütterst«, sagte sie. »Wenn du sonst bloß nicht zu weit gehst. Himmel, Clara, du bist noch so jung. Lass das nicht zu ernst werden. Tu nichts, was du später bereuen könntest.« Tante Lucy sprach so eindringlich, dass es mir fast etwas Angst machte.

»Du … weißt von mir und Frano?«, fragte ich dümmlich.

Tante Lucy seufzte. »Clara, dir ist die Verliebtheit auf hundert Meter Entfernung anzusehen. Dein Vater und dein Bruder hegen nicht den Anflug eines Verdachts. Aber mir kannst du nichts vormachen. All die Zeit, die du im Stall verbringst, nachdem du vorher Stunden damit zugebracht hast, dir die Haare zu richten und dich zu schnüren. Um dann völlig zerzaust und atemlos zurückzukommen. Ihr tut ganz offensichtlich mehr, als nur zu plaudern.«

Ich errötete. »Es ist nicht so, wie du denkst«, behauptete ich. »Es ist … also Frano tut nichts, was ich nicht will …«

»Das wäre ja auch noch schöner!«, erregte sich Tante Lucy. »Ich fürchte nur, du weißt nicht, was du willst, und der junge Mann ist sehr gut im Schmeicheln und Schönreden. Ich habe Angst, er überredet dich zu Dingen, die …« Sie verzog den Mund. Es ging also wieder mal um Angelegenheiten, über die man nicht redet.

»Was denn für Dinge?«, fragte ich provokativ, obwohl ich inzwischen deutlich mehr weiß als noch in den ersten Tagen mit Frano. Ich weiß, dass all das Geheimnisvolle etwas mit dem Unterleib zu tun hat – und mit Blut. Und ich vermute, dass diese Stelle zwischen meinen Beinen das Zentrum der »Lust« ist. Sobald ich mit Frano Zärtlichkeiten tausche, kribbelt es da nämlich, und ich werde feucht, und manchmal, wenn wir uns sehr eng aneinanderdrücken, geht von dort ein Gefühl aus, das unbeschreiblich ist.

»Ich bin sicher, dein Frano weiß ganz genau, was für Dinge ich meine«, erklärte Tante Lucy widerwillig. »Ein Mann kann es ja so oft machen, wie er will, dem sieht man's nicht an …«

»Einer Frau sieht man es an?«, fragte ich ungläubig.

Ich bin schon ein paarmal auf Hochzeiten gewesen, und eigentlich hat die Braut am Tag danach genauso ausgesehen wie zuvor.

Tante Lucy seufzte wieder. »In der Hochzeitsnacht«, setzte sie erneut an, »schenkt sich die Braut ihrem Mann. Sie erlaubt ihm ... in sie einzudringen.« Ich hätte nie gedacht, dass Tante Lucy in ihrem Alter noch erröten könnte, aber jetzt wandte sie sich schamerfüllt ab. »Dabei ... durchbricht er eine Pforte, und das ist ... unwiderruflich. Die Frau ist danach keine Jungfrau mehr, und nein, man sieht es ihr nicht an. Nur der Mann merkt es, wenn die Frau sich vor der Hochzeitsnacht schon einem anderen geschenkt hat ...«

Ich verstehe das nicht so ganz. In Bezug auf mich und Frano ist es auch bestimmt völlig unwichtig.

»Wenn der Mann und die Frau aber sowieso heiraten wollen«, gab ich zu bedenken, »sollte es eigentlich egal sein, wann sie sich ihm ... äh ... schenkt. Wie soll das überhaupt gehen? Also das ... das Schenken?«

Tante Lucy glich einem Puter, so rot ist sie geworden. »Das siehst du dann schon«, beschied sie mich. »Und das mit dem Heiraten ... das sagt sich so leicht. Die meisten Männer haben keinen Respekt vor Frauen, die sich ihnen vor der Hochzeit hingeben. Zuerst reden sie zwar viel und versprechen alles, doch wenn's dann passiert ist, wenden sie sich ab. Die Frau ist danach bestenfalls entehrt und schlimmstenfalls ... Ich kann dir jetzt nicht auch noch erklären, wo die kleinen Kinder herkommen, Clara. Frag ... also dein Vater wird dir das nicht sagen wollen, aber vielleicht ... frag deine Lehrerin!«

Damit zog sie sich aufatmend zurück, und ich lief mit dem Geburtstagskuchen in den Stall. Frano wartete schon auf mich. Er hatte ein Geschenk für mich: einen goldfarbenen Schal aus Seide, der bestimmt wunderschön zu dem Kleid aussieht, das ich zur Friedensfeier getragen habe. Außerdem hat er ein Geburtstagslied für mich gesungen, in seiner Sprache, und dann hat er es mir übersetzt.

»Alles Gute zum Geburtstag und dass sich jeder deiner Träume erfüllt. Dass du ein glückliches Leben führst und dich an schlechte Tage kaum erinnerst.«

Das war wunderschön, ich war so gerührt, ich musste sogar etwas weinen. Frano dagegen wollte sich ausschütten vor Lachen, als ich ihm von dem Gespräch mit Tante Lucy erzählte.

Ich sah ärgerlich zu ihm auf. »Was ist denn daran so komisch? Und ist es wirklich so? Weißt du, wie es geht? Hast du ... hast du das schon mal gemacht?«

Frano zog mich tröstend in die Arme. »Ich weiß, wie es geht, Clara, und ich kann es dir erzählen. Nur jetzt nicht, ich muss zur Arbeit. Und lieber würde ich es dir auch irgendwann zeigen. Eines jedoch musst du wissen: Nichts, nichts auf der Welt könnte meinen Respekt vor dir mindern, egal, ob wir es vor oder nach der Hochzeit tun.«

Am Abend hatten wir nur wenig Zeit miteinander. Vater hatte ein paar Freunde und Verwandte zu meinem Geburtstag eingeladen, und ich konnte nur kurz die Pferde füttern, bevor ich mich zum Abendessen umziehen musste. Trotzdem ließ mich der Gedanke ans Heiraten und die damit verbundenen Ver- und Gebote nicht zur Ruhe kommen. Vor dem verunglückten Scherz von Vater habe ich über Gesetze zum Heiratsalter nie nachgedacht. Jetzt wollten sie mir nicht aus dem Kopf.

»Wir könnten einfach gleich heiraten, ich bin schon seit einem ganzen Jahr alt genug dazu«, schlug ich Frano vor. »Und anschließend können wir alles machen, wozu wir Lust haben.«

Frano lachte wieder. »He, sollte nicht eigentlich ich dir einen Antrag machen? Also in Dalmatien pflegt der Mann die Frau zu fragen.«

Ich musterte ihn mit gerunzelter Stirn. »Willst du mich nicht heiraten?«, fragte ich verunsichert.

Frano nahm mich in die Arme. »Clara, meine Schöne, natürlich will ich dich heiraten. Ich fürchte nur, dein Vater wird mich vom Hof jagen, wenn ich diese Absicht äußere ...«

»Weil ich in seinen Augen noch zu jung bin?«, fragte ich unglücklich.

»Auch«, erwiderte Frano. »Aber vor allem, weil ich ein Habenichts bin. Ich kann dir nichts bieten. Deinem Vater schwebt etwas ganz anderes für dich vor.«

»Mir ist es egal, was ihm vorschwebt« sagte ich trotzig. »Er muss ja nicht mit dir leben, ich muss es. Und ich will es, auch wenn wir nicht so viel Geld haben.«

Frano küsste mich zärtlich. »Du bist ein so wundervolles Mädchen. Nicht nur schön – mutig und großmütig ebenso ... Ich verdiene deine Liebe gar nicht. Zumindest dein Vater wird es so sehen.«

Ich verzog das Gesicht. »Du musst meinen Vater einfach überreden!«, erklärte ich. »Du hast ihn schon dazu bekommen, dich einzustellen, und die Kauri-Wurzel hast du ihm außerdem verkauft. Jetzt muss dir was einfallen, das ihn von dir als Schwiegersohn überzeugt. Wenn es schon nicht reicht, dass wir uns lieben.«

Frano strich mir zärtlich das Haar aus dem Gesicht. »Ich überlege mir etwas«, versprach er dann. »Irgendetwas wird mir einfallen.«

Ich warf ihm eine Kusshand zu, als ich den Stall verließ.

10. Dezember 1918

Vater war heute wieder unterwegs, Frano kam nach Einbruch der Dunkelheit zum Stall. Dieses Mal sind wir im Regen spazieren gegangen. Frano sagte, dass man sich in seinem Land über Regen freue – zumindest im Sommer. Manchmal ist es da wohl so trocken, dass die Menschen vor Freude tanzen, wenn endlich die ersten Tropfen fallen, und so haben wir es dann auch gemacht. Wir haben versucht, die Melodie des fallenden Regens zu erspüren, und uns dazu zwischen den Pfützen auf dem Weg gedreht. Wenn ich dabei zu Frano aufsah, fielen mir die Regentropfen ins Gesicht, und er küsste sie lachend weg. Am Ende waren wir völlig durchnässt, doch so glücklich wie Kinder, die im Schlamm gespielt haben.

Am liebsten hätte ich Frano mit ins Haus genommen. Es wäre so schön gewesen, uns erst gegenseitig trocken zu rubbeln und dann vielleicht ein Feuer im Kamin zu machen und davorzusitzen und heiße Schokolade zu trinken. Das ging natürlich nicht, ich musste Frano nass und sicher auch ein bisschen durchgefroren zurück in sein trostloses Zimmerchen schicken. So langsam habe ich die Heimlichkeiten satt, liebes Tagebuch. Ich möchte mich endlich zu meiner Liebe bekennen können. Es wird Zeit, dass wir heiraten.

20. Dezember 1918

Vater hatte heute einen Streit mit Walter. Es war ein heftiger Streit, wirklich hässlich, ich mochte gar nicht hinhören. Doch natürlich habe ich wie gebannt ihren Wortwechsel belauscht. Es ging damit los, dass Vater meinen Bruder bat, endlich wieder in die Werkstatt zu kommen. Es könne nicht richtig sein, Wochen und Monate nur in einem Zimmer zu sitzen und zu grübeln, meinte er. Er hat wohl mit dem Doktor gesprochen, der ebenfalls der Ansicht ist, Walters Rückzug sei ungesund. Er müsse wieder anfangen, sich zu bewegen, selbst wenn ihm das am Anfang noch Schmerzen bereite.

Walter sagte, es gehe nicht um Schmerzen, sondern darum, dass er ein Krüppel sei und als solcher zu nichts nütze. Vater warf ihm daraufhin Selbstmitleid vor. Er meinte, er sehe sich das schon viel zu lange an, jetzt müsse Walter endlich wieder normal werden und an die Zukunft denken. Er solle schließlich irgendwann das Geschäft übernehmen. Walter erklärte allerdings, er werde nicht wieder »normal«, damit müssten wir uns alle abfinden. Schließlich wurde es immer schlimmer, mein Bruder hat Worte benutzt, die ich nicht aufschreiben mag. Kurz zusammengefasst ließ er Vater wissen, dass er nichts mit seinem Geschäft zu tun haben wolle. An die Zukunft wolle er auch nicht denken, er halte es mit den Maori, für die Zukunft und Vergangenheit gleich sind.

Ich wusste gar nicht, dass Walter sich so sehr für die Philosophie der Maori interessiert, doch er hat wohl im Lazarett in Alexandria mit einem Angehörigen der Stämme in einem Zimmer gelegen, und dessen Weltsicht hat ihm sehr imponiert. Auf jeden Fall überraschte er Vater mit der Überlegung, sich vielleicht selbst einem Stamm der Einheimischen anschließen zu wollen, um seine Wurzeln zu suchen. Vater explodierte daraufhin und erklärte, Walters Wurzeln lägen in Lancashire, England, und überhaupt, wenn er es so mit Wurzeln habe, in der Werkstatt liege eine wunderschöne Kauri-Wurzel, die nur darauf warte, gereinigt und verarbeitet zu werden. Walter brüllte, man nehme ihn nicht ernst – na ja, und dann endete es damit, dass Walter sich wieder in seinem Zimmer verschanzte und Vater wütend in die Werkstatt ging.

Ich bin noch ganz aufgewühlt von dem Streit. Ich kann es nicht leiden, wenn Menschen sich anschreien, und wenn es jemand aus meiner eigenen Familie ist, dann tut es mir richtig weh. Mir kam darüber jedoch ein Gedanke, der mich aufheitert: Wenn Walter das Geschäft schon nicht übernehmen will, weshalb überschreibt Vater es dann nicht Frano? Wenn Frano und ich heiraten, bleibt es in der Familie, und später können es unsere Söhne weiterführen.

Mir wird ganz warm ums Herz, wenn ich an unsere Söhne und Töchter denke. Ich will bald ein Baby, liebes Tagebuch! Sobald wir geheiratet haben und alle Geheimnisse gelüftet sind.

26. Dezember 1918

Ich glaube, liebes Tagebuch, ich weiß jetzt, was es auf sich hat mit diesem Geheimnis der Vereinigung von Mann und Frau und dieser komischen Pforte, von der Tante Lucy nicht weiter sprechen wollte.

Frano und ich haben uns heute Nacht wieder getroffen – Vater war in der Stadt, und Walter schmollt nach wie vor in seinem Zimmer. Heute war eine wunderbar warme Nacht. Wir sind zum Te Kao Stream gelaufen und haben uns eine Art »Nest« im Raupo-Dickicht am Ufer gemacht. Diesmal sang der Fluss für uns ein Lied, während Frano mich küsste. Ich wusste nicht, ob ich das Wasser oder das Blut in meinen Adern rauschen hörte, als er meine Bluse öffnete und meine nackten Brüste liebkoste. Er zog sein Hemd aus, und ich schmiegte mich an seine Haut, sog seinen herben Geruch ein, und als er sich auf mich legte, spürte ich, dass da etwas an ihm hart wurde. Sein Körper drängte gegen den meinen, und plötzlich wusste ich, was Tante Lucy mit meiner »Pforte« meinte. Ich öffnete mich für ihn, überaus bereit, ihn aufzunehmen.

Frano muss es gespürt haben. »Willst du?«, flüsterte er heiser. »Willst du mein werden? Ganz und gar?« Seine Hände tasteten nach dem Verschluss meines Rocks, und ich wünschte mir nichts mehr, als ihm aus seinem Beinkleid zu helfen und ...

Ich wollte schon zustimmen, doch plötzlich fiel mir Tante Lucys Warnung wieder ein. Dazu muss ich dir verraten, liebes Tagebuch, dass Tante Lucy der beste und liebste Mensch auf der Welt ist. Sie hat mir die Mutter ersetzt, sie hat mich immer verwöhnt und überaus liebevoll behandelt. Ich kann mich kaum daran erinnern, dass sie mir je etwas verboten hätte – also jetzt mal abgesehen von gefährlichen Dingen wie das Spiel mit Zündhölzern oder der Gaslampe. Umso ernster nehme ich es, wenn sie tatsächlich einmal streng wird, und ehrlich, gesagt habe ich sie nie so streng und besorgt erlebt wie während unseres Gesprächs über Frano. Allerdings kennt sie ihn kaum, sie kann nicht wissen, wie gut und respektvoll er mit mir umgeht, wie ernst er mich nimmt. Ganz sicher gehe ich nicht das geringste Risiko ein, wenn ich ihm vor der Hochzeit erlaube, meine »geheime Pforte« zu öffnen.

»Ich will, Frano«, flüsterte ich. »Aber erst will ich heiraten. Es soll alles richtig sein, Frano, ich will, dass Vater uns seinen Segen gibt. Und Tante Lucy.

Und ich will ein weißes Kleid tragen und mit dir tanzen, und alles soll wunderschön sein, und schließlich trägst du mich über die Schwelle von unserem Hochzeitszimmer, und dann ... dann tun wir es.«

»Du willst einen Ring«, konstatierte Frano. Er verzog unwillig das Gesicht. »Du bist doch noch ein kleines Mädchen.«

Ärgerlich richtete ich mich auf »Das bin ich nicht«, sagte ich. »Im Gegenteil, ich bin erwachsener als du, denn ich habe keine Lust mehr zum Versteckspielen. Ich weiß sogar schon, was wir Vater sagen können. Ob du ein Habenichts bist oder nicht, ist ganz egal. Vater hat einen Betrieb, doch er hat keinen Erben. Walter will das Geschäft nicht, der weiß selbst nicht, was er will, und selbst wenn er wollte, er hat ja recht, er ist ein Krüppel. Er kann nicht so mit anfassen wie Vater, er müsste alles den Gesellen überlassen. Du dagegen bist gesund, und du verstehst das Handwerk. Das reicht als Argument! Du bekommst mich, und ich bekomme dich, und Vater bekommt einen Erben. Ist das überzeugend oder nicht?«

Frano lächelte nachlässig, als könnte er meinen Ausbruch nicht ganz ernst nehmen. Ich sah jedoch seinem Gesicht an, dass er angebissen hatte. Sicher muss er noch reiflich über die Sache nachdenken, doch er wird bald zu einer Entscheidung kommen. Schließlich will er mich genauso, wie ich ihn will, auch wenn ich ihm die zärtliche Stimmung für heute verdorben habe.

Wir tauschten zwar noch ein paar Küsse, brachen dann jedoch sehr bald auf. Ohne zu reden, gingen wir durch die sternklare Nacht. Ich hörte auf den Wind in den Farnen und Rata-Bäumen, für mich sang er Hochzeitslieder. Rasch tastete ich nach Franos Hand.

»Bitte, lass uns mit Vater reden!«, bat ich ihn.

Franos Finger schlossen sich fest um meine.

5. Januar 1919

Eigentlich wollten wir am ersten Tag des neuen Jahres mit Vater reden, doch dann entschieden wir uns, einen weiteren Tag zu warten. Am Silvesterabend waren schließlich alle lange aufgeblieben. Vater hatte mit seinen Freunden und Tante Lucy Wein und Champagner getrunken, und Frano war mit den anderen Tischlergesellen im Pub gewesen. Am Tag danach heißes Eisen anzufassen, dachten wir, ist sicher nicht die beste Idee. Wir sprachen über den 2. Januar, doch das war ein Donnerstag, und die Arbeit in der Werkstatt sollte wieder aufgenommen werden. Der glücklichste Zeitpunkt war das also auch nicht, und so entschieden wir uns für den ersten Sonntag des neuen Jahres.

Wie an jedem Sonntag richtete Tante Lucy ein besonders gutes Frühstück, und ich nahm mir die Freiheit, Frano dazu einzuladen. Er erschien in seinen besten Kleidern, und ich hatte mich ebenfalls hübsch gemacht. Vater schaute uns verwundert an, als wir so feierlich vor ihn traten.

»Ist irgendwas passiert?«, fragte er argwöhnisch. Natürlich wunderte er sich darüber, dass Frano gekommen war.

Ich hörte Tante Lucy seufzen. Walter war zum Glück nicht da, er bevorzugte es wieder mal, in seinem Zimmer Trübsal zu blasen.

»Ja ... nein ...«, begann ich aufgeregt. »Also es ist so, dass wir dir etwas sagen wollen. Weil nämlich ... Frano und ich möchten heiraten!«

Da war es heraus. Vater sah mich mit großen Augen an.

»Nicht, Clara ...«, murmelte Frano. Er wirkte peinlich berührt. »So darfst du das nicht sagen. So geht das nicht. Es ist ... also ... Mr. Forrester, Sir, ich möchte Sie hiermit um die Hand Ihrer Tochter bitten.« Es klang, als hätte er den Satz geübt.

Vater kam wieder zu sich. »Das ist ein Scherz, oder?«, fragte er streng.

Ich schüttelte den Kopf. »Nein, Vater«, sagte ich mit klarer Stimme. »Frano und ich ... wir haben uns ineinander verliebt. Gleich nachdem er kam, er ...«

»Das geht schon seit November?«, fragte Vater mit drohendem Unterton.

»Mr. Forrester, ich liebe Ihre Tochter aufrichtig«, fuhr Frano mit seiner einstudierten Rede fort. »Ich bin nicht reich, aber ich werde ihr ein guter Mann sein, ich ...«

»Das ist ja wohl eine Untertreibung!« Vater lachte bitter. »Sie sind nicht nur nicht reich, Mr. Zima, Sie sind völlig mittellos. Es gibt nichts, was Sie meiner Tochter bieten könnten, Sie ...«

»Ganz so ist es nun auch nicht«, setzte Frano beleidigt an, und ich konnte nicht stillhalten.

»Vater, Frano kann mir eine ganze Menge bieten«, erklärte ich. »Und dir auch. Schau mal, er ist doch Tischler, und wenn Walter nun die Werkstatt nicht will ...«

»Sie haben es auf meine Werkstatt abgesehen?« Vater blitzte Frano wütend an. »Also, das ist ja nun wirklich die Höhe. Ich ...«

»Mir geht es einzig und allein um Clara!«, widersprach Frano stolz. »Natürlich will ich meine Arbeitskraft gern weiter in Ihr Unternehmen einbringen ...«

»Das ist außerordentlich gnädig von Ihnen!«, höhnte Vater. »Aber mehr wird es garantiert nicht sein, junger Mann. Bislang ist es nämlich noch gar nicht raus, dass Walter das Geschäft nicht übernimmt. Da kann sich noch sehr viel ändern, wenn sein Wirrkopf wieder in Ordnung kommt. Und selbst falls ich einen anderen Nachfolger aussuchen müsste, da wären Sie weiß Gott nicht meine erste Wahl! Ich hab Männer in der Werkstatt, die sehr viel erfahrener sind und fleißiger! Allein Ihr dauerndes Zuspätkommen ...«

»Er ist aber meine Wahl!«, rief ich. »Und wenn er mal zu spät kommt, dann nur, weil er mir vor der Arbeit im Stall hilft.«

»Für Stallarbeit, die er obendrein dazu nutzt, dir den Kopf zu verdrehen, wird er nicht bezahlt!«, polterte Vater.

»Trotzdem will ich ihn!«, sagte ich mit fester Stimme. »Ihn und keinen anderen.«

Vater verdrehte die Augen. »Du bist gerade mal achtzehn, Clara. Du weißt überhaupt noch nicht, was du willst. Auch das spricht übrigens gegen diese Verbindung. Mr. Zima ist doch doppelt so alt wie du!«

»Wirklich?« Das brachte mich nun ein bisschen aus der Fassung. Natürlich weiß ich, dass Frano älter ist als ich, sogar älter als die meisten unserer Gesellen. Wenn er allerdings doppelt so alt sein sollte wie ich, dann wäre er ja schon über dreißig!

»Ja, es ist richtig, ich bin älter als Clara«, meldete sich jetzt Frano wieder zu Wort. Er sprach in diesem ruhigen, gesetzten Ton, den ich so an ihm liebe. »Das bedeutet jedoch auch reifer. Ich weiß sehr wohl, wovon ich spreche, wenn ich sage, dass ich Ihre Tochter liebe und immer lieben werde. Für mich ist Clara ... meine Göttin, mein Halt ...«

»Und nicht zu vergessen Ihre Altersversorgung?«, fragte Vater spöttisch, was ich nun wirklich gemein fand.

Frano schüttelte den Kopf. »Sie beleidigen mich, Sir. Aber ich kann Sie verstehen, es ist eine Entscheidung, eine Tochter zu verheiraten. Hätte ich eine Tochter, würde ich ähnlich denken. Allerdings bin ich kein Erbschleicher, Sir. Tatsächlich stand mir nie der Sinn danach, eine Tischlerwerkstatt zu leiten. Das hätte ich auch in Dalmatien haben können.« Ich horchte auf. Bisher habe ich nämlich immer gedacht, Franos Familie sei bitterarm. »Ich sehe mich mehr als ... Geschäftsmann.« Vater lachte auf, als Frano weitersprach, der ließ sich jedoch nicht beirren. »Und als solcher, als solcher wäre ich lieber Ihr Partner, Sir, als Ihr Erbe.«

Vater grinste und verschränkte die Arme. »Na, da bin ich aber gespannt«, höhnte er. »Was hätten Sie denn einzubringen, Mr. Zima, in so eine Partnerschaft?«

Die Anrede klang seltsam gestelzt. Ich weiß, dass Vater seine Arbeiter eigentlich beim Vornamen nennt. Das Klima zwischen ihm und Frano hat sich heute deutlich verschlechtert.

Frano setzte sich Vater gegenüber. Bislang hatten wir beide vor ihm gestanden. »Sie erinnern sich an die Kauri-Wurzel, Sir, die ich mitgebracht habe, als ich herkam?«, fragte er. »Nun, da wo die herkommt, liegen noch mehr. Und nicht nur Wurzeln, ganze Bäume.«

Vaters spöttischer Gesichtsausdruck wich einem interessierten. »Und wirklich nicht auf staatlichem Land?«, fragte er.

Frano schüttelte den Kopf. »Nein, auf Privatland. Ich hab nicht illegal nach Kauri-Gum gegraben. Nur mit Genehmigung der Landbesitzer.«

»Frano macht überhaupt nichts illegales!«, warf ich eifrig ein.

Vater gebot mir mit einer Handbewegung Schweigen. »Und dabei haben Sie alte Kauri-Bäume gefunden?«, erkundigte er sich. »Nehmen Sie es mir nicht übel, doch wenn Sie da auf einen Schatz gestoßen sind: Warum haben Sie den nicht gleich gehoben?«

Frano hob die Schultern. »Die Stämme liegen in Sumpfgebieten. Auf der Coromandel-Halbinsel. Um sie zu bergen, braucht man Pferde, Ketten, Lastfahrzeuge. Wir Gumdigger haben natürlich manchmal eine Wurzel ausgegraben oder ein paar Äste, aus denen die Figürchen und Möbel gemacht wurden, die ich verkaufen wollte. Die Bergung größerer Bäume konnten wir uns jedoch nicht leisten. Die Landbesitzer hätten das auch nicht erlaubt. Die wissen, was die wert sind ...«

Vater löste seine Arme, er saß Frano jetzt entspannter gegenüber und wirkte gar nicht mehr so feindselig. »Wenn ich das recht verstehe, dann schlagen Sie mir jetzt vor, mir die genaue Fundstelle der Bäume zu verraten, die ich dann auf meine Kosten berge, und als Belohnung dafür bekommen Sie meine Tochter?«, fragte er.

Frano lächelte. »Das wäre zu einfach«, erwiderte er. »Nein, ich schlage Ihnen vor, die gesamte Bergung für Sie zu organisieren. Also auf die Halbinsel zufahren, mit den Landbesitzern dort zu reden, den Deal auszuhandeln, die Bäume auszugraben und sie dann herzubringen. Die erste Fuhre müssten Sie vorfinanzieren, da haben Sie recht. Doch wenn wir damit Gewinn machen, hoffe ich, mich ab der zweiten Fuhre finanziell beteiligen zu können und dann meinen Anteil am Erlös zu erhalten.«

Vater schien nachzudenken, ich schwieg beeindruckt. Frano hatte Wort gehalten. Er hatte sich wirklich etwas einfallen lassen, und der Plan war viel besser durchdacht als meine Überlegungen zur Übernahme der Werkstatt.

»Und wer garantiert mir, dass Sie nicht mein Gespann nehmen und das Geld, das ich Ihnen mitgebe, um den Landbesitzer zu bezahlen und Männer für die Bergung anzuheuern, und damit auf Nimmerwiedersehen verschwinden?«, fragte Vater streng.

»Vater!« Ich war empört. Wie konnte er Frano so etwas unterstellen?

Frano blieb gelassen. »Schicken Sie jemanden mit«, schlug er vor. »Jemanden, dem Sie vertrauen. Wissen Sie was? Schicken Sie Ihren Sohn mit! Für Walter wäre es gut, hier mal rauszukommen. Und Clara sagt, er habe sich immer gern um Pferde gekümmert. Vielleicht mag er ja das Gespann fahren. Wenn er auf dem Bock sitzt, braucht er keine Krücken.«

Vater rieb sich die Stirn. »Ich sag Ihnen was, Frano«, begann er dann, und ich atmete auf als er ihn wieder beim Vornamen nannte. »Wenn Ihnen das glückt, dass Sie Walter dazu überreden, mit Ihnen nach Süden zufahren, dann können wir den Deal machen. Genau wie Sie es vorschlagen. Sie bringen mir einen Kauri oder zwei, halt so viele, wie die Pferde ziehen können. Und wenn das Holz was taugt, und wenn's nicht teurer war, den Kauri zu bergen, als ihn zu verarbeiten und zu verkaufen, dann denke ich über die Hochzeit nach ...«

»Nachdenken reicht nicht!«, sagte ich vorlaut.

Vater lächelte. »Also schön. Wenn er zurückkommt und du immer noch willst, dann kannst du ihn heiraten. Womöglich bringen Sie ja doch mehr zustande, Frano, als ich bislang gedacht habe.«

Er reichte Frano die Hand, Frano schlug ein, und ich umarmte beide vor lauter Glück und Dankbarkeit. Nun müssen wir nur noch Walter davon überzeugen, Frano zur Coromandel-Halbinsel zu begleiten.

10. Januar 1919

Wie sträflich ich dich in den letzten Tagen vernachlässigt habe, liebes Tagebuch! Wir waren aber auch so geschäftig, und ich war so glücklich und aufgeregt, dass ich gar nicht zum Schreiben kam. Es ist kaum zu glauben, doch Walter hat tatsächlich eingewilligt, Frano und George – den will Vater auch mitschicken, ich glaube, dem vertraut er noch am meisten – auf der ersten Kauri-Bergungsfahrt zu begleiten. Frano hat allerdings mit Engelszungen reden müssen, und ich habe Walter zu bedenken gegeben, dass er meinem Glück im Wege stünde, wenn er sich jetzt nicht mal zusammennähme. Darüber hat er ein bisschen gelacht, was ich jedem anderen übel genommen hätte. Bei Walter freue ich mich allerdings so darüber, wenn er mal lacht, dass es sogar auf meine Kosten gehen darf.

Am Ende meinte Walter, ihm falle in Te Kao ohnehin seit Wochen die Decke auf den Kopf, und wenn er auch sicher kein Talent zum Kaufmann habe, so könne er sich doch als Wagenlenker nützlich machen und sich um die Pferde kümmern. Vielleicht haben darüber hinaus ja die prachtvollen Kaltblüter eine Rolle gespielt, die sich Vater für das Unternehmen geliehen hat. Ich konnte mich selbst kaum an ihnen sattsehen, so kräftig sind sie gebaut und so glänzend ist ihr schwarzes Fell. Es sind richtige Shire Horses, irgendjemand bei Wellington züchtet sie, und ein Landwirt in unserer Gegend besitzt zwei Gespanne. Mit einem davon hilft er uns jetzt aus, und Vater war sehr stolz, als er betonte, er gebe die Pferde speziell meinem Bruder, dessen Reiterei ihn früher immer beeindruckt habe.

Frano ist es ganz recht, dass Walter sich um die Pferde kümmern will. Er kennt aus Dalmatien nur Esel und hat mir gestanden, dass die riesigen Shires ihm richtig Respekt einflößen. George hat mit Pferden gar nichts am Hut, der wäre am liebsten mit dem Lastwagen gefahren. Den gibt Vater jedoch nicht her, und es wäre obendrein unpraktisch. Die Kaltblüter können sowohl beim Transport als auch bei der Bergung der Bäume nützlich sein. Mit einem Fahrzeug kann man nicht in den Sumpf, um das Holz aus dem Morast zu ziehen.

So wird nun also alles vorbereitet, und schon in der nächsten Woche soll es losgehen. Ich bin aufgeregt und voller Hoffnung, nur die Trennung von Frano wird mir schwerfallen. Ein paar Wochen dauert so eine Expedition nämlich – allein die Fahrt mit dem Pferdefuhrwerk zur Halbinsel wird einige Zeit in Anspruch nehmen. Es sind mindestens dreihundertfünfzig Meilen, sagt Vater. Ob ich in dieser Zeit überhaupt etwas von Frano hören werde, steht in den Sternen. Das Schöne ist jedoch, dass ich nun immer mit ihm zusammen sein kann, wenn ich will, sofern seine Zeit es erlaubt. Endlich gibt es keine Heimlichkeiten mehr. Frano besucht mich ganz offen jeden Tag.

Mit den Zärtlichkeiten im Stall und den nächtlichen Spaziergängen ist es nur leider vorbei. Tante Lucy und Vater passen auf, dass wir nicht zu oft allein sind. Wahrscheinlich befürchtet zumindest Erstere, wir könnten die Hochzeitsnacht vorwegnehmen. Das kommt jedoch nicht infrage. Alles wird genau so, wie ich es mir erträumt habe. Wenn es nur schon so weit wäre! Ich kann die Zeit kaum abwarten.

15. Januar 1919

Frano, Walter und George sind heute abgefahren. Ich bin traurig und fühle mich einsam.

30. Januar 1919

Vater hat eben eine Depesche von Walter erhalten. Sie sind kaum angekommen und stehen schon in Verhandlungen über die Bergung eines Kauris. Ich freue mich, doch ich bin auch etwas unglücklich. Warum hat Frano keine Zeile für mich hinzugefügt?

8. Februar 1919

Ich verzehre mich vor Sehnsucht nach Frano. Wenn ich solche Sätze früher in Büchern gelesen habe, fand ich sie immer albern. Doch nun weiß ich, wie eine Frau fühlt, an deren Seite ein schmerzlich leerer Platz ist. Wie soll das erst werden, wenn wir verheiratet und noch enger verbunden sind? Gestern kam erneut eine kurze Nachricht für Vater. Wieder von Walter. Sie bergen einen prachtvollen Baum. Ich frage mich, wie lange so eine Aktion dauert. Und wie lange sie dann brauchen, um ihren Schatz nach Hause zu bringen.

12. Februar 1919

Endlich eine Nachricht von Frano! Mit klopfendem Herzen hielt ich heute Morgen seinen Brief in Händen, aufgegeben in der Stadt Thames. Tante Lucy und Vater fragten, was er schreibt, aber ich drückte den Umschlag nur wortlos an mein Herz und lief damit in mein Zimmer, um allein mit meinem Liebsten zu sein.

Leider – und das verrate ich nun wirklich nur dir, liebes Tagebuch – erwies sich der Brief als Enttäuschung. Ich hatte auf schöne Worte gehofft, gerade von Frano, der so poetisch zu reden versteht. Doch das Schreiben ist seine Sache nicht. Tatsächlich erzählt er wie ein Kleinkind in ganz ungelenker Schrift, und er macht fürchterliche Fehler!

»Liepste« nannte er mich und schrieb dann nur: »Es isst vollpracht. Ich pringe mein Hertz heim zu dir.« Erst beim dritten oder vierten Lesen ging mir auf, dass ich einfach zu viel von einem jungen Mann erwartet habe, der in einem Dorf in einem kleinen, rückständigen Land aufgewachsen ist. Kann es sein, dass Frano gar nicht zur Schule gegangen ist? Dass er vielleicht erst hier in Neuseeland etwas Schreiben und Lesen gelernt hat? In dem Fall ist es natürlich besonders lieb und mutig von ihm, es mit einem Brief an mich zu versuchen. Und eigentlich ist es ja völlig egal, wie er es mit der Orthografie hält. Er denkt an mich, und er liebt mich!

Und er kommt heim!

25. Februar 1919

Ich kann es noch kaum fassen, und doch ist es wahr! Ich stehe hier am Fenster und spüre Franos Wärme nach, seiner Hand in meiner, seinen Lippen auf meinen. Sie sind zurück, liebes Tagebuch, sie sind wirklich zurück! Heute Nachmittag hörten wir die Hufschläge, schwere Hufschläge von kräftigen Pferden, die eine gewaltige Last ziehen. Ich brachte gerade Kaiwa und Luna auf die Weide und nahm ihnen schnell die Halfter ab, als sie die

Köpfe hoben und ihren Art genossen entgegenwieherten. Dann lief ich auf den Hof und sah den Wagen einfahren. Die Pferde gingen Schritt und waren schweißnass, mein Bruder saß auf dem Bock und wirkte so stolz, wie ich ihn seit seinem verhängnisvollen Aufbruch in den Krieg nicht mehr gesehen habe. George hockte lachend neben ihm, und Frano – Frano sprang vom Wagen, als er mich sah.

»Clara, Clara, Clara!« Er jubelte meinen Namen, wirbelte mich herum und küsste mich ungeniert vor allen Leuten.

Inzwischen waren Vater und die anderen Arbeiter aus der Werkstatt gekommen, und Tante Lucy stand an der Haustür. Frano setzte mich wieder auf dem Boden ab und wandte sich gemäßigten Schrittes Vater zu.

»Mr. Forrester, Sir, ich denke, ich habe meinen Beitrag zu unserer Abmachung zu Ihrer Zufriedenheit geleistet. Geben Sie mir nun die Hand Ihrer Tochter?«

Vater wirkte peinlich berührt, und es war wirklich nicht sonderlich geschickt, so mit der Tür ins Haus zu fallen. Doch ich denke, Frano hat diesen Augenblick genauso sehr herbeigesehnt wie ich. Er wollte jetzt ein Ja. Unbedingt und dringend.

»Nun lassen Sie mich erst mal gucken«, brummte Vater und floh in Richtung des Fuhrwerks, das Walter inzwischen angehalten hatte. Er warf einen Blick auf die Ladefläche und machte große Augen! Auf dem Wagen lag der prächtigste alte Kauri, den ich je gesehen habe. Und ich sehe die Bäume immer, wenn sie geliefert werden. Sie werden unter freiem Himmel gesäubert und zerkleinert, bevor sie in die Werkstatt kommen. Dieser hier war ein Prachtexemplar – groß genug, um ihn auszuhöhlen und Wohnung darin zu nehmen. Vater träumt seit Langem von einem Kauri, aus dem man ein Treppenhaus schnitzen kann, alles aus einem Stück. Mit diesem Baum wird er sich diesen Wunsch erfüllen können!

»Was hat der gekostet?«, fragte Vater, als er sich von der Überraschung erholt hatte. Dann war er gleich wieder sprachlos, als Frano nämlich die Summe nannte.

»Das ist geschenkt!«, hauchte er, wozu Frano nur geschmeichelt die Schultern hob.

»Ich hab's Ihnen gesagt«, erklärte er. »Mein Verhandlungsgeschick sucht seinesgleichen, es ist meinem handwerklichen Geschick weit überlegen. Doch Walter hat auch das seine dazu beigetragen. Ohne ihn hätten wir es nicht so gut hinbekommen.«

Frano erzählte nicht viel mehr, er gesellte sich mit George zu den Männern, die sich jetzt mühten, den gewaltigen Kauri mithilfe von Ketten und Flaschenzügen abzuladen. Walter wechselte nur ein paar Worte mit Vater. Er wirkte zwar zufrieden, jedoch sehr erschöpft. Ich half ihm deshalb, die Pferde auszuspannen und in den Stall zu bringen, damit er ins Haus gehen und sich hinlegen konnte. Das Gerüttel auf dem Wagen hat seiner kaputten Hüfte nicht gutgetan. Als ich aus dem Stall kam, war Frano schon weg, und ich war zunächst enttäuscht. Tante Lucy zwinkerte mir jedoch zu.

»Den jungen Mann habe ich erst mal in ein Badehaus geschickt, damit er sich frisch macht für diesen Abend und einen Anzug anzieht, sofern er einen hat. Wir wollen schließlich Verlobung feiern.«

»Wir wollen was?«, fragte ich atemlos.

Tante Lucy strahlte über ihr ganzes liebes Vollmondgesicht. »Dein Vater hat deinen Frano zum Essen eingeladen. Wir wollen den Erfolg seiner ersten Einkaufsreise feiern und ein Glas auf euer Glück trinken. Und ich denke, es wird auch über ein Datum für die Hochzeit gesprochen. Du hast es tatsächlich geschafft, Clara. Du bekommst den Mann, den du willst, mit dem Segen deines Vaters!«

Ich schwebte durch den restlichen Nachmittag und verbrachte wieder endlose Zeit vor meinem Kleiderschrank, bevor ich mich für ein grasgrünes Seidenkleid mit bernsteinfarbenem Gürtel entschied. Es entspricht nicht der neuesten Mode, ich muss mich noch dafür schnüren, was man jetzt eigentlich kaum noch tut. Doch Frano hat immer so bewundernd über meine schmale Taille gesprochen, die er fast mit zwei Händen umfassen kann. Er hat mich mit einer Elfe verglichen oder einer Fee ... und dem Traumbild komme ich in diesem Kleid näher als in allen anderen meiner Sachen. Mein Haar habe ich wieder offen getragen, es reicht mir jetzt fast bis zu den Hüften. Ich entschied, es mit einem Stirnband aus zum Kleid passender grüner Seide zu bändigen.

»Ein Mädchen aus einem Märchen!«, flüsterte Frano, als er mich sah. »Ein Zauberwesen ... Ich kann nicht glauben, dass du sterblich bist.«

Ich lachte. »Ich bin unsterblich, so unsterblich wie unsere Liebe«, gab ich zurück, und er nahm meine Hand und küsste sie sanft und wieder einmal so vorsichtig, als hielte er ein Stück des wertvollsten Porzellans.

Wir saßen dann nebeneinander, ließen uns den Wein munden und Tante Lucys wundervolles Essen, und vor allem genossen wir einander. Selbst wenn wir uns nicht berühren konnten, war es doch, als wären wir verbunden, als fesselten uns goldene Bänder.

Am Ende sprach Vater Glück- und Segenswünsche aus. Wir waren nun offiziell ein Paar, verlobt und einander fest versprochen. Tante Lucy, George, der ebenfalls eingeladen war, und sogar Walter applaudierten freundlich, als wir uns küssten.

Erst bei den Verhandlungen über einen Termin für die geplante Hochzeit wurde mein Glück wieder ein wenig getrübt. Frano wünschte sich, dass wir so schnell wie möglich heirateten, doch vor Anfang August wollte Vater kein Datum festsetzen.

»Noch fast ein halbes Jahr?«, fragte ich unglücklich. »Können wir nicht gleich ...?«

Vater schüttelte genauso energisch den Kopf wie Tante Lucy.

»Ein paar Monate sind eine sehr kurze Verlobungszeit«, erklärte sie. »Zu kurz, finde ich, ein Jahr wäre besser. Es soll doch niemand annehmen, dass ihr heiraten müsst!«

Ich verstand nicht recht, was sie damit meinte. Frano schien ihr Argument allerdings einzusehen. Er nickte und tröstete mich, obwohl ich merkte, dass es auch ihn hart ankam.

»Sechs Monate, meine Liebste, eigentlich nur noch fünf, der Februar ist ja fast vorüber! Die Zeit geht schnell vorbei! Du wirst es kaum merken, schon ist es so weit!«

Vater führte weiterhin an, dass ich doch sicher eine große, schöne Hochzeit haben wolle, und so ein Fest brauche eine gewisse Vorbereitungszeit. Das leuchtete mir nun wieder ein, während es Frano ziemlich egal zu sein schien, wie unsere Heirat gefeiert werden sollte. Vater hat recht, ich musste mich um meine Aussteuer kümmern., das Kleid nähen lassen, die Gästeliste muss erstellt und die Einladungen müssen versandt werden. Und dann die Menüfolge ... die Musik ... Es gibt so viel zu tun, die Monate werden mit Geschäftigkeit ausgefüllt sein. Wenn da nur nicht mein brennender Wunsch wäre, mich ganz Franos Zärtlichkeiten hinzugeben …

Ich hasste es, mich nach dem Essen von ihm trennen zu müssen, am liebsten wäre ich mit ihm gegangen oder hätte ihn mit hinauf in mein Zimmer genommen, um in seinen Armen einzuschlafen. Ohne ihn wollte mich der Schlaf dagegen nicht finden. Ich war hellwach und aufgedreht – schmeckte Franos Küssen nach und sah mich auf der Hochzeit mit ihm tanzen. Ich hätte mich dieser Vorfreude natürlich einfach überlassen können. Ich hätte sicher wach gelegen bis zum frühen Morgen – um meinem Liebsten dann übernächtigt und mit Augenringen gegenüberzutreten! Willst du das?, fragte ich mich. Nein, das wollte ich nicht! Entschlossen stand ich wieder auf, zog meinen Morgenmantel an und lief noch einmal hinunter in die Küche, um mir einen Becher heiße Milch mit Honig zu holen. Dabei hörte ich Stimmen aus dem Wohnzimmer.

»Trinken Sie noch ein Glas mit mir, George«, forderte Vater seinen Angestellten gerade auf als ich an der Wohnzimmertür vorbeikam. »Und erzählen Sie mir ein bisschen mehr von dieser Reise.«

Natürlich verhielt ich sofort meinen Schritt. Und ich muss es gestehen, liebes Tagebuch, ich habe gelauscht. Das interessierte mich schließlich brennend!

»Was wollen Sie denn wissen, Chef?« Ich hörte an Georges Tonfall, dass er grinste. George ist entschieden der Pfiffigste unter Vaters Leuten. Sicher war ihm klar, dass Vater ihn über seinen Sohn und mehr noch über Frano aushorchen wollte.

Ich hörte, wie eine Flasche geöffnet wurde. Offenbar gab es Whiskey.

»Zum Beispiel, wie ihr einen so prächtigen Kauri zu so einem kleinen Preis bekommen habt«, sagte Vater. »Wo ihr den gefunden habt, wie die Bergung gelaufen ist …«

George nahm offenbar einen Schluck, bevor er redete.

»Gefunden haben wir das Ding tatsächlich auf der Halbinsel in einem Sumpf zwischen den Orten Coromandel und Whitianga, nahe eines Gumdigger-Lagers. Privatgrund, hat Frano gesagt. Der Farmer macht da etwas Geld, indem er den Diggern die Genehmigung zum Schürfen von Harz gibt. Er stellt ihnen auch den Grund zum Bau ihrer Hütten zur Verfügung. Ansonsten hält er Schafe. Viel Ahnung von Kauri-Holz hat er nicht.«

»Ihr habt ihn doch nicht über den Tisch gezogen?«, fragte Vater bestimmt.

»Das nicht«, beteuerte George. »Allerdings ... Frano, also ihr zukünftiger Schwiegersohn, der versteht es schon, mit Engelszungen zu reden. Und er weiß, wie er die Leute packen kann! Beim Patriotismus zum Beispiel. Er hat dem Farmer Walter als Kriegsveteranen vorgestellt, der sich jetzt mit Kauri-Holz eine Existenz aufbauen will. Mit meiner und Franos Hilfe. Er hat's dargestellt, als machten wir die Bergung und das alles für Gotteslohn oder aus Vaterlandsliebe, um einem Veteranen wieder auf die Beine zu helfen. Dem Farmer hat das sehr imponiert. Auch wie Walter das Gespann bei der Bergung geführt hat, trotz seiner ... seiner lahmen Beine. Das war wirklich unglaublich. Was Pferde angeht, hat Walter immer noch was drauf. Der Farmer wollte dann alles über die Kaltblüter wissen, nur seit dem Krieg ist Walter ja ... hm ... Nehmen Sie's nicht übel, Chef, aber schon etwas maulfaul ... Jedenfalls hat er ihm nur gesagt, das Gespann ist geliehen, und das passte natürlich zu Franos Heldengeschichte. Der Farmer muss gedacht haben, wir müssten jeden Penny dreimal umdrehen. Deshalb hat er uns diesen sagenhaften Preis gemacht. Wobei er das Geld auch wirklich nicht braucht, er scheint mit seinen Viechern genug zu verdienen.«

»Was hat mein Sohn zu all dem gesagt?«, erkundigte sich Vater, nachdem er kurz geschwiegen und die Geschichte auf sich hatte wirken lassen.

»Dem war's wohl ein bisschen peinlich«, meinte George. »Mir auch. Andererseits ... Frano hat nicht wirklich gelogen, Walter konnte ihm nichts vorwerfen, außer dass er auf seiner Kriegsverletzung herumgeritten ist – und dass er verschwiegen hat, dass wir nicht privat, sondern für Ihre Holzhandlung unterwegs waren. Und die will Walter ja nicht erben. Tut mir leid, Chef, das hat er uns auf der Reise mehrmals gesagt. Also, meinte Frano, müsste man die verwandtschaftliche Beziehung nicht betonen. Und ansonsten ... Na ja, Franos Gerede hat Walter irgendwie angespornt. Er wollte wohl zeigen, dass er kein Mitleid braucht, und er hat das Gespann so was von gut durch die engen Straßen gefahren mit dem Riesen-Kauri ... Hut ab, Chef, kann man da nur sagen. Und ich glaube ... ich glaube, wenn so eine Fahrt noch mal ansteht, dann will Walter wieder mit.«

Die Männer tranken schweigend, als George seine Geschichte beendet hatte, und ich beschloss, genug gehört zu haben. Mit meinem Becher Milch verzog ich mich nach oben.

Schlafen kann ich allerdings immer noch nicht. Das Gehörte wirkt in mir nach. Wobei ich mich frage, wie Vater die Sache beurteilt. Bewundert er Frano, weil der sich wieder mal als Meister in der Kunst des »Überredens« erwiesen hat, oder sieht er das eher kritisch? An sich legt Vater sehr viel Wert auf absolute Ehrlichkeit. Er kann es nicht leiden, wenn man ihm die »Worte im Mund verdreht«, wie er mir mitunter vorwirft, wenn ich gerade mal wieder versuche, ihm irgendetwas abzuschmeicheln. Andererseits ist er Geschäftsmann und muss sich über den guten Abschluss freuen.

Jetzt verbiete ich mir energisch weiterzugrübeln. Für mich ist nur wichtig, dass Frano sein Versprechen erfüllt hat und auch Vater nun Wort halten muss: Frano und ich sind verlobt. Nur das zählt.

3. März 1919

Vater werkelt an dem Kauri herum. Er ist absolut glücklich damit und will seinen Traum vom Treppenhaus im Baum wahr machen. All seine Leute sind damit beschäftigt, den gewaltigen Kauri dafür vorzubereiten.

Frano dagegen scheint ruhelos. Die Arbeit in der Werkstatt macht ihm keinen Spaß. Unser Zusammensein beseligt uns zwar beide, doch ganz ehrlich, liebes Tagebuch: Es war schöner, als wir uns noch unbehelligt küssen, umarmen und streicheln konnten. Tante Lucy erlaubt uns nur zahme Zärtlichkeiten unter Aufsicht, und mir wird klar, wie sehr ich den Austausch von Berührungen und Küssen an intimeren Stellen genossen habe, den Tante Lucy »Spiel mit dem Feuer« nennt. Wir fiebern unserer Hochzeit entgegen, doch das ist noch so viele Monate hin … ich weiß kaum, wie ich es aushalten soll.

Heute hat Frano zum ersten Mal erwähnt, dass er gern ein weiteres Mal zur Coromandel-Halbinsel fahren würde.

»Jetzt würde ich richtig was dabei verdienen«, erklärte er mir. »Wir hätten etwas Anfangskapital zum Einrichten nach der Hochzeit.«

»Einrichten?«

Ich lächelte. An sich ist es längst beschlossen, dass wir nach der Hochzeit kein eigenes Haus beziehen werden, sondern in dem von Vater bleiben. Es ist sehr groß, und das gesamte obere Stockwerk wird nur von mir und Walter bewohnt. Falls Walter nun wirklich einmal wegziehen wird – er lässt uns über seine Pläne nach wie vor im Unklaren –, werden Frano und ich es ganz für uns allein haben. Vater ist damit einverstanden, dass wir ein paar kleine Umbauten vornehmen, um zusammenhängende Zimmer zu haben und vielleicht eine eigene Küche. Tante Lucy findet das zwar überflüssig, sie will gern weiter für alle kochen, aber ich fände es schon besser, wenn ich auch mal allein vor mich hin werkeln und meine Familie selbst versorgen kann. »Meine Familie« – wie wundervoll das klingt! Am liebsten würde ich ein ganzes Blatt mit diesen Worten füllen! Mein Mann, meine Familie ... mein Mann, meine Familie! Und wenn wir bald ein Kindchen haben sollten ...

Doch ich schweife ab. Eigentlich, liebes Tagebuch, wollte ich von Franos neuen Reiseplänen schreiben, die mir das Herz eher schwer werden lassen, als es mit Freude zu erfüllen wie die Pläne für den Umbau.

»Wir haben eine Möbelhandlung«, gab ich Frano zu bedenken. »Uns einzurichten wird kein Problem sein. Wir gehen einfach in den Laden und suchen uns was aus. Oder ihr tischlert etwas speziell für uns, das wäre fast noch schöner. Hättest du nicht Lust, ein Bett für uns zu bauen?« Ich zwinkerte ihm vielsagend zu und fühlte mich fast ein bisschen verrucht.

Frano lächelte und strich mir liebevoll über die Wange. »Liebste, natürlich werde ich gern ein Bett für dich bauen«, versprach er. »Trotzdem besagt die Vereinbarung zwischen mir und deinem Vater, dass ich zum Einkommen der Familie beitrage. Er wird mich nur als Partner akzeptieren, wenn ich meine Versprechungen halte. Also werde ich baldmöglichst eine weitere Reise antreten, um mich auf die Suche nach Kauris zu begeben. Walter sieht das übrigens genauso. Auch er möchte jetzt am Erlös beteiligt werden.«

»Er will was?«, fragte ich verblüfft.

Vor dem Krieg ist Walter für die Mitarbeit in der Werkstatt nie bezahlt worden. Wenn er Geld brauchte, fragte er Vater einfach danach, so wie ich es auch tue, wenn ich einen Wunsch habe.

»Dein Bruder will weg von hier«, sagte Frano. »Zu seinem Maori-Freund oder wohin auch immer. Er sagt das nur nicht, weil dein Vater sich darüber aufregt, und er will ihn auf keinen Fall um Geld für die Reise bitten. Wenn er es allerdings verdient, ist das eine andere Sache. Es ist eine Frage des Stolzes, verstehst du? jedenfalls will er wieder los, besser heute als morgen.«

Für mich ist das neu. Tatsächlich habe ich das Gefühl, als hätte Walter die erste Reise gar nicht gut vertragen. Sein Hinken ist nach dem langen Sitzen auf dem Bock und der Fahrt über zum Teil holprige Straßen eher schlimmer geworden. Die erste Woche nach der Reise hat er ganz und gar im Bett verbracht. Ich verstehe allerdings Franos Argumente. Und ich wäre nicht böse auf Walter. Wenn er tatsächlich weggeht, haben wir die erste Etage des Hauses ganz für uns. Natürlich habe ich bei dieser Überlegung ein schlechtes Gewissen, doch ich frage mich, ob Frano nicht genauso denkt und meinen Bruder womöglich in seinen Auszugsplänen bestärkt.

Was da auch immer vorgegangen ist zwischen meinem Liebsten und meinem Bruder ... Allen Argumenten und praktischen Überlegungen zum Trotz werde ich beide vermissen, wenn sie mich nun wieder verlassen.

20. März 1919

Frano, Walter und George haben sich wieder auf den Weg nach Coromandel gemacht.

1. April 1919

Keine Nachricht von Frano und den anderen. Ich bin niedergeschlagen, doch Tante Lucy plant eine Reise nach Auckland, um mit mir für die Aussteuer einzukaufen.

5. April 1919

Auckland ist riesengroß und aufregend! Wir sind seit gestern hier und gehen durch die Läden. Was man nicht alles benötigt, um einen eigenen Hausstand zu gründen! Ich sehe jetzt ein, wozu Frano meint, Geld zu brauchen. Er hätte all diese Dinge wohl lieber selbst bezahlt, als sie von Vater finanzieren zu lassen. Andererseits hat ein Mädchen ein Recht auf seine Aussteuer. Er soll sich mal nicht so anstellen mit seiner Ehre!

9. April 1919

Wir sind zurück in Te Kao, und inzwischen ist die erste Depesche von Walter eingetroffen. Alles scheint wieder genauso gut zu laufen wie bei der ersten Reise. Sie haben einen weiteren Kauri gefunden und sind fast fertig mit der Bergung.

12. April 1919

Die Männer müssen auf dem Heimweg sein! Bald, oh, so bald werde ich Frano wiedersehen!

26. April 1919

Heute durfte ich Frano endlich erneut in meine Arme schließen. Es war so wunderwunderschön, seine raue Haut zu spüren, seine liebevolle Umarmung, seine Küsse, seinen herben Geruch aufzunehmen. Ich habe meinen Körper an ihn gepresst und gelacht, während er mir die Freudentränen vom Gesicht geküsst hat.

»Jetzt gehst du aber nicht mehr fort bis zur Hochzeit!«, bat ich. Frano lachte nur.

»Ich bin immer bei dir«, sagte er beschwichtigend. »Egal, wo ich bin und was ich tue, mein Herz gehört dir, und meine Seele ist mit der deinen verbunden.« Wie immer fand er wunderschöne Worte. Wie hatte ich leben können, ohne seine Stimme zu hören?

Vater war ebenfalls zufrieden. Wieder brachten die Männer bestes Kauri-Holz mit, dieses Mal einen Stamm und eine Wurzel, wieder hatte ihnen der Farmer einen sehr guten Preis gemacht.

»Und da liegt noch einiges mehr an Holz!«, erklärte Frano glücklich.

Das macht mir das Herz allerdings ein bisschen schwer, denn mehr Holz bedeutet ja erneut eine Trennung.

2. Mai 1919

Vater hat Frano seinen Anteil am Wert des Kauri-Holzes ausgezahlt. Ein ziemlicher Batzen Geld, Frano sagte, so viel auf einmal habe er noch nie besessen. In seinem Überschwang bat er mich, nachts mit ihm im Stall zu feiern, und ich sagte zu, obwohl ich wusste, dass dieses Treffen ein Fehler war. Tatsächlich wäre ich am liebsten gleich wieder umgekehrt, als ich Bier und Whiskey in seinem Atem roch, ich mag es nicht, wenn er getrunken hat. Doch dann überließ ich mich trotzdem seinen Umarmungen, schließlich will ich genauso gern gestreichelt und geküsst werden, wie er sich nach meinem Körper sehnt. Meinem Vorsatz, meine Unschuld für die Hochzeitsnacht aufzusparen, möchte ich jedoch treu bleiben, und so zog ich mich zurück, als Frano mich bedrängte.

»Warum denkt ihr Frauen immer bloß an diese verdammte Hochzeit?«, fragte er ärgerlich. »Was ist dran an so einem Ring, dass ihr solch ein Aufheben darum macht?«

Es war sicher nicht böse gemeint, doch ich fühlte mich verletzt. »Ihr Frauen« hatte Frano gesagt. Bin ich womöglich nicht die Erste und Einzige, mit der er je über Hochzeit und Ringe gesprochen hat?

»Es ist eine Frage der Ehre«, antwortete ich würdevoll und wandte mich ab.

In Franos Augen blitzte es auf, und einen Herzschlag lang dachte ich, er würde mich nicht gehen lassen. Dann ließ er von mir ab. Ich floh in mein Zimmer, doch Stolz darauf, meine Ehre verteidigt zu haben, empfand ich nicht.

3. Mai 1919

Frano hat den unglückseligen Streit in der Nacht nicht erwähnt. Er war liebevoll und freundlich zu mir wie eh und je, aber heute Abend haben Walter und Vater darüber gesprochen, dass Frano eine weitere Fahrt nach Coromandel plant.

»Obwohl es jetzt im Winter viel mühseliger ist«, meinte Vater. »Ich muss schon sagen, der Junge hat Mumm!«

Ich biss mir auf die Lippen. Ob diese neue Reise damit zu tun hat, dass ich Frano widersprochen habe?

15. Mai 1919

Die Männer sind wieder unterwegs, und ich bin entsprechend traurig. Dabei ist es dieses Mal meine eigene Schuld. Ich bin fest davon überzeugt, Frano wäre hiergeblieben, wenn ich ihn in jener Nacht nicht abgewiesen hätte. Er ist es einfach leid zuwarten. Wenn er nicht mit mir eins werden kann, will er nicht bei mir sein. Ich dagegen würde immer bei ihm sein wollen, ob wir uns berühren dürfen oder nicht. Natürlich wünsche ich es mir mehr als alles andere, endlich ganz zu ihm zu gehören. Doch mir würde es auch genügen, nur ein Stück von ihm zu haben.

Über diesen Satz muss ich jetzt lachen. Frano würde mich sicher scherzhaft fragen, welches Stück von ihm ich wohl am liebsten hätte. Dabei hat er mir die Antwort doch schon gegeben: Seine Seele ist immer bei mir.

20. Mai 1919

Die Schneiderin war hier und hat Maß für mein Hochzeitskleid genommen. Sie wird mir noch weitere Kleider nach der neuesten Mode nähen, wir haben Schnittmuster und Stoffe in Auckland gekauft. Ich habe den Termin mit ihr so sehr herbeigesehnt, beweist er doch, dass es nun endlich etwas vorangeht. Die Hochzeit rückt näher! Mein Brautkleid wird genau so aussehen, wie ich es mir gewünscht habe, ein Traum aus Chiffon und weißer Spitze. Ich werde kein Korsett tragen – auf der Feier wird getanzt werden, und dabei will ich mich frei bewegen können. Das Kleid wird mich weich umspielen, das tun alle Kleider der neuesten Mode. Was den Schleier angeht, werde ich mich dem derzeit modernen Stil jedoch nicht anschließen, er sieht eher einen haubenartigen Kopfputz vor. Ich wünsche mir dagegen einen Blütenkranz, am liebsten aus frischen Blumen. Das kann nur schwierig werden, weil im August natürlich tiefster Winter herrscht. Vielleicht muss ich deshalb auf Blüten aus Tüll ausweichen. Mein Schleier wird lang und reich bestickt sein. Eigentlich sollte eine Braut ihren Schleier selbst besticken – zumindest wird das in Romanen oft geschildert. Leider bin ich was Handarbeiten angeht nicht besonders begabt, ich würde das gute Stück womöglich ruinieren. Deshalb haben wir das feine Gespinst in Auckland gekauft, es ist hauchdünn und zart, man wagt kaum, es zu berühren, um es nicht zu zerreißen.

»So zart und zerbrechlich wie das Glück in der Liebe«, erklärte Mrs. Ruthwen, die Schneiderin. »Schon ein Windhauch kann es hinwegtragen. Es will behütet und pfleglich behandelt werden.«

Ich lächelte über den seltsamen Vergleich. Doch so gesehen könnte ich auch einen Schleier aus Denim tragen. Meiner Liebe zu Frano kann ich sicher sein, die weht nicht mal ein Sturm fort.

29. Juni 1919

Die Männer bleiben dieses Mal lange weg. Erst heute kam eine Depesche von Walter, die ein Ende der Bergungsarbeiten in Aussicht stellt. Im Winter ist die Arbeit im Sumpf sehr viel mühsamer, oft stockt sie, wenn es zu heftig regnet und die Pferde im Schlamm nicht vorankommen. Walters kurzes Schreiben klingt mutlos. Ihn muss die Arbeit in der Kälte und Nässe hart ankommen, Vater meint, ihm täten sicher alle Knochen weh – auf jeden Fall die, die mal gebrochen waren. Ich überlege, ob ich Frano einen Brief schreiben soll. Wir hätten eine postlagernde Adresse irgendwo in Thames abmachen sollen, dann könnte ich wenigstens meine Gedanken mit meinem Liebsten teilen, wenn schon nicht meine Umarmungen.

14. Juli 1919

Frano und die anderen sind zurück. Alle sehen völlig erschöpft aus, vor allem Walter. Er ist furchtbar blass und mager geworden. Wir waren erschrocken bei seinem Anblick, Tante Lucy wollte ihn gleich mit einer Wärmflasche ins Bett schicken.

»So einen Unfug macht ihr mir nicht wieder!«, erklärte sie streng. »Mitten im Winter nach Bäumen graben! Als ob die da im Sommer nicht auch noch lägen. Ein paar Tausend Jahre haben sie in dem Morast überdauert, da sollten sie in den paar Monaten nicht an Wert verlieren. Nächsten Winter bleibt ihr zu Hause!«

»Im nächsten Winter werde ich nicht mehr da sein«, sagte Walter, ließ sich dann jedoch bereitwillig verwöhnen.

Ich finde, dass auch Frano aufgefüttert werden muss. Er sieht zwar nicht so erbarmungswürdig aus wie mein Bruder, doch er wirkt hagerer als sonst.

In sein Gesicht haben sich Fältchen eingegraben, sie lassen ihn älter und männlicher wirken, was durchaus gut aussieht. Trotzdem: So dünn, wie er geworden ist, wird er nicht in den eleganten schwarzen Anzug passen, den ich zur Hochzeit für ihn in Auftrag gegeben habe. Mrs. Ruthwen hat Maß genommen bei Franos Arbeitskleidung und schneidert ihn danach, sodass er gar nicht zur Anprobe gehen muss. Es wäre ihm doch nur lästig.

»Von jetzt an kommst du jeden Tag zum Essen zu uns ins Haus!«, bestimmte ich und legte Frano die Arme um den Hals.

Bis zur Hochzeit soll er ganz der Alte sein.

20. Juli 1919

Nur noch zwei Wochen bis zu unserem großen Tag. Inzwischen geht es in die Feinplanung, Tante Lucy und ich brüten über der Sitzordnung beim Festbankett und beschriften Menü- und Tischkarten. Wir beraten darüber, wie das Haus geschmückt werden soll. Vater und seine Männer werden die Werkstatt und die große Ausstellungshalle für die Möbel räumen, damit wir dort feiern können. Damit diese Räumlichkeiten nicht kalt und ungemütlich wirken, müssen sie mit Girlanden und Blumen dekoriert werden. Tante Lucy, die am liebsten ein Gartenfest planen würde, träumt davon, ganze Bäume hereinbringen zu lassen und Lampions daranzuhängen. Die Männer versuchen, das möglich zu machen.

Ich gehe regelmäßig zu Mrs. Ruthwen zur Anprobe, sie hat in einem Zimmer ihres Hauses ein Schneideratelier eingerichtet. Ich drehe und wende mich fassungslos vor Bewunderung in meinem Brautkleid vor dem großen Spiegel, der dort steht. Dabei träume ich von dem Moment, in dem Frano mich zum ersten Mal darin sehen wird. Sein Anzug ist auch bald fertig, er wird sicher sehr gediegen darin aussehen. Ich habe sogar einen Schlips bestellt. Wenn ich mir vorstelle, wie mein Bruder Frano hilft, ihn vor der Trauung zu binden, muss ich lächeln. Ich glaube nicht, dass Frano je so etwas getragen hat.

Frano zeigt leider wenig Interesse an den intensiven Vorbereitungen. Wenn ich über irgendetwas mit ihm beraten will, sagt er, ihm sei das eigentlich gleichgültig. Er wolle keine Feier und kein Festmenü, er wolle nur mich. Natürlich schmeichelt mir das. Trotzdem finde ich, er könnte sich etwas mehr anstrengen. Er wirkt so rastlos – nicht einmal an den Möbeln für unsere Wohnung mag er mitarbeiten. Es ist wohl wirklich so, dass Schreinern ihm nicht besonders liegt. Das riesige traumschöne Bett aus Kauri-Holz, in dem »es« dann endlich passieren wird, hat deshalb George gezimmert. Er hat dabei nicht mit Anspielungen gespart, Frano ist schon ganz ärgerlich ob seiner Neckereien. Gestern wäre es beinahe zu einer Prügelei gekommen.

»In meinem Land nimmt man diese Dinge ernster«, verteidigte sich Frano, als Vater ihn deswegen zur Rede stellte. »Wenn einer droht, dem Mädchen eines anderen Avancen zu machen oder gar des anderen Männlichkeit infrage stellt, dann sprechen schon mal die Messer.«

Ich war darüber erschrocken, und auch George hob abwehrend die Hände. »He, Friede, Freund!«, begütigte er. »Ich wollte weder dir noch deiner Clara, zu nahe treten. Und wenn du willst, lasse ich auch von deinem Ehebett die Finger. Bau's einfach selbst!«

»Damit es womöglich in der Hochzeitsnacht unter meiner Tochter zusammenbricht?«, brummte Vater. Er hält wirklich nicht viel von Franos Fähigkeiten als Handwerker. »Unsinn! Sie machen weiter, George, und du, Frano, fährst in die Stadt zum Sattler und fragst nach den Polstern für die Stühle. Die müssten längst fertig sein ...«

Vater beschäftigt Frano jetzt oft mit Botendiensten oder lässt ihn Einkäufe für die Werkstatt tätigen. Das jedenfalls liegt ihm. Frano handelt immer gute Preise aus und macht sich Freunde unter den Zulieferern.

25. Juli 1919

Mein Hochzeitskleid ist fertig. Es ist einfach ein Traum. Und eben erzählte mir Mrs. Ruthwen, dass sie auch die Arbeit an Franos Anzug abgeschlossen hat. Letztendlich musste er ihn doch anprobieren, und laut der Schneiderin sitzt er wie angegossen. »Was für eine Freude, für einen so gut aussehenden, muskulösen Mann zu schneidern«, sagte sie, als ich das letzte Mal bei ihr war. Mrs. Ruthwen findet auch, dass Frano der Bart gut steht, den er sich neuerdings wachsen lässt. Für die Hochzeit, sagt er. Das Ganze scheint ihm eingefallen zu sein, als ich über unser Hochzeitsfoto sprach, das einer der besten Fotografen der Gegend anfertigen wird. Er will darauf männlich und distinguiert aussehen, ganz der künftige Familienvater. Mrs. Ruthwen findet das rührend. Sie hat uns noch einen Barbier sowie einen Friseur für unseren großen Tag empfohlen.

Ich frage mich, ob Frano Walzer tanzen kann. Ob ich ihn bitte, den Brauttanz vorher mit mir zu üben?

1. August 1919

Frano ist mit den anderen Männern, aus der Werkstatt zu einem Umtrunk im Pub – Junggesellenabschied. Hoffentlich nimmt er ihre Neckereien nicht wieder zu ernst.

Ich saß bis gerade mit Tante Lucy zusammen. Nachdem alle Vorbereitungen erledigt waren, hatten wir noch ein wenig Zeit zum Reden. Sie versuchte, mir ein paar weitere Anweisungen für die Nacht der Nächte zu geben, und erging sich dabei wieder in Andeutungen und Warnungen. Es werde wehtun, meinte sie, doch das glaube ich nicht. Frano würde mir niemals wehtun!

Morgen um diese Zeit werde ich in seinen Armen liegen.

3. August 1919

So, liebes Tagebuch, heute schreibe ich zum ersten Mal als Mrs. Clara Zima! Ich würde am liebsten ganze Seiten mit diesem Namen füllen. Ich bin so glücklich, dass ich jubeln und singen möchte.

Doch lass mich erst von meiner Hochzeit berichten. Dabei weiß ich gar nicht, wo ich anfangen soll. Ich kann nur sagen, es war wunderbar, märchenhaft, unsagbar schön …

Es begann damit, dass schon morgens die Sonne vom Himmel lachte. Von einem strahlend blauen Himmel, es war ein Wetter wie bestellt. Vater und ich und Walter als Brautzeuge fuhren in einer offenen Kutsche zur Kirche, gezogen von zwei Schimmeln. Frano hat eingewilligt, die Trauung in unserer Kirche vollziehen zu lassen, er besteht nicht darauf, dass ich zum römisch-katholischen Glauben übertrete. Also haben Tante Lucy und ihre Freundinnen vom Frauenverein die Planung in die Hand nehmen können, und die Kirche war mit immergrünen Zweigen geschmückt, mit weißen und hellblauen Schleifen. Sie füllte sich schnell mit Leuten, die die liebevolle Dekoration gebührend bewunderten. Vater ist hier oben im Norden sehr bekannt, er hat Geschäftspartner bis nach Auckland, und so wurde es eine große Hochzeit. Wir hatten über zweihundert Gäste eingeladen, allerdings nur wenige Familienmitglieder. Vater ist Neuseeländer in zweiter Generation, sehr groß kann die Familie da ja noch nicht sein. Auch mütterlicherseits gibt es eigentlich nur Tante Lucy und die Familie der anderen Schwester von Mutter. Dennoch ist es natürlich mehr, als Frano aufzuweisen hat. Er sagte, er habe keinerlei Familienangehörige in Neuseeland und auch keine Freunde aus der alten Heimat. Ich muss immer noch an seinen traurigen Blick denken, als er von seiner Heimat in Europa sprach. Es ist sicher nicht nur das Land, das er vermisst, es sind die Eltern und Geschwister, Vettern und Freunde. Es musste schlimm sein, ihnen nicht einmal schreiben zu können.

Umso schöner, dass er nun seine eigene Familie haben wird!

Ich sah ihn am Altar stehen, als Vater mich durch den Mittelgang der Kirche führte. Die Musik spielte, und ich hörte ein Raunen aus den Reihen der Gäste. Sie redeten darüber, was für eine schöne Braut ich sei.

Als Frano mich endlich sah, hielt er mir seine Hände entgegen. Er sah sehr nobel aus in seinem neuen Anzug, ein echter Gentleman. Er ist so ein außerordentlich attraktiver Mann mit seinem krausen schwarzen Haar, dem sauber gestutzten Vollbart und den grünen Augen, die bei meinem Anblick voller Glück und Stolz und Anbetung leuchteten. Der Bart unterstreicht seine Gesichtsform, Frano sieht sehr gesetzt damit aus. Ich fragte mich, ob es kitzelt, wenn er seine Lippen über meinen Körper wandern lässt.

Wir saßen und knieten während der Zeremonie nebeneinander, und Frano bewies mir, dass er die Sache mit der Feier ernst nahm. Er hatte sich ganz genau danach erkundigt, was bei einer anglikanischen Trauung von ihm erwartet wurde, und er machte keinen einzigen Fehler. Mit klingender, schöner Stimme sprach er die Trauformel, ich schaffte es ebenfalls, ohne mich zu verhaspeln. Frano überraschte mich mit wunderschönen Trauringen – er muss praktisch alles Geld, das er bei den beiden letzten Kauri-Bergungsreisen verdient hat, dafür ausgegeben haben. Seine Finger schienen die meinen zu liebkosen, als er mir den Ring ansteckte, ich fühlte mich an unsere allerersten Berührungen erinnert, und ganz kurz trafen sich unsere Blicke, bevor wir mit gesenkten Häuptern, den Segen des Reverends entgegennahmen. Zuletzt küsste mich Frano liebevoll und doch leidenschaftlich vor der gesamten Gemeinde. Er schien kaum von mir lassen zu können, doch niemand lachte darüber. Alle waren ergriffen von dieser echten, großen Liebe, die sich hier endlich erfüllte.

Wie im Traum schwebte ich schließlich an Franos Arm hinaus aus der Kirche in einen Regen von Reiskörnern und ein Konzert von Glückwünschen. Frano half mir in die Kutsche, und wir fuhren gemeinsam durch unser Dorf. Die Leute lachten und riefen uns Segenswünsche zu – ich fühlte mich wie eine Prinzessin, als ich huldvoll nach rechts und links grüßte. Zunächst ging es zum Fotografen, und wir posierten ausgiebig vor der Kamera. Ich habe das schon mal gemacht, doch für Frano war es etwas ganz Neues.

»Und damit wäre Ihre Hochzeit verewigt«, scherzte der Fotograf als er nach einer halben Stunde endlich zufrieden war. »Ich bringe die Bilder in ein paar Tagen vorbei.«

Frano sah ihn ernst an. »Eigentlich brauchen wir keine Fotos«, sagte er. »Für immer und ewig. Ich hab's geschworen, und Claras Bild steht mir stets vor Augen. Mehr noch, es ist eingebrannt in meinem Herzen, und unsere Seelen verbindet ein Leuchten, das viel heller ist als das Blitzlicht.«

Der Fotograf lachte, und ich hätte schon wieder weinen können vor Glück!

Im strahlenden Sonnenschein ging es dann an den noch winterfahlen Wiesen und Feldern vorbei zurück nach Hause. Haus und Hof waren ebenso festlich geschmückt wie die Kirche. Die Gäste erwarteten uns mit Applaus und Musik und Champagner, die Köche, die wir für den Anlass bestellt hatten, machten sich bereit, den ersten Gang des Hochzeitsmenüs zu servieren. Vorher gab es natürlich ein paar Ansprachen – Vater redete so schön, dass es mir erneut die Tränen in die Augen trieb, und dann mussten auch noch der Bürgermeister und der Doktor und zuletzt der Reverend etwas sagen. Mir war das manchmal ein bisschen peinlich, sprachen sie doch alle von mir und erzählten launige kleine Geschichten aus der Zeit, in der ich ein kleines Mädchen war. Frano kam in den Ansprachen kaum vor, er lebt ja erst seit acht Monaten in unserer Gegend. Lediglich Vater lobte ihn dafür, dass er sich von Anfang an im Familiengeschäft nützlich gemacht hat.

Mir fiel dabei auf dass auch ich nicht mehr über ihn hätte sagen können – er hat nie wirklich viel über seine Kindheit und Jugend in Dalmatien erzählt. Ich nehme mir vor, ihn sehr bald erneut danach auszuhorchen, obwohl ich die Antwort schon weiß. Du kennst mich, pflegt Frano zu sagen, wenn ich Fragen nach seinem Leben vor seiner Ankunft bei uns in Te Kao stelle. Du kennst mich besser als jeder andere Mensch, du bist mir näher als jeder andere Mensch. Also was interessieren dich dumme Geschichten aus alten Zeiten?

Natürlich schmeicheln mir solche Worte – trotzdem würde ich seine Erinnerungen gern teilen. Gerade, wenn es keine schönen Erinnerungen sind.

Das Hochzeitsmenü war unübertrefflich – doch vor Aufregung und Glück konnte ich nicht viel essen. Ich fieberte dem Tanz entgegen, den wir später ein bisschen ungelenk eröffneten. Frano ist ja eigentlich ein guter Tänzer, doch tatsächlich hat ihm nie jemand beigebracht, eine Dame formvollendet durch einen Walzer zu führen. Vater rettete die Situation, indem er gleich nach den ersten paar Schritten mit Tante Lucy dazukam. Dann strömten auch andere Paare auf die Tanzfläche, und wir fielen nicht mehr auf Später spielte die Kapelle neuere Stücke, mit denen Frano mehr anfangen konnte, und wir tanzten genauso harmonisch und beseelt miteinander wie damals bei der Friedensfeier. Auch dieses Mal flossen Champagner, Wein und Bowle in Strömen, und alle wirkten glücklich – abgesehen vielleicht von Walter, der sich mal wieder absonderte. Seine Tischdame, die sehr hübsche und nette Tochter des Doktors, beachtete er kaum. Er wirkte in sich gekehrt und abweisend. Doch darüber wollte und konnte ich mir an diesem wundervollen Tag keine Gedanken machen. Ich wollte alles vergessen außer Frano, seine Hände um meine Hüften, sein Lächeln, seine Komplimente. Wir tranken beide Champagner, übertrieben es jedoch nicht – ja, auch Frano hielt sich zurück.

»Ich will nüchtern sein für die Nacht der Nächte …«, flüsterte er mir zu, nachdem er die schon etwas trunken ausgesprochene Einladung meines Vaters ablehnte, noch ein Glas Whiskey mit ihm und den anderen Männern zu trinken.

Wir genossen den Tag bis zum letzten Tanz bei Laternenlicht und bewunderten zum Schluss das kleine Feuerwerk, das George und die jüngeren Handwerksburschen organisiert hatten. Als die letzten Raketen in den Himmel geschossen waren und rote und goldene Sterne versprüht hatten, griff Frano endlich nach meiner Hand und führte mich hinauf in unsere Wohnung. Tante Lucy hatte die Eingangstür mit Blumengirlanden geschmückt, und ich zog spielerisch eine Blüte heraus, während Frano mich über die Schwelle trug.

Danach gab es kein Halten mehr. Ich hatte eigentlich geplant, mich kurz in mein Ankleidezimmer zurückzuziehen und das Brautkleid gegen ein Spitzennachthemd zu tauschen, doch dazu ließ Frano es nicht kommen. Erwartete gerade mal, bis ich den Schleier aus meinem Haar gelöst hatte – das feine Gespinst erschien ihm wohl doch zu empfindlich für Männerhände –, dann half er mir so stürmisch beim Öffnen des Brautkleids, dass ein paar Knöpfe absprangen, ich glaube, es ist sogar etwas gerissen. Egal, ich werde das Kleid sowieso nie wieder tragen.

Es war mir fast etwas peinlich, dass Frano mich so rasch vollständig entkleidete, mich hochhob und aufs Bett legte, von wo aus ich – wieder ein bisschen peinlich berührt, doch wirklich nur ein bisschen – zusah, wie er sich ebenfalls auszog. Er war vollkommen nackt, als er sich zu mir legte, zum ersten Mal sah ich das ... das Ding zwischen seinen Beinen, das Tante Lucy den »Schlüssel zu meiner geheimen Pforte« nannte. Über den Ausdruck musste ich in dem Moment beklommen lachen. Der ... Schlüssel war ziemlich groß und schien noch zu wachsen. Sollte er wirklich in mich hineinpassen?

Dann vergaß ich jedoch zu denken, schloss die Augen und überließ mich ganz dem Gefühl. Ich spürte Franos Hände überall auf meinem Körper, spürte seine Lippen, die jeden Zoll meines Körpers mit Küssen bedeckten, sogar die Innenseiten meiner Schenkel. Das ließ meine Pforte feucht werden. Irgendwann brannte ich vor Lust und sehnte mich nur noch danach, ihn ganz in mich aufzunehmen – und dann führte er den ... ich muss Frano fragen, wie man das ... nennt, ich kann doch nicht immer »Schlüssel« schreiben.

Aber vielleicht sollte ich darüber auch gar nicht schreiben, das geht nämlich nicht einmal dich etwas an, liebes Tagebuch, was mein Ehemann und ich in der Nacht in unserem Bett treiben ... Jedenfalls war Frano schließlich in mir. Voll und ganz, und dabei fühlte ich tatsächlich einen kurzen Schmerz. Etwas zerriss, es muss das »Häutchen« gewesen sein. So hatte Tante Lucy das ausnahmsweise ohne poetische Umschreibungen genannt. Ich spürte Blut zwischen den Schenkeln. Frano war inzwischen ganz Ekstase, er keuchte und stöhnte vor Lust, als er sich in mir bewegte. Ich selbst muss sagen, dass mir das Streicheln und Küssen vorher eigentlich besser gefallen hat, wahrscheinlich muss man das mit der Pforte und dem Schlüssel noch üben. Oder Frauen müssen es üben, Frano scheint es schon zu können. Wieder argwöhnte ich ein bisschen, ob es schon Frauen vor mir gegeben hat, doch natürlich fragte ich nicht. Ich schmiegte mich an ihn, als er endlich aus mir herausglitt, und freute mich an seiner Wärme und ganz offensichtlichen Zufriedenheit.

»Du hast mich heute sehr, sehr glücklich gemacht«, flüsterte Frano mir zu und schlief gleich ein. Ich dagegen habe die erste Nacht mit ihm noch ausgekostet. Schließlich habe ich so lange davon geträumt, endlich in seinen Armen einschlafen zu dürfen.

Mein letzter Gedanke in dieser Nacht war, dass es nun immer, immer so sein wird, mein ganzes Leben lang.

4. August 1919

Walter ist weg. Einfach so, vermutlich hat er sich mitten in der Nacht davongemacht. Frano und ich haben nichts von seinem Aufbruch mitbekommen, allerdings waren wir auch ausgiebig mit uns selbst beschäftigt. Als wir am Morgen hinunter in Vaters Räume kamen, fanden wir ihn am Küchentisch, wie er, gemeinsam mit Tante Lucy, zum sicher zwanzigsten Mal, wie er sagte, den kurzen Brief studierte, den mein Bruder zurückgelassen hat.

> Vater, bitte verzeih mir mein Fortgehen, aber ich halte das Leben, so wie ich es vor dem Krieg kannte, nicht mehr aus. Ich kann nicht tun, als wäre nichts geschehen, ich muss und werde neue Wege gehen. Vielleicht komme ich irgendwann zurück, doch ich glaube nicht daran.
>
> Clara und Frano, ich habe eure Hochzeit noch abgewartet, bevor ich mich auf den Weg mache. Ich wünsche euch von ganzem Herzen alles Gute. Und Frieden. Vor allem Frieden.
>
> Walter

»Er wird sich doch nichts angetan haben?«, fragte Tante Lucy besorgt.

Vater schüttelte den Kopf. »Danach klingt es mir nicht, er hält sich die Möglichkeit einer Rückkehr ja offen. Wahrscheinlich ist er bei diesem Maori-Stamm und sucht nach irgendwelchen Wahrheiten …«

»Von Gott und der Welt enttäuscht«, sagte ich leise. Ich weiß nicht, wie mir die Worte in den Kopf kamen, aber ich denke, genau so hat Walter sich gefühlt.

»Vor Gott und der Welt auf der Flucht«, urteilte Vater unerbittlich. »Statt sich den Dingen zu stellen, so wie sie nun mal sind. Ich hoffe, er findet, was er sucht.« Damit wandte er sich ab, wohl damit wir die Tränen in seinen Augen nicht sahen.

Ich dagegen durfte weinen. Ich trauere ehrlich um den Verlust meines Bruders. In den letzten Monaten ist er nicht mehr er selbst gewesen, doch früher war er mir mehr als einfach ein älterer Bruder. Er war mir Vertrauter und Freund.

Frano zog mich tröstend an sich. Ich habe ihm nie davon erzählt, wie nahe Walter und ich uns vor dem Krieg gestanden haben, er scheint das zu erahnen.

»Du hast jetzt mich«, sagte er sanft.

Und natürlich hat er recht.

9. August 1919

Kein Lebenszeichen von Walter. Doch es ist jeden Tag erneut beglückend, in Franos Armen aufzuwachen.

20. August 1919

Das Wetter ist herrlich, es ist fast, als läge ein Hauch von Frühling in der Luft.

»ideal, um auszureiten!«, erklärte ich heute Morgen und hoffte auf Franos Zustimmung. Er reitet neuerdings manchmal mit mir. Die alte Luna hat sich unter meiner Pflege hervorragend erholt und kann ihn mühelos tragen.

Doch Frano regt das Wetter zu ganz anderen Überlegungen an. »Ideal, um Kauris zu bergen«, sagte er. »Es tut mir leid, meine Schöne, wir müssen an die nächste Expedition denken. Ich muss endlich wieder etwas Geld verdienen.«

»Du machst dich hier doch nützlich genug«, versuchte ich ihn umzustimmen und dachte an all die Einkaufsfahrten, die Frano in der Umgebung erledigt.

Frano schüttelte den Kopf. »Ich habe eine Vereinbarung mit deinem Vater«, hielt er mir vor. »Der muss ich entsprechen. Und es ist ja nicht so, als wären wir die Einzigen, die Interesse an diesem antiken Holz haben. Wenn wir nicht dranbleiben, birgt womöglich jemand anderes diese schönen Kauris.«

»Ich will aber nicht, dass du schon wieder so lange weg bist«, trotzte ich.

Frano nahm mich in die Arme. »Ich will dich auch nicht verlassen«, sagte er zärtlich. »Es muss jedoch sein. Dein Vater hat schon Andeutungen darüber gemacht, dass die Flitterwochen ja wohl bald vorbei sein müssten. Und er hat recht. Wir werden alles vorbereiten und in ein oder zwei Wochen abreisen.«

Mir wurde das Herz schwer, und es drängte mich danach, zu bitten und zu flehen. Es hätte natürlich nichts genützt. Frano hat Verpflichtungen, und es spricht nur für ihn, dass er sie ernst nimmt.

So verhandelte er gleich beim Mittagessen mit Vater über Pferde und Wagen und vor allem darüber, wer ihn und George bei dieser Expedition begleiten sollte. Zu meiner Überraschung schlug Tante Lucy meinen Vetter Jonny vor. Der ist endlich aus Europa zurück, absolut verlässlich und versteht sich auf das Lenken schwerer Gespanne.

Frano hat nichts dagegen, und so wurde beschlossen, Jonny die Arbeit anzubieten.

Alle scheinen zufrieden. Außer mir.

13. September 1919

Es ist mir etwas peinlich, es aufzuschreiben, doch ich bin so voller Aufregung und Spannung, dass ich es unbedingt jemandem anvertrauen muss, und mein engster Vertrauter – abgesehen von Frano natürlich – bist du, liebes Tagebuch. Also: Es ist so, dass ich in diesem Monat noch nicht geblutet habe, und im letzten eigentlich auch nicht. Da habe ich mir bloß noch nicht so viel dabei gedacht – genauer gesagt ist es mir nicht einmal aufgefallen, so verliebt und glücklich, wie ich bin. Doch wenn ich jetzt zurückdenke ... Ich habe gut zwei Wochen vor der Hochzeit zum letzten Mal geblutet. Danach nicht mehr. Und Tante Lucy sagt, das Aussetzen der Blutung könne ein Zeichen dafür sein, dass ich übers Jahr ein Kind haben werde!

Natürlich brach ich sofort in Jubel aus, den Tante Lucy dann wieder dämpfte, indem sie mich daran erinnerte, dass meine Monatsblutung auch früher manchmal etwas unregelmäßig eingesetzt hat. Ich soll erst noch einmal abwarten und vielleicht mit der Hebamme sprechen.

Ob ich es wohl sicher wissen werde, bis Frano in einer Woche abreist?

15. September 1919

Noch immer keine Blutung. Tante Lucy meint, ich soll weiter warten. Ich habe nur keine Geduld mehr! Und ich bin eine moderne Frau, ich werde mich nicht scheuen, zu Dr. Carter zu gehen und ihn um eine Untersuchung zu bitten. Na ja, unangenehm wird es mir schon sein. Doch es ist die einzige Möglichkeit, vor Franos Abfahrt Gewissheit zu haben.

17. September 1919

Die Untersuchung war unsagbar peinlich. Doch ich weiß es jetzt!

Ich trage Franos Kind unter meinem Herzen!

18. September 1919

Ich habe es Frano gesagt. Heute Morgen, als wir uns in der Abgeschiedenheit unseres Ehebettes ein erstes Lebwohl sagten. Und natürlich ist Frano genauso glücklich über unser Kind wie ich. Er fragte mich, ob ich sicher sei, und als ich bejahte, küsste er mich und zog mich an sich und sagte mir immer wieder, wie sehr er sich freue.

»Willst du denn jetzt wirklich weg?«, fragte ich mit einem letzten Aufwallen von Hoffnung. Vielleicht, dachte ich, überlegt er es sich noch anders, jetzt, da ich schwanger bin.

Frano schüttelte den Kopf. »Ich habe es dir schon mehrmals gesagt«, erklärte er entschieden. »Ich will nicht, ich muss. Und du darfst nicht klagen, das macht es mir nur schwerer. Schau, Clara, Liebste, ich bin doch bald zurück. Jetzt im Frühjahr ist es ein Klacks, diese Kauris zu bergen. Spätestens in sechs Wochen sind wir wieder da.«

»Dann werde ich schon ganz dick sein«, behauptete ich.

Frano lachte. »Man wird dir noch überhaupt nichts ansehen. Und nun lass mich dich ein letztes Mal küssen, bevor wir aufstehen. Wir wollen früh aufrechen, und einen Kaffee würde ich vorher schon gern noch trinken. Ich will George und Jonny auch nicht warten lassen.«

»So früh braucht ihr doch nicht zufahren ...« Ich war bereit, um jede Minute zu kämpfen, die er länger bei mir bleiben würde.

Frano küsste mich und stand auf. »Je früher wir aufbrechen, desto früher sind wir zurück«, beschied er mich.

Zwei Stunden später trabten die Kaltblüter vom Hof.

27. September 1919

Es ist etwas Seltsames geschehen, das mich nicht wenig beunruhigt.

Heute kam eine Depesche aus Thames an, die Männer haben die Coromandel-Halbinsel also erreicht. Doch dieses Mal war es keine Nachricht über erfolgreich aufgenommene Verhandlungen. Stattdessen kam folgender Text, über dem Vater brütete, als ich – etwas verspätet, neuerdings ist mir fast jeden Morgen übel – zum Frühstück nach unten kam.

Sind in Thames. Wo ist Frano? George

»Was können sie damit meinen?«, erkundigte ich mich besorgt. »Frano sollte bei ihnen sein. Er muss die Verhandlungen führen. Was soll also die Frage?«

»Sie müssen sich getrennt haben«, meinte Vater. »Aus welchen Gründen auch immer. Und ich finde, es klingt, als hätte er in Thames wieder zu ihnen stoßen wollen. Sehr merkwürdig.«

»Kann es sein, dass er zurück nach Hause kommt?«, fragte ich hoffnungsvoll. Vielleicht hatte Frano ja die Sehnsucht übermannt.

Vater runzelte die Stirn. »Warum sollte er?«

Ich errötete. »Vielleicht weil ... weil ...«

Es war mir fast ein bisschen peinlich, Vater zu gestehen, dass er Großvater werden würde. Die Neuigkeit brachte ihn gleich auf andere Gedanken, er strahlte über das ganze Gesicht. Trotzdem konnte er nicht glauben, dass Frano deshalb umgekehrt war.

»Bevor du das Kind bekommst, Liebes«, gab er zu bedenken, »gehen noch über sechs Monate ins Land. In der Zeit kann und soll dein Frano noch drei oder vier Kauri-Fahrten machen. Und gerade wenn ihr dann eine richtige Familie seid, braucht er das Geld, und das weiß er. Nein, es muss eine andere Erklärung geben.«

»Vielleicht besucht er jemanden dort in der Gegend«, überlegte ich. »Oder jemand hat ihm einen Tipp gegeben, wo noch mehr Kauris zu finden sind.«

Vater nickte. »So etwas wird es sein. Warten wir einfach ein paar Tage ab. Er wird schon wieder auftauchen.«

28. September 1919

Heute Morgen kam eine weitere Depesche.

> Keine Spur von Frano. Verschwunden seit Mangatarata. Was sollen wir tun?

Mein Herz klopfte jetzt heftig vor Sorge. Mangatarata ist ein kleiner Ort auf der Strecke von Auckland nach Thames. Frano hat mir erzählt, dass sie dort auf ihren früheren Fahrten Rast gemacht haben, bevor sie die letzte Etappe zur Coromandel-Halbinsel angegangen sind. Sonst hat er den Ort nie erwähnt, er ist wohl nicht sonderlich erwähnenswert – es gibt ein paar Häuser, ein Geschäft, eine Tankstelle, ein oder zwei Pubs. Wie hätte Frano da verschwinden können? Und weshalb sind die anderen nicht geblieben, um ihn zu suchen, sondern nach Thames weitergereist?

Bei Vater mischt sich inzwischen Argwohn in die Sorge. »Kind, dein Frano wird sich doch nicht aus dem Staub gemacht haben?«, fragte er und kaute ratlos auf seiner Lippe herum, bevor er entschlossen den Text einer Depesche formulierte.

Wer hat das Geld für die Kauris?

»Vater!« Ich war entsetzt. »Du glaubst nicht wirklich ... Du kannst nicht denken, dass Frano mich verlassen hat! Dass er ... dass er mit dem vorgestreckten Geld für die Bergung auf und davon ist ... Das wäre ungeheuerlich!«

Vater hob die Schultern. »Das wäre es in der Tat, Liebes«, sagte er leise. »Und ich will es natürlich nicht hoffen. Trotzdem stellt sich mir die Frage, ob er mit oder ohne das Geld verschwunden ist.«

»Wenn er das Geld hatte«, überlegte ich, »dann ... O Gott, das wäre ein Grund, ihn auszurauben! Vielleicht ist er verletzt! Oder ... oder sogar tot ...«

Der Gedanke an Letzteres ließ mich zittern. Ich hatte das Gefühl, mich nicht länger auf den Beinen halten zu können, und sank auf einen Stuhl.

Tante Lucy legte den Arm um mich und stellte eine dampfende Tasse Tee vor mich auf den Tisch. »Nun wollen wir nicht gleich das Schlimmste annehmen«, begütigte sie. »Es kann immer noch einfach ein Missverständnis sein. Warten wir ab, was Jonny und George antworten.«

Bis zum Abend kam keine Antwort. Ich weiß nicht, ob ich in dieser Nacht Schlaf finden werde.

29. September 1919

Übernächtigt und schwach wankte ich heute Morgen in die Küche. Wieder hatte ich mich übergeben müssen. Des Kindes wegen oder weil mir die Sache mit Frano auf den Magen schlug? Dr. Carter hat mir gesagt, Morgenübelkeit sei normal. Doch was ist im Moment schon normal in meinem Leben?

Auf dem Küchentisch fand ich Jonnys Antwort auf Vaters Depesche.

Geld bei uns. Sollen wir weiter warten?

Immerhin eine kleine Erleichterung.

»Ich wünschte, wir könnten mit ihnen reden«, sagte ich. Und hätte nie geglaubt, dass dieser Wunsch in Erfüllung gehen würde.

In Te Kao gibt es bislang nur im Bürgermeisteramt ein Telefon, und ich habe keine Ahnung, wie viele Anschlüsse es in Thames gibt. Tatsächlich haben die Jungen sich dieses technische Wunder jedoch zunutze gemacht. Das heißt, Jonny kam auf die Idee, er hat ja im Krieg als Funker gedient. Er hat im Postamt von Thames einen Sprechapparat aufgetrieben, dann hat die Telefonistin in unserem Rathaus angerufen und die Zeit für einen Rückruf vereinbart, und der Bürgermeister verständigte uns.

Gegen Abend stand ich dann mit zitternden Knien neben Vater, der den Hörer ans Ohr führte und unsicher in den Apparat sprach. »Jonny? Was ist los?«

Kurze Zeit später wussten wir Genaueres, ohne uns allerdings einen Reim darauf machen zu können. Die drei Männer hatten in der Nähe von Mangatarata Rast gemacht, wie wohl bei jeder ihrer bisherigen Reisen. Sie waren gegen Abend angekommen, hatten im Pub des Ortes ein paar Bier getrunken und dann in einem Gasthof übernachtet. Am Morgen hatte sich Frano von ihnen getrennt, um einen Freund zu besuchen. Die anderen sollten ruhig schon nach Thames vorausfahren, hatte er gesagt. Er werde am nächsten Tag nachkommen.

»Und da habt ihr euch nichts bei gedacht?«, polterte Vater.

Am anderen Ende der Leitung schienen sich Jonny und George um den Hörer zu streiten. Schließlich übernahm George. »Wir haben uns da nichts bei gedacht, weil Frano das immer gemacht hat, Chef«, brüllte er ins Telefon, als wollte er die Entfernung überschreien. »Mit Walter haben wir damals zwei Tage in Mangatarata verbracht. Der Gasthof ist ganz gut, Walter konnte sich da noch mal ausruhen vor der letzten Etappe. Und Frano hat den freien Tag genutzt, um seinen Freund zu sehen. Am Abend war er wieder da, und am nächsten Tag sind wir weiter. Diesmal haben wir nur einmal übernachtet – drei gesunde Männer brauchen ja keine längere Pause, und es ist so ein gottverlassenes Nest.«

»Frano ist zu seinem Freund, und in Thames ist er dann nicht am verabredeten Ort aufgetaucht«, übernahm Jonny. »Was machen wir denn jetzt, Onkel James?«

Vater biss sich auf die Lippen.

»Sie müssen ihn suchen!«, drängte ich. »In Mangatarata.«

Vater seufzte. »Also gut, fahrt zurück und hört euch um. Versucht, diesen Freund zu finden. So weit weg kann er ja nicht wohnen, wenn Frano zu Fuß hin und zurück kam an einem Tag. Lasst per Depesche von euch hören. Aber hinterlasst Frano in Thames irgendwie eine Nachricht. Nicht dass er doch noch auftaucht und euch nicht findet.«

»Er hat nie was von einem Freund in Mangatarata erwähnt«, sagte ich unglücklich, als ich Vater nach dem Telefongespräch nach draußen folgte.

Vater zuckte mit den Schultern. »Vielleicht war es ihm nicht so wichtig«, sagte er.

Ich schwieg, doch getröstet war ich nicht. Der »Freund« ist Frano immerhin wichtig genug gewesen, seine Reise zu unterbrechen. Eine Reise, die doch so kurz wie möglich werden sollte.

Ich höre noch seine Worte: Je früher wir aufbrechen, desto früher sind wir zurück. Und nun verschenkt er einen Tag oder gar drei oder vier? Meine Furcht wird immer größer. Das sieht Frano nicht ähnlich. Irgendetwas muss ihm zugestoßen sein.

30. September 1919

Frano ist auch in dem Gasthof in Mangatarata nicht wieder aufgetaucht.

1. Oktober 1919

Die Fragen der Männer haben bislang nichts ergeben. Angeblich kannte niemand in Mangatarata Frano, bevor er mit den Reisen zur Kauri-Bergung begann. Auf der Durchreise hat er stets gemeinsam mit George den Pub besucht. Der Barmann und ein paar Gäste haben sich an ihn erinnert. Vorher, da waren sie sich sicher, haben sie ihn nie gesehen.

Morgen wollen George und Jonny sich in der Umgebung umhören.

Tante Lucy meint, ich solle Geduld haben, es werde sich schon alles fügen. Doch über mich senkt sich ein Schleier tiefster Verzweiflung. Jeden Tag wird meine Welt etwas dunkler.

3. Oktober 1919

Die Suche nach Frano hat nichts weiter ergeben, und Vater wollte den Männern heute eigentlich eine Depesche schreiben, dass sie abbrechen sollen. Ich weinte so sehr, dass mein ganzer Körper vom Schluchzen wie in Krämpfen geschüttelt wurde. Da ließ er sich erweichen.

»Dann lass ich sie weiter ihrer Arbeit nachgehen, und ich werde hinfahren und mich auf die Suche begeben«, sagte er seufzend, was mich ein bisschen tröstete. Wenn jemand etwas richten kann, dann Vater.

Er machte sich gleich für den Aufbruch bereit – mit dem Lastwagen sollte er schnell vorankommen –, und ich betete so inbrünstig wie vorher nie in meinem Leben. Zudem richtete ich tausend gedankliche Rufe an meinen Liebsten.

Wo bist du, Frano? Was ist dir geschehen?

5. Oktober 1919

Vater ist in Mangatarata eingetroffen.

10. Oktober 1919

Auf Vaters Bitte war ich heute im Rathaus, und wir haben telefoniert. Es war das erste Mal, dass ich in einen Telefonapparat gesprochen habe, und gewöhnlich hätte ich es wohl spannend gefunden. Doch leider waren es nur traurige Nachrichten, die mich erreichten. Vater brachte mir sehr sanft und vorsichtig nahe, dass auch seine Suche nichts erbracht hat. Er hofft nun, dass die Männer in Thames wenigstens einen guten Abschluss zum Bergen eines Kauris machen können. George erinnert sich gut an den Fundort des letzten und behauptet, Frano habe dort weitere vermutet.

»Du willst also aufgeben?«, fragte ich verzweifelt.

Vater seufzte. »Clara, Liebes, ich weiß einfach nicht, wo ich noch suchen soll. Es gibt keinen Anhaltspunkt. Niemand hat Frano gesehen, niemand kennt seinen angeblichen Freund – ich habe alle Farmen in der Gegend abgeklappert und ein Gumdigger-Lager. Ich habe die Gegend durchgekämmt, sieben oder acht Meilen rund um den Ort. Ich habe Männer bezahlt, die mit Hunden gesucht haben. Einen Verletzten oder ... oder einen Toten ... hätten sie gefunden. Wo auch immer dein Frano steckt, Clara: Hier ist er nicht. Und das wird sich nicht ändern, wenn wir noch zehnmal suchen. Wir werden uns damit abfinden müssen, Kind. Wenn er nicht von selbst zu dir zurückkommt, wird er verschollen bleiben.«

Ich war wie in Trance, als ich am Arm von Tante Lucy zu unserem Wagen zurückging.

Verschollen.

15. Oktober 1919

Vater ist zurück. George und Jonny kommen mit der Holzfuhre nach. Sehr zufriedenstellend war die Ausbeute dieses Mal allerdings nicht, sie haben eine Depesche geschickt, in der stand, dass sie nur die Reste von der letzten Fundstelle geborgen haben. Und ohne Frano würden sich auch keine weiteren mehr erschließen lassen. Von ihm gibt es nach wie vor keine Spur. Ich habe so viel geweint, dass ich keine Tränen mehr habe. Ich bin nur noch Trauer, um mich herum ist nichts als Dunkelheit. Wie vormals Walter verkrieche ich mich in meinem Zimmer und mag nicht herauskommen. Ich mag auch nichts essen und trinken, doch Tante Lucy zwingt mich dazu. Ich soll an mein Kind denken, sagt sie. Dabei erscheint mir sogar das inzwischen unwirklich. Wie soll ich ein Kind haben ohne Frano? Habe ich vielleicht all das nur geträumt? Waren wir zu glücklich?

23. Januar 1920

Das Kind in mir ist Wirklichkeit. Ich habe schon oft den Eindruck gehabt, dass es sich in mir bewegt, aber ich war mir nicht sicher. Heute habe ich seine Tritte zum ersten Mal richtig gespürt! Es war ein überwältigendes Gefühl – ich habe sogar ein wenig Freude empfunden. Und hatte gleich darauf wieder ein schlechtes Gewissen. Wie kann ich mich freuen, wie kann ich leben, wenn Frano nicht mehr bei mir ist?

1. Februar 1920

Ich kann nicht aufhören zu grübeln. Was kann Frano geschehen sein? Je länger ich darüber nachdenke, desto sicherer bin ich mir über seinen Tod. Wenn er am Leben wäre, wäre er längst zu mir zurückgekehrt. Nie, niemals würde er mich verlassen!

2. März 1920

Um mich zu beruhigen, hat Vater einen Privatdetektiv beauftragt, nach Frano zu suchen. Er hat mein Hochzeitsfoto mitgenommen, um es herumzeigen zu können. Ich bin erneut in Tränen ausgebrochen, als ich es ihm gegeben habe.

20. April 1920

Der Detektiv hat uns die Ergebnisse seiner Ermittlungen mitgeteilt. Er hat sich nicht darauf beschränkt, rund um Mangatarata zu suchen, sondern Nachforschungen über Franos Vorleben angestellt. So nannte er das – »Vorleben«. Es klingt, als hätte für Frano ein neues Leben begonnen, als er nach. Te Kao kam. Na ja, irgendwie war es ja auch so. Sein früheres Leben muss für ihn abgeschlossen gewesen sein, sonst hätte er mir mehr davon erzählt. Jedenfalls hoffte der Detektiv, den Grund für Franos Verschwinden in seiner Vergangenheit zu finden. Er vermutete, Frano habe Feinde gehabt, vor denen er habe fliehen müssen oder die ihm irgendetwas angetan hätten. Ich mache mir keine Hoffnungen mehr, ich wollte nur gern Gewissheit.

Heute jedenfalls kam der Bericht, und ich war begierig darauf ihn zu lesen. Vater bestand jedoch darauf, ihn als Erster durchzusehen.

»Zu deinem eigenen Besten, Liebes«, sagte Tante Lucy. »Wenn etwas ... Bestürzendes darinsteht, sollst du es von deinem Vater erfahren.«

Ich sah sie unglücklich an. Wie kann sie glauben, dass das einen Unterschied macht? Ich werde endgültig den Boden unter den Füßen verlieren, egal, wer mir die Nachricht überbringt, dachte ich.

So saß ich denn wie auf glühenden Kohlen, bis Vater aus seinem Arbeitszimmer kam und das Dossier vor mir auf den Küchentisch legte.

»Hier«, sagte er betrübt. »Du kannst es lesen, aber es wird dir nicht gefallen.«

In der nächsten Stunde studierte ich ungläubig Berichte und Gesprächsprotokolle. Der Detektiv hatte Gumdigger und Aufkäufer von Kauri-Gum befragt, die Frano angeblich gekannt haben. Er hat sogar Kroatisch sprechende Übersetzer engagiert, denn die meisten dieser Männer sprechen kaum Englisch. In ihrer Landessprache haben sie unbefangen erzählt. Doch haben sie wirklich über den Mann gesprochen, den ich geheiratet habe?, fragte ich mich. Den Mann, der so liebevoll und verlässlich war? Der mir die Welt zu Füßen legen wollte?

»Ein kleiner Gernegroß«, urteilte ein Aufkäufer. »Versprach viel und lieferte wenig.«

»Mit dem Arbeiten hat er's nicht gehabt, der Frano«, bemerkte ein Gumdigger. »Dafür immer irgendwelche Geschäfte laufen. Ein Hansdampf in allen Gassen.«

»Aber reden konnte er«, fügte ein anderer hinzu. »Und er hatte ein Händchen für die Weiber.«

Entsetzt las ich, dass Frano als Frauenheld bekannt war, angeblich hat es sogar eine Frau gegeben, die ihn aushielt.

»Da hat er sich zumindest mit gebrüstet«, behauptete der Mann, der dem Detektiv diese dreiste Lüge erzählt hatte. Denn es muss eine Lüge gewesen sein oder ein Missverständnis, vielleicht war der Übersetzer einfach nicht gut.

Ich jedenfalls kann all das nicht glauben. Es passt nicht zu dem Frano, den ich gekannt habe.

Schließlich überflog ich das Resümee der Detektei:

Mit großem Bedauern, kommen wir zu dem Ergebnis, dass der Aufenthaltsort der gesuchten Person nicht ermittelt werden konnte. Es gibt allerdings keinerlei Anhaltspunkte für die Befürchtung, der Gesuchte sei gewaltsam zu Tode gekommen. Frühere Weggefährten äußerten sich zwar nicht immer schmeichelhaft über Frano Zima, direkte Feinde scheint er jedoch nicht gehabt zu haben, und er neigte wohl auch selbst nicht zu Gewaltausübung. Zumindest kam uns nicht zu Ohren, dass er häufig in handgreifliche Auseinandersetzungen verwickelt war.

Frano Zima wanderte irgendwann zwischen 1905 und 1910 in Neuseeland ein und versuchte sich in verschiedenen Landesteilen als Gumdigger. Die Männer, mit denen er dabei zusammenarbeitete, schildern übereinstimmend, dass er die damit verbundenen Anstrengungen scheute. Sie beschreiben ihn als einen Glücksritter, der Arbeit und Aufenthaltsort oft wechselte und auch zu Frauen keine konstanten Beziehungen pflegte. Die Behauptung eines der befragten Männer, Zima habe eine Frau gekannt, die ihn finanziell unterstützt habe, konnte nicht verifiziert werden, eher deutet alles auf wechselnde Beziehungen hin.

Das legt die Vermutung nahe, dass die eher unstete Persönlichkeit sich Ende September 1919 aus eigenem Antrieb den Verpflichtungen und Zwängen entzogen hat, denen sie sich durch Geschäftspartnerschaft und Ehe unterworfen sah. Sofern wir die Suche fortsetzen sollen, würden wir uns dabei auf größere Städte konzentrieren, in denen es leichter ist »unterzutauchen«. Wir arbeiten in Auckland, Wellington sowie diversen Orten auf der Südinsel mit örtlichen Detekteien zusammen. Allerdings weisen wir darauf hin, dass wir auch hier keine Erfolge garantieren können. Wenn ein junger, ungebundener Mann nicht gefunden werden will, so ist es fast unmöglich, seinen Aufenthaltsort zu ermitteln.

Es geschah, was ich befürchtet hatte. Ich fiel ins Bodenlose.

21. April 1920

Ich habe es heute nicht aus dem Bett geschafft. Ich bin verzweifelt, alles in mir lehnt sich auf gegen das, was die Detektei meint, herausgefunden zu haben. Frano kann nicht so gewesen sein – und wenn doch, dann hat er sich geändert, als wir uns kennenlernten.

Nie, niemals hätte er mich und unser Kind aus freien Stücken verlassen!

Vater besuchte mich um die Mittagszeit in meinem Zimmer und brachte mir ein Sandwich, liebevoll mit Mixed Pickles und Salat garniert von Tante Lucy. Dabei hatte ich keinen Hunger, ich habe schon das Frühstück nicht angerührt.

»Du musst etwas essen, Kind, denk an das Baby«, sagte Vater aufmunternd. »Das kleine Ding kann schließlich nichts dafür …«

»Für was?« Ich fuhr auf »Glaubst du das etwa? Was in dem Bericht über Frano steht? Glaubst du wirklich, er ist einfach weggegangen?«

Vater biss sich auf die Lippen. »Clara, es gibt keinen Hinweis darauf, dass ihm irgendetwas passiert ist …«

»Und trotzdem muss es so sein!«, sagte ich zornig. »Diese Ermittler haben es nur nicht herausgefunden, weil sie genug damit zu tun hatten, schmutzige Wäsche zu waschen! Als ob ... als ob Frano der Böse gewesen wäre und nicht das Opfer! Empörend ist das! Du ... du musst einen anderen Detektiv engagieren, du ...«

Ich sah, dass Vater den Kopf schüttelte. »Clara, alle Möglichkeiten sind ausgereizt«, sagte er bestimmt. »Du musst dich damit abfinden. Ich jedenfalls werde nicht noch mehr Geld in die Sache investieren, und für dich ist es auch nicht gut, wenn du immer wieder Hoffnung schöpfst. Die Detektei hat recht: Ein Mann, der nicht gefunden werden will, wird nicht gefunden. Und das wäre im Falle deines Gatten auch nicht ratsam. Ich würde den Kerl zu Brei schlagen, wenn ich ihn fände! Nun iss dein Sandwich, Kind, und vergiss Frano Zima.«

Ich schwieg, mir fehlte die Kraft, weiter zu widersprechen. Vater hat Frano von Anfang an wenig gemocht. Kein Wunder, dass er jetzt so bereitwillig alles Schlechte von ihm glaubt. Ich jedoch werde Frano nie vergessen. Wir mögen sterblich sein, doch unsere Liebe wird ewig leben.

23. April 1920

Das Kind hat sich gesenkt, es ist bereit, geboren zu werden. Ich bin nicht bereit, ich halte mich nach wie vor in meinem Zimmer versteckt und klammere mich an das, was mir von Frano geblieben ist. Sein Geruch steckt noch in seiner Kleidung ... und da ist das Holzpferdchen, das er mir geschenkt hat. Immer wieder durchlebe ich unsere erste Begegnung, unsere ersten Berührungen, unsere Hochzeit ...

25. April 1920

Heute Nacht habe ich von Frano geträumt. Und von unserem Kind. Er sagte mir, wie sehr er sich darauf freue. Auf unser Wunschkind. Nun denke ich nach über meinen Traum und schäme mich ein bisschen für das, was ich gestern geschrieben habe. Natürlich bin ich bereit für das Kind. Ich werde es lieben, so wie ich Frano geliebt habe. Ich werde ihm von seinem Vater erzählen, werde Frano wieder lebendig werden lassen für unsere Tochter oder unseren Sohn. Ich werde nicht zulassen, dass sie oder er die Lügen über Frano glaubt.

1. Mai 1920

Gestern wurde unser Sohn Francis geboren. Ungefähr eine Woche nach dem von Dr. Carter errechneten Geburtstermin. Es war schmerzvoll, doch schlimmer als die Wehen war die Sehnsucht nach Frano, der an diesem Tag eigentlich bei mir hätte sein sollen. Er hätte sicher mit Vater im Salon gewartet, bis das Kind auf der Welt war. Die beiden hätten Whiskey getrunken und Zigarren geraucht und auf jeden Laut aus dem ersten Stock gehört. Allein bei dem Gedanken daran, wie es hätte sein sollen, musste ich wieder weinen. All die langen Stunden, die Francis brauchte, um sich seinen Weg auf die Welt zu bahnen, liefen mir die Tränen über das Gesicht – ich konnte erst aufhören zu weinen, als die Hebamme mir das Kind in die Arme legte.

Ich sah in Francis' kleines, von der Anstrengung der Geburt gerötetes Gesicht, streichelte über den Flaum auf seinem Köpfchen, der hoffentlich einmal dem dicken, krausen Haar seines Vaters weichen wird – und zum ersten Mal seit Franos Verschwinden ließ der an meinem Herzen nagende Schmerz ein wenig nach. Da ist ein Stück von Frano, etwas, das er mir hinterlassen hat, das ich an seiner Stelle lieben kann.

Ich empfinde unendliche Zärtlichkeit für unseren Sohn, dem ich nun Mutter und Vater zugleich sein muss. Und ich empfinde Dankbarkeit gegenüber Frano. Er hat mir so viel Liebe geschenkt und nun dieses entzückende Kind. Er hat alles für mich getan – wäre ich nicht gewesen, hätte er sich niemals auf diese Reisen zur Bergung der Kauris begeben. Was auch immer ihm zugestoßen ist, es wäre nicht geschehen, wenn er nicht für Vater unterwegs gewesen wäre. Und Frano hätte sich nie um die Partnerschaft mit Vater bemüht, hätte er sich nicht so sehr gewünscht, mich zur Frau zu nehmen.

Frano hat das größte Opfer für unsere Liebe gebracht – er ist für mich gestorben.

Kapitel 8

Aufgewühlt ließ Ellinor die letzte Seite der Tagebuchkopien auf ihren Schoß sinken. Mit dem Bericht vom 1. Mai 1920 endete die Geschichte, und es gab keinen Hinweis darauf, dass Clara noch ein anderes Tagebuch angefangen hatte. Mit ihrem verzweifelten letzten Satz hatte sie alle Gefühle in Worte gefasst, die ihr Leben von nun an bestimmen würden.

Trotzdem drängte es Ellinor, mehr zu erfahren. Sie legte die Kopien sorgfältig zusammen, stand langsam auf und machte sich auf die Suche nach Meredith. Sie fand Rebeccas Mutter in der Cafeteria, wo sie gerade nach einem Touristenansturm aufräumte. Das Geschäft musste gut gelaufen sein, Meredith war bestens gelaunt.

»Na, geht's besser?«, fragte sie freundlich und schob Ellinor einen Kuchenteller zu. »Nimm dir einen Donut. Wir backen sie nicht selbst, aber sie kommen jeden Morgen frisch vom Bäcker, und sie sind ein Gedicht!«

Ellinor nickte. »Ja, die Krämpfe haben nachgelassen.« Sie legte die Kopien auf den Tresen und nahm sich einen der mit Vanillecreme gefüllten Gebäckkringel. »Mmh, danke.« Eine Kalorienbombe, doch köstlich. »Wie ist es weitergegangen mit Clara?«, fragte sie dann.

»Nun, sie hat nie wieder geheiratet, wie du schon weißt. Francis blieb ihr einziger Sohn. Es hat wohl ein paar Differenzen darüber gegeben, dass sie ihn nach seinem Vater nennen wollte. Grandpa Francis erzählte, sein Großvater habe ihn zeitlebens Bob genannt – Robert war sein zweiter Vorname –, um ja nicht an Frano erinnert zu werden. Grandpa Francis sprach immer sehr herzlich von seinem Großvater, die beiden müssen ein besonders gutes Verhältnis zueinander gehabt haben. Ich glaube deshalb nicht, dass der Junge seinen Vater vermisst hat. Clara hielt Franos

Andenken allerdings heilig. Sie hielt bis zu ihrem Tod daran fest, dass er sie nicht verlassen hatte, sondern dass ihm irgendetwas Schreckliches zugestoßen war, und sie nahm es ihrem Vater sein Leben lang übel, dass er keine weiteren Nachforschungen anstellte. Tatsächlich hat sie zwanzig Jahre nach Franos Verschwinden, ihr Vater war mittlerweile verstorben, noch einmal eine angesehene Detektei an die Sache gesetzt. Natürlich ergab das nichts. Inzwischen waren die Spuren ja mehr als kalt, sofern es überhaupt jemals Spuren gegeben hat. Und Francis hat nach Claras Tod ein drittes Mal nachgeforscht, in den großen Städten, wie schon die erste Detektei vorgeschlagen hatte. Auch diese letzte Suche ergab nichts. Francis kam zu dem Schluss, seine Mutter müsse recht gehabt haben mit ihrer Annahme, sein Vater sei auf tragische Weise umgekommen. Zumal er dann auch ihr Tagebuch las, das ja sehr überzeugend ist.«

Ellinor fand das Tagebuch nicht so überzeugend. Clara war bis über beide Ohren verliebt gewesen, und ihre Sicht auf die Dinge infolgedessen mehr als subjektiv. James Forrester dagegen hatte Frano von Anfang an skeptisch beurteilt. Seine Menschenkenntnis war sicher besser gewesen als die seiner Tochter. Und dann war da natürlich Lilianas Geschichte, die deutliche Parallelen zu der Claras aufwies. Ob die Zimas das wahrhaben wollten oder nicht.

»Und Walter?«, fragte Ellinor jetzt weiter. »Ist der zurückgekommen?«

Meredith nickte. »Ja. Irgendwann hat er sich gemeldet, ich nehme an, als er Geld brauchte. Nachdem er einige Zeit bei den Maori verbracht hatte, ging er anderweitig auf Sinnsuche. Er saß zu Füßen diverser Gurus und Medien. Spiritismus, Okkultismus, Meditation – Walter probierte alles aus, was unsinnig und teuer war. Vor allem, als James Forrester schließlich starb und Clara und Francis ihn auszahlten. Bei seinem Tod war von dem Erbe praktisch nichts mehr übrig. Er ging in die Familiengeschichte ein als ›der verrückte Onkel‹. Geheiratet hat er nie, er hatte auch keine Kinder.«

»Und Francis? Hat er die Werkstatt übernommen?«, wollte Ellinor wissen.

Meredith nickte. »Er hat ein ganz normales Leben geführt. Verheiratet, zwei Kinder. Davids Schwester ist auf der Südinsel verheiratet. Ich hab ihn noch kennengelernt. Ein netter Kerl, sehr sympathisch und ein richtiger Familienmensch. Er wurde recht alt, während Clara mit vierzig schon starb.«

Draußen fuhr der nächste Reisebus vor, und Meredith entschuldigte sich, um die Touristen in Empfang zu nehmen. Den Dienst in der Cafeteria übernahmen wieder zwei Angestellte, und da Ellinor nichts anderes zu tun hatte, machte sie sich ebenfalls nützlich. So verging der restliche Nachmittag wie im Flug. Am Abend gegen acht rollte der Möbelwagen mit Rebecca und Gernot auf den Hof.

»Na, ihr wart ja schnell!«, begrüßte Ellinor die beiden und checkte mit einem Blick in das Gesicht ihres Mannes, dass er bester Stimmung war. Auch Rebecca strahlte.

»Wir waren froh, als wir es hinter uns hatten«, berichtete sie. »Der Galerist war nicht gerade begeistert. Er hat Gernot ganz schön zugesetzt wegen des Vertrags. Beim Abhängen hat er uns natürlich auch nicht geholfen.«

»Die Ausstellung ging ja auch noch bis zum nächsten Monat«, bemerkte Ellinor. »Nach dem Bericht im *Auckland Herald* sind sicher etliche Besucher gekommen. Da kann man es Mr. Calverton eigentlich nicht verdenken ...«

»Winston hat bis jetzt nichts verkauft. Wir haben den Vertrag aufgelöst, und ich hab unterschrieben, dass die Bilder seine Galerie unbeschadet verlassen haben. Damit ist die Sache für mich erledigt.«

Gewöhnlich wurden Ausstellungsobjekte von darauf spezialisierten Speditionen transportiert, darauf legten die Versicherungen Wert. Da Gernot seine Bilder nun einfach in einen Möbelwagen verladen hatte, befürchtete der Galerist sicher Beschädigungen und wollte sichergehen, dass sie letztlich nicht ihm zur Last gelegt wurden. Ellinor fand das verständlich.

»Wollt ihr die Bilder nicht ins Haus holen?«, fragte sie. »Die Feuchtigkeit draußen setzt ihnen doch bestimmt zu.« Die Ladefläche des Möbelwagens war nur mit einer Plane abgedeckt.

Rebecca schüttelte den Kopf. »Das machen wir morgen. Der Wagen steht in einem Carport.«

»Da passiert schon nichts«, fügte Gernot hinzu.

Ellinor hielt sich mit weiteren Kommentaren zurück. Es war Abendessenszeit, und die Zimas luden sie beide ganz selbstverständlich ein. Rebecca erzählte launig von ihrem Ausflug nach Auckland und schwärmte von Gernots Bildern.

»Sie waren da nicht gut präsentiert ... Hier werden sie viel besser wirken.«

Gernot stimmte ihr zu, und Ellinor verkniff sich eine Bemerkung. Hatte er sich nicht stets dagegen gewehrt, seine Kunst als Wohnzimmerdekoration zu vermarkten? Und nun stellte er sie neben Holzschnitzereien und massiv gezimmerten Möbelstücken aus? Wahrscheinlich sah er darin eine surrealistische Komponente. Ihr Kunstverstand kam da nicht mehr mit ...

»Und was hast du den ganzen Tag gemacht?«, fragte Gernot Ellinor, als sie später allein in ihrem Zimmer waren. »Hast du das Tagebuch gelesen?«

Ellinor nickte. »Es war traurig«, sagte sie. »Unendlich traurig. Nimmst du mich in den Arm, während ich erzähle?«

Sie kuschelte sich an ihren Mann und nahm sich viel Zeit, Claras Geschichte zu erzählen. Immer wieder las sie ihm besonders bewegende Passagen vor.

»Was denkst du, was passiert ist?«, fragte sie schließlich.

Gernot wirkte wenig beeindruckt. Gelassen zuckte er mit den Schultern. »Na, was schon? Der alte Frano hat Clara genauso verlassen wie das andere Mädchen. Wie hieß es noch ... Liliana.«

»Du meinst nicht, es könnte was anderes dahinterstecken? Die Zimas sind fest davon überzeugt, dass ihm etwas zugestoßen ist.« Ellinor selbst war hin- und hergerissen. Einerseits wollte sie gern an Franos Unschuld glauben, andererseits sprachen die Beweise gegen ihn.

Gernot verdrehte die Augen. »Nun verfall du nicht auch noch diesem romantischen Quatsch wie Rebecca und ihr Vater. Die glauben ja felsenfest an die große Tragödie. Clara muss ihren Sohn einer regelrechten Gehirnwäsche unterzogen haben. Na gut, man muss bedenken, dass sie nichts von der kleinen Liliana wusste. Aber wenn man die ganze Geschichte kennt, gibt es wohl keinen Zweifel mehr. Der Nichtsnutz verführt ein Mädchen, schwängert es, und dann wächst ihm alles über den Kopf. Er macht sich davon, und die Weiber jammern ihm obendrein noch hinterher. Interpretier da nichts rein, Elin. Der Fehler damals war, dass sie die Detektei nicht haben weitersuchen lassen. Hätte die sich in den großen Städten umgesehen, dann hätte man ihn gefunden.«

»Meinst du nicht, er hätte das Geld für die Kauris mitgenommen, wenn er sich einfach aus dem Staub gemacht hat?«, fragte Ellinor.

Gernot schürzte die Lippen. »Vielleicht hat sich das nur nicht ergeben. Ich bin davon überzeugt, dass Claras Vater seinem Neffen Jonny das Geld anvertraut hat ... oder George. Dann hätte Frano es gar nicht so leicht an sich nehmen können. Nur heimlich. Denn warum hätte er so viel Geld zu einem Besuch bei einem Freund mitnehmen sollen?«

»Stimmt«, gab Ellinor zu.

Gernot küsste Ellinor sanft auf die Stirn. »Wir werden es nie erfahren, Liebste. Aber ob mit oder ohne Geld ... Es gibt nichts, das gegen eine Flucht vor diesen geschmacklosen Dekorationsstücken, die sie ja wohl auch damals schon angefertigt haben, spricht.« Gernot grinste und rollte sich zusammen. Ellinor wusste, dass er in wenigen Minuten eingeschlafen sein würde.

Sie selbst lag wach und grübelte. War es wirklich so einfach? Wie immer, wenn sie etwas beschäftigte, wünschte sie sich, mit Karla reden zu können. Und warum eigentlich nicht? Sie stand leise auf, nahm ihr Handy und ging mit den Kopien ins Bad.

Rasch fotografierte sie ein paar entscheidende Textstellen ab und mailte sie an Karla. »Lass uns skypen«, schrieb sie dazu. »Wenn du's heute schaffst, die Texte zu lesen, rufe ich dich um neun Uhr an. Abends bei dir, morgens bei mir.«

Immer noch etwas angespannt schmiegte sich Ellinor an Gernots Rücken. Sie war rastlos. War sie wirklich um die halbe Welt gereist, um jetzt aufzugeben?

Kapitel 9

Ellinor rief Karla pünktlich um neun Uhr an, und die Cousine antwortete sofort. Das Bild war gestochen klar, beide freuten sich, einander wiederzusehen.

»Und? Was sagst du zu dem Tagebuch?«, fragte Ellinor, nachdem sie sich begrüßt hatten.

Karla hob vielsagend die Brauen. »Die Elegien eines verliebten Teenagers. Könnte fast von einer meiner Schülerinnen stammen. Dann stünde da nur cool oder geil statt wundervoll.«

»Und das Ende wäre hoffentlich nicht so tragisch«, meinte Ellinor.

Karla widersprach. »Das sagst du! Die Mädels empfinden ihr Herz schon als gebrochen, wenn ihnen Max oder Jannes mal einen Tag lang keine WhatsApp schickt. Da spielen sich jeden Tag regelrechte Tragödien ab.«

Ellinor lachte. »Aber eigentlich kannst du das nicht vergleichen!«, sagte sie dann. »Clara war zwar noch jung, doch sie war verheiratet und schwanger, und Frano ist tatsächlich verschwunden. Sie war zeitlebens davon überzeugt, dass ihm etwas passiert ist, und ihre Familie lässt nichts auf ihn kommen. Gernot dagegen meint, er hätte sich einfach aus dem Staub gemacht. Erst hat er Liliana und Dalmatien fluchtartig verlassen, dann Clara. Und ich wollte jetzt deine Meinung hören. Wenn du das allerdings nicht ernst nimmst ...« Ellinor verzog den Mund.

»He, sorry, ich wollte dich nicht kränken.« Zerknirscht schüttelte Karla den Kopf. »Natürlich nehme ich das ernst. Das arme Ding hat bestimmt fürchterlich gelitten. Es ist nur schon so lange her ... Ich kann darüber jetzt nicht mehr in Tränen ausbrechen. Was meine Einschätzung angeht ...«, sie dachte kurz nach, Ellinor sah geradezu, wie es hinter ihrer Stirn arbeitete, »... also, ich sehe es ein bisschen anders als Gernot«, fuhr sie dann fort.

»Dein Urgroßvater war ein Schürzenjäger, das steht außer Frage. Er hat erst Liliana, dann Clara mit seinem Charme betört – und zwischendurch wahrscheinlich noch ein paar andere Frauen. Trotzdem gibt es Unterschiede. Clara hat er immerhin geheiratet …«

»Weil sie darauf bestanden hat«, meinte Ellinor. »Sie war klüger als Liliana.«

Karla schüttelte den Kopf. »Liliana wollte ihn auch heiraten. Woraufhin Frano sie zu diesem Pseudoeheversprechen überredet hat, von dem sie felsenfest glaubte, es hätte eine Bedeutung. Frano dagegen wusste, dass eine legale Ehe zwischen ihm und Liliana unter keinen Umständen denkbar war. Die Tochter des Winzers und ein ungelernter Arbeiter, und das 1905 in einem rückständigen Land wie Dalmatien … Die zwei hatten keine Chance, egal, wie sehr sie sich liebten. 1920 in Neuseeland sah das schon anders aus. Clara hatte einen gewissen Einfluss auf ihren Vater. Er hätte sie nicht mit einem Mann verheiratet, den sie nicht liebte. Dazu kam, dass Frano mittlerweile etwas zu bieten hatte – sein Wissen um die Kauri-Bäume. Mit der Partnerschaft konnte er gesellschaftlich aufsteigen und war Clara damit ebenbürtig.«

»Meinst du denn, er liebte sie?«, fragte Ellinor. »Oder ging es nur um Sex?«

»Sprichst du von Liliana oder von Clara?«, erkundigte sich Karla.

Ellinor zuckte mit den Schultern. »Von beiden.«

Karla sah ihre Cousine nachdenklich an. »Er hat sie sicher nicht so sehr geliebt, wie sie ihn liebten«, sagte sie dann. »Ein bisschen Berechnung wird in beiden Fällen beteiligt gewesen sein. Vielleicht war Verführung für Frano auch einfach nur ein Spiel, in dem diese höheren Töchter eine besondere Herausforderung darstellten …«

»Und als sie schwanger waren, hat er sie verlassen, weil er keine Verpflichtungen wollte«, überlegte Ellinor. »Keine Verantwortung übernehmen …«

Karla runzelte die Stirn. »Er war nicht gerade verantwortungsbewusst. Das ist schon richtig. Aber in Dalmatien konnte er auch nicht anders. Er musste fliehen. Wäre er geblieben, hätten die Vlašićes ihn umgebracht.«

»Er hätte Liliana mitnehmen können«, gab Ellinor zu bedenken. »Wenn er sie wirklich so geliebt hat …«

Karla seufzte. »Ach, Elin. Frano mag in Liliana verliebt gewesen sein, seine Liebe ging nur nicht so weit, dass er sein Leben für sie riskiert hätte. Denn das wäre ja der Fall gewesen, hätte er Liliana mitgenommen. Wahrscheinlich wären die beiden nicht mal über die Berge gekommen, bevor die Vlašićes ihre Tochter vermisst hätten. Mit Clara lag die Sache jedoch völlig anders. Die hatte er mit dem Segen ihres Vaters geheiratet. Dazu war das Mädchen bildhübsch, mehr als willig …«

»Stimmt«, bestätigte Ellinor. »Ich hatte nur manchmal das Gefühl, dass sie ihm mit ihrer überschwänglichen Art ein wenig auf die Nerven ging.«

Karla lachte. »Das mag sein. Aber wenn es zu schlimm wurde, ging er Kauris ausgraben. Diese Partnerschaft mit ihrem Vater war ideal für ihn. Die Reisen brachten Geld, und er kam mal raus. Wenn er also Abwechslung von der Ehe brauchte …«

»… besuchte er besagten Freund, der tatsächlich eine Freundin war …« Ellinor hatte diesen Verdacht auch schon gehegt.

»Zum Beispiel«, meinte Karla. »Und zweifellos gab es auch käufliche Mädchen in der Gegend. Auf jeden Fall ging es Frano in der Ehe mit Clara so gut, wie es ihm noch nie gegangen war, und das soll er ohne Grund aufgegeben haben? Weil sie schwanger war? Das ergibt keinen Sinn. Ganz im Gegenteil. Das Kind hätte Franos Stellung in der Familie noch gefestigt. Es hätte Clara beschäftigt, sie wäre nicht mehr so fixiert auf ihren Mann gewesen. Nein, Elin. Es ist nachvollziehbar, dass er keine Lust hatte, während der gesamten Schwangerschaft Händchen zu halten, aber sich abzusetzen, auf Nimmerwiedersehen zu verschwinden – das kann nicht in seinem Interesse gewesen sein. Und seine Interessen zu wahren, wusste Frano Zima sehr wohl!«

Aufgewühlt von dem Gespräch machte Ellinor sich auf den Weg, Gernot zu suchen. Beim Frühstück hatte er angekündigt, die Bilder gleich aus dem Wagen holen und in die Ausstellungsräume bringen zu wollen. Rebecca und sie selbst hatten angeboten zu helfen, ebenso David. Er war sehr gespannt auf die Werke. Ellinor hoffte, dass Gernots manchmal etwas verstörende Sicht auf die Welt ihn nicht zu sehr verschreckte.

Das schien jedoch nicht der Fall zu sein. Tatsächlich war sie überrascht, als sie die ersten Bilder an den Wänden des Möbelhauses entdeckte. Die riesigen Gemälde wirkten ganz anders, die düsteren Farben verloren durch das rotgoldene Licht, das von den Kauri-Möbeln reflektiert wurde, ihre Bedrohlichkeit.

»Das sieht großartig aus!«, sagte Ellinor ehrlich beim Blick auf eine Kauri-Holz-Sitzgarnitur unter einer der großen Leinwände.

»Nicht wahr?« David Zima wirkte so stolz auf das Arrangement, als hätte er das Bild selbst gemalt. »Rebecca hatte recht. Gernots Kunst und unsere Möbel ergänzen sich. Das Bild hier werde ich kaufen.«

»Wirklich?«

Ellinor konnte es kaum glauben, sie war unendlich erleichtert. Gernot blieb natürlich cool – er zeigte niemals überschwängliche Freude, selbst jetzt nicht. Dabei war es das erste Mal, dass eines seiner überdimensionalen Werke einen Käufer gefunden hatte. Vielleicht stand sein Durchbruch als Künstler ja doch kurz bevor, und es war eine kluge Idee gewesen, die Galerie in Auckland zu verlassen. Auf jeden Fall würden Gernot und Ellinor jetzt um ein paar Tausend Euro reicher sein!

»Die anderen Bilder werden wir auch verkaufen, da bin ich ganz sicher«, meinte David vergnügt. »Lass mich nur machen, Junge!«

Ellinor sah nervös zu Gernot hinüber. Er mochte es gar nicht, wenn man von seinen Bildern sprach wie von einer Ware. Gernot nickte jedoch wohlwollend. Noch erfreuter zeigte sich Rebecca.

»Ich hab mich bisher nie für Kunst interessiert. Dabei bieten sich unsere Räumlichkeiten geradezu an, sie als Galerie zu nutzen.

Oder, Dad? Ich denk immer mehr drüber nach, Kunstgeschichte zu studieren ...«

David Zima verzog den Mund. »Ich wäre wirklich froh, wenn du dich einmal für ein Fach entscheiden könntest. Vielleicht magst du dich ja mal mit Gernot darüber unterhalten. Was hast du studiert, Gerry?«

Ellinor befürchtete erneut einen Stimmungsumschwung. Gewöhnlich hasste es Gernot, wenn man seinen Namen auf welche Art auch immer »verstümmelte«. Umso überraschter war sie, dass er jetzt bereitwillig Auskunft über seinen künstlerischen Werdegang gab. Bei den Zimas taute er erstaunlich auf, sie konnte sich nur darüber wundern.

Am Abend schlenderten sie noch einmal durch die Ausstellung. Rebecca und David hatten den ganzen Tag mitgeholfen, und nun hatte jedes der Bilder seinen Platz im Kauri Paradise gefunden. Die Touristen, die heute durch die Räume gebummelt waren, hatten zwar noch kein größeres Interesse an den Bildern gezeigt, doch David war mehr als zuversichtlich.

»Und selbst wenn keiner kauft«, versuchte Gernot, seine Reputation als »Botschafter der Wahrheit« zu retten, »es kommen hier so viele Menschen mit Kunst in Kontakt wie sonst nirgendwo außerhalb der großen Museen. Menschen, die vielleicht nie in Ausstellungen gehen. Schon dafür lohnt es sich, die Bilder auszustellen.«

Ellinor war froh, dass er zufrieden war, und fand es nun an der Zeit weiterzuziehen. Drei Tage Northland waren genug. Neuseeland hatte so viel zu bieten – und sie selbst zog es wieder auf die Spuren von Frano Zima.

»Lass uns Richtung Coromandel-Halbinsel fahren«, schlug sie vor.

»Coromandel?«, fragte Gernot mit gerunzelter Stirn. »Ist in der Gegend nicht dein Urgroßvater verschollen? Elin, du glaubst nicht wirklich, du würdest hundert Jahre später noch eine Spur finden, die drei Detekteien entgangen ist!«

Ellinor schüttelte den Kopf. »Nein«, wehrte sie ab. »Natürlich nicht. Es ist nur ... Du weißt doch, ich mag es, Geschichte zu erspüren. Außerdem soll die Halbinsel landschaftlich sehr schön sein. Sagt zumindest der Reiseführer.«

Gernot lachte. »Das letzte Argument überzeugt mich«, bemerkte er und legte den Arm um sie. »Ist da nicht dieser Strand mit den heißen Quellen? An dem man sich sein eigenes Spa graben kann? Ich könnte mir vorstellen, dass das sehr angenehm ist ...«

Er massierte leicht ihren Nacken, und Ellinor durchfuhren wohlige Schauer. Gernot wusste, wie er sie berühren musste, um sie zu erregen. Obwohl ... Es erschien ihr auf einmal sinnlos, miteinander zu schlafen – schließlich wurde sie doch nicht schwanger. Ihr größter Wunsch blieb unerfüllt.

Traurig schlief sie in den Armen ihres Mannes ein.

Nach einer herzlichen Verabschiedung von den Zimas – besonders Rebecca war enttäuscht darüber, dass Ellinor und Gernot nicht länger blieben – fuhren sie am nächsten Morgen in Richtung Hot Water Beach, einer der Hauptattraktionen der Coromandel-Halbinsel. Am Tag zuvor hatte es geregnet, nun war das Wetter wieder schön, und die Landschaft hielt halbwegs, was der Reiseführer versprach. Sie war allerdings kaum naturbelassen, wie überall in Neuseeland wurden Felder und Wiesen landwirtschaftlich genutzt. Ellinor hätte lieber naturbelassene Landschaften gesehen, es zog sie in den Coromandel Forest Park zu den Kauris, doch Gernot wollte ans Meer. Die beiden mieteten schließlich eine Holzhütte auf einem Campingplatz direkt am Strand. Was das Graben ihres kleinen Wellnessbereichs anging, in dem man dann im heißen Wasser entspannen konnte, erwartete sie jedoch eine Enttäuschung.

»Es geht nur bei Ebbe, und Ebbe ist erst gegen Mitternacht«, erklärte Gernot, der Erkundigungen eingezogen hatte. »Nichtsdestotrotz haben sich schon, während ich bei der Touristeninformation war, mindestens dreißig junge Backpacker Spaten ausgeliehen. Wenn du mich fragst, wird es da heute bei Mondschein zugehen wie an der Alten Donau in Wien am heißesten Tag des Jahres ...«

Ellinor lachte. »Dann graben wir uns eben nicht ein«, meinte sie. »Lass uns einfach ein paar Dosen Bier kaufen und jetzt hingehen. Die heißen Quellen denken wir uns.«

Gernot murmelte etwas über sinnfreies Abhaken von Sehenswürdigkeiten, nahm den Vorschlag aber trotzdem an. Kurze Zeit später räkelten sie sich an einem schmalen Strandabschnitt, malerisch gelegen zwischen Felsen und Meer. Um diese Zeit war es hier menschenleer und still bis auf das Gurgeln der Wellen, die am Ufer leckten, und den unmelodischen Ruf der Seevögel. Die beiden nippten an ihrem Bier und hingen ihren Gedanken nach, wobei Gernots wohl um Sex kreisten. Er begann, Ellinor zu küssen, schob ihr T-Shirt hoch und machte sich am Verschluss ihrer Jeans zu schaffen. Der Tag war vollkommen. Träge blickte Ellinor in einen wolkenlos blauen Himmel, spürte den kühlen, weichen Sand unter sich, lauschte dem Meer, das sein Lied sang. Gernot malte mit der Zunge Maori-Glückssymbole auf ihren Bauch, über die er Sand streute, um sie auf der Haut sichtbar zu machen. Es war lustig, es prickelte, es erregte sie ... und dennoch ...

»Ich frage mich ...«, begann Ellinor und regte sich unter seinen Liebkosungen.

»... ob Sex in der Öffentlichkeit in Neuseeland verboten ist?«, fragte Gernot lächelnd. »Also ich glaube nicht, dass hier besonders streng kontrolliert wird.«

»Ach was.« Ellinor richtete sich ein wenig auf. »Ich frage mich, was mit dem Freund passiert ist. Du weißt schon, dem Freund von Frano Zima, mit dem er Dalmatien verlassen hat ...«

»Wie bitte?« Gernot griff sich an die Stirn. »Du liegst mit mir am Strand und hast nichts anderes im Kopf als diese alten Geschichten? Bist du verrückt geworden?«

»Es kam mir nur gerade in den Sinn«, verteidigte sich Ellinor. »Weil ... es ist doch komisch. Er ist mit diesem Jaro nach Neuseeland gekommen, die Überfahrt bekamen sie finanziert. Also müssen sie zumindest am Anfang für denselben Harz-Aufkäufer gearbeitet haben. Aber Clara gegenüber hat Frano Jaro nie erwähnt. Und in den Dossiers der Detekteien taucht er auch nicht auf.«

Gernot seufzte. »Ellinor, das kann tausend Gründe haben. Vielleicht ist Jaro schon auf der Überfahrt verstorben – da gab es ja wohl häufig Infektionskrankheiten und Pest und Cholera und was weiß ich alles. Oder, das Wahrscheinlichste, sie haben sich irgendwann zerstritten und jeder ist seiner Wege gegangen. Das wirst du jetzt nicht mehr herausfinden. Obendrein ist es völlig egal.« Er begann erneut, Ellinor zu streicheln.

»Ich denke nur, Jaro hätte vielleicht dieser ominöse Freund sein können, den Frano besucht hat ...« Ellinor konnte sich nicht entspannen.

Gernot stöhnte. »Eher nein, Liebste. Dann hätte er kein solches Geheimnis daraus machen müssen. Wenn der ›Freund‹ keine ›Freundin‹ war, hätte er Clara von ihm erzählen können.«

»Nachdem er vorher behauptet hat, er habe keine Freunde aus seiner Heimat in Neuseeland?«, zweifelte Ellinor.

»Wenn er ihr das tatsächlich gesagt hat, dann wird es gestimmt haben.« Gernot war sichtlich ungeduldig. »Warum sollte er sie in einer so unwichtigen Sache belügen? Also ist Jaro entweder umgekommen oder nach Dalmatien zurückgekehrt. Oder nach Australien weitergewandert oder nach Amerika oder was auch immer. Elin, ich bin diese Sache mit Frano jetzt endgültig leid. Wir haben getan, was wir konnten, du hast eine ganze Menge herausbekommen. Mehr wirst du nicht finden, egal, wie tief du gräbst. Die Grübelei hilft dir nicht weiter. Also hör jetzt auf mit dem Unsinn, und sei mal ein bisschen glücklich. Wir sind in Neuseeland, wir haben Urlaub, ich habe gerade ein Bild verkauft ... Was willst du mehr?«

Ein Baby, dachte Ellinor. Und herausfinden, wohin Frano Zima verschwunden ist. Es war allerdings sicher besser, beides vorerst nicht mehr zu erwähnen.

Sie schloss die Augen und versuchte, Frano und Clara aus ihren Gedanken zu verbannen.

Am nächsten Morgen fuhren sie zurück nach Thames und besuchten ein Museumsdorf, eine ehemalige Goldgräbersiedlung.

»Bei den Gumdiggern muss es ähnlich ausgesehen haben«, meinte Ellinor, als sie durch das Örtchen spazierten, das einer amerikanischen Westernstadt glich.

»Das glaube ich nicht«, gab Gernot zurück. »Nach dem, was Rebecca mir über die erzählt hat, müssen sie von der Hand in den Mund gelebt haben. Die Goldgräber dagegen hatten wenigstens ab und zu mal Geld, das sie in Pubs oder in Bordellen lassen konnten.« Er wies auf ein buntes Schild, das eines der niedrigen Holzhäuser als HOTEL UND PUB auswies. »Im Übrigen wollten wir über die Gumdigger im Allgemeinen und einen gewissen Frano Zima im Besonderen nicht mehr reden.«

»Mit Rebecca hast du über ihn geredet«, warf Ellinor ein.

Gernot verzog das Gesicht. »Die war ja auch fast noch besessener von dem Thema als du. Das große Familiengeheimnis! Dabei war dieser Frano Zima nur ein kleiner Gauner, der dem Glück hinterherjagte. Von einem Ort zum anderen und von einer Frau zur nächsten. Ob mal jemand auf die Idee gekommen ist, ihn hier zu suchen?« Er wies auf das Gelände um die Goldgräberstadt.

Ellinor schüttelte den Kopf. »Der Goldrausch war längst Vergangenheit, als Frano nach Neuseeland kam«, erklärte sie. »Oder hatte zumindest den Zenit lange überschritten. Ich glaube, diesen Ort hier hat man sehr viel später restauriert. Zu Franos Zeiten gab es nur ein paar verlassene Häuser, durch die der Wind pfiff.«

Gernot zuckte mit den Schultern. »Wie auch immer«, meinte er. »Hast du mir nicht versprochen, dass du jetzt aufhörst mit der Recherche? Ich will keine weiteren Spekulationen darüber anstellen, in welchem Sumpf dein Urgroßvater versunken ist.«

Die Bäume im Coromandel Forest Park waren nicht im Sumpf versunken, sondern noch ganz lebendig. Fasziniert standen Ellinor und Gernot vor den Riesen, von denen etliche bis auf einer Höhe von zwanzig Metern keine Zweige hatten. Ihre Krone erhob sich weit über den anderen um sie herum wachsenden Bäumen. Der Durchmesser der Stämme war gewaltig. Beim größten Kauri in Neuseeland sollte der Stammumfang bei fast vierzehn Metern liegen.

»Diese Bäume sind wahrscheinlich um die tausend Jahre alt«, sagte Ellinor ehrfürchtig. »Überleg mal ... die waren schon da, als sich die Maori ansiedelten. Was die erzählen könnten, wenn sie reden würden ...«

Gernot strich über die Rinde einer der Bäume. »Leider standen sie die ganze Zeit hier im Wald herum und werden insofern nicht allzu intensiv an der Geschichte des Landes teilgehabt haben.« Er lachte. »Wahrscheinlich haben sie erst jetzt ein bisschen Unterhaltung, nachdem sie als Touristenattraktion entdeckt wurden.«

»Die Maori haben sie angebetet«, erzählte Ellinor. »Und Kanus aus ihnen gebaut ...«

»Denn jeder tötet, was er liebt ...«, zitierte Gernot. »Komm, lass uns mal wieder fahren. Es wird ungemütlich.«

Tatsächlich machte der Regenwald seinem Namen alle Ehre. In Thames war es noch sonnig gewesen, nun nieselte es. Ellinor war nicht traurig, in ihre lauschige Holzhütte zurückkehren zu können. Sie kauften unterwegs eine Pizza und Wein, picknickten in ihrem Bett und liebten sich. Danach studierte Ellinor angeschmiegt an Gernot den Reiseführer. »Morgen früh will ich zur Cathedral Cove«, bestimmte sie. »Das soll ein schöner Spaziergang sein, vom Parkplatz zum Strand. Es gibt einen Felsen, der wie ein bogenförmiger Höhlendurchgang aussieht. Den muss man gesehen haben.«

»Und dann?«, erkundigte sich Gernot.

Ellinor blätterte weiter, wurde jedoch vom Klingeln ihres Handys unterbrochen. Sie warf einen Blick auf das Display.

»Rebecca«, sagte sie verwundert, nahm ab und drückte auf »Lautsprecher«.

»Hallo, wie geht's euch?« Rebecca klang aufgeregt, aber das

war bei ihr ja nichts Ungewöhnliches. »Seid ihr noch auf der Halbinsel?«

»Ja, am Hot Water Beach«, erklärte Ellinor. »Von da aus machen wir unsere Erkundungstouren. Und bei euch? Alles in Ordnung?« Sie fand es seltsam, dass Rebecca anrief, nachdem sie sich gerade mal zwei Tage nicht gesehen hatten.

»Habt ihr womöglich noch ein Bild verkauft?«, fragte Gernot hoffnungsvoll.

Rebecca lachte nervös. »Nein, so schnell geht das auch wieder nicht. Aber was anderes! Ellinor, es gibt eine Spur von Frano! Ich kann es eigentlich gar nicht glauben, trotzdem ... Die Geschichten sind sich total ähnlich ...«

»Was?« Ellinor war völlig überrumpelt. »Eine Spur von Frano Zima? Und was für Geschichten?«

»Die Geschichte von Clara und die von einem Melvin Soundso ... Mich haben deine Nachforschungen einfach nicht losgelassen, und ich hab weiterrecherchiert im Internet. Dabei bin ich durch einen unglaublichen Zufall auf eine Talkshow gestoßen. Habt ihr Internet, da wo ihr seid? Dann schick ich dir gleich mal einen Link ...«

Das Ungeliebte Kind

Kapitel 1

In der Holzhütte gab es eine recht gute Internetverbindung, Gernot war sofort online. Rebeccas Link führte zu einer Talkshow, die wenige Tage zuvor im Kulturprogramm eines neuseeländischen Fernsehsenders gelaufen war. Ein offenbar recht bekannter Moderator – das Publikum begrüßte ihn mit frenetischem Applaus – interviewte einen Autor zu dessen eben erschienenem Buch. Der junge Mann namens Melvin Dickinson, ein Journalist, stellte sein Werk *Ein langer Winter* vor. Nach Angaben des Moderators handelte es sich bei dem Roman im weitesten Sinne um eine Biografie. Es ging um einen von einer Frau begangenen Mord, der Neuseeland zu Anfang des 20. Jahrhunderts bewegt hatte. Melvin Dickinsons Vorfahren waren in die Geschichte verstrickt, was in Neuseeland bekannt zu sein schien. Jedenfalls hatte der Moderator in der Anmoderation keine weiteren Erklärungen dazu abgegeben. Ellinor hoffte, dass sich die Zusammenhänge aus dem Interview erschließen würden. Tatsächlich war das gleich bei der Antwort auf die erste Frage der Fall.

»Worum ging es Ihnen denn schwerpunktmäßig, Melvin?«, erkundigte sich der Moderator. »Eher um den in der Geschichte Neuseelands spektakulären Kriminalfall oder um die Aufarbeitung Ihrer Familiengeschichte?«

Melvin Dickinson, ein attraktiver dunkelhaariger Mann in den Dreißigern, spielte mit seiner randlosen Brille. Er dachte kurz nach, bevor er antwortete.

»Na ja, der Fall macht die Geschichte interessant für die Öffentlichkeit«, sagte er schließlich. »Aber den Ausschlag, das Thema aufzugreifen, hat für mich schon der persönliche Bezug gegeben. Ich wollte die Hintergründe begreifen. Verstehen Sie ... Für mich war es nicht einfach, mit dieser Geschichte fertig zu werden. Ich habe mich immer als einen ... ich weiß nicht, wie ich es ausdrücken soll ... integren ... vielleicht sollte ich einfach sagen ... anständigen Menschen betrachtet. Ich will alles richtig machen, ich beachte die Gesetze, zahle meine Steuern ...« Gelächter im Publikum. Melvin Dickinson blieb allerdings ernst. »Ich betrachte Frauen als gleichberechtigt, habe keine Vorurteile gegenüber anderen Ethnien oder Religionen oder was auch immer. Ich war mit mir im Reinen, und dann erfuhr ich aus heiterem Himmel, dass ich einer Familie von Betrügern, Mördern und Vergewaltigern entstamme! Das ... hat mich sehr betroffen gemacht.«

»Sie haben erst vor Kurzem herausgefunden, dass Alison Dickinson Ihre Großmutter war?«, fragte der Moderator.

»Urgroßmutter«, stellte der Autor richtig und setzte sich in seinem Sessel auf. Er war sehr schlank, was die schwarzen Jeans, die er zu schlichten Stiefeletten trug, noch betonte. Er hatte sie mit einem weiten weißen Hemd kombiniert und auf eine Krawatte verzichtet. Stattdessen trug er einen Maori-Jadeanhänger um den Hals. »So alt bin ich noch nicht.« Die Leute lachten wieder. »Und ja, es stimmt, ich habe es erst vor zwei Jahren erfahren. Da wurde das Haus meiner Großeltern verkauft. Wobei es nicht wirklich meine Großeltern waren, sie hatten meinen Vater nur aufgezogen. Beide sind uralt geworden, und wie das oft so ist bei alten Leuten, war das Haus am Ende voller Krempel. Meine Tante und ihr Mann übernahmen die Sisyphusarbeit, es auszuräumen, und dabei fiel ihnen eine Schachtel in die Hände, in der meine Großmutter alles gesammelt hatte, was mit meinem Vater zu tun hatte. Sie muss Nachforschungen zu dem Mädchen angestellt haben, das sie damals in den Wehen in ihrer Scheune fand, denn ein Teil von Patricias Geschichte war dokumentiert. Meine Tante schickte meinem Vater die Schachtel, den das allerdings wenig interessierte. Mich umso mehr. Tja, ich stand ziemlich unter Schock, nachdem ich die Aufzeichnungen gelesen hatte. Das Ergebnis ist das Buch.«

Der Moderator hielt es in die Kamera. Ellinor notierte sich den Titel. »Und Sie haben erstaunlich viel herausgefunden«, bemerkte er. »Dinge, die bislang nicht über den Fall Dickinson bekannt waren. Die gesamte Lebensgeschichte des Opfers ...«

Melvin Dickinson nickte. »Ich weiß. ›Frank Winter‹ war damals in Paeroa nur ein Name. Alison behauptete, mit ihm verheiratet zu sein, was er nicht bestätigte, wenn man ihn fragte. Über die Beziehung wurde zweifellos eine Menge getuschelt. Das dürfte dazu beigetragen haben, den Leidensdruck aufzubauen, aus dem heraus Alison dann die Kontrolle über sich verlor ... Aber was er sonst so machte und woher er kam, wusste niemand. Ich fand dann irgendwo in den Akten einen Hinweis darauf, dass er erst wenige Jahre zuvor in Neuseeland eingewandert war. Er sprach wohl fließend Englisch, aber mit starkem slawischem Akzent. Und er handelte mit Kauri-Holz. Das brachte mich auf die Idee, dass er Gumdigger gewesen sein könnte. Jemand aus Dalmatien.«

»Jemand aus Dalmatien mit dem Namen Frank Winter?«, fragte der Moderator.

Melvin zuckte mit den Schultern. »Viele Einwanderer haben ihren Namen geändert. Frank Winter war für die Neuseeländer einfach leichter auszusprechen als Frano Zima.«

Ellinor schnappte nach Luft. Die Recherchen dieses Journalisten führten tatsächlich zu Frano Zima! Dabei hatte ihr Urgroßvater, wie sie gleich darauf erfuhr, bei der Wahl seines neuen Namens nicht allzu viel Kreativität aufgewandt. »Frano« war zu »Frank« geworden, seinen Nachnamen hatte er einfach ins Englische übersetzt. *Zima,* das wusste Ellinor ja schon aus der Geschichte, die Dajana ihr erzählt hatte, war das kroatische Wort für »Winter«. Melvin hatte ihren Vorfahr aufgespürt, indem er in alten Polizeiberichten nach vermissten Personen dalmatinischen Ursprungs gesucht hatte, und tatsächlich waren James Forresters Nachforschungen in den Akten verzeichnet gewesen. Ellinor fragte sich, warum Dickinson nicht weitergeforscht hatte und dabei auf die Zimas in Northland gestoßen war. Aber vielleicht hatte den Journalisten einfach nicht interessiert, aus welchem Leben Frano damals geflüchtet war.

»Ansonsten musste ich oft meine Fantasie spielen lassen«, fuhr er fort. »Natürlich gab es einiges in den Gerichtsakten über den Fall, es ist ja alles getan worden, um die Motive für den Mord zu finden. Aber die Tatsache, dass Frank sein Geld zumindest ursprünglich als Gumdigger verdiente, dass er sich unglaublich bemühte, sich hochzuarbeiten ... das kam nie zur Sprache.«

»Warum, meinen Sie denn, hat Alison es verschwiegen?«, erkundigte sich der Moderator.

Melvin zuckte mit den Schultern. »Ich kann nur annehmen, dass es ihr peinlich war. Gumdigger waren ja in gewisser Weise der Abschaum der Gesellschaft, Wanderarbeiter, immer am Rande des Existenzminimums, schmutzig, arm ...«

»Sie schildern ihre Lebensumstände in Ihrem Buch sehr anschaulich«, warf der Moderator ein.

Melvin nickte. »Ja. Und Frank wollte raus aus dem Milieu. Alison war sein Sprungbrett ...«

Bis Clara in sein Leben trat und sich ihm damit noch attraktivere Möglichkeiten auftaten, dachte Ellinor. Ihr Herz klopfte heftig. Wie es aussah, hatte Alison Dickinson Frano Zimas Leben gewaltsam beendet. Sie musste unbedingt mehr darüber herausfinden!

Während der Moderator Melvin Dickinson nach seinem literarischen Werdegang und nach seinen weiteren Plänen befragte, recherchierte sie im Internet und war verblüfft, wie einfach es war, sich über Alison Dickinsons Leben zu informieren.

Tatsächlich zeigte Google gleich Tausende von Einträgen zu ihrem Namen. Der Mord an ihrem Verlobten Frank Winter war 1922 zur Verhandlung gekommen und hatte hohe Wellen geschlagen. Er gehörte zu Neuseelands berühmtesten Kriminalfällen, und in gewisser Weise hatte er die Rechtsprechung verändert. Zum ersten Mal, so las Ellinor, hatten Frauenverbände, Presse und Gewerkschaften zugunsten einer verurteilten Mörderin Druck ausgeübt. Man brachte Verständnis für Alison Dickinsons Tat auf. Frank Winter hatte sie gekränkt, hatte ihr Leben zerstört. Sie hatte nicht damit leben können, dass er sein

Heiratsversprechen zurückzog, obwohl sie schwanger war. Bei einem letzten Treffen hatte sie ihn mit mehreren Schüssen in Kopf und Brust getötet und anschließend beabsichtigt, sich selbst zu richten. Der Versuch war jedoch gescheitert.

»Und, wurde sie verurteilt?«, fragte Gernot mäßig interessiert. Er hätte den Abend unzweifelhaft lieber anders verbracht als mit hektischer Internetrecherche.

»Ja«, sagte Ellinor. »Die Jury billigte ihr zwar mildernde Umstände zu, doch der Richter bestand auf lebenslanger Haft. Sie saß dann auch ein, kam aber nach vier Jahren auf Druck der Öffentlichkeit wieder frei. Weitere zwei Jahre später heiratete sie Harold Trout, einen verwitweten Gewerkschaftsfunktionär. Mit dem hatte sie weitere Kinder, insgesamt sechs. Ob da die Tochter von Frano dabei war?«

»Die muss sie im Gefängnis zur Welt gebracht haben«, schlussfolgerte Gernot. »Weiß der Himmel, was dann mit ihr geschah. Hör zu, ich würde jetzt gerne schlafen. Kannst du deinen Urgroßvater nicht wenigstens heute Nacht noch in Frieden ruhen lassen? Morgen kannst du dir dann ja das Buch besorgen. Nach der Wanderung zur Cathedral Cove …«

Ellinor hätte am liebsten weitergeforscht, andererseits hatte Gernot recht. Das Internet würde keine weiteren Aufschlüsse geben. Das Klügste war, sich Dickinsons Buch zu besorgen. Der Journalist hatte sicher mehr herausgefunden als alle anderen. Aber vielleicht konnte sie sich ja jetzt schon einen Einblick in das Buch verschaffen. Sie rief die Website einer Versandbuchhandlung auf und gab Melvins Namen ein. Tatsächlich wurde *Ein langer Winter* direkt angezeigt. Leider gab es das Buch noch nicht als E-Book und folglich auch keine Leseprobe. Immerhin fand Ellinor eine Rezension.

Melvin Dickinson erzählt mehr als die Geschichte eines Verbrechens, das Justizgeschichte geschrieben hat. Ihm geht es weniger um den Mord und seine Hintergründe als um das Leben danach. Er verfolgt das Schicksal der Täterin und ihrer Nachkommen bis in die heutige Zeit und zeigt auch seine eigene Betroffenheit als Mitglied der Familie. Im Mittelpunkt der Handlung steht Alison Dickinsons Tochter Patricia, ein ungeliebtes Kind, geboren im Gefängnis, aufgewachsen in einem Heim und schließlich konfrontiert mit dem Grauen einer zutiefst traumatisierten Familie. Melvin Dickinson lässt den Leser lebhaft Anteil nehmen. Er nimmt ihn mit in die Lager der neuseeländischen Gumdigger, die Europa in der Hoffnung auf ein besseres Leben verließen und doch nur neues Elend fanden. Einer von ihnen zerstört die Hoffnung einer jungen Frau auf eine bessere Zukunft. Melvin Dickinson richtet nicht, eher weckt er Verständnis für die Taten seiner Protagonisten. Er hält zudem ein waches Auge auf die gesellschaftlichen Verhältnisse, die ihre Schicksale mitbestimmten. Ein manchmal verstörendes, doch kraftvolles Buch, das Geschichte spürbar macht.

»Das muss Franos Tochter gewesen sein«, bemerkte Ellinor, nachdem sie Gernot den Text vorgelesen hatte. »Diese Patricia. Offenbar ist sie die Hauptfigur. Frano hat den Autor mehr am Rande interessiert, deshalb ist er nicht auf Clara gestoßen.«

Irritiert darüber, dass Gernot nicht antwortete, warf Ellinor einen Blick auf ihren Mann und stellte fest, dass er eingeschlafen war. Enttäuscht verließ sie die Seite und stellte ihr Handy aus. Wenn Gernot so wenig Anteil nahm, machte es keinen Spaß. Sie verstand gar nicht, weshalb ihn die Spurensuche nicht ebenso fesselte wie sie und wie Rebecca. Sie beschloss, diese gleich am kommenden Morgen erneut zu kontaktieren.

Kapitel 2

Der nächste Tag begann mit Unstimmigkeiten. Gernot bestand darauf, zuerst die geplante Wanderung zu unternehmen und dann erst nach einer Buchhandlung zu suchen.

»Ich kenn dich doch, Elin. Wenn du die Biografie erst hast, willst du dich nur noch in eine Ecke hocken und lesen. Und allein zu wandern hab ich keine Lust. Also werden wir jetzt erst ein bisschen frische Luft schnappen, und dann kannst du meinetwegen im Auto anfangen zu schmökern. Wir haben übrigens noch gar nicht darüber gesprochen, wo wir anschließend hinfahren.«

»Was ... äh ... hältst du von Dargaville?«

Ellinor stellte die Frage betont beiläufig, doch so tief, wie es aussah, hatte Gernot am Vortag wohl nicht geschlafen. Die Angaben zum Autor, die Ellinor vorgelesen hatte, waren ihm zumindest noch präsent.

»Da wohnt dieser Dickinson, nicht?«, fragte er hörbar verstimmt. »Mensch, Elin, du willst den nicht wirklich aufsuchen?«

Ellinor hob die Schultern. »Warum denn nicht? Ich würde sehr gern mit ihm reden. Alle drei Geschichten zusammenfügen. Ihn sollte das auch interessieren ... Außerdem ... außerdem ist Dargaville total interessant. Der Waipoua Forest mit dem größten Kauri Neuseelands ist ganz in der Nähe ... und es gibt einen sehr schönen Strand ...«

Gernot verdrehte die Augen. »Elin, wenn wir Dargaville hätten sehen wollen, hätten wir das auf dem Weg hierher tun können. Jetzt wieder fast vierhundert Kilometer in die Richtung zu fahren, aus der wir gerade gekommen sind, ist Unsinn. Kauris und Strände haben wir außerdem schon gesehen. Dagegen Glühwürmchenhöhlen, Vulkane ... Allein die Nordinsel hat noch so viel zu bieten. Wir könnten sogar zur Südinsel rüberfahren und ...«

Ellinor seufzte. »Lass mich erst das Buch lesen, ja?«, bat sie. »Vielleicht lohnt es sich ja gar nicht, den Mann zu treffen. Und falls doch ... Wir kommen bestimmt nicht so schnell noch einmal nach Neuseeland, Gernot.«

»Eben!«, sagte Gernot. »Und deshalb wandern wir jetzt als Erstes zur Cathedral Cove. Keine Widerrede. Vielleicht bekommst du dabei endlich wieder einen klaren Kopf.«

Die Wanderung war tatsächlich sehr schön, wenn auch anstrengend. Sie führte zu einem echten Traumstrand mit Felsen und Wasserfällen. Die Felsformation trug ihren Namen zu Recht. Sie hatte kathedralenähnliche Ausmaße und mochte in religiösen Menschen Demut vor Gottes Schöpfung wecken. Gernot machten das schöne Wetter und das klare Wasser am Strand Lust zum Baden. Er umschwamm den Kalksandsteinfelsen in der Bucht und bedauerte, dass man kein Equipment zum Schnorcheln leihen konnte. Die Vegetation unter Wasser sollte interessant sein.

Ellinor fand es zum Schwimmen zu kühl, trotzdem genoss auch sie den Ausflug. Sie zog Schuhe und Strümpfe aus und lief barfuß durch den Sand, planschte ein wenig im Wasser und verlor sich in der Schönheit der Landschaft. Kurze Zeit dachte sie wirklich nicht mehr an Frano und Clara, Liliana und die neuen Protagonistinnen der Geschichte: Alison und Patricia.

Auf dem Rückweg zum Parkplatz klingelte ihr Handy. Es war Rebecca.

»Habt ihr die Talkshow geguckt?«, fragte sie nach einer kurzen Begrüßung. Sie behauptete, seit Stunden zu versuchen, Ellinor zu erreichen. Am Strand hatte man wohl kaum Empfang. Ellinor bejahte und berichtete von ihren weiteren Recherchen. Für Rebecca war der Name »Alison Dickinson« nicht neu. Sie hatte schon als junges Mädchen von dem Fall gehört. »Da haben wir in der Schule drüber gesprochen«, erklärte sie. »Als es um Frauenwahlrecht ging und Emanzipation. Neuseeland war der erste westliche Staat, in dem Frauen wählen durften. Wusstet ihr das? Und diese Frauenrechtlerinnen, die das durchgeboxt haben, haben sich später für Alison eingesetzt. Ich kann mir nur nicht vorstellen, dass der Mistkerl, den sie erschossen hat, tatsächlich Claras Frano war …«

»Es sieht ganz so aus«, meinte Ellinor. »Eigentlich kann es da gar keinen Zweifel geben.«

»Ich weiß …« Rebecca klang unglücklich »Na ja, wir sollten mit dem Autor darüber sprechen. Meinst du nicht auch? Könnt ihr nach Dargaville kommen?«

»Du willst auch mit Melvin Dickinson reden?«, fragte Ellinor erfreut. »Meinst du, er trifft sich mit uns?«

»Klar!«, sagte Rebecca selbstsicher. »Hab ich schon organisiert. Ich hab mir das Buch geholt, den Verlag angerufen und um seine Telefonnummer gebeten. Wollten sie mir wegen Datenschutz und so natürlich nicht geben. Ich hab dann ein bisschen Druck gemacht, weil ihr doch extra aus Europa gekommen seid wegen dieser Geschichte. Da haben sie mir angeboten, ihn telefonisch zu kontaktieren, um sein Einverständnis zu erbitten. Es hat keine halbe Stunde gedauert, da hat er zurückgerufen.« Ellinor war beeindruckt. Wenn Rebecca etwas wollte, dann setzte sie das mit viel Energie in die Tat um. »Wir haben uns für morgen bei ihm zu Hause verabredet«, fuhr Rebecca fort. »Er lebt am Baylys Beach. Das könnt ihr locker schaffen, wenn ihr gleich losfahrt. Am besten treffen wir uns heute Abend in Dargaville. Soll ich uns ein Hotel buchen?«

Ellinor sah unsicher zu Gernot. Sie hatte das Handy wieder auf Lautsprecher gestellt. Zu ihrer Verwunderung wirkte ihr Mann längst nicht mehr so negativ. Die Aussicht, Rebecca zu treffen, schien ihm Dargaville schmackhaft zu machen. Erneut empfand Ellinor Erleichterung darüber, dass er sich mit ihrer neu gefundenen Verwandten so gut verstand.

»Mach das. Wir essen eine Kleinigkeit und fahren dann gleich los!«, sagte er. »Schreib uns die Adresse. Bis heute Abend.«

»Aber erst in eine Buchhandlung«, verlangte Ellinor. »Ich möchte das Buch zumindest angelesen haben, bevor ich den Autor treffe.«

Sie entdeckte das Buch gleich im ersten Laden, was sie nicht wunderte. Die Fernsehsendung schien bekannt und beliebt zu sein, ein dort vorgestellter Roman avancierte mit ziemlicher Sicherheit zum Bestseller. Die Buchhandlungen hatten entsprechend viele Exemplare vorrätig. *Ein langer Winter* war nicht besonders umfangreich und enthielt viele Fotos sowie ein paar Angaben zur Vita des Autors. Melvin Dickinson hatte Journalismus studiert, zunächst für eine Zeitung gearbeitet und dabei seine Begabung entdeckt, geschichtliche Ereignisse populärwissenschaftlich aufzubereiten. *Ein langer Winter* war bereits sein drittes Buch, allerdings das erste mit autobiografischem Hintergrund. In den anderen ging es um den Kampf für das Frauenwahlrecht und den Fall eines entführten Maori-Jungen in den Zeiten der Landkriege.

Als Gernot auf den State Highway 1 fuhr, schlug Ellinor das Buch auf und begann zu lesen.

Ein Langer Winter
Melvin Dickinson

Meine Urgroßmutter war kein schlechter Mensch. Im Gegenteil, eigentlich waren alle Weichen dafür gestellt, dass sie ein gott- und den Menschen wohlgefälliges Leben führen würde, als sie 1892 bei Morrinsville, Waikato, geboren wurde.

Warum ihre Geschichte trotzdem in Blut und Tod endete, wie ausgerechnet dieses Mädchen vom Lande zum Auslöser für eine Justizreform werden konnte und wie Alison Dickinsons trauriges Schicksal das Leben ihrer Nachkommen bestimmte und vergiftete, das soll in diesem Buch erzählt werden.

Begann ihre Geschichte im Hauraki Hotel in Paeroa, wo sie mit vierzehn Jahren eine Anstellung als Zimmermädchen fand, oder muss man da suchen, wo ein junger Mann ohne Geld, aber voller Hoffnung in Auckland anlandete? Anfang des 20. Jahrhunderts brachten Leuteschinder und Geschäftemacher ganze Schiffsladungen junger, arbeitsfähiger Männer aus Dalmatien nach Neuseeland und schickten sie dann gleich zu den *gumfields* um Dargaville. Der junge Frano Zima muss 1905 in Neuseeland eingetroffen sein, den Kopf voller Träume von einem besseren Leben ...

Vielleicht begann die Geschichte aber auch erst, als die beiden einander trafen und das Schicksal seinen Lauf nahm. Auf jeden Fall war es ein Puzzlespiel aus Fakten und Vermutungen, das ich zusammensetzen musste, um sie zu erzählen. Gerichtsakten und Berichte, Beschreibungen allgemeiner Lebensumstände in Gumdiggerlagern – all das ist in dieses Buch mit eingeflossen, und ich hoffe, dass es mich nah an die Wahrheit gebracht hat. So nah, wie man der Wahrheit in einer solchen Geschichte eben kommen kann ...

GOLDRAUSCH DER VERLORENEN

Kauri-Harz ... Ende des 19., Anfang des 20. Jahrhunderts war es das Gold Neuseelands, dabei ähnelt es von Farbe und Struktur her eher dem Bernstein. Die begehrteste Sorte ist hart und goldgelb. Hält man dieses Harz in die Sonne, so scheint sie hindurchzuleuchten. Wie Bernstein kann man Kauri-Harz schleifen und zu schillernden Schmucksteinen formen, doch tatsächlich wurde es aus sehr viel prosaischeren Gründen gewonnen. Die Maori zum Beispiel nutzten frisches Harz als eine Art Kaugummi. Da es leicht entflammbar ist, stellten sie auch Fackeln daraus her. Die weißen Einwanderer förderten es dann in großen Mengen. Sie fanden heraus, dass es sich besser als andere Harze mit Leinöl vermischen ließ, was es zum idealen Rohstoff für die Herstellung von Firnis machte. Ab etwa 1845 wurde es nach London und Amerika verschifft, 1890 produzierte man 70 Prozent des in England hergestellten Firnisses auf der Basis von Kauri-Harz. Für Neuseeland wurde es damit zum wichtigsten Exportgut. Zwischen 1850 und 1950 exportierte man über 5000 Tonnen jährlich für durchschnittlich 63 Britische Pfund pro Tonne.

Wo aber fand man ihn nun, diesen Rohstoff, der fast so viele Menschen nach Neuseeland lockte wie der Goldrausch einige Jahrzehnte zuvor? Nun, für den Kauri-Baum selbst ist das Harz so wichtig wie die Blutgerinnung für den Menschen. Wird seine Rinde verletzt, so quillt es heraus, bei Luftkontakt härtet es aus. Und da oft mehr austritt, als zum Schließen der Wunde nötig ist, fallen Stücke davon zu Boden wie *nuggets*. Die einfachste Methode, an Kauri-Harz zu kommen, wäre also, dem Baum Schaden zuzufügen und ihn so zur Produktion von Harz zu zwingen. Das verbietet das Gesetz in Neuseeland allerdings schon seit 1905, wie auch das Fällen von Kauri-Bäumen schon früh geächtet wurde. Doch es gab andere Methoden, an das neuseeländische Gold zu kommen, und hier kommt der Gumdigger, der »Gummigräber«, ins Spiel.

Vor Urzeiten gab es in Neuseeland, vor allem auf der Nordinsel, unzählige Kauri-Wälder. Doch bereits bei der Ankunft der Maori im 13. Jahrhundert fanden sich die Baumriesen nur noch in wenigen Teilen des Landes. Man nimmt an, dass Klimaveränderungen für das Baumsterben verantwortlich waren.

Erstaunlicherweise sind viele der Bäume, die damals abstarben, nicht gänzlich verrottet, sondern in Mooren und Sümpfen konserviert. Ihr Holz und ihr Harz waren jedem zugänglich, der sich die Mühe machte, sie auszugraben. Anfänglich setzten die Händler dafür Maori ein, gern im Austausch gegen Waren wie Decken und Kochgeschirr. Später wurden in den ärmeren Ländern Europas junge Männer als Gumdigger angeworben. Speziell Dalmatien war Zielland, die Männer aus dem damals zu Österreich gehörenden Teil Kroatiens galten als fleißig und ehrlich. Um 1900 brachten Schiffe Tausende von Dubrovnik nach Auckland.

Unter ihnen waren 1905 auch Frano Zima und sein Freund Jaro, beide um die 20 Jahre alt. Sie stammten aus einem Weinbaugebiet, hatten sich wohl als Landarbeiter im Weinbau verdingt, sprachen jedoch ebenso von einer erfolgreich absolvierten Tischlerlehre. Warum sie sich auf die Reise gemacht und ihr Land und ihre Familien zurückgelassen hatten, darüber kann man nur Vermutungen anstellen. Vielleicht hatte man ihnen Hoffnung auf Reichtum gemacht, vielleicht waren sie auch vor etwas davongelaufen. Beide schickten niemals Geld nach Dalmatien wie viele andere Auswanderer, deren Hauptmotiv es war, ihre Familien dort zu unterstützen. In Neuseeland suchten sie ihr Glück zunächst als Gumdigger, da ihnen kaum etwas anderes übrig blieb. Ihre Reise war von Harzaufkäufern vorfinanziert, das Werkzeug gestellt worden.

Es ist nicht schwer, sich die Atmosphäre auf diesen Schiffen vorzustellen: eine reine Männergesellschaft, drei Monate auf See, zusammengepfercht in einfach gezimmerten Zwischendecks. Schmale Kojen, zu wenige Abtritte, die zudem niemand säuberte. Man erlaubte den Männern nicht oft, an Deck zu kommen, sie verbrachten viele Tage in ihren kalten, feuchten Verschlägen, litten unter Seekrankheit und Langeweile. Streitigkeiten und Prügeleien waren an der Tagesordnung, doch Frano und Jaro hielten sich da heraus. Jaro scheint ein friedfertiger Mensch gewesen zu sein, und Frano war wohl die »Gabe der schönen Rede« gegeben, wie die Maori es nennen, wenn sich ein Mensch als Diplomat oder als Manipulator hervortut. Frano schlichtete Streit, trug Beschwerden und Wünsche der Passagiere dem Kapitän vor. Er handelte dafür größere Essensportionen aus, sicher auch ab und zu Alkohol und andere Vergünstigungen wie mehr Zeit an der frischen Luft. Er war ein fröhlicher Geselle, stets bereit für einen Scherz, eine Wette oder ein Spiel, das er oft gewann. Frano und Jaro ging es gesundheitlich gut, als sie in Auckland von Bord gingen.

Ihr Weg führte sie zunächst nach Dargaville, dem Zentrum der Harzgewinnung. Die Lagerstätten nannte man *gumfields* – ursprünglich war das Harz dort leicht auffindbar gewesen. Zum Zeitpunkt von Franos und Jaros Ankunft musste jedoch längst danach gegraben werden – man suchte es in bis zu vier Metern Tiefe.

Frano und Jaro werden entsetzt gewesen sein, als sie das Lager sahen, in dem sie unterkommen sollten. Die Männer schliefen zu zweit oder zu dritt in provisorischen Hütten und Zelten, die man *whare* nannte. Die Sprache der Gumdigger war eine Mischung aus Maori und dem Vokabular der Goldgräber – *whare* heißt auf Maori »Haus«. Zwischen den Hütten verliefen schlammige Wege, nur wenige Lager hatten Latrinen. Meist verrichtete man seine Notdurft einfach da, wo gerade niemand hinsah. Neben den weißen Arbeitern fanden sich nach wie vor Maori unter den Gumdiggern, oft ganze Familien, schon die Kinder gruben nach Harz. So manches Mädchen wird sich zudem um anderweitige Einkünfte bemüht haben. Es widerstrebt mir, diese halben Kinder Prostituierte zu nennen, die für ein paar Schilling ihren Körper an schmutzige, oftmals brutale Männer verkauften. Männer, die keine Frauen hatten, die sich die Befriedigung ihrer fleischlichen Gelüste vom Munde absparten und den Akt dann als Ventil für ihre Wut und ihre Frustration nutzten.

Frano und Jaro werden zum Bau ihrer Hütte Manuka-Holz verwendet und das Dach mit Nicau-Palmwedeln gedeckt haben. Sie haben vielleicht auch Säcke eingehandelt, die man zum Schutz darüberspannen konnte. Womöglich überredeten sie einen Aufkäufer, ihnen einen Vorschuss zu geben, oder sie tauschten sie gegen irgendetwas ein. So brachten es die beiden zu einem Dach über dem Kopf, mehr Komfort hatte ein Gumdigger nicht zu erwarten. Die meisten Männer schliefen auf der blanken Erde und natürlich in ihrer Kleidung. Badehäuser gab es nicht. Wer das Bedürfnis verspürte, sich zu reinigen, war auf Bäche, Weiher oder Flüsse angewiesen. Im Winter wird sie kaum jemand aufgesucht haben. Was die Sauberkeit anbetraf, waren Frano und Jaro anscheinend die Ausnahme. Beide bemühten sich stets darum, gepflegt auszusehen. Von Frano, der ein gut aussehender Mann war, erzählte man sich, dass er sein Sprachtalent auch an den Frauen im Lager versuchte. Was sicher nichts gefruchtet hätte, wäre sein Äußeres abstoßend und sein Körpergeruch unerträglich gewesen.

Am Abend nach der Ankunft haben Frano und Jaro vermutlich vor ihrem *whare* gesessen. Vielleicht hat Jaro ein Feuer entzündet, Frano mag eine Flasche Whiskey organisiert haben, den sie jetzt mit ihren Nachbarn teilten. Die Männer verloren sicher rasch die Illusionen, was den Reichtum der Gumdigger anging. Vielleicht hörten sie sogar schon den Satz eines Arbeiters, der ihr Dasein am genauesten beschrieb: Ich grabe nach Harz, um mir das Essen zu kaufen, das mir Kraft gibt, nach Harz zu graben.

Frano Zima wird wahrscheinlich schon an diesem ersten Abend den Entschluss gefasst haben, sich dem Leben als Gumdigger so bald wie möglich wieder zu entziehen. So hatte er sich das Dasein in dem neuen Land bestimmt nicht vorgestellt. Doch vorerst mussten die Schulden abgearbeitet werden, Schiffspassage und Werkzeuge wollten bezahlt sein. Dabei verdienten die Werkzeuge kaum ihren Namen. Die Männer stocherten mit angespitzten Drähten, sogenannten *gumspears,* im Boden herum und versuchten, damit Harzklumpen zu erspüren. Am Anfang wird Frano und Jaro das kaum gelungen sein, man brauchte Erfahrung, um abzuschätzen, ob das Werkzeug auf ein *nugget* oder nur auf eine Wurzel traf. Ersteres grub man mit einer Art angeschliffenem Spaten aus, der durch Erdreich und Wurzeln schnitt, wenn man ihn mit ausreichender Kraft einsetzte. Und bevor man all das versuchen konnte, mussten manchmal bis zu zwölf Meter tiefe Gräben angelegt werden. In den ersten Tagen dürften die Männer zu Tode erschöpft gewesen sein, wenn sie ihre Ausbeute am Abend reinigten, auch dies eine anstrengende, zeitintensive Prozedur.

Einmal in der Woche gab es Geld. Dazu erschien der Aufkäufer, schritt die Angebote der Gumdigger ab und setzte die Preise fest. Jemand wie Frano Zima wird versucht haben, mit ihm zu handeln, wird die Qualität seiner Beute angepriesen und die Genauigkeit der Waage des Händlers in Zweifel gezogen haben. Er wird auch gefeilscht haben um sein Geld, wird genau geprüft haben, wie viel Geld der Mann ihm wirklich auszahlte, wie viel für die Begleichung seiner Schulden einbehalten und mit den Versorgungswaren verrechnet wurde. Der stillere Jaro hat wohl eher auf die Gerechtigkeit und Gnade des Käufers gehofft, und sicher wurde er jede Woche erneut enttäuscht.

Es gab Menschen, die reich wurden durch das »Gold Neuseelands«. Die Männer, die es der Erde entrissen, gehörten nicht dazu.

Insofern muss es Jahre gedauert haben, bis Frano und Jaro ihre Freiheit von Schulden und Knechtschaft feiern konnten. Wie mögen sie diese Jahre verbracht haben? Ob sie mit ihrem Schicksal gehadert, ob sie Zorn oder Heimweh empfunden haben? Bereuten sie den Schritt, ihre Heimat verlassen zu haben, oder hielten sie an der Hoffnung fest? Glaubten sie, alles würde besser werden, wenn sie nur Dargaville endlich verlassen könnten, oder machten sich die Gumdigger in den Lagern gar nicht allzu viele Gedanken? Lebten sie von einem Fund zum anderen, fieberten sie dem Whiskey entgegen, den sie von ihrem kargen Wochenlohn kaufen konnten, hielten sie sich an den seltenen Nächten fest, in denen das Geld für ein Mädchen reichte?

Es wird solche Männer gegeben haben, doch ein findiger Kopf wie Frano Zima dürfte die Zeit auch damit verbracht haben, Pläne zu schmieden. Er wird jede Minute genutzt haben, Kontakte zu knüpfen und die Sprache seines neuen Landes zu erlernen. Für Frano Zima war die Sprache der Schlüssel zur Entfaltung seiner Talente. Er beherrschte das Englische bereits fließend, als die Freunde Dargaville 1912 endlich verlassen konnten, und zu dieser Zeit fasste er den Entschluss, seinen Namen in die neue Sprache zu übersetzen. Aus Frano Zima wurde Frank Winter.

Das Kauri-Harz ließ Frank und Jaro allerdings nicht los, es gab keine besser bezahlte Arbeit für die jungen Männer aus Dalmatien. Neuseeland war mit Arbeitskräften überschwemmt, seit der Goldrausch Tausende junger Männer ins Land gespült hatte. Hinzu kam, dass jeder Farmer und jeder Geschäftsmann englischstämmige Arbeiter bevorzugte. Sogar das Gesetz schützte britische Untertanen. Seit

1898 brauchte man für den Abbau von Kauri-Harz eine Lizenz, ab 1910 wurde sie nur noch an Briten vergeben.

Nun ließ sich diese Regelung umgehen, sie galt lediglich für Regierungsland. Auf Privatland durfte jeder graben, der die Genehmigung des Eigentümers erhielt, und hier kam erneut Franks Redegewandtheit ins Spiel. Er muss sie schon in Dargaville eingesetzt haben, denn drei andere junge Gumdigger verließen mit ihm und Jaro den Ort, um fortan gemeinsam auf eigene Rechnung zu arbeiten. Die fünf reihten sich zunächst in das Heer der Wanderarbeiter ein. Sie zogen nach Osten, nahmen unterwegs Gelegenheitsarbeiten an, immer auf der Suche nach dem eigenen *gumfield,* dessen Erträge den Arbeitseinsatz endlich lohnen sollte.

Bei Paeroa wurden die Männer fündig. Sie entdeckten ein vielversprechendes Manuka-Dickicht und trieben den Eigentümer auf. Sehr schnell erlag der Franks Überredungskunst und verpachtete ihnen das Land. Die Gumdigger zahlten einen lächerlich geringen Preis, dennoch schluckte die Pacht fast ihre ganzen Ersparnisse. 1913 begannen sie mit der Anlage eines *gumfields.* Eine sehr glückliche Hand bewiesen sie dabei nicht. Es war ein Spiel mit dem Feuer, zunächst sogar im wahrsten Sinne des Wortes. Das Buschland musste abgebrannt werden, bevor sie mit dem Graben beginnen konnten, und nicht selten gerieten die Brände außer Kontrolle. Frank und seine Männer setzten dabei einmal ihr eigenes Lager in Brand, ein weiteres Mal konnten sie sich selbst nur knapp davor retten, Opfer der Flammen zu werden.

Zum Glück ist Neuseeland reich an Wasserläufen, und auch auf Regen muss man selten lange warten. Die fünf blieben also verschont, und der Verpächter scherte sich nicht um ein paar Morgen verbrannte Wildnis. Als die Männer endlich anfangen konnten, nach Kauri-Gum zu graben, war es Winter geworden. Die Landschaft versank in Morast und Schlamm, ausgehobene Gruben stürzten immer wieder ein oder füllten sich mit Wasser. Frank muss mit Engelszungen geredet haben, damit Lebensmittelhändler und Eisenwarenhandlungen ihnen Kredit gaben. Sie müssen überall tief in der Kreide gestanden haben, als sie endlich auf den ersten, viele Tausend Jahre zuvor in der Erde versunkenen Kauri stießen. Ich stelle mir die Stimmung dabei so vor, wie man es in Filmen bei Ölbohrungen sieht. Die Männer werden trunken gewesen sein vor Glück, vielleicht tanzten sie im Schlamm und umarmten sich, vielleicht öffneten sie ihre letzte Flasche Whiskey.

Danach aber werden sie mit aller Kraft gearbeitet haben, um so viel Harz wie möglich zu gewinnen. Endlich werden sie wieder Hoffnung gehabt haben, endlich werden sie gelacht haben und Pläne geschmiedet.

Schließlich zogen Frank und Jaro mit prall gefüllten Tragekörben nach Paeroa, um die erste Ausbeute bei den Aufkäufern zu Geld zu machen. Die Männer werden Frank ausgewählt haben, weil bei ihm die besten Aussichten auf einen guten Deal bestanden, und Jaro, weil sie ihm trauten. Und dann hielten sie endlich ihren Lohn in den Händen – mehr als sie je zuvor bekommen hatten. Frank und Jaro müssen sich sehr reich gefühlt haben.

Wie viel davon mag übrig geblieben sein, nachdem alle Schuldner ausgezahlt waren und der Rest durch fünf geteilt? Die Männer werden nicht darüber nachgedacht haben. An diesem Tag wollten sie auf jeden Fall nicht rechnen, sie wollten sich keine Sorgen machen. Stattdessen wollten sie feiern. Doch es zog sie nicht in den nächsten Pub. Mehr als Whiskey und Bier lockte die Freunde ein bisschen Luxus – ein Bett, in dem sie schlafen konnten, ein Badehaus ... Kurzerhand beschlossen sie, sich für die kommende Nacht in einem Hotel einzuquartieren. Ein gutes Hotel sollte es sein, ein renommiertes. Keines, in dem man Zimmer stundenweise mieten konnte. Ihre Wahl fiel auf das Hauraki Hotel, eines der besseren Häuser am Platz. Sie sollte sich als folgenschwer erweisen.

DAS HAUS AM FLUSS

Alison April Dickinson war ein braves Mädchen – und ein recht kluges. Als sie zur Schule ging, träumte sie davon, einmal Lehrerin zu werden. Doch im ländlichen Neuseeland Anfang des 20. Jahrhunderts schickte man keine Arbeitertochter auf die Universität, erst recht nicht, wenn die Familie arm war und wenn viele Mäuler gestopft werden mussten. Alison wuchs gemeinsam mit ihren zehn Geschwistern auf einer Farm auf – ihr Vater war für das Milchvieh in einem großen Betrieb verantwortlich, als Farmarbeiter verdiente man damals wie heute jedoch nicht viel. Die Dickinsons waren trotzdem rechtschaffene Menschen. Sie gehörten der Heilsarmee an. Alison wurde zu einem tiefreligiösen Menschen erzogen und liebte die Sonntagsschule. Dort unterrichtete sie sogar – sowohl zu Hause als auch später in Paeroa.

Das junge Mädchen musste seine Heimat in Morrinsville früh verlassen. Auf dem Land gab es keine Stellung, die eine Vierzehnjährige antreten konnte. So etwas war ohnehin rar in Neuseeland. Aber die Dickinsons hatten Verwandte in Paeroa, die den Besitzer des Hauraki Hotels kannten. Sie vermittelten Alison dorthin als Zimmermädchen, nicht, ohne ihr eindringlich vor Augen zu führen, was für eine Blamage es für die gesamte Familie wäre, sollte sie sich dabei nicht bewähren. Alison wurde also geschrubbt, in ihr Sonntagskleid gesteckt, und los ging es zum Einstellungsgespräch.

Im Hauraki klärte man sie darüber auf, wie glücklich sie sich schätzen konnte, diese Stelle angeboten bekommen zu haben, und wie undankbar es wäre zu versagen. Alison nickte zu all dem. Sie wusste sich zu benehmen, konnte knicksen und »Ja, Sir« und »Ja, Madam« sagen. Vor allem wusste sie zu schweigen. Sie beantwortete die ihr gestellten Fragen höflich, doch kurz, hielt den Blick demütig gesenkt und hinterließ folglich einen ausreichend guten Eindruck, um die Arbeit antreten zu dürfen.

Am selben Tag noch bezog sie ein karges Zimmerchen im Dienstbotentrakt des Hotels, das sie mit einem anderen, ebenso entwurzelten Mädchen teilte. Vielleicht teilten die beiden auch ihr Heimweh und ihre Sehnsucht nach Eltern und Geschwistern. Nach kurzer Zeit der Eingewöhnung wird ihnen das neue Leben jedoch gefallen haben. Das Essen im Hotel war besser als die bescheidene Kost auf dem Land. Es gab moderne Bäder, die Mädchen mussten sich nicht am Brunnen oder im Kuhstall waschen, wie sie es vom Elternhaus her gewöhnt waren. Die Dienstbotenuniform war adrett, sie erschien ihnen, die stets die Kleider älterer Schwestern oder Cousinen aufgetragen hatten, fast elegant.

Auch die Arbeit war nicht so hart wie die Mithilfe im Kuhstall, die Alison von zu Hause gewohnt war. Natürlich war die Hausdame des Hotels streng, doch Alison tat ihr Bestes, um sie zufriedenzustellen. Sie plauderte während der Dienstzeit nicht mit anderen Mädchen und verhielt sich möglichst unauffällig. Es war den Mädchen strengstens verboten, mit den Gästen zu sprechen – besonders natürlich mit den männlichen. Ab und zu versuchte einer von ihnen, Kontakt aufzunehmen – es hat immer schon Männer gegeben, die Hausmädchen für Freiwild hielten. Für Alison und ihre Kolleginnen war das mehr als unangenehm – nicht nur, weil sie sich schämten und ängstigten, sondern auch, weil sie die Männer abwehren mussten, ohne sie zu verärgern. Die Beschwerde eines Gastes konnte ein Zimmermädchen die Arbeitsstelle kosten.

Ob es Alison immer gelang, den Annäherungsversuchen alter Lüstlinge zu entgehen, oder ob sie manchmal nur schamrot geschwiegen und erduldet hat, dass ihr jemand an die Brust fasste oder unter den Rock, darüber hat sie nie etwas erzählt. Wenn überhaupt, so wird sie höchstens mit ihren Freundinnen darüber gesprochen haben – mit dem Mädchen, mit dem sie das Zimmer teilte, und mit anderen jungen Bediensteten, mit denen sie Geheimnisse tauschte und Groschenhefte mit romantischen Geschichten, die vor dem Einschlafen ein bisschen Stoff zum Träumen boten.

Was den Lohn anging, so durfte Alison kaum etwas davon behalten. Solange sie noch minderjährig war, bekamen ihre Eltern das Geld. Diese behielten einen Teil davon als Beitrag zum Familieneinkommen ein, das meiste jedoch sparten sie gewissenhaft für ihre Tochter. Alison blieben ein paar Pence Taschengeld, sie brauchte ja auch nicht viel. Die Anstellung im Hotel bot Kost und Logis, und sonst fiel nicht einmal Fahrgeld an, denn Morrinsville war zu weit von Paeroa entfernt, um die Familie an den raren freien Tagen zu besuchen. Stattdessen besuchte Alison Tante und Onkel in Paeroa und verbrachte ihre freien Nachmittage in deren hübschem Holzhaus am Ohinemuri River. Sie erweckte auch bei den Verwandten einen guten Eindruck, sonst hätte der Onkel sie später nicht zur Erbin bestimmt.

Ich frage mich allerdings, wie es wirklich in Alison aussah. Ob das junge Mädchen die Besuche bei den älteren Verwandten genossen hat? Freute es sich darauf? Hatte es etwas zu erzählen? Alison hatte ihre Kindheit auf dem Lande verbracht, sie genoss es, der Natur in dem idyllisch gelegenen Haus außerhalb der Ortschaft wieder einmal näher zu sein. Andererseits muss sich ein junges Mädchen nach Orten gesehnt haben, die mehr Leben, mehr Anregung und einfach mehr Spaß bedeuteten. Ob »Spaß« in diesen Jahren überhaupt eine Rolle spielte, im Leben der Alison Dickinson? Konnte sie sich ohne schlechtes Gewissen irgendeinem unschuldigen Vergnügen hingeben? Hatte sie Freunde, mit denen sie auf Volksfeste oder Jahrmärkte ging, ins Kino oder ins Theater? Ich habe es nicht herausgefunden. Vielleicht erlebte sie all das erst, als sie Frank Winter kennenlernte. Vielleicht fühlte sie sich gerade wegen seiner unbekümmerten, selbstbewussten Art so zu ihm hingezogen.

Doch ich schweife ab.

Als Alison im Hauraki Hotel anfing, war Frank noch Frano und steckte tief in seiner Schuldknechtschaft in Dargaville. Es sollte Jahre dauern, bis die beiden sich trafen. Alison arbeitete sich während dieser Zeit hoch. Fleißig und freundlich, wie sie war, wechselte sie vom Zimmermädchen zur Bedienung beim Frühstück, half in der Küche aus, in der Wäscherei. Sie lernte alle Bereiche des Hotels kennen und verlor dabei ein bisschen von ihrer Schüchternheit. Stets kommunizierte sie auf förmliche und zuvorkommende Art mit den Gästen. Der Hotelbesitzer wusste das zu schätzen, und so fand sich Alison eines Tages sogar an der Rezeption des Hotels wieder, wo sie für die abreisenden Gäste Rechnungen schrieb und Neuankömmlingen Zimmer anwies.

Auch an jenem Abend, als Frank Winter und sein Freund Jaro das Hotel betraten, stand sie hinter dem Tresen. Vielleicht ordnete sie den Fächern der Gäste gerade Post zu oder füllte Anmeldeformulare in Schönschrift aus. Oder träumte sie? Gestattete sie es sich ab und zu, ihre Gedanken schweifen zu lassen? Gab es einen Märchenprinzen, der ihre Vorstellungen beherrschte, einen großen Mann mit feurigen Augen, dunklem Teint und lockigem Haar? Und ist sie vielleicht erschrocken, als er dann unversehens in der Tür stand? Frank Winter entsprach Alisons Vorstellungen von einem Traumprinzen, sonst wäre sie ihm nicht so vollkommen verfallen. Wir wissen ja bereits, wie gut er sich auf schöne Worte verstand. Er wird mit ihr gescherzt, ihr geschmeichelt haben – vielleicht weil auch er sich gleich in das hübsche Mädchen verliebte. Alison war ein zierliches Geschöpf mit feinen Gesichtszügen, langem blondem Haar und blauen Augen. Keine außergewöhnliche Schönheit, doch ansprechend – und Frank war nicht verwöhnt. In seinen Jahren in den Gumdigger-Lagern hat er bestimmt keine so gepflegte und gut aussehende junge Frau getroffen. Vielleicht flirtete er aber zuerst auch nur mit ihr, weil er hoffte, dadurch ein besseres Zimmer zu ergattern, einen

Rabatt für das hoteleigene Badehaus und Dampfbad und eine kostenlose Mahlzeit. Alison tat, was sie konnte, sie wollte Frank und seinem Freund gefällig sein. Sie sprach später vor Gericht mit leuchtenden Augen von dieser ersten Begegnung mit Frank.

Nach dem Besuch im Badehaus gefiel ihr der junge Mann noch besser. Sie unterhielten sich, er fragte sie nach einem Barbier. Sie empfahl ihm einen und außerdem ein gutes, preiswertes Restaurant, und irgendwann fragte er sie nach ihrem nächsten freien Tag. Alison wog ab, ob sie sich wirklich auf eine Verabredung einlassen sollte. Es war ihr erstes Rendezvous – sie war zweiundzwanzig Jahre alt und natürlich unberührt.

Frank beruhigte sie mit vielen schönen Worten. Es sei schließlich nur ein gemeinsamer Spaziergang in aller Öffentlichkeit, sagte er und setzte ihr auseinander, wie sehr er die Gesellschaft einer netten, tugendhaften Frau in den letzten Jahren vermisst hatte. Er appellierte an ihr Mitgefühl, sprach von Heimweh und Sehnsucht nach fernen Verwandten. Wie auch immer er es anstellte, Alison sagte zu. Sie traf sich mit ihm zu einem Spaziergang, dann zu einem Volksfest, später erlaubte sie ihm, sie zur Kirche zu begleiten. Frank machte all das brav mit – zu dieser Zeit bedrängte er Alison noch nicht, er umwarb sie geschickt und respektvoll. Er verzauberte sie. Sie war glücklich.

Frank konnte das nicht uneingeschränkt von sich sagen. Mit der Entwicklung seiner Beziehung zu Alison mag er zufrieden gewesen sein, doch auf seinem *gumfield* gab es die ersten Schwierigkeiten. Was genau zu den Differenzen der Freunde Frank und Jaro mit den anderen Gumdiggern geführt hat, lässt sich heute nicht mehr herausfinden, auch Alison nahm vor Gericht keine Stellung dazu. Fühlten die anderen Männer sich vielleicht ungerecht behandelt? Argwöhnten sie, dass Frank und Jaro sich auf ihre Kosten im Hotel amüsiert hatten? Frank war sicher derjenige gewesen, der die Gemeinschaft zusammengeführt und zusammengehalten hatte. Er hatte stets die Verhandlungen mit Verpächtern und Händlern geführt und den Kontakt zu einem Aufkäufer gesucht. Nicht unwahrscheinlich, dass er sich diesen Einsatz bezahlen lassen wollte, was die anderen nicht einsahen. Vielleicht stieß ihnen auch sauer auf, dass er immer mehr Zeit in Paeroa verbrachte. Sie mochten ihm die Beziehung zu Alison neiden, warfen ihm vielleicht vor, er hielte sich für etwas Besseres …

Wie auch immer, die Arbeitsgemeinschaft der fünf jungen Männer aus Dalmatien hielt gerade mal ein Jahr, dann zogen die drei Mitstreiter weiter. Frank und Jaro allein konnten oder wollten das *gumfield* nicht weiter bearbeiten. Es sei nicht allzu ergiebig, behauptete Frank damals Alison gegenüber. Die Stämme lägen zu tief im Boden, es sei besser, ein Feld zu erschließen, das leichter zu bearbeiten war. Alison sagte zu diesen Überlegungen nichts. Sie war längst bis über beide Ohren verliebt in Frano Zima, den sie nur als Frank Winter kannte. Sein richtiger Name kam nicht einmal später im Prozess zur Sprache. Frank und Alison hatten Küsse getauscht, er war zärtlich geworden und hatte ihr seine Liebe gestanden. Niemals hätte Alison an seinen Worten gezweifelt. Mitfühlend lauschte sie seinen Klagen darüber, wie hart die Arbeit auf den *gumfields* sei und wie schlecht bezahlt. Sie beratschlagte gemeinsam mit Frank, was er stattdessen tun könnte, um Geld zu verdienen, und in der Folge sah sie sich nach einer geeigneten Arbeit für ihn um. Sie schreckte nun auch nicht mehr vor Regelverstößen zurück. Wenn sie eine Stellenausschreibung fand, die zu Frank oder Jaro passte, ließ sie die beiden heimlich ins Hotel, wo sie sich vor den Vorstellungsgesprächen baden und sich frisch machen konnten. Seit ihrer Volljährigkeit erhielt sie ihr Gehalt auf ihr eigenes Konto, und so erstand sie einen Anzug, damit Frank nicht in seiner abgetragenen Arbeitskleidung vorsprechen musste. Der junge Mann suchte schließlich keinen Hilfsarbeiterposten, er sprach in Kontoren und Geschäften vor, bewarb sich um Stellen als

Verkäufer oder Handelsvertreter. Vielleicht wäre er den Anforderungen sogar gerecht geworden, doch er hatte nie eine Schule besucht und konnte kaum lesen und schreiben.

Jaro gelang der Absprung leichter. Auch er sprach inzwischen gut Englisch und hatte wohl schon in Dalmatien ein Handwerk erlernt. Nach einiger Zeit fand er eine Anstellung bei einem Tischler in einem Ort zehn Meilen nordwestlich von Paeroa. Später, etwa um die Zeit, als die Beziehung zwischen Alison und Frank eskalierte, heiratete er die Tochter des Tischlers. Irgendwann übernahm er die Werkstatt.

Frank dagegen fand keinen Job, der seinen Vorstellungen entsprach, und wenn er sich auf eine der Stellen einließ, die Alison ihm vermittelte – sie brachte ihn als Fahrer im Hotel unter, als Hilfsarbeiter in einer Druckerei und als Packer in einem Landhandel –, verlor er sie bald wieder aus den unterschiedlichsten Gründen. Schließlich versuchte er es mit Selbstständigkeit. Alison lieh ihm das Pachtgeld für ein weiteres *gumfield,* dieses Mal bei Thames auf der Coromandel-Halbinsel. Er gedachte allerdings, dort nicht selbst nach Harz zu graben, sondern ließ andere die harte Arbeit tun, während er die Verhandlungen mit Händlern und Aufkäufern führte. Der Erfolg blieb jedoch aus. Die Männer vertrauten ihm nicht, zudem sahen sie nicht ein, wozu sie einen Mittler benötigten. Zumindest mit den Aufkäufern verhandelten sie selbst.

Irgendwann schuftete Frank wieder auf dem *gumfield,* nicht ohne darüber zu klagen, wie wenig Harz es zu bergen gab, obwohl Holz in Hülle und Fülle in den Sümpfen lag. Dazu muss man wissen, dass auch die Wurzeln und Stämme der alten Bäume heiß begehrt waren und es immer noch sind. Kauri-Holz wurde schon immer zu Möbeln verarbeitet und sehr hoch gehandelt. Die Bergung war jedoch mühsam. Um ganze Stämme aus einem Sumpf zu holen, reichten Alisons Ersparnisse nicht. Die waren ohnehin fast aufgebraucht. Als Frank als Nächstes einen fliegenden Handel aufzubauen plante –

mit einem Karren und einem mageren Pferd gedachte er Waren auf die *gumfields* zu bringen und damit das Handelsmonopol der Aufkäufer zu brechen –, bat sie ihre Eltern um das von ihnen für sie zurückgelegte Geld. Die weigerten sich jedoch, es ihr für unsichere Geschäfte auszuhändigen. Es sei als Starthilfe gedacht, wenn Alison mal eine Familie gründe, erklärte ihr Vater später vor Gericht. Er habe nicht eingesehen, es ihr zu überlassen, damit sie einen Hallodri damit aushalten könne.

Gerald Dickinson wird sich seiner Tochter gegenüber ähnlich geäußert haben, was zu massiven Unstimmigkeiten zwischen der jungen Frau und ihrer Familie führte. Alison stellte die monatlichen Zahlungen zur Unterstützung ihrer jüngeren Geschwister ein. Sie verlor den Kontakt zu ihrer Familie und entfremdete sich ihren wenigen Freunden und Bekannten im Hotel. Frank hatte sich bei der Arbeit im Hauraki nicht bewährt, und Alison musste sich so manche Klage und Schmähung anhören. Sie verteidigte Frank vehement – und verspielte damit ihre eigene Reputation.

Die Waren zum Start als fliegender Händler sowie das Geld für den Karren und ein uraltes mageres Pferd bekam Frank schließlich auf Kredit – Alison zeichnete als Bürge verantwortlich. Erfolg war ihm allerdings auch mit diesem Geschäft nicht beschieden. Um den Aufkäufern ernstlich Konkurrenz zu machen, musste er die Waren sehr viel billiger anbieten, wodurch sich sein Gewinn empfindlich schmälerte. Er konnte es sich weiterhin nicht leisten, den Kunden Kredite einzuräumen, was ihn einiges an Beliebtheit kostete. Zudem war da die Sache mit dem Alkohol. Die Christin Alison, in deren Familie Enthaltsamkeit als das höchste Gut und Trunksucht als die schwerste Sünde galt, machte es zur Bedingung für ihre Bürgschaft, dass er keinen Whiskey in sein Sortiment aufnahm. Das Geschäft war damit von vornherein zum Scheitern verurteilt.

Alison litt aus verschiedenen Gründen unter Franks anhaltenden Misserfolgen. Einmal schmerzte sie natürlich das Geld, sie hatte in den Jahren seit ihrer Volljährigkeit nicht viel ansparen können, obwohl sie sparsam gelebt hatte. Nun schmolz dieses kleine Polster dahin wie Eis in der Sonne. Natürlich lebte sie nach wie vor im Hotel und war nicht von Armut bedroht, doch ihr ging die Perspektivlosigkeit nahe. Alison war nun seit drei Jahren mit Frank zusammen. Sie wollte heiraten, eine Familie gründen, sie war Mitte zwanzig. Eine Heirat hätte jedoch bedeutet, die gut bezahlte Stelle im Hotel aufzugeben. Vielleicht hätte man sie noch eine Zeit lang weiterbeschäftigt, doch spätestens, wenn sie schwanger geworden wäre, hätte Frank die Familie ernähren müssen. Um das endlich zu gewährleisten, zeigte sich Alison immer wieder bereit, ihm unter die Arme zu greifen. In ihrer Verzweiflung wird sie Druck ausgeübt haben, vielleicht hat sie mitunter die Geduld verloren und sich auf einen Streit eingelassen, dann doch wieder klein beigegeben. Schließlich liebte sie ihn über alles.

Frank übte ebenfalls Druck aus. Er ging mit Alison spazieren, führte sie ins Kino aus oder zum Essen – wenn auch meist sie die Rechnung bezahlte. In sexueller Hinsicht kam er mit ihr allerdings nicht weiter. Alison ließ sich auf nicht mehr ein als ein paar Zärtlichkeiten und Küsse. Ihre Jungfräulichkeit verteidigte sie eisern. Sie war streng christlich erzogen, fleischliche Liebe vor der Ehe kam nicht infrage, da mochte Frank noch so sehr mit Engelszungen reden.

Irgendwann waren folglich beide zermürbt und unzufrieden mit ihrer Beziehung. Vielleicht hätte einer von ihnen sie irgendwann einfach beendet. Doch dann starb Alisons Onkel, der das Haus am Ohinemuri River in den letzten Jahren schon allein bewohnt hatte. Alison hatte sich, soweit es ihre knappe Zeit erlaubte, um den Witwer gekümmert – auch darüber hatte es oft Unstimmigkeiten mit Frank gegeben, obwohl er durchaus davon profitierte. Der alte Herr steckte Alison nicht selten etwas Taschengeld zu. Vielleicht wusste sie damals schon, dass er sie als Erbin einsetzen würde, vielleicht war sie auch überrascht, als sie nach der Beerdigung des Onkels von einem Notar angesprochen wurde. Auf jeden Fall fiel ihr das Haus am Ohinemuri River zu sowie eine kleine Summe Geldes.

»Jetzt endlich können wir heiraten!«, jubelte sie, als sie Frank von der Erbschaft erzählte. »Wir können in dem Haus ein Geschäft eröffnen. Wie würde dir das gefallen? Wir leben im oberen Stockwerk, und unten verkaufen wir Jaros Möbel und Skulpturen.«

Jaro fertigte neben seiner Arbeit in der Tischlerei kleine Figuren und Möbel aus Kauri-Holz, und Frank sah in dem Schnitzwerk Geschäftspotenzial. Ob das eine objektive Beurteilung war oder nicht, weiß ich nicht. Es ist keine der Schnitzereien erhalten geblieben, über den künstlerischen und ästhetischen Wert der Arbeiten lässt sich also keine Aussage treffen. Der Umstand, dass Alison Franks Meinung über ihre Verkäuflichkeit teilte, ist sicher außer Acht zu lassen. Alison betete Frank an, daran hatte sich in all den Jahren einer unbefriedigenden Beziehung nichts geändert.

Wenn sie heirateten, würden ihre Eltern auch das gesparte Geld freigeben, lockte die verträumte Alison. Etwas in ihren Argumentationen wird Frank überzeugt haben. Er stimmte einer Verlobung zu. Alison war trunken vor Glück und begann sofort, das Haus am Ohinemuri nach ihren Vorstellungen einzurichten – mit den Ersparnissen, die ihre Eltern ihr dafür willig zur Verfügung stellten. Die Heirat war beschlossene Sache, sie sahen ein, dass ihre Tochter in ihre eigene Zukunft investierte, statt Franks Projekte zu finanzieren. Alison räumte das Haus aus und ersetzte die düstere Einrichtung durch helle, freundliche Möbel und Teppiche. Sie ließ die Terrasse befestigen und freute sich an all den Erkern und Türmchen, die dem Haus seinen besonderen Charakter gaben. Nach langer Überlegung ließ sie es in Blau und Gelb streichen. Wählte sie die auffälligen Farben, um ihr Glück zur Schau zu stellen?

Als die Renovierung beendet war, gab sie den Schlafplatz im Hotel auf und zog in das geerbte Haus ein. Ihre Anstellung im Hauraki behielt sie vorerst, obwohl Frank zu diesem Zeitpunkt gerade mal Arbeit hatte, die sich wirklich zu lohnen schien.

Ein paar kräftige junge Männer aus einem Gumdigger-Lager in Waitekauri hatten sich die ehrgeizige Aufgabe gestellt, einen ganzen Baum aus dem Sumpf zu holen, um dann das Holz zu vermarkten. Frank stellte sein Pferd zur Verfügung, das er seit dem Abenteuer mit dem fliegenden Handel besaß. Er besuchte Paeroa nur sporadisch, freute sich jedoch stets über die Fortschritte, die Alison bei der Renovierung und Einrichtung des Hauses machte. Er wird sie dabei bedrängt haben, den Vollzug ihrer Ehe vorwegzunehmen, nun, da es wirklich nur noch eine Frage der Zeit war, dass man Tisch und Bett miteinander teilte.

Alison war standhaft geblieben, solange sie ihren Schlafplatz im Hotel gehabt hatte. Doch als Frank sie zum ersten Mal in ihrem eigenen Heim besuchte, brachen wohl alle Dämme. Frank gelangte ans Ziel seiner Wünsche. Alison dagegen genoss die Intimitäten nicht wirklich, wie sie später verschämt ihrem Anwalt erzählte. Ihre Schuldgefühle überwogen die Lust, sie gab sich nicht hin, sie gab einfach nur nach. Und sie nahm ihrerseits die Eheschließung vorweg, indem sie sich in der Nachbarschaft des Hauses am Ohinemuri als Alison Winter ausgab.

Warum genau sie das tat, bleibt unklar. Sie gab an, dass die Nachbarn sie als ehrbare Frau kennenlernen sollten, sie habe sich ihrer vorehelichen Beziehung zu Frank geschämt. Tatsächlich hatte sie sich jedoch schon als Mrs. Winter vorgestellt, bevor sie Franks Drängen nachgegeben und das Bett mit ihm geteilt hatte. Hatte sie die Vorwegnahme der Hochzeitsnacht also doch geplant? Wusste sie, dass sie nachgeben würde, sobald sie ihr Haus für ihn geöffnet hatte? Offiziell lebte in dem Haus am Fluss nun jedenfalls das Ehepaar Winter – und sehr bald, so hoffte Alison, würden sie eine richtige Familie sein. Dass sie riskierte, auch das vorwegzunehmen, als sie sich Frank hingab, wird sie nicht bedacht haben. Nach eigenen Angaben war sie jedenfalls entsetzt, als sie schon kurz nach ihrer »Hochzeitsnacht« merkte, dass sie schwanger war.

Frank scheint das nicht als so schlimm empfunden zu haben. Beim nächsten Besuch war er bester Stimmung. Die Ausgrabung des Kauris war gelungen, und als seinen Anteil hatte er die Wurzel erhalten. Er wollte sie auf eigene Rechnung verkaufen, wovon er sich mehr versprach als davon, sich den Erlös des Kauri-Stammes mit den anderen Männern zu teilen. Frank plante, ein Stück in den Norden zu fahren – eine weiter von den Kauri-Fundstellen entfernte Tischlerei, so hoffte er, würde ihm einen besseren Preis bieten. Wenn er von dieser Reise zurückkehre, sagte er, werde er Alison heiraten. Er gab vor, sich auf das Kind zu freuen, und beruhigte Alison in Bezug auf die mögliche Blamage: Weder ihren Eltern noch den Nachbarn würde es auffallen, wenn das Kind ein paar Wochen zu früh käme. Wer rechnete das denn nach?

Alison behagte das gar nicht. Sie bat Frank, noch vor der Reise mit ihr zum Standesamt zu gehen. Feiern könne man die Hochzeit ja später, erklärte sie, ihr sei nur wichtig, die Beziehung so rasch wie möglich zu legitimieren. Frank lehnte das ab. Mit harschen Worten, wie Alison später aussagte. Er warf ihr vor, ihm nicht zu trauen, auch von Erpressung war die Rede. Frank ging im Zorn, und Alison verbrachte eine schlaflose Nacht. Als Frank am nächsten Morgen zurückkehrte, machte sie Zugeständnisse: Natürlich wolle sie warten, natürlich vertraue sie ihm – es werde ja auch viel schöner sein, wenn er mit etwas Geld zurückkehre und sie die Hochzeit dann wirklich zelebrieren könnten. Alison träumte von einer Feier im Hotel. Ihre Kollegen würden sie ihr wunderschön ausrichten, so war sie überzeugt. Sie wollte ihren Eltern und Geschwistern beweisen, dass Frank ein vorzeigbarer Gatte war und ganz sicher nicht nur hinter ihrem Geld her. Frank bestärkte sie nun in diesem Traum. Er werde die Wurzel verkaufen und außerdem Jaros Skulpturen und Kleinmöbel, sagte er und belud seinen Wagen mit allem, was er hatte.

Kurz darauf, es muss ungefähr im April 1919 gewesen sein, brach er auf. Alison wartete. Zunächst geduldig, dann immer nervöser. Schließlich, nach mehr als einem Monat, erhielt sie einen Brief. Ihr Herz wird wie wild geklopft haben, als sie Franks Namen auf dem Umschlag las. Sie wusste ja sicher, wie schwer es ihm fiel zu schreiben. Wenn er es nun dennoch getan hatte, so musste es dafür gewichtige Gründe gegeben haben.

Alison gab später an, sie habe das Bewusstsein verloren, als sie gelesen habe, was Frank in seiner ungelenken Schrift auf das Briefpapier einer Pension in Mangatarata gekritzelt hatte:

Es tutt mir Leit, doch ich muss die Verlopung auflösen.
Du wirst trotzdem immer in meinem Hertzen sein.
Frank

Alison hob dieses Schriftstück auf. Es lag dem Gericht vor und trug sicher dazu bei, dass viele Menschen Verständnis für Alisons Tat aufbrachten. Welch hilflose Wut sie empfunden haben muss! Oder doch eher Verzweiflung? Die Zukunft muss wie eine Höllenvision vor ihr gestanden haben – die Vorstellung, ihren Eltern von dem Kind zu erzählen, es der Hausdame oder gleich dem Hotelbesitzer zu beichten. Und dann die vielen Jahre des Spießrutenlaufens als Mutter ohne Ehemann. Vor Gericht behauptete Alison, auch an das Kind gedacht zu haben. Es war ein Makel, unehelich geboren zu sein. Beiden, Mutter und Kind, stand ein Martyrium bevor.

Ob Alison bereits plante, dem zu entfliehen, als sie einen Antwortbrief an die Adresse in Mangatarata sandte, die sie dem Briefkopf entnahm? Oder war ihre Bitte, doch wenigstens noch einmal mit ihr Rücksprache zu halten, bevor sie sich endgültig trennten, ein Akt der Verzweiflung?

Natürlich konnte sie nicht wissen, ob der Brief Frank überhaupt erreichen würde. Es hätte ja sein können, dass er nur einmal in der Pension übernachtet hatte und sie nie wieder aufsuchen würde. Doch letztlich erhielt sie eine Antwort, wenn auch erst einige Wochen später. Erneut schrieb Frank kurz und knapp.

Es wirt nichts endern, aber wenn du es willst, komme ich.
Ich wärde vorher schreiben.
Ich wärde dich nie vergesen.
Frank

Alison sagte aus, dass etwas mit ihr geschah, als sie diese Zeilen las. Er würde sie nie vergessen? Hatte er sie nicht schon vergessen? Verlassen, vergessen, wo war da der Unterschied?

Und wieder ließ Frank sie warten. Inzwischen müssen die Nachbarn über sie geredet haben, die Familie wird nachgefragt haben, wann denn nun die Hochzeit sein würde. Die Stelle im Hotel hatte Alison aus Scham bereits gekündigt. Sie lebte von ihren restlichen Ersparnissen. All das muss sie zu Tode geängstigt haben – und sicher schürte es auch ihre Wut. Alison sah keinen Ausweg mehr. Bis sie sich irgendwann an die Pistole erinnerte, die sie beim Aufräumen des Hauses nach dem Tod ihres Onkels gefunden hatte. Damals hatte sie kaum gewagt, sie zu berühren, und geplant, sie zu verkaufen. Doch sie hatte nicht recht gewusst, wie man eine Waffe zu Geld machte. Sie wollte sie auf keinen Fall einem schlechten Menschen in die Hand geben und sich so mitschuldig machen, wenn er jemanden damit verletzte oder tötete. Alison argumentierte vor Gericht tatsächlich so, und sie schien es aufrichtig zu meinen. Niemals in ihrem Leben hätte sie es für möglich gehalten, dass sie eines Tages selbst von der Waffe Gebrauch machen würde.

Nun jedoch holte sie die Pistole vom Dachboden, nahm sie in die Hand und versuchte, sie zu laden. Das Hotel hatte einen Schießstand gehabt, und Alison hatte den Gästen mitunter beim Tontaubenschießen zugesehen. Sie hatte eine ungefähre Ahnung davon, wie man mit Waffen umging, und Zeit genug zu üben, denn Frank bewahrte wieder einmal Schweigen. Erst im September meldete er sich, dieses Mal nicht aus dem Hotel. Er hatte seine Nachricht auf einen einfachen Zettel gekritzelt, und Alison hatte nicht die Geistesgegenwart, den Poststempel zu studieren, um eine Vorstellung davon zu bekommen, wo Frank gerade steckte. Sie warf Umschlag und Brief ins Feuer – ihre Wut muss über ihre verzweifelte Hoffnung triumphiert haben.

Frank Winter erschien Ende September 1919 in Alisons Haus am Fluss. Was genau dort zwischen ihm und Alison vorfiel, ist nicht bekannt, Alison behauptete zunächst, sie könne sich an den Wortwechsel vor der Tat nicht mehr erinnern. Später gab sie an, er habe sie beleidigt, habe behauptet, sie wolle ihm das Kind nur unterschieben, das in Wahrheit gar nicht von ihm sei. Dann wieder sagte sie, er habe angegeben, inzwischen längst mit einer anderen verheiratet zu sein, weshalb er seine Haltung Alison und ihrem Baby gegenüber nicht mehr ändern könne und wolle.

Alison mag die Tat geplant haben – so zumindest sah es später der Richter. Die Geschworenen meinten, sie habe sie allenfalls in Erwägung gezogen. Erst als Frank sie mit seinen Schmähungen zur Raserei getrieben habe, sei sie dazu fähig gewesen. Alison selbst gab an, sie habe Frank mit der Waffe nur drohen wollen. Glaubte sie wirklich, ihn damit zurückerobern zu können? Wollte sie ihn mit vorgehaltener Pistole zum Standesamt zwingen? Aus heutiger Perspektive gesehen klingt das lachhaft, doch Alison muss fieberhaft darüber nachgedacht haben, wie sie ihre Ehre doch noch retten konnte.

Sicher ist nur: Sie drückte ab. Alison Dickinson erschoss Frank Winter mit drei Schüssen in die Brust, bevor sie die Waffe gegen sich selbst richtete. Ihr Versuch, auch ihr eigenes Leben zu beenden, misslang. Sie mag den Rückstoß nicht berechnet haben. Tatsache ist, dass sie sich lediglich einen Streifschuss beibrachte. Nichtsdestotrotz verlor sie das Bewusstsein.

Ein Postbote, der gerade am Haus vorbeiradelte, hörte die Schüsse und verständigte die Polizei. Alison wurde zunächst ins Krankenhaus, dann gleich ins Gefängnis gebracht. Sie verbrachte eine Nacht in Paeroa, danach fuhr man sie in ein Frauengefängnis nach Auckland. Sie machte niemals Anstalten, die Tat zu leugnen. Als sie zum ersten Mal danach befragt wurde, nach einem Motiv, nach Reue, die sie möglicherweise empfand, sagte sie drei Sätze. Sehr langsam und mit tonloser Stimme, wie der Vernehmungsbeamte im Protokoll vermerkte:

»Es tut mir leid, ich musste die Verlobung lösen. Doch er wird immer in meinem Herzen sein. Ich werde ihn nie vergessen.«

DER KAMPF UM ALISON

Alison Dickinson war eine ruhige Gefangene. Es gab keine Klagen über sie, sie forderte keine Sonderbehandlung, obwohl sie schwanger war und obwohl ihr Anwalt ihr zuredete, um besseres Essen und eine Einzelzelle zu bitten. Im Verhör zeigte sie sich kooperativ, antwortete auf jede Frage, sprach jedoch nie von sich aus über ihren Fall. Sie verlor nie wirklich ein böses Wort über Frank Winter – wenngleich sie emotionslos darüber Auskunft gab, wann sie ihm wie viel Geld geliehen hatte und wie kurz er die von ihr vermittelten Arbeitsstellen nur halten konnte. Es stellte sich heraus, dass sie über all das minutiös Buch geführt hatte. Sie selbst gab an, sie habe fest mit der Rückzahlung der Beträge gerechnet. »Ich war eine sehr selbstständige Frau«, sagte sie. »Ich wusste genau, in was ich mein Geld investierte. Das hatte alles seine Ordnung.«

Man kann das Büchlein allerdings auch als eine Art Tagebuch einer Frau verstehen, der jede Euphorie fremd ist, die gelernt hat, weder zu jubeln noch zu klagen. Mit schlichten Worten und Zahlen vermochte sie es, sich die Qual von der Seele zu schreiben. Niemals hätte Alison Dickinson ihre Enttäuschung und ihre Verletzungen minutiös geschildert, niemals hätte sie sich einem richtigen Tagebuch anvertraut.

Anfang Dezember 1919, etwas später, als von ihr selbst und dem Gefängnisarzt errechnet, brachte Alison im Gefängnis eine Tochter zur Welt. Sie zeigte wenig Interesse an dem Kind, wie eine Wärterin etwas verwundert zu Protokoll gab. Tatsächlich hatte sie bis zur Geburt nicht einmal über einen Namen für ihr Töchterchen nachgedacht. Ihre Begründung war, sie habe gedacht, es sei ein Junge. Alison willigte ein, das kleine Mädchen Patricia zu nennen, nachdem eine Wärterin den Namen vorschlug.

Patricia Dickinson wurde gleich nach ihrer Geburt in ein Kinderheim bei Auckland gebracht. Ihre Mutter fragte nicht mehr nach ihr.

In der Öffentlichkeit erregte der Fall Dickinson zunächst wenig Aufsehen. Nur die Zeitungen in Paeroa berichteten kurz über ein »Verbrechen aus Leidenschaft«. Das änderte sich, als Alison ab dem 5. August vor Gericht stand. Natürlich war mit einem gewissen Voyeurismus zu rechnen gewesen – ein Mordprozess gegen eine attraktive junge Frau fand schließlich nicht alle Tage statt. Es waren jedoch nicht nur neugierige und sensationssüchtige Mitmenschen, die Anteil an Alisons Schicksal nahmen. Tatsächlich erregten die besonderen Umstände ihrer Tat auch das Interesse von Frauenorganisationen und Teilen der Arbeiterbewegung. Die Frauen in Neuseeland hatten früh begonnen, gegen Diskriminierung und Misshandlung zu kämpfen. Bereits 1893 hatten sie das Wahlrecht erstritten, Gewerkschaften wie die Tayloresses' Union besaßen großen Einfluss. Und nun war da eine Frau, die sich nach Jahren der Unterordnung endlich gewehrt hatte. Natürlich war es inakzeptabel, einen launischen Nichtsnutz einfach zu erschießen, doch Verständnis brachten die feministisch engagierten Frauen ebenso für sie auf wie viele gewerkschaftlich organisierte Männer, die Parallelen zwischen Alisons Abhängigkeit von Frank und der Knechtschaft der Arbeiter im Moloch der Industrialisierung zu erkennen meinten.

Der Raum war also zum Bersten mit Schaulustigen gefüllt, als man Alison Dickinson dem Richter und der Jury vorführte. Sie machte auch hier einen guten Eindruck – das hatte sie schließlich ihr Leben lang geübt. Alison gab sich nicht reumütig, aber demütig. Sie bat niemals um Gnade. Ihr Anwalt, B. J. Dolan, der ihren Fall kostenlos übernahm, versuchte, ihr Emotionen zu entlocken, sie sollte die lodernde Wut zeigen, die zu der Tat geführt hatte, um beim Richter Verständnis für ihre Tat zu erheischen. Alison blieb jedoch ruhig, lediglich eine ihrer Aussagen trieb einem Teil der zuhörenden Frauen Tränen in die Augen. »Ich wollte ihn mir aus dem Herzen reißen. Erfüllt von Liebe hätte ich nicht sterben können, und ich musste unbedingt sterben. Ich habe alles getan, um mich zu befreien. Trotzdem ... es war alles umsonst, ich habe es nicht geschafft. Er ist tot, aber er ist immer noch in meinem Herzen.«

Weniger kryptisch äußerten sich die Zeugen, die B. J. Dolan aufrief, um die Beziehung zwischen Alison und Frank Winter zu beleuchten. Alisons Eltern und Geschwister, ihre Kollegen und Vorgesetzten und sogar ein Bekannter des Opfers nahmen kein Blatt vor den Mund.

»Der Mann hat Alison ausgenutzt, er hat sie hingehalten, schließlich verführt, und dann ist er verschwunden. Da musste sie ja irgendwann durchdrehen!« Der Besitzer des Hauraki, der keinen Zweifel daran ließ, wie sehr er Alison als Mitarbeiterin geschätzt hatte, brachte es auf den Punkt. Andere Zeugen äußerten sich zurückhaltender, waren sich jedoch einig, dass Alison das Opfer eines Heiratsschwindlers und arbeitsscheuen Gauners geworden war.

»Sie hat immer alles geschluckt«, erklärte die junge Frau, die das Zimmer im Dienstbotentrakt des Hotels mit ihr geteilt hatte. »Sie hat alles geglaubt, was er ihr erzählt hat, sie war endlos geduldig. Ich hätte das nicht ausgehalten, aber sie ließ sich immer wieder überreden, ihm Geld zu leihen oder sonst irgendwas für ihn zu tun.«

»Wurde denn über die Beziehung der beiden geredet?«, erkundigte sich der Anwalt – eine Frage, bei der Alison zusammenzuckte.

Die junge Zeugin antwortete ohne Zögern. »Natürlich wurde darüber geredet. Spätestens, nachdem er im Hotel gearbeitet hatte, da kannten ihn dann ja alle. Aber wir haben nicht über Alison hergezogen, Mr. ... Mr. ... Euer Gnaden ... Das müssen Sie glauben. Sie hat uns nur immer leidgetan.«

Alison erregte auch das Mitleid der anwesenden Journalisten. Vor allem die Zeitung *New Zealand Truth* griff ihren Fall auf und berichtete täglich minutiös über den Verlauf des Prozesses. Ob Alison die Artikel las, ist unklar. Ihr Anwalt brachte ihr die Zeitungen mit ins Gericht. Er hegte die Hoffnung, sie damit aufmuntern zu können, doch sie legte sie stets nur ordentlich in ihrer Zelle auf einen Stapel und schien sie nicht anzurühren.

Nach zehn Verhandlungstagen hielt B. J. Dolan ein flammendes Plädoyer, das unzählige mildernde Umstände für Alison auflistete sowie eine zur Tatzeit verminderte Zurechnungsfähigkeit anführte. Er bat die Jury, Alison nicht schuldig zu sprechen, machte sich jedoch wenig Hoffnung. Tatsächlich fiel einige Stunden darauf ein Schuldspruch. Die Geschworenen räumten allerdings ausdrücklich ein, dass Alison zu der Tat provoziert worden war. Sie baten den Richter um ein gnädiges Urteil, das diesem Umstand Rechnung trug.

Der jedoch folgte ihren Empfehlungen nicht. Das mit Spannung erwartete Urteil – der Gerichtssaal war bis zum letzten Platz gefüllt, und fast die Hälfte der Anwesenden waren Reporter – ließ Alison Dickinson die ganze Härte des Gesetzes spüren. Sir Robert Stout, ein streng konservativer, der Frauenbewegung mehr als kritisch gegenüberstehender Richter, sah keine mildernden Umstände. Er verurteilte Alison zu lebenslanger Haft bei schwerer Arbeit.

Während im Saal Erregung aufloderte, die Menschen durcheinanderredeten und die Journalisten aufsprangen, um ihre Redaktionen so schnell wie möglich zu informieren, blieb Alison Dickinson still, als ginge sie das alles nichts an. Das Schlusswort sprach ihr Anwalt: Revision!

Gleich am Tag nach dem Prozess wurde Alison auf die Südinsel gebracht. Frauen, die zu langen Haftstrafen verurteilt worden waren, verbüßten sie ausschließlich im Addingtoner Gefängnis in Christchurch.

Alison nahm das klaglos hin, sie äußerte sich auch nicht dazu, als die Wiederaufnahme ihres Falles abgelehnt wurde – ein Umstand, den Dolan hätte voraussehen müssen. Der Hardliner Stout stand ebenso dem Appellationsgericht vor. Doch während Alison täglich zehn Stunden in der Wäscherei des Gefängnisses schuftete, am Abend die Bibel las, sonntags zur Kirche ging und ansonsten versuchte, mit den Schatten zu verschmelzen, die das harte und öde Leben in Gefangenschaft beherrschten, wurden ihre Unterstützer aktiv. Harry Holland, Herausgeber der Zeitschrift *Maoriland Worker*, startete eine Kampagne zu ihrer Befreiung. In zahlreichen Städten entstanden Release-Alison-Dickinson-Komitees, die Frauenbewegung rief zu Demonstrationen auf und verfasste Petitionen – eine Arbeit, in der sie Übung hatte. Beim Streit um das Wahlrecht waren Hunderte von Petitionen aus den Reihen der Frauen- und Gewerkschaftsbewegung beim Premierminister eingegangen.

Die erste Petition für die Befreiung Alison Dickinsons wurde von sechzigtausend Menschen unterzeichnet! Die Feministinnen ließen es zudem nicht bei der Bitte um Gnade bewenden. Sie stellten unangenehme Fragen an Polizei und Justiz, prangerten Ungleichbehandlung von Männern und Frauen an, forderten für die Zukunft weibliche Polizisten, weibliche Gutachter, weibliche Richter. Couragierte Frauen der Gewerkschaftsbewegung hielten flammende Reden, in denen sie das harte Urteil gegen Alison mit wesentlich milderen Strafen für männliche Mörder, Vergewaltiger und Päderasten verglichen. Schließlich hinterfragten sie die Möglichkeiten des Appellationsgerichts und erwirkten ein Gesetz, das fürderhin in vergleichbaren Fällen ein Berufungsverfahren erlaubte.

Alison muss von dieser Hilfsbereitschaft überrascht gewesen sein. Sie haderte sicher weniger mit ihrem Schicksal als mit ihrer Schuld. Sie gab keine Interviews und setzte selbst keine Bittbriefe auf. Die gelegentlichen Besuche aus den Kreisen ihrer Unterstützer lehnte sie jedoch nicht ab – vielleicht weil sie nicht unhöflich sein wollte, vielleicht weil sie jede Abwechslung von dem öden Gefängnisalltag als Segen empfand. So lernte sie Harold Trout kennen, einen kurz zuvor verwitweten Gewerkschaftsfunktionär.

Niemand kann sagen, ob Trout von vornherein Eindruck auf Alison machte. Er war kein gut aussehender Mann wie Frank, sondern von schwerem Körperbau und nur unwesentlich größer als Alison. Sein Gesicht war meist gerötet, die Nase breit, die Lippen waren fleischig. Doch auch Trout verfügte über das Talent, wortreich, anschaulich und überzeugend zu reden. Er war ein Populist, verstand es, die Gewerkschaftsmitglieder mitzureißen, wenn er von Lohnerhöhungen, Arbeitserleichterungen und mitunter von Streik sprach. Alison wird er von den Demonstrationen und Treffen für ihre Befreiung erzählt, vielleicht ihre Zweifel zerstreut haben, die Begnadigung zu verdienen. Er wird ihr Hoffnung gemacht, wird sie daran erinnert haben, wie jung sie noch war. Sie hatte die dreißig noch nicht überschritten. Wenn sie herauskäme, so hielt er ihr zweifellos vor, könne sie ein neues Leben beginnen.

Harold Trout besuchte Alison Dickinson sechs Mal während ihres letzten Jahres im Gefängnis – und als die Begnadigung endlich durchkam, als sie nach vier Jahren Haft in die Obhut ihrer Eltern entlassen wurde, war er es, der sie abholte. Fürsorglich geleitete er die verschüchterte junge Frau durch die Menge ihrer Unterstützer, die sie jubelnd und applaudierend vor dem Gefängnis erwartete. Es gibt ein Pressefoto von diesem Tag – etwas unscharf, doch aussagekräftig: Alison versteckt sich halb hinter dem Gewerkschafter und ihrem Anwalt. Trout lächelt das strahlende Lächeln des Siegers, Dolans Gesicht hat einen freundlich neutralen Ausdruck, und Alison wirkt unsicher und blass. Sie hatte während der Haft Gewicht verloren. Ihr Gesichtsausdruck auf dem Bild ist der eines verängstigten Kindes, das Kleid, das sie schon bei ihrer Verhandlung getragen hatte, schlackert um ihren abgemagerten Körper. Sie ist nur noch ein Schatten der hübschen jungen Frau, die einst an der Rezeption des Hauraki Hotels gesessen hatte. Man fragt sich unweigerlich, ob sie dem neuen Leben, das Trout und andere Unterstützer für sie heraufbeschworen, jemals gewachsen sein würde.

Vom folgenden Jahr im Leben der Alison Dickinson ist nicht viel bekannt. Man weiß nur, dass sie keine Anstalten machte, ihr Kind zu sehen oder gar bei sich aufzunehmen. Sie verbrachte die Zeit im Haus ihrer Eltern und verließ es eigentlich nur zum sonntäglichen Kirchgang. Dabei ertrug sie stoisch die Blicke und das Wispern der anderen Gemeindemitglieder. Sie trug dunkle Kleidung, und man sah sie niemals lachen. Die Familie scharte sich um sie, wenn sie in der Öffentlichkeit erschien, doch es wirkte weniger beschützend als bedrohlich, und es ist mehr als wahrscheinlich, dass sie die Sünderin mit Strenge umgaben. Während der Haft hatten die Dickinsons Alison nie besucht. Sie jetzt aufzunehmen war für sie wahrscheinlich eher Pflicht als Freude. Die junge Frau hatte ihrer Familie Schande gemacht – in mehr als einer Hinsicht. Es ist anzunehmen, dass sie Bußübungen unterworfen war und dass sie Demütigungen und Vorwürfe hinnehmen musste.

Inzwischen verhallte der Pressetrubel. Der Name Alison Dickinson verschwand aus den Schlagzeilen, und damit zogen sich auch ihre prominenten Unterstützer zurück. Die einzige Ausnahme war Harold Trout. Er besuchte Alison immer wieder in ihrem Elternhaus. Was sie dort taten und worüber sie sprachen, ob sie allein waren oder ob die Familie darauf bestand, die Treffen ihrer gefallenen Tochter mit einem Mann zu überwachen, ist nicht bekannt.

Ein Jahr nach ihrer Haftentlassung gab Gerald Dickinson die Verlobung seiner Tochter mit dem Witwer bekannt. Ein weiteres Jahr später heiratete er sie in Auckland.

DAS WILDE KIND

Patricia Dickinson war ein lebhaftes Kind. Sie mochte sich nicht anpassen, obwohl die Barmherzigen Schwestern, die das Kinderheim leiteten, vom ersten Tag an alles taten, um sie Gehorsam und Demut zu lehren. Das Waisenhaus war ein trister Ort. Schon das Gebäude selbst, ein massiger Backsteinbau, wirkte einschüchternd, die Räume waren karg eingerichtet, hoch und deshalb schlecht zu heizen. Die Schlafsäle boten keinerlei Privatsphäre. Immerhin mussten die Kinder nicht mehr arbeiten wie noch wenige Jahrzehnte zuvor – wenn man von Hausarbeit und Mithilfe bei der Versorgung der jüngeren Kinder absieht. Sie wurden sauber gehalten, erhielten ausreichend zu essen, eine annehmbare Schulbildung und eine christliche Erziehung. Letztere war streng, mit empfindlichen Strafen wie Schlägen wurde nicht gespart. Die Schwestern begründeten ihre Verhaltensmaßnahmen damit, dass sie es bei den Kindern mit dem Abschaum der Gesellschaft zu tun hätten, der entsprechend entschlossen in die richtige Richtung gelenkt werden müsse.

Tatsächlich teilte keines der Kinder das traurige Schicksal der wohlerzogenen Waisen in viktorianischen Romanen, denen ihre liebevollen Eltern durch einen tragischen Unfall entrissen worden waren. Die Heimkinder von Auckland hatten meist von vornherein nur ein Elternteil gekannt, das sie bis zu seinem Tod oder seinem Verschwinden mehr schlecht als recht versorgt hatte. Die meisten von ihnen hatten Maori unter ihren Vorfahren, einige waren Halb-Maori oder gar reinblütig. Es gab zu jener Zeit immer wieder mehr oder weniger vorgeschobene Gründe, den Einheimischen ihre Kinder wegzunehmen, um ihnen in Waisenhäusern eine »fundierte englische« Erziehung angedeihen zu lassen. Diese Kinder der

Stämme galten als besonders aufmüpfig und freiheitsdurstig. Sie nutzten jede Gelegenheit, der Tristesse des Waisenhauses zumindest für ein paar Stunden zu entkommen. Wurden sie nicht strengstens beaufsichtigt, so flohen sie in die umliegenden Wälder, wo sie niemand daran hinderte, zu schreien und zu raufen, zu rennen und zu spielen.

Die kleine Patricia war von Anfang an fasziniert von den Maori-Kindern. Sobald sie laufen konnte, hängte sie sich an die Maori-Mädchen – vielleicht weil sie unbeschwerter wirkten als die anderen Kinder und häufiger lachten oder weil sie sich stets bereitwillig mit den Kleinen beschäftigten. Die Schwestern sahen das nicht gern, neigten die Maori-Kinder doch dazu, die anderen mit ihren rebellischen Verhaltensweisen anzustecken. Zu Patricias ersten Kindheitserinnerungen gehörte eine schlimme Tracht Prügel, die sie ereilte, nachdem sie nackt mit einem gleichaltrigen Maori-Kind im Schlamm gespielt hatte. Das Aufsicht führende Maori-Mädchen hatte sich nichts dabei gedacht. Bei den Stämmen war Nacktheit nichts Anstößiges, erst recht nicht bei kleinen Kindern. Das Mädchen verstand die schwere Strafe ebenso wenig wie seine Schützlinge.

Patricia hielten die Schläge nicht davon ab, sich weiter den Maori-Kindern anzuschließen, was ihr bald den Ruf einbrachte, schwierig zu sein. Dabei hätte sie mit etwas angepassterem Verhalten durchaus die Chance gehabt, zum Lieblingskind der Schwestern zu werden. Patricia – oder Tricia, wie sie sich selbst nannte – war ein niedliches Kind mit hinreißendem Lächeln. Sie wuchs später zu einer Schönheit heran, war weit attraktiver als ihre Mutter. Tricia hatte dunkles, lockiges Haar, ein ovales, ebenmäßiges Gesicht und ebenso helle blaue Augen wie ihre Mutter. Ihr Blick spiegelte jedoch nicht wie bei Alison ihr sanftes, duldsames Wesen wider. Nein, Tricias Augen wirkten aufmerksam und argwöhnisch, ließen an Eis und Feuer denken. Sie war weit davon entfernt, ihrer Umwelt vertrauensvoll zu begegnen. Trotz ihres ansprechenden Äußeren wirkte sie nicht kindlich unbedarft.

Patricia wurde schnell selbstständig, war aufgeweckt und lernte leicht. Sie wusste die Kontrolle der Schwestern bald genauso geschickt zu umgehen wie die Maori-Kinder. Immer wieder schlich sie mit ihnen in den Wald und schaute sich ab, wie man Reusen aus Raupo-Blättern flocht, um darin Fische zu fangen, oder Fallen für Vögel legte. Sie lernte, Feuer zu machen, um den Fang darin zu braten, und merkte sich, welche Wurzeln man als Beilage in der Glut rösten konnte. Wenn sie abends zurück ins Heim kam und dabei wie fast immer erwischt wurde – die Kinder hatten ihre Aufgaben im Haus, und fehlende Zöglinge wurden schnell vermisst –, machte es ihr nichts, zur Strafe ohne Abendessen ins Bett geschickt zu werden. Fisch und Raupo-Wurzeln waren ohnehin viel schmackhafter gewesen als der ewige Haferbrei.

Von ihrer Mutter wusste Tricia nicht viel. Die Zeitungsberichte über Alison drangen nicht bis ins Heim, und die Aufregung war ohnehin längst verebbt, als das Mädchen lesen konnte. Die Schwestern ließen sie allerdings nicht im Unklaren darüber, dass sie von einer »Sünderin« abstammte. Auf eine Konkretisierung verzichteten sie, was bei Tricia zu langen Grübeleien darüber führte, was sich ihre Mutter wohl zuschulden hatte kommen lassen. Hatte sie Essen in der Küche stibitzt, wie Tricia es manchmal tat? Hatte sie sich heimlich aus dem Haus geschlichen und die falschen Freunde gehabt? Manchmal träumte Tricia von ihrer Mutter wie von einer Freundin, die sich gemeinsam mit ihr gegen die strengen Regeln des Heimes auflehnte. Über die realen Lebensumstände ihrer Mutter machte sie sich dagegen keine Gedanken. Sie fragte sich nicht, warum Alison ihr niemals schrieb und sie nie besuchte. Die wenigsten der anderen Kinder hörten jemals von ihren Eltern.

Umso überraschter muss Patricia gewesen sein, als man sie eines Tages ins Büro der Oberin rief, die ihr mit wenigen Worten mitteilte, sie werde das Heim am kommenden Morgen verlassen. Ihre Mutter und ihr Mann hätten die Entscheidung getroffen, sie in ihrer Familie aufzunehmen. Die Schwester wird diese Eröffnung mit schmalen Lippen gemacht haben – sicher war es ihr nicht recht, ihren Zögling in die Obhut der »Sünderin« zu geben. Und zweifellos wird sie nicht an Ermahnungen gespart haben, sich den christlichen Geist, den man ihr zwölf Jahre lang eingebläut hatte, im Hause des wahrscheinlich ziemlich gottlosen Sozialisten Trout zu bewahren.

Tricia mag dazu perplex geschwiegen haben – vielleicht hat sie auch Fragen gestellt. Bislang hatte sie schließlich nicht einmal gewusst, wo ihre Mutter lebte, dass sie verheiratet war und weiteren Kindern das Leben geschenkt hatte. Die Oberin wird sich keine große Mühe gegeben haben, Tricias Wissensdurst zu stillen. Wahrscheinlich nannte sie nur knapp ein paar Namen und Fakten. Und ganz sicher hatte sie keine Antwort auf Patricias drängendste Fragen: Was hat meine Mutter bewogen, sich gerade jetzt an mich zu erinnern? Wie kommt es zu dem plötzlichen Entschluss, mich zu sich zu nehmen? Was erwartet meine Mutter von mir?

Man darf annehmen, dass sich Tricia, das wilde Kind, aller Verunsicherung zum Trotz freute, das Heim verlassen zu dürfen. Sie wurde sicher von den anderen beneidet, die sich alle ein Zuhause und eine Familie wünschten. So stieg sie hoffnungsvoll in den Zug, begleitet von einer Betreuerin der Jugendfürsorge, die distanziert, doch freundlich mit ihr umging. Sie beantwortete sogar ein paar Fragen, erzählte von Harold Trouts politischer Arbeit, von seiner Wichtigkeit für die Gewerkschaftsbewegung, und sicher stellte sie heraus, wie großmütig und mutig es von ihm gewesen war, Alison Dickinson zur Frau zu nehmen. Und nun holte er auch noch deren Tochter aus dem Waisenhaus! Die Fürsorgerin war des Lobes voll.

»Du solltest ihm dankbar sein«, erklärte sie Tricia. »Und dich bemühen, dich in die Familie einzufinden. Deine Mutter wird deine Hilfe brauchen. Also erweise dich des Vertrauens würdig, das in dich gesetzt wird.«

Tricia wurde es bei diesen Worten sicher schon mulmig. Doch was sie wirklich erwartete, das hätte sie sich in ihren schlimmsten Albträumen nicht ausmalen können.

EIN BRAVES MÄDCHEN

Patricia war zwölf, als sie zu den Trouts kam, in einem Alter also, in dem ein Mädchen zur Frau wird. Alison erwartete gerade wieder ein Kind, zum vierten Mal in sieben Jahren Ehe. Vielleicht hatte Harold Trout genug davon, immer wieder Rücksicht auf eine Schwangere nehmen zu müssen. Vielleicht hatte er überhaupt genug von Alison. Oder war es gar Alison selbst, die sich Hilfe von ihrer halbwüchsigen Tochter versprach? Bei der Versorgung der Kinder und des Haushalts, wie sie Tricia gegenüber behauptete, oder um die Bedürfnisse ihres Mannes zu befriedigen? Sofern es der Wahrheit entsprach, was ein verzweifeltes junges Mädchen später der Farmersfrau Elizabeth Frazier erzählte, dann war Tricias Leben in der Familie Trout vom ersten Tag an ein einziges Martyrium.

Alison Dickinson Trout war nicht mehr zart und hübsch, als Patricia sie kennenlernte, nicht mehr scheu und mädchenhaft wie auf den Bildern, die sie bei der Haftentlassung zeigten und auf dem Hochzeitsfoto mit Trout. Die Geburten und jetzt die erneute Schwangerschaft hatten sie aufgeschwemmt. Sie war unförmig und wirkte ungepflegt. Ihr Haar war strähnig und ihre Kittelschürze fleckig. Auch das Haus, das Tricia und die Fürsorgerin erst nach einigem Herumfragen fanden, machte den Eindruck, als hätte es schon bessere Tage gesehen. Dabei musste es einmal hübsch gewesen sein, der abblätternde blaue Anstrich und die gelben Türmchen und Erker ließen das zumindest vermuten. Das Haus nötigte sogar ihrer Begleiterin eine Bemerkung ab, die nicht dazu diente, die Trouts als Tricias Retter zu lobpreisen.

»Ich verstehe nicht, wie sie hier wohnen kann …«, murmelte die Frau, nachdem sie schon irritiert gewesen war, als eine Nachbarin auf die Frage nach dem Haus der Trouts missbilligend die Stirn gerunzelt und ihre Wegbeschreibung dann mit den Worten »Ach, Sie meinen das Winterhaus!« eingeleitet hatte.

Tricia hätte sich ein »Winterhaus« weiß vorgestellt, doch sie vergaß diese Überlegungen gleich, als sie klingelten und das Geschrei eines Babys und das Trippeln kleiner Füßchen hörten. Alison Trout öffnete, ein Kleinkind auf dem Arm, zwei andere Kinder am Rockzipfel.

»Ja, bitte?«

Tricia muss ihre missmutige Frage einen Stich gegeben haben. Hatte ihre Mutter sie nicht erwartet? Erkannte sie ihre Tochter nicht? Tatsächlich musterte Alison sie erst genauer, als sie sich vorstellte.

»Du siehst ihm nicht ähnlich« waren die ersten Worte, die Alison zu ihr sprach. Ihre Stimme blieb dabei unbewegt. Tricia wusste nicht, ob der Satz Enttäuschung oder Erleichterung ausdrückte. »Ich hatte gedacht, Sie bringen sie erst morgen«, wandte Alison sich dann an Tricias Begleitung. »Aber so ist es natürlich besser, vielen Dank. Wollen Sie ... wollen Sie einen Kaffee oder irgendwas anderes?« Es klang nicht wirklich einladend, und die Fürsorgerin lehnte denn auch ab.

Es mag uns heute unbegreiflich erscheinen, dass sie keinerlei Anstalten machte, das Haus zu inspizieren, in das sie ihren Zögling entließ. Sie wäre schnell zu dem Ergebnis gekommen, dass Alison Trout mit der Versorgung ihrer Familie völlig überfordert war, und vielleicht hätte sie sich dagegen ausgesprochen, sie noch mit einem weiteren Kind zu belasten. Oder sah sie Tricia mit ihren zwölf Jahren bereits als Entlastung der Hausfrau an? Schließlich hatte sie ihr schon im Zug deutlich gemacht, dass ihre Mutter Hilfe von ihr erwartete. Jetzt jedenfalls verabschiedete sie sich ohne weitere Fragen von Patricia und ihrer Mutter, nickte den anderen Kindern zu und zog die Tür des Winterhauses hinter sich zu. Man darf annehmen, dass sie dabei aufatmete.

Wie kam es nun dazu, dass wir Alison Dickinson Trout gut zwölf Jahre nach dem Mord an Frank Winter in dem Haus wiederfinden, das sie ehedem so liebevoll einrichtete und das dann zum Mordschauplatz wurde?

Der Umstand, dass Alison ein Haus besaß, hat Harold Trouts Entschluss, sie zu heiraten, sicher nicht beeinflusst. Er mag die verschiedensten Gründe für seinen Antrag gehabt haben, Habsucht gehörte eher nicht dazu. Andererseits war Trout nicht reich – Gewerkschaftsfunktionäre wurden zu seiner Zeit mehr schlecht als recht bezahlt. Zur Zeit der Eheschließung bewohnte er ein sehr kleines Haus in Thames gemeinsam mit zwei Söhnen aus erster Ehe. Herbert war dreizehn, John zehn Jahre alt. Für Alison kann es nicht einfach gewesen sein, den beiden Jungen plötzlich die Mutter ersetzen zu müssen. Ihr fehlte jede Erfahrung im Umgang mit Kindern, und sie war nach dem Gefängnisaufenthalt traumatisiert. Hinzu kam, dass sie sehr schnell schwanger wurde. Mit einem weiteren Kind drohte das Haus endgültig aus den Nähten zu platzen. Alison dürfte all das an den Nerven gezerrt haben – nach den Jahren im Gefängnis sehnte sie sich nach Weite und Rückzugsmöglichkeiten. Die boten ihr das enge Stadthaus in Thames nicht. So mag sie es sogar selbst gewesen sein, die den Vorschlag machte, das Winterhaus zu beziehen, als Trout ein Ruf nach Paeroa ereilte. Die Bergleute, die dort Quarzgestein abbauten, sowie die Arbeiter in der 1914 erbauten Goldraffinerie benötigten Hilfe bei der Gründung von Gewerkschaften und der Durchsetzung ihrer Rechte.

Was mag die junge Frau empfunden haben, als sie das Haus am Ohinemuri wiedersah? Was mag ihr durch den Kopf gegangen sein, als sie das erste Mal seinen Namen wieder hörte, den Namen, den sie damals mit der Lüge über ihren Familienstand begründet hatte: Winterhaus …

Sollte es ihr irgendwann doch noch gelungen sein, Frank Winter aus ihrem Herzen zu verbannen, so verging jetzt kein

Tag mehr, an dem sie nicht an ihn erinnert wurde. Trotzdem scheint sie bei Patricias Ankunft eine Art Stolz auf das Haus empfunden zu haben, sonst hätte sie sich vielleicht anders geäußert, als sie schließlich mit Tricia und den anderen Kindern allein war.

»Willst du das Haus sehen?«, fragte sie ihre Tochter unvermittelt. »Das Haus gehört mir.«

Tricia hätte eigentlich lieber etwas zu essen gehabt. Nach der langen Reise war sie hungrig. Dennoch fügte sie sich und folgte ihrer Mutter von Raum zu Raum. Von seiner Geschichte erfuhr sie erst später, als sie zur Schule ging und sich mit dem Getuschel der anderen Kinder über die »Tochter der Mörderin« konfrontiert sah.

Vorerst empfand das junge Mädchen, das in der Kargheit und funktionalen Ordnung des Waisenhauses aufgewachsen war, das Haus seiner Mutter als zu vollgestopft und unordentlich. Tricia wunderte sich zudem darüber, dass ein Raum im ersten Stock abgeschlossen war und offenbar nicht genutzt wurde, während sie selbst ihr Zimmer mit zwei Halbgeschwistern teilen sollte.

»Hier kannst du schlafen«, sagte Alison und wies auf eines der beiden Betten. »Die Kleinen werden sich das andere teilen.«

Tricia registrierte, dass nichts für sie vorbereitet worden war. Weder war das Bett bezogen noch hatte man im Schrank einen Platz für ihre Sachen freigeräumt. Schließlich leerte sie selbst ein Fach und brachte ihre wenigen Habseligkeiten darin unter. Die Kleinen erhoben keine Einwände. Das Mädchen, Caitlin – Alison stellte es ihr erst auf Nachfrage vor –, war gerade einmal fünf Jahre alt, der Junge, Tony, drei. Das jüngste ihrer Halbgeschwister war ein Jahr alt und ebenfalls ein Junge, Pete. Nun wölbte sich Alisons Bauch schon wieder unter ihrer Schürze.

Inzwischen war die Mittagszeit längst vorbei, doch Tricias Mutter machte keine Anstalten, die Familie zum Essen zu versammeln. Sie erhitzte lediglich Milch, als das Baby schrie, und gab Tony und Caitlin Brei. Als Harolds Söhne aus der Schule kamen und Tricia damit auch ihre Stiefbrüder kennenlernte, machte sie es den Jungen nach und holte sich Brot und Käse aus der schmuddligen Küche. Caitlin schob sich an sie heran und öffnete den Mund wie ein Vogeljunges. Tricia schmierte auch ihr ein Brot, das sie sofort hungrig in den Mund stopfte.

»Kocht ... kocht eure ... eure Mommy nie?«, wagte sie den älteren der Jungen, Herbert, endlich zu fragen.

Der hob die Schultern. »Mal ja, mal nein«, sagte er und musterte Tricia dabei mit einem Blick, der ihr unangenehm war, obwohl sie nicht hätte sagen können, warum.

»Du kannst ja kochen«, bemerkte der Jüngere. »Dad sagt, du wirst dich jetzt um alles kümmern. Mom schafft es nicht allein.«

Tricia erschrak. Abgesehen vom Garen von Fischen und Wurzeln an offenem Feuer hatte sie noch nie gekocht. Die Mitarbeit der Heimkinder in der Küche hatte sich auf Gemüse- und Brotschneiden beschränkt und auf das Schrubben der Töpfe. Andererseits konnte es so schwierig nicht sein, irgendetwas auf den Herd zu stellen. Im Heim hatte es morgens und abends Haferbrei und mittags meist Eintopf gegeben. Viel Gemüse, Hülsenfrüchte und wenig Fleisch in Wasser gekocht.

Alison hatte den Nachmittag damit verbracht, am Küchenfenster zu sitzen, auf den Fluss zu starren und dabei ihren jüngsten Sohn zu wiegen. Tricia beachtete sie kaum, warf ihr nur manchmal verstohlene Blicke zu. Tricia empfand dies als unangenehm und unheimlich. Sie wusste nicht, was von ihr erwartet wurde. Ob es die Mutter störte, wenn sie mit den Kindern spielte? Caitlin und Tony verhielten sich sehr ruhig, fast verstört. An dem wenigen Spielzeug, das sie besaßen, kauten sie mehr herum, als damit zu spielen.

Erst gegen Abend löste sich Alisons Starre. Tricias Mutter stand auf, werkelte in der Küche herum, schien jedoch nichts wirklich zustande zu bringen. Sie fing an, Gemüse zu schneiden, entschied dann, erst den Tisch im Esszimmer abzuwischen, suchte nach einem Topf, um ihn auf den Herd zu stellen.

»Es muss alles fertig sein, wenn Harold kommt ...«, murmelte sie.

Tricia fragte vorsichtig nach, ob sie helfen könne, und wurde daraufhin gleich zum Brunnen geschickt, um Wasser zu holen. Fließendes Wasser gab es im Winterhaus nicht, was Tricia befremdlich fand. Was das anging, war das Waisenhaus fortschrittlicher gewesen.

Als Harold Trout schließlich eintraf, köchelte irgendetwas Undefinierbares auf dem Herd, und es roch nach verbranntem Brei, den Alison dort vergessen hatte. Tricia fiel auf, dass auf dem Tisch nur Teller standen, an Besteck hatte ihre Mutter nicht gedacht beim Decken. Sie erschien ihr immer mehr wie eine Schlafwandlerin. Im Vergleich zu den äußerst couragierten Schwestern, mit denen Tricia bislang stets konfrontiert gewesen war, empfand sie das als befremdlich und beunruhigend.

Harold Trout dagegen zeigte sich wach und energisch. Er verzog den Mund, als er das Durcheinander in seinem Haus sah, wehrte die Kleinen ab, die sich mit klebrigen Fingern an seinen Anzug klammerten, und warf seiner Frau einen unwilligen Blick zu. Alison erwiderte ihn hilflos.

»Das ... das Mädchen ist gekommen«, sagte sie dann, als erklärte das ihr Versagen.

»Tatsächlich?« Trout ließ den Blick über die zu seinem Empfang versammelte Kinderschar schweifen und auf Tricia verharren. Tricia registrierte stechende blaue Augen, zu nah beieinanderstehend, aber vielleicht erschien ihr das auch nur so. Der Mann ihrer Mutter runzelte die Stirn, während er sie musterte. »Sie sieht dir nicht ähnlich«, befand er schließlich nach einem Blick auf seine Frau. »Du heißt Patricia?«, wandte er sich an seine Stieftochter.

Tricia nickte. »Tricia«, berichtigte sie.

Trout verzog das Gesicht. »Nun, ob Tricia oder Pat, Mädchen ... Hast du keine Augen im Kopf?« Seine Stimme klang böse. Tricia duckte sich unter dem verbalen Angriff. »Siehst du nicht, wie es hier aussieht?«

»Ich ... ich kann ganz gut sehen ...«, sagte Tricia verschüchtert. Sie hatte nicht die geringste Ahnung, was Trout von ihr wollte.

»Ach ja?«, fuhr er sie an. »Und da bist du nicht von selbst auf die Idee gekommen, mal zum Besen zu greifen oder den Kleinen die Finger zu waschen oder Gott verdammt noch mal Löffel und Gabeln auf diesen Tisch zu legen?«

»Du sollst den Namen des Herrn nicht missbrauchen«, sagte Alison mit tonloser Stimme.

Tricia überlegte, was die Schwestern im Heim wohl zu diesem Ausbruch gesagt hätten. »Ich hab gefragt, ob ich helfen soll«, verteidigte sich Tricia.

Trout schnaubte. »Morgen wirst du weniger fragen und mehr tun«, beschied er sie. »Jetzt deck den Tisch richtig, und du, Alison, sieh zu, dass du das Essen fertig bekommst. Ich hab nachher noch eine Versammlung, da will ich nicht mit leerem Magen hingehen.«

Tricia war nach wie vor hungrig, doch der Auftritt ihres Stiefvaters hatte ihr erst mal den Appetit verdorben. Trotzdem löffelte sie schweigend den faden Eintopf. Er unterschied sich lediglich darin von dem Essen im Heim, dass die Fleischeinlage erheblich üppiger ausfiel. Die anderen Kinder aßen ebenfalls schweigend, Alison stopfte manchmal einen Löffel Fleisch oder Gemüse in das wieder hoffnungsvoll aufgesperrte Mäulchen von Pete, mitunter schien sie den Kleinen jedoch einfach zu vergessen. Tricia registrierte, dass die Kinder klein und dünn waren. In Zukunft erwartete man wahrscheinlich von ihr, sich um sie zu kümmern.

»Wenn ich zurückkomme, will ich diese Räume sauber sehen«, verabschiedete sich Trout schließlich, wobei er Tricia und Alison unmissverständlich ansah. Seine Worte klangen bedrohlich, schienen auf Alison aber wenig Eindruck zu machen. Sie blieb einfach am Tisch sitzen, bis sich der Jüngste, Pete, in Erinnerung brachte. Als er schrie, fütterte sie ihn mit dem angebrannten Brei.

Tricia nahm sich derweil Schaufel und Besen und begann zu kehren. Sie stellte schnell fest, dass das nicht ausreichte. Die Böden in Küche und Esszimmer mussten geschrubbt werden, wenn sie halbwegs sauber werden sollten. Inzwischen war im Heim längst Schlafenszeit, und Tricia war müde. Auch Caitlin und Tony quengelten. Tricia wusch ihnen Hände und Gesicht und brachte sie nach oben ins Bett, das sie künftig teilen sollten. Die Kinder protestierten nicht, sie kuschelten sich aneinander und schliefen schnell ein. Auf dem Weg nach unten kam Tricia Alison entgegen, die sich in sanfter Verwirrung beschwerte, sie könne die beiden Kinder nicht finden. Auf Tricias Auskunft, sie habe sie zu Bett gebracht, nickte sie geistesabwesend. Dann verschwand sie mit dem kleinen Pete in ihrem Eheschlafzimmer.

Tricia fuhr mit der Reinigung der Räume im Untergeschoss fort. Sie war erschöpft und müde, doch sie wollte ihren neuen Stiefvater nicht gleich gegen sich aufbringen. So war sie noch beschäftigt, als Trout irgendwann gegen Mitternacht zurückkehrte. Er roch nach Bier, schwankte und schien etwas Zeit zu brauchen, um sich an das Mädchen zu erinnern, dass da eben den Esstisch schrubbte. Dann flackerte sein Blick, und er sah sie an – viel zu lange, wie es Tricia schien. Sie empfand Unbehagen.

»Du bist ein hübsches Mädchen«, sagte Trout schließlich. Tricia schlug errötend die Augen nieder. Bisher hatte sich nie jemand zu ihrem Aussehen geäußert. Die Schwestern hatten nur überprüft, ob die Kinder sauber waren. Gedanken zum eigenen Aussehen fielen unter Hoffart. Trout ließ seinen Blick derweil über die aufgeräumte Küche und das saubere Esszimmer schweifen. »Und du scheinst mir ein recht gehorsames Mädchen zu sein«, zog er seine Schlüsse.

Tricia wusste nicht, ob eine Antwort von ihr erwartet wurde. Sie trat nervös von einem Fuß auf den anderen. »Ich ... ich bin noch nicht ganz fertig«, flüsterte sie schließlich, und eine seltsame Angst beschlich sie.

Trout winkte ab. »Ist schon gut so, du kannst ins Bett gehen«, erklärte er. Tricia wandte sich um, froh, flüchten zu können. »Warte!« Trouts Befehlsstimme rief sie zurück. Gleich darauf wurde sein Ton sanfter. »Nicht ohne Gutenachtkuss«, bestimmte er. Tricia sah ihn mit großen Augen an. »Gutenachtküsse« kannte sie nur aus Erzählungen. Sie war in ihrem ganzen Leben noch nie geküsst worden. Nun stand sie wie erstarrt vor dem großen, schweren Mann, der sich ihr linkisch näherte, um seine Lippen auf ihre Stirn zu drücken. Es war nicht wirklich unangenehm, aber Tricia empfand trotzdem Ekel und Abscheu. Sie musste sich zwingen, nicht zurückzuschrecken. Trout legte ihr die Hände auf die Schultern. »Und wirst du denn auch fürderhin ein braves Mädchen sein?«, fragte er.

Tricia schluckte. »Ja, Sir«, antwortete sie höflich.

Trout lächelte, und Tricia fühlte sich an ein fettes Reptil erinnert.

»Nicht ›Sir‹«, berichtigte er dann. »Nenn mich ... nenn mich Onkel Harold. Sag: Ja, Onkel Harold.«

Tricia holte tief Luft. »Ja, Onkel Harold«, sprach sie leise nach.

Trout nickte. »Das freut mich, Patricia. Das freut mich sehr.«

Tricia zitterte noch, als sie endlich zwischen die Laken ihres neuen Bettes kroch und sich die Decke über den Kopf zog. Sie hätte niemals geglaubt, dass sie sich je nach dem Waisenhaus zurücksehnen würde.

EIN BISSCHEN DANKBARKEIT

Die Ereignisse im Hause Trout gruben sich tief in die Erinnerung der jungen Tricia ein. Sie berichtete Elizabeth Frazier später minutiös, was ihr dort in den ersten Tagen widerfuhr, und nur wenig vager, was später geschah. Elizabeth gab es bei der Jugendfürsorge zu Protokoll. Ihre Aussagen sind heute noch einsehbar. Das ermöglicht diesen detaillierten Bericht.

Tricia war im Hause Trout nie als Tochter anerkannt worden, erst recht nicht als geliebte Tochter. Alison beachtete sie kaum – wie sie sich auch sonst gegen ihre Umwelt abschottete. Heute ahnt man, dass sie schwer depressiv war. Tricia irritierte und ängstigte ihre Passivität. Sie war den streng geregelten Tagesablauf im Waisenhaus gewohnt, in dem Beten und Arbeiten jede Minute ausfüllte. Ihre Mutter dagegen saß stundenlang mit ihrem jüngsten Kind im Arm am Fenster und starrte hinaus auf den Fluss. Irgendwann begann der kleine Pete stets zu weinen, doch mitunter schien Alison nicht einmal das zu bemerken. Um die anderen Kinder kümmerte sie sich nur sporadisch.

Schon am zweiten Tag war Tricia es, die ihre Halbgeschwister versorgte. Sie stellte fest, dass kaum Nahrungsmittel im Haus waren, und machte sich nach den vagen Erklärungen ihrer Mutter auf den Weg zum General Store, wo sie anschreiben lassen konnte. Harold Trout beglich die Rechnung einmal in der Woche. Tricia war befangen. Die Schwestern hatten den Kindern eingeschärft, unter keinen Umständen jemals irgendwo Schulden zu machen. Im Laden wandelte sich ihre Befangenheit dann in Scham, denn sie war nicht auf die neugierigen Blicke vorbereitet, die sie trafen, als sie sich als Alisons Tochter vorstellte. Die Wortfetzen, die sie bei den anderen Kunden aufschnappte, während sie versuchte, sich an ihre Einkaufsliste zu erinnern, verunsicherten sie sehr.

»Das ist es ... das Winterkind ... das wegen des ... Sie wissen schon ...«

Tricia fühlte sich wie bei einem Spießrutenlauf, als sie mit ihren Einkäufen den Laden verließ. Den Rest des Tages verbrachte sie mit Putzen und Waschen – sie hatte am Morgen festgestellt, dass die Kinder keine saubere Wäsche mehr hatten.

Alison kam in die Waschküche, als sie die Hemdchen und Höschen dort einweichte. »Du musst auch die Sachen von meinem Mann waschen«, sagte sie streng. »Das ist sehr wichtig. Harold muss immer ein weißes Hemd haben, weißt du? Weil er in der Öffentlichkeit auftritt. Ich muss eine gute Hausfrau sein, weißt du? Wenn man eine gute Hausfrau ist, dann laufen die Kerle nicht weg ...«

Selbstvergessen begann sie, Unterwäsche und Hemden ihres Mannes im Waschzuber zu versenken, unter dem Tricia ein Feuer entzündet hatte. Die Knochenarbeit des Umrührens der Kochbrühe mit dem Holzstab, das kräftezehrende Bearbeiten der Wäsche auf dem Waschbrett, das Spülen und Aufhängen überließ Alison Tricia. Das Mädchen war danach zu Tode erschöpft.

Alison hatte inzwischen erneut gekocht – einen ähnlich undefinierbaren Eintopf wie am Abend zuvor – und fütterte gerade das Baby, als ihr Mann nach Hause kam. Tricia versuchte, sich hinter ihren Stiefbrüdern zu verstecken, als Harold Trout die Kinderschar musterte. Er entdeckte sie trotzdem sofort.

»Hast du deiner Mutter heute geholfen?«, fragte er barsch. Da war nichts mehr von der Leutseligkeit des vergangenen Abends, was Tricia ganz recht war. Strenge konnte sie einschätzen, Gutenachtküsse nicht.

»Ja, Onkel Harold«, antwortete sie brav.

»Hat sie?« Er wandte sich an seine Frau.

»Sie macht, was man ihr sagt«, bestätigte Alison, ohne auf die Schwerstarbeit einzugehen, die Tricia geleistet hatte.

Trout nickte, offenbar zufrieden. »Sie muss zur Schule gehen«, erklärte er dann, ohne jemand Bestimmten anzusprechen. »Ich habe den Rektor vorhin getroffen, er hat mich auf sie angesprochen. Das Amt hat sie angemeldet. John?« Sein Sohn hob den Kopf. »Du wirst sie morgen mitnehmen.«

»Ach nein, Dad!« John begann sofort zu protestieren, in demselben quengelnden Ton, der Tricia schon auf die Nerven fiel, seit er aus der Schule zurück war. »Ich zieh doch nicht mit Mädchen rum. Und erst recht nicht mit der da. Wie sieht die überhaupt aus? Die Lumpen, in denen die rumläuft. Und dann ... Was die Leute über sie reden ...«

Tricia strich errötend über ihr altes, geflicktes Kleid aus dem Waisenhaus, das bei den Putzaktionen etliche Flecken abbekommen hatte.

Trout runzelte die Stirn, um zu dem Ergebnis zu kommen, dass sein Sohn nicht ganz unrecht hatte. Er warf einen unschlüssigen Blick auf seine Frau, beschloss dann jedoch, die Sache selbst in die Hand zu nehmen.

»Ich gehe morgen mit ihr einkaufen«, erklärte er. »Nach der Schule. In die du sie selbstverständlich mitnehmen wirst, John, ob dir das passt oder nicht. Hast du ein Sonntagskleid, Patricia?« Tricia nickte. »Dann wirst du das zur Schule anziehen«, bestimmte Trout. »Und hör nicht auf das, was die Leute reden. Wer du bist und wo du herkommst, geht keinen was an.«

Damit setzte er sich an den Tisch und nahm sich von dem Eintopf. John wollte noch etwas einwenden, ließ es dann jedoch sein. Stattdessen stellte er Tricia ein Bein, als sie an ihren Platz huschen wollte.

»Lumpenprinzessin!«, zischte er. »Wirst seh'n, was du davon hast!«

Tricia kämpfte um ihr Gleichgewicht, sowohl physisch als auch psychisch. Wäre sie gefallen, hätte sie womöglich Tischdecke und Eintopf mit heruntergerissen. Sie verstand die Warnung sehr genau, wusste jedoch nicht, wie sie John beschwichtigen sollte. Wieder aß sie ohne Appetit, den Blick starr auf ihren Teller gerichtet. Immerhin gab es dieses Mal keine weiteren Arbeitsaufträge, bevor ihr Stiefvater erneut auf ein Bier in den Pub verschwand. Tricia atmete auf und verzog sich in ihr Bett, bevor er zurückkam. Sie schlief bereits, als sich die Tür öffnete. Trouts Bieratem weckte sie auf.

»Dein Gutenachtkuss ...«, raunte ihr Stiefvater. Tricia hielt die Augen fest geschlossen, was ihr allerdings nichts half. Erneut spürte sie feuchte Lippen auf ihrer Stirn. »Schlaf gut!«

Tricia brauchte lange, um den Schreck und den Ekel zu überwinden. Irgendwann schlief sie wieder ein. Und sie schlief alles andere als gut.

Am Morgen war sie zwischen Angst und Vorfreude hin- und hergerissen. Es war weniger der Schulbesuch, der diese Gefühle auslöste, sondern der Gedanke an das Einkaufen mit Trout am Nachmittag. Einerseits würde damit einer ihrer größten Wünsche in Erfüllung gehen. Tricia hatte nie ein Kleid besessen, das nicht ein anderes Mädchen vor ihr getragen hatte. Das Waisenhaus schaffte keine neuen Kleider an, die Sachen stammten aus Kleidersammlungen und wurden von einem Zögling zum anderen weitergegeben. Von einem Einkaufsbummel hatten die Mädchen nur träumen können. Verstohlen hatten sie von den Fenstern des Heimes aus die Kinder der feinen Damen, die zum Wohltätigkeitsbasar ins Pfarrhaus der anliegenden Kirche kamen, beobachtet und sich ausgemalt, wie schön es sein müsste, so bunte Kleider aus feinen Stoffen zu besitzen, Strümpfe, die nicht kratzten, Mäntel, die wirklich wärmten.

Und nun sollte Tricia tatsächlich neue Sachen erhalten – zumindest ein Schulkleid, aber womöglich auch eines für besondere Anlässe. Die Kinder der Trouts waren alle ordentlich gekleidet, vielleicht besaß ihr Stiefvater ja genügend Stolz, um auch seine Stieftochter gut auszustatten. Wenn es nur nicht Harold Trout wäre ... Tricia empfand Unbehagen, wenn sie daran dachte, mit ihm allein zu sein. Dabei konnte sie ihre

Abneigung damals noch an nichts Konkretem festmachen. Sie versuchte, sich einzureden, dass er nett war. Vielleicht gehörten Gutenachtküsse bei einer normalen Familie ja einfach dazu. Vielleicht war das, was Harold Trout tat, normal zwischen Vater und Tochter.

Patricia Dickinson war allerdings nicht sehr gut darin, sich etwas vorzumachen. Sie spürte schon in jenen ersten Tagen, dass etwas ganz und gar nicht normal war, und es machte ihr große Angst.

Mit Johns offener Ablehnung konnte Tricia leichter umgehen. Auch im Heim hatten die Jungen die Mädchen gehänselt und drangsaliert – und sie war als Wildfang bekannt gewesen. Wenn es sein musste, wusste sie sich zu wehren. Vorerst versuchte sie es jedoch mit Anpassung. Sie folgte John in die Schule, hielt aber großen Abstand zu ihm und den Jungen, mit denen er sich schon auf dem Schulweg traf. In der Klasse schob sie sich verstohlen in eine der hintersten Bänke und beachtete die abschätzigen Blicke der anderen Kinder nicht. Doch so tief sie den Kopf auch gesenkt hielt, dem Getuschel der Mädchen konnte sie nicht entkommen. Ihre Ankunft im Ort schien sich schon herumgesprochen zu haben.

Zunächst ging es lediglich um Dinge wie ihr Kleid und ihre altmodische Frisur – im Waisenhaus flochten alle Mädchen ihr Haar zu Zöpfen, während die Mädchen in Paeroa es offen oder zum Pferdeschwanz zusammengefasst trugen oder sogar kurz geschnitten. Später am Morgen vernahm Tricia auch andere Wortfetzen, solche, die sehr viel beunruhigender waren.

Ein Mädchen, das zuvor ihr zu kurzes Kleid moniert hatte, überlegte, ob sie ein Flittchen war. »Flittchen tragen so kurze Kleider«, behauptete es. »Und meine Mom sagt, ihre Mom war eines ...«

»Die war kein Flittchen, die war eine Mörderin ...«, widersprach ein anderes Mädchen, was Tricia nun wirklich verschreckte.

Die Schwestern hatten ihre Mutter eine Sünderin genannt, das ja. Aber eine Mörderin? Kam man für Mord nicht lebenslang ins Gefängnis? Oder wurde gar gehängt?

Das Eintreten der Lehrerin brachte die Mädchen vorerst zum Schweigen. Miss Dorcester ließ kurz den Blick über die Klasse schweifen, entdeckte Tricia in der letzten Reihe und forderte sie prompt auf, nach vorn zu kommen und sich neben eines der Mädchen zu setzen, die sie eben noch verschmäht hatten. Das Mädchen rückte nur unwillig zur Seite und reagierte noch ablehnender, als die Lehrerin es aufforderte, Tricia in seine Schulbücher mit hineinsehen zu lassen. Tricia besaß keine Schulsachen. Die Lehrbücher waren im Heim von einem Kind zum anderen weitergegeben worden, genau wie die Kleider. Kein Kind besaß eigene.

»Meine Mom wird nicht wollen, dass ich was mit der zusammen mache«, Tricia senkte erneut den Kopf, als das Mädchen neben ihr sich an die Lehrerin wandte. »Die ist doch die Tochter von der Frau, die …«

Die Lehrerin schnitt ihm das Wort ab. »Dies ist Patricia Dickinson«, sagte sie streng. »Eure Mitschülerin. Wer oder was ihre Mom war oder ist, hat nichts zu bedeuten.«

»Hat es doch!«

»Doch, das hat es!«

Tricia hätte im Boden versinken mögen, als mehrere Kinder der Lehrerin vehement widersprachen.

»Weil, wenn die nämlich ist wie ihre Mom, dann sind wir alle unseres Lebens nicht sicher!«, trumpfte ein Junge auf.

Tricia erinnerte sich noch Jahre später an die Worte der Kinder – damals hatte sie sich daraus die Wahrheit über ihre Eltern zusammengereimt. Sie vergaß auch niemals den beißenden Spott, der ihr an jenem ersten Schultag entgegenschlug, als sie verzweifelt versuchte, sich zu wehren.

»Wenn mein Vater dieser Fank war, dann müsste ich doch Winter mit Nachnamen heißen«, gab sie zu bedenken.

Die Mädchen und Jungen reagierten mit wieherndem Gelächter.

»Du heißt Dickinson, weil du ein Bastard bist! Und ein Bastard ist nichts wert, das weiß jeder!«

»Das weiß jeder!«

Tricia war gänzlich demoralisiert, als der Schultag zu Ende war. Über all dem Schmutz, den man über sie ausgeschüttet hatte, hatte sie fast vergessen, welch seltsame Gefühle der bevorstehende Einkauf mit Harold Trout in ihr ausgelöst hatte. Sie freute sich beinahe, den Mann vor dem Gebäude auf sie warten zu sehen.

Trout kam direkt auf sie zu, seinem Sohn, der die Schule kurz vor Tricia verließ, schenkte er keinerlei Beachtung. Tricia spürte Johns bösen Blick fast körperlich. Ob der Junge eifersüchtig war?

Harold Trout sah seiner Stieftochter prüfend ins Gesicht. »Hast du geweint?« Es war offenbar nicht leicht, etwas vor ihm zu verbergen. Tricia schüttelte den Kopf. Sie hatte nicht wirklich geweint, sondern die Tränen verzweifelt zurückgehalten. Ihre Augen waren wohl trotzdem gerötet. »Du solltest nicht weinen.« Trouts Stimme klang beschwörend. »Wer möchte Tränen sehen auf so schönen Wangen.«

Er legte ihr zwei seiner kurzen, dicken Finger an die Wange und strich leicht darüber, als könnte er damit nicht vorhandene Tränen trocknen. Tricia hob abwehrend die Hand, fühlte sich aber allem Ekel zum Trotz ein wenig getröstet. Zumindest ihr Stiefvater schien es gut mit ihr zu meinen, auch wenn ihr die Art, wie er es zeigte, nicht gefiel.

»Die Kinder sind gemein«, sagte sie leise.

Trout nickte. »Kinder sind grausam«, behauptete er. »Doch du hast jetzt eine Familie. Niemand kann dir etwas antun, solange du ein braves Mädchen bist ...«

Tricia nahm an, dass er sie damit aufmuntern wollte. Warum nur musste er das mit einer Art Drohung verbinden?

»Jetzt werden wir dich erst mal standesgemäß ausstatten«, meinte Trout dann aufgesetzt fröhlich. »Was brauchst du denn? Nur ein Schulkleid oder auch ... Wäsche und so was?«

Tricia biss sich auf die Lippen. Eigentlich brauchte sie alles. Ihre zwei Garnituren Unterwäsche waren ebenso verschlissen wie ihre Kleider und die fadenscheinige Jacke, die nicht mal jetzt im Herbst gegen die erste Kälte schützte. Im Winter würde sie entsetzlich darin frieren. Andererseits wollte sie auf keinen Fall, dass Harold Trout für sie Unterhosen und Hemden orderte. Sie würde vor Peinlichkeit im Boden versinken.

»Ich ... ich hab eigentlich nichts«, murmelte sie.

Trout runzelte die Stirn. Inzwischen hatten sie den General Store fast erreicht, die Wege waren kurz in der Kleinstadt Paeroa. Tricia folgte ihrem Stiefvater durch die offene Tür des Kramladens, der alles feilhielt, was die Bewohner des Örtchens brauchten. Nur für Viehfutter, Saatgut und Eisenwaren gab es spezielle Geschäfte.

Tricia erwartete schon, dass alle Gespräche der Kunden untereinander verstummten, als sie den Laden betrat. Und richtig, die Leute schienen nichts Besseres zu tun zu haben, als sie anzustarren. Dieses Mal konnte sie sich immerhin hinter Harold Trout verstecken, der leutselig in die Runde grüßte und sich anschließend direkt an die Ladenbesitzerin wandte.

»Dies ist Patricia, meine Stieftochter. Ich glaube, Sie haben sie schon kennengelernt. Patricia benötigt eine Grundausstattung an Kleidung und Wäsche. Bitte stellen Sie etwas für sie zusammen.«

Tricias Herz schlug heftig vor Erleichterung. Die Ladenbesitzerin war freundlich, und sie war eine Frau, vor ihr musste sie sich nicht schämen. Tricia brauchte nämlich nicht nur Unterwäsche, sie hatte ein Vierteljahr zuvor angefangen, allmonatlich zu bluten, und benötigte Binden sowie einen Gürtel, um diese zwischen den Beinen zu befestigen. Natürlich sprachen die Frauen mit Männern oder auch nur in ihrer Gegenwart niemals über solche Utensilien.

Eine Stunde später hatte Tricia alles zusammen: drei Garnituren zweckmäßiger Unterwäsche, ein dunkelblaues Baumwollkleid für die Schule mit passender Schürze und ein helleres Musselinkleid für sonntags. Beide Kleider waren schmucklos und weit geschnitten. Sie hatten breite Säume, die man noch auslassen konnte, wenn Tricia wuchs. Im General Store von Paeroa dachte man praktisch, mit den modischen Kleidchen der reichen Kinder, die ihre Mütter auf die Wohltätigkeitsbasare in Auckland begleitet hatten, hatten die Sachen nicht viel gemeinsam. Trotzdem fühlte Tricia sich wie eine Prinzessin, als sie sich in ihrem neuen Sonntagskleid vor dem Spiegel drehte. Der leichte Stoff hatte die Farbe ihrer Augen, und sie hatte das Gefühl, er umspielte ihren Körper, statt ihn wie ihre alten Sachen wie ein Panzer zu umschließen.

Die Ladenbesitzerin suchte dazu Strümpfe sowie feste Lederschuhe für sie aus und einen warmen, regendichten Mantel mit passendem Hütchen. Tricia strahlte ihr Spiegelbild an – und bemerkte, dass auch Harold Trout sie wohlgefällig musterte. War das ein väterlicher Blick? Tricia konnte das Funkeln in seinen Augen nicht deuten.

»Noch etwas?«, fragte die Verkäuferin schließlich. Tricia sah unsicher zu Trout auf.

»Für die Schule ... ich ...« Die Lehrerin hatte ihr eine Liste der notwendigen Anschaffungen mitgegeben, und sie nestelte sie nun aus der Tasche ihres alten Kleides.

»Packen Sie einfach alles ein«, erklärte Trout, ohne einen Blick darauf zu werfen. Kurz darauf gesellten sich Bücher, Hefte und Bleistifte zu dem Kleidungsstapel. Tricia und Trout verließen den Laden mit zwei riesigen, prall gefüllten Papiertüten.

»Danke«, sagte Tricia höflich – sowohl zu der Verkäuferin als auch zu ihrem Stiefvater. Sie konnte kaum glauben, wie viel Geld er für sie ausgegeben hatte.

Trout antwortete nicht. Er schien es jetzt eilig zu haben. Nachdem er Tricia mit den Einkäufen am Winterhaus abgesetzt hatte, verschwand er wieder in seinem Büro, in der Fabrik, oder wo auch immer er seine Tage zuzubringen pflegte.

Im Haus erwartete Tricia nichts Neues. Alison saß am Fenster und schaute auf den Fluss, die Kleinen stürmten hungrig auf sie zu, und John begrüßte sie mit verkniffenem Gesicht.

»Solltest du deiner Mom nicht helfen?«, fragte er. »Nun musste ich ihr mit den Kindern zur Hand gehen. Wie schade, dass mir da dein Geschick fehlt ...«

Tricia sah die Bescherung sofort, als sie Küche und Esszimmer betrat. John hatte Caitlin und Tony einfach alles auf den Boden gestellt, was er an Essbarem gefunden hatte – die Reste des gestrigen Eintopfs, Brot und vor allem einen Topf voller Honig. Die kleinen Geschwister, hungrig wie immer, hatten wohl versucht, alles so schnell wie möglich in sich hineinzustopfen. Nun waren beide von Kopf bis Fuß mit Essen beschmiert und hatten mit ihren klebrigen Honigfingern Spuren hinterlassen. Das Glas war umgefallen oder eines der Kinder hatte es auf dem Boden des Esszimmers entleert.

Tricia seufzte und begann mit dem Putzen. All die Arbeit, die sie am Tag zuvor geleistet hatte, war zunichtegemacht, erneut musste sie Böden schrubben, Tische und Stühle feucht abwischen. Außerdem mussten die Kinder gewaschen werden, bevor ihr Vater nach Hause kam. Tricia arbeitete in fliegender Eile. Für die Hausaufgaben, auf deren Erledigung mit den neuen Stiften in den sauberen Heften sie sich gefreut hatte, blieb keine Zeit.

Der Abend verlief dann ähnlich wie die vorhergehenden Abende. Trout erschien zum Nachtmahl, zu dem Alison ein Huhn gebraten hatte – viel zu lange, das Fleisch war hart und teilweise verbrannt, die Gemüsebeilage zerkocht. Trout reagierte darauf ungehalten. Er richtete seine Wut jedoch nicht nur gegen seine Frau, sondern auch gegen Tricia.

»Solltest du deiner Mutter nicht helfen?«, rügte er sie mit den gleichen Worten wie zuvor sein Sohn.

Tricia rieb sich die Stirn. »Ich ... ich kann doch nicht auch noch kochen«, sagte sie leise.

Trout schnaubte. »Du könntest dich ein wenig dankbarer

erweisen!«, erklärte er. »Wir haben dich hier nicht aufgenommen, damit du dich verwöhnen lässt.«

Tricia errötete, verzichtete jedoch darauf, sich zu verteidigen. Es hätte sicher nichts gebracht, John bei seinem Vater anzuschwärzen. Sie schaute Hilfe suchend in die Runde. Herbert, Trouts älterer Sohn, hatte mitbekommen, was geschehen war. Er ging im Büro der Goldraffinerie in die Lehre und kam mittags vorbei, um sich einen Imbiss zu holen. Meist schmierte er sich einfach ein Brot – und hätte das auch für seine jüngeren Geschwister tun können, wenn er nur einen Hauch von Interesse an ihnen zeigen würde. Tricia beachtete er eher, sie empfand seine Blicke als fast so unangenehm wie die seines Vaters, doch sie waren zumindest nicht verächtlich wie Johns. Vielleicht würde Herbert ihr ja zu Hilfe kommen. Der Junge dachte jedoch gar nicht daran. Er beobachtete gespannt, was zwischen Tricia und seinem Vater vorging.

»Du musst sie energisch zur Mitarbeit anhalten!«, wandte Trout sich nun an Alison, die ihn nur verwirrt ansah, als wüsste sie kaum, von wem er redete. »Morgen steht hier jedenfalls was Essbares auf dem Tisch, oder ...«

»Oder?«, fragte Alison tonlos.

Trout schürzte die Lippen. »Oder ich werde andere Saiten aufziehen«, sagte er, es klang allerdings wenig überzeugend.

Tricia gewann den Eindruck, dass Alison und die zwei Großen ihn nicht ernstlich fürchteten. Offenbar war er nicht so schnell mit dem Rohrstock bei der Hand wie die Schwestern im Heim.

Sie atmete trotzdem auf, als er wieder in den Pub verschwand, und nachdem die Kinder im Bett waren, konnte sie endlich an ihre Hausaufgaben gehen. Sie fielen ihr nicht schwer, sie waren in Auckland weiter mit dem Stoff gewesen als die Kinder in der Schule in Paeroa. Gewissenhaft malte sie Buchstaben und Zahlen in die neuen Hefte und vergaß dabei die Zeit, bis ihr Stiefvater zurückkehrte. Als sie hörte, dass die Tür geöffnet wurde, versuchte sie erschrocken, die Bücher zuzuklappen und unter die Decke zu kriechen. Das hatte sie am Abend zuvor zwar nicht vor dem Gutenachtkuss bewahrt, doch irgendetwas sagte ihr, es sei besser, sich schlafend zu stellen. Leider war sie nicht schnell genug. Trout betrat das Zimmer, als sie noch an ihrem improvisierten Schreibtisch saß, sie hatte sich einen Stuhl an ein leer geräumtes Regal gestellt.

»Nun, Hübsche? Noch wach?« Trout schien erfreut. Sein Gesicht war gerötet, und Tricia meinte, auch wieder Alkohol zu riechen.

»Ich ... ich mache Hausaufgaben ...« Tricia hielt ihr Buch wie einen Schutzschild vor sich.

Trout lächelte, doch es war kein warmes Lächeln, das seine Augen erreichte. »Soso. Also ein braves Kind.«

Er näherte sich ihr, zog sie hoch und küsste sie erneut auf die Stirn. Dieses Mal beschränkte er sich jedoch nicht auf den einen Kuss, sondern ließ seine Lippen über ihre Schläfe hinunter zu ihrer Wange wandern.

Tricia wich zurück. »Nicht!«, flüsterte sie. »Ich ... ich will das nicht!«

Trouts Gesichtsausdruck wandelte sich von einer Sekunde zur anderen von gespielt freundlich zu bedrohlich. »Ach nein? Das will das Fräulein nicht? Aber so haben wir nicht gewettet. Du wolltest ein braves Mädchen sein, weißt du das nicht mehr? Und ... wie ist es mit ein bisschen Dankbarkeit ... Patricia?« Tricia starrte ihren Stiefvater an wie ein Kaninchen die Schlange. Sie dachte an Flucht, doch da schlossen sich seine Hände bereits um ihre Oberarme. »Ein kleines bisschen Dankbarkeit ...« Seine Lippen suchten die ihren, und Tricia meinte, sich übergeben zu müssen, als seine Zunge sich den Weg in ihren Mund bahnte. Er küsste sie heftig, bevor er sie endlich losließ. »Das war schon sehr schön«, sagte er dann. »Denk drüber nach. Wir werden uns da schon einig. Und nun ... mach deine Hausarbeit ...«

Tricia zitterte. Sie wollte Stift und Hefte wieder aufnehmen, aber sie schaffte es nicht. Sie schaffte es nie wieder, sich wirklich auf die Schule zu konzentrieren – die Bücher und Hefte waren ihr für immer verleidet.

Von diesem Tag an forderte Trout jeden Tag ein bisschen mehr Dankbarkeit von seiner Stieftochter. Tricia war dreizehn, als er sie in ihrem schmalen Bett neben den schlafenden Halbgeschwistern entjungferte. Tricia bemühte sich, nicht zu schreien oder zu schluchzen, um die Kleinen nicht zu wecken. Zwei Wochen danach wurde ihr viertes Halbgeschwisterchen geboren, es war ein Mädchen. Tricia nahm das mit Sorge und Bestürzung zur Kenntnis. Sie fürchtete, dass ihr Stiefvater sich auch Caitlin oder einer anderen leiblichen Tochter gegenüber nicht zurückhalten würde.

Tricia empfand ihr Leben im Winterhaus längst nur noch als die Hölle – so zumindest beschrieb sie es Elizabeth Frazier. Alison hatte sich im Laufe der Schwangerschaft weiter in sich zurückgezogen. Wenn sie überhaupt noch auf ihre Kinder reagierte, so auf Tricia, der sie offen ihre Abneigung zeigte. Diese wusste nicht, womit sie die Verachtung ihrer Mutter auf sich zog, es sei denn, sie interpretierte ihr Verhalten als Eifersucht. Alison musste wissen, was Trout Tricia antat. Aber wie konnte sie denken, dass es mit der Zustimmung ihrer Tochter geschah? Warum machte sie keine Anstalten, ihren Mann zur Rede zu stellen? Tricia ging all das endlos im Kopf herum, während sie in der Schule saß und sich eigentlich aufs Lernen konzentrieren sollte.

Alison kümmerte sich jetzt kaum noch um Pete, der über die plötzliche Vernachlässigung verständlicherweise erbost war und pausenlos schrie. Tricia lernte, darüber hinwegzuhören, sie hatte einfach keine Zeit, ihn herumzutragen und zu wiegen, wie ihre Mutter das monatelang getan hatte. Nach der Schule erledigte sie all die Hausarbeit, die in einem Neun-Personen-Haushalt anfiel. Sie putzte, wusch die Wäsche, kaufte ein, versorgte den Säugling und versuchte, täglich eine warme Mahlzeit auf den Tisch zu bringen, um Trout nicht zu verärgern. Inzwischen wusste sie zwar, dass er weder sie noch Alison oder die anderen Kinder schlug, doch er ließ es sie abends im Bett spüren, wenn er unzufrieden mit ihr war. Dann stieß er brutaler in sie, verlangte hässlichere Dinge von ihr. Letzteres war überhaupt das Schlimmste, wie sie Elizabeth später flüsternd gestand. Solange sie nur stillzuliegen hatte, war es auszuhalten, aber wenn Trout sie zwang, sein Geschlechtsteil in die Hand oder gar in den Mund zu nehmen, konnte sie sich vor Ekel kaum halten.

In der Schule galt Tricia inzwischen als dumm. Sie war zu erschöpft und zu abgelenkt, um sich auf den Lehrstoff zu konzentrieren, mitunter schlief sie während des Unterrichts sogar ein, weil sie nachts kaum mehr als drei Stunden Schlaf bekam. Das einzig Gute daran war, dass ihr die Boshaftigkeiten der anderen Kinder egal wurden. Es gab Schlimmeres, als die Tochter einer Mörderin zu sein – und des Mannes, den diese ermordet hatte. Und was den Wert eines Bastards anging, so waren die Kinder ja nicht mal im Irrtum – Trout führte es ihr jeden Tag vor Augen. Ein Bastard war nichts wert und hatte keine Rechte.

Ungefähr sechs Monate nach der Geburt ihrer jüngsten Schwester fing Herbert, Trouts Ältester, Tricia auf dem Heimweg von der Schule ab.

»Trash?« Er grinste, als müsste sie es lustig finden, mit diesem Spitznamen angesprochen zu werden. John hatte ihn vor Kurzem für sie erfunden. Trash bedeutete Abfall.

Tricia seufzte. Sie hatte längst gelernt, mit Johns Gemeinheiten zu leben. Der Junge neidete ihr die Aufmerksamkeit seines Vaters, und er ließ sie seinen Hass nur zu deutlich spüren. Die Verballhornung ihres Namens war harmlos gegenüber den anderen Streichen, die er ihr spielte. Sein Vater war wütend auf sie gewesen, nachdem er ein halbes Kilo Salz in den Eintopf geschüttet und dann behauptet hatte, sie habe ihn versalzen. Und als er eines Tages so weit ging, den Waschkessel umzuwerfen, hätte er Caitlin fast verbrüht.

»Mein Name ist Patricia«, sagte sie jetzt würdevoll.

Herbert grinste noch breiter. »Na, dann Pa-trash-a: Ich weiß, was du des Nachts mit meinem Vater treibst.«

Tricia wurde blass. Es war ihr ziemlich klar, dass Alison Bescheid wusste. Aber die Jungen? Nicht auszudenken, wenn John es erfuhr.

»Ich treibe gar nichts«, verteidigte sie sich.

Herbert lachte. »Kannst es leugnen, so viel du willst, ich weiß es doch. Ich seh ihn in dein Zimmer schleichen.«

Tricia spielte mit einem ihrer Zöpfe, um das Zittern ihrer Hände zu verbergen.

»Und?«, fragte sie.

Herbert zog sie Stirn kraus. »Nun, ich hab nachgedacht«, erklärte er. »Ich hab mir überlegt, was wohl passiert, wenn ich das ein bisschen herumerzähle.«

Tricia wurde heiß und kalt. »Bitte, tu das nicht!«, sagte sie leise. »Bitte. Weil ich ... ich will das doch gar nicht ...«

Herbert schnaubte. »Ach komm, Trash, du willst jetzt nicht behaupten, dass es dir nicht gefällt! Du freust dich doch drauf, gib's zu, du kannst es gar nicht erwarten, bis der Alte in der Nacht nach Hause kommt.«

Tricia wollte das abstreiten, aber sie wusste, dass es keinen Sinn hatte. »Was willst du von mir?«, fragte sie resigniert. Erpressungsversuche waren ihr nicht fremd, auch im Heim hatten immer Kinder versucht, anderen aus ihren kleinen Vergehen einen Strick zu drehen. »Ich kann dir nichts geben. Das weißt du. Onkel Harold gibt keiner Frau Geld. Nicht mir, nicht Mom. Wir lassen im Laden anschreiben, und er zahlt es dann. Und sonst hab ich auch nichts von Wert. Also was willst du?«

Herbert lächelte überlegen. »Na ja ... Du könntest mir das geben, was du meinem Vater gibst ...«

»Was?« Tricia verstand nicht sofort. Dann überzog tiefe Röte ihr Gesicht. »Du willst ... du willst ... mit mir ...?«

»... ein bisschen Spaß haben!«, sagte Herbert. »Was ist schon dabei? Ich hab das bisher noch nie gemacht, du kannst mir zeigen, wie es geht. Komm schon ... Fangen wir an mit einem Kuss?«

Alles in Tricia wehrte sich, doch der Junge hatte sich gut vorbereitet. Er drohte ihr, zuerst seinen Bruder einzuweihen, dann die Mutter, schließlich die Lehrerin. »Und plötzlich weiß der ganze Ort, dass Pa-trash-a Dickinson eine Hure ist!«, endete er triumphierend. »Meinst du nicht, es wäre besser, mir ab und zu einen kleinen Gefallen zu tun?«

Patricia hasste sich selbst für das, was sie tat, sah jedoch keinen Ausweg. Der Gedanke, dass sich der Abscheu der Erwachsenen nicht gegen sie, sondern gegen Trout richten könnte, wenn Herbert wirklich redete, kam ihr gar nicht. Sie war schließlich der Bastard in der Familie, der Abfall, die Hure. Schweigend ertrug sie die Peinigungen ihres Stiefvaters und die seines Sohnes. Herbert legte meist um die Mittagszeit Hand an sie, Trout bei Nacht. Er kam nicht mehr so regelmäßig wie früher, und Tricia hoffte, dass er sich Alison wieder häufiger zuwandte. Andererseits ... Es graute ihr vor einem weiteren Stiefgeschwisterchen.

Ich habe mich oft gefragt, ob Tricia sich in den Jahren ihres Martyriums nie Gedanken darüber gemacht hat, dass auch sie selbst schwanger werden könnte. Im Grunde grenzt es an ein Wunder, dass sie so lange Zeit kein Kind empfangen hat. Es mag auf die schwere Arbeit zurückzuführen sein, die sie leistete, oder darauf, dass sie unterernährt war. Es wäre sogar möglich, dass sie mehrmals eine Fehlgeburt erlitt, ohne überhaupt zu wissen, dass sie schwanger gewesen war, oder ihr geschundener Körper resorbierte das Kind.

Erst als sie schon fast sechzehn Jahre alt war, blieb plötzlich ihre Periode aus, und am Morgen wurde sie von Übelkeit geplagt. Patricia wusste noch von Alisons Schwangerschaft, was das zu bedeuten hatte – sie musste fortan nicht mehr nur für sich selbst und ihre Halb- und Stiefgeschwister, sondern auch für das kleine in ihr wachsende Wesen Verantwortung tragen. Und endlich brachte sie die Kraft auf, ihren Peinigern zu entfliehen.

»Ich hätte es nicht ertragen, wenn's ein Mädchen geworden wäre«, gestand sie Elizabeth später, doch sicher waren es nicht nur altruistische Gründe, die sie zur Flucht trieben. Zweifellos scheute sie auch die Schande, die eine Schwangerschaft in Paeroa für ein so junges Mädchen bedeutet hätte. Herberts Drohung hätte sich dann bewahrheitet – jeder hätte gewusst, dass Alison Dickinsons Bastardtochter ein Flittchen war.

Tricia lief also fort, in die Wälder, von denen es viele in der Region gab. Hier hatte ihr Vater Frank einst Kauri-Gum gewonnen, doch das wusste sie natürlich nicht. Sie hatte Glück, dass Sommer war, denn sie besaß nicht mehr, als sie am Leib trug, als sie sich nach einem Einkauf im General Store entschloss, nicht mehr zurück ins Winterhaus zu gehen. Mit schlechtem Gewissen erinnerte sie sich an die Kinder, die sie zurückließ, aber sie war verzweifelt genug, jetzt einmal an sich selbst zu denken – und an ihr eigenes Kind. Die gekauften Lebensmittel reichten eine Weile, und dann besann sie sich auf all das, was sie als kleines Mädchen von den Maori-Kindern gelernt hatte. Sie fing Fische, entzündete Feuer, stellte Vogelfallen auf und suchte nach essbaren Wurzeln. In den ersten Wochen kam sie gut zurecht, doch dann wurde es Herbst, und die Schwangerschaft machte sie schwerfälliger.

Tricia begann, die Nähe der Farmen auf der Halbinsel zu suchen, schlich sich nachts in die Hühnerställe und stahl Eier oder in die Kuhställe, um sich an Milch satt zu trinken. Es regnet viel in neuseeländischen Wintern, und sie litt unter der

Kälte und Nässe. Wie man einen Unterstand baute, hatte sie nicht gelernt.

Als die Geburt schließlich nahte, regnete es in Strömen. Es war eiskalt und stockfinster, Tricia hatte seit zwei Tagen nichts gegessen, und sie war am Ende ihrer Kräfte. Sie wusste, wenn sie keinen Unterschlupf fand, würde sie die Geburt nicht überleben, und ganz sicher würde das neugeborene Kind die erste Nacht nicht überstehen. In ihrer Verzweiflung schleppte sich Tricia zu einer der Farmen, die sie gelegentlich bestohlen hatte. Der Heuschober stand hier etwas abseits von den anderen Gebäuden, und der Hund schlief im Haus. Er war nicht sehr wachsam. Sie hatte ihn nur selten bellen hören, wenn sie in den Hühnerstall geschlichen war.

Tatsächlich erreichte sie den Heuschober unbemerkt und sank aufatmend in das trockene, warme Heu. Nun durfte sie nur nicht schreien. Wimmernd rollte Tricia sich zusammen, als die Schmerzen heftiger wurden, und hoffte, sie ertragen zu können. Irgendwann ließen sie etwas nach, und sie schlief kurz ein. Als sie von einem erneuten furchtbaren Schmerz erwachte, blickte sie entsetzt in ein pelziges schwarz-weißes Gesicht. Sie war gelähmt vor Schreck, bis sie erkannte, dass es sich bei dem vermeintlichen Kobold um einen Hund handelte.

»Wuff!«

Der Border Collie der Fraziers gab einen überraschten Laut von sich, als sie sich aufrichtete, und machte dann Anstalten, ihr das Gesicht zu lecken.

»Geh weg!«, flüsterte Tricia, doch da hörte sie auch schon die Stimme des Farmers.

»Was ist, Trooper? Hast du da was gefunden?«

Tricia wusste nichts zu sagen, als hinter dem Hund dessen Herr auftauchte, eine Petroleumlampe in der Hand. Sie hob den Arm, um sich vor dem blendenden Licht zu schützen.

»Wo kommst du denn her?«, fuhr der Farmer sie an. »Und was hast du zu verbergen, dass du dich hier versteckst und nicht einfach anklopfst und um ein Quartier bittest für die Nacht? Du hättest dir den Schlafplatz verdienen können, ich brauche immer Hilfe auf den Feldern. Wenn ihr Rumtreiber nur mal wüsstet, was Arbeit ist …«

Tricia sah ihn verständnislos an. Ihr wäre niemals eingefallen, irgendwo um Obdach zu bitten oder sich um eine Arbeit zu bemühen. Der Farmer fixierte sie misstrauisch.

»He! Du bist ja … du … ich werd verrückt, du bist ja ein Mädchen! Noch ein ganz junges Ding. Und … Himmel, du bist schwanger!« Der Farmer klang ganz aufgeregt. »Wie kommst du denn hierher? Ich werde Elizabeth holen …«

»Ich … ich kann gleich weggehen …«, bot Tricia an, obwohl sie sicher war, das nicht zu können. Sie krümmte sich eben unter der nächsten Wehe.

»Untersteh dich!« Der Farmer schüttelte den Kopf. »In deinem Zustand. Das Kind … das Kind muss doch bald kommen …« Der Lichtkegel der Lampe fuhr über Tricias schmale Gestalt und ihren gewaltigen Bauch.

»Heute«, flüsterte Tricia. »Es kommt heute. Deshalb … deshalb wollte ich mich unterstellen, es … es hat doch so geregnet.«

»Es regnet immer noch«, bestätigte der Farmer. »Und ich bringe dich jetzt ins Haus. Kannst du gehen? Es ist nicht weit …«

Tricia wusste, wo das Farmhaus stand, und ihr war klar, dass ihre Flucht zu Ende war, wenn sie sich jetzt der Hilfsbereitschaft dieser Leute auslieferte. An diesem Abend ging sicher niemand mehr aus dem Haus, doch am kommenden Morgen würden sie die Polizei verständigen und diese die Trouts. Tricia war sich sicher, dass ihre Familie sie suchte. Die Stieftochter eines im öffentlichen Leben stehenden Mannes wie Trout konnte nicht einfach verschwinden. Er musste sie als vermisst gemeldet haben – schon um sein Gesicht zu wahren. Niemand durfte denken, den Trouts sei Patricia egal.

Hilflos sah sich Tricia in der Scheune um. Am liebsten wäre sie erneut geflohen, doch sie hatte keine Chance, vor der Geburt einen anderen Unterschlupf zu finden. Sie hätte auch gar nicht mehr fortlaufen können. Als der Farmer ihr jetzt aufhalf, knickten ihr die Beine weg vor Schwäche.

»Gott, du bist ja selbst noch fast ein Kind ...«, murmelte der Farmer mitleidig und legte kurzerhand den Arm um sie.

Tricia versuchte instinktiv, sich ihm zu entziehen, aber er hielt sie fest. Erleichtert nahm sie wahr, dass er es tat, ohne sie dabei unsittlich zu berühren.

»Nun halt mal still«, sagte er freundlich und hob Tricia auf, als wöge sie nicht mehr als eine Feder. »Ich tu dir nichts, ich bring dich nur ins Haus. Meine Frau wird sich um dich kümmern. Komm, Trooper!«

Er rief den Hund und stapfte mit Tricia im Arm hinaus in die Nässe. Tricia gab den Gedanken an Flucht endgültig auf, als ihr der Regen erneut ins Gesicht peitschte. Ihr Kind würde in diesem Haus zur Welt kommen. Was morgen war, würde man sehen.

DAS GESTÄNDNIS

»Ich bin keine Hure.«

Elizabeth Frazier erinnerte sich ihr Leben lang an die ersten Worte, die das Mädchen zu ihr sagte, nachdem ihr Mann das abgemagerte, schmutzige und völlig durchnässte kleine Ding ins Haus gebracht und aufs Sofa gebettet hatte. Tricia hatte die Hände auf ihren Bauch gelegt, der sich fast absurd dick über ihren schmalen Körper wölbte, als wollte sie die Schwangerschaft verbergen. Und wenn das schon nicht ging, so verteidigte sie zumindest verzweifelt ihre Ehre.

»Das hat keiner von dir gesagt«, versuchte Stuart Frazier das Mädchen zu beschwichtigen, aber Elizabeth schüttelte nur sanft den Kopf und signalisierte ihrem Mann zu schweigen.

»Magst du uns nicht sagen, wie du heißt?«, fragte sie Tricia und legte eine Decke um sie. »Du brauchst keine Angst zu haben, niemand hier tut dir etwas. Pass auf, du trinkst jetzt einen heißen Tee, und dann helfen wir dir nach oben. Du willst dein Kindchen doch nicht hier auf dem Sofa bekommen. Es wird sicher noch ein paar Stunden dauern. Was hältst du davon, inzwischen ein heißes Bad zu nehmen? Stuart, holst du uns Wasser herein und füllst den Zuber?«

Elizabeth Frazier war eine warmherzige Frau, tatkräftig und aufgeschlossen. Als ihr Mann Tricia fand, war sie Mitte vierzig und sah immer noch gut aus. Sie war kräftig, hatte ein breites Gesicht mit ausdrucksvollen Zügen und weit auseinanderstehenden Augen. Ihr volles dunkles Haar hatte sie zu einem losen Knoten im Nacken gewunden. Elizabeth war seit fünfundzwanzig Jahren mit Stuart Frazier verheiratet und hatte zwei Söhne geboren. Einer der Jungen arbeitete bereits auf dem Hof mit, der andere machte eine Schlosserlehre.

Ebenso wie ihr Mann Stuart war Elizabeth aufrichtig, geradlinig und alles andere als klatschsüchtig. Um das Mädchen, das da unerwartet in ihr Leben getreten war, machte sie sich zunächst keine weiteren Gedanken als die, dass es gewärmt, mit Essen versorgt und in dieser Nacht noch von seinem Kind entbunden werden musste.

»Brauchen wir die Hebamme?«, fragte Stuart, als Elizabeth Tricia vorsichtig aufhalf und sie ein paar Schritte weiter in die Küche führte, wo er den Badezuber vorbereitet hatte.

Elizabeth schüttelte den Kopf. »Du willst nicht bei diesem Wetter noch in die Stadt fahren«, meinte sie. »Um dann vielleicht nicht mal pünktlich zurück zu sein. Nein, nein, lass mal, ich mach das schon mit dem Kind. Ist ja nicht das erste Mal …«

Die Farmersfrauen in dieser abgelegenen Gegend pflegten einander bei Geburten beizustehen – egal, ob eine Hebamme hinzugezogen werden konnte oder nicht.

Tricia gab jeden Widerstand auf. Sie glitt mit Elizabeth' Hilfe in das warme Wasser und trank den heißen Tee, danach hüllte die Farmersfrau sie in dicke Handtücher und half ihr schließlich in eines ihrer eigenen Baumwollnachthemden. Die Treppe hinauf schaffte Tricia es nicht, wehrte sich dieses Mal aber nicht dagegen, dass Stuart sie hinauftrug.

Sie mag das bequeme, warme Bett genossen haben, doch vielleicht konnte sie auch an nichts anderes denken als an die Geburtsschmerzen. Sieben Stunden nach ihrer Ankunft, die Sonne ging gerade auf, und die Wolken hatten sich endlich verzogen, brachte Patricia einen Sohn zur Welt. Es war Februar 1936. Das Baby war winzig, schwach und wollte nicht schreien. Elizabeth befürchtete das Schlimmste, und da sie eine gottesfürchtige Frau war, bereitete sie alles für eine Nottaufe vor.

»Wie willst du es denn nennen?«, fragte sie.

Tricia gab keine Antwort. Nach der Geburt war sie sofort eingeschlafen. Auf das Kind hatte sie kaum einen Blick geworfen, sie schien nur erleichtert gewesen zu sein, dass es kein Mädchen war.

»Moses«, sagte Stuart scherzhaft, als seine Frau mit dem Neugeborenen aus dem Wöchnerinnenzimmer kam. Sie hatte es kurzerhand in einen Einkaufskorb gebettet. »Ein Findelkind in einem Weidenkörbchen. Und wenn wir's auch nicht gerade dem Nil entrissen haben, die Wassermassen, die heute Nacht heruntergekommen sind, hätten ausgereicht, es wegzuspülen.«

Elizabeth runzelte die Stirn. »Sehe ich aus wie eine ägyptische Prinzessin?«, fragte sie. »Und ein Findelkind ist es eigentlich auch nicht ... Das Findelkind ist eher die Mutter. Die kann kaum älter sein als vierzehn oder fünfzehn.«

Der Name gefiel ihr allerdings trotzdem, und so erhielt Tricias Baby den Namen des biblischen Propheten, der sein Volk aus der Knechtschaft führte. Der Name brachte ihm Glück, denn es überlebte die erste Nacht. Elizabeth war so stolz und glücklich, als hätte sie den kleinen Jungen selbst geboren, als er erstmalig kräftig an der Flasche nuckelte, die sie ihm mit verdünnter Kuhmilch gefüllt hatte.

Seine Mutter schlief immer noch. Elizabeth war sicher, dass deren ausgemergelter Körper auch in den nächsten Tagen und Wochen nicht in der Lage sein würde, Milch für das Kind zu bilden.

Als Tricia erwachte, schlief Moses ruhig in seinem Körbchen neben ihr. Sie zeigte allerdings kaum Regungen, als Elizabeth ihr stolz das rosige kleine Geschöpf präsentierte.

»Er ist kleiner als die Kinder von meiner Mutter«, sagte sie nur. »Sind Sie ... sind Sie sicher, dass er in Ordnung ist?«

Elizabeth versicherte ihr, der Kleine sei ganz gesund, und wollte ihn in ihre Arme legen. Das Mädchen lehnte jedoch ab.

»Ich kann ihn ja doch nicht behalten«, begründete Tricia.

Elizabeth runzelte die Stirn. »Warum denn nicht?«, erkundigte sie sich. »Er ist dein Kind, niemand kann ihn dir wegnehmen. Wir haben ihn übrigens Moses getauft.«

Sie erschrak, als Tricia rau auflachte. »Er ist ein Bastard,

Madam«, sagte sie mit brechender Stimme. »Und ein Bastard ist nichts wert. Sie können damit machen, was sie wollen. Und das werden sie auch. Sie werden mich zurückbringen, und ihn ... wahrscheinlich geben sie ihn ins Heim. Bei mir bleibt er jedenfalls nicht, da braucht er sich gar nicht erst an mich zu gewöhnen.«

Sie wandte sich ab, von Elizabeth und von ihrem Kind. Der Farmersfrau schnitt ihr Verhalten ins Herz. Das Mädchen fürchtete sich offenbar zu Tode davor, zu seiner Familie zurückgebracht zu werden. Trotzdem konnten die Fraziers es nicht bei sich verstecken. Ein paar Tage konnte man vielleicht noch behaupten, die Straßen seien unpassierbar gewesen, doch dann musste die Geburt des Kindes den Behörden gemeldet werden.

»Wer sind denn ›sie‹, Kindchen?«, fragte sie sanft. »Und wohin sollte man dich zurückbringen? Du musst mir jetzt alles erzählen, Kleines. Sonst können wir dir nicht helfen.«

»Sie können mir sowieso nicht helfen«, sagte Tricia, das Gesicht immer noch abgewandt. »Es sei denn, Sie lassen mich gehen. Sie tun einfach so, als hätten Sie mich nie gesehen.«

»Und das Kind, Kleines?«, erkundigte sich Elizabeth.

Tricia zuckte mit den Schultern. »Ich kann's mitnehmen. Oder Sie behalten es. Sie können sagen, Sie hätten es gefunden.«

Elizabeth schüttelte den Kopf. »Wir können doch nicht lügen, Kind. Und erst recht können wir nicht einfach dein Kind behalten ...«

Tricia drehte sich zu ihr um. »Ich sag ja, dass keiner es will«, bemerkte sie. »Ich will's auch nicht, aber ich hätte schon gern, dass es ihm gut geht.«

Für Elizabeth war das die Bestätigung dafür, dass das junge Mädchen nicht herzlos war. Es musste etwas für den armen kleinen Wurm empfinden, den es geboren hatte. Erneut versuchte sie, Tricia ins Gewissen zu reden.

»Du musst das Kind lieb haben. Du hast es empfangen, hast es ausgetragen ...«

Tricia verzog das Gesicht. »Ich hab's nicht ›empfangen‹. Sie haben es in mich hineingezwungen. Ich hab das nicht gewollt. Egal, was die sagen und was Sie denken: Ich bin keine Hure.«

Elizabeth strich ihr das verschwitzte Haar aus dem Gesicht. »Lass mich doch selbst entscheiden, was ich denke«, sagte sie freundlich. »Erzähl es mir. Und sag mir endlich deinen Namen.«

Das Mädchen seufzte. Es warf einen Blick auf Elizabeth und auf das Baby und entschied dann wohl, dass es keine Wahl hatte.

»Es wird Ihnen nicht gefallen«, warnte es dennoch.

Elizabeth schüttelte den Kopf. »Das muss es ja auch nicht«, begütigte sie. »Die Wahrheit gefällt uns selten.«

»Also gut.« Tricia legte sich auf den Rücken, ihr Kopf versank in den Kissen. Mit geschlossenen Augen begann sie zu erzählen. »Mein Name ist Patricia Dickinson ...«

Tricia schaffte es nicht, ihre Geschichte auf einmal zu erzählen. Zwischendurch schlief sie immer wieder ein, und später unterbrach Elizabeth sie ab und zu, um sie ausruhen zu lassen – auch sich selbst zu fassen, ob der Ungeheuerlichkeiten, die das Mädchen ihr anvertraute. So dauerte es drei Tage, bis sie alles erfahren hatte.

»Jetzt wissen Sie's«, sagte Tricia tonlos. »Und Sie können sich ausrechnen, was mit mir und dem kleinen Moses geschieht, wenn Sie uns melden. Mich werden sie zurück zu den Trouts schaffen, und es wird genauso weitergehen wie bisher. Wahrscheinlich werden sie verschweigen, dass ich ein Kind geboren habe, aber die Leute im Dorf werden natürlich klatschen. Und Moses kommt in irgendein Heim. Sie und Ihr Mann, Sie müssen jetzt entscheiden, ob Sie uns gehen lassen oder uns verraten.«

»Kind, ich würde dich niemals verraten«, versicherte ihr Elizabeth hilflos. »Trotzdem muss der Kleine registriert werden. Wir machen uns sonst strafbar. Aber wir können dich nicht einfach zurück in den Wald schicken mit einem Säugling. Wovon willst du leben? Du warst halb verhungert, als wir dich fanden. Nein, Tricia, es muss eine andere Lösung geben. Du musst dich den Behörden anvertrauen, der Polizei und der Jugendfürsorge. Was dieser Trout mit dir gemacht hat, und später sein Sohn, das ist ein Verbrechen. Du musst ihn anzeigen, er muss dafür zur Rechenschaft gezogen werden.«

Tricia stieß scharf die Luft aus. »Wem wird man da wohl glauben?«, fragte sie. »Dem Herrn Gewerkschaftsfunktionär Trout, bekannt und beliebt als Kämpfer für die Rechte der Arbeiter, oder Trash, dem Bastard, der mit sechzehn ein Kind geboren hat, heimlich, nachdem er von zu Hause fortgelaufen ist?«

»Tricia, sie müssen dir glauben!«, versicherte Elizabeth. »Und sie werden dir glauben. Lass mich das mal machen, Kleines. Übermorgen kommt meine Schwester, die kann sich um dich und den Kleinen kümmern. Stuart und ich fahren nach Whiritoa. Den Police Officer da kennen wir gut. Er wird nicht an meinen Aussagen zweifeln. Willst du Moses jetzt vielleicht mal füttern? Du musst ihn öfter in den Arm nehmen, Kinder brauchen das.«

Tricia zeigte weiterhin wenig Interesse an ihrem Sohn. Elizabeth sah nie, dass sie ihn streichelte oder küsste.

Eine knappe Woche nach Moses' Geburt überließen die Fraziers ihre Farm ihrem Sohn und das Haus Elizabeth' tüchtiger und fleißiger Schwester Mary Ellen. Stuart lenkte ihr Gespann mit den kräftigen Pferden nach Whiritoa, einer kleinen Küstenstadt, dem ihrer Farm nächstgelegenen Gemeinwesen. Der Police Officer hörte sich ihren Bericht an, der Standesbeamte beurkundete die Geburt des kleinen Moses. Als seinen Vater gab Elizabeth auf Tricias Wunsch Herbert Trout an. Das junge

Mädchen empfand es wohl als weniger kompromittierend, das Kind von einem nur wenig älteren Jungen empfangen zu haben, mit dem sie keine verwandtschaftlichen Beziehungen verbanden, als von ihrem Stiefvater.

»Der Mann wird die Vaterschaft womöglich abstreiten«, meinte Elizabeth, wozu der Standesbeamte nur mit den Schultern zuckte. Damit sollten sich gegebenenfalls andere beschäftigen.

»Sobald Patricia Dickinson dazu in der Lage sein wird, bringen wir sie her, und sie wird Anzeige erstatten«, beendete Elizabeth ihren Bericht vor dem Polizisten. Auch der reagierte ohne größere Emotionen.

»Wir verständigen jetzt erst mal die Eltern«, erklärte er und schloss die Akte. Er hatte sich nur wenige Notizen gemacht. »Alles Weitere wird sich finden.«

»Ich weiß nicht, ob wir das richtig gemacht haben«, sagte Elizabeth auf dem Heimweg zu ihrem Mann. »Nicht, dass Tricia noch recht behält, und sie schaffen sie tatsächlich zurück in diese entsetzliche Familie.«

Auf der Farm erwartete sie dann eine völlig aufgelöste Mary Ellen, das Baby im Arm. »Wir haben überall gesucht ...«, sagte sie verzweifelt.

Elizabeth wusste sofort, was das bedeutete. Tricia hatte nichts mitgenommen als das Kleid, das Elizabeth ihr überlassen hatte. Es passte der Farmersfrau schon lange nicht mehr, sie hatte es nur wenig umändern müssen. Auf dem Küchentisch fanden die Fraziers einen hastig beschriebenen Zettel – Tricia entschuldigte sich für den »Diebstahl« und sprach eine letzte, verzweifelte Bitte aus: Behalten Sie das Kind.

Die Farmersleute hörten nie wieder von Tricia. Eine erneute Vermisstenmeldung durch Harold Trout blieb ohne Ergebnis. Tricia Dickinson ist bis heute spurlos verschwunden.

MOSES

Elizabeth war tief enttäuscht von Tricia. Sie empfand ihr Davonlaufen als Vertrauensbruch, obwohl sie die Motive des jungen Mädchens in den kommenden Wochen besser verstehen lernte. Schließlich musste sie feststellen, dass man selbst ihr, der ehrenwerten Elizabeth Frazier, kein Wort ihrer Anschuldigungen gegen Harold Trout glaubte. Tricia hätte man erst recht der Lüge bezichtigt, ihre Befürchtung, ihrem Peiniger wieder ausgeliefert zu werden, hätte sich bewahrheitet. Elizabeth fühlte sich trotzdem nicht in der Lage nachzuvollziehen, wie eine Mutter ihr Kind verlassen konnte. Sie hätte Tricia verzeihen können, hätte sie Moses mitgenommen, obwohl das bei Licht betrachtet natürlich die schlechtere Entscheidung für das Kind gewesen wäre. Damit, den Säugling einfach zurückzulassen, bewies Tricia jedoch Herzenskälte, und sosehr sie sich später auch darum bemühte, Moses ein freundliches Bild von seiner Mutter zu vermitteln – sie konnte ihre Missbilligung nie ganz verbergen.

Vorerst mussten die Fraziers jedoch der Jugendfürsorge, der Polizei und Harold Trout Rede und Antwort stehen. Sie alle tauchten wenige Tage nach Tricias Verschwinden auf der Frazier-Farm auf. Zunächst erschienen Harold und Herbert Trout, um Stieftochter und -schwester mitzunehmen, was Elizabeth bis aufs Blut erzürnte. Sie fand klare Worte für die beiden und erklärte, sie würde ihnen Tricia selbst dann nicht ausliefern, wenn das junge Mädchen noch da wäre. Stuart warf die beiden schließlich vom Hof, allerdings waren sie schnell wieder da. Harold Trout zweifelte Tricias Verschwinden an und kehrte mit Polizeiunterstützung zurück. Der Officer fühlte sich sichtlich unwohl, als er Elizabeth mit den Aussagen des Mannes konfrontierte, gegen den sie noch wenige Tage zuvor schwerste Anschuldigungen erhoben hatte.

»Wie es aussieht, sind Sie den Schwindeleien einer geübten Lügnerin auf den Leim gegangen«, hielt er Elizabeth vor, die sich nicht scheute, Tricias Vorwürfe vor den Trouts zu wiederholen. »Einem Mädchen von zweifelhaftem Ruf. Man sieht ja jetzt, wie flatterhaft und verantwortungslos die junge Frau handelt.« Immerhin sah er von einer Hausdurchsuchung ab, er glaubte den Fraziers, dass ihnen Tricia, wie Trout es ausdrückte, wieder entlaufen war. Ansonsten bewies der Polizist keinerlei Mitgefühl. Auch er empfand es als äußerst verantwortungslos von Tricia, ihr Kind einfach zurückzulassen, und interpretierte dies als Indiz für ihre allgemeine Verdorbenheit.

An Moses zeigten allerdings auch die Trouts wenig Interesse, was wiederum die Jugendfürsorgerin irritierte, die nun ebenfalls hinzugezogen wurde.

»Ich denke schon, der Kleine müsste in die Familie der Mutter zurück«, erklärte sie, was Trout vehement ablehnte.

»Meine Frau hat bereits vier Kinder unter zehn Jahren«, erklärte er. »Und sie ist nicht gesund. Man kann ihr auf keinen Fall noch Patricias Bastard aufhalsen.«

Das Angebot der Fraziers, dem Wunsch der Mutter zu entsprechen und das Kind zu behalten, wollte Trout trotzdem nicht annehmen. Der Kleine, so argumentierte er, würde negativ beeinflusst. Dann drohte er Elizabeth mit einer Anzeige wegen übler Nachrede.

Elizabeth war allerdings eine Frau, die so schnell nicht aufgab. Sie bestand darauf, ihre Aussagen noch einmal zu Protokoll zu geben, und wiederholte vor dem Jugendamt detailliert, was Tricia erzählt hatte.

»Solche Dinge denkt sich ein junges Mädchen nicht aus!«, argumentierte sie. »Zumindest sollten Nachforschungen angestellt werden. Zum Beispiel, ob Tricia auch in der Schule durch ... hm ... Offenherzigkeit auffiel, ob sie tatsächlich Jungen ermutigt hat, sich verkauft hat, wie ihr Stiefvater es ihr ja durch die Blume unterstellt hat. Dergleichen bleibt in einem Städtchen wie Paeroa nicht unbemerkt. Während es durchaus unbemerkt bleiben kann, wenn ein Mädchen innerhalb der Familie geschwängert wird.«

Das Jugendamt zog es schließlich in Erwägung, dass tatsächlich ein Verhältnis zwischen Tricia und ihrem Stiefbruder bestanden haben könnte. Einen Missbrauch durch einen angesehenen Familienvater wie Harold Trout schloss man weiterhin aus. Am Ende kam es zu einer Art Kompromiss zwischen den Trouts und Elizabeth Frazier – in den Akten ist nur ihr Name vermerkt, Stuart, ein wortkarger und eher zurückhaltender Mann, unterstützte sie zwar, machte selbst jedoch keine Aussage. Elizabeth verzichtete auf weitere Anschuldigungen und Anzeigen, dafür protestierten die Trouts nicht, als das Jugendamt den Fraziers die Pflegschaft für den kleinen Moses übertrug. Zufrieden war Elizabeth nicht mit diesem Ausgang, ihr Schlusswort im Protokoll der Fürsorge spricht Bände.

Ich weiß nicht, ob Sie mir wirklich nicht glauben oder einfach nicht glauben wollen. Ich kann nur hoffen, Sie können ruhig schlafen, wenn Sie an die anderen Mädchen in dieser Familie denken. Patricias Halbschwester Caitlin ist jetzt neun Jahre alt. Wahrscheinlich lastet heute schon die gesamte Sorge um ihre jüngeren Geschwister auf ihren Schultern. Und niemand weiß, ob sie ihre Mutter nicht in absehbarer Zeit auch in den Armen ihres Vaters ersetzen muss. Wir können nur hoffen, dass dieser Mann wenigstens vor Blutschande zurückschreckt.

Elizabeth muss darauf bestanden haben, dass diese Worte in das Protokoll aufgenommen wurden. Sie war eine starke, mutige Frau – und für Moses die beste Pflegemutter, die er hätte haben können.

Moses war ein typisches Vierzigerjahre-Farmerskind. Die Fraziers erzogen ihn, wie sie es mit ihren eigenen Kindern getan hatten, mit liebevoller Strenge. Er wuchs als Christ auf, besuchte Kirche und Sonntagsschule. Auf der Farm hatte er seine Aufgaben. Er lernte, im Stall und auf dem Feld mit anzupacken, doch daneben blieb genügend Zeit für die Hausaufgaben und für Spiele und Ausflüge mit Freunden. Später bezeichnete er seine Kindheit als glücklich. Seine Mutter vermisste er nicht, empfand seine Familiengeschichte allerdings in gewisser Weise als Makel. Patricia mochte gute Gründe für ihren Weggang gehabt haben, doch sie hatte ihn verlassen. Sie hatte ihn nicht genug geliebt, um ihn mit sich zu nehmen. Das nagte an ihm, obwohl er es niemals zugab. Schließlich bestanden die Fraziers darauf, dass er stets mit ausreichendem Respekt von seiner Mutter sprach.

Als Moses älter wurde, informierten sie ihn auch in groben Zügen über die Umstände seiner Geburt. Sie ließen ihn allerdings in dem Glauben, er sei von Tricias Stiefbruder gezeugt worden. Moses suchte nie den Kontakt zur Familie Trout, und auch Harold oder Herbert Trout fragten nie nach dem Kind, das einer von ihnen gezeugt hatte. Ob Alison Trout von ihrem Enkel überhaupt erfuhr, lässt sich nicht mehr nachvollziehen. Sie starb 1950 in geistiger Umnachtung.

Moses erwies sich schon während seiner Schulzeit als geschickter Handwerker, außerdem konnte er gut mit Tieren umgehen. Das legte nahe, ihn beim örtlichen Hufschmied in die Lehre zu geben. Im ländlichen Neuseeland der Vierziger- und Fünfzigerjahre wurde noch vorwiegend mit Pferden gepflügt. Als später auch auf dem Land die Industrialisierung einsetzte und obendrein die Fabriken in den Städten mit besserem Lohn lockten, zog Moses nach Auckland. Er arbeitete in einer Maschinenfabrik, erwies sich als fleißig und zuverlässig und erlangte die Stellung eines Vorarbeiters.

Bei einem Kirchenpicknick lernte er Susan Sullivan kennen, eine schöne junge Frau mit blondem Haar und angenehmem Wesen, wesentlich jünger als Moses, doch verständig und klug. Susan arbeitete als Telefonistin, gab ihre Stelle aber auf, als sie Moses heiratete. Die beiden kauften ein Haus – ein niedriges Holzhaus mit kleinem Garten in einer Vorortsiedlung, das Susan liebevoll ihre Puppenstube nannte, und zogen zwei Kinder auf – meine Schwester Lara und mich, Melvin Dickinson. Über die Familiengeschichte wurde nie gesprochen – Stuart und Elizabeth Frazier waren inzwischen verstorben, und zu ihren Söhnen hatte mein Vater kein enges Verhältnis, sie waren ja auch sehr viel älter gewesen als er.

Vielleicht wären Alison und Tricia in Vergessenheit geraten, hätte ich nicht schon als kleiner Junge ein Faible für Geschichte entwickelt. Ich habe bereits in der Grundschule Ritterromane und griechische und römische Sagen verschlungen, und als wir das Thema »Familie« durchnahmen und ein Stammbaum gezeichnet werden sollte, war ich wie elektrisiert. Geschichte war plötzlich nichts lange Vergangenes mehr, sondern etwas, das mich selbst betraf. Ich sah mich als einen Teil der Geschichte Neuseelands und der Welt. Es war, als wäre sie aus Milliarden winziger Puzzlesteinchen zusammengesetzt, und eines davon war ich, Melvin Dickinson.

Zuerst gefielen mir diese Nachforschungen, doch dann fand ich heraus, welch düstere Geschichten hinter dem Namen stecken, den ich trage. Ich war zehn Jahre alt, als mir klar wurde, wie sehr der Fall Alison Dickinson, der Justizgeschichte geschrieben hatte, auch mein eigenes Leben bestimmt hat und weiter bestimmen könnte. In der Folge fragte ich mich, ob ich in irgendeiner Weise anders war als die anderen Kinder, da ich doch eine Mörderin in der Familie hatte – und eine Frau, die ihr Kind verlassen hatte. Unversehens weckte ich die Geister von Tricia und Alison, um sie dann nie wieder loszuwerden. Ich dachte an Alison und die Pistole in ihrer Hand, wenn ich mich mit anderen Kindern stritt, und bekam dabei Angst vor mir selbst. Wenn es mir eines Tages auch nicht gelingen würde, meine Wut zu beherrschen, was dann? Wenn ich etwas von der Unüberlegtheit, Rücksichtslosigkeit und Rachsucht Alisons in mir hätte, was würde aus mir werden? Wie alle Kinder sah ich keine Grautöne. Für mich war alles nur schwarz oder weiß, gut oder böse, und Alison und Tricia fielen ganz klar in die zweite Kategorie.

Alisons und Tricias Geister verfolgten mich. Ich fragte mich, wie es wäre, eine Waffe zu tragen und abzudrücken – in Albträumen sah ich mich an der Stelle von Alisons Liebhaber, hörte den Knall der Pistole und spürte die Kugeln in meine Brust einschlagen. Oder ich träumte mich in die Wiege des kleinen Moses, wurde zu einem schreienden Baby, das von allen verlassen dem Hungertod preisgegeben war. Meine Mutter konnte sich meine extremen Verlassensängste nicht erklären, schließlich waren meine Schwester und ich stets liebevoll umsorgt worden.

Irgendwann fanden meine Eltern dann Bücher über den Fall Dickinson in meinem Zimmer und nahmen sie mir prompt weg. Ich weiß nicht, ob sie einen Zusammenhang zwischen meinen Albträumen und unserer Familiengeschichte erkannten, doch sie befanden die Sachbücher und Fallanalysen als keine geeignete Lektüre für einen Zehnjährigen, egal, wie aufgeweckt dieser war.

Mein Vater sprach mit mir über Tricia, betonte, wie lange all das schon her war und dass er keinen Groll gegen sie hege. Er erklärte, er habe sie längst vergessen, und das solle ich nun bitte auch tun. Ein guter, christlicher Lebenswandel würde uns vor einem Schicksal wie dem der Alison Dickinson schützen. Ich solle brav sein, gehorsam und gottesfürchtig, dann käme ich gar nicht erst in Versuchung, etwas Böses zu tun.

Am nächsten Tag fand ich ein dickes Buch über die Heiligen der Kirche in meinem Zimmer, das mich tatsächlich ablenkte – auch wenn es mir andere Albträume bescherte. Der Tod der meisten Märtyrer war ja erheblich blutiger als der des Frank Winter.

Auf die Dauer konnte mich der Glaube jedoch nicht fesseln. Wahre Geschichten interessierten mich einfach mehr als Heiligenlegenden, und der christliche Glaube meiner Eltern hielt meinem Drang, Dinge kritisch zu hinterfragen, nicht lange stand. Alison und Tricia ließen mich nicht los. Als ich älter wurde, wählte ich den Fall Dickinson als Thema für Hausarbeiten und Vorträge in Schule und Universität. Ich trug mehr und mehr Fakten zusammen, die mich oft tief berührten. Ich marterte mich selbst mit der düsteren Geschichte meiner Herkunft.

Schließlich machte ich meinen Abschluss an der Universität – ich hatte Englisch, Geschichte und Journalistik studiert – und arbeitete für eine Zeitschrift. Es war ein Glücksfall, dass ich an ein Wissenschaftsmagazin geriet, das einen Schwerpunkt seiner Arbeit darauf legt, Geschichte für seine Leser lebendig zu machen. Natürlich konzentrierte sich die Redaktion auf die weniger düsteren Bereiche der Geschichte, auf Sternstunden der Menschheit, große Erfindungen, Entdeckungen, Aufbruch. Ich schrieb so etwas durchaus gern, doch ich selbst, so spürte ich, gehörte der dunklen Seite an, dem Schattenland, in das Alison sich selbst und ihre Nachkommen verbannte, als sie Frank Winter erschoss.

Mit diesem Buch habe ich nun versucht, den Schleier zu lüften – leider ist mir das nicht vollständig gelungen. Es gibt zu viele Fäden in dieser Geschichte, die sich nicht verweben, zu viele Rätsel, die sich nicht lösen lassen.

Da ist zum Beispiel die Frage, was aus Tricia geworden ist. Wohin sie so spurlos verschwand und wie ihr weiteres Leben verlief, sofern es ein weiteres Leben gab. Schließlich ist es nicht unmöglich, dass Tricia in Panik geriet und ihrem Leben irgendwo in den Wäldern selbst ein Ende setzte. Sie mag den Tod einer Rückkehr zu den Trouts vorgezogen haben. Erfahren werden wir das wohl nie.

Mein größter Wunsch wäre weiterhin gewesen, mit Alison sprechen zu können. Leider ist sie lange vor meiner Geburt gestorben, sie hat die Antworten auf viele Fragen, die mich bis heute beschäftigen, mit in ihr Grab genommen. Ist Alison je über Frank Winters Tod hinweggekommen? Hat sie ihre Tat bedauert, die Auslöschung eines Menschenlebens? Oder hat sie letztlich nur den Verlust ihrer großen Liebe bedauert? Wenn das so war, warum hat sie dann so wenig für Franks Kind empfunden, warum ließ sie Tricia allein? Hat sie die anderen Kinder, die sie Harold Trout schenkte, mehr geliebt? Tony, ihr ältester Sohn, starb im Zweiten Weltkrieg blutjung, er war einer der letzten Freiwilligen, die Neuseeland kurz vor Kriegsende noch an die Front schickte. Pete ist vor Jahren nach Amerika ausgewandert und war dort nicht aufzufinden. Möglicherweise hat er seinen Namen geändert. Caitlin beging mit neunzehn Jahren Selbstmord – es ist anzunehmen, dass sie Harold Trouts nächstes Opfer wurde. Alisons Jüngste, Julia, ist in Australien verheiratet. An der Geschichte ihrer Familie zeigt sie sich ebenso wenig interessiert wie mein Vater Moses, sie war nicht zu einem Interview bereit.

Ich kämpfe also allein immer wieder mit den Geistern meines düsteren Erbes. Und ich kann nur hoffen, dass diese Geister nun, da ich versucht habe, ihre Geschichte zu erzählen, ein wenig Ruhe finden.

Kapitel 3

»Wir sind gleich da.« Gernot klang etwas ungehalten, und Ellinor hatte gleich ein schlechtes Gewissen. Die ersten Kapitel hatte sie ihm während der Fahrt noch vorgelesen, doch dann war sie von der Geschichte so in den Bann gezogen worden, dass sie alles um sich herum vergessen hatte. Gernot musste sich dabei gelangweilt haben. »Noch zehn Kilometer nach Dargaville«, sagte er jetzt. »Wie heißt noch mal das Motel, das Rebecca gebucht hat? Es war doch ein Motel?«

Ellinor nannte ihm den Namen, obwohl das eigentlich überflüssig war, sie hatte die Adresse als Zielort in das Navigationssystem eingegeben. Sie war allerdings noch nicht bereit, Melvin Dickinsons Buch zuzuschlagen. Aufmerksam sah sie sich nun die Fotos an, auf die sie während der Lektüre nur einen kurzen Blick geworfen hatte.

Das erste Bild zeigte die Familie Dickinson, ein vergilbtes, uraltes Foto aus den ersten Jahren des 20. Jahrhunderts. Vater und Mutter sowie eine ganze Schar Kinder blickten ernst in die Kamera, Alison stand, wie die Bildunterschrift verriet, zwischen einer älteren Schwester und einem jüngeren Bruder in der zweiten Reihe. Viel war nicht von ihr zu erkennen, doch es gab noch ein Foto von ihr allein – der Entschluss, einen Fotografen aufzusuchen, war wohl gefallen, bevor Alison die Dienstmädchenstelle in Paeroa angetreten hatte. Die Familie wusste bestimmt, dass man sich so bald nicht wiedersehen würde, und so waren die Bilder als tröstliche Erinnerung gedacht. Die vierzehnjährige Alison stand, adrett gekleidet, neben einer Säule im Fotoatelier. Sie schaute eher ängstlich als lächelnd in die Kamera, wirkte linkisch und unsicher, als fühlte sie sich unwohl in den augenscheinlich neuen Kleidern – zweifellos ihre erste Erwachsenenausstattung. Bislang mochte sie kürzere Röcke getragen haben, wahrscheinlich die Röcke und Blusen, aus denen die ältere Schwester herausgewachsen war. Alison hatte feines blondes Haar gehabt, das sie für das Foto zu Zöpfen geflochten und dann aufgesteckt hatte. Ihre Gesichtszüge waren ebenmäßig – ein hübsches Mädchen, allerdings keine Schönheit wie Clara Forrester.

Es gab noch ein Bild des Hotels in Paeroa und ein jüngeres Gruppenbild der Belegschaft, aufgereiht vor dem Haupteingang. Ellinor suchte es nach Frano Zima ab – der dort ja eine Zeit lang gearbeitet hatte. Neben Alison stand er jedoch nicht. Das Foto war sowieso nicht scharf genug, um irgendjemanden genau zu erkennen. Auch private Fotos von Alison und Frano suchte Ellinor vergeblich – sie fragte sich, ob die junge Frau nicht gern ein Verlobungsfoto gehabt hätte und mit welcher Begründung Frano ihr das verwehrt hatte. Ihr fiel das Hochzeitsfoto mit Clara ein, für das er sich einen Bart hatte wachsen lassen. Zufall? Oder wollte er sich unkenntlich machen, falls das Bild aus irgendeinem Grund jemandem in die Hände fallen würde, der ihn als Frank Winter kannte?

Die nächsten Bilder stammten aus der Zeit, während der Alison unter Mordanklage stand – und aus den Jahren, in denen Frauenrechtlerinnen und Gewerkschaften um ihre Freilassung kämpften. Auch auf diesen Fotos war wenig zu erkennen. Alison wandte meist den Kopf ab, sie schien verwirrt und gebrochen. Einen deutlicheren Eindruck vermittelten erst wieder die Bilder ihrer Entlassung in Begleitung von Harold Trout – und schließlich ihre Hochzeitsfotos. Alison hatte nicht in Weiß geheiratet. Sie trug ein schlichtes dunkles Kostüm – und wieder wirkte sie wie ein Kind, das man in Erwachsenenkleidung gesteckt hatte. Neben ihrem gewichtigen, mit zusammengekniffenen Lippen in die Kamera starrenden Bräutigam schien sie deplatziert, verloren, ihr Ausdruck spiegelte etwas wie ungläubige Verwirrung wider.

Melvin hatte auch Bilder aus Tricias Zeit im Waisenhaus aufgetrieben. Das erste war ein Gruppenfoto – die vielleicht dreijährige Tricia saß mit anderen Kleinkindern in der ersten Reihe. Schon hier war zu erkennen, wie niedlich sie war. Zu Ellinors

Überraschung gab es sogar ein Porträt des hinreißenden dunkelhaarigen kleinen Mädchens. Sie fragte sich, ob der Fotograf dafür bezahlt worden war oder ob er das Kind aus eigenem Antrieb aufgenommen hatte – vielleicht in der Hoffnung, Adoptiveltern für die Kleine finden zu können, wenn er das Foto in seinem Schaufenster ausstellte. Ellinor hätte dem durchaus Chancen eingeräumt, sie selbst wäre dem Charme des kleinen Mädchens sofort verfallen. Ob Alison Dickinson ihr Kind nicht zur Adoption freigegeben hatte? Oder hatten mögliche Adoptiveltern genauer hingesehen und den Ausdruck in Tricias Augen erkannt, den Melvin mit Eis und Feuer verglichen hatte? Vielleicht war sie kein Kind gewesen, das man sich gern ins Haus holte.

Dann gab es ein Bild der Eheleute Trout mit dem ersten Kind, Caitlin, und Alisons Stiefsöhnen. Herbert, der Ältere, wirkte gelangweilt, John sah verstockt und verschlagen in die Kamera. Beiden war anzusehen, dass sie keine Begeisterung für ihr neues Schwesterchen aufbrachten – und wahrscheinlich auch nicht für ihre neue Mutter. Die Geburt der nächsten beiden Kinder hatte man nicht zum Anlass für ein Familienfoto genommen. Die Trouts hatten erst nach der Ankunft der kleinen Julia erneut ein Fotostudio aufgesucht. Das Bild zeigte die Familie mit Tricia.

Auf diesem Familienfoto war Tricia immer noch ein Kind. Sie wirkte nur nicht mehr rebellisch, sondern eher traurig und resigniert. Ellinor fragte sich, wie es den Lehrern, dem Pfarrer und all den anderen Menschen in Paeroa hatte entgehen können, wie sehr dieses Mädchen litt. Als das Foto aufgenommen wurde, hatte Harold sich längst an dem Mädchen vergangen, man erkannte seinen »Besitzerstolz« sogar auf dem Bild. Er hatte eine Hand auf die Schulter Alisons gelegt, die mit dem Neugeborenen vorn auf einem Stuhl saß, und die andere auf Tricias schmale Schulter. Tricia schien sich darunter zu ducken. Seine beiden Söhne standen dahinter. Herbert hatte sich inzwischen zu einer jüngeren Ausgabe seines Vaters gemausert, er wirkte eher wütend als gelangweilt wie auf dem ersten Bild. John schaute unverändert argwöhnisch und böse in die Kamera. Ellinor fragte sich, ob

Tricia unter seinen »Streichen« genauso gelitten hatte wie unter dem Missbrauch durch Herbert.

»Hier rechts muss es sein«, sagte Gernot.

Ellinor riss sich von den Bildern los und entdeckte ein hübsches Motel. Rebecca hatte offenbar nicht so sehr auf den Preis geachtet, wie Ellinor es tat, wenn sie Unterkünfte buchte. Das Haus hatte einen Patio mit Pool, war von einer Gartenanlage mit subtropischen Pflanzungen umgeben und lag nicht weit vom Northern Wairoa River. Gernot und Ellinor meldeten sich an der Rezeption und bekamen gleich ein Zimmer zugewiesen. Rebecca, die vor ihnen angekommen war und bis jetzt am Pool gelegen hatte, entdeckte sie sofort. Im Bikini, ein seidenes Wickeltuch um die Hüfte geschlungen, lief sie auf sie zu und umarmte Ellinor und Gernot zur Begrüßung. Ellinor war es etwas unangenehm, dass sie so leicht bekleidet ins Foyer des Hotels gekommen war, doch Rebecca schien das nichts auszumachen. Sie sah gut aus, der Pareo betonte ihre üppigen Formen, auf die sie offenbar stolz war. Von Diäten hielt die junge Frau nichts, das wusste Ellinor schon. Rebecca gefiel sich, wie sie war.

»Schön, dass ihr da seid!«, zwitscherte sie. »Wie war die Fahrt? Macht euch schnell frisch, dann könnt ihr noch schwimmen, und danach gehen wir irgendwo essen, ja? Von mir aus hier, das Restaurant, das zum Motel gehört, soll gut sein.« Sie strahlte.

Ellinor und Gernot folgten Rebecca mit ihren Koffern zu ihren Zimmern, die um den Poolbereich herum angeordnet waren. Ellinor registrierte, dass auf einer der Liegen Melvin Dickinsons Buch aufgeschlagen lag. Rebecca hatte wohl darin gelesen, ohne dass es sie besonders aufgewühlt hatte. Jedenfalls hatte sie sich bis jetzt noch nicht dazu geäußert.

»Können wir gleich entscheiden. Jetzt erst mal schwimmen zu gehen nach der langen Fahrt ist die weltbeste Idee«, sagte Gernot. Er wirkte aufgekratzt und gut gelaunt, und Ellinor wunderte sich wieder einmal. Im Auto kurz vor der Ankunft war er schließlich eher schlechter Stimmung gewesen, und sie war es nicht gewohnt, dass die sich so schnell wieder aufhellen ließ. Andererseits war

Rebecca zweifellos ein Sonnenschein. Auch sie selbst wurde von ihrer Fröhlichkeit angesteckt.

»Wir müssen auch überlegen, was wir morgen unternehmen«, sagte Rebecca, als Ellinor mit Gernot zehn Minuten später in Badekleidung aus ihrem Apartment kam. Gernot sprang sofort ins Wasser, Ellinor fröstelte. Sie brauchte etwas länger, bis sie sich überwand. »Der gute Melvin hat nämlich abgesagt.«

»Er hat was?« Erschrocken hielt Ellinor inne. »Der Mann lässt uns fast vierhundert Kilometer fahren, und dann sagt er ab?«

»Nicht ganz«, Rebecca machte eine abwehrende Handbewegung. »Er will uns immer noch treffen, er musste es nur verschieben. Er soll noch mal ins Fernsehen, Aufnahme morgen in Christchurch. Sie zahlen den Flug und alles. Da konnte er nicht Nein sagen. Wir sehen uns übermorgen Nachmittag. Sobald er wieder da ist. Es tat ihm echt wahnsinnig leid, aber er muss ja Werbung für das Buch machen ...«

Ellinor atmete auf. Melvin Dickinsons Entschuldigung war absolut nachvollziehbar, er schien nicht vorzuhaben, sich zu drücken. Und sie selbst fand es gar nicht so schlimm, dass ihr nun ein weiterer Tag zur Vorbereitung bleiben würde. Sie wollte das Buch gern noch einmal lesen, ihr waren Ungereimtheiten aufgefallen, die sie im Vergleich mit Claras Tagebuch abklären wollte. So schüttelte sie den Kopf, als Rebecca für den kommenden Tag ein paar Ausflüge vorschlug, an denen sich Gernot sehr interessiert zeigte.

»Macht ihr das mal allein«, sagte sie. »Ich bleibe hier, mache mir einen ruhigen Tag und schaue mir diese Texte noch mal an. Ich hab das Buch gerade im Auto gelesen. Und da sind ein paar Sachen, die mir nicht eingehen wollen ...«

»Ist nicht wahr!«, rief Rebecca verwundert. »Hier? Mensch, Ellinor, du kommst bestimmt nicht so schnell noch mal nach Neuseeland. Und was willst du machen? Im Liegestuhl abhängen und Bücher lesen. Das hab ich neulich schon nicht verstanden, als Gernot und ich am Ninety Mile Beach waren.«

Gernot zuckte mit den Schultern. »Ellinor ist eben gründlich«, meinte er. »Also was machen wir morgen? Kauri-Museum oder diesen Baum ansehen ... wie hieß er noch?«

»Tane Mahuta«, erklärte Rebecca vergnügt. »Der größte Kauri Neuseelands. Wurde nach dem Waldgott der Maori benannt. Wirklich, Ellinor, du verpasst was!«

Ellinor glaubte das nicht, war aber froh, dass die beiden mit ihrer Planung beschäftigt waren. Überhaupt war der Abend sehr harmonisch. Das Essen im Motel schmeckte gut, Gernot war nach zwei Flaschen Wein bester Stimmung. Die Aussicht, am nächsten Tag viel Zeit für die Lektüre zu haben, ließ Ellinor auch ihre Zweifel und Fragen zu den Texten von Clara und Melvin vergessen. Sie brachte *Ein langer Winter* also nicht mehr zur Sprache, was das Zusammensein mit Gernot entspannter machte. Zufrieden schlief sie an ihn geschmiegt ein.

Ellinor genoss am kommenden Morgen ein gutes Frühstück und sah dann neidlos zu, wie ihr Mann mit Rebecca aufbrach. Ihre neu gefundene quirlige Verwandte hatte sich für den Ausflug hübsch gemacht. Sie trug ein buntes Sommerkleid und hielt ihr offenes Haar mit einem passenden breiten Stirnband zurück.

»Maori-Style«, verriet sie Ellinor. »Willst du nicht doch mitkommen?«

»Nun lass sie schon«, wehrte Gernot ab. »Tschüss, Bücherwurm. Leg dich wenigstens in die Sonne, damit du braun wirst. Sonst glaubt uns keiner, dass hier Sommer war während unserer Reise.«

Ellinor verbrachte einen ruhigen Tag mit ihren vergleichenden Studien. Sie unterbrach die Lektüre nur manchmal zum Schwimmen und am Nachmittag für einen langen Spaziergang am Fluss. Am Abend skypte sie Karla an und plauderte mit ihr über die neuesten Entwicklungen. Ausführlich schilderte sie ihr die Geschichte von Tricia und Alison und freute sich über Karlas ehrliches Interesse. Erst gegen Ende des Gesprächs, als Ellinor anmerkte, sie warte schon eine Weile auf Gernot und Rebecca, trübte die Cousine ihre gute Stimmung.

»Du lässt ihn allein mit Rebecca Ausflüge machen?«, argwöhnte Karla. »Einer äußerst attraktiven jungen Frau, wie du selbst sagst?«

»Na und?«, fragte Ellinor provokant. »Soll ich meinem Mann nicht vertrauen? Und Rebecca? Sie ist eine Verwandte!«

»Sie ist vor allem ein verwöhntes, sehr junges Ding, das gewohnt ist, alles zu bekommen, was es haben will«, bemerkte Karla. »Auch das hast du selbst gesagt. Was ist, wenn sie jetzt deinen Mann will?«

»Sie hat mich zehnmal gefragt, ob ich nicht doch mitkommen mag«, sagte Ellinor beleidigt. »Außerdem gehören da immer zwei zu. Und ich habe keinen Grund, an Gernot zu zweifeln.« Karla schaffte es, dazu vielsagend zu schweigen, und Ellinor brachte die Rede schnell wieder auf Melvin Dickinson. »Es wird interessant sein, mit ihm zu sprechen. Auch für Melvin selbst. Wenn er mehr über Frano weiß ... über die Hintergründe ... Es mag seine Geister zum Schweigen bringen.«

»Seine Geister?«, fragte Karla. »Jagst du jetzt Geister? Du bist nicht dabei durchzudrehen, oder? Bist du sicher, dass das alles gut für dich ist?«

Ellinor lachte. »Hinter mir sind sie eindeutig nicht her«, meinte sie. »Wobei ich ja auch weder mit Alison noch mit Clara verwandt bin, nur mit Liliana. Und deren Geist hält sich deutlich mehr im Hintergrund.« Lächelnd erzählte sie Karla von den letzten Seiten in Melvins Buch und von seinen Zweifeln an sich selbst.

»Das scheint mir ein ganz schöner Spinner zu sein«, urteilte Karla. »Ich bin gespannt, was du erzählst. Und jetzt machen wir Schluss. Ruf deinen Gernot an und finde raus, wo er ist. Vertrauen ist gut, Kontrolle ist besser.«

Gernot und Rebecca meldeten sich bester Laune aus einem Restaurant beim Waipoua Forest. Nach dem Museumsbesuch am Vormittag waren sie am Nachmittag lange gewandert und hatten dem Tane Mahuta ihre Aufwartung gemacht, wie Rebecca es ausdrückte. Damit, so fanden sie, hätten sie sich ein Festessen verdient. Rebecca sandte per WhatsApp Fotos von den eben servierten Gerichten, die wirklich verheißungsvoll aussahen. Ellinor fühlte sich nun doch etwas abgehängt. Hätten die beiden sie nicht abholen und ein gutes Restaurant in Dargaville suchen können?

Schließlich ging sie frustriert ins Bett, war jedoch noch wach, als Gernot frisch geduscht neben sie zwischen die Laken glitt.

»Schönen Tag gehabt?«, fragte sie schlaftrunken.

»Sehr schönen Tag«, bestätigte Gernot, drehte sich weg und schlief ein.

Ellinor empfand vagen Missmut, schloss dann aber gleich wieder die Augen. Der kommende Tag würde spannend werden. Sie freute sich auf Melvin Dickinson.

»Wir können heute Vormittag an den Strand«, schlug Rebecca beim Frühstück vor. »Melvin wird erst um drei oder so zurück sein. Und Baylys Beach ist sehr schön.«

Ellinor zuckte mit den Schultern. Warum nicht? Es wurde Zeit, dass sie wieder etwas von Neuseeland sah. Inzwischen bereute sie ein wenig, dass sie am Vortag nicht mitgefahren war. Rebecca hatte während des Frühstücks ohne Punkt und Komma erzählt. Das Kauri-Museum musste wirklich interessant sein.

»Vielleicht steig ich ja doch noch in das Geschäft meiner Eltern ein«, überlegte Rebecca. »Kauri-Holz und die ganze Geschichte drumrum ... Das ist total spannend.«

Den Plan eines Studiums der Kunstgeschichte schien sie schon wieder ad acta gelegt zu haben. Während Gernot ihr beipflichtete und noch einmal die Majestät des Tane Mahuta erwähnte, befand Ellinor missmutig, dass Rebecca sich treiben ließ. Sie war ganz offenbar von Beruf Tochter, wie man so schön sagte, und dachte gar nicht daran, sich ernsthaft für eine Ausbildung oder ein Studium zu entscheiden.

»Vielleicht können wir am Strand was malen«, bemerkte Rebecca dann zu Ellinors Überraschung. Gernot hatte auf Rebeccas Drängen hin Skizzenblöcke, Zeichenkohle und Aquarellfarben erstanden.

»Zeichnen«, verbesserte er sie jetzt nachsichtig. »Rebecca hofft, ich könnte ihr das Zeichnen beibringen.«

Ellinor fand das befremdlich. Gernot als Lehrer? Rebecca musste ihn wirklich um den Finger gewickelt haben. Sie dachte an Karlas Argwohn, tat die Bedenken ihrer Freundin jedoch ab. Rebecca war noch so jung. Siebzehn Jahre jünger als Gernot. Er hatte Geduld mit ihr, er war vielleicht wie ein guter Vater. Mehr konnte sie sich zwischen den beiden nicht vorstellen. Schon weil Rebecca nicht sein Typ war. Gernot stand auf große, sehr schlanke Frauen, weniger auf weiche, kurvige wie Rebecca.

»Na, dann macht mal.« Ellinor lächelte und packte ihre Strandtasche.

Baylys Beach war ein langer, von Hügeln gesäumter Sandstrand. Es gab ein paar Wellenreiter, doch sonst hatten Ellinor, Rebecca und Gernot ihn an diesem Tag für sich. Rebecca wollte sofort ins Wasser, und gleich schlugen die ersten Wellen über sie hinweg. Gernot erklärte, sie retten zu müssen, und Ellinor sah zu, wie die beiden in den Wellen tobten. Sie selbst verzichtete darauf, sich den Brechern auszuliefern. Zwar konnte sie gut schwimmen, doch sie hatte keine Lust, salzverkrustet und mit strähnigem Haar bei Melvin Dickinson aufzukreuzen.

Rebecca machte das nicht so viel aus, ihren Kräusellöckchen konnte das Meer ohnehin nicht viel antun. Nach dem Schwimmen bestand sie darauf, die Zeichenblöcke herauszusuchen, und Gernot tat ihr wirklich den Gefallen, rasch ein paar Skizzen von Strand und Meer zu zeichnen. Geduldig erklärte er Rebecca Grundlagen – die Perspektive, das Halten des Stiftes und verschiedene kleine Techniken betreffend.

»Das ist schön«, wagte Ellinor beim Blick auf Gernots Landschaftsbilder zu bemerken.

Sie bereute es im selben Moment, in dem sie es aussprach – gleich würde er sicher wieder zu einem Vortrag über »gegenständliches Malen als gefällige Gebrauchskunst« ansetzen. Zu ihrer Überraschung blieb seine Empörung jedoch aus. Er war ganz mit Rebecca und deren ersten Zeichenversuchen beschäftigt. Vielleicht hatte er ihre Bemerkung gar nicht wahrgenommen.

Nach der kurzen Zeichenstunde machten die beiden sich über die mitgebrachten Lunchpakete her. Rebecca hatte im Motel ein Picknick geordert, das die Rechnung ordentlich in die Höhe treiben würde. Ellinor fand, ein Besuch im Supermarkt hätte es auch getan, aber für Rebecca spielte Geld wirklich keine Rolle. Gernot schien sich darüber ebenfalls keine Gedanken zu machen. Er schlug sich genüsslich den Bauch mit den verschiedensten Leckereien voll, trank dazu ein Bier und verkündete, er bleibe am Nachmittag lieber am Strand, als mit Rebecca und Ellinor Ahnenforschung zu betreiben.

»Ganz ehrlich, ich bin Frano Zima und seine Frauen ziemlich leid«, gestand er. »Also macht das ruhig allein, während ich an meiner Bräune arbeite.«

Ellinor war ein wenig unglücklich über seinen Mangel an Interesse, vor allem zeigte sich jedoch Rebecca enttäuscht.

»Wir sind doch extra deswegen hergekommen«, sagte sie. »Ich meine ... natürlich ist es total schön hier ...« Es klang bedauernd, als dächte sie ernstlich daran, ebenfalls auf den Besuch zu verzichten. Dann siegte jedoch ihre Neugier. »Wir werden es einfach kurz machen!« Sie lächelte Gernot Beifall heischend zu. »Nicht, Ellinor? Wir unterhalten uns ein bisschen mit dem und kommen anschließend schnell wieder her.«

Ellinor runzelte die Stirn. »Ich wollte mich eigentlich in Ruhe mit ihm unterhalten«, wandte sie ein. »Wenn er sich schon die Zeit nimmt. Es kann also sein, dass es länger dauert, Gernot. Willst du wirklich die ganze Zeit hierbleiben?« Sie war entschlossen, sich nicht hetzen zu lassen.

Rebecca zog einen Flunsch. »Ich hoffe bloß, der Typ ist nicht langweilig«, meinte sie. »Lass uns los. Je schneller wir da sind, desto eher sind wir fertig ...«

Sie wandte sich kurz von den anderen ab und tauschte ihr Bikinioberteil gegen ein knappes T-Shirt. Das Unterteil ließ sie an und zog ihre engen Jeans darüber. Es sah ausgesprochen sexy aus. Ellinor hoffte, dass Melvin Dickinson Rebeccas Aufmachung nicht in den falschen Hals bekam.

Das Haus des Schriftstellers lag etwas abseits vom Strand in den Hügeln, und Ellinor mochte es sofort.

»Ist das niedlich!«, begeisterte sie sich, als sie es von der Straße aus entdeckten. »Ein richtiges kleines Hobbit-Häuschen. So gemütlich …«

Das stimmte. Das Holzhaus war ochsenblutrot gestrichen, die Türen und Fensterläden blau. Es hatte ein anheimelndes Satteldach und sah aus, als entstammte es einem schwedischen Kinderfilm. *Ferien auf Saltkrokan* – Ellinor lächelte beim Gedanken an Astrid Lindgrens berühmtes Buch.

»Ich find's ein bisschen mickrig«, urteilte Rebecca. Sie maß ganz offensichtlich jedes Haus an Kauri Paradise. »Ob er da allein wohnt?«

Ellinor zuckte mit den Schultern. »Wir werden es gleich erfahren«, meinte sie, ging zum Haus und betätigte den altmodischen Türklopfer.

Drinnen bellte ein Hund. Eine Männerstimme befahl ihm, ruhig zu sein. Sie klang freundlich bestimmt. Auf den Hund machte das wenig Eindruck, er bellte weiter. Ellinor war gespannt, was sie hinter der Tür erwartete. Sie fand es immer wieder spannend, Menschen mit ihren Haustieren zu sehen. Was für ein Hund passte wohl zu Melvin Dickinson? Sicher kein Schäferhund oder Rottweiler, eher ein Labrador oder ein Border Collie.

»Ich komme!« Schritte näherten sich, und dann stand Melvin Dickinson in der Tür, neben ihm ein Golden Retriever, der jetzt aufhörte zu bellen und die Gäste anzulächeln schien. »Er tut nichts, er bellt nur. Er hält sich für den Türsteher und nimmt seine Aufgabe ernst«, erklärte Melvin und lächelte ebenfalls. Ein einnehmendes Lächeln, wie Ellinor fand. Überhaupt war ihr Dickinson sofort sympathisch. Er war groß und schlaksig, trug ganz unkompliziert Flipflops und ein graues T-Shirt. Sein dichtes, glattes Haar war etwas länger. Er hielt es sich mit seiner randlosen Brille, die ihm das Aussehen eines Gelehrten gab, aus dem schmalen Gesicht. Melvins Nase war gerade, die Lippen schön geschwungen und voll. Ellinor fühlte sich an das Porträt seiner Großmutter Tricia erinnert. Die Familienähnlichkeit war unverkennbar. Zudem schien er außer Ellinor der Einzige seiner Generation zu sein, der Frano Zimas grüne Augen geerbt hatte. Ellinor fragte sich, ob ihn das freute oder ob auch Frano zu den Geistern gehörte, die ihn verfolgten. »Ich bin Melvin, und das ist Doodle«, stellte er sich und seinen Retriever vor, der sich gleich von Ellinor streicheln ließ. »Ihr seid ... ich darf doch Du sagen?«

Ellinor nickte. »Wie es aussieht, sind wir verwandt«, meinte sie und betrat auf Melvins Einladung die winzige Diele des Häuschens, in der etliche Paar Schuhe vor einem Schuhschrank standen und Jacken und Hundeleinen an zwei Haken hingen.

»Es ist nicht sehr aufgeräumt hier«, entschuldigte sich Melvin. »Aber kommt doch rein, drinnen ist das Chaos nicht ganz so schlimm.«

Ellinor lachte. Was sie anging, so fühlte sie sich sofort wohl in Melvins Wohnzimmer. Es war klein und vollgestellt – Gernot hätte wahrscheinlich gleich behauptet, das Haus verursache ihm Beklemmungen. Ellinor dagegen empfand die Einrichtung als heimelig – gerade im Kontrast zu dem weiten Blick über Strand und Meer, den die Fenster preisgaben. Gewaltig, ungezähmt. Zwei voluminöse alte Sofas luden zum Sitzen ein, der niedrige Tisch war ein Schmuckstück aus Kauri-Holz, ebenso die schlichten, teilweise verglasten Schränke, in denen Melvin Geschirr und Gläser aufbewahrte, vor allem jedoch Bücher.

Melvin Dickinson musste Hunderte von Büchern besitzen. Ellinor bekam gleich Lust zu stöbern. Vor einem Kamin in einer Ecke stand ein Schaukelstuhl, daneben lag die Decke für Doodle. Auf dem Kaminsims drängten sich mehr oder weniger kitschige Trophäen – Melvin sammelte wohl alles an Preisen, was er je gewonnen hatte. Von einem Pokal für eine Schachmeisterschaft in der Grundschule, einer ähnlich bejahrten Auszeichnung aus dem

Bereich Hundesport bis zu einem futuristisch gestalteten Preis für einen »Artikel des Jahres, Abteilung Wissenschaft«. Alles war ziemlich eingestaubt, die Teppiche durchgetreten. Ellinor glaubte nicht, dass Melvin hier zusammen mit einer Frau lebte. Das einzige Accessoire, das sie weiblichem Geschmack zugeschrieben hätte, war ein mit Kerzen bestückter Kronleuchter, der über dem Tisch hing.

»Bei uns fällt öfter mal der Strom aus«, erklärte Melvin, als er ihren Blick auf den Leuchter bemerkte. »Und es ist verdammt kalt im Winter, wenn der Sturm ums Haus weht. Aber uns gefällt's, was, Doodle?« Der Hund wedelte zustimmend mit dem Schwanz. »Und jetzt nehmt Platz. Das Sofa ist sehr bequem. Wollt ihr einen Kaffee? Ich hab gerade welchen gekocht.«

Becher hatte Melvin schon auf einen Beistelltisch gestellt. Sein eigener war angeschlagen, für den Besuch hatte er wohl zwei intakte zusammengesucht. Ellinor dachte daran, dass es bei Karla ähnlich aussah – und bei ihr selbst käme das Alessi-Service wohl auch seltener auf den Tisch, würde Gernot nicht auf »ein bisschen Kultur im Alltag« bestehen.

»Milch?«

Ellinor nickte und machte es sich gemütlich. Aus den Augenwinkeln nahm sie wahr, dass Rebecca unruhig hin und her rutschte. Sie schien sich nicht allzu wohlzufühlen. Oder zog es sie jetzt schon zurück zum Strand?

Melvin versorgte sie alle mit Kaffee und setzte sich dann gespannt abwartend auf einen durchgesessenen Sessel ihnen gegenüber. Er war sicher ein guter Zuhörer.

»Dann erzählt mal!«, forderte er Ellinor und Rebecca auf, nachdem er sich nochmals dafür entschuldigt hatte, den Termin verschoben zu haben. »Ich bin wirklich gespannt. Ich hätte nie gedacht, dass sich über das Buch hinaus noch weitere Fakten zu dieser Geschichte recherchieren ließen. Zumindest nicht in Neuseeland.«

»Ich hab auch in Europa angefangen«, erklärte Ellinor und stellte sich kurz vor. Melvin sah sie fast etwas erleichtert an, als sie von ihrem Job an der Uni erzählte. Wahrscheinlich hatte er befürchtet, es mit Spinnern zu tun zu haben, die an seinem Fernsehruhm partizipieren wollten. »Die Spur führte von Wien nach Dalmatien, von dort aus nach Neuseeland. Und da ich natürlich nie etwas von Frank Winter gehört hatte, konzentrierte ich mich auf den Namen Zima. So fand ich Rebecca.«

Melvin verzog den Mund. »Auf den Gedanken, das mal zu googeln, hätte ich auch kommen können. Andererseits hätte ich nie gedacht, dass Frano es über Tricia hinaus zu weiteren Nachkommen gebracht hat. Er hatte noch einen Sohn, nicht?«

»Einen Sohn und eine Tochter«, präzisierte Ellinor und berichtete ausführlich von Liliana. Melvin lauschte, seine Augen wurden immer größer.

»Liliana kam nie von ihm los«, endete sie schließlich. »Genau wie letztlich auch Alison und Clara.«

»Clara ist deine Urgroßmutter?«

Melvin wandte sich an Rebecca, die nun ihrerseits zu erzählen begann. Sie fasste sich kürzer als Ellinor, ließ Frano Zima allerdings besser dastehen.

Melvins Beurteilung seines Urgroßvaters fiel trotzdem vernichtend aus. »Frano Zima alias Frank Winter war also ein Gauner«, konstatierte er. »Ein Verführer. Aalglatt und rücksichtslos. Man bringt da wirklich Verständnis auf für Alison.«

Melvin wirkte allerdings gar nicht verständnisvoll, eher unglücklich. Er spielte versonnen mit seiner Brille. Ellinor tat er beinahe leid.

»Aber nein!«, protestierte Rebecca. »Du musst mal Claras Tagebuch lesen. Er wird sich Hals über Kopf in sie verliebt und Alison einfach vergessen haben! Das war natürlich nicht fair. Aber ... aber mit Clara ... das muss einfach über ihn gekommen sein ...«

»›Das‹ war die Erkenntnis, dass eine gut gehende Holzhandlung ihm bessere Zukunftschancen eröffnen würde als die vage Aussicht auf ein kleines Geschäft irgendwo im Nirgendwo«, sagte Melvin verächtlich. »Dass die verträumte, süße kleine Clara eine einfachere Partnerin sein würde als Alison, die ihn damals schon kritisierte, weil er nur viel redete, aber nichts zustande brachte. Ich glaube nicht, dass das über ihn gekommen ist, wie du sagst. Das wird er schon ganz sachlich überlegt haben. Auf jeden Fall ist es keine Entschuldigung, nicht einmal, wenn er Clara wirklich geliebt haben sollte. Er war Alison etwas schuldig, und er wusste, was er ihr antat!«

»Wie er auch wusste, was er Liliana antat, als er sich ohne sie von Dalmatien nach Neuseeland absetzte«, fügte Ellinor hinzu und streichelte Doodle, der auf dem Weg von einer Decke zur anderen bei ihr vorbeischaute und ihr den Kopf auf den Schoß legte. »Außerdem ist da noch was ... eine Ungereimtheit. Es fällt einem auf, wenn man Claras Bericht mit deinem vergleicht, Melvin. Du schreibst, dass Frano Alison ungefähr im April 1919 verlassen hat. Woraus schließt du das?«

Melvin runzelte die Stirn. »Grobe Schätzung«, gab er nach kurzer Überlegung zu. »Aufzeichnungen gibt es dazu nicht. Aber Tricia ist Anfang Dezember 1919 geboren, also muss Alison Mitte Februar bis Anfang März schwanger geworden sein. Das wird sie nicht vor April gemerkt haben. Frank versprach ihr die Ehe, als sie es ihm erzählte, und verschwand. Dann lernte er Clara kennen.«

Ellinor schüttelte den Kopf. »Eben nicht«, erklärte sie. »Tatsächlich tauchte Frano schon im November 1918 bei den Forresters auf. Am Tag des Kriegsendes, kein Irrtum möglich. Sonst stimmt allerdings alles überein: die Geschichte mit den Holzfiguren, die Kauri-Wurzel ... es ist nur nicht möglich, dass Alison damals schon schwanger war.«

Melvin rieb sich die Nase. »Vielleicht hat sie die Schwangerschaft nur vorgetäuscht, um ihn zur Ehe zu bewegen ...«

Ellinor hob die Schultern. »Kaum möglich. Dann hätte es Tricia nicht gegeben.«

»Du meinst, er war es vielleicht doch nicht?«, fragte Rebecca hoffnungsvoll. »Es könnte sein, dass Frano Zima und Frank Winter nicht die gleiche Person waren?«

Ellinor schüttelte den Kopf. »Natürlich waren Frank und Frano identisch«, sagte sie ungeduldig. »Da gibt es überhaupt keinen Zweifel. Worauf ich nur hinauswill, ist, dass Alison die Geschichte vor Gericht nicht ganz wahrheitsgemäß erzählt haben muss. Keine Ahnung, warum, doch Tatsache ist, dass Frano früher verschwand, sie aber noch mindestens einmal besucht haben muss, nachdem er schon mit Clara in Te Kao lebte.«

Rebeccas Blick verdüsterte sich. »Er hat ...? Nein! Das würde ja bedeuten, dass er beide Frauen ... Ich meine ... dann hätte er Clara betrogen!«

Ellinor nickte. »Davon muss man ausgehen«, bestätigte sie. »Wahrscheinlich wurde Tricia während seiner ersten Reise zur Coromandel-Halbinsel gezeugt. Das war zwischen Mitte Januar und Ende Februar. Es passt.« Sie gab Melvin einen Zettel, auf dem sie die Daten von Franos Reisen aufgelistet hatte. »Hier, das sind die Zeiten, in denen er zur Kauri-Bergung unterwegs war. Und auf dem Hin- und Rückweg einen ominösen ›Freund‹ besuchte. Dessen Identität kennen wir jetzt: Alison Dickinson.«

Melvin studierte den Zettel und nickte. »Das Heiratsversprechen erfolgte dann während der zweiten Reise im April. Als er längst mit Clara verlobt war. Es kommt genau hin. Er war ein Gauner«, wiederholte er. »Neben der Mörderin habe ich jetzt auch noch einen Betrüger unter meinen Ahnen – und in gewisser Weise einen Heiratsschwindler.«

Er schaute aufs Meer hinaus, während er sein trostloses Fazit zog. Ellinor meinte fast zu sehen, wie sich Melvins Geister um ihn scharten.

Spontan legte sie ihre Hand auf seine, was Doodle, der Hund, sofort registrierte. Fragend sah er seinen Herrn und Ellinor an, schien die Berührung dann jedoch gutzuheißen und ließ den Kopf wieder auf seine Decke sinken.

»Melvin, das darfst du dir nicht so zu Herzen nehmen!«, mahnte Ellinor. »Natürlich hast du recht, unser gemeinsamer Ahnherr war ein kleiner, mieser Schürzenjäger. Aber das hat nicht das Geringste mit dir zu tun. Du brauchst dich weder für ihn zu schämen noch dafür, wie deine Urgroßmutter Alison ihr Problem schließlich löste. Und dass Tricia ihr Kind verlassen hat ... also ich kann das nachvollziehen. Sie war in einer verzweifelten Situation. Das heißt nicht, dass Treulosigkeit in deiner Familie liegt.«

Melvin nahm selbstvergessen seine Brille ab und setzte sie wieder auf. »Ich frage mich trotzdem, wie ich reagieren würde, wenn ich mich in solch einer Lebenskrise befände wie Frano und Alison und Tricia. Ob ich auch so ... so versagen würde.«

Rebecca, die in den letzten Minuten fassungslos geschwiegen hatte, griff sich an die Stirn. »Man kann's auch übertreiben«, bemerkte sie. »Aber wir sollten jetzt mal gehen, Ellinor. Gernot wird schon warten. Wir sind doch fertig, oder?«

Es passte nicht in Rebeccas Weltbild, dass der von Clara und ihrem Sohn so vergötterte Frano Zima gerade vom Sockel gestoßen worden war. Da nutzte es auch nichts, dass Melvins Rechercheergebnisse einen Teil des Familienmythos der Zimas bestätigten: Clara hatte recht gehabt, Frano hatte sie nicht verlassen. Hätte Alison ihn nicht umgebracht, so wäre er zu ihr und ihrem Kind zurückgekehrt. Den Beweggrund dafür hatten Ellinor und Melvin jedoch massiv infrage gestellt. Die Geschichte von der »großen Liebe« zwischen Clara und Frano war wie ein Kartenhaus zusammengebrochen.

Ellinor sah Melvin hilflos an. Es widerstrebte ihr, ihn so unvermittelt mit seinen Geistern allein zu lassen.

Melvin lächelte jedoch freundlich. »Geht nur«, sagte er. »Ich dramatisiere sicher ein bisschen. Ich bin ein Grübler – sagt jedenfalls meine Mutter. Mein Vater meint, ich solle es mal mit richtiger Arbeit versuchen, da hätte ich keine Zeit mehr, um mir über die Vergangenheit den Kopf zu zerbrechen. Leider habe ich zwei linke Hände.«

Ellinor lachte. »Geht mir ähnlich«, gab sie zu. »Vielleicht ein Erbe unseres werten Ahnherrn Frano? Der hatte es ja auch nicht so mit der körperlichen Arbeit.«

Melvin grinste.

Rebecca dagegen verteidigte Frano. »Aber er war ein Künstler!«, erklärte sie. »Hast du nicht die Schnitzereien gesehen? Er ...«

»Die Schnitzereien stammten höchstwahrscheinlich von seinem Freund Jaro«, zerstörte Melvin eine weitere Illusion. »Der hat mit Holz gearbeitet.«

»Gibt's von dem eigentlich Nachkommen?«, erkundigte sich Ellinor, während Rebecca schon ungeduldig aufstand. »Hast du da nachgeforscht? Mir fehlte der Nachname.«

»Jaros Nachname war ... Warte mal ...« Melvin massierte sich die Schläfen. »Stanćić oder so ähnlich. Er hat etliche Enkel und Urenkel, über ganz Neuseeland verteilt. Ein paar habe ich angerufen, aber Jaro scheint nicht sehr gesprächig gewesen zu sein. Zumindest hat er nie über Frano gesprochen. Er hat vor Gericht für Alison ausgesagt, und das war's.«

»Kommst du jetzt?« Rebecca lief in Richtung Tür.

Ellinor sah Melvin entschuldigend an. »Wir müssen los, mein Mann wartet.«

»Du bist verheiratet?«, fragte Melvin. »Ja, richtig, Rebecca sagte so was am Telefon. Warum ist er denn nicht mitgekommen? Hat er kein Interesse an Ahnenforschung?« Er lächelte wieder. »Na, dann grüß ihn jedenfalls unbekannterweise von mir. Und vielen Dank, dass ihr vorbeigekommen seid. So viele neue Erkenntnisse und Denkanstöße! Ich müsste das Buch glatt noch mal schreiben.«

Er zwinkerte den Frauen zu und stand auf, um ihnen die Haustür zu öffnen. Doodle, der zu seinen Füßen gelegen hatte, erhob sich ebenfalls und ließ sich zum Abschied noch einmal streicheln. Er bedachte Ellinor mit einem anbetenden Blick, als sie ihm den Kopf kraulte. Sie und Melvin tauschten Telefonnummern und E-Mail-Adressen aus.

»Falls sich noch irgendwie was ergibt«, meinte Melvin. »Man weiß ja nie.«

Ellinor nickte. »Ich schicke dir auch noch Kopien von Claras Tagebuch«, versprach sie. »Bislang hab ich nur eine, die würde ich gern behalten. Aber du willst es doch sicher auch lesen.«

Melvin nickte. »Wir bleiben in Verbindung«, erklärte er lächelnd.

Kapitel 4

»Der war nett, nicht?«, meinte Ellinor, als sie neben Rebecca im Auto saß. Rebecca fuhr ziemlich halsbrecherisch um die Kurven zurück zu dem Strandabschnitt, an dem Gernot wartete.

Rebecca verzog das Gesicht. »Geht so«, sagte sie. »Ich fand ihn ziemlich seltsam. All das Gerede von Geistern und davon, wie einen die Vergangenheit heute noch einholt ... Also mich holt da gar nichts ein. Ob Frano jetzt ein Mistkerl war oder nicht ...«

»Du warst ganz schön betroffen«, bemerkte Ellinor. »Bis jetzt hast du gedacht ...«

»Und ich denk das nach wie vor!«, fiel ihr Rebecca ruppig ins Wort. »Egal, was ihr sagt. Das war die ganz große Liebe zwischen Clara und Frano. Auch wenn er nebenbei was mit dieser Alison hatte. Wer weiß, was die alles angestellt hat, um ihn ins Bett zu bekommen. Die war doch auch total gestört ...«

»Ich würde Melvin Dickinson wirklich nicht als gestört bezeichnen.« Ellinor spürte Ärger in sich aufsteigen. Rebecca war ganz schön anstrengend. »Nur weil er sich mit der Vergangenheit auseinandersetzt und die Wahrheit wissen will. Dich zwingt niemand, du kannst glauben, was du willst. Mussten wir nicht gerade rechts abbiegen?«

Gernot wartete tatsächlich bereits, am späten Nachmittag wurde es kalt am Strand.

»Ich dachte, ihr wolltet es kurz machen«, sagte er.

»Rebecca wollte es kurz machen«, bemerkte Ellinor. »Ich wollte mich in Ruhe unterhalten. Wenn ich dafür schon so weit gefahren bin. Und es war auch sehr aufschlussreich. Du hättest ja mitfahren können, Melvin ist echt sympathisch.«

»Ein sympathischer Spinner«, sagte Rebecca. »Aber Ellinor konnte nicht genug davon kriegen, was er zu sagen hatte. Sollen wir irgendwo was essen gehen? Ich komme um vor Hunger. Du doch bestimmt auch, Gernot ...«

Und ich?, dachte Ellinor und schüttelte in Gedanken den Kopf über die kindische Art ihrer Cousine. Glaubte Rebecca, sie selbst hätte keinen Hunger, nur weil sie und Melvin davon überzeugt waren, dass Frano Zima ein Gauner gewesen war?

Ellinor wunderte sich nicht darüber, dass Rebecca es nicht für nötig hielt, mehr über das Gespräch mit Melvin zu erzählen, war allerdings etwas gekränkt über Gernots Desinteresse. Ihr Mann stellte keine Fragen, ihn beschäftigten längst andere Dinge als Ellinors Nachforschungen. Gernot hatte die Zeit am Strand genutzt, um den Reiseführer zu wälzen, und plante nun die nächsten Ziele – die ganz sicher nichts mit Frano Zima und seinen Frauengeschichten zu tun haben würden.

»Ich denke, wir fahren nach Waitomo. Die Glowworm Caves sollen atemberaubend sein.«

Neuseeland war bekannt für seine Glühwürmchenhöhlen, wobei es sich bei den leuchtenden Wesen nicht wirklich um Glühwürmchen handelte, sondern um die Larven einer Mückenart, die leuchtende Fangfäden auslegten, um Insekten anzulocken.

Rebecca versuchte, gleichzeitig zu nicken und den Kopf zu schütteln. »Die Glühwürmchen sind toll«, erklärte sie. »Aber dafür fährt man nicht nach Waitomo. Jedenfalls nicht als Neuseeländer. Das ist nur was für Touristen. So was wie Glühwürmchen-Disneyland und obendrein noch teuer. Die Waipu Caves sind viel besser. Da war ich mal mit der Schule, absolut irre.«

»In Waipu gibt's aber keine geführten Touren«, wandte Ellinor ein. Auch sie hatte sich über Alternativen zu Waitomo kundig gemacht. Einmal, weil Gernot gern darüber spottete, wenn sie ihn über touristisch zu ausgetretene Pfade führte, und zum Zweiten, um Geld zu sparen. »Ich weiß nicht, ob ich mich allein in so eine Höhle traue.«

Rebecca winkte ab. »Die Wanderwege sind gut ausgeschildert. Da kann gar nichts passieren. Außerdem ...«, über ihr Gesicht zog ein Strahlen, »… außerdem kann ich ja mitkommen! Waipu ist nur gut eine Stunde von hier entfernt, da können wir zusammen hinfahren. Ich stell mich als Tourguide zur Verfügung!«

Ellinor rieb sich die Stirn. Eigentlich hatte sie inzwischen genug von ihrer überschwänglichen Cousine. Sie mochte Rebecca zwar gern, wünschte sich jetzt aber wieder etwas Zeit mit Gernot allein. Gernot dagegen schien ganz angetan von der Idee.

»Dann lass uns das machen!«, beschloss er.

»Fällt sie dir nicht langsam auf die Nerven?«, erkundigte sich Ellinor, als sie wieder im Hotel waren, nachdem sie in einem Hamburger-Lokal – aufregendere Gastronomie hatte Dargaville nicht zu bieten – nicht sehr gut, dafür reichlich gegessen hatten.

»Wer? Rebecca?«, fragte Gernot. »Die ist doch ganz witzig. Und sie weiß eine Menge über Neuseeland.«

Tatsächlich hatte Rebecca während des Essens unausgesetzt darüber geredet, was Ellinor und Gernot in Neuseeland unbedingt noch sehen und erleben mussten.

»Sie lebt hier«, bemerkte Ellinor. »Und scheint im Sachunterricht gut aufgepasst zu haben. Oder sie ist einfach schon viel rumgekommen. Sie hat schließlich genügend Zeit und Geld.«

Gernot runzelte die Stirn. »Das klingt ja regelrecht neidisch«, meinte er.

Ellinor schüttelte den Kopf. »Nein. Neidisch bin ich nicht auf so ein Drohnendasein. Ich denke, es ist besser, wenn jemand ein Ziel hat und sich auf irgendetwas zubewegt, statt immer nur das zu tun, worauf er gerade Lust hat. Na ja … Ist zum Glück nicht mein Problem, sondern Rebeccas – beziehungsweise das ihrer Eltern. Die würden sich bestimmt wünschen, dass sie sich endlich entscheidet, was Sinnvolles zu tun …«

»Du bist spießig, mein Schatz!«, erklärte Gernot.

Ellinor zuckte mit den Schultern. »Ich bin realistisch. Und der altmodischen Auffassung, dass man sein Geld ab einem gewissen Alter selbst verdienen sollte, statt seinen Eltern auf der Tasche zu liegen. Nur, wie gesagt, das geht mich nichts an. Mir fallen ihr ständiges Geplapper und ihre Oberflächlichkeit trotzdem auf die Nerven. Hoffentlich verläuft sie sich nicht morgen mit uns in den Höhlen.«

Rebecca und Gernot plauderten während der gesamten Fahrt Richtung Waipu über Neuseelands Naturschönheiten und über Kunst, Ellinor hörte kaum hin. Sie war genervt, weil Rebecca sich ihrer Reise ungefragt anschloss. Beinahe wäre es nach ihrer Kritik an der Cousine noch zu einem Streit mit Gernot gekommen. Überempfindlich, wie er sein konnte, hatte er die Vorwürfe auf sich selbst bezogen, hatte ihr erneut eine spießige Einstellung vorgeworfen und Eifersucht auf Menschen, die das Leben leichter nahmen. »Dein Problem ist, dass du nicht über den Tellerrand hinausgucken kannst!«, hatte er verärgert erklärt. »Du hast keine Träume, keine Visionen! Oder geht's in Wirklichkeit mal wieder um Geld? Willst du mir vorwerfen, dass ich dir auf der Tasche liege?« Ellinor hatte den Ausbruch einfach über sich ergehen lassen. Sie hatte keine Ahnung, womit sie Gernot so verärgert hatte. Hätte sie vielleicht nicht erwähnen sollen, dass sie Melvin Dickinson sympathisch fand?

Der grüblerische Autor ging ihr auch heute nicht aus dem Kopf. Ebenso wenig wie Frano, Alison und ihre Geschichte. Und die Frage, warum Vergangenheit manche Menschen nicht losließ, während andere es schafften, ganz im Hier und Jetzt zu leben. Eigentlich ein interessantes Thema für ein Seminar, dachte Ellinor. Ich könnte es ausarbeiten und im nächsten Jahr an der Uni anbieten. Sie ertappte sich bei dem Gedanken, wie interessant es wäre, mit Melvin Dickinson darüber zu reden.

Sie saßen in Rebeccas Auto – sie hatte vorgeschlagen, den Leihwagen in Dargaville stehen zu lassen und mit ihrem kleinen roten Flitzer nach Waipu zu fahren. Gerade passierten sie eine Waldlandschaft, und Ellinor schreckte aus ihren Gedanken auf, als sie mitbekam, dass Gernot und Rebecca beschlossen, spontan zu halten und eine Wanderung zu unternehmen.

»Ich dachte, wir wollten diese Glühwürmchen besuchen«, wandte sie ein, um wieder mal überstimmt zu werden.

»Die Glühwürmchen leben seit tausend Jahren in Waipu«, behauptete Rebecca. »Die fliegen uns nicht weg. Aber hier geht es zum Tangihua Forest, wir können einen Abstecher dahin machen. Da gibt es Ancient Kauri. Das stand jedenfalls auf dieser Infotafel im Museum, nicht, Gernot? Hier waren Gumdigger aktiv. Vielleicht finden wir ja Kauri-Harz.«

Ellinor hielt das für unwahrscheinlich. Die Gumdigger hatten garantiert nichts liegen lassen, damit es hundert Jahre später von ein paar zufälligen Wanderern aufgelesen wurde. Sie folgte ihrem Mann und Rebecca trotzdem in den Wald und fragte sich, warum ihre Laune so anhaltend schlecht war. Schließlich würden sie ja nichts versäumen, es war ganz egal, wann sie die Waipu Caves besuchten. War es Wehmut, weil ihre Suche nach den Spuren Frano Zimas ein Ende gefunden hatte? Auch dafür gab es keinen Grund. Sie war doch erfolgreich gewesen. Und trotzdem spukten ihr Melvin Dickinson und seine Geister im Kopf herum ...

Sie stapfte hinter Rebecca und Gernot über feuchte Wege und wartete geduldig, als die beiden wieder Papier und Kohlestifte auspackten, um die Schönheiten des Regenwaldes zu skizzieren. Ungläubig registrierte sie, wie bereitwillig Gernot gegenständlich zeichnete und wie übertrieben überschwänglich er Rebecca für ihre Zeichenversuche lobte.

Es wurde Nachmittag, als die drei schließlich in Waipu anlangten, zu spät für die Wanderung zu den Höhlen. Rebecca schlug ein Motel bei Langs Beach vor, sie hatte keine Lust, die Strecke jetzt zurück und am nächsten Tag noch mal zu fahren.

»Aber wir haben das Zimmer in Dargaville bezahlt«, wandte Ellinor ein. »Wenn wir jetzt hier übernachten, müssen wir doppelt bezahlen.«

»So ein Drama wäre das ja auch wieder nicht«, meinte Rebecca gelassen.

Ellinor widersprach nicht mehr, sie kämpfte mit Kopfschmerzen. Schließlich fuhren sie nach Langs Beach und suchten ein Hotel. Ellinor zog sich sofort in ihr Zimmer zurück und ließ Gernot und Rebecca allein essen gehen. Aufatmend ließ sie sich aufs Bett fallen und genoss die Stille. Eigentlich hatte sie darüber nachgedacht, noch mit Karla zu skypen, doch jetzt war sie einfach nur froh, für sich zu sein und keine Stimmen mehr zu hören. Bis auf die der Geister. Und die von Melvin Dickinson ...

Seine Fragen hallten in ihr nach wie schon den ganzen Tag. Doch jetzt hatte sie endlich Zeit zum Antworten. Sie griff nach ihrem Handy, rief das E-Mail-Programm auf und begann zu schreiben.

Lieber Melvin,

ich hoffe, du empfindest mich nicht als aufdringlich, aber mir gehen deine Gespenster nicht aus dem Kopf – vielleicht deshalb, weil es zum Teil ja auch meine Gespenster sind. Ich meinte, in Dalmatien Lilianas Präsenz zu spüren – und Frano ... Nun, in der letzten Zeit haben wir ihm wohl beide viel Zeit gewidmet. Ich bereue das allerdings nicht, ich bin wie du der Meinung, dass die Zeiten ineinandergreifen, dass Geschichte nicht gänzlich vergangen ist, sondern uns und unser Leben immer bestimmt – im Guten wie im Bösen. Ich denke nur, du neigst zu sehr dazu, mit deinen Geistern zu hadern. Hast du dir einmal überlegt, wie es wäre, sie dir stattdessen zu Freunden zu machen? Frano Zima ... Natürlich war er ein Gauner. Aber er muss auch ein außerordentlich charismatischer Mann gewesen sein, ein Dichter in gewisser Weise. Er wusste mit Sprache ebenso gut umzugehen wie du. Vielleicht hat er dir diese Gabe vererbt, und du hast die Chance genutzt, sie produktiver und menschenfreundlicher einzusetzen als er. Auch dein einnehmendes Wesen magst du von ihm haben. Er hatte Charisma, konnte verbindlich sein. Vielleicht verdankst du seinen Anlagen deine Erfolge in Talkshows.

Und Alison ... Sie war natürlich ein schwacher Mensch, sie hat sich benutzen lassen, bis sie sich dann vergaß. Doch sie konnte tief und innig lieben, sie stand zu dem Mann, an den sie sich gebunden hatte, sie war zuverlässig und treu. Das alles sind keine schlechten Eigenschaften, solange man nicht an den falschen Menschen gerät.

Tricia war sechzehn, als sie ihren Sohn verließ. Wobei sie ihn nicht aussetzte oder ins Waisenhaus gab, sondern die einzigen rechtschaffenen und zuverlässigen Menschen, die sie jemals kennengelernt hatte, darum bat, sich um ihn zu kümmern. Elizabeth Frazier hätte das ebenso als Vertrauensbeweis deuten können, wie sie Tricias Flucht als Beweis ihres Misstrauens sah. Geschichte ist auch eine Frage der Deutung, Handlungen sind abhängig von den Umständen, bestimmt von Zeit und Ort. Ich denke, du solltest Frieden mit deinen Geistern schließen. Wie ich nun versuchen werde, Liliana in Frieden ruhen zu lassen. Wir haben ihre Geschichte erzählt.

Liebe Grüße, Ellinor

Ellinor überlegte nicht lange, bevor sie die Mail abschickte. Danach fühlte sie sich besser. Und ihr Herz schlug heftig, als ganz kurz darauf eine Antwort eintraf.

Liebe Ellinor,

was für ein schöner Brief! Es stimmt – unsere Geister haben auch etwas Gutes bewirkt. Wir haben uns kennengelernt und sind in Kontakt. Ich würde mich sehr freuen, ab und zu von dir zu hören – schließlich sind wir verwandt. ☺

Und das Kompliment mit dem einnehmenden Wesen – das kann ich von ganzem Herzen zurückgeben.

Herzliche Grüße, Melvin

(und Doodle – Türsteher und Ghostbuster)

Ellinor lachte und fühlte sich schon erheblich besser.

Sie schlief ein und wachte nicht einmal auf, als Gernot zurückkam.

Kapitel 5

Am nächsten Morgen schickte Karla eine SMS, um sich zum Skypen zu verabreden.

»Jetzt?«, maulte Gernot, als Ellinor das Tablet herauskramte. »Wir wollten doch gleich frühstücken und dann zur Höhle.«

»Ich hab Karla gestern Abend versetzt«, gestand Ellinor. »Wir wollten eigentlich reden, aber ich bin eingeschlafen. Geh einfach schon vor, ich mach ganz schnell.«

Gernot verzog das Gesicht, schlüpfte dann jedoch in seine Jeans und ein T-Shirt und ging zur Tür. »Gestern konnte es dir nicht schnell genug gehen mit der Höhle«, warf er ihr noch vor, bevor er hinausging.

Ellinor wusste schon wieder nicht, womit sie seinen Unmut erregt hatte, freute sich jedoch auf das Gespräch mit Karla. Ausführlich berichtete sie ihr von Melvin.

»Es war wirklich superinteressant, mit ihm zu reden«, schloss sie.

»Und obendrein sieht er super aus«, bemerkte Karla grinsend.

Ellinor runzelte die Stirn. »Woher weißt du das denn?«

Karla lachte. »Internet. Autorenfotos. Ich hab ihn und sein Buch gegoogelt. Wie schön, dass wir uns einig sind.« Karla zwinkerte ihrer Cousine verschwörerisch zu.

»He, ich bin glücklich verheiratet!« Ellinor schüttelte den Kopf. »Melvin interessiert mich nicht.«

»Passt aber genau in dein Beuteschema«, neckte Karla sie. »Groß, dunkel, freischaffend ... wahrscheinlich permanent pleite ...«

»Ich glaube, Melvin kann ganz gut von seiner Arbeit leben«, verteidigte ihn Ellinor.

Sie musste dazu nicht mal übertreiben, wie sie es schon routinemäßig tat, wenn sie Karla Gernots Erfolge aufzeigte. *Ein langer Winter* war schließlich ein Bestseller, und Melvins Häuschen hatte zwar nicht gerade wie die Wohnstatt eines Millionärs, aber auch nicht ärmlich gewirkt.

»Noch ein Plus!«, witzelte Karla weiter. »Ein Mann, der dir nicht auf der Tasche liegt …«

Ellinor verzog das Gesicht. Karla konnte die Stichelei einfach nicht lassen.

»Gernot hat gerade ein Bild verkauft«, sagte sie ungehalten. »Er liegt mir nicht auf der Tasche. Und Melvin ist kein Kandidat für eine Affäre. Der ist ja … ein Vetter …«

Karla lachte. »Zum Glück ein weit entfernter. Zu schade, dabei habt ihr so viel gemeinsam: Ahnenforschung, Interesse an Geschichte … Und dann hat er auch noch einen Hund …« Karla wusste, dass Ellinor sich seit Langem einen Hund oder eine Katze wünschte. Gernot geriet allerdings allein bei dem Gedanken an Tierhaare auf seinem Designersofa aus der Fassung. Ganz abgesehen davon, dass er Haustiere spießig fand. »Was war's noch mal für einer?«

»Ein Golden Retriever«, erwiderte Ellinor. »Und auch wenn ich die besonders mag, heißt das nicht, dass ich mit Doodles Besitzer was anfangen will. Hör auf mit dem Blödsinn, Karla, ich liebe Gernot.«

»Wo ist er überhaupt?«, erkundigte sich Karla. »Unterwegs mit der kleinen Cousine?«

»Beim Frühstück«, beschied Ellinor sie. »Wo ich jetzt ebenfalls sein sollte, ich sterbe vor Hunger. Und ja, es ist möglich, dass auch Rebecca bereits Kaffee trinkt. Sie will uns heute eine Glühwürmchenhöhle zeigen. Tu mir einen Gefallen, und denk an mich. Wenn ich mich nicht spätestens nachmittags melde, kann es sein, dass wir im Waipu-Höhlensystem verloren gegangen sind. Das kannst du dann ja melden.«

Karla kicherte und versprach feierlich, im Zweifelsfall Ellinors Handy zu orten. Dann verabschiedeten sie sich.

Rebecca und Gernot waren fast schon fertig mit dem Frühstück, aber Ellinor ließ sich nicht hetzen. Nachdem sie am Abend nur ein Sandwich gegessen hatte, war sie jetzt hungrig wie ein Wolf und entschlossen, sich vor der Wanderung gründlich zu stärken. Dabei überflog sie ein paar Flyer, die sie auf dem Weg zum Frühstücksraum von der Rezeption des Motels mitgenommen hatte. Sie boten diverse geführte Höhlenwanderungen und private Guides an.

»Sollen wir uns da nicht einfach irgendwo anschließen?«, fragte sie. »Wir könnten anrufen, ob heute was stattfindet. An der Rezeption sagten sie, man könne kurzfristig was organisieren, besonders teuer sei das auch nicht. Dann wären wir nicht so ganz auf uns allein gestellt.«

Rebecca zog einen Flunsch. »Hey, Gernot, deine Frau traut mir nicht!«, rief sie Gernot zu, der sich gerade noch einmal Kaffee holte. »Ellinor, da kann gar nichts passieren. Wir gehen nur so weit, wie wir die Höhlen übersehen können ...«

»Oder wir besorgen uns irgendwo einen roten Faden und binden ihn am Eingang fest, wie weiland Theseus und Ariadne.« Gernot lachte. »Mit Monstern ist eher nicht zu rechnen, oder?«

»Die einzigen Raubtiere sind die Glühwürmchen«, gab Rebecca zurück. »Du brauchst wirklich keine Angst zu haben.« Sie stand auf. »Ich lass uns wieder ein Lunchpaket zusammenstellen. Das können wir im Zweifelsfall dem Monster als Köder hinwerfen.«

Ellinor sagte nichts weiter, sie widmete sich ihrem Müsli. So langsam regte sich wirklich etwas wie Eifersucht in ihr, wenn sie Rebecca und Gernot herumalbern sah. Mit ihrer Cousine wirkte er viel jünger und aufgeschlossener. Sie entdeckte Seiten an ihm, die sie bislang nicht kannte. Offenbar ging er wirklich gern mit jungen Leuten um und traf auch deren Ton. Dabei hatte er sich bislang immer geweigert, als Lehrer zu arbeiten. Mit Mal- und Zeichenkursen hätte er ein bisschen Geld dazuverdienen können. Sie beschloss, das Thema noch mal anzuschneiden, wenn sie wieder in Wien waren.

Gernot und Rebecca erwarteten sie schon am Auto, und sie fuhren gleich los. Ihre Cousine folgte allerdings nicht dem Wegweiser zu den Waipu Caves, sondern bog ins Gelände ab. Kurz darauf wurde die Straße zu einer Schotterpiste und endete schließlich auf einem kleinen Parkplatz. Rebecca hielt, schloss das Auto ab und gab jedem eine im Hotel geliehene Taschenlampe. Dann steuerte sie zielsicher eine Schafweide an, die sie überqueren mussten, bevor sie einen Berg erreichten.

»Hier ist der Eingang«, erklärte Rebecca und wies auf ein hinter einem Felsblock verstecktes Loch im Boden.

»Da soll ich durchkriechen?« Ellinor schüttelte den Kopf. »Da kriegt man ja Platzangst!«

»Es ist nur der Eingang, danach wird's weitläufig«, behauptete Rebecca und kletterte auch schon voraus in die Dunkelheit.

Gernot folgte ihr. Ellinor checkte noch kurz ihr Handy. Wie erwartet hatte sie keinen Empfang. Mit mulmigem Gefühl folgte sie den beiden, war dann jedoch angenehm überrascht, da der schmale Durchgang tatsächlich in einen größeren Raum führte. Rebecca und Gernot beleuchteten ihn bereits mit ihren Taschenlampen, ansonsten wäre es stockdunkel gewesen. Es dauerte eine Weile, bis sich ihre Augen an das Dämmerlicht gewöhnt hatten, doch dann stockte Ellinor fast der Atem vor der Schönheit, die sie umgab.

»Das ist ja eine Tropfsteinhöhle!«, sagte sie verwundert.

Rebecca lächelte. »Klar!«, meinte sie. »Das sind die Glühwürmchenhöhlen eigentlich alle. Und dies ist eine der schönsten. Kommt!«

Sie stapfte voraus, tiefer in die Höhle hinein, und Ellinor folgte ihr mit klopfendem Herzen. Der Pfad schien allerdings ausgetreten, sie waren also ganz sicher nicht die Ersten. Rebecca lief zielsicher und geschickt über den teilweise recht glitschigen Höhlenboden. Ellinor griff nach Gernots Hand. Die Atmosphäre in der Höhle hatte etwas Unwirkliches. Sie war schon vorher in Tropfsteinhöhlen gewesen, doch da waren die Stalaktiten und Stalagmiten entlang der Wege immer ausgeleuchtet gewesen.

Hier musste sie selbst das Licht ihrer Taschenlampe auf die Formationen richten, und oft erschrak sie, wenn eine der Säulen wie ein Mann oder ein Bär wirkte, der sie aus dem Dunkel heraus bedrohte. Rebecca schien die Anspannung ebenfalls zu empfinden und überspielte sie durch fortwährendes Plappern. Sie überbot sich mit Gernot darin, Gestalten oder Tiere, Schlösser oder Burgen in den Tropfsteingebilden zu erkennen, und wies auf ein Bächlein hin, das durch die Höhle floss, in das man sich aber nicht abseilen und durch die Dunkelheit treiben lassen konnte, wie in den Waitomo Caves. Dafür war das Wasser nicht tief genug.

Endlich erreichten sie einen größeren Raum. Die Höhle erweiterte sich hier, wurde auch höher – und die Decke erstrahlte tatsächlich im Licht von unzähligen Glühwürmchen. Fasziniert blickte Ellinor auf die Pracht, die einem Sternenhimmel glich.

»Das ist so wunderschön«, flüsterte sie ergriffen und drückte Gernots Hand, um den magischen Moment mit ihm zu teilen. »Wie in einem Märchen!«

Gernot schien jedoch nicht offen für die Magie der Szene. Er gesellte sich sehr schnell zu Rebecca, die ein paar tiefer hängende Leuchtkäferlarven entdeckt hatte. Sie richtete den Strahl ihrer Taschenlampe darauf und begann zu erklären, wie die Tiere das Licht erzeugten und ihre Köder für andere Insekten auslegten.

»Übrigens ... Je länger es her ist, seit sie ihren letzten Fang gemacht haben, desto heller leuchten sie«, erläuterte sie begeistert. »Ach ja, und eine Larve hängt bis zu siebzig Seidenfäden aus. Sie fängt damit sogar kleine Schnecken, Tausendfüßler und Nachtfalter. Die Viecher fressen so ziemlich alles. Also besser nicht anfassen, ihr könntet kleben bleiben!«

Sie lachte und erklärte den genauen Aufbau der Fäden, die wie winzige Lichterketten von der Höhlendecke hingen. Ellinor konnte sich kaum daran sattsehen. Obwohl ihr auch der Gedanke durch den Kopf schoss, dass sie hier eine Schönheit bestaunte, die nur dazu diente zu töten. Sie überlegte, ob sie Rebecca und Gernot auf die dunkle Seite der leuchtenden Pracht hinweisen sollte, aber die zwei lachten schon wieder miteinander und packten eben die Lunchpakete aus. Ellinor hatte eigentlich noch keinen Hunger, obwohl es zweifellos romantisch war, in der Höhle unter dem »Sternenhimmel« Rast zu machen.

Mit Gernot allein wäre es noch wesentlich schöner gewesen. Sie hätten schweigend dasitzen und die Eindrücke in sich aufnehmen können. Rebecca dagegen hörte nicht auf zu reden. Ellinor nahm resigniert die Wasserflasche entgegen, die sie ihr reichte. Eigentlich hätte der Moment Champagner verdient.

Nach dem kleinen Lunch führte Rebecca sie ebenso zielsicher aus der Höhle heraus, wie sie hineingefunden hatte. Darum zumindest hätte Ellinor sich nicht sorgen müssen.

»Und jetzt machen wir noch eine Wanderung«, erklärte ihr selbst ernannter Tourguide und wies auf eine orangefarbene Wegmarkierung. »Da hat man super Ausblicke. Dauert so etwa zwei Stunden.«

Ellinor hatte nichts dagegen, obwohl sie zwischendurch gern einen Ort mit Empfang und am besten WLAN angesteuert hätte, um Karla mit einer WhatsApp Entwarnung zu geben. Sie wusste, dass ihre Cousine ihre Befürchtungen ernst nahm und ihr Handy immer wieder auf ein Lebenszeichen hin checken würde. Zudem war es in Wien inzwischen Nacht, Ellinor hätte Karla gern versichert, dass sie ungefährdet aus der Höhle raus waren und sie nun ruhig schlafen konnte.

Vorerst war daran allerdings nicht zu denken, es gab nicht mal einen Andenkenladen oder ein Café auf der Strecke. Die Waipu Caves und ihre Umgebung waren tatsächlich ein Geheimtipp. Auf dem Wanderweg, der teilweise durch Felder, teilweise durch schroffe Kalksandsteinlandschaft und Regenwald führte, trafen sie keine Menschenseele.

»Das war schön!«, lobte Ellinor, als sie nach zwei Stunden müde erneut beim Auto anlangten. »Lasst uns jetzt noch irgendwo einen Kaffee trinken, bevor wir nach Dargaville zurückfahren.«

Der Coffeeshop bot freies WLAN, und sie hatte endlich Empfang. Ellinor sah drei verpasste Anrufe.

»Melvin«, wunderte sie sich. »Er hat versucht, mich zu erreichen. Was will er wohl?«

»Also mich hat er nicht angerufen«, meinte Rebecca nach einem flüchtigen Blick auf ihr Handy.

Ellinor sah zudem zwei Textnachrichten. Eine davon kam von Karla: *Lebst du noch?* Die andere von Melvin: *Ruf mich an!*

Ellinor tippte rasch eine Botschaft an Karla, dann wandte sie sich etwas ab und wählte Melvins Nummer.

Der Journalist meldete sich sofort. »Wo warst du denn?«, fragte er. »Ich hab mir schon Sorgen gemacht. Auf Reisen hat man das Handy doch gewöhnlich immer bei sich.«

»Nützt bloß nichts in einer Höhle«, meinte Ellinor.

Er lachte. »Höhle? Glühwürmchen?«

»Waipu. Es war aufregend. Und unglaublich schön ...«

»Ja.« Ellinor meinte fast zu sehen, wie Melvin nachdenklich seine Brille hochschob. »Wenngleich auch unheimlich. Das Licht gaukelt Geborgenheit vor und bringt stattdessen jedem den Tod, der es anfliegt – jedenfalls jedem, der kleiner ist als drei Zentimeter.«

Ellinor lachte und fand es gleichzeitig unheimlich, dass Melvin beim Betrachten der Glühwürmchen dieselben Gedanken gehegt hatte wie sie. Unheimlich und trotzdem schön.

»Wir sollten das im Auge behalten, wenn wir Astronauten zu den Sternen schicken«, bemerkte sie und brachte damit ihn zum Lachen. »Was gibt's?«, fragte sie dann. »Ist was passiert? Oder wolltest du mir nur sagen, wann deine Talkshow gesendet wird?«

Sie hatten bei ihrem Treffen kurz über die Aufnahme in Christchurch gesprochen.

»Das war schon gestern«, sagte er. »Wir haben es beide über einen gewissen Austausch von E-Mails verpasst. Wobei das ziemlich egal ist, ich weiß ja, was ich gesagt habe. Ich muss dir was anderes erzählen. Oder euch, Rebecca wird es bestimmt auch interessieren.«

»Rebecca ist hier«, erklärte Ellinor, fast etwas bedauernd, es hatte ihr gefallen, allein mit Melvin herumzualbern. »Soll ich das Telefon laut stellen?«

Sie betätigte die Lautsprechertaste, obwohl Rebecca nur mäßig interessiert wirkte.

»Ich hab einen Anruf bekommen«, berichtete Melvin. »Nach dieser Talkshow Von einer Hannah Biloxi. Sie war sehr aufgeregt.«

Rebecca zuckte mit den Schultern. »Nie gehört«, sagte sie. »Doch nicht noch mehr Familie?«

»Nicht direkt«, antwortete Melvin. »Also, natürlich ist sie auch mit euch verwandt, aber nur über sieben Ecken. Trotzdem könnte es euch interessieren, sie zu treffen. Oder zumindest das Haus zu sehen. Hannah Biloxi führt eine Pension. Bei Paeroa. Das ... das Winterhaus.«

»Was?«, fragte Ellinor aufgeregt. »Das Winterhaus bei Paeroa? Alison Dickinsons Haus? Da hat Alison doch mit Trout gewohnt. Ging es nach der Heirat nicht in seinen oder zumindest in den gemeinsamen Besitz über?«

»Es hat immer Alison gehört«, berichtigte Melvin, und Ellinor erinnerte sich daran, dass Alison Tricia gegenüber darauf bestanden hatte.

»Die Trouts haben es bewohnt, und nach Alisons Tod stand es leer. Vorher schon, die Familie ist irgendwann nach Auckland gezogen.«

»Und das will diese Hannah dir jetzt zeigen?«, fragte Ellinor. »Nur ... so? Der ... der Vollständigkeit halber?«

Melvin verneinte. »Das brauchte sie nicht, ich habe es schon gesehen. Als ich für das Buch recherchiert habe, war ich dort. Damals wurde es noch umgebaut, man konnte nicht hinein, es stand ein Bauzaun drum herum. Jedenfalls habe ich nicht mal Fotos machen können, und die Besitzerin habe ich erst recht nicht kennengelernt. Im Nachhinein ist das sehr schade, ein Gespräch mit ihr hätte das Buch bereichert, vielleicht viele Fragen geklärt. Hannah Biloxi hat bislang in Australien gelebt. Sie ist erst vor Kurzem nach Neuseeland gekommen. Nach dem Tod ihrer Mutter. Sie ist meine Tante, Ellinor, Patricia Dickinsons Tochter. Ihr Mädchenname war Dickinson-Kandall.«

Ellinor blieb der Mund offen stehen. »Und jetzt möchte sie mit dir reden?«, fragte sie, als sie sich wieder gefasst hatte.

»Unbedingt!«, meinte Melvin. »Sie ist unter anderem hergezogen, um Nachforschungen über die Familie anzustellen, zurück zu den Wurzeln. Dass sie die Talkshow gesehen hat, war Zufall – und eine glückliche Fügung. Also wie sieht's aus, wollt ihr mit?«

Rebecca fasste sich an den Kopf.

Ellinor dagegen war Feuer und Flamme. »Dürfen wir denn?«, erkundigte sie sich vorsichtig. »Ich meine ... hat sie nicht nur dich eingeladen?«

»Sie freut sich darauf, euch kennenzulernen«, sagte Melvin. »Ich habe ihr von euch erzählt, sie ist ganz verrückt danach, eure Geschichte zu hören. Sie scheint eine sehr nette Frau zu sein.«

»Aber uralt«, wandte Rebecca ein.

»In den Sechzigern.« Melvin schien gefragt zu haben. »Sieht aus, als hätte Tricia sich mit dem Heiraten und Kinderbekommen Zeit gelassen. Hannah ist das einzige Kind.«

»Neben Moses«, berichtigte Ellinor. »Wusste sie von dem?«

Melvin bejahte. »Tricia muss von ihm erzählt haben. Jedenfalls klingt das alles sehr spannend. Was ist denn nun? Wollt ihr mit?«

Rebecca schüttelte entschieden den Kopf, und Gernots Miene war ebenfalls leicht zu deuten. Weder die eine noch der andere hatten die geringste Lust. Das verstand Ellinor auch ohne Worte.

»Ich will auf jeden Fall mit!«, erklärte sie trotzdem. »Gib mir nur noch Zeit, das mit Gernot und Rebecca zu klären. Ich ruf dich später wieder an, okay?«

»Elin, das kann nicht dein Ernst sein!« Gernot fiel sofort über sie her, als sie das Gespräch beendet hatte. »Noch mal dreihundert Kilometer zurück? In der Gegend waren wir schon, Süße, da haben wir uns alles ausgiebig angesehen. Ich dachte, wir fahren nach Wellington, setzen auf die Südinsel über und verbringen da noch ein paar Tage.«

»Ihr müsst die Alpen sehen«, begeisterte sich Rebecca. »Die Westküste und an der Ostküste Kaikoura ... da kann man die Wale beobachten ...«

Ellinor schüttelte den Kopf. »Das ist sicher alles sehr interessant, aber ich bin hergekommen, um die Geschichte meiner Familie zu erforschen. Und diese Hannah Biloxi hat die Informationen, die uns noch fehlen. Das lasse ich mir nicht entgehen.«

»Und ich hab dazu gar nichts zu sagen?«, fragte Gernot provokant.

Ellinor verkniff sich die Frage, wer die Reise bezahlt hatte. »Natürlich hast du was dazu zu sagen. Aber wir können doch immer noch zur Südinsel übersetzen. Wir verlieren gerade mal einen Tag, wenn wir mit Hannah sprechen, allerhöchstens zwei.«

»Oder drei oder vier ...«, ärgerte sich Rebecca. »Ich hab überhaupt keine Lust, mit so einer alten Tante zu reden. Das ist Melvins Familienzweig, und der interessiert mich echt nicht.«

»Mich aber«, beharrte Ellinor. »Wenn ihr partout nicht mitwollt, dann fahr ich eben allein. Ihr könnt ja noch ein paar Ausflüge machen, und dann treffen wir uns an der Fähre zur Südinsel.«

»Allein bedeutet allein mit diesem Melvin, oder?«, fragte Gernot.

»Das ist naheliegend.« Ellinor erkannte sich selbst kaum wieder. Im Allgemeinen gab sie nach, wenn Gernot in diesem Ton mit ihr sprach. »Zumindest werden wir Hannah gemeinsam besuchen. Wenn ich gleich anschließend nach Wellington weiterwill, können Melvin und ich allerdings nicht mit einem Auto fahren.«

»Der Kerl will was von dir!«, behauptete Gernot.

»Der ›Kerl‹ ist mein Vetter«, argumentierte sie, wie schon am Morgen gegenüber Karla. »Wir haben denselben Urgroßvater. Erinnerst du dich? Und ein paar gemeinsame Interessen.«

Beinahe hätte sie »Gemeinsamkeiten« gesagt und wunderte sich selbst darüber, wie leicht ihr das über die Lippen gekommen wäre. Verwandtschaft oder verwandte Seelen?

»Na, wenn das mal alles ist ...«, blaffte Gernot.

Ellinor und Rebecca blickten sich peinlich berührt an.

»Die Idee, dass wir zusammen was anderes machen, ist vielleicht gar nicht so schlecht, Gernot«, sagte Rebecca dann. »Zum Beispiel irgendwas am Whanganui River. Oder wandern am Mount Taranaki ...«

Ellinor erwartete, dass Gernot widersprach, und war fast etwas enttäuscht über sein Schweigen. Wollte er sich wirklich tagelang von ihr trennen? Waren ihre Wünsche ihm so gleichgültig? Er musste doch wissen, wie wichtig ihr diese Spurensuche war! Trotzig griff sie erneut nach ihrem Handy. Egal, wie sich Gernot entschied, sie wollte Hannah Biloxi kennenlernen.

Melvin meldete sich sofort. Ellinor setzte ihn über ihre Pläne in Kenntnis.

»Oh ...«, murmelte er, als sie die Notwendigkeit ansprach, mit zwei Autos nach Paeroa zu fahren. »Ich fürchte, da gibt es ein Problem. Ich hab gerade kein Auto.«

»Was?«, fragte Ellinor. »Du hast kein Auto?« Rebecca raufte sich theatralisch die Haare. »Melvin, du wohnst allein an einem einsamen Strand. Wie kannst du das ohne Auto?«

Melvin lachte. »So hab ich das nicht gemeint. Also ich besitze natürlich ein Auto. Einen Pick-up, so ein Uraltmodell, einen Ford Modell AA ...«

»Wie bei den Waltons?«, fragte Ellinor. *Die Waltons* war eine alte amerikanische Fernsehserie. Karla und sie hatten sie als Kids geliebt. »Das ist ja ein Oldtimer!«

»Genau!« Melvin klang begeistert. »Das Ding ist ganz gut erhalten, ich liebe es, nur braucht es gerade einen Austauschmotor. Zum Glück haben wir endlich einen gefunden. Aber die Reparatur zieht sich endlos hin – mal ganz abgesehen davon, dass ich mit dem alten Möhrchen nicht mehr so weit fahren sollte. Na ja, das kriegen wir hin. Ich kümmere mich um einen Leihwagen.«

Ellinor schüttelte den Kopf. »Ich habe einen Leihwagen«, sagte sie entschlossen. »Unsinn, wenn du auch noch einen mietest. Ich hol dich morgen früh ab. Wir fahren zusammen.«

Natürlich brach ein Sturm über ihr los, als sie auflegte.

»Ist nicht wahr!« Rebecca schüttelte den Kopf. »Du willst von Dargaville nach Paeroa, dann wieder nach Dargaville und von da nach Wellington? Was für eine Kurverei.«

»Kommt sowieso nicht infrage!«, erklärte Gernot. »Du wirst nicht allein mit dem Typen durchs halbe Land fahren. Du sagst jetzt diese bescheuerte Reise ab, du ...«

»Nein.« Ellinor blieb gelassen. »Ich sage das nicht ab, ich fahre mit Melvin nach Paeroa. Die Alternative wäre, dass wir alle nach Paeroa fahren. Oder jedenfalls du und ich. Rebecca braucht nicht mitzukommen, wenn sie nicht möchte. Du bist motorisiert, Rebecca, du kannst ja nach Hause fahren.«

Rebecca zog einen Flunsch. »Da hab ich noch gar keine Lust zu«, erklärte sie.

»Dann komm mit. Du hast es gehört, wir sind beide herzlich eingeladen. Aber egal, was ihr macht, ich will mit dieser Hannah sprechen. Und ich finde es sehr viel unterhaltsamer, mit Melvin gemeinsam zu fahren als allein. Dafür bring ich ihn gern zurück nach Dargaville, bevor ich nach Wellington komme.«

»Du bist verrückt!«, sagte Gernot. Ellinor hob die Schultern. »Jedenfalls lasse ich dich nicht mit diesem Melvin allein«, wiederholte er. »Da fahr ich lieber mit. Aber es ist Wahnsinn. Was willst du sagen, wenn uns später jemand fragt, was wir von Neuseeland gesehen haben? ›Die Straße zwischen Paeroa und Dargaville. Die sind wir gleich dreimal gefahren, weil sie so abwechslungsreich ist.‹ Die Leute werden uns für verrückt erklären.«

Ellinor verkniff sich die Bemerkung, dass sie die Reise nicht machte, um später damit anzugeben. Sie war froh über Gernots Entscheidung. Vielleicht wurden sie Rebecca so ja endlich los.

Die schürzte jetzt allerdings die Lippen, strich ihre Kräusellöckchen zurück und hob resignierend die Hände.

»Na schön, dann komm ich auch mit. Ich lass mein Auto in Dargaville stehen, und wir fahren alle zusammen. Hoffentlich lässt Melvin wenigstens den Köter zu Hause. Ich hasse es, wenn das ganze Auto nach Hund riecht.«

Ellinor freute sich natürlich auf Doodle. Wie sie sich auch auf Melvin freute. Sie ließ den Unmut der anderen gelassen an sich ablaufen, als Rebecca das Auto zurück nach Dargaville lenkte. Sollten die zwei sich ruhig aufregen! Es war ihre Reise und ihr Leihwagen. Und sie war gespannt, wie die Geschichte weiterging.

Das Winterhaus

Kapitel 1

Doodle sprang ganz selbstverständlich voraus ins Auto, als Melvin Anstalten machte, seinen langen, schlaksigen Körper auf den Rücksitz des Leihwagens zu quetschen. Rebecca, die dort schon Platz genommen hatte, verkroch sich in die äußerste Ecke.

»Kannst du mit dem Hund nicht vorne sitzen?«, fragte sie. »Ich bin als Kind mal gebissen worden. Seitdem mag ich die Viecher nicht mehr so nah an mir dran.«

»Doodle ist ganz freundlich«, wandte Melvin ein, »mit dem kannst du solche Ängste abbauen. Eine Bekannte von mir hat ihn sogar schon mal als Therapiehund eingesetzt, und ...«

»Ich kann nach hinten gehen«, unterbrach ihn Ellinor und stieg aus, um Rebecca den Sitz neben Gernot zu überlassen. Auf keinen Fall wollte sie jetzt eine Diskussion darüber riskieren, ob und wo sich im Auto ein Platz für Doodle fand. Rebecca tauschte bereitwillig, Melvin entschuldigte sich für die Umstände. »Ist schon gut«, meinte Ellinor. Doodle freute sich offenbar, sie wiederzusehen. »Er ist wirklich ein so hübscher Hund, ich werde es genießen, ihn jetzt fünf Stunden lang zu kraulen.«

»Ach, deshalb der Ausflug«, brummte Gernot. »Die Lady braucht Knuddelkontakt zu etwas Großem, Warmem, Weichem. Sollte man über die Phase nicht hinaus sein, wenn man die Pubertät erst hinter sich hat?«

»Das war doch Desmond Morris, mit dem Großen, Warmen, Weichen, nicht?«, fragte Melvin. »Bezog sich das nicht auf Mädchen und Pferde?«

Gernot zuckte mit den Schultern. »Der Typ hat irgendwas über Sex publiziert. Und gemalt. Ganz erfolgreich, hat in der London Gallery ausgestellt. Dabei war er gar nicht so gut ...« Seine Stimme klang missbilligend.

Melvin lachte. »Ich kenn den nur als Verhaltensforscher. Sein Grundthema war die Frage, welches Verhalten angeboren und welches erlernt ist. Das bekannteste Buch ist *Der nackte Affe.* Aber ich mochte auch seine Bücher zum Hunde- und Katzenverhalten. Und war da nicht mal was mit malenden Affen?«

»Spätestens von da an war er als Künstler nicht mehr tragbar«, erregte sich Gernot. »Ein Schlag ins Gesicht der abstrakten Kunstszene …«

»Kann mich mal einer aufklären?«, fragte Rebecca, die von Desmond Morris anscheinend noch nie gehört hatte.

»Er hat Schimpansen Leinwände bemalen lassen und die Ergebnisse in einem sehr renommierten Institut in London zusammen mit Kinderbildern ausgestellt«, erklärte Melvin. »Dabei fielen ein paar Kritikern und Journalisten die Ähnlichkeit der Affengemälde mit gewissen sehr hoch bezahlten Werken moderner Künstler auf. Letztere fanden das nicht so witzig.«

»Witzig?« Gernot fuhr so heftig um eine Kurve, dass das Auto ins Schlingern geriet. »Was soll daran …«

»Mein Mann ist Künstler«, klärte Ellinor Melvin auf, um Schlimmerem vorzubeugen. »Und natürlich mit Recht empört, wenn jemand sich über die Arbeit seiner Kollegen lustig macht.«

Melvin verzog ulkig das Gesicht, als wollte er sich mimisch für seinen Fauxpas entschuldigen.

»Was künstlerst du denn so?«, erkundigte er sich bei Gernot. »Malst du, oder schaffst du Skulpturen? Hab ich vielleicht schon mal was von dir irgendwo ausgestellt gesehen? Ich bin allerdings kein großer Museumsbesucher, muss ich gestehen. Kunst liegt mir wenig.«

»Gernot hatte gerade erst eine Ausstellung in Auckland«, berichtete Ellinor. Sie fand immer noch, dass er darauf am ehesten stolz sein konnte.

»Im Ernst? Von Wien aus organisiert? Dann musst du wirklich bekannt sein.« Melvin schien froh, etwas Positives sagen zu können. »Wie war noch dein Name? Sternberg … Warte mal, ich glaube, ich hab da sogar was drüber gelesen! Hat ganz schön Aufsehen erregt, deine Ausstellung, nicht? Und du hast dich dabei sehr kritisch über die Verbindung zwischen Kunst und Kommerz geäußert. Doch, das ging hier durch die Medien.« Melvin lächelte anerkennend, während Gernots Miene düster blieb.

»Der Galerist fand es nicht so berauschend«, warf Rebecca unbekümmert ein. »Deshalb haben wir jetzt auch ...«

»Na ja, man muss sich die Einstellung natürlich leisten können«, sinnierte Melvin weiter.

»Was soll das denn heißen?«, fuhr Gernot auf. »Lässt du dir die Themen deiner Bücher vielleicht vorschreiben?«

Melvin hob die Schultern. »Bis zu einem gewissen Grad schon«, gab er zu. »Wenn dem Verlag das Thema nicht zusagt, werden die Bücher nicht gekauft. Und die Artikel für die Zeitschriften sind meistens Auftragsarbeiten. Was gar nicht so schlecht sein muss. Man wird da manchmal an Themen rangeführt, die einem selbst nicht eingefallen wären. Ich hätte zum Beispiel nie über den Ersten Weltkrieg geschrieben, aber dann kam diese fürchterliche Ausstellung in Wellington zum vierzigsten Jahrestag von Gallipoli ...«

»Ich fand die toll!«, erklärte Rebecca. »Wir waren mit der Schule da, und ...«

»Also ›toll‹ war da nur die Kunst, eine völlig überflüssige blutige Schlacht mit verheerendem Ausgang als patriotische und strategische Höchstleistung zu verkaufen. Da wurde der Krieg verherrlicht, Geschichte geschönt ... und kitschig war's obendrein.« Melvin schüttelte den Kopf.

»Ich fand's gut!«, wiederholte Rebecca trotzig.

»Jedenfalls hab ich recherchiert und tatsächlich noch ein paar neue Erkenntnisse über Gallipoli ausgegraben«, berichtete Melvin weiter, ohne auf sie einzugehen. »Letztendlich gab's dafür einen Preis für den *Artikel des Jahres.* Da konnte ich mir zwar auch nicht viel für kaufen, aber ...«

»Du musst doch Geld haben wie Heu«, wandte Rebecca ein. »Dein Buch ist ein Bestseller.«

Melvin lachte. »In Neuseeland«, schränkte er dann ein. »Zu

einem sehr neuseeländischen Thema. Ich glaube nicht, dass es in andere Sprachen übersetzt wird. Und der neuseeländische Markt ist überschaubar. Viereinhalb Millionen Einwohner – Deutschland hat über achtzig Millionen! Da reden wir noch gar nicht von den Vereinigten Staaten. Wenn jemand einen internationalen Bestseller landet, hat er wirklich ausgesorgt. Aber ich will nicht meckern. Für einen Austauschmotor für Johnboy reicht es …«

»Dein Auto heißt Johnboy?« Ellinor lachte. Melvin nickte vergnügt.

»Und für Hundefutter«, führte er weiter aus und kraulte Doodle. Der Hund hatte seinen Kopf auf den Sitz zwischen Melvin und Ellinor gelegt und genoss die Streicheleinheiten.

»Bei uns läuft es finanziell auch ganz okay«, meinte Ellinor. »Ich hab einen ziemlich guten Job.« Sie hoffte, das Thema damit abschließen zu können.

»Meine Frau will damit sagen, dass sie ihren nichtsnutzigen Gatten mitfinanziert«, bemerkte Gernot streitsüchtig.

»Ach was, du hast doch gerade erst ein Bild verkauft!«, warf Rebecca ein.

Ellinor biss sich unglücklich auf die Lippen. »Gernot, das wollte ich natürlich nicht sagen«, versuchte sie zu beschwichtigen. »Im Gegenteil. Ich freu mich, dir Freiheit für deine Kunst schaffen zu können. Und wir kommen doch wirklich gut über die Runden, wenn nicht gerade größere Ausgaben anstehen …« Sie rieb sich die Stirn.

»Wollt ihr ein Haus kaufen?«, fragte Melvin. Auch er suchte wohl nach einer Chance zum Themenwechsel.

Ellinor schwieg kurz. »Nein, wir … wir planen ein Baby«, antwortete sie dann etwas verschämt.

Melvin strahlte. »Ja? Wie schön! Ich bin neulich Onkel geworden, meine Schwester hat ein kleines Mädchen! Aber wieso müsst ihr darauf sparen? Natürlich stehen ein paar Ausgaben an, Kinderwagen und so was kann man aber auch secondhand kaufen …« Er lachte. »Und das Baby selbst ist bekanntlich umsonst.«

»Ein Kind kann ganz schön teuer werden, wenn die Frau es selbst nicht zustande bringt«, bemerkte Gernot.

Ellinor wurde rot. Sie wusste, aus ihm sprach nur der Ärger über die verpatzten Urlaubstage. Trotzdem ... Diese Bemerkung war verletzender als alles, was er jemals vorher gesagt hatte.

Melvin blickte sie fragend an.

»Es ... es klappt nicht so, wie wir das erhofft haben«, sagte sie leise. »Deshalb ... Na ja, man muss in Österreich ganz schön was zuzahlen, wenn man ...«

»Künstliche Befruchtung?«, fragte Melvin. »Ja, das ist hier auch keine Kassenleistung ...«

»Also ich würd's ja noch weiter versuchen«, bemerkte Rebecca. »Oder eins adoptieren oder so ...« Sie schien niemals zu merken, wann es Zeit war, keinen Kommentar mehr abzugeben.

»Auf keinen Fall adoptieren!«, erklärte Gernot vehement.

Ellinor schwieg wie so oft. Dieses Mal hatte sie das Gefühl, dass Gernot zu weit gegangen war.

»Irgendwie mache ich alles falsch«, entschuldigte sich Melvin. Sie hatten an einer Raststätte gehalten, und Ellinor und er drehten eine Runde mit Doodle, während Gernot und Rebecca Kaffee holten. »Ich bin gewöhnlich relativ einfühlsam, aber heute stolpere ich von einem Fettnäpfchen ins andere.« Er grinste.

Ellinor lächelte und schüttelte den Kopf. »Das liegt nicht an dir«, beruhigte sie ihn. »Gernot ist nur sauer, weil ich weitermachen will mit der Suche nach Frano. Und Rebecca hat auch genug. Die zwei wollten lieber auf die Südinsel – Kaikoura, Milford Sound, an die Westküste ... irgend so was. Rebecca gefällt sich als Fremdenführerin.«

»Rebecca hat sich einfach so an euch drangehängt?«, erkundigte sich Melvin.

Ellinor seufzte. »Ja. Und ich finde, sie wird langsam lästig. Obwohl sie natürlich ein nettes Mädchen ist ... Witzigerweise kommt sie gut mit Gernot aus. Er ist ... er ist sonst nicht so ein Grantler, er hatte sich nur so sehr auf die Reise gefreut und auf die Ausstellung, und dann ging alles schief.« Sie berichtete von dem Eklat in Auckland. »Und nun … er ist eben sehr … empfindlich …«

Melvin runzelte die Stirn, sagte allerdings nichts weiter. Rebecca erschien eben mit zwei Bechern Kaffee.

»Hier, ihr zwei. Wollen wir weiter? Sofern der Hund sein Geschäft erfolgreich erledigt hat natürlich nur.« Sie verzog angeekelt das Gesicht. »Gernot sagt, in zwei Stunden können wir da sein.«

Melvin bezweifelte, dass die Fahrt so schnell zu schaffen war. Immerhin hatte ihm Ellinor nun das Stichwort für ein unverfängliches Gespräch mit Rebecca geliefert. Er fragte sie nach ihren weiteren Plänen für Ellinors und Gernots Reise, erkundigte sich nach ihren eigenen Reiseerfahrungen und hörte geduldig zu, wie sie von Schulausflügen und einer längeren Reise mit ihren Eltern nach Australien erzählte. Auch in Singapur und Dubai war sie schon gewesen.

Ellinor verschloss irgendwann einfach ihre Ohren. Sie hatte gewusst, dass die Fahrt anstrengend werden würde, allerdings hatte sie nicht damit gerechnet, dass Gernot sie derart ungeniert vor Rebecca und Melvin attackieren würde. Die Sache mit dem Kinderwunsch war richtig boshaft gewesen. Melvin hatte zum Glück vorgeschlagen, sich für die Rückfahrt nach Dargaville einen Leihwagen zu nehmen. Sie konnten nach dem Besuch bei Hannah Biloxi also gleich Richtung Süden weiterfahren. Vielleicht gelang es Melvin ja sogar, Rebecca davon zu überzeugen, besser mit ihm in Richtung Northland zurückzufahren, als Gernot und Ellinor weiter zu begleiten.

Ellinor beschloss, sich nicht mehr zu ärgern.

Kapitel 2

Es wurde später Nachmittag, als die vier Paeroa erreichten, und dann mussten sie noch etwas suchen, bevor sie das abseits gelegene Winterhaus fanden. Die Anstrengung lohnte sich allerdings – zumindest für Hannah Biloxis künftige Gäste. Das Haus lag idyllisch oberhalb einer Art Schlucht, durch die sich der Ohinemuri River sein Bett bahnte. Und es bot einen so einladenden Anblick, dass selbst Rebecca in Begeisterung ausbrach.

»Ist das süß! All die Türmchen und Erker! Wie ... wie heißt dieses Schloss in Europa noch ... Neuschwanstein?«

Ellinor lächelte. »Na ja, Neuschwanstein ist es nicht gerade. Das ist noch ein bisschen aufwendiger gebaut. Aber sonst ist es entzückend.«

Das Haus war cremeweiß, die Erker und Balkone in einem dunkleren Ton hervorgehoben, Fensterläden, Türen und Balkongeländer waren in zartem Blau gestrichen. Um das Haus herum wand sich ein Garten, umgeben von einem hellblau lasierten niedrigen Holzzaun. Darin wuchsen heimische Bäume und bunte Blumen. Die Besitzerin schien vor allem Rosen zu mögen.

Gleich hinter dem Haus und vor allem in der Schlucht, in die man vom Garten aus hinuntersehen konnte, erblickte man jedoch Neuseelands wilde Natur. Am Flussufer wuchs Raupo, der heimische Flachs, der Kiesstrand war durchbrochen von gewaltigen Felsblöcken. Das Haus auf der Klippe wirkte, als hätte man der Natur ein bisschen Zivilisation abgetrotzt.

»Der Stil ist aber nicht typisch für Neuseeland, oder?« Ellinor konnte sich nicht sattsehen, war jedoch etwas befremdet.

»Alisons Verwandte hatten wohl einen etwas eigenwilligen Geschmack«, erwiderte Melvin. »Dieses Häuschen im Zuckerbäckerstil erwartet man nicht wirklich in einer Gegend, die von Gumdigger-Lagern und Minen bestimmt war. Ich weiß leider gar nicht, womit der Onkel sein Geld verdiente, aber er muss eine Rolle in der Gesellschaft von Paeroa gespielt haben, sonst hätte er Alison die Anstellung im Hotel nicht besorgen können.«

»Es sieht jedenfalls nicht gespenstisch aus«, bemerkte Rebecca. »Ich hatte es mir ... na ja, eher düster vorgestellt. Schließlich ist hier ein Mord passiert. Und dann nennt die Besitzerin es auch noch ›Winterhaus‹.« Der Name der Pension stand über dem Gartentor: WINTERHOUSE – BED AND BREAKFAST. »Sie wirbt geradezu mit der Geschichte. Wie schräg ist das denn?«

»Ich glaube nicht, dass sich noch viele Leute an die Sache erinnern«, meinte Melvin. »Das Haus hieß schon immer so. Und Hannahs Gäste kommen sicher fast alle aus dem Ausland. Die denken sich erst recht nichts dabei.«

»Sollen wir mal klingeln?«, fragte Gernot. »Sonst können wir heute jede andere Unternehmung vergessen. Würd mich nicht wundern, wenn nicht mal ein ordentliches Restaurant in der Nähe ist.«

Ellinor hoffte sehr, dass Hannah ihnen ein gutes Restaurant oder eine andere Abendunterhaltung empfehlen konnte. Zwar hätte sie am liebsten gleich mit ihr über Frano gesprochen, doch sie war bereit, jede Möglichkeit zu nutzen, Gernot milde zu stimmen. Während er und Rebecca am Auto etwas tranken, klingelten sie und Melvin an der Tür. Hannah Biloxi öffnete gleich, offenbar hatte sie ihre Gäste bereits erwartet.

»Da sind Sie ja!«, sagte sie erfreut zu Melvin. »Sie sehen genauso aus wie im Fernsehen. Und was für ein netter Hund.« Doodle drängte sich sofort vor, lächelte sein Hundelächeln und wurde mit einem Streicheln belohnt. Hannah war eine kleine Frau, sehr zierlich und mit feinen Gesichtszügen. Ellinor fiel sofort eine gewisse Ähnlichkeit mit Melvin auf, und wie Tricia hatte sie helle blaue Augen. Welche Farbe ihr Haar einmal gehabt hatte, war nicht mehr zu erkennen. Es war inzwischen weiß. Hannah Biloxi machte den Eindruck einer äußerst kultivierten Frau. Sie war dezent geschminkt, trug einen schlichten blauen Rock und eine bestickte Bluse, dazu eine weite blaue Strickjacke. Ihr Lächeln war ebenso einnehmend wie Melvins. Ellinor mochte sie sofort. »Und Sie sind die … Cousine aus Übersee?«, fragte sie freundlich und streckte Ellinor die Hand hin.

Ellinor stellte sich vor und erzählte kurz von ihren Recherchen in Dalmatien, die sie nach Neuseeland geführt hatten. Dabei folgten sie Hannah in eine mit zierlichen Kirschholzmöbeln sparsam möblierte Diele, die Rezeption. Gernot und Rebecca kamen nach, machten allerdings vorerst keine Anstalten, sich vorzustellen.

»Kann ich die rege Unterhaltung kurz noch mal unterbrechen, bevor wir uns die ach so tragische Geschichte von Liliana und Co. zum dritten Mal anhören müssen?«, fragte Gernot. »Wo finden wir hier in der Nähe ein Hotel und ein gutes Restaurant?«

Hannah Biloxi wandte sich ihm mit verwundertem Ausdruck zu. »Sie schlafen natürlich alle hier!«, bestimmte sie. »Das Haus ist noch nicht eröffnet, aber fertig. Sie sind sozusagen meine ersten Gäste. Und … also, ich dachte, ich mache uns eine Kleinigkeit zum Essen. Es gibt sonst nicht viel in der Gegend, Sie müssten nach Paeroa zurückfahren …«

Ellinor beeilte sich, ihren Mann und Rebecca vorzustellen. »Ich glaube, die zwei sind ziemlich hungrig«, sagte sie mit entschuldigendem Ausdruck.

»Oh …« Hannah sah auf die Uhr. Es war später Nachmittag. »So früh hab ich natürlich noch nichts vorbereitet …«

»Wir können ja schnell noch mal nach Paeroa fahren, und ihr erzählt Mrs. Biloxi alles über Franos Missetaten!«, schlug Rebecca vor.

Ihre bisherigen Bemühungen, Frano im Sinne des in ihrer Familie überlieferten Mythos zu verteidigen, hatte sie wohl aufgegeben. Anscheinend war ihr der Ruf ihres Urgroßvaters gleichgültig geworden.

Hannah wirkte etwas befremdet. »Ich dachte, Sie interessieren sich auch für die Geschichte, Miss … Miss Zima, nicht wahr? Es kam für mich sehr überraschend, dass es da noch ... na ja, entfernte Verwandtschaft gibt. Apropos Verwandtschaft. Ich schlage vor, dass wir uns duzen. Es ist so schön, dass wir uns gefunden haben.«

Rebecca nickte. »Von mir aus. Bis Ellinor und Melvin alles erzählt haben, sind wir längst zurück«, erklärte sie. »Oder, Gernot?«

Ellinor schämte sich schon wieder für ihren Mann, der Rebeccas Vorschlag bereitwillig folgte. Die beiden machten sich auf den Weg. Hätte Gernot nicht einfach aus Höflichkeit bleiben können? Dann hätte Rebecca ebenfalls bleiben müssen und hätte Hannah nicht brüskiert.

Hannah wandte sich hilflos an Melvin und Ellinor. »Was ist denn mit euch? Also ... also, wenn ihr auch hungrig seid ...«

»Ich bin nicht hungrig«, sagte Melvin ruhig. »Nur neugierig. Von mir aus können wir uns einfach hinsetzen und reden.«

»Ich würde mir auch schrecklich gern das Haus ansehen. Zeigst du es uns zuerst?«, bat Ellinor. »Von außen ist es einfach hinreißend! Es sieht gar nicht wie eine Pension aus, eher wie ein ... ein gemütliches Zuhause ...«

Hannah strahlte. »Das soll es auch. Die Menschen sollen sich hier wohlfühlen. Wisst ihr, es ist so viel Schlimmes geschehen in diesem Haus, dabei hat es eigentlich eine freundliche Atmosphäre. Ich glaube, Alison hat das gespürt, für sie war das Haus trotz allem eine Zuflucht. Und sie soll es ja sehr schön gestaltet haben ...« Sie lächelte Melvin zu. Anscheinend wusste sie durch sein Buch von Alisons Bemühungen um das Haus, in dem sie mit Frano hatte leben wollen. »Wahrscheinlich mit Möbeln aus Kauri-Holz«, vermutete sie. »Da saß sie ja an der Quelle. Jaro hat ihr bestimmt genau die Möbel gezimmert, die sie wollte. Ich hätte es auch gern mit Kauri möbliert, mir waren die im Handel befindlichen Sachen nur zu wuchtig ... und zu teuer.«

Ellinor merkte auf. Jaro? Was für eine Rolle hätte Franos Freund bei der Möblierung des Hauses spielen sollen?

»Meinst du Frano?«, fragte nun auch Melvin. »Du meinst, Frano hat ihr die Möbel gezimmert?«

Hannah schüttelte den Kopf. »Nein, ich glaube, Frano ... oder Frank ... hätte gar nicht das Händchen dazu gehabt. Der war kein Handwerker, zumindest hing sein Herz nicht daran. Aber das sollte ich nicht zwischen Tür und Angel erzählen. Ich zeige euch jetzt die Küche und das Esszimmer, dann gehen wir in den Salon und trinken einen Tee oder einen Kaffee.«

Ellinor und Melvin folgten ihr in eine funktional eingerichtete Küche und ein liebevoll gestaltetes Esszimmer, das nun wohl als Frühstücksraum für die Gäste dienen sollte.

»War das Haus noch möbliert, als du es gekauft hast?«, erkundigte sich Ellinor.

Hannah schüttelte den Kopf. »Nein, ich denke, die Trouts haben ihre Möbel mitgenommen, als sie nach Auckland zogen. Und ich glaube auch nicht, dass sie hier in den Möbeln gelebt haben, die Alison für sich und Frank angeschafft hatte. Harold Trout wird seine Möbel hergebracht haben. Tricia schilderte das Haus jedenfalls als eher düster und das Mobiliar als schäbig und klobig.«

Sie betraten den »Salon« – Ellinor wusste nicht, ob er zu Hannahs Privaträumen gehörte oder als Aufenthaltsraum für die Gäste gedacht war –, der sich als helles, großes Zimmer entpuppte. Vorhänge und Couchbezüge waren im altenglischen Laura-Ashley-Stil gehalten. Auch hier wirkte die Einrichtung anheimelnd. Auf einem Beistelltischchen stand eine Vase mit Blumen. Ellinor mochte das – konnte sich jedoch gut vorstellen, wie Gernot darauf reagieren würde. Eine solche Einrichtung war für ihn der Inbegriff von Spießigkeit.

»Doodle jagt keine Katzen, oder?«, fragte Hannah und wies auf einen dicken grauen Kater, der in einem liebevoll mit einer Decke ausgelegten Korb in Kaminnähe schlief.

Melvin schüttelte den Kopf. »Doodle jagt nur Geister«, sagte er und zwinkerte Ellinor zu.

Hannah lächelte. »Da hat er bei dir ja genug zu tun«, meinte sie.

Ellinor fand es schön, dass sie die Anspielung sofort verstand.

Anscheinend hatte sie sich sein Buch nach der Talkshow sofort besorgt und bereits gelesen.

Kurz darauf lagen Doodle und der Kater einträchtig nebeneinander, und Hannah bat Ellinor und Melvin, auf der Couch Platz zu nehmen. Sie servierte britisches Teegebäck und Kaffee in zierlichen Porzellantässchen. Ellinor fühlte sich wie aus der Zeit gefallen.

Hannah erzählte zunächst vom Umbau des Hauses nach ihren eigenen Plänen, dann berichtete sie ein wenig aus ihrem Leben. Sie war in Australien glücklich verheiratet gewesen, bis ihr Mann, ein Architekt, vor zwei Jahren überraschend gestorben war – Ellinor nahm an, dass die Suche nach ihren Wurzeln ein Versuch war, sich von dem Kummer über den Verlust ihres Mannes abzulenken. Schließlich kamen sie zwanglos zurück zum Grund ihres Treffens, und Ellinor erzählte die Geschichte von Liliana.

»Sie brach zusammen, als sie begriff, dass Frano mit Jaro nach Neuseeland gegangen war und nicht mit ihr«, erklärte sie, »und sie hat sich nie wieder davon erholt.«

»Hast du denn den Grund herausgefunden?«, fragte Hannah. »Also ... warum hat Frano seinen Freund Liliana vorgezogen?«

Ellinor hob die Schultern. »Das liegt im Dunkeln. Ich nehme an, Frano sah in Liliana eine Belastung, während Jaro ... Er mag ihm eine Art Sicherheit gegeben haben. Ich meine ... Frano war zweifellos sehr selbstbewusst, aber so einen alles verändernden Schritt wie eine Auswanderung, den geht niemand gern allein.«

Ellinor erzählte dann auch Claras Geschichte. Sie hatte die Kopien des Tagebuchs mitgebracht und las immer wieder Passagen daraus vor. Als sie endete, wirkte Hannah müde und hatte Tränen in den Augen.

»So viel Leid ...«, sagte sie versonnen. »So viel Trauer ... Lass nie zu, dass ein Mann dich so traurig macht, Ellinor ...«

Ellinor nickte. »Das wünscht sich niemand ...«

Ein kurzes Bellen von Doodle unterbrach sie, gleichzeitig ertönte die Türklingel.

Hannah lächelte. »Die kleine Rebecca hat recht gehabt«, bemerkte sie. »Mit der Annahme, sie würden zurück sein, bevor ich meinen Part der Geschichte erzähle.« Sie stand auf, um die Tür zu öffnen.

»Sie macht es spannend«, bemerkte Melvin, als sie und Ellinor allein waren.

»Aber sie ist süß, nicht?«, meinte Ellinor. »Eine richtige Lady. Wenn Tricia sie so erzogen hat, muss sie sich ganz schön gemausert haben dort in Australien.«

Melvin nickte. »Und das Haus ... man fühlt sich versetzt nach Good Old England. Sie schafft eine ganz besondere Atmosphäre ...«

»*Downton Abbey* ... « Ellinor lächelte. Sie hatte alle Staffeln der britischen Serie gesehen, die vom Schicksal einer Adelsfamilie und ihrem Personal zu Beginn des 20. Jahrhunderts handelte und nach ihrem Landsitz benannt war.

»Eher das Cottage von Lady Crawley.« Melvin lachte. »Für Downton Abbey ist es zu klein. Und es fehlen die Dienstboten ... Obwohl man natürlich jeden Moment mit dem Auftreten von Mr. Carson rechnet.«

»Du magst die Serie?«, fragte sie.

»Wer mag die nicht?« Melvin zwinkerte ihr wieder zu. »Obwohl Doodle es befremdlich findet, dass Lord Grantham im Laufe der Jahre drei Hunde hat, die alle gleich aussehen.«

»Wer den Tod ignoriert, hat vielleicht weniger Ärger mit Geistern«, witzelte Ellinor.

Melvin legte sein Gesicht in Fältchen und bastelte sichtlich an einer Erwiderung, doch bevor er den Ball aufnehmen konnte, stürmten Rebecca und Gernot das Zimmer, gefolgt von einer etwas konsternierten Hannah.

»Wir haben Pizza mitgebracht!«, verkündete Rebecca, stellte zwei große Kartons auf den Tisch und öffnete gleich den ersten. »Für alle. Dann brauchst du nicht zu kochen!« Beifall heischend wandte sie sich an Hannah.

Gernot stellte zwei Sixpacks dazu. »Möchte jemand ein Bier?« Er selbst schien schon mindestens eine Dose geleert zu haben.

»Dann ... äh ... hole ich mal Teller«, sagte Hannah. »Und ... und Gläser. Falls ... Also, falls jemand lieber Wein möchte ...«

»Ich hätte gern Wein«, sagte Melvin.

Hannah lächelte ihm dankbar zu.

»Ich mag auch lieber Wein«, bestätigte Ellinor.

Rebecca hatte sich dagegen schon eine Dose geöffnet, bevor Hannah Bier- und Rotweingläser aus einer Vitrine holen konnte.

»Ein Glas brauch ich nicht«, wehrte sie ab. »So ist es gemütlicher ...«

Sie setzte sich unaufgefordert in einen Sessel, griff nach einem Stück Pizza und fiel gleich hungrig darüber her. Gernot tat es ihr nach. Ellinor wunderte sich. Waren sie nicht gerade essen gewesen?

Hannah stellte nichtsdestotrotz Teller auf den Couchtisch und legte dazu passende Papierservietten darauf. Sie wirkte überhaupt nicht glücklich über die Invasion und fürchtete vielleicht auch um ihre Sesselbezüge und den Teppich. Neben dem Salon lag das Esszimmer. Unzweifelhaft hätte sie es vorgezogen, das Abendessen dort am Tisch zu servieren. Ellinor ärgerte sich über ihren Mann und ihre Cousine. Melvin schien es ähnlich zu gehen.

Hannah schenkte ihnen Wein ein.

»Syrah«, sagte Melvin und ließ die Aromen genüsslich auf seine Zunge wirken. »Ganz typisch für Neuseeland. Der hier ist aus Hawkes Bay, nicht? Beziehst du ihn direkt vom Winzer?«

Hannah schenkte ihm ein warmes Lächeln. »Ja, von einem Biobetrieb in Hawkes Bay. Ich liebe diesen Wein. Überhaupt liebe ich Wein. Ich wäre immer gern mal nach Europa geflogen ... in all die Weinbaugebiete ... Du kommst aus Wien, Ellinor? Und Sie, Mr. Sternberg? Sind Sie so gar kein Weintrinker?« Sie wandte sich so charmant an Gernot, dass es ihm nicht gelang, seine ablehnende Haltung beizubehalten.

»Ich bin ein großer Freund guter Weine«, erklärte er. »Meine Gattin kauft leider nur selten qualitativ hochwertige Weine. Das übersteigt angeblich unser Budget. Bevor ich also billiges Zeug trinke, nehme ich ein Bier.«

Ellinor schoss die Röte ins Gesicht. Das klang ja, als kaufte sie ihren Wein in Tetrapacks. Erleichtert sah sie, dass Melvin missbilligend das Gesicht verzog.

»Sie sollten dann diesen mal kosten«, ging Hannah gelassen über die Bemerkung hinweg. »Er hat diverse Preise gewonnen.« Sie holte ein weiteres Glas und füllte es für Gernot, der tatsächlich lobende Worte dafür fand.

»Und du, Rebecca?«, fragte Hannah freundlich. »Du kommst aus Northland, nicht? Ein sehr gutes Anbaugebiet für Weine. Das Klima ist ja fast mediterran. Aber in deinem Alter bevorzugt man sicher Cocktails. Deine Familie verkauft Skulpturen aus Kauri-Holz?«

Ellinor registrierte, dass Hannah Rebecca zwar auf ihre Familie ansprach, das Thema jedoch nicht auf Frano und Clara brachte. Offenbar hatte ihre Gastgeberin beschlossen, die Geschichte erst mal ruhen zu lassen. Gernots ablehnende Haltung ihrer Familienforschung gegenüber war ihr nicht entgangen, sie spürte die schwelenden Konflikte. Hannah verzichtete darauf, Öl ins Feuer zu gießen. Vielleicht war ihr Tricias Geschichte auch zu kostbar, um sie zu Pizza und Bier zu erzählen.

Hannah schaffte es, den Abend harmonisch zu gestalten. Sie sprach mit Gernot über Kunst, entlockte Rebecca Bemerkungen über ihre Studienpläne und lauschte geduldig ihren Überlegungen, wie man das Kauri Paradise mit einer Kunstgalerie verbinden könnte.

»Ich würde gern eines Tages selbst da ausstellen«, erklärte Rebecca selbstbewusst. »Gernot meint, ich sei begabt.«

»Es ist immer gut, seine Möglichkeiten auszuschöpfen«, antwortete Hannah diplomatisch.

Ellinor und Melvin tauschten lächelnd einen Blick. Ihre Gastgeberin verfügte über eine äußerst verbindliche Art und hatte eine sehr einnehmende Persönlichkeit. Hannah machte ihrem gemeinsamen Vorfahren alle Ehre.

Gegen zehn Uhr verkündete Hannah, sie würde sich nun gern zurückziehen. Ihre Gäste könnten aber selbstverständlich ihren Wein noch austrinken, sie sollten sich wie zu Hause fühlen. Ellinor half ihr, aufzuräumen und das Geschirr in die Spülmaschine zu bringen.

»Du ... hast dir den Abend sicher etwas anders vorgestellt«, sagte sie entschuldigend, doch Hannah winkte ab.

»Wir können morgen noch reden, Ellinor. Das hat Zeit. Ich denke, es war dir erst mal wichtiger, deinen Mann zu beschwichtigen ...«

Ellinor errötete. Hannah kannte sie gerade mal ein paar Stunden, hatte ihr Problem allerdings schon analysiert.

»Er ist mitunter etwas ... schwierig«, verteidigte sie Gernot. »Künstlerpersönlichkeit, weißt du ... Er ist sehr emotional ...«

Hannah runzelte die Stirn. »Gerade von einem Künstler würde ich Selbstkontrolle und Disziplin erwarten«, widersprach sie. »Natürlich dürfen und sollen Emotionen in Bilder oder Skulpturen einfließen – gute Kunst ist für mich das Sichtbarmachen von Gefühlen. Das schließt eine gewisse Affektkontrolle beim Künstler jedoch keineswegs aus.«

Melvin, der eben mit Doodle in der Küche erschien, grinste. »Das hätte ich jetzt nicht besser ausdrücken können«, bemerkte er. »Ich gehe noch schnell mit dem Hund raus. Möchte einer von euch mit?«

Ellinor hätte ihn gern begleitet, aber sie befürchtete, Gernot damit erneut zu verärgern. Sie musste die kleine Runde im Salon möglichst geschickt auflösen. Rebecca und Gernot schienen sich zwar noch rege zu unterhalten, aber Hannah hatte sich deutlich genug ausgedrückt: Sie hätte die Gäste jetzt gern auf ihren Zimmern.

»Wo sollen wir überhaupt schlafen?«, fragte sie.

Hannah griff sich an die Stirn. »Wo habe ich bloß meine Gedanken? Rufst du die anderen, Liebes? Die Männer können die Koffer nach oben bringen. Einen Aufzug haben wir nicht.«

Ein Aufzug hätte zum Ambiente des Winterhauses nicht gepasst. Die Treppe war allerdings nicht steil. An den Wänden des Treppenhauses hingen Aquarelle, gefällige Bilder, die Neuseelands Landschaften in Szene setzten. Ellinor sah, dass Gernot sie abschätzig inspizierte. Er verkniff sich zum Glück einen Kommentar.

Die Zimmer waren im gleichen verspielten Landhausstil eingerichtet wie der Salon. Pastellfarben waren vorherrschend, auf den Betten lagen Patchwork-Decken.

»Die Decken macht eine Kunstgewerblerin aus Paeroa«, erklärte Hannah, als Ellinor sie bewunderte. »Die Gäste können sie, wenn sie möchten, käuflich erwerben ...«

»Im Ernst?« Ellinor fand sie hinreißend, schwieg aber sofort, als sie Gernots ablehnende Miene sah.

»Du willst für diesen Firlefanz nicht wirklich Geld ausgeben«, sagte er.

Hannah zog die Augenbrauen hoch.

»Welches ist denn das Zimmer, das ... äh ... in dem ...« Rebecca schien die Einrichtung egal zu sein, sie beschäftigte sich mit anderen Fragen. »In dem sie ... also ich meine ...«

»Das Zimmer, in dem Alison Frank erschossen hat?«, erkundigte sich Hannah. »Das verrate ich nicht. Dies ist ja kein Spukhaus. Ich möchte nicht, dass meine Gäste sich gruseln. Und ich sehe dazu auch gar keine Notwendigkeit. Dies ist ein altes Haus, hier werden mehrmals Menschen gestorben sein. In verschiedenen Zimmern, die einen friedlich und andere weniger friedlich. Franks Tod war zweifellos eine Tragödie, aber sie muss uns nicht verfolgen.«

Rebecca zog einen Flunsch. »Also ich möchte nicht gern in dem Zimmer schlafen, in dem er ...«

»Du wirst in dem Zimmer schlafen, in dem die Kinder schliefen«, beruhigte Hannah sie.

Ellinor fragte sich, wie sie das so genau wissen wollte. Es mochte bekannt sein, in welchem der Zimmer der Mord geschehen war, das war den Gerichtsunterlagen sicher zu entnehmen.

Wo Alisons Kinder geschlafen hatten, konnte Hannah allenfalls von Tricia, ihrer Mutter, erfahren haben. Ob sie tatsächlich so detailliert über die Zeit im Winterhaus gesprochen hatte?

Hannah zwinkerte Ellinor zu, als sie Rebecca in einem hübschen, mit Blümchentapeten ausgestatteten Zimmer zurückließen.

»Ich hoffe, sie ist zufrieden«, bemerkte sie.

Ellinor lächelte. Noch jemand, der hatte beschwichtigt werden müssen.

Sie selbst wollte allerdings niemanden mehr beschwichtigen, als sie sich kurz darauf allein mit Gernot in ihrem Doppelzimmer wiederfand.

»Du könntest ruhig etwas höflicher sein«, rügte sie ihren Mann. »Hannah ist so nett, und das Haus ist liebevoll eingerichtet. Da brauchst du nicht alle drei Minuten drauf hinzuweisen, dass es deinem Geschmack nicht entspricht.«

Gernot streckte sich auf dem Bett aus. »Süße, was du unhöflich nennst, ist schlicht und ergreifend ehrlich«, behauptete er. »Es besteht wirklich kein Grund, eine Schau abzuziehen.«

»Eine Schau abzuziehen? Mir reicht's, dass du mich andauernd blamierst!«, erregte sich Ellinor. »Das gilt übrigens auch für Rebecca. Die verhält sich manchmal ganz schön pubertär, und das scheint auf dich abzufärben.«

Es war selten, dass sie Gernot so direkt anging, doch sein Verhalten Hannah gegenüber hatte sie empört – es war ihr auch peinlich vor Melvin.

»Oh ... höre ich da wieder Neid auf eine gewisse selbstbewusste, sehr authentische junge Dame heraus?«, fragte Gernot spöttisch. »Gestern war sie verwöhnt, heute ist sie pubertär ... du schaffst es einfach nicht zu akzeptieren, dass jemand ist, wie er ist ... ohne Rücksicht auf Konventionen, ohne sich ständig absichern zu wollen. Stattdessen liegst du auf den Knien vor diesem Pseudokünstler, diesem Melvin, der sich als Schreiberling verdingt, um seinem Köter Chappi kaufen zu können.«

»Ich liege nicht vor Melvin auf den Knien!«, empörte sich Ellinor. »Aber wenn du es wissen willst: Ja, ich habe großen Respekt vor seiner Arbeit. Und er schreibt seiner Redaktion ja wohl nicht nach dem Mund. Diese Ausstellung über den Ersten Weltkrieg in Auckland wurde hochgelobt. Wenn er in seinem Artikel Kritik geübt hat …«

»Ach! Auf einmal haben wir also größtes Verständnis für Kritiker, die es besser wissen!«, höhnte Gernot. »Geld damit machen, dass man andere verreißt. Großartig!«

»Du nimmst auch nicht gerade ein Blatt vor den Mund, wenn du über deine Kollegen redest«, erwiderte Ellinor.

Sie wusste, dass es die falsche Strategie war, Gernot persönlich anzugreifen, doch wie immer fehlte ihr der Biss für eine echte Auseinandersetzung mit ihrem Mann. Gernot schaffte es stets, ihre Argumente als kleinlich hinzustellen oder ihr Motive zu unterstellen, an die sie im Traum nicht gedacht hatte. Sie konnte sich unmöglich gegen etwas so Absurdes verteidigen wie Neid auf die Authentizität von Rebecca Zima.

»Ich«, sagte Gernot gelassen, »bin ja auch ein Künstler. Ich weiß, wovon ich rede, wenn ich Kunst beurteile. Dein Melvin dagegen …«

Ellinor hätte einwenden können, dass Melvin nie versucht hatte, Kunst zu beurteilen, sondern lediglich die Geschichtsdarstellung durch Museumspädagogen, wozu er als Historiker durchaus qualifiziert war. Sie machte sich jedoch nicht die Mühe.

»Er ist nicht ›mein Melvin‹«, sagte sie nur.

Gernot schnaubte. Er zog sich aus, während sie duschte, und lag bereits im Bett, als sie zurückkam. Sie war überzeugt, dass er noch nicht wirklich schlief. Aber gut, wenn er die Unterhaltung beenden wollte … Ihr war das nur recht.

Ellinor drehte sich von ihm weg und überließ sich der Kühle der Laken und dem leichten Duft nach Vanille und Zimt, der ihrer Nase schmeichelte. Es war kaum zu glauben, dass dies das Winterhaus sein sollte, in dem Alison gemordet und in dem

Tricia gelitten hatte. Heute erschien die Atmosphäre friedlich, es gab keine Stimmen aus der Vergangenheit, durch das geöffnete Fenster hörte man nur das Flüstern des Flusses.

Hannah Biloxi hatte alle Geister erfolgreich vertrieben.

Kapitel 3

Gernot begann den Schlagabtausch gleich, als sie Anstalten machten, zum Frühstück runterzugehen. »Was dagegen, wenn Rebecca und ich uns in der Gegend ein bisschen umsehen, während ihr über die alten Kamellen redet?«

Ellinor war noch verärgert vom Abend zuvor. »Du kannst dich umsehen, wo du willst«, gab sie zurück. »Aber was Rebecca betrifft ... Die Höflichkeit gebietet es, dass sie sich zumindest kurz anhört, was Hannah Biloxi zu erzählen hat. Deshalb ist sie schließlich hier – das hat sie zumindest behauptet. Hannah hat sie eingeladen, um die Familiengeschichte mit ihr zu teilen. Sie wird jetzt mal eine halbe Stunde lang still sitzen und zuhören.«

»Ja, Mami!«, spottete Gernot. »Im Ernst, Ellinor, was soll das? Du bist nicht ihre Mutter. Du kannst ihr nichts vorschreiben, du ...«

»Wenn ich ihre Mutter wäre«, unterbrach Ellinor ihn, »würde ich ihr ganz was anderes erzählen, etwa dazu, dass sie ziellos in der Weltgeschichte herumreist, Geld ausgibt und in den Tag hineinlebt. Na ja ... Das ist Meredith' und Davids Problem. Mein Ansinnen ist lediglich, dass ich unsere äußerst freundliche und höfliche Gastgeberin nicht vor den Kopf stoßen möchte. Und sofern es in meiner Macht steht, werde ich auch Rebecca dazu anhalten. Also versuch bitte nicht, sie zu irgendwelchen Unternehmungen zu verleiten. Wir werden garantiert gegen Mittag fertig sein, dann könnt ihr immer noch wandern oder zeichnen, oder was ihr sonst vorhabt.«

Ellinor verließ den Raum, bevor Gernot etwas erwidern konnte. Erst auf der Treppe fiel ihr ein, dass sie ihr Haar eigentlich noch hatte aufstecken wollen. Sie überlegte kurz zurückzugehen, entschied sich jedoch dagegen.

»Guten Morgen! Wie hübsch du aussiehst heute, Ellinor!« Hannah kam eben mit einer Kanne Kaffee aus der Küche ins Esszimmer, wo liebevoll mit filigranem, schönem Geschirr fürs Frühstück gedeckt war. Auf dem Tisch standen Blumen.

»Dem kann ich mich nur anschließen.« Melvin las die Zeitung, die Hannah wohl im Frühstücksraum ausgelegt hatte, ließ sie aber sofort sinken, als Ellinor eintrat. »Das offene Haar steht dir gut, richtig feenhaft siehst du aus …«

Ellinor lachte geschmeichelt. »Gernot nennt das meine Hexenfrisur.« Tatsächlich hatte er das früher bewundernd gemeint, er hatte ihre Lockenpracht verführerisch gefunden. In der letzten Zeit klang es dagegen eher missbilligend – Gernot hatte ihr schon unterstellt, damit Männer auf sich aufmerksam machen zu wollen. Womöglich würde das gleich wieder für Unstimmigkeiten sorgen – Ellinor schob ihr Haar nervös hinter die Ohren.

»Was magst du denn lieber sein?«, fragte Rebecca. Auch sie saß schon am Tisch und mischte Früchte und Haferflocken zu einem Müsli. »Hexe oder Fee?«

Ellinor wusste nicht, was sie dazu sagen sollte.

»Wie genau definiert man den Unterschied?«, fragte Melvin und zog die Stirn kraus, als dächte er ernsthaft darüber nach.

»Kaffee oder Tee?«, fragte Hannah.

Ellinor lachte. »Beides enthält Koffein«, antwortete sie. »Nur das eine kommt scheinbar sanfter daher. Bei Hexe und Fee wird das ähnlich sein. Kaffee bitte, Hannah. Hier wird nicht weichgespült gezaubert!«

Melvin beklatschte ihre Schlagfertigkeit. »Das trifft den Kern. Die Eier sind genau richtig, Hannah! Ich werde dich beim Fremdenverkehrsverband lobend erwähnen.«

Das Frühstück schien dann sogar auf Gernot eine besänftigende Wirkung auszuüben. Jedenfalls machte er keine weiteren bösen Bemerkungen und schmiedete auch keine Pläne mit Rebecca. »Ich seh dich dann später am Fluss«, sagte er nur zu ihr, als sie aufstanden. Hannah hatte vorgeschlagen, sich im

Garten weiterzuunterhalten. »Wir wollen etwas zeichnen«, fuhr er an Ellinor gewandt fort. »Falls Mami es gestattet.«

Ellinor errötete erneut. Damit es keiner sah, streichelte sie Doodle, der seinen Kopf wie tröstend gegen ihre Hand drückte.

»Ist es in Ordnung, wenn ich meinen Kaffee mit rausnehme?«, brach Melvin das peinliche Schweigen.

Schließlich saßen sie zu viert um einen mit Mosaiksteinchen ausgelegten bunten Gartentisch herum. Die Stühle im Caféhausstil waren cremefarben gestrichen, die Sitzkissen mit zartblauem Stoff bespannt.

»Na, dann erzähl mal!«, forderte Melvin Hannah auf. »Wir warten auf Tricias Geschichte. Das letzte Kind, das in diese Tragödie verstrickt war.«

»Nicht das letzte«, sagte Hannah traurig. »Auch Moses war verstrickt, alle anderen Kinder von Alison waren betroffen. Sogar du kommst nicht von der Sache los ...«

»Du selbst hattest keine Probleme?«, fragte Rebecca provokant.

»Nein, ich nicht«, beschied Hannah die junge Frau freundlich. »Ich hatte eine sehr glückliche Kindheit. Tricia war eine wunderbare Mutter. Sie kämpfte zweifellos mit ihren Dämonen, aber mich hat sie das niemals spüren lassen. Erst später, als ich erwachsen war, hat sie mir die ganze Geschichte erzählt. Ich glaube, sie war froh, sie endlich mit jemandem teilen zu können.«

»Dein ... Vater ...« Melvin suchte wohl nach einer vorsichtigen Formulierung.

»Mein Vater hat das alles nur in groben Zügen gewusst. Er trug meine Mutter auf Händen. Wenn sie ihm die Geschichte mit Trout erzählt hätte ... Wer weiß, ob er nicht das nächste Schiff genommen hätte, um den Kerl umzubringen.« Hannah schien das durchaus ernst zu meinen.

»Tricia hat also tatsächlich später geheiratet?«, fragte Ellinor.

»O ja«, bestätigte Hannah. »In Melbourne. Aber lass mich von Anfang an erzählen. Nach dieser unseligen Geschichte in Whiritoa, nachdem sie sich Elizabeth Frazier anvertraut hatte und dann doch wieder Gefahr lief, zu den Trouts zurückgeschickt zu werden, schlug sie sich nach Wellington durch. Von da aus gelangte sie irgendwie an eine Schiffspassage nach Australien.«

»Irgendwie?«, fragte Rebecca argwöhnisch.

»Sie hat nie genauer geschildert, wie sie das gemacht hat«, sagte Hannah und schaute verlegen auf ihre Hände. »Ich denke nicht, dass sie stolz darauf war, aber sie sah es wohl als ihre einzige Chance an. Sie muss in Panik gewesen sein. Sie sagte, sie hätte alles getan, um nicht zurück zu den Trouts zu müssen. Wir brauchen nicht darüber zu reden, was ›alles‹ für ein Mädchen in ihrer Situation bedeuten kann. Zumal die Schiffspassage ja nicht das Einzige war, was finanziert werden musste. Sie benötigte falsche Papiere, sonst hätte sie in Australien nicht einreisen können.«

»In Australien wurde es besser?«, erkundigte sich Ellinor.

Hannah nickte. »Da musste sie sich nicht mehr verstecken. Sie ging nach Melbourne, fand Arbeit in einer Maschinenfabrik und einen Schlafplatz in einem Wohnheim für junge Frauen. Später hatte sie ein Zimmer im Haus einer Witwe – sie lebte sehr zurückgezogen. Zumindest in den ersten Jahren wollte sie nichts von anderen Menschen wissen. Sie konzentrierte sich zwangsläufig sehr auf ihre Arbeit, stieg zur Abteilungsleiterin auf. Und dann erregte sie das Interesse eines jungen Mannes, Leroy Kandall. Er war Maschinenbauingenieur in der Firma, in der sie arbeitete, und verliebte sich heftig in sie. Leroy umwarb sie mit aller Energie und Fantasie. Sie erzählte gern, dass er sich sogar dazu verstieg, vor ihrem Fenster zu singen. Dabei konnte er gar nicht singen.« Hannahs Lippen umspielte ein nachsichtiges Lächeln. Die Erinnerungen an ihren Vater schienen von Liebe und Zuneigung geprägt zu sein. »Tricia machte es ihm nicht leicht«, fuhr sie fort. »Sie war fast dreißig Jahre alt, als sie seinem Werben endlich nachgab. Dabei hatte sie sich schon ziemlich bald in ihn verliebt, wie sie mir später anvertraute, sie wagte nur nicht, sich zu binden. Es dauerte unendlich lange, bis sie zu Leroy Vertrauen fasste. Die Ehe war dann sehr glücklich.« Sie sah in die Runde. »Wollt ihr vielleicht noch etwas trinken? Im Kühlschrank steht Orangensaft.«

Melvin stand auf. »Ich geh schon ...«

»Nach zwei Jahren wurde ich geboren«, erzählte Hannah weiter, nachdem Melvin zurück war, »und ich hätte mir keine besseren Eltern als Tricia und Leroy wünschen können. Ich bekam Aufmerksamkeit, ohne verwöhnt zu werden, Liebe, ohne vergöttert zu werden. Die beiden schränkten sich ein, damit ich die besten Schulen besuchen konnte. Ich spielte Klavier, sie gingen mit mir ins Theater, in die Oper – und ins Kino.« Wieder lächelte sie in glücklicher Erinnerung. »Ich durfte sogar studieren, was damals noch keine Selbstverständlichkeit war für ein Mädchen. Mir schwebte etwas mit Design vor, Innenraumgestaltung ... Na ja, und dann lernte ich meinen Mann kennen, Peter Biloxi. Ich war dreiundzwanzig, als wir heirateten, und eigentlich wollten wir Kinder, es hat nur nicht geklappt. Heute gibt es da ja mehr Möglichkeiten, aber damals, in den Siebzigerjahren ... da ging es ja erst los mit der Reproduktionsmedizin. Uns konnten die Ärzte noch nicht helfen. Irgendwann fanden wir uns damit ab. Ich begann, mich wieder mit Innenarchitektur zu beschäftigen, Peter und ich arbeiteten schließlich zusammen ...«

»Und wann hat dir Tricia ihre Lebensgeschichte erzählt?«, erkundigte sich Ellinor.

Der beseelte Ausdruck glücklicher Erinnerung schwand aus Hannahs Augen, als sie antwortete.

»Mein Vater ist vor zehn Jahren gestorben. Kurz danach wurde meine Mutter pflegebedürftig. Peter und ich nahmen sie zu uns, und ich kümmerte mich um sie bis zu ihrem Tod. Wir hatten viel Zeit zu reden, und wir hatten uns immer gut verstanden. So erfuhr ich alles.«

»Sie hat dir also von Alison erzählt, von dem Missbrauch ... und von Moses?«, vergewisserte sich Melvin.

Hannah nickte. »Vor allem von ihrem kleinen Jungen. Sie hat damals versucht, sich nicht an ihn zu binden, wollte ihn nicht stillen, nicht halten, weil sie von vornherein wusste, dass sie ihn würde aufgeben müssen. Aber es ging ihr nahe. Sie hat es immer bereut, ihn verlassen zu haben, und es hing ihr nach bis ganz zuletzt ...«

Melvin schien etwas sagen zu wollen, doch Hannah sprach bereits weiter. »Das ist einer der Gründe, weshalb ich nach Neuseeland gekommen bin«, erklärte sie. »Tricias Trauer über ihren Verlust ließ mich nicht los. Da waren noch so viele Fragen offen, so viele Fäden, die nicht entwirrt waren ... Ich hatte das Gefühl, meiner Mutter etwas schuldig zu sein. Vielleicht auch Alison ... und dem kleinen Jungen, Moses, meinem Halbbruder. Ich hatte die vage Hoffnung, ihn zu finden und ihm von Tricia erzählen zu können.«

Sie warf Melvin einen fragenden Blick zu. Der schüttelte den Kopf. »Mein Vater ist vor drei Jahren gestorben.«

Hannah sprach ihm ihr Beileid aus. »Ich kam dann erst mal nach Paeroa«, fuhr sie fort, »und stellte fest, dass das Winterhaus zum Verkauf stand. Für mich war das wie ein Wink des Schicksals, zumal es genau dem entsprach, was ich mir immer für meine Pension vorgestellt hatte. Also kaufte ich es, begann, die Renovierung zu organisieren – viel Zeit, um Nachforschungen anzustellen, ließ mir das nicht. Tja, und dann schaltete ich eines Tages den Fernseher ein und erhielt die Antwort auf meine Gebete.« Sie zwinkerte. »Das Schicksal geht seltsame Wege. Ich bin wirklich sehr froh, dich gefunden zu haben, Melvin.«

»Und uns, Ellinor und mich!«, fügte Rebecca beleidigt hinzu. »Wir sind schließlich auch mit Tricia verwandt. Nur nicht so bekannt wie Melvin ...«

Hannah schüttelte den Kopf. »Nein«, sagte sie zu ihrer aller Verwunderung. »Seid ihr nicht. Denn Frank Winter war nicht Patricias Vater. Das ist der Grund, aus dem Alison Tricia ablehnte. Auf jeden Fall hat meine Mutter sich deren Bosheit damit erklärt. Sie hat es erst kurz vor ihrer Flucht aus dem Haus der Trouts erfahren – als ihre Mutter entdeckte, dass Tricia schwanger war. Es muss ... eine herzzerreißende Szene gewesen sein ...«

Während Hannah erzählte, meinte Ellinor, die beiden Frauen vor sich zu sehen, die sich hier im Winterhaus erbittert gestritten hatten.

»Die Tochter wie die Mutter!«, giftete Alison. Ihre Agonie schien plötzlich von ihr abzufallen, und Patricia wand sich unter ihren flammenden Blicken. »Es hängt einem an bis ans Lebensende. Ich wusste es. Ich hätte dich niemals herholen dürfen. Das Kind einer Hure musste selbst zur Hure werden! Wie konnte es anders sein? Es war vorherbestimmt!« Sie ballte die Fäuste, als wollte sie ihre Tochter schlagen.

»Ich bin keine Hure!«, wehrte sich Patricia. Sie musste daran festhalten, das wusste sie, sonst würde sie verrückt werden. Nichts, was ihr in diesem Haus geschehen war, hatte sie gewollt. Und an nichts davon trug sie Schuld. »Und du warst doch auch kein leichtes Mädchen«, versuchte sie, ihre Mutter zu beruhigen. »Ich denke, du warst mit meinem Vater verlobt. Fast so etwas wie verheiratet. Bis er dann einen Rückzieher machte. Und das war nicht deine Schuld, das war ...«

Alison schnaubte. »Alles war meine Schuld!«, behauptete sie dann. »Alles. Ich hätte Frank nicht an mich ranlassen dürfen – damit fing es an. Die Kirche verbietet das, Gott verbietet das, und ganz zu Recht. Aber vor allem hätte ich nicht Jaro an mich ranlassen dürfen! Du bist nicht Franks Tochter, Trish. Das hab ich nur gesagt, damit er ... damit er sein Versprechen hält ...«

Tricia sah ihre Mutter fassungslos an. »Du ... wolltest mich Frank unterschieben?«, fragte sie. »Nachdem du ... Jaro war sein Freund, nicht? Nachdem du ihn mit seinem Freund betrogen hattest?«
Alison knetete ihre Hände, rieb sich den Hals, ihr Gesicht war gerötet.

»Ja ... nein ... Ich war zuerst von Frank schwanger. Aber ich ... ich verlor das Kind nach einigen Wochen. Ich war todtraurig. Ich wollte nicht mehr leben, zumindest nicht ohne Frank. Aber er ... er hatte mir geschrieben, dass er mich verlassen wollte. Und Jaro ... Er war immer da, wenn ich ihn brauchte. So ... so freundlich, so verständnisvoll. Er war das, was Frank nie gewesen war. Ich hab's nur zu spät erkannt. Wenn ich ihn gewählt hätte ... wenn ich ihn hätte lieben können ... Alles wäre anders gekommen, alles wäre ...« Sie schluchzte auf, doch ihre Augen blieben trocken.

»Er hätte mich geheiratet«, sagte sie trotzig, »aber ich wollte ihn nicht. Ich wusste nicht, was gut für mich war. Ich hab herumgehurt … Nichts anderes war das, was ich getan habe. Auch wenn ich es Liebe genannt hab.«

»Aber jetzt warst du doch frei«, sagte Tricia verständnislos. »Also, als Frank die Verlobung lösen wollte. Du hättest dem zustimmen und Jaro heiraten können.«

Alison schüttelte den Kopf. »Nein. Jaro hatte kurz zuvor geheiratet. Und er stand zu seinem Eheversprechen. Er hätte seine Frau niemals verlassen …«

»Er hat sie nur betrogen!«, höhnte Tricia.

Sie duckte sich, konnte jedoch nicht verhindern, dass Alisons Ohrfeige sie traf.

»Sprich nicht so über ihn! Er war … er ist … ein Ehrenmann … Es lag an mir … ich hatte Schuld. Ich bin eine Hure. Genau wie du! Ich hab ihn verführt, wie du Herbert verführt hast … und hinter Harold bist du auch her, seit wir dich aus der Gosse geholt haben …«

»Sie war krank«, begütigte Hannah, nachdem sie die Szene geschildert hatte und die Empörung in den Augen ihrer Zuhörer sah. »Alison war nicht mehr Herrin ihrer Sinne. Schon lange nicht mehr. Sie gab sich die Schuld an all dem Unglück, das über sie gekommen war – sich und Tricia. Wäre sie nicht von Jaro schwanger geworden, dann hätte sie das vielleicht vergessen können. Aber so … Sie sah nur die Chance, an ihrer Geschichte festzuhalten und das Kind als Franks auszugeben, um ihn dazu zu bewegen, bei ihr zu bleiben. Als ihr das nicht gelang, sah sie keinen Ausweg mehr.«

»Aber Frank hätte sich irgendwann ausrechnen können, dass es nicht von ihm sein konnte, oder?«, wandte Ellinor ein.

Hannah nickte. »Natürlich. Es ist auch ein Wunder, dass Alison beim Prozess mit ihrer Version durchkam. Die gesamte Verteidigung beruhte ja darauf, dass sie Frank tötete, weil er trotz der Schwangerschaft nicht bereit war, sie zu heiraten. Dabei lag viel zu viel Zeit zwischen der angeblichen Zeugung durch Frank und Tricias Geburt. Jaro hätte es natürlich aufklären können. Doch der schwieg und entlastete Alison auch sonst, wo immer es möglich war.«

Dass die Jury im Fall Dickinson für mildernde Umstände plädiert hatte, war hauptsächlich Jaros Aussagen zu danken.

»Für Tricia muss das ein Schock gewesen sein«, überlegte Ellinor. »Diese Eröffnung ihrer Mutter, all die Verachtung, die ihr da entgegenschlug ...«

»Sie hat sich außerdem gefürchtet«, erzählte Hannah weiter. »Dieses schreckliche Gespräch mit Alison war der eigentliche Auslöser für ihre Flucht. Sie sagte, ihre Mutter habe bedrohlich gewirkt, sie habe sich zum ersten Mal vorstellen können, dass sie fähig gewesen sei, Frank zu töten. Tricia fürchtete um ihr eigenes Leben und um das des Kindes, wenn es im Haus der Trouts geboren werden würde. Was wäre gewesen, hätte Alison sich entschlossen, diese ›Schande‹ schnellstmöglich wieder aus der Welt zu schaffen? Hätten Harold und Herbert sie daran gehindert? Oder hätten sie geholfen, die Sache zu vertuschen?« Sie wandte sich an Melvin. »Und das war es eigentlich, was ich dir erzählen wollte: Tricia hat ihr Kind nicht verlassen, weil sie ein unbeschwertes, neues Leben anfangen wollte. Es ging nur darum, es zu schützen. Sie sagte, dass sie sich mit dem Missbrauch vielleicht hätte arrangieren können. Nur nicht mit Alisons Hass und der Gefahr, die von ihr ausging. Sie war verrückt. Oh, schaut, da kommt Grisù ...« Hannah hielt unvermittelt inne und wies auf den dicken grauen Kater, der majestätisch langsam über den Gartenweg aufs Haus zuspazierte. »Entschuldigt mich drei Minuten, ich muss ihn füttern.«

Sie stand auf und ließ die drei im Garten zurück.

»Na, da hätten wir ja gar nicht erst herkommen müssen, wenn diese Tricia gar nichts mit unserer Familie zu tun hat«, meinte Rebecca. »Und ihr seht: Ich hatte recht. Alison war vor Clara. Frano hat Clara nicht betrogen. Er hat sie geliebt.«

Ellinor und Melvin beachteten sie nicht.

»Hilft dir das?«, fragte Ellinor ihn. »Ich meine ... in Bezug auf die Gespenster. Schließlich weißt du jetzt, dass deine Großmutter kein hartherziges Geschöpf war, und vor allem war dein Urgroßvater kein Gauner ...«

»Frano war auch kein Gauner!«, warf Rebecca ein.

»Ich muss das erst mal richtig verdauen«, gab Melvin zu. »Das ist ganz schön heftig. Und ich würde natürlich gern mehr über Jaro erfahren. Was er für ein Mensch war ... wie sein Leben verlief ...«

»Oh ... Jaro hat diese Nacht mit Alison unendlich bereut.« Hannah war eben zurückgekommen, sie hatte Melvins letzte Worte gehört. »Natürlich nicht gleich, er hat sie genossen, es war ja die Erfüllung all seiner Wünsche. Aber als Alison dann schwanger war ... und Frank tötete ... erst recht, als Patricia schließlich ins Heim kam. Er konnte sich denken, wie es damals in solchen Institutionen zuging. Er hätte sich gern zu der Vaterschaft bekannt, wagte allerdings nicht, seiner Frau davon zu erzählen. Außerdem wäre das kontraproduktiv für die Wiederaufnahme von Alisons Verfahren gewesen. Nicht auszudenken, wenn sich da herausgestellt hätte, dass Frank gar nicht der Vater des Kindes war! So blieb Patricia auf der Strecke. Niemand wollte sie, und in Alisons verwirrtem Geist war sie obendrein schuldig. Eigentlich ein Wunder, dass ihr Leben später noch einen halbwegs glücklichen Verlauf genommen hat«, endete Hannah.

»Woher weißt du das mit Jaro?«, erkundigte sich Melvin und nahm einen Schluck Kaffee. »Und dass es nur eine Nacht war mit ihm und Alison?«

»Von ihm selbst«, erklärte Hannah zur allgemeinen Überraschung. »Tricia hat mit ihm Kontakt aufgenommen, sobald sie in Australien war und sich sicher fühlte. Ein paar Jahre lang haben sie sich geschrieben.«

»Wie hat sie ihn denn gefunden?«, fragte Rebecca verblüfft. »Da gab's doch noch gar kein Internet.«

Hannah lächelte. »Ihr könnt es euch vielleicht nicht mehr vorstellen, aber auch vor der weltweiten Vernetzung haben sich Menschen gesucht und gefunden. Wie Tricia es genau angestellt hat, weiß ich nicht, vielleicht hat sie alle Tischlereien in Paeroa und Umgebung angeschrieben. Viele können das ja nicht gewesen sein. Jedenfalls antwortete er, und er war sehr mitteilsam. Seine Frau war kurz bevor Tricia ihn kontaktierte gestorben. Er hatte also Zeit, und es sah ihm niemand beim Schreiben über die Schulter. Er hat seiner Maria nie von Tricia erzählt ...«

»Hast du die Briefe?«, fragte Melvin erwartungsvoll.

Hannah nickte. »Sicher. Sie sind oben, ihr könnt sie gleich in Ruhe lesen. Ich muss jetzt nämlich rasch in den Ort, zur Druckerei. Die Flyer, um Gäste ins Winterhaus zu locken, sind fertig ...« Sie stand auf und machte Anstalten, Kaffeetassen und Saftgläser abzuräumen.

»Warte, ich helfe dir.« Ellinor stand auf, stellte das Geschirr auf ein Tablett und wandte sich in Richtung Terrassentür. Dann hielt sie inne und sah Melvin an. »Wenn Frano nicht dein Urgroßvater ist«, sagte sie nachdenklich, »dann sind wir zwei gar nicht miteinander verwandt.«

Melvin sah sie kurz verblüfft an und lachte dann. »Stimmt!«, sagte er. »Jetzt, wo du es sagst ...«

Kapitel 4

Rebecca nutzte die Chance, so schnell wie möglich zu entfliehen. Sie strebte ihrer lang erwarteten Zeichenstunde mit Gernot zu. Melvin und Ellinor öffneten derweil im Garten gespannt den recht umfangreichen Ordner mit Jaros Briefen, den Hannah ihnen geholt hatte. Tricia hatte sie alle sauber abgeheftet. Ellinor überflog einen der ersten, in dem Jaro von seiner Auswanderung nach Neuseeland berichtete. Als es interessant wurde, las sie vor:

»Wir hatten schon öfter über Neuseeland gesprochen. Der Job als Gumdigger schien zumindest Frano aussichtsreicher als die Arbeit im Weinberg. Was mich anging, so schwankte ich. Natürlich war es eine Chance, ein Abenteuer. Andererseits mochte ich die Arbeit in der Tischlerwerkstatt, ich träumte davon, den Betrieb eines Tages zu übernehmen.

Leider war Franos Vater schwierig, ein Choleriker, launisch und unzuverlässig. Er stellte mir heute das Erbe in Aussicht und meinte morgen, es müsse doch unter allen Umständen innerhalb der Familie bleiben. Er lobte mich heute über den grünen Klee, und morgen ließ er kein gutes Haar an mir. Mit Frano ging er genauso um. Es hatte schon seine Gründe, dass der lieber im Weinberg arbeitete als im väterlichen Betrieb. Er war aufmüpfiger als ich, er ließ sich nichts gefallen, und er träumte von der Auswanderung in ein Land, in dem er unabhängig sein und selbst sein Glück machen konnte.

Seit ich ihm den Brief meines Freundes vorgelesen hatte, der in Neuseeland als Gumdigger arbeitete, war Frano Feuer und Flamme. Er wollte auch dorthin, lieber heute als morgen, es scheiterte nur am mangelnden Startkapital. Wir waren ja gänzlich mittellos, hatten nicht mal Geld, um nach Dubrovnik zu kommen, von wo aus die Schiffe nach Übersee ausliefen.

Doch dann erschien Frano eines Abends im Haus meiner Familie, und alles musste plötzlich ganz schnell gehen. Er sagte, er müsse sofort weg. Da war irgendetwas mit einem Mädchen – er hatte immer etwas mit Mädchen –, und nun war er wohl an die falsche Familie geraten. Angeblich waren der Vater und die Brüder hinter ihm her, er sagte, er müsse noch in dieser Nacht fliehen. Ich hab da nicht groß nachgefragt, ich wollte gar nicht wissen, was Frano wieder angestellt hat. Er sagte jedenfalls, er habe Geld, wir könnten die Fahrt nach Dubrovnik bezahlen, und von da aus werde die Reise ja vorfinanziert. Das nächste Schiff sollte am darauffolgenden oder am übernächsten Tag auslaufen.

Ich musste mich binnen weniger Augenblicke entscheiden – und es trug wesentlich zu meinem Entschluss bei, dass Franos Vater mich an diesem Tag wieder gegängelt und gedemütigt hatte. Ich glaubte nicht mehr an meine Zukunft in Pijavićino und sah Franos Ultimatum als ein Zeichen des Schicksals. Also schnürte ich mein Bündel – viel Kleidung besaß ich ohnehin nicht – und folgte Frano über die Berge. Wir liefen die ganze Nacht hindurch bis zur Küste, wo wir am Morgen einen Bootsbesitzer fanden, der nach Dubrovnik fuhr und uns mitnahm. Frano beschwatzte ihn, es zu einem wirklich geringen Preis zu machen, weshalb es zunächst noch Streit gab. Frano hatte kaum Bargeld, nur Dinge, die er versetzen wollte. Ich fragte nicht, um was es da ging – ich habe immer zu wenig gefragt, wenn es um Frano ging, ich gebe mir deshalb auch ein bisschen Mitschuld an seinem Tod –, aber ich nahm an, dass er irgendetwas gestohlen hatte.«

»Lilianas Schmuck«, kommentierte Ellinor. »Er war ein Mistkerl.«

»Und Jaro wusch seine Hände in Unschuld«, bemerkte Melvin. »Er nutzte seine Chance.«

Ellinor zuckte mit den Schultern. »Kann man's ihm verdenken?«, fragte sie.

Dann las sie weiter vor.

»In Dubrovnik ging Frano zunächst zur Pfandleihe, während ich mit dem Bootseigner wartete. Uns beide wollte der nicht gehen lassen, er fürchtete, wir wären dann ohne zu bezahlen auf und davon. Frano war jedoch sehr schnell wieder da und hatte gutes Geld aus seinen Pfandstücken herausgeschlagen. Wir konnten den Bootseigner bezahlen und uns eine ordentliche Mahlzeit gönnen, bevor wir uns nach dem Schiff nach Neuseeland umsahen. Außerdem erstand Frano ein Buch – obwohl er damals noch gar nicht lesen konnte. Wörterbuch Kroatisch – Englisch. *Ich musste ihm versprechen, ihm jeden Tag auf dem Schiff daraus vorzulesen, er wollte die neue Sprache lernen, so schnell es nur möglich war.*

Das Auswandererschiff lag im Hafen, wie Frano gesagt hatte, und es war tatsächlich fertig zum Auslaufen. Mit seinem Kapitän wurden wir rasch einig. Wir unterschrieben einen Vertrag, mit dem wir uns verpflichteten, die Überfahrt in Neuseeland auf den gumfields *abzuarbeiten. Auch Werkzeug sollte uns nach der Ankunft gestellt werden. Wir teilten uns dann einen engen Verschlag mit anderen Männern aus ganz Dalmatien, der Dampfer brachte über zweihundert künftige Gumdigger nach Auckland, Neuseeland. Wir sollten mehrere Wochen unterwegs sein.*

Frano atmete erleichtert auf, als das Schiff den Hafen verließ. Es war also wohl etwas dran an der Bedrohung durch die Familie seiner Freundin. Den Namen des Mädchens hat er mir allerdings nie verraten.«

»Und er hat auch nie gefragt«, kommentierte Melvin enttäuscht. »Franos Schandtaten haben ihn nicht interessiert.«

»Hätte es etwas geändert, wenn er gefragt hätte?«, fragte Ellinor. »Nimm dir doch nicht schon wieder alles zu Herzen, was dein Urgroßvater irgendwann getan oder nicht getan hat! Es war nicht Jaros Problem, er hätte Liliana nicht helfen können. Nicht in Pijaviċino und erst recht nicht auf See auf dem Weg nach Neuseeland. Liest du jetzt mal vor? Ich kann's nicht erwarten zu erfahren, was da war zwischen Jaro und Alison.«

Melvin griff nach dem Brief.

»Die Überfahrt war langwierig, das Essen schlecht, die Unterkünfte waren bald verdreckt. Viele Männer litten an der Seekrankheit. Wir vertrieben uns die Zeit mit Kartenspielen – Frano verlor dabei unsere letzten paar Münzen – und dem Wörterbuch. Es war sehr schwierig, die Worte zu buchstabieren, und später erfuhren wir, dass sich die Buchstaben auch noch anders aussprachen, als wir es kannten, doch Frano trieb mich an. Er war wild entschlossen zu lernen. Ich brachte ihm bei der Gelegenheit auch etwas Lesen und Schreiben bei, obwohl er sich dafür deutlich weniger interessierte als für die englische Sprache. Immerhin schenkte er mir mehr Aufmerksamkeit als vor Jahren Vater Josip, dem Priester in Pijavićino, der uns Dorfkinder unterrichtet hat. Frano hatte ihm nur zugehört, wenn es ums Rechnen ging. Lesen und Schreiben hielt er zumindest als Kind für überflüssig.«

»Was sich später rächte«, warf Ellinor ein. »Ohne dieses Handicap hätte er vielleicht wirklich einen Job finden können, den er mochte.«

Melvin hob die Schultern und las weiter.

»Schließlich erreichten wir Auckland – eine Stadt, die befremdlich anmutete. Wie alles in Neuseeland war sie englisch geprägt, der Baustil und die gesamte Atmosphäre in der Stadt unterschieden sich sehr von Dubrovnik oder gar Pijavićino. Wir hatten allerdings kaum Zeit, uns genauer umzusehen, denn wir wurden direkt auf die gumfields *gebracht.*

Frano und ich kamen in ein Lager bei Dargaville. Die Jahre dort waren hart. Die Arbeit war schwer und schlecht bezahlt, den größten Teil der Einnahmen behielt der Aufkäufer als Abzahlung für Überfahrt und Werkzeuge ein. Ich hasste den Schlamm und die Nässe im Lager und auf den gumfields – wir stocherten tagsüber im sumpfigen Grund und schliefen nachts in feuchten Zelten. In diesen ersten Jahren habe ich meinen Weggang aus Dalmatien oft bereut, doch Frano machte mir Hoffnung.

Während sich die meisten Männer mit ihrer Situation arrangierten und auch nach Begleichung ihrer Schulden in Dargaville blieben, war für Frano klar, dass wir das Lager sobald wie möglich verlassen würden. Er lernte weiterhin Englisch, obwohl unter den Männern aus Dalmatien fast nur Kroatisch gesprochen wurde. Sie blieben unter sich, die meisten beherrschten allenfalls ein paar Worte der Landessprache. Sie träumten davon, irgendwann zu ihren Familien zurückkehren zu können.

Frano dagegen hatte alle Brücken hinter sich abgebrochen. Er änderte schließlich sogar seinen Namen – in dem neuen Land wollte er Frank Winter heißen. Seine Studien des Englischen betrieb er mit ungeheurer Energie. Manchmal verbrachte er Stunden damit, die Aussprache eines Satzes zu üben. Er hatte den Ehrgeiz, nicht nur grammatisch korrekt, sondern akzentfrei zu sprechen.«

»Klar.« Ellinor unterbrach, um Kaffee nachzuschenken. »Sprache war sein Medium. Er brauchte sie, um Menschen zu manipulieren, das muss er damals schon gewusst haben.«

Melvin nickte. »Und er verfolgte seine Ziele äußerst gradlinig. Er wusste, was er wollte – Geld verdienen, ohne sich dabei krumm zu arbeiten.«

»Eigentlich nichts Schlimmes«, urteilte Ellinor. »Nur die Rücksichtslosigkeit, mit der er seine Ziele verfolgte, war beängstigend ...«

»Und die Menschenverachtung«, fügte Melvin hinzu. »Sein Umgang mit Frauen ... Du glaubst doch auch nicht, dass er Clara mehr geliebt hat als Alison?«

Ellinor schüttelte den Kopf. »Geliebt«, bemerkte sie, »hat der nur sich selbst. Wo ist denn nun der Brief, in dem Jaro schreibt, wie sie Alison kennenlernten?«

Melvin blätterte in dem Ordner.

»Hier«, sagte er. »Ab da wird's spannend. Alles andere wussten wir ja eigentlich schon.«

Ellinor überflog den Anfang des Briefes, der von Franos und Jaros Weg in die Selbstständigkeit erzählte. Schließlich berichtete er von den ersten nennenswerten Funden und wie aufgeregt und begeistert sie waren, als sie das erste Geld in den Händen hielten. Frano hatte vorgeschlagen, den Erfolg in einem guten Hotel in Paeroa zu feiern. Jaro hatte mit schlechtem Gewissen zugestimmt – und dann standen sie an der Rezeption des Hauraki Alison Dickinson gegenüber.

Fasziniert las Ellinor Jaros Geständnis.

»Ich habe sie vom ersten Augenblick an geliebt. Sie war so wunderschön, dieses herzförmige Gesicht, eingefasst von dem Spitzenhäubchen, als schützte ein Rahmen ein kostbares Gemälde. Ihre Augen waren von einem hellen Blau, so sanft und freundlich – es lag eine Wärme darin, ich meinte, sie körperlich spüren zu können, wenn ihr Blick auf mir ruhte. Sie war ein bisschen blass, hatte eine Haut wie Porzellan, aber als sie aufsah ... als sie Frano ansah ... zog eine ganz leichte Röte über ihre Wangen. Sie war hinreißend, und ganz offensichtlich verliebte auch sie sich auf den ersten Blick. In Frano.

Natürlich bemerkte er das sofort und begann entsprechend, Süßholz zu raspeln, um seinen Vorteil daraus zu ziehen. Am Anfang dachte er nur daran, ein etwas besseres Zimmer oder eine kostenlose Nutzung des Badehauses herauszuschlagen, doch dann fragte er sie, ob sie ihn nicht wiedersehen wolle.

Ich war in der ersten Zeit oft dabei, wenn sie sich trafen – Alison war vorsichtig, sie ließ sich nicht leichtfertig auf Männerbekanntschaften ein und fand es wohl sicherer, nicht mit Frano allein zu sein. Im Laufe weniger Wochen fasste sie jedoch Vertrauen. Sie verhielt sich weniger förmlich, lachte mit uns und ließ sich auf kleine Abenteuer ein wie die Fahrt im Kettenkarussell auf einem Jahrmarkt. Dabei bezauberte sie mich immer mehr. Ich war ihr verfallen, ich hätte alles für sie getan.

Leider hatte Alison nur Augen für Frano. Sie war freundlich zu mir, ich denke, sie mochte mich, nur was Liebe anging, hatte ich nicht den Hauch einer Chance. Es dauerte nicht lange, bis ich das einsah, dennoch heilte die Erkenntnis mich nicht. Ich liebte sie so sehr, dass ich nichts anderes wollte, als sie glücklich zu sehen. Also fand ich mich damit ab, dass Alisons Glück darin bestand, meinen Freund Frano glücklich zu machen. Jahrelang versuchte sie alles, um ihn sesshaft werden zu lassen. Sie wollte ihn heiraten, aber dazu hätte er ausreichend verdienen müssen, und für ihre Vorschläge, eine Stelle in Paeroa anzunehmen und das Abenteuer Kauri-Gum *zu vergessen, hatte er leider wenig Sinn. Er versuchte sich in immer neuen Unternehmungen, die alle scheiterten.*

Frano war sehr gut darin, Menschen zu etwas zu überreden, doch er mochte Erfolge nicht teilen, und er neigte dazu, andere zu übervorteilen. Auch ich hätte ihn vielleicht nicht so lange unterstützt, hätte es Alison nicht gegeben. Ich vertuschte sogar seine Unregelmäßigkeiten bei der Harzgewinnung – er suchte nämlich auch auf staatlichem Grund, was verboten war. Ich machte sogar mit, als er sich zwischendurch auf den Abbau von bush gum verlegte, weil das natürlich einfacher war als die aufwendige Suche in den Sümpfen.«

»Bush Gum?«, fragte Ellinor. »Was ist das?«

»Es gibt eine verbotene Technik zur Gewinnung von Kauri-Harz«, sagte Melvin. »Man fügt dazu lebenden Bäumen Wunden zu, die sie verschließen, indem sie Harz ausbluten. Ein halbes Jahr später kommt man zurück und gewinnt das Harz ... das *bush gum.* Auf die Dauer kann man einen Baum damit umbringen, auf jeden Fall schwächt man ihn. Das Verfahren ist seit 1905 verboten. Lebende Kauris stehen bis heute unter strengem Schutz. Ich lese mal weiter.«

»Wochenlang zogen wir durch die Wälder – immer in Angst vor Entdeckung. Oft kam es zu Schlägereien mit anderen Gumdiggern, die unsere Ansprüche auf das Harz nicht anerkennen wollten, oder mit Maori-Stämmen, denen die Bäume heilig waren. Aber ich brachte Alison ihren Frano immer wieder zurück. Es wärmte mein Herz, wenn sie mir dafür dankte, wenn sie mich bat, auf ihn aufzupassen.

Irgendwann kam dann die Wende. Alison versuchte immer noch, eine Arbeit für Frano in der Umgebung von Paeroa zu finden, und sprach einen Tischler in Kaihere an, einen Mann aus Dalmatien, der sich dort nach ein paar Jahren als Gumdigger eine Werkstatt aufgebaut hatte. Sie hoffte, Frano würde mit einem Landsmann besser zurechtkommen, doch er ging gar nicht erst hin, um sich vorzustellen. Stattdessen schaute ich vorbei – eigentlich nur, um Frano zu entschuldigen. Dabei verfiel ich dem Reiz meiner alten geliebten Arbeit. Allein der Duft des Holzes, das Singen der Sägen … Ich bewarb mich selbst um den Job, und ich bekam ihn. Seitdem bin ich nie wieder in die Wälder gegangen. Kauri-Holz war ab diesem Zeitpunkt der Werkstoff, mit dem ich arbeitete. Suchen und bergen sollten es andere.«

»Und damit verschwand Jaro in gewisser Weise aus Franos Leben«, bemerkte Ellinor. »Deshalb taucht er in Claras Tagebuch nicht auf, Frano erwähnt ihn gar nicht.« Sie lächelte. »Wieder eine Frage beantwortet.«

»Das muss etwa die Zeit gewesen sein, als Frano mit dem Bergen von Kauri-Holz anfing«, überlegte Melvin. »Bevor Alison schwanger wurde.«

»Mein Meister, ein von Grund auf guter und ehrlicher Mann, war zufrieden mit mir – er machte mich bald mit seiner Familie bekannt. Ich lernte seine Tochter kennen, Maria, ein schönes, kluges Mädchen mit Mandelaugen und hüftlangem schwarzem Haar. Maria lächelte, als sie mich sah – sie hat bis zu ihrem Tod gelächelt, sobald sie meiner ansichtig wurde –, und sie machte von Anfang an keinen Hehl daraus, dass sie mich zum Mann wollte. Ich mochte sie ebenfalls, ihre freundliche, fürsorgliche Art, ihre tänzerisch leichten Bewegungen und ihre dunkle, betörende Stimme. Maria hatte nur einen einzigen Fehler: Sie war nicht Alison Dickinson.

Ein paar Monate lang war ich hin- und hergerissen. Mit Maria bot sich mir eine einzigartige Chance. Ich konnte eine schöne, liebenswerte Frau haben, sanftmütig und dennoch sinnlich, die obendrein die Tischlerei ihres Vaters erbte. Trotzdem verzehrte ich mich nach Alison, der Frau, die mich nicht wollte, die ihre Wahl längst getroffen hatte. Eines Tages berichtete sie mir strahlend, Frano habe sie nun endlich um ihre Hand gebeten. Er war an der Bergung eines Ancient Kauri beteiligt gewesen und hatte die Wurzel als Anteil zugesprochen bekommen. Die wollte er nun verkaufen und mit dem Geld einen kleinen Möbel- und Skulpturenhandel in Paeroa eröffnen. Alison hatte dort ein Haus geerbt sowie genug Geld, es zu renovieren. Das ging sie nun mit Feuereifer an, während sich Frano auf eine letzte Handelsreise begab, um die Wurzel im Norden zu Geld zu machen. Die Möbelhersteller dort zahlten mehr als die Holzhändler in der Region Coromandel.

Frano durfte allerdings nicht zu lange ausbleiben, denn die Hochzeit musste bald stattfinden. Als Frano mich einen Tag vor der Reise aufsuchte, um ein paar von mir gefertigte Schnitzereien und Kleinmöbel einzuladen, die er ebenfalls im Norden zu verkaufen hoffte, berichtete er mir mit knappen Worten, Alison sei schwanger. Ich weiß noch genau, wie es mir das Herz zerriss und wie ich dennoch versuchte, ruhig und sachlich zu bleiben und mich ehrlich mit den beiden zu freuen. Ich hatte damals gerade ein Pferdchen geschnitzt – aus einem Rest Kauri-Holz, ich verschenkte solche Spielzeuge schon mal an Kinder unserer Kunden. Nun gab ich es Frano für Alison und ihr Baby. Später habe ich mir oft vorgestellt, wie du damit gespielt hast, Patricia. Ich habe immer gehofft, dass du es erhalten hast, obwohl ich nie wagte, Alison danach zu fragen.«

Ellinor konnte nicht weiterlesen. »Das Holzpferdchen, das dann Clara bekam«, sagte sie betroffen. »Frano hat es Alison nie gegeben. Glaubst du, er hatte überhaupt vor, zu ihr zurückzukehren?« Ellinor rieb sich die Augen. Sie hatte das Gefühl, eine kurze Pause zu brauchen, bevor die Geschichte eskalierte.

Melvin zuckte mit den Schultern. »Ich denke, er hielt sich alle Optionen offen«, erwiderte er. »Er konnte nicht wissen, dass ihm ein Mädchen wie Clara über den Weg laufen würde, aber als er sie traf, hat er die Chance genutzt. Pech für Alison ... Immerhin hat Maria von all dem profitiert. Sie bekam den Mann, den sie wollte.«

Melvin las weiter.

»Nachdem Frano gegangen war, traf ich meine Entscheidung. Ich erstand Blumen und einen Ring und machte Maria zur glücklichsten Frau der Welt, indem ich um ihre Hand anhielt. Wir waren nun verlobt, doch nichtsdestotrotz verbrachte ich in den folgenden Wochen viel Zeit mit Alison. Unsere Schreinerei erledigte die Holzarbeiten bei der Renovierung des Winterhauses, wie sie ihr künftiges Zuhause zärtlich nannte, und ich war oft dort, um Fußböden zu verlegen oder Fenster zu vermessen. Alison erschien mir in diesen Wochen glücklich, fast euphorisch. Sie stellte sich bei ihren neuen Nachbarn als Alison Winter vor, und ihre Augen leuchteten überirdisch, wenn sie ihnen von ihrem Gatten erzählte, der ja noch gar nicht ihr Gatte war. Frank, so berichtete sie wichtig, sei auf Geschäftsreise, werde jedoch bald zurückerwartet.

Was mich anging, so freute sie sich ehrlich über meine Verlobung und machte Pläne für ein Treffen mit Frano, Maria und mir. Sie ging davon aus, dass wir weiterhin eng verbunden bleiben würden, schließlich sollte unsere Tischlerei den größten Teil der Waren liefern, die sie im Winterhaus feilzubieten plante.

Maria und ich gaben uns am Heiligen Abend des Jahres 1918 das Jawort. Wir tauschten im Rahmen der Weihnachtsmesse das Eheversprechen. Marias Familie gehörte wie ich einer katholischen Gemeinde an, und ich war sehr berührt ob der Liturgie, die mich zurück zur Sveta Katarina in Pijavićino versetzte. Maria war eine wunderschöne Braut, sie strahlte mit den Kerzen in der Kirche um die Wette, und ihre Eltern platzten fast vor Stolz.

Nach der Kirche tranken wir Wein und aßen traditionelle Gerichte, die Marias Mutter in der peka zubereitet hatte. Ich hatte so etwas nicht mehr gegessen, seit wir Pijavićino verlassen hatten. Auch sonst glich dieses Fest einer Heimkehr. Wir sprachen unsere Muttersprache, sangen alte Lieder und tanzten zu Musik aus Dalmatien. Es war fast, als wäre ich in meine Familie in unser Dorf zurückgekehrt. Dieses Gefühl nahm mich so gefangen, dass ich kein einziges Mal an Alison Dickinson dachte. Ich musste Maria auch nichts vorspielen, als ich sie am Abend in die Geheimnisse der körperlichen Liebe einführte. Meine Zuneigung zu ihr war echt, und ihr Vertrauen und ihre tiefe Liebe zu mir rührten mich. Niemals hätte ich vorgehabt, ihr untreu zu werden. Das Kapitel Alison war bei meiner Eheschließung für mich abgeschlossen.

Von Alison und Frano hörten wir nichts in diesen Tagen rund um Weihnachten und den Jahreswechsel. Wir hatten Alison zur Hochzeit eingeladen, doch ohne Frano wollte sie nicht kommen. Sie hatte allerdings bis zuletzt gehofft, er würde noch vor den Feiertagen zurück sein.

Und dann stand er eines Tages bei mir vor der Tür! Wann genau, weiß ich nicht mehr. Ich weiß nur noch, wie hochgestimmt er war, geradezu begeistert, und ich höre noch heute seine Stimme: Jaro, ich werde heiraten! *Mich wunderte diese Eröffnung, schließlich wusste ich das längst, doch er winkte nur ab, als ich von Alison sprach. Er berichtete mir, er habe eine andere Frau kennengelernt, viel schöner als Alison und vor allem reich.«*

»Der Kerl hat mit Clara geprahlt!«, sagte Ellinor fassungslos.

Melvin verglich derweil die Daten. »Das war auf Franos erster Reise«, sagte er. »Und der Freund, den er angeblich besuchte, war tatsächlich Jaro.«

»Das war auch näher dran«, meinte Ellinor. »Ich hatte mich schon gefragt, wie er den Weg von Mangatarata nach Paeroa an einem Tag geschafft hat. Aber die Werkstatt lag in Kaihere. Das ist deutlich näher.«

»Nur seltsam, dass die Nachforschungen der Forresters da nichts ergeben haben«, überlegte Melvin. »Aber lesen wir erst mal weiter …«

»Frano schwärmte von dem Mädchen und den Möglichkeiten, die ihm die Verbindung bieten würde, während ich nur an Alison denken konnte. Schließlich fragte ich ihn, was er sie und ihr Kind betreffend zu tun gedenke. Frano überlegte kurz.

›Ich schreibe ihr einen Brief!‹, erklärte er, als könnte er damit eine jahrelange Beziehung, eine Verlobung und die Zeugung eines Kindes auslöschen. ›Ich erklär's ihr, keine Angst!‹ Dann musste er sich wieder auf den Weg machen. Irgendwelche wichtigen Erledigungen im Auftrag des künftigen Schwiegervaters. Ich hörte nicht genau hin. Ich war nur besorgt um Alison.«

»Er steckt den Kopf wieder in den Sand«, kommentierte Melvin. »Statt sich den Kerl zu schnappen, zu Alison zu schleifen und ihn zu zwingen, sich mit ihr auseinanderzusetzen.«

Ellinor lachte bitter. »Wie hätte er das denn machen sollen?«, fragte sie. »Mit Waffengewalt?«

Melvin zuckte mit den Schultern. »Irgendwas hätte er machen müssen. Er hätte nicht zulassen dürfen, dass Frano Alison so verletzte …«

»Alison erhielt Franos verhängnisvollen Brief ein paar Tage später. Sie zeigte ihn mir, als ich bei ihr vorbeikam, um eine Tür abzuliefern, und sie war außer sich. Ich hatte sie noch nie so erregt, so aufgelöst erlebt. Ihr Haar war nachlässig aufgesteckt, ihre Haut voller roter Flecken, ihre Jacke hatte sie falsch herum angezogen. Allerdings wollte sie noch nicht aufgeben. Sie meinte, Frano müsse betrunken gewesen sein, als er den kurzen Brief geschrieben habe. Er habe ihr in dem Schreiben versichert, sie behalte einen Platz in seinem Herzen. So ganz vorbei könne es also noch nicht sein, er werde sich bestimmt besinnen.

Alison beschwor mich, ihr das zu bestätigen, und ich tat es mit blutendem Herzen. Ich brachte es nicht über mich, ihr die Wahrheit zu sagen.

›Ich werde ihm schreiben‹, sagte sie schließlich. ›Er muss zur Vernunft kommen. Da ist schließlich auch noch das Kind.‹«

»Da war sie tatsächlich noch schwanger«, meinte Ellinor nach einem Blick auf ihre Notizen.

»Ich sah Alison erst wieder, nachdem Frano noch einmal bei mir aufgekreuzt war. Er kam in die Werkstatt, nicht zu mir nach Hause, und es war Zufall, dass er mich dort allein antraf. Gewöhnlich wäre mein Schwiegervater da gewesen, und Franos Besuch wäre auch Maria nicht verborgen geblieben. So war ich der Einzige, mit dem er sprach, und was er sagte, machte mich vor Wut rasend. Wieder war er in bester Stimmung, alles lief hervorragend für ihn – er berichtete von seiner bevorstehenden Hochzeit, doch ich hatte immer noch Alisons traurigen Blick vor Augen. Schließlich ertrug ich Franos Angeberei nicht länger – ich erzählte ihm von Alisons Verzweiflung und warf ihn hinaus.

Ich empfand allerdings auch meinerseits gewisse Schuldgefühle. Ich hatte mich seit Wochen nicht um Alison gekümmert, jetzt, da sie sicher Zuspruch brauchte. Ihre Schwangerschaft musste inzwischen sichtbar sein – und zweifellos tuschelte halb Paeroa darüber, dass der angebliche Ehemann seit Wochen verschollen war.

Um mein Gewissen zu beruhigen, lieh ich mir an einem nassen, kalten Herbsttag den Wagen meines Schwiegervaters und fuhr nach Paeroa, wo sich meine schlimmsten Befürchtungen bestätigten. Alison reagierte weder auf mein Klopfen noch auf meine Rufe. Als ich versuchte, die Tür zu öffnen, fand ich das Winterhaus unverschlossen. Alison saß in ihrem eben renovierten, hell möblierten Wohnzimmer und starrte aus dem Fenster auf den Fluss. Sie hatte ihre schmale Gestalt ganz in einen Schal gewickelt, um sich vor der Kälte zu schützen, im Kamin brannte kein Feuer.

›Er hat nicht geantwortet‹, sagte sie unvermittelt, als ich sie ansprach. ›Frank. Er hat auf meinen Brief nicht geantwortet.‹

›Vielleicht hat er ihn ja nicht bekommen‹, versuchte ich sie zu trösten und kam mir dabei wie ein Schuft vor. Ich hätte Frano nicht auch noch verteidigen dürfen, doch Alison wirkte so zerschlagen, so unglücklich ... Schließlich drosch ich ein paar Phrasen, ich sagte ihr, sie dürfe sich ihrem Kummer nicht so hingeben, sie solle an das Kind denken. Und dann erhob sie sich, und ich sah, dass ihr Bauch keineswegs gerundet war, wie er es hätte sein sollen. Sie war dünner, als sie vorher je gewesen war.

›Es gibt kein Kind mehr‹, sagte sie tonlos. ›Ich habe es verloren.‹

Ich schwöre, es war zu Beginn einfach Mitleid, das mich überwältigte. Ich wollte ihr Halt geben, eine Stütze sein. Ich nahm sie in die Arme. Es war eine freundschaftliche, tröstende Umarmung, zumindest meinte ich es so. Doch Alison schien mehr zu wollen. Sie presste sich an mich, rieb ihren Unterleib an mir, hob ihren Kopf zu mir auf, um mich zu küssen.

Ich wollte sie abwehren, aber ich bin auch nur ein Mensch, und ich hatte diese Frau seit zehn Jahren geliebt, mich nach ihr gesehnt, tausend Mal von genau dem geträumt, das sie mir jetzt anbot. Also küsste ich sie – und es blieb nicht bei dem Kuss. Sie machte Anstalten, mir das Hemd auszuziehen, ich öffnete ihr Kleid, trug sie schließlich zum Bett.

Ich weiß nicht, was in dieser Nacht über Alison kam, was mich anging, so war es der pure Rausch. Ich wähnte mich wie in einer meiner wildesten Fantasien – wie oft hatte ich mir vorgestellt, Alison glücklich zu machen, so glücklich, dass sie Frano in meinen Armen vergessen würde. Ich glaube, für diese eine Nacht ist es mir gelungen. Wir gingen ineinander auf, verloren uns in Leidenschaft, schließlich lagen wir erschöpft nebeneinander.

Irgendwann kam ich wieder zu mir und schämte mich. Ich hatte Maria betrogen und Alisons Schwäche ausgenutzt. Ich stammelte Entschuldigungen, doch Alison tat, als wäre nichts passiert. Sie hockte sich erneut auf ihren Sessel vor dem Fenster und gab keine Antwort, als ich sie fragte, was sie jetzt machen wolle. Im

Grunde hätte sie ihr altes Leben wieder aufnehmen können, das Hotel hätte sie sicher erneut eingestellt. Sie hatte dort gekündigt, als sie sich mit Frano verlobte, und man hatte sie nur ungern gehen lassen.

Schließlich verließ ich sie, nachdem ich ein Feuer im Kamin und uns beiden etwas zu essen gemacht hatte, von dem sie nichts anrührte. Ich hatte eigentlich vor, bald wieder nach ihr zu sehen, doch dann verschob ich das von einem Tag zum anderen. Ich hatte Schuldgefühle – und ich wollte auf keinen Fall noch einmal in Versuchung geraten. Eine Nacht wie diese durfte sich nicht wiederholen.

Später hatte ich das Gefühl, Alison im Stich gelassen zu haben. Aber was hätte ich tun können? Von ihrer erneuten Schwangerschaft wusste ich ja nichts.«

»Er hätte seine Maria wahrscheinlich sowieso nicht verlassen«, meinte Melvin düster. »Was ist da bloß über Alison gekommen? Das liest sich fast als ... als hätte sie das mit dem Baby geplant. Als hätte sie sich bewusst von Jaro schwängern lassen.«

Ellinor rieb sich die Stirn. »Ich glaube, sie war damals schon depressiv. Jedenfalls sicher nicht Herrin ihrer Sinne. Gut möglich, dass sie sich nichts sehnlicher wünschte als einen Ersatz für das verlorene Baby. Aber geplant haben kann sie das nicht, sie wusste ja gar nicht, ob und wann Jaro kommen würde. Ich glaube, sie verstand auch nicht genug vom weiblichen Zyklus, um ihre fruchtbaren Tage zu kennen. Vielleicht wollte sie einfach nur Trost ...«

»Und als sie dann mit der neuen Schwangerschaft und ihren Konsequenzen konfrontiert wurde, verlor sie völlig die Kontrolle«, meinte Melvin. »Mal sehen, was Jaro dazu schreibt.«

»Ich sah Alison nicht wieder, bevor es geschah, wohl aber Frano. Er tauchte im Juli erneut bei mir auf, dieses Mal war auch Maria da. Ich war sehr stolz auf sie, weil sie Franos Charme nicht sofort verfiel, obwohl er natürlich versuchte, Süßholz zu raspeln wie bei jeder Frau. Ansonsten gab er sich eher kleinlaut.

Er wollte unseren Streit, wie er das nannte, aus der Welt schaffen. Wir seien schon so lange Freunde, sagte er, wir dürften uns nicht aus den Augen verlieren. Ich wiederholte allerdings meine Vorwürfe, und auch Maria fand klare Worte dazu, wie schlecht er Alison behandelt hatte. Schließlich gab Frano klein bei. Er könne sich ja noch mal mit Alison treffen, erklärte er. Sicher ließen sich die Missverständnisse klären. Wir trennten uns danach halbwegs im Frieden – Maria machte sich sogar Hoffnungen, dass die beiden wieder zusammenkommen würden. Ich dagegen war skeptisch, es sah nicht so aus, als hätte er sich von der Frau im Norden getrennt.

Wir hörten dann nichts mehr von Frano, ebenso wenig von Alison – bis Maria eines Tages mit der Nachricht nach Hause kam, man habe Alison verhaftet. Sie hatte auf dem Markt davon gehört, der ganze Ort redete davon. Alison hatte ihren Liebhaber Frank Winter angeblich erschossen, nachdem er sie erst geschwängert und dann verlassen hatte.«

»Viel schreibt er dazu ja nicht«, bemerkte Ellinor bedauernd.

Melvin hob die Brauen. »Er war nicht dabei«, erinnerte er sie. »Er konnte sich allenfalls vorstellen, was da passiert war, und ich glaube, dass er kein Bedürfnis hatte, das zu tun.«

»Ich kann jetzt mal wieder ein bisschen weiterlesen«, sagte Ellinor.

»Ich besuchte sie kurz darauf im Gefängnis. Sie sah erbarmungswürdig aus, blass, das Haar wirr und glanzlos, um den Kopf ein Verband – sie hatte ja versucht, auch sich selbst zu erschießen. Nach meinem Dafürhalten war sie seit unserem letzten Treffen noch dünner geworden, die Gefängniskleidung hing wie ein Sack um ihren Körper. Aber sie legte die Hand schützend auf ihren Bauch. Ich konnte es nicht glauben, doch sie war tatsächlich wieder schwanger.

›Verrat mich nicht‹, flüsterte sie, als sie meinen fassungslosen Blick bemerkte. ›Du musst bestätigen, was ich dem Anwalt erzählt habe.‹

Sie war an diesem Tag geistig klar, sie erschien mir deutlich gefasster und wacher als an jenem verhängnisvollen Abend im Herbst.

Und natürlich verriet ich sie nicht. Im Gegenteil, ich tat alles, um die Polizei und das Gericht von ihrer Version der Geschichte zu überzeugen. So ließ ich die Ermittler in dem Glauben, Frano sei erst wenige Wochen zuvor verschwunden. Und ich sagte nichts, als kurz darauf und noch einmal Monate später Leute auftauchten, die nach Frano Zima fragten. Ich erfuhr davon durch meinen Schwiegervater. Er erklärte, es hätten sich Privatdetektive nach einem dalmatinischen Auswanderer umgehört, der seit September verschwunden sei. Nun hatte Marias Vater Frano lediglich einmal kurz gesehen und kannte ihn nur unter dem Namen Frank Winter. Insofern sah er keine Zusammenhänge. Die Ermittlungen – ich nehme an, die Familie von Franos Frau hatte sie in Auftrag gegeben – blieben ergebnislos.

Schließlich kam es zum Prozess gegen Alison, und ich sagte aus, wie schlecht Frano sie behandelt hatte. Ihr Anwalt meinte, das habe sehr geholfen, um den Geschworenen ein positives Bild von ihr zu vermitteln. Wie du weißt, wurde sie dann trotzdem verurteilt, doch der Fall geriet nicht in Vergessenheit.

Wiedergesehen habe ich Alison nicht nach der Verhandlung. Ich brachte es nicht über mich, sie erneut im Gefängnis zu besuchen, ich wollte auch nicht riskieren, dass Maria Verdacht schöpfte. Natürlich verfolgten wir den Fall in der Presse, und wir hörten später von ihrer Hochzeit mit Trout. Damals hatten wir bereits Kinder, mein Schwiegervater war gestorben, und ich führte die Werkstatt – wir hatten andere Dinge im Kopf, Alison war nur noch eine Erinnerung.

Und du, Tricia … ich schäme mich, es aufzuschreiben, doch du hast nie wirklich für mich existiert. Heute weiß ich natürlich, dass ich falsch gehandelt habe. Du hast nie Genaueres geschrieben, aber ich lese zwischen den Zeilen, dass du nicht glücklich warst im Haus deiner Mutter und dass dir dort vielleicht sogar Schlimmes widerfahren ist. Mir tut das alles sehr leid. Das Einzige, was ich dir zum Trost sagen kann, ist, dass ich deine Mutter einmal wirklich geliebt habe und dass du, wenn auch unter ungünstigen Umständen gezeugt und geboren, ein Kind dieser Liebe bist.

Ich wünschte, es wäre anders gekommen, doch ich hoffe, du kannst ohne Zorn an mich denken und vielleicht sogar mit ein wenig Zuneigung. Es würde mich freuen, wenn ich in deinen Gedanken und später in deiner Erinnerung das sein könnte, was mir in der Wirklichkeit versagt war:

dein Vater.«

»Das ist ja ergreifend«, spöttelte Melvin. »Erst hält er sich aus allem raus, und dann …«

Ellinor legte ihm die Hand auf den Arm. »Er war kein schlechter Mensch, Melvin.«

Sie wollte noch mehr sagen, doch eben betraten Gernot und Rebecca den Garten. Ellinor nahm die Hand schnell weg. Dennoch schien Gernot die vertraute Stimmung, die in den letzten Stunden zwischen ihr und Melvin aufgekommen war, zu erspüren. Misstrauisch sah er sie an.

»Was macht ihr denn hier in trauter Zweisamkeit? Ich dachte, ihr wolltet Hannah interviewen. Aber die scheint ja gar nicht da zu sein.«

»Wir haben noch ein paar Briefe durchgesehen«, erklärte Ellinor betont ruhig. »Von Jaro an Patricia. Die wären auch für dich interessant, Rebecca, es sieht aus, als hätte Frano …«

»Ach, jetzt hör mal endlich auf mit den alten Geschichten!«, unterbrach Gernot sie. »Rebecca interessiert sich nicht mehr dafür. Was sie wissen wollte, weiß sie, und du hast jetzt ebenfalls alles bis in die letzte Kleinigkeit erforscht. Also, können wir endlich aufbrechen? Wenn wir uns sputen, schaffen wir es heute noch bis Wellington und können morgen übersetzen. Es lohnt sich zwar kaum noch, aber Rebecca meint, die absoluten Highlights der Südinsel schaffen wir in einer Woche.«

Ellinor seufzte. Wenn sie ehrlich war, so hatte sie überhaupt keine Lust, sich jetzt wieder für Stunden ins Auto zu setzen. Sie wollte auch nicht auf die Südinsel. Am liebsten wäre sie einfach noch ein paar Tage bei Hannah geblieben, um sich auszuruhen und die Geschichte in sich nachklingen zu lassen, die sie ausgegraben hatte.

»Wir müssen uns wenigstens bei Hannah verabschieden«, meinte sie. »Einfach abfahren, solange sie nicht zu Hause ist, wäre unhöflich. Und ich ... ich würde mich ganz gern noch ein bisschen ausruhen. Das alles war sehr anstrengend ...« Sie wies vage auf die Papiere auf dem Gartentisch.

»Anstrengend?«, fragte Rebecca. »Na ja, gut, für dich ist es eine Fremdsprache. Aber trotzdem ... Kannst du nicht unterwegs schlafen?«

Während du permanent plapperst? Ellinor musste sich zurückhalten, um nicht unfreundlich zu reagieren.

»Warum bleibt ihr nicht einfach heute Nacht noch hier und macht euch morgen auf den Weg?«, fragte Melvin. Er schien zu spüren, dass Ellinor Ausflüchte suchte. »Wir können die Abfahrtszeiten der Fähre googeln, vielleicht geht morgen Nachmittag eine.«

»Noch einen Tag verplempern? Ich ...«

Gernot setzte zu einer sicher längeren verärgerten Rede an, doch Doodle unterbrach ihn mit einem kurzen Türklingelbellen. Hannah kam heim. Lächelnd wies sie mit dem Kinn auf einen Pappkarton voller Prospekte, den sie in den Armen hielt. Obenauf lag eine Tüte mit dem Logo eines Feinkostgeschäfts.

»Ich leg das mal gerade ab, und dann mache ich uns schnell was zu essen!«, verkündete sie vergnügt. »Ich hab Salat und frisches Brot und Antipasti. Das mögt ihr sicher alle!«

»Ellinor, wir sollten jetzt wirklich fahren!« Gernots Stimme klang fast drohend.

Ellinor schüttelte den Kopf. »Wir können Hannah unmöglich enttäuschen«, erklärte sie. »Und essen müssten wir sowieso was, bevor wir so eine lange Strecke fahren. Wobei ich ... also ich finde, Melvin hat recht. Wir sollten es ruhig angehen lassen. Ich hätte auch noch ein paar Fragen an Hannah ...«

»Ellinor, es reicht!«, sagte Gernot scharf. Es war selten, dass er so die Stimme erhob, meist genügte es, einen nörgelnden Ton anzuschlagen, um Ellinor die Dringlichkeit seiner Wünsche klarzumachen. »Entweder du trennst dich jetzt von dieser Geschichte, oder Rebecca und ich fahren allein. Das ist unser gemeinsamer Urlaub, und ich habe bisher nur Abstriche gemacht. Jetzt musst du dich mal entscheiden.«

Ellinor sah ihn unglücklich an. »Das kannst du nicht machen!«, sagte sie.

Gernot schnaubte. »Dann warte mal ab!«

Ellinor biss sich auf die Lippen. »Ich komme ja mit«, sagte sie widerwillig. »Nach dem Essen. Wir ... wir wollen uns doch nicht streiten, Gernot ...«

Gernot verzog das Gesicht. »Wer streitet denn hier?«, fragte er. »Ich sage nur ...«

Doodle schob sich zwischen ihn und Ellinor. Ellinor tätschelte den Kopf des großen Hundes – und meinte fast, Melvins mitfühlenden Blick zu spüren. Sie sah nicht auf, weil sie Angst hatte, gleich in Tränen auszubrechen.

»Hat sich sowieso erledigt, Hannah kommt schon mit dem Essen«, bemerkte Melvin. »Macht doch mal den Tisch frei.« Er begann, die Papiere beiseitezuräumen.

»Hilft mir noch jemand zu decken?«, bat Hannah und stellte neben einem Salat eine appetitlich wirkende Platte mit gefüllten Paprika, Käsehäppchen und winzigen Sandwiches auf den Tisch. Eigentlich Leckereien, denen Gernot kaum widerstehen konnte. Ellinor hoffte, dass ihn der Anblick besänftigte, und stand auf, um Hannah in die Küche zu folgen. »Du wirkst traurig«, bemerkte Hannah, während sie Teller, Besteck und Gläser auf ein Tablett stellte. »Ging dir das so nah mit Tricia und Jaro? Oder mit Frano? Ich meine ... er war dein Vorfahr ...«

Ellinor schüttelte den Kopf. »Mir schlägt eher die Gegenwart als die Vergangenheit aufs Gemüt«, meinte sie. »Mein Mann und ich haben unterschiedliche Vorstellungen in Bezug auf die Reisepläne.«

Hannah nickte. »Er ist nicht gern hergekommen«, vermutete sie. »Das habe ich mir gestern schon gedacht. Und das Mädchen ... Du solltest dich trotzdem nicht grämen, Ellinor. Lass nicht zu, dass dich irgendjemand verletzt und traurig macht. Dafür ist das Leben zu kurz.«

»Gernot macht mich eigentlich glücklich«, sagte Ellinor. »Es ist nur so, dass ... Ach, lassen wir das. Wir werden nachher nach Wellington fahren und morgen auf die Südinsel, und dann wird er sich schon wieder abregen. Wir fliegen ohnehin bald zurück nach Wien, dann sind wir auch Rebecca los ... Und es ist ja wirklich meine Schuld ... Gernot hat gar nichts von mir gehabt ... und von dem Land.«

Sie nahm das Tablett und brachte es nach draußen, wo dicke Luft herrschte. Gernot und Melvin waren wieder über irgendetwas verschiedener Meinung. An diesem Tag würde es wohl kaum noch möglich sein, irgendein Thema zu finden, bei dem Gernot nicht widersprach.

Sie war froh, dass Hannah beim Essen wieder diplomatisch die Gesprächsführung übernahm. Dieses Mal befragte sie Ellinor zu ihrer Arbeit an der Universität und bezog Melvin mit ein. Ellinor erfuhr, dass er neben seiner Autorentätigkeit gelegentlich an der Uni Auckland arbeitete. Im letzten Jahr hatte er ein Seminar zum Thema »Aufarbeitung von Geschichte in den Medien« angeboten.

»Obendrein also der geborene Lehrer«, spottete Gernot. »Wann bleibt dir eigentlich noch Zeit für die Kunst?«

Melvin ließ sich nicht provozieren. »Ich schreibe ziemlich schnell«, bemerkte er. »Ich gehöre nicht zu den Autoren, die um jedes Wort ringen müssen. Und als Kunst würde ich meine Bücher und Artikel auch nicht bezeichnen. Ich schreibe ja keine Poesie, experimentiere nicht mit der Grammatik ...« Er zwinkerte ihnen zu. »Kurz, ich mache nichts, wofür man Literaturpreise kriegt. Und was die Lehre angeht ... Um vor ein paar Studenten seine Arbeit vorzustellen, braucht man keine pädagogische Begabung.«

»Sie unterrichten doch auch, Gernot!«, sprach Hannah Gernot freundlich an. »Zumindest haben Sie im Moment eine kleine Studentin ... Nicht wahr, Rebecca? Willst du uns nicht gleich ein paar deiner Arbeiten zeigen?«

Rebecca errötete. »Sind noch nicht fertig«, murmelte sie, »ich bin noch nicht zufrieden.«

Hannah lächelte. »Es ist gut, wenn ein Künstler perfektionistisch ist«, erklärte sie.

»Und deine Forschungsthemen in Österreich, Ellinor? Woran arbeitest du schwerpunktmäßig?« Offenbar schien Hannah es einfacher zu finden, die mitteilungsfreudigeren Mitglieder der Runde anzusprechen.

Ellinor berichtete gelassen, dass sie eigentlich nicht an Forschungsprojekten beteiligt war, sondern im Sekretariat der Fakultät arbeitete und Grundlagentechniken des wissenschaftlichen Arbeitens an die Studenten vermittelte. »Wie man recherchiert, korrekte Quellenangaben macht, eine wissenschaftliche Arbeit richtig aufbaut ... Es ist nicht besonders spannend. Eigentlich jedes Jahr das Gleiche.« Sie hob resignierend die Arme. »Allerdings ...« Ellinor zögerte zunächst, Gedanken mit Hannah und den anderen zu teilen, die sie erst seit wenigen Tagen beschäftigten, und tat es schließlich doch. »Diese Recherche jetzt ... die hat mir sehr viel Spaß gemacht. Und ich denke, das Material ... es hätte Potenzial für eine größere wissenschaftliche Arbeit – die Gründe von Menschen verschiedener Nationen zu immigrieren und ihre Beiträge zum Aufbau der Gesamtgesellschaft eines Einwanderungslandes. Oder Familiengeschichten von Immigranten im gesamtgesellschaftlichen Kontext gesehen. Ich hab immer darüber nachgedacht, vielleicht noch mal zu promovieren ...«

»Du willst was?«, fragte Gernot. »Eine Doktorarbeit schreiben? Weißt du, wie zeitaufwendig so was sein kann?«

Ellinor nickte. »Ich könnte mir dafür ein Sabbatjahr vorstellen ...« Sie spielte mit dem Sandwich auf ihrem Teller.

»Und wann gedachtest du, mit mir darüber zu reden?«, erkundigte sich Gernot in beißendem Tonfall. »Du verkündest das hier so nebenbei, aber welche Auswirkungen es haben könnte, auf uns und unsere Familie, darüber hast du dir noch keine Gedanken gemacht, was? Wie stellst du dir das denn finanziell vor?«

»Ich denk ja bloß laut ...«, murmelte Ellinor. »Es wäre überdies nur ein Jahr. Und hinterher würde ich mehr verdienen ...«

»Wenn du es überhaupt schaffst«, hielt Gernot ihr vor. »Du bist weit über dreißig ...«

»Ich bin siebenunddreißig ...«, gab Ellinor zu.

»Kein Kind mehr, doch deutlich zu jung für Altersdemenz«, warf Melvin spöttisch ein. »Du kannst auch noch mit sechzig promovieren, Ellinor, wenn du Spaß dran hast. Lass dir da bloß nichts einreden ...«

»Da hörst du's«, bemerkte Gernot. »Selbst dein neuer Freund rät dir ab!«

Melvin blitzte Gernot an. »Ich rate ihr keineswegs ab. Im Gegenteil. Ich wollte gerade sagen, dass sie, wenn sie beruflich noch von der Höherqualifikation profitieren will, möglichst bald beginnen sollte. Und die Themen klingen beide spannend. Wenn ich dir da helfen kann, Ellinor ...«

»Also lieber Frau Doktor als Mutter!« Gernot sprang auf und lief ums Haus herum davon. »Dann schmiedet mal fröhlich weiter Pläne. Mir ist der Appetit vergangen.«

Rebecca stand ebenfalls auf. »Wir ... fahren dann doch nicht gleich?«, fragte sie vorsichtig.

Ellinor zuckte mit den Schultern. »Von mir aus können wir los, wann es ... wann es euch passt. Ich wollte Gernot nicht verärgern. Es war doch nur ... ich hab nur laut gedacht ...«

Hannah legte ihr die Hand auf die Schulter. »Und ich hab die falschen Fragen gestellt«, begütigte sie.

Melvin schüttelte den Kopf. »Es gibt einfach Leute«, bemerkte er, »bei denen versagt unser verbindliches Wesen.«

Ellinor musste lächeln, obwohl ihr die Tränen in den Augen standen.

Hannah zuckte mit den Schultern. »Er wird sich schon wieder beruhigen. Und Ellinor ...«, sie lächelte, »... ich hätte da ein paar

Fotos oben in meinem Zimmer. Vielleicht magst du sie dir ansehen. Von Jaro habe ich keins, aber recht viele von Tricia … Du kannst mit mir raufkommen. Ich werde mich jetzt etwas zurückziehen, der heutige Vormittag hat mich doch sehr ermüdet. Und du möchtest dich vielleicht auch etwas ausruhen …«

Es gab nichts, was Ellinor sich im Moment mehr wünschte. Der Tag war anstrengend gewesen und der Streit zermürbend. Sie verstand nicht, warum Gernot immer gleich so gereizt reagierte. Es wurde von Tag zu Tag schlimmer.

»Ich geh solange mit dem Hund raus«, ließ sich Melvin vernehmen. Er hatte offenbar ein Gespür dafür, wann man Frauen besser allein ließ.

Rebecca zog sich ebenfalls zurück. Ellinor fragte sich, ob sie Gernot folgte, ob sie wusste, wo er zu finden war. Im Moment wollte und konnte sie darüber jedoch nicht nachdenken. Sie half Hannah, die Reste des Essens ins Haus zu tragen, in den Kühlschrank zu stellen und das Geschirr in die Spülmaschine zu räumen. Dann folgte sie ihr nach oben. Hannah gab ihr ein Fotoalbum und eine Schachtel mit Fotografien.

»Nimm sie ruhig mit in dein Zimmer, Kind«, sagte sie freundlich. »Und leg dich ein bisschen hin. Nachher sieht alles anders aus.«

Kapitel 5

Ellinor wollte das gerne glauben, aber im Moment fühlte sie sich einfach nur müde und abgekämpft. Sie hätte jetzt sehr gern mit Karla gesprochen. In Wien war es leider halb zwei Uhr nachts. Sie konnte die Cousine unmöglich aus dem Bett klingeln.

Unschlüssig warf sie einen Blick auf die Fotografien, fühlte sich allerdings nicht in der Lage, sie anzusehen. Gernots rüde Reaktion auf ihre Pläne hatte ihr die Freude daran verdorben. Sie legte sich aufs Bett und schloss für einige Minuten die Augen, gleich darauf schlief sie ein.

Als sie erwachte, war der Nachmittag bereits fortgeschritten. Es war zu spät, um noch nach Wellington zu fahren, allenfalls hätte man sich auf den Weg machen und irgendwo übernachten können. Ellinor warf einen besorgten Blick aus dem Fenster. Es war seltsam, dass Gernot sie nicht geweckt hatte. Er würde seine Drohung, einfach ohne sie zu fahren, doch nicht wahr gemacht haben? Vor dem Haus stand allerdings nach wie vor der Leihwagen, Gernot und Rebecca mussten also noch da sein. Ellinor spritzte sich rasch etwas kaltes Wasser ins Gesicht, um endgültig wach zu werden, und ging dann nach draußen.

Das Wetter war immer noch wunderschön. Sie vermutete, dass Gernot und Rebecca am Fluss waren. Ellinor beschloss, ihnen zu folgen. Melvin und Doodle mussten ebenfalls noch unterwegs sein. Jedenfalls hatte der Hund nicht gebellt, als sie durchs Treppenhaus gegangen war. Mit schlechtem Gewissen gestand sie sich ein, dass sie eigentlich lieber auf Melvin treffen wollte als auf ihren Mann und ihre Cousine. Selbst Melvins Geister konnten keine so schlecht gelaunten Gesprächspartner sein.

Sie lächelte, als sie das Haus verließ, durch die hintere Gartenpforte ging und zum Fluss hinunterlief. Der Ohinemuri tobte in seinem Bett, er war reißend, schiffbar war er sicher nicht. Und dann sah sie Melvin am Ufer. Er stand an der Böschung und starrte in die tobenden Fluten. Doodle stöberte im Dickicht unter den Bäumen herum, die das Ufer hier säumten. Der Wind spielte mit ihren Blättern. Ellinors Herz schlug höher.

»Grübelst du schon wieder?«, rief sie lächelnd. Sie konnte es sich nicht erklären, aber sie fühlte sich bei seinem Anblick sofort besser. Es war seltsam, wie sie ihre Gespräche immer wieder unterbrechen und dann ganz plötzlich und selbstverständlich wieder aufnehmen konnten. Beinahe als ahnten sie, was der jeweils andere gerade dachte. »Du haderst mit deinen Geistern, oder? Dabei solltest du dich freuen. Immerhin konntest du heute einen Gauner aus der Ahnenreihe streichen.«

Melvin lächelte schief. »Nur um festzustellen, dass Alison Dickinson nicht ganz das unschuldige Opfer war, als das ihre Unterstützer sie hinstellten. Frano hat sie zweifellos benutzt, aber sie selbst hatte da auch keine Hemmungen. Sie hat Frano kaltblütig erschossen und dann Jaros Kind als Motiv für den Mord benutzt. Ich glaube immer noch, dass sie sich vorsätzlich hat schwängern lassen.«

»Wir werden es nie erfahren«, sagte Ellinor, als sie Melvin erreicht hatte. »Aber ob sie ihn aus Verzweiflung oder aus Rache getötet hat, ob sie vorher schon depressiv war oder erst später den Verstand verlor ... Tricia hat ihr schließlich vergeben. Kannst du das nicht auch? Sie ist in all das hineingeraten, Melvin. Und ebenso Jaro. Wir sollten nicht richten.«

Melvin lächelte und wandte sich vom Fluss ab. Sie folgten ein Stück dem Wasserlauf und erreichten ein Wäldchen. Der Ohinemuri wurde hier ruhiger. Als es leichter wurde, sein eigenes Wort zu verstehen, nahmen sie ihre Unterhaltung wieder auf.

»Es gibt nichts zu vergeben«, sagte Melvin. »Nicht für mich. Tricia war etwas anderes. Sie war ein Opfer. Ich dagegen ... ich möchte es nur verstehen, Ellinor! Wie ihr Frauen in so etwas hineingeratet, in eine Geschichte wie mit Frano. Oder mit ...« Er hielt inne.

»Ihr Frauen?«, fragte Ellinor nervös. Das Gespräch geriet in eine Richtung, die ihr nicht gefiel.

Melvin biss sich auf die Lippen. »Ellinor, ich will mich nicht einmischen«, behauptete er. »Aber die ... die Parallelen sind doch unverkennbar. Alison und Frano ... du und Gernot ... Ich kann es nicht ertragen, wie er dich behandelt. Und ich verstehe es nicht. Ich verstehe nicht, warum du dir das bieten lässt!«

Ellinor fuhr auf. »Das ist etwas völlig anderes! Gernot ist ... na ja, vielleicht manchmal etwas aufbrausend. Und er steht unter starkem Druck. Er hatte sich so viel erhofft von dieser Ausstellung ... Und dann ... Er hat es ja schon angedeutet, wir ... wir versuchen, schwanger zu werden ...«

»Angedeutet?«, fragte Melvin.

Ellinor ließ sich nicht beirren. »Er wünscht sich so sehr ein Kind. Mit dem Geld für die Bilder hätten wir es mit künstlicher Befruchtung versuchen können ...«

Melvin hob die Brauen. »Doch statt das große Geld zu machen, musste Gernot feststellen, dass Neuseeland nicht gerade auf ihn gewartet hat. Das ist doch so, oder, Ellinor? Er versucht seit Jahren, seine Bilder zu verkaufen, nur will sie leider keiner haben. So was muss bitter sein, gerade für jemanden, der so von sich und seinen Fähigkeiten überzeugt ist wie Gernot. Aber es ist kein Grund, seinen ganzen Frust an der Frau auszulassen, die er angeblich so sehr liebt, dass er ein Kind mit ihr will. Ellinor, wenn ihm so viel an dieser Behandlung läge, würde er Anstalten machen, das Geld aufzubringen. Ganz egal, wie. Als Künstler, Bettler oder Hilfsarbeiter. Stattdessen lässt er sich von dir finanzieren!«

Ellinor verzog das Gesicht. »Wie ich mein Geld ausgebe, musst du schon mir überlassen. Gernot und ich rechnen nicht auf. Wir ... wir führen eine sehr emanzipierte Beziehung.«

Melvin schüttelte den Kopf. *»Ich war eine sehr selbstständige Frau ...«*, zitierte er Alison Dickinson.

Ellinor rieb sich die Stirn. »Gernot hat mich nie betrogen«, verteidigte sie sich. Melvin musste über seine Agentin ja nichts wissen.

Melvin seufzte und blieb stehen. »Wenn du das glauben willst«, sagte er leise, »dann werde ich diesen Weg jetzt nicht weitergehen. Und du solltest es auch nicht tun. Denn irgendwann würden wir möglicherweise auf Gernot und Rebecca stoßen.«

»Na und?«, fragte Ellinor heftig. »Ich bin ja auch mit dir hier. Ohne dass ... dass da etwas ist ...«

Sie schlug die Augen nieder. Es war nicht ganz die Wahrheit. Irgendetwas entwickelte sich zweifellos zwischen ihr und Melvin ... Allerdings ganz sicher nichts, was Gernot ihr vorwerfen konnte.

Melvin antwortete nicht. Er pfiff nach seinem Hund und kehrte einfach um. Er ging sehr langsam, fast als trüge er die Last der ganzen Welt auf seinen Schultern.

Ellinor überlegte kurz, ob sie ihm folgen sollte. Im Grunde war es entwürdigend, wenn sie sich jetzt dazu herabließ, Gernot und Rebecca nachzuspüren. Doch dann siegte die Neugier. Sie wollte eine Antwort auf die Frage, ob Melvin nur spekulierte oder ob er etwas wusste. War er vielleicht vorher schon hier gewesen?

Der Pfad führte vom Fluss weg an einem Bachlauf entlang – die Landschaft war märchenhaft, der Regenwald mit seinen Flechten und Farnen verschlang das Sonnenlicht. Ellinor hatte das Gefühl, durch eine verzauberte Welt zu wandern. Sie hätte ihre Absichten darüber fast vergessen, als der Weg auf einer Lichtung endete. Ellinor blinzelte, ihre Augen mussten sich erst wieder auf die Helligkeit einstellen. Und dann sah sie Rebecca.

Ihre Cousine lag am Ufer des Baches, wie hingeflossen über Moos und Steine. Sie war nackt, ihr Haar offen, eine Strähne hing im kristallklaren Wasser, wurde malerisch hin und her getragen von der Strömung.

Ellinors Herz setzte einen Schlag lang aus, bis sie Gernot mit seinem Skizzenblock sah. Er zeichnete sie, zeichnete Rebecca. Das war die Erklärung. Es ging einfach nur um einen Akt.

Ellinor wollte aufatmen, sich aus dem Schatten der Bäume auf die beiden zubewegen, sie begrüßen, als wäre nichts geschehen ...

Aber dann erhob Gernot sich, legte den Block beiseite, ging auf Rebecca zu.

Rebecca öffnete die Augen, als er sie küsste. Sie lachte, als er die Haarsträhne aus dem Bach befreite und begann, sein Hemd aufzuknöpfen.

Ellinor beobachtete wie gebannt, wie sie ihm half, sich langsam zu entkleiden. Wie er sie zwischendurch immer wieder küsste, streichelte ... bis sie ihn behutsam von sich schob.

»Nicht heute, Gernot. Ich hab's dir gesagt, ich hab gestern die Pille vergessen. Und heute könnte ein gefährlicher Tag sein. Ich möchte nicht schwanger werden.«

Gernot lachte und küsste ihre Schulter. »Kannst du gar nicht, Allerschönste ...«

Rebecca schürzte die Lippen. »Nur weil's mit Ellinor nicht klappt? Das würd ich nicht riskieren. Sie hat gesagt, es liegt wahrscheinlich an ihr.«

Gernot schüttelte den Kopf, über sein Gesicht zog ein überlegenes Lächeln. »Nein ... Es liegt an mir.« Er rieb leicht über seine Lenden. »Sterilisiert. Hab ich schon mit zwanzig machen lassen ... in einem Anfall von Nihilismus.« Er grinste.

»Aber ... aber das ist gemein!« Rebecca sah ihn mit großen Augen an. »Das ist grausam! Also gegenüber Ellinor. Sie glaubt doch ... sie glaubt, sie ist schuld! Und du lässt sie einfach in dem Glauben? Hat sie denn nie gewollt, dass du dich untersuchen lässt?«

Gernot zuckte mit den Schultern. »Hat sie. Aber Ärzte haben Schweigepflicht. Mein Arzt meint übrigens, es lasse sich zur Not rückgängig machen. Das will ich in Angriff nehmen, wenn wir wieder in Österreich sind ... oder auch nicht ...« Er küsste sie wieder. »Vielleicht bleibe ich ja viel lieber hier ...«

Rebecca wehrte sich nicht weiter. Allzu bestürzt war sie offenbar nicht. Sie seufzte voller Leidenschaft und hob sich Gernot entgegen.

Kapitel 6

Ellinor sah und hörte zu, ohne etwas zu empfinden. Es war fast, als sähe sie einen Film. Doch dann, urplötzlich, erwachte sie aus ihrer Starre, und ihre Teilnahmslosigkeit wich der Wut – einer so rasenden, wilden Wut, wie sie sie nie zuvor empfunden hatte. Sie wusste mit einem Mal genau, wie Alison Dickinson zumute gewesen war, als sie damals zur Waffe gegriffen hatte. Vielleicht hatte Melvin ja recht damit, als er gesagt hatte, dass die Tat nicht im Affekt geschehen war. Die Wut hatte jedoch sicher lange in ihr geschwelt, und sie musste endgültig entflammt sein, als Frano ihr von Clara erzählt oder als sie in seinen Augen gelesen hatte, dass es für immer vorbei war. Alison musste empört gewesen sein, verzweifelt, unendlich verletzt durch den Verrat.

Ellinor fühlte sich Franos Mörderin auf einmal sehr nah, doch sie wusste auch, dass sie selbst zu einer Tat, wie Alison sie begangen hatte, nicht fähig war. Sie ballte die Fäuste, doch dann fasste sie sich. Sie musste weg, weg von dem Mann, der sie seit Jahren belogen und ausgenutzt hatte, weg von der Frau, die das Wissen darüber lächelnd wegsteckte. Die beiden zu stellen, ihnen ihre Wut ins Gesicht zu schleudern, war keine Lösung. Sie wollte keine entsetzten Gesichter sehen, keine Entschuldigungen hören oder womöglich sogar Vorwürfe. Wenn Gernot jetzt wie so oft den Spieß umdrehte, würde sie die Kontrolle verlieren – und letztlich ihre Würde, das Einzige, was sie noch besaß.

Blind vor Tränen rannte sie zurück durch den Wald und zum Fluss. Erst als sie den Ohinemuri River erreichte, gestattete sie sich zu schreien. Sie brüllte ihre Wut heraus, ihren Hass auf den Mann, dessen Launen und Bosheiten sie so lange erduldet, dessen unsägliches Benehmen ihren gemeinsamen Freunden gegenüber sie jahrelang entschuldigt hatte. Das Brausen des Flusses übertönte ihre Schreie, nur der Ohinemuri und die Felsen, die auf ihn hinuntersahen, wurden Zeugen ihres Ausbruchs.

Schließlich weinte Ellinor hemmungslos – Tränen der Trauer, aber auch des Zorns. Wie viele Jahre hatte Gernot zugesehen, wie sie unter ihrer Kinderlosigkeit litt? Wie oft mochte er im Stillen über sie gelacht haben – vielleicht zusammen mit Maja wie jetzt mit Rebecca? Ellinor ließ sich fallen, trommelte mit den Fäusten wie ein zorniges Kind auf den Erdboden, so lange, bis ihre Wut der Erschöpfung wich und ihr Hass der Gleichgültigkeit. Da war nur noch Leere in ihrem Kopf und in ihrem Herzen. Es war vorbei.

Sie stand auf und ging langsam zurück zum Winterhaus. Dort stürzte sie in ihr Zimmer, packte in Windeseile ihre Sachen zusammen. Dann fiel ihr Hannah ein. Von Hannah würde sie sich noch verabschieden müssen ...

Sie wunderte sich, als sie die alte Dame auf dem Treppenabsatz antraf. Sie saß in einem Sessel und streichelte ihren Kater. Hannah schien auf Ellinor gewartet zu haben. Ihr Blick sagte ihr, dass sie alles wusste.

»Du ... hast es schon gehört?«, fragte Ellinor mit tränenerstickter Stimme.

Hannah nickte. »Melvin«, sagte sie ruhig. »Er dachte, du wolltest jetzt vielleicht mit jemandem reden. Deshalb hat er bei mir geklopft. Hast du ... sie denn tatsächlich getroffen? Was ist passiert?«

Ellinor lächelte gequält. »Ich hab ihn nicht erschossen«, bemerkte sie. »Keine Angst. Ich hatte keine Waffe zur Hand.«

Hannah setzte den Kater auf den Boden, stand auf und nahm Ellinor in den Arm. »Das ist auch besser für dich«, sagte sie.

»Besser für ihn«, meinte Ellinor. »Und für Rebecca, das kleine Biest. Nein, im Ernst, Hannah, ich möchte jetzt nicht reden. Ich möchte nur weg. Ganz schnell weg.«

Hannah verzog das Gesicht. »Schade«, sagte sie. »Und dabei hatte ich die Hoffnung ... vielleicht ist es ja kindisch, aber ich hatte die Hoffnung, dass die Geschichte dieses Mal anders ausgeht. Dass Alison Jaro eine Chance gibt.«

Ellinor biss sich auf die Lippen. »Du meinst ... du meinst, dass Ellinor Melvin eine Chance gibt?«, fragte sie und runzelte die Stirn.

»Ich mag ihn«, sagte Hannah schlicht. »Und ich denke ... ich denke, du magst ihn auch.«

»Ja ... ich ... natürlich ... Es geht nur ... zu schnell«, sagte Ellinor. »Ich mag Melvin sehr. Allerdings hab ich bis gestern gedacht, wir wären verwandt ... wenn auch über sieben Ecken ... Und dann ... ich war eben noch mit Gernot zusammen, ich hab ihm vertraut, ich ... ich wollte ein Kind von ihm.« Sie brach in Tränen aus.

»Ich sprach ja nur von einer Chance«, begütigte Hannah und reichte ihr ein Taschentuch. »Ihr könnt es langsam angehen lassen. Ihr habt schließlich alle Zeit der Welt. Denk drüber nach.«

Hannah wartete geduldig, bis Ellinor ihre Tränen getrocknet hatte. Sie wäre sicher bereit gewesen, ihr zuzuhören, und Ellinor hätte ihr gern alles erzählt, was sie auf der Lichtung erfahren hatte. Sie wollte sich jedoch auf keinen Fall in ihrer Trauer verlieren. Dafür war keine Zeit. Nicht auszudenken, dass Gernot und Rebecca zurückkamen, während sie gerade Hannah ihr Herz ausschüttete. Nein, das hier musste mit einem raschen Schnitt beendet werden ... Energisch putzte sie sich die Nase.

»Ich muss gehen, Hannah ... tut mir leid ...«

Hannah legte ihr tröstend den Arm um die Schulter, und sie gingen die Treppen hinunter.

In der Diele stießen sie auf Melvin. Auch er hatte seine Sachen gepackt. Er warf Ellinor einen scheuen Blick zu.

»Es tut mir leid«, sagte er ohne Vorrede. »Was willst du jetzt machen? Kann ich irgendetwas tun?«

Ellinor sah seine sanften Augen, las Verständnis darin und Sorge. Und plötzlich fühlte sie Zärtlichkeit in sich aufsteigen, den Wunsch, zu schützen und geschützt zu werden, zu verstehen und verstanden zu werden, zu lieben und vorbehaltlos wiedergeliebt zu werden.

Sie traf eine Entscheidung.

»Ich denke, wir nehmen den Leihwagen«, sagte sie. »Gernot muss halt sehen, wie er hier wegkommt. Um Rebecca will ich mich jetzt auch nicht mehr kümmern. Sie kann ja ihre Eltern anrufen. Und ich ...«, Ellinor schaffte ein schwaches Lächeln, »... ich werde wie mein Urgroßvater Frano spurlos verschwinden. Du weißt von nichts, Hannah! Sollen sie sich Gedanken machen, wo ich geblieben bin, oder Sorgen. Mal sehen, was ich mit den Flügen mache ... Jedenfalls werde ich nicht mit Gernot zurückfliegen. Der wird erst in Wien wieder von mir hören ... über einen Scheidungsanwalt.«

Melvin nickte. »Das klingt nach einem guten Plan.« Er wies auf Doodle, der seinen Kopf in Ellinors Hand schmiegte. »Fährst du uns zum Bahnhof? Oder zum nächsten Autoverleih? Wir müssen ja irgendwie zurück nach Dargaville.«

Seine Stimme berührte Ellinors Herz, und sie schüttelte den Kopf. »Ich fahre euch nach Hause«, sagte sie entschlossen.

Er runzelte die Stirn. »Aber das sind dreihundert Kilometer«, erinnerte er sie. »Und es ist schon später Nachmittag.«

Ellinor zuckte mit den Schultern und nahm ihre Tasche auf. »Was macht das schon?«, fragte sie. »Wir haben Zeit. Ich muss ja nicht mehr auf die Südinsel, ich muss nirgendwo mehr hin. Und ich habe noch über eine Woche Zeit. Wir werden also irgendwo übernachten. Wir werden Wein trinken und reden. Wir werden das tun, was man tut, wenn eine Geschichte beginnt.«

Sie lächelte Melvin an. Die Hoffnung in seinen Augen sprach Bände.

Hannah schaute ihnen nach, als sie das Winterhaus verließen. Melvin legte zaghaft den Arm um Ellinors Schulter. »Ein guter Anfang«, sagte Hannah leise zu ihrem Kater. »Der irgendwann vielleicht zu einem guten Ende führt. Es wird Zeit für ein gutes Ende.«

Epilog

Vier Monate später …

»Ob dein Melvin uns wohl abholt?«, fragte Karla und stellte ihren Flugzeugsitz in eine aufrechte Position. Der Pilot hatte eben verkündet, dass sie in wenigen Minuten mit dem Landeanflug auf Auckland beginnen würden. »Ich kann's kaum erwarten, ihn kennenzulernen.«

»Bloß nicht!«, meinte Ellinor und fuhr sich durchs Haar. »So wie ich aussehe … Ich würde mich gern noch ein bisschen frisch machen.«

Sie fühlte sich verschwitzt und verstrubbelt nach dem Nachtflug von Singapur, allerdings längst nicht so erschöpft wie bei ihrer ersten Neuseelandreise, denn sie und Karla hatten sich einen dreitägigen Zwischenaufenthalt in Singapur gegönnt. Allerdings war sie nervös. Ellinor freute sich auf Melvin, aber sie machte sich auch Sorgen. Schließlich hatten sie es langsam angehen wollen. Und jetzt …

»Blödsinn, du siehst fantastisch aus!« Karla schüttelte den Kopf. »Wie pflegte man früher zu sagen? ›Wie das blühende Leben‹. Die Schwangerschaft bekommt dir.«

Ellinor lächelte unsicher. Sie hatte lange überlegt, ob sie sich den Langstreckenflug zutrauen sollte, aber ihre Frauenärztin hatte keinerlei Bedenken gehabt, sondern ihr im Gegenteil zugeredet. »Bei dieser Bilderbuchschwangerschaft … Über die kritischen drei Monate sind Sie doch längst hinaus. Also besuchen Sie den werdenden Vater – und entscheiden Sie zusammen, ob's ein kleiner Neuseeländer werden soll oder ein kleiner Wiener.«

Ellinor hatte auf jeden Fall vorerst nur den Hinflug gebucht. Wenn alles gut lief mit Melvin – wenn sich ihre Seelenverwandtschaft nicht doch nur als flüchtige Verliebtheit entpuppte –, konnte sie bleiben. Beschäftigung hätte sie genug, sie hatte tatsächlich mit einer Doktorarbeit über Migration und Integration von Menschen unterschiedlicher Nationalitäten in Neuseeland angefangen und konnte den Aufenthalt für Recherchen nutzen. Das hatte sie auch schon geplant, als sie sich im März, nach zwei sehr intensiven gemeinsamen Wochen, von Melvin verabschiedet hatte. Nicht geplant war das kleine Wesen, das sich klammheimlich zu ihnen gesellt hatte.

In den ersten Tagen mit Melvin war sie noch zu verstört, zu verletzt und zu sehr beschäftigt mit ihrer Trennung von Gernot gewesen, um an Sex mit einem anderen Mann zu denken. Sie und Melvin hatten viel miteinander geredet und viel gelacht, Melvin hatte ihr die Schönheiten seiner Heimat gezeigt und sie langsam und zwanglos aus dem Tief geholt. Ellinor hatte den Aufenthalt in Neuseeland verlängert, um nicht gemeinsam mit Gernot zurückfliegen zu müssen – und schließlich waren sie und Melvin sich näher gekommen. Melvin war ein ruhiger, zärtlicher Liebhaber – nicht stürmisch und fantasievoll wie Gernot, dafür sanft, verlässlich und ernst. Die Liebe war für ihn kein Spiel. Er sei, hatte er ihr lächelnd versichert, kein Mann, der Ringe aus Gras verschenke. »Ich neige eher zum Klammern«, hatte er behauptet. »Du neigst zu übersteigerter Selbstkritik«, hatte Ellinor angemerkt. »Kannst du es nicht mal positiv sehen und einfach sagen: Ich bin treu?«

Schließlich hatten sie sich widerstrebend getrennt, allerdings mit der Aussicht, sich wiederzusehen, sobald Ellinor ihre Vorbereitungen für die Doktorarbeit abgeschlossen haben würde. Zu Hause in Wien hatte sie sich mit Feuereifer auf das Projekt gestürzt und schnell eine Professorin gefunden, die bereit gewesen war, ihre Arbeit zu betreuen. Dann hatte sie die Scheidung von Gernot in Angriff genommen. Tatsächlich war es gar nicht so einfach gewesen, ihn zum Auszug aus der gemeinsamen Wohnung zu bewegen. Ellinor hatte eine Weile bei Karla und Sven gewohnt und viel Zeit in Anwaltskanzleien und an der Universität verbracht. Ihrem Monatszyklus, der so viele Jahre all ihr

Denken und Hoffen beherrscht hatte, hatte sie keine Beachtung mehr geschenkt.

Letztendlich war es Karla gewesen, die sie auf ihre morgendliche Übelkeit angesprochen hatte. »Ich seh ja ein, dass dir die Scheidung auf den Magen schlägt, ich finde Gernots Verhalten auch zum Kotzen. Aber es ist jetzt schon das dritte Mal in dieser Woche, dass dir morgens speiübel ist. Kann das nicht auch andere Ursachen haben?«

Eine Stunde später hatten dann beide fassungslos auf den Schwangerschaftstest gestarrt, den Karla für ihre Freundin besorgt hatte. »Ein Baby! Ich werde ein Baby haben! Ich ... das ... das ist unglaublich ... nach all der Zeit ...« Ellinor hatte vor Aufregung nur stammeln können. Karla dagegen hatte gelacht. »Na ja, du hast einfach mit einem zeugungsfähigen Mann geschlafen«, hatte sie angemerkt. »Sooo ungewöhnlich ist es da auch wieder nicht, schwanger zu werden.«

Ellinor hatte trotzdem nicht an das kleine Wunder geglaubt, bis ihr die Frauenärztin das Kind im Ultraschall gezeigt hatte. »Kein Zweifel möglich«, hatte sie gesagt. »Und alles ist völlig normal. Freuen Sie sich denn? Ich meine ...«

Ellinor hatte ihrer langjährigen Ärztin von Gernots Lügen und ihrer bevorstehenden Scheidung erzählt. Und natürlich hatte sie ihr versichert, sich geradezu unbändig zu freuen – obwohl sie die Schwangerschaft in ein Wechselbad der Gefühle gestürzt hatte. Sie hatte sich gefragt, was Melvin dazu sagen würde, ob auch er sich freuen oder sich eher überrumpelt fühlen würde. Melvin, der Grübler, der Zweifler ... würde er sich die Vaterrolle zutrauen? Würden sie zumindest darüber nachdenken, das Kind gemeinsam großzuziehen, oder würde er sich zurückziehen?

Ellinor hatte sich schließlich entschlossen, ihm zu mailen. Sie hätte ein Skype-Gespräch zwar vorgezogen, aber sie wollte Melvin Raum zum Nachdenken lassen und sich selbst das Gefühl der Enttäuschung ersparen, falls sein Gesicht beim Überbringen der Nachricht keine Freude, sondern eher Missbilligung widergespiegelt hätte.

Doch dann war als Antwort auf ihren sorgfältig formulierten Brief umgehend ein Foto gekommen: Melvin und Doodle, beide über das ganze Gesicht strahlend, und zwischen ihnen saß ein Plüschkiwi.

Ellinor musste immer noch lächeln, wenn sie an die Bildunterschrift dachte: »Wir erwarten euch! Sehnsüchtig! Kommt bald!«

In der Folge hatten sie dann hin und her überlegt, ob nicht eher Melvin zu Ellinor kommen sollte, aber er hätte in Wien nichts zu tun gehabt, es wäre nur ein kurzer, teurer Besuch gewesen. Ellinor dagegen konnte monatelang bleiben – zunächst in den Semesterferien, und danach konnte sie sich freistellen lassen und an ihrer Promotion arbeiten. Als die Scheidungsformalitäten schließlich geregelt waren, hatte Ellinor kurz entschlossen den Flug gebucht – in den Schulferien, denn Karla wollte mit. »In dem Zustand lasse ich dich doch nicht allein reisen«, hatte sie augenzwinkernd gesagt. »Und außerdem will ich mir deinen Melvin angucken. Vielleicht hörst du ja wenigstens dieses Mal auf meinen Rat ...« Karla war sehr glücklich über Ellinors Trennung von Gernot und konnte sich ein gelegentliches »Hab ich's nicht gleich gesagt?« nicht verkneifen.

Und jetzt waren sie tatsächlich fast da. Ellinor starrte durch das Flugzeugfenster auf das graue, verregnete Auckland. Im Februar und März hatte die Sonne geschienen, jetzt, im Juli, herrschte in Neuseeland tiefster Winter.

»Nicht das optimale Ziel für deinen Sommerurlaub«, sagte sie bedauernd zu Karla, doch die zuckte nur mit den Schultern. »Ich wollte schon immer mal in den Regenwald«, behauptete sie. »Und im Gegensatz zu den Tropen ist hier immerhin nicht mit Malariamücken und irgendwelchen anderen lebensgefährlichen Biestern zu rechnen. Da muss man beim Wetter eben Abstriche machen.« Karla war ausgesprochen gut gelaunt. Sie konnte es kaum abwarten, aus dem Flieger zu kommen, als das Flugzeug endlich landete.

Ellinor war aufgeregt. Ob Melvin wirklich kommen würde? Sie hatten sich nur vage verabredet, er hatte beruflich in Auckland zu tun und hatte nicht genau sagen können, ob er es zum Flughafen schaffen oder die Frauen erst im Hotel treffen würde. Jetzt quälte sie sich durch die Einreiseformalitäten, und ihr Herz schlug immer heftiger. Es stimmte nicht, was sie Karla gesagt hatte. Sie wollte Melvin sehen – er sollte sie abholen, und sie wünschte sich so sehr, dass seine Augen bei ihrem Anblick wieder so verliebt und strahlend aufleuchten würden wie zu Beginn des Jahres.

Schließlich verließen sie und Karla den Transitbereich – und während Ellinor noch unsicher auf die wartenden Menschen schaute, trabte auch schon ein goldfarbener, langhaariger Hund auf sie zu, im Maul einen Strauß leuchtend roter Rosen.

»Doodle!«

Ellinor lief dem Tier glücklich entgegen und entdeckte dann auch den dazugehörigen Mann. Melvin trug eine nasse Allwetterjacke, sein Haar war feucht vom Regen, ebenso wie Doodles Fell. Ellinor schloss sie trotzdem beide in die Arme – und lachte, als sie den Plüschkiwi aus Melvins Tasche lugen sah.

»Die Rosen sind für dich, und der hier ist für Buffy«, sagte er lächelnd, als sie einander endlich losließen.

Ellinor runzelte die Stirn. »Buffy?«, fragte sie.

Er grinste. »Na ja, es wird doch ein Mädchen, nicht?« Sie nickte eifrig. Der letzte Ultraschall hatte Gewissheit gegeben. »Und Buffy ist die Geisterjägerin«, fuhr Melvin fröhlich fort. »Die Fernsehserie, du weißt schon.«

Ellinor verdrehte die Augen, dann lachte sie. »Du kommst auf Ideen! Aber du hast recht. Sie wird mit allen Geistern Frieden schließen. Schließlich würde es sie nicht geben, hätten sie uns nicht verfolgt, bis wir ihre Spuren aufnahmen. In meinem Fall bis nach Neuseeland. Ich nenn sie vorerst Kiwi.«

Karla, die Ellinors und Melvins Wiedersehen nicht hatte stören wollen und sich bislang damit beschäftigt hatte, Doodle kennenzulernen, sah auf.

»Ihr wollt das Kind nicht wirklich ›Buffy‹ nennen!«, bemerkte sie. »Oder gar ›Kiwi‹!«

Melvin und Ellinor mussten lachen, und Melvin schenkte dann auch Karla sein einnehmendes Lächeln. Er streckte ihr zur Begrüßung die Hand entgegen.

»Nicht ohne die Erlaubnis der Patentante einzuholen«, scherzte er. »Du musst Karla sein, deren Niere sozusagen den Stein ins Rollen gebracht hat! Ich freue mich, dich kennenzulernen.«

Karla nahm seine Hand, und Ellinor sah glücklich zu, wie er sie mit in den Kreis zog, der sich mit seinem und Ellinors Kind geschlossen hatte.

Nachwort

Gumdigger ... Während in Neuseeland überall an den Goldrausch erinnert wird, finden die Männer, die dort immerhin ein Jahrhundert lang nach dem Harz antiker Kauri-Bäume gruben, kaum geschichtliche Beachtung. Lediglich ein Museum und ein Denkmal in Dargaville erinnern an die Arbeiter, die meist in Südeuropa angeworben worden waren und die in den Gumdigger-Lagern unter erbärmlichen Umständen lebten. Ihre Hoffnungen auf ein besseres Leben haben sich selten erfüllt, waren sie doch als Einwanderer unerwünscht. Neuseeland war mitteleuropäisch geprägt, den Südländern begegnete man mit Argwohn. Landerwerb wurde ihnen nur ungern zugestanden, und selbst bei der Suche nach Kauri-Harz legte der Staat ihnen Steine in den Weg. Die begehrten Lizenzen, die Gumdiggern erlaubten, auf staatlichem Land zu graben, erhielten ab 1910 nur noch britische Untertanen. Die wenigen jungen Männer aus Dalmatien, die letztlich in Neuseeland sesshaft wurden und Familien gründeten, besannen sich meist auf traditionelle Fertigkeiten wie Fischfang oder Gastronomie. Einige fanden auch im Weinbau eine Alternative. Ein paar der von ihnen gegründeten Weingüter bestehen bis heute.

In diesem Buch habe ich die fiktive Geschichte von zwei Männern aus Dalmatien mit einem Mordfall verbunden, dem eine wahre Geschichte zugrunde liegt. Der Fall Alice May Parkinson bewegte Neuseeland 1915 und in den Jahren danach und beeinflusste die Justizgeschichte. Alice May war wie meine Alison ein braves, christliches Mädchen, das in einem Hotel arbeitete und sich dort in den falschen Mann verliebte. Der Bahnarbeiter Walter Albert West meinte es ernst mit ihr, davon war sie überzeugt. Als Alice 1914 von ihm schwanger wurde, investierte sie all ihre Ersparnisse in ein Haus und seine Möblierung. West zog sich allerdings zurück, nachdem sie im Januar 1915 ihr Kind verlor. Parkinson, mittellos, arbeitslos und völlig verstört, verzweifelte daran und erschoss ihn am 2. März 1915 mit vier Schüssen in Kopf und Brust. Ein anschließender Selbstmordversuch misslang. Im Juni 1915 stand die junge Frau wegen Mordes vor Gericht. Die Jury sah diverse mildernde Umstände, der Richter erwies sich allerdings als kompromisslos und verurteilte sie zu lebenslanger Haft mit Zwangsarbeit. Ein Antrag zur Wiederaufnahme des Verfahrens wurde abgelehnt.

Alice kam in ein Frauengefängnis, doch ihr Fall brachte die Medien und die Arbeiterbewegung auf den Plan. Die Presse und die Sozialdemokratische Partei sprachen sich für Alice aus. Release-Alice-Parkinson-Komitees bildeten sich, organisiert von Feministinnen aus dem sozialistischen Umfeld. Die Frauen verglichen das Strafmaß mit dem männlicher Vergewaltiger und Päderasten, sie forderten mehr Gleichheit, weibliche Richter und Polizisten. Auch das Berufungsrecht wurde hinterfragt. Letztlich reagierte das Parlament und erließ ein Gesetz, das in vergleichbaren Fällen eine Berufung erlaubte. Es gab große Demonstrationen in Wellington und Auckland und drei Petitionen für Alice' Freilassung. Die erste wurde von sechzigtausend Menschen unterschrieben. 1921 wurde Alice schließlich in die Aufsicht ihrer verwitweten Mutter entlassen.

Im April 1923 heiratete sie in Wellington den Tischler Charles Henry O'Loughlin. Das Paar hatte sechs Kinder, vier Jungen, zwei Mädchen. Alice starb 1949 in Auckland.

Mein Fall Alison Dickinson ist in Bezug auf Alisons Jugend und die Justizgeschichte an den Parkinson-Fall angelehnt. Patricias Geschichte ist allerdings fiktiv. Alice May Parkinson brachte im Gefängnis kein Kind zur Welt, und natürlich war auch ihr späterer Gatte kein Vorbild für die Figur des Harold Trout.

Liliana und Clara haben ebenfalls keine realen Vorbilder – allerdings gibt es ein dem Kauri Paradise vergleichbares Unternehmen in Awanui: ANCIENT KAURI KINGDOM. Die besagte schaurig schöne Wendeltreppe in einem Kauri-Baum kann dort besichtigt werden.

Vorbild des Winterhauses war übrigens ein verwunschen wirkendes altes Haus, das meine Freundin und ich nahe einem früheren Goldgräberort auf der Südinsel Neuseelands entdeckten, während die Idee zu dieser Geschichte und ihrem Titel dieses Mal von meiner Lektorin Melanie Blank-Schröder stammte. Wie immer haben sie und meine Textredakteurin Margit von Cossart sehr dazu beigetragen, dass die Geschichte stimmig wird und die über Neuseeland berichteten Fakten verifiziert wurden. Vielen Dank dafür – vor allem für die Rechenkünste. Ich neige dazu, mich im Dschungel von Zahlen und Daten völlig zu verlieren und die gewissenhafte Kontrolle aller Entfernungen und Lageangaben während des Schreibens aus den Augen zu verlieren. Natürlich danke ich auch allen anderen, die daran beteiligt waren, aus meiner Geschichte ein Buch zu machen, vom Satz bis zur Umschlaggestaltung. Ich freue mich jetzt schon auf die Präsentation des Buches in den Buchhandlungen. Vielen Dank an all die Buchhändler und Buchhändlerinnen, die meine Bücher immer wieder empfehlen. Und noch größeren Dank an meine Leserinnen und Leser in aller Welt! Ich hoffe, ich kann Sie mit meinen Büchern ein bisschen glücklich machen.

Sarah Lark